谨将此书献给：

关心和推动生物质产业的

企业家、科技工作者、官员和民众。

生物质之恋

（代前言）

2003年，我与程序教授一同参加了历时长达一年的，由温家宝总理担任领导小组组长的《国家中长期科技发展规划》战略研究。

此间，从友人处得克林顿的《开发和推进生物基产品和生物能源》总统执行令复制件，看下来如获至宝，喜不自胜。2004年6月，我代表农业组向温家宝总理汇报的PPT中就出现了一张“生物质经济已经浮出水面”的幻灯片。从此，我们痴迷上了生物质，笃信这个新生事物一定会大有利于国家和人民。

21世纪之始，生物质产业在我国经历了顺利启航，风劲帆满；经历了风暴海啸，严冬苦寒；经历了潜伏蓄势，惊蛰崛起；经历了临危受命，异军突发；经历了二次发展浪潮；经历了波澜壮阔的20年。

2011年，我出版了《决胜生物质》，一本介绍生物质科技与产业国内外进展的启蒙性著作，前言的标题是“见证十年”。10多年后，又出版《决胜生物质20年记》，本书是以纪实文学体裁，从一个侧面记载了生物质产业在我国波澜壮阔发展的这20年，是一部专题性回忆录。

我们团队有程序教授、陆诗雷教授、李十中教授、崔宗均教授、朱万斌教授、张立强研究员、王崧老师等一群业余志愿者，自诩“生粉”和“义士”。我们团队没有项目，没有经费，没有组织，没有领导，只有一颗推进生物质产业在我国发展的决心，只有一段筚路蓝缕、殚精竭虑的经历。

与我们有着共同认知和积极参与的还有闵恩泽院士、曹湘洪院士、汪燮卿院士、匡廷云院士等学界同仁，我们称之为“笔杆子”；有洪浩、罗浩夫、钟凯明、陈义龙等一批生物质产业民企朋友，我们称之为“枪杆子”。

我们团队与生物质共进退，同苦乐，休戚与共。如果有人不了解她，我们就著文出书办展览；如果希望政府推动，我们就给领导写信，给总理上书；

如果她取得进展与成绩，我们就欢呼雀跃，鼓劲加油；如果她受到误解与委屈，我们就仗义执言，“挥戈舞戟”；如果她遇到风暴海啸，我们就呐喊打气，组织崛起；如果想纪实成书，前言就用“生物质之恋”。

20年后回眸，生物质像只蝴蝶，不停地抖动着双翅，搅动风云，风起云涌地造福华夏大地。

本书上篇第1～6章，记生物质产业在我国启航与遭遇风暴；中篇第7～11章，记蛰伏与崛起；下篇第12～20章，记二次浪潮；展望篇，展望生物质；特邀篇4文和附录4则。

书中所记，皆系笔者个人的亲身经历，难免孤陋一隅，认知偏颇，或引用资料差错，望读者一一谅宥。

“决胜生物质”是我科学生涯的第五程，最后一程，从2003年到2023年，从72岁到92岁。2011年出版《决胜生物质》，时年80岁，尚年富力强；2023年出版《决胜生物质20年记》，鲐背之年，勉力为之矣！

年岁大了，坐在家里写点回忆录，也挺好，有舒缓心性的养生之效。

孔子曰：“七十从心所欲而不逾矩。”马克·吐温70岁生日时说：“70岁了，你可以把压抑自己达30余年的故作深沉弃之一旁。”本书写作中弃“故作深沉”而多随性随意，也因此会有诸多不当，望读者海涵。

石元春

识于2023年1月

目 录

CONTENTS

生物质之恋（代前言）

上篇 启航与风暴

中篇 蛰伏与崛起

下篇 二次浪潮

展望篇 展望生物质

特邀篇

附录

2003年年末，我们发现了“新大陆”。

2004年6月我们提出了“生物质经济已经浮出水面”。

2005—2006年，我国的生物质舰队启航，顺风顺水，风劲帆满，一时间生物质在我国风生水起，家喻户晓。2008年，尚在襁褓中的生物质遭遇“世界粮食风暴”“全球金融危机”和“国产风电三峡”。本篇时段是2004—2008年，时长5年。

上篇

启航与风暴

1 生物质传奇

（开篇）

- 生命，地球的奇迹
- 生物质演绎农业文明
- 生物质演绎工业文明
- 潘多拉魔盒
- 生物质演绎绿色文明
- 中国奇遇记

一个与我们相伴相依、休戚与共和耳熟能详的名字——生物质，却有着它鲜为人知的一段精彩传奇。从地球奇迹到人类文明，从可持续发展到绿色未来，从世界大势到中国奇遇，这部传奇已经写了40亿年，未来还会写得很久很久。

这次写《决胜生物质20年记》也想用过去说书人的“话说盘古开天地”，“生命，地球的奇迹”开篇。

1.1 生命，地球的奇迹

46亿年前，太阳系家族出生了一个绚丽的蓝色星球，称地球！

与其他星球相比，它的非凡之处是有水，71%的表面被海洋覆盖；更为非凡的是，刚诞生才几亿年就出现了生命。据现在所知，地球是宇宙中唯一存在生命的天体，正是生命为地球创造了奇迹。

物质与能量，是宇宙存在的基本形式。地球的公转自转，四季轮回，阳光雨露，风驰雷鸣，皆为地球物质与能量之物理与化学态运动。只有当地球上出现生命，天体才有了生物态和有机化学态的物质与能量运动，这是地球，也是宇宙天体的一个多么重大的出现啊！

地质学家在格陵兰岛发现38亿年前的沉积岩里存在着光合作用产物，这是最早出现的生命迹象；又在澳大利亚西部35亿年前的岩层里发现由蓝藻组成的碳酸盐化石，这些都是以古细菌和真细菌形态存在的最古老的生物。经20亿年进化，有些细胞里竟惊现了叶绿体，一种含色素的有机体，它可以捕获太阳光和利用太阳光能合成自己的身体，将太阳辐射能转化为化学态能量，吸收、储存、传递与积累下来。

哦！原来，为地球持续提供能量来源的太阳辐射能是通过生物的光合作用吸收和转化为碳水化合物才保存下来的；原来是它们开创了地球的生物圈，太神奇，太伟大了！

这些含叶绿素的单细胞菌藻进化数亿年后，到距今7亿年前开始大量繁殖和出现多细胞生物。地质学家在澳大利亚的一个名叫埃迪卡拉的小山丘上的5.85亿年前的地层里发现了多细胞软体生物群，有的像光盘，有的像布袋，有的像水管，好像是一群婀娜多姿的少女在海水中婆娑起舞（图 1–1）。只可惜，尚未确定它们是植物还是动物，就在地球上消失了，至今未发现它们后代的踪迹。

令人高兴的是，1997 年中国地质学家在中国贵州省的一处与埃迪卡拉生物群时代相近的地层里，发现了一种保存完好的极小球状化石，引起了世界古生物学界的轰动。是海藻，是细菌，还是胚胎？这个谜团一直悬疑到 2011 年，才被中国地质学家破解，原来是一种多细胞菌体！

这种多细胞生物繁殖进化得很快，在三四千万年后的寒武纪地层里，居然出现大量而种类繁多的微生物、植物和动物化石，让地质学家惊诧不已，学术上称之为“寒武纪生命大爆炸”。最具标志性的进化是动物体内出现了由碳酸盐和二氧化硅等组成的“骨骼”，它们的代表是“三叶虫”（图 1–1）。1984 年，中国地质学家在云南省澄江发现最具代表意义的“寒武纪生命大爆炸”时期的生物群中，有藻类、海绵、腔肠动物、脊索动物、脊椎动物等 16 个门类的 196 种生物。甚至某些动物的消化系统和神经系统都保存完好。国际地质界命名“澄江生物群”，2012 年被列入世界遗产名录。

图 1–1　38 亿年前、5.9 亿年前和 5.4 亿年前的生命形态（上 3 图）和生物登陆（下图）（引自德韦弗的《地球之美》）

生命伟大无穷，它已经不满足于海洋世界，而要向地球上所有能适合它生存繁衍的地方扩张。距今 4 亿年前，海洋生物登陆了！寻找到了它们生存与繁殖的新天地，也带来了地球陆地上相继出现的三次高等植物繁殖高峰。第一次是在距今 2.5 亿～ 3.6 亿年间的石炭纪—二叠纪，主力是蕨类植物；第二次是在距今 0.65 亿～ 2.0 亿年间的侏罗纪—白垩纪，主力是裸子植物；第三次是在距今 0.65 亿年前的早第三纪，主力是被子植物。植物这个大家族真是“人丁兴旺”，种类繁多，占据了地球陆地上所有它们能生存的地方。

动物界也不甘示弱，也从大海爬上了大陆。脊索的和脊椎的，卵生的和胎生的，地上爬的和天上飞的，无奇不有。惊异的是，一种叫蜥蜴类的爬行动物，登陆后繁殖进化极快，食草食肉者有之，二足四足者有之，大者体重百吨，小者如母鸡般。1842 年，英国古生物学家理查德·欧文给它们起名“恐龙”，希腊文的意思是“恐怖的蜥蜴”。这个动物群统治地球大陆长达 2 亿年之久。

数亿年间这么多的大型动植物，死后尸体怎么办？是不是会堆成山，把地球给掩埋掉？

不会的，有一种好氧性微生物，它的生存和获取能量来源是对有机残体一步一步地分解，最后只剩下二氧化碳与水，遁失于大气与水中。也就是说，除了残骸外什么也没有存下来。更奇妙的是，在供氧不足或直接处在水淹水渍的嫌气条件下，厌氧性微生物将有机残体进行还原反应与合成反应，形成由各类腐殖酸组成的泥炭。

请记住“泥炭”这个非常重要的词汇。

集聚在陆地低处的泥炭，越来越多，越来越厚。在漫长的地质年代里，它们会被泥沙等无机沉积物掩埋，又随着地壳的沉降与隆起、坳陷与褶皱等地质构造运动而被掩埋在地下几十米、几百米、几千米。处在高温高压下的这些有机物质，逐渐进行着氧及杂原子的不断脱落和碳元素逐渐富集的物理化学过程，富集着太阳辐射赋予它们的能量，生成了煤炭及其衍生的石油与天然气。

小结一下。首先，叶绿体通过光合作用捕获、转化、储存太阳辐射能并组成植物体与动物体的碳水化合物。其次，动植物死亡后的有机残体，一部分被微生物氧化分解遁失于大气；另一部分则在厌氧条件下以泥炭形式保存了下来，在地质过程中脱氧聚碳，将碳水化合物转化为碳氢化合物，成为高能量密度的化石能源。

哦！原来煤炭石油和天然气是地质时代在厌氧条件下保存下来的生物质转化而成的，难怪叫它“化石能源”，即生物体化石形成的能源。地质时期高等植物的三次繁殖高峰期也就是地质史上的三个聚煤期；即石炭系—二叠系、侏罗系—白垩系以及第三系。这三个地质时期的地层里积存了大量的煤炭、石油与天然气。

在地球的大气圈、水圈与岩石圈之间的生物圈居然有如此精彩绝伦的演出，微生物、植物、动物与人类；该去的去，该留的留，该变的变。

当然，生物进化也不都是一帆风顺的，“寒武纪生命大爆炸”后的5亿年间，相继出现过五次“生命大灭绝”。第一次（4.45亿年前）是因为地球持续了1000万年的冰河期，导致海水大幅度降温和出现海退海进现象，造成海洋生物大规模灭绝。第二次（3.72亿年前）是因为气候骤冷骤热和海水缺氧而灭绝了75%的海洋生物，但陆上生物仍然兴旺繁盛。第三次（2.25亿年前）是因为地球经历持续百万年的火山爆发期，70%的陆上生物和95%的海洋生物被绝灭。第四次（2亿年前）也是因火山的持续爆发。第五次（0.6亿年前），也就是最近的一次，原因有很多假说，陨石坠落论者居多。这次绝灭程度较低，恐龙是在此次被绝灭的。

40亿年生命演化史，是生物与环境的协同演化史，是生物圈与大气圈、水圈、岩石圈的协同演化史，重要节点有：38亿年前出现光合微生物、15亿年前出现叶绿体、5.8亿年前出现多细胞生物、5.4亿年前发生“寒武纪生命大爆炸”、4亿年前海洋生物登陆、高等植物的三次繁殖高峰以及五次大绝灭。

还有，最近和最重要的一次是，约600万年前出现了人类。

人类，在地球上一经出现，就像孙悟空大闹天宫一样，搅乱了40亿年生物进化的自然进程，演出了一段别样的进化历史，把生命的传奇，演绎得别样的精彩与复杂。

1.2　生物质演绎农业文明

人，在动物分类表上的位置是脊索动物门、脊椎动物亚门、哺乳纲、灵长目、人科。

这个“人科”很特别，进化特快。由南方古猿到能人，到直立人，到智人，再到现代人只用了短短600万年，大脑容积由400毫升增加到1600毫升，能不聪明吗？他不甘心按生物常规的食物链觅食，不满足千万年的渔猎采集生活，而在距今一万多年前突发奇想，驯化起野生动植物来。也就是将某些动物和植物放在人为控制下生长繁衍。由此演绎了精彩的五千年的农业文明。

最早的驯化记录是在埃及发现的，是在距今1.70万～1.83万年间的大麦籽粒和颖片、羊与犬。比较集中出现驯化记录的，是在距今4000～10000年间，世界许多地方都有种类丰富的、经人类驯化过的动植物出土。

以下是从考古报道中按时序列出的最早出现的被驯化动植物种类及其出土地点。

距今 1.70 万～1.83 万年	大麦，羊与狗（埃及）
距今 9000 年	猪（中国桂林）
距今 8000～9000 年	稻（中国湖南、湖北）
距今 7400 年	鸡、黄牛、粟、胡桃、榛子（中国黄河流域）
距今 7190 年	稻、酸枣、菱（中国长江流域）
距今 7000 年	普通豆、利马豆、葫芦、智利辣椒（南美安第斯）
距今 6500 年	几内亚玉米、油棕、芝麻和棉花（非洲尼日尔等地）
距今 6000 年	麦类、豆类、芒果、枣（印度河流域）黍、白菜（中国黄河流域）
距今 4750～5000 年	养蚕、苎麻、花生、蚕豆、芝麻、桃、甜瓜、莲藕（中国长江流域）
距今 3500～5000 年	奎宁、马铃薯、可可、南瓜（南美安第斯）
距今 4000 年	大豆、牦牛、骆驼（中国青海）

Marshall在他的论文中说，人类曾栽培过3000多种植物，保存至今的有150多种，主要有15种，几乎都是原始农业时期完成驯化的（Marshall D. R.，1997）

驯化动植物改变了达尔文“物竞天择，适者生存”的生物自然进化法则。达尔文在《进化论》中也说：“这些家养族的最显著的特色之一，是我们所看到的它们，确实不是适应动物或植物自身的利益，而是适应人的使用或爱好。”

由渔猎采集到驯化动植物，人类开创了在人的劳动和经营下的，从事动植物或生物质生产的农业。觅食方式的改变，也改变了生活方式。人类开始由山地走向肥美平原，由穴居到舍居，由游移到定居。

生存、生活以及营养状况的改善，大大提高了人的智力与繁殖率。在距今5000～7000年的仰韶文化遗址中就有上百万平方米的大型村落和大量精美彩陶，西安半坡遗址（6000～6700年前）出土了占地面积约5万平方米的密集居住区。居住区有制陶窑场、公共墓地、藏物用窖穴、哨所、壕沟等。

为了人工种养动植物和人自身生活的需要，也推动了科学与技术的发展，农具与牛耕、制陶与冶铜、观象与数学等的大发展。在浙江吴兴发掘的5260年前的桑蚕织丝和绢片，致密度和平整光洁度近于近代；4500～5000年间，埃及和中国已经能冶炼铜、锡和铅；数学已有十进位制，求三角形和四边形面积，以及圆周率3.16等；4700年前，古埃及用天狼星偕日出预报尼罗河水的泛滥以指导耕播；4400年前，中国开始设“火正”官职以指导农事，观测大火星以“观象授时”；观测鸟、火、虚、昴四颗恒星确定春分、夏至、秋分、冬至的到来以及以366天为一年的早期阴阳历。

动植物生产实践，也孕育了丰富的哲学思想，产生了种种理论与技术著作。庄子在《齐物论》中提出“天地与我并生，而万物与我为一”的天人合一思想是中华文明之精髓；出现了《吕氏春秋》《氾胜之书》《齐民要术》，以及“三才论”“三宜论”“地力常新论”“细作论”“相生论”“循环论”等巨著宏论，博大精深。

早期中华农耕文化中，农事是被神化的。炎帝“因天之时，分地之利，制耒耜，教民农作，神而化之，使民宜之，故谓之神农也”（《白虎通义・号》）。另一位华夏始祖黄帝则“淳化鸟兽虫蛾”，妃嫘祖为“蚕神”。炎帝后裔周弃，“好耕农，相地之宜，宜谷者稼穑焉，民皆法则之”，后世奉为“谷神”。传说古希腊宙斯的女儿雅典娜，发明了犁耙，驯服了牛羊，传授纺纱织布，被奉为“农神”和“智慧女神”。

“民以食为天，国以农为本”成为上自君王公卿、文人墨客，下至黎民百姓的共同信念。北京有天坛、地坛、日坛、月坛、社稷坛、祈谷坛、先农坛、先蚕坛等“九坛”，无不与“农本”思想有关（图1–2）。帝王大臣不离口的“社稷”之意即“人非土不立，非谷不食。故封土立社，示有上尊。稷五谷之长，故封稷而祭之”。

图1–2 清康熙写的《耕织诗》（左图）；北京“九坛”多为祈农（右图）

公元前2世纪的古罗马，有M.伽图著的《农业》；公元1世纪的罗马诗人维其尔写了讴歌农业的《稼穑诗》（图1–3）；有被恺撒大帝赦免的瓦罗（M. T. Varro）80岁时写的《论农业》等。从事动植物种养的农业是当时最受尊敬的职业，生产的谷物与肉类被视为珍宝。M. T. Varro在《论农业》（M. Y. Varro,《论农业》王家绶中译本，1981，商务印书馆）一书中是这样夸耀他的农民朋友C. T.斯罗法的：

> 他是个各方面都很有教养的人，也被认为是罗马在农业方面的最大权威。由于他经营得好，他的田庄在许多人看起来比别人的宫殿式的建筑还要好看，因为人们到他这里来参观田庄的房舍，看到的不是路库路斯家那样的画廊，而是满藏着果实的仓房。

图1–3　按公元1世纪罗马诗人维其尔《稼穑诗》中描述的绘画作品（15世纪）

生命进化中出现了人类，人类在从渔猎采集觅食到从事食物生产中，演绎出了风情万种的五千年的“农业文明”传奇！

1.3　生物质演绎工业文明

当“农业文明”演绎得精彩纷呈、风光无限时，深埋地下的生物质也不甘寂寞，按捺不住地走到了地上人间，大展拳脚，大显神通起来。

汉武帝在朝中问及群臣：“此黑土是为何物？”群臣面面相觑，连饱学之士东方朔也说：“臣愚不足以知之，可试问西域人。”得到的回应是：“天地大劫将尽则劫烧，此劫烧之余也。”唐《开元天宝遗事》记载：“西凉国进炭百条，各长尺余。其炭青色，坚硬如石，名之为瑞炭。烧之于炉，无焰而有火，每炭可烧十日，其热气逼人而不可近。”

盛唐时的富贵人家，常将煤炭火炼，去烟成末，加香料塑为兽形，称“兽炭”，席宴上用以温酒热菜。南北朝时期，将煤磨细，用绢罗筛过，加入梨枣汁等香料，调和捏制成小饼，称“香饼”，燃而后生“奇香分细雾”。宋欧阳修在获友人赠此香饼时说：“香饼来迟，使我润笔独无此一佳物。”(《归田录》)自唐至北宋，煤炭乃文人富家雅玩之物，宋以后才开始用作燃料。苏东坡在出任彭城（今徐州）太守时曾因民间薪柴紧缺而倡导开采煤炭替代薪柴，还以《石炭》为题写下讴歌煤炭的脍炙人口诗句。

煤炭真正大显身手应当是在 18 世纪欧洲的工业革命。

瓦特蒸汽机、珍妮纺纱机等一批大机器出现了，手工作坊发展成大工厂，大工业需要大动力，于是煤炭逐渐取代了薪柴。1800 年全球煤炭产量 1500 万吨，而 1850—1870 年的 20 年间，仅英国煤炭生产量即由 5000 万吨增加到了 11200 万吨，占当时世界煤炭产量的 51.5%（吴健，2005）。20 世纪的前 20 年，世界煤炭生产量由 5 亿吨增加到 9.4 亿吨，1965 年达到 30 亿吨。20 世纪之初，煤炭在世界能源消费中占 90% 以上。

埋在地下的有机残体，一旦转到地上，即成为工业革命的新宠、能源的霸主。

“江山代有才人出，各领风骚数百年。”

当煤炭在英国如日中天的时候，作为煤炭的衍生物，“一奶同胞”的兄弟石油，也不甘寂寞。1859 年被美国宾夕法尼亚州的德雷克用内燃机从地下钻出来了，用原油提炼成煤油，替代蜡烛和动物油，十分畅销，1864 年出口欧洲达 10 万吨之巨。无独有偶，几年后，俄罗斯也在巴库打出了一批油井。20 世纪之初，不是煤炭，而是石油把汽车送上大路，把飞机送上蓝天。

1912 年，时任英国海军大臣的温斯顿·丘吉尔，为提高军舰的灵活性和战斗力，军舰燃料由煤炭改用石油，石油成为军事战略物资，成为继煤炭后的能源新宠、国家间争夺的对象与战争温床。第一次世界大战后，英国在伊朗获得了石油开采权，成立了英国波斯石油公司；英法瓜分了战败国土耳其的石油资源；英、法、荷石油公司控制了在伊拉克发现的油田，继而美英等对巴林、沙特、科威特等中东油田进行控制，各大国逐鹿中东油田之势逐渐形成。第二次世界大战中，德国进攻苏联的战略目标之一就是要控制巴库石油资源；日本袭击珍珠港的战略目标之一也是意欲控制印度尼西亚的石油资源。

20 世纪六七十年代，石油输出国与石油消费国之间的矛盾日趋尖锐。出于保护自身利益的需要，石油输出国于 1960 年成立了石油输出国组织 OPEC。1973 年出现第一次全球性石油危机。以美国为首的石油消费国针对性地于 1974 年成立了“国际能源机构”（IEA），提出了“市场力量战略”反制。不久爆发两伊战争，引发第二次世界石油危机。

美国总统小布什上任不久遭遇“9·11事件”，随即发动阿富汗战争和伊拉克战争，他对美国依赖中东石油非常敏感。他在2006年国情咨文演说中说：“美国要保持领先地位就必须有足够的能源。但是，美国在使用石油上，像吸毒一样的‘上瘾’，而这些石油是从世界上不稳定地区进口的。最好的办法就是依靠美国人的才智和技术进步，打破对石油的这种过分依赖，摆脱石油经济，使我们对中东石油的依赖成为过去。”

化石能源的老三，天然气的开发比石油晚了半个多世纪。这个晚到的世界新宠同样是国家间的争夺对象和博弈武器。欧洲的石油和天然气资源贫乏，油靠中东，气靠俄罗斯。20世纪90年代欧洲与俄罗斯频频“斗气”。2019年年末有两则大消息：一个是俄罗斯宣布中俄东线天然气管道2020年年底全线投产与成立国家石油天然气管网集团有限公司，美国耿耿于怀；另一个是德国与俄罗斯的“北溪-2号”俄欧天然气管道工程，美国干脆实施制裁。

生物质深埋在地下千百公尺，经亿万年脱氧聚碳，就像孙悟空在太上老君炼丹炉中七七四十九天，炼成了火眼金睛；“七十二变”的煤炭、石油、天然气，可以转身变为化肥、塑料以及众多的石化产品。

我们可以逆向思维一下，如果没有被埋藏在地下的生物质，没有煤炭、石油和天然气，那么，汽车、火车、飞机、轮船、电灯、电话、空调、冰箱会是什么样子？工业文明又会是什么样子？

谁也不会想到，能源会成为人类社会发展的物质基础、社会经济的命脉。亿万年前埋在地下的生物质化石，今天竟演绎出了如此精彩绝伦的工业文明，却也惨烈与血腥地成为大国间争夺的对象。

1.4 潘多拉魔盒

深埋地下的生物质，以化石能源的面貌在人类工业文明中做出精彩表演的同时，也导演了一出“孙悟空大闹天宫”的闹剧。

地球大气层中的氧、氢、氮等单原子及双原子气体对太阳的短波辐射进入地球和经地面增温后以长波辐射返回大气层的影响均很小，而含三个原子的二氧化碳、水蒸气、二氧化硫等则大量吸收积累增温后返回大气层，使地球表面热量散失减少而增温，即所谓的“温室效应”，导致温室效应的气体称作“温室气体”。

2007年，《自然》杂志刊载耶鲁大学的一篇文章中说，温室气体对地球表层气候的影响至少已持续了4.2亿年，其间二氧化碳含量每增加1倍，全球气温就会增加3摄氏度。如果没有这些温室气体，地球表面的平均温度不会是现在的15摄氏度，而是−18摄氏度。如此说来，温室气体功莫大焉，如果没有温室效应，哪有今天如此美妙动人的地球。

那么，为什么现在又把“温室效应”和“温室气体”说得如此可怕呢？

问题是，地质时期温室气体的积累，地球表面增温，以及生物进化是个非常缓慢和协同进化的过程，而现在人们说的“温室气体导致全球变暖”则是自人类工业革命以来，温室气体在极短时间以极快速度积聚、导致全球气候快速变暖和引起生物体生存环境紊乱。

全球气候变化权威性国际组织IPCC发布的第四次科学评估报告《气候变化2007》指出，全球大气二氧化碳浓度已从工业化前的280克/立方米增加到了2005年的379.1克/立方米，即100多年排放和积聚于大气的二氧化碳相当于4亿年累积量的1/3。评估报告庄严指出：“全球气候变暖已是不争事实。”而汤·弗里曼更称为“一个令人恐惧的已知事实”（Thomas L. Friedman，2008）。

全球气候变暖对人类生存环境带来什么样的影响？

评估报告是这样描述的：

- 冰川消融加速，冰川积雪的储水量减少，海平面上升，旱区面积扩大，世界1/6以上人口的可用水量将受到影响。
- 水资源时空分布失衡，部分地区旱者越旱，涝者越涝，洪涝灾害加重，热浪、强降水、台风等极端天气事件将更加强烈和频繁。
- 对全球生态系统将造成不可恢复的影响，包括全球平均温度增幅超过1.5～2.5摄氏度；二至三成物种可能灭绝；二氧化碳增加海水酸度，导致海洋生态失衡；农林业的气候变率以及气候和生物灾害增加，收成更加不稳定。
- 对沿海及低洼地区的经济及社会发展造成巨大影响；将导致突发性公共卫生事件增多增强，严重威胁人类健康；对亚洲的威胁将更加严重。

问题来了，导致全球气候变暖的这么多的温室气体是从哪儿来的？

美国能源信息署IEO在《国际能源展望·2005》中坦言：“引起全球变暖的温室气体80%～85%来自化石能源消费。”其中，石油、煤炭和天然气的贡献分别是54.5亿吨、53.5亿吨和35.4亿吨。二氧化碳、甲烷、氯氟碳化物和二氧化氮四者的贡献率分别是49%、18%、14%和6%。

二氧化碳不仅量大，且在大气中可停留 100 年。而甲烷，是生物质在厌氧条件下分解的，以及煤层气（瓦斯）、天然气、湿地、稻田、畜禽粪便和城市有机垃圾等排放出的，其温室效应是二氧化碳的 21 倍，但数量远少于二氧化碳，且在大气中停留时间为 10 年。

每燃烧一吨煤，有约 20 千克的二氧化硫释放到大气，溶入水汽而生硫酸，使降水成为酸性，pH 达 5.6 以下者称酸雨。酸雨不仅直接危害人体健康，还会使河湖水体酸化，破坏森林、植被和土壤，导致生态恶化，以及腐蚀金属等各种材料。

好啦！罪魁祸首找到了，原来是化石能源燃烧释放能量的同时，像打开了潘多拉魔盒似的释放出了大量二氧化碳、水蒸气、甲烷、二氧化硫等"妖魔鬼怪"；是埋在地下的生物质，这个"孙悟空"在"大闹天宫"。

1.5 生物质演绎绿色文明

解铃还须系铃人。既然是地质时期的生物质惹的祸，就要靠当代生物质等去解决，由此就给了当代生物质演绎绿色文明的机会。

世界真奇妙，无奇不有。

在 19 世纪中叶美国宾夕法尼亚州用内燃机开采出石油，20 世纪初美国出现汽车和石油热潮的时候，美国的邻居巴西却爆出一个冷门。

既眼红又嫌汽油太贵用不起的巴西，凭借国内盛产甘蔗和加工酒精的优势，1931 年发布总统令，规定凡政府公务用车必须在汽油中添加 10% 的甘蔗乙醇，公众用车也要添加 5%。"二战"期间，巴西进口石油非常困难，竟在汽油中掺进了 62% 的甘蔗乙醇。20 世纪 70 年代世界石油危机中，巴西启动了"全国实施发展燃料乙醇生产计划"，号召并以法律形式在全国强制推行使用添加甘蔗乙醇的"爱国汽油"。20 世纪 80 年代中期巴西甘蔗乙醇年产 50 万吨，使用乙醇汽油的汽车销量占 94.4%。

巴西建成了一个有 7 万多家原料生产供应商，386 家乙醇生产商，261 家经销商，618 家零售经销托运商以及 3.5 万个销售站，从蔗田到车轮的完整生产销售系统，还有一条由甘蔗乙醇产地到大西洋海岸的专用管道，专供出口日本等国。生物乙醇已成巴西的国家支柱产业。

不可思议的是，盛产石油和车轮上的美国，因消费量太大，20 世纪 70 年代由石油出口国成了石油净进口国。此时，石油输出国与石油消费国之间的矛盾日趋尖锐，全球石油危机爆发，油价骤涨，美国也回过头来试用本国优势作物玉米为原料生产燃料乙醇。

20 世纪后半叶，一些有识之士敲响了让人类猛醒的警钟。

1962 年，海洋学家 Rachel Carson 在她的《寂静的春天》一书中就有机化学农药对环境的伤害发出了第一支投枪。1972 年 Dennis L. Meadows 著《增长的极限》出版了；同年联合国在斯德哥尔摩召开了“人类环境会议”，在会上提交了一份由 58 个国家，152 位成员组成的委员会编写的一份非官方报告《只有一个地球》并发表《人类环境宣言》。报告呼吁：

> 在这个太空中，只有一个地球在独自养育着全部生命体系……这个地球难道不是我们人世间的宝贵家园吗？难道它不值得我们热爱吗？难道人类的全部才智、勇气和宽容不应当都倾注给它，来使它免于退化和破坏吗？我们难道不明白，只有这样，人类自身才能继续生存下去吗？
>
> 尽管我们许多人居住在高科技的城市化社会，但我们仍然像以狩猎和采集食物维生的我们祖先那样依赖于地球的自然系统。

受联合国秘书长委托，以挪威首相布伦特兰夫人为首的 22 人国际委员会（WCED）向联合国提交的《我们共同的未来》报告，振聋发聩地向全世界宣告：“全球正面临人口、资源、食物和环境的严重挑战。”

1992 年，联合国在巴西里约热内卢召开了“世界环境与发展首脑峰会议”，主题是“可持续发展”。会议发表了《里约环境与发展宣言》《21 世纪议程》《联合国气候变化框架公约》《生物多样性公约》等划时代的理念与约定。

人类觉醒了，想开创一个绿色发展的人类新纪元。逐步用可持续的清洁能源替代化石能源，用可持续的清洁材料替代有害于环境的石化材料。

1999 年，克林顿签署的《开发和推进生物基产品和生物能源》总统执行令。2002 年，成立了“生物质项目办公室”与“生物质技术咨询委员会”，编制了《生物质技术路线图》，提出 2013 年美国能源消费总量中可再生能源占 9.45%，其中生物质能、水电、风电、太阳能和地热的占比分别为 4.62%、2.64%、1.65%、0.33% 和 0.21%。

“执行令”也带动起全球生物质热。

2003 年欧盟发布《欧盟交通部门替代汽车燃料使用指导政策》，提出在汽车燃料消费中生物液体燃料的比例要由 2005 年的 2% 提高到 2010 年的 5.57%，2020 年达到 8%；日本于 2002 年经内阁会议正式审议通过了《日本生物质综合战略》；印度 2003 年开始在 9 个邦推广使用 E5 乙醇汽油，开始了“石油 / 农业领域”的“无声革命”。2004 年 9 月，经济合作与发展组织（OCED）发表的研究报告指出："各国政府应大力支持和鼓励生物质能源领域的技术创新，减小它与传统原油及天然气产品的价格差距，以最终达到替代的结果。"

2008 年秋在巴西召开了由 90 个国家和 24 个国际组织参加的"国际生物燃料大会"，会上巴西宣布 2007—2008 年度巴西甘蔗乙醇产量 2189 万吨，超过汽油消耗的 40%，全国销售的汽车全部是既可使用乙醇又能以汽油为燃料的"灵活燃料"汽车。

2015 年又在巴黎召开了全球气候变化大会，通过了将全球平均气温较前工业化时期上升幅度控制在 2 摄氏度以内的《巴黎协定》，一次"对地球和地球上的人们来说，这是里程碑式的胜利！"

1998 年，中国科学院朱清时院士指出："近百年来煤和石油是主要能源和有机化工原料，它们给人类社会带来了繁荣，也造成了严重的环境污染。无论污染问题是否可以最终解决，人类迟早需要重新依靠可再生的生物质中储存的太阳能，但不是过去那样简单地燃烧它们，而是寻找高效地利用它们的新方法。"

能源化工界权威，中国石油化工科学研究院前总工程师、副院长，催化委员会主任、绿色化学专业委员会主任，中国科学院院士、中国工程院院士闵恩泽（图 1–4）毕生奉献于石油化工事业，在他耄耋之年提出："从长远看，石油终将枯竭，利用取之不尽、用之不竭的农林生物质资源将会逐步兴起。由石油碳氢化合物生产的化石燃料，终将会由碳水化合物生产的生物质燃料逐渐部分替代。让我们加强生物炼油厂的研究，迎接'碳水 化合物'新时代的到来。"

图 1–4　讲话中的闵恩泽院士

请注意，克林顿总统的"执行令"说的是生物质的"技术进步"，而闵老说的是"迎接碳水化合物新时代"，深度与高度远不在一个层次上。

看来，埋藏地下的生物质跑到地上为工业文明建功立业而又惹下环境大祸，还得靠当代生物质出来救场。

1.6 中国奇遇记

38亿年的进化奇迹，4亿年的地下“修炼”，5000年的农业文明，200年的工业文明，还有当代正在上演的绿色文明等大戏，生物质都扮演了独一无二的角色。

中国，有5000年辉煌的农业文明，工业文明稍晚一步，绿色文明刚开场，却有了一段“奇遇记”的佳话。

“美国用玉米生产乙醇很成功，我们为什么不能用陈化粮生产乙醇，这不是一举两得吗？”这是2000年，我在北京西郊宾馆亲自聆听到的朱镕基总理在中国科学院全体院士大会上报告中说的一句话。20年过去了，这句话的历史与现实意义越来越突出了。

中国是个人多地少，旱涝频仍，历来缺粮，历史上每逢荒年，饿殍遍野的国家。

“文革”结束不久，为保障国人口粮，每年不得不动用极缺的外汇，进口数百万吨粮食。几千年来，粮食是压在中国人民头上的一块巨石。“文革”结束不久，中共中央在《关于加快农业发展若干问题的决定》中指出：“我们只有加快发展农业生产，逐步实现农业现代化，才能使占我国人口百分之八十的农民富裕起来，也才能促进整个国民经济蓬勃发展。”（1979年9月）中国的改革开放就是那时从农村开始的。

奇迹，党的十一届三中全会、5个“一号文件”和25项措施，全国粮食总产就噌噌地上去了。

1949—1978年的29年间，中国粮食年总产由1亿吨增加到3亿吨，年均增长约660万吨；改革开放后的1978—1990年的12年间，粮食年总产由3亿吨增加到4.6亿吨，年均增长约1330万吨，1996年年总产量登上了5亿吨台阶。也就是这18年，粮食年总产净增了2亿顿。1999年，朱镕基总理在一年一度的政府工作报告中指出：“我国粮食基本自给，丰年有余”，对于一个千年缺粮的国家，这句话重若千钧。

朱镕基是位有福气有魄力的总理。1998年一上位，就是粮丰库满，忙于处理“卖粮难”“谷贱伤农”“建库存粮”“陈化粮压库”等问题。总理一边推行减少部分粮田面积和以库粮补贴退耕农民的一举两得的“退耕还林”；一边实施既消化陈化粮又发展了绿色能源的、一举两得的“陈化粮乙醇”战略。反正，“富难题”比“穷难题”总会好办一些。

朱总理一向大刀阔斧，雷厉风行，将燃料乙醇项目列为国家“十五”规划的十大重点工程项目之一。2001 年在吉林、黑龙江、安徽、河南四个粮食生产大省批准了四个陈化粮乙醇生产项目，设计年生产能力 73 万吨。随着四厂陆续投产，并推出了一系列的配套政策与措施。2006 年销售燃料乙醇 152 万吨，乙醇汽油 1544 万吨。仅此三五年，中国的燃料乙醇生产与使用一跃而为世界第三，仅次于美国、巴西。

在“千年缺粮”到“基本自给”的历史节点上，现代生物燃料在中国出现了，出现在国家“十五”的十大重点工程之中。此乃奇遇！一段佳话！

“开篇”章至此。有感而写四言一首。

绿精灵之歌

混沌初开，生命苏萌；细菌自养，添绿色素。
上聚光能，下吸水养；天地精华，聚为碳水。
由低而高，由海而陆；植物动物，地球荣华。
地质精炼，是为聚能；驯化生物，农业文明。
科技革命，工业文明；化石能源，风云叱咤。
温室气体，搅乱自然；解铃系铃，当代生物。
力挽狂澜，持续发展；领衔时代，绿色文明。
四十亿年，天予地造；绿色精灵，地球传奇。

2 发现“新大陆”

（2004 年）

2003年的SARS疫情，把工作与生活全打乱了，许多工作与活动不得不停了下来，憋得大家很难受。记得是2003年的6月23日，北京SARS疫情解除了，街上人行车驶，熙熙攘攘，行人脸上多了一份轻松与微笑。

2.1 国家中长期科学和技术发展规划

北京SARS疫情解除的第二天，我驱车到西郊宾馆，参加科技部召开的"国家中长期科技发展规划"战略研讨会，一个"吹风会"。

一个多月后，8月16日，还是在西郊宾馆，由国务委员陈至立主持，正式召开了《国家中长期科学和技术发展规划》启动会。

陈至立说，这是2003年3月以温家宝为总理的新一届政府成立后力抓的一件大事。她说，今年6月13日的《国家中长期科学和技术发展规划》领导小组第一次会议上温家宝总理说："1956年周恩来总理亲自主持制定的《1956—1967年科学技术发展规划》为新中国的经济和社会发展奠定了非常好的科学技术基础。希望我们制定新世纪的这个规划，也能为全面建成小康社会，加速实现现代化奠定一个好的科学技术基础。"

"家宝总理对此十分重视，此计划将决定21世纪前20年我国科技的发展。此次战略研究集中了全国有关领域的顶尖科技专家，拟用时一年零三个月。"陈至立又强调说："请专家们放心，你们的研究结果不会只是政府部门的参考资料，而是在未来几个五年规划中必须实施的项目。"这段传达很重要，可以解除科技人员中存在的"规划规划，纸上画画，墙上挂挂"的心疾。

会上，科技部徐冠华部长传达了总理的三点要求：一要有一个正确的指导方针，这是基础；二要有主攻方向与目标并落实到重点项目和课题上，这是最终结果；三是强调发扬民主，集思广益，开门研究。总理特别强调，高水平的战略研究是做好这次规划的前提和基础。

总理亲任领导小组组长，国务委员陈至立任副组长，成员由23位有关部委的领导组成，办公室主任是科技部部长徐冠华。领导小组下设总体战略顾问组，由王选、王大中、王大珩、石元春等21人组成，召集人是周光召、宋健和朱光亚。这个阵势可称得是"高大上"了。

8 月的北京，秋风送爽。

启动会后两三天的一个下午，我书房里暑气已消，阳光西斜，计算机旁工作的我神清气爽，轻敲键盘。

电话铃声响了。

“喂！你是石院士吗？我是徐冠华。”来人直接通名报姓。

“哦！徐部长，我是石元春，怎么电话打到家里来了？”我有些意外，因为通常科技部有事，总是由一位处长或副司长给我打电话，这次怎么部长亲自打电话到家里来了，可能事大。

“石院士，国务院决定制定‘国家中长期科学和技术发展规划’，家宝总理是领导小组组长，我是办公室主任。我们想邀请你参加农业科技领域的发展战略研究，怎么样？没问题吧。”

“谢谢邀请，那就‘老骥伏枥’，志在‘中长期’吧。”我与徐部长很熟，说话比较随便，顺势幽了一默。

三四天后，徐部长又把电话打到了家里。

“石院士，我们商量了，想请你当农业科技战略研究组组长。”

“不行！不行！我已经 70 多岁了，找位年轻些的专家更合适。”我在电话里立即谢绝。

“我们已经考虑过这个问题，组长非你莫属了。你的身体很好嘛！就不要推辞了。你不是说‘老骥伏枥’吗？”这句话可把我堵得无法推脱。早知今日，几天前就不该耍这个“贫嘴”了。

科技发展战略研究内容有总体战略与科技体制改革、科技发展的重大任务（制造业、农业、能源资源与海洋、交通等 13 个专题）、投入与政策和重大专项四个部分。

我还是老习惯，每接一个新任务，总以“查询资料 + 头脑风暴”开道。8 月 16 日拟好 04 专题（农业）的研究提纲；8 月 26 日完成开题报告 PPT；9 月 8—9 日在北京岭南饭店正式召开专题启动会。经集体讨论后，于 9 月 16 日在昌平九华山庄讨论形成了正式开题报告，准备 11 月 1 日出席在京西宾馆召开的“专题汇报交流会”。交流会上，20 个专题依次汇报研究阶段进展，陈至立主持。

12 月 9 日结束了专题研究阶段，进入咨询研究阶段，要求封闭式进行。

当晚到北京机场附近的北京国家会计学院报到，集中封闭一个半月，其间一边将专题研究报告提交中国科学院、中国工程院、中国社科院等有关部门征求意见，一边进行各专题交流和不断修改与深化专题报告。“封闭”是为创造一个“闭关修行”的环境，我是头次享受，真好。

图 2-1　北京国家会计学院及门前朱镕基总理题词的石碑

北京国家会计学院相当于一个小型的大学校园，是集宿舍楼、教学楼、图书馆、报告厅、体育场（馆）、餐厅为一体的一个建筑群，很新、很现代、很安静。进门有一块巨石，上书朱镕基总理题词“诚信为本，操守为重，坚持准则，不做假账”赫然入目。“不做假账”写入题词，确系朱镕基总理风格。

我们专题组组长住在独栋小别墅的套间里，一切设施齐全。餐厅离宿舍不远，溜达过去就能享受美食。要求我们在此封闭期间不要外出，需要组织会议或小范围谈话皆由办公室负责安排。工作安排得很紧凑，20 个专题，每周汇报一次进度，经常住在这里管事的是科技部李学勇副部长和部办公厅石定寰主任，还有有关的司局长和处长。

我很喜欢这种“无丝竹之乱耳，无案牍之劳形”的潜心思考环境，远离喧嚣“红尘”的氛围。这一个多月，我一次未出过大门，因为舍不得须臾离开此“清净修为”环境。在这里，我找到了一种深山老林修行“僧人”的感觉，只可惜今生唯此一次。

2.2　发现“新大陆”

20 世纪 90 年代，我参加过“S-863 计划”和“973 计划”战略研究，都是由科技部主持制定的国家科技发展规划。而这次《国家中长期科学和技术发展规划》则是举全国之力，揽全国之英才，由国务院主持、总理亲任组长的一次对我国未来 20 年的国家科技发展作战略性研究。作为农业组组长，我深感责任之重大。

在起始的“头脑风暴”中，我想的不是农业科技，而是农业与农民。中国“三农”是党工作的“重中之重”，为什么农业又是弱质产业？出路在哪里？中国农民为什么这么穷？致富之路在哪里？如果这些问题不想明白，就科技论科技，那还叫“战略”研究吗？

纵观天下大势，现代农业有两大类：一类是以美国、加拿大、巴西为代表的资源型现代农业，乃凭借拥有的大量土地和从事机械化生产，农业产量与农民收入双高。另一类是以欧洲国家和日韩等为代表的非资源型农业，农民占有土地虽不多，但凭集约化生产和农工贸一体化经济，农业产出与农民收入也很高。

以荷兰为例。全国人口 1630 万人，农业人口 50 万人，耕地 1360 万亩，1991 年的土地生产率达到 2468 美元 / 公顷，世界第一；劳动生产率 4.5 万美元 / 人，稍逊于美国，是世界第二或第三的农产品出口大国。秘密在哪里？就在于集约种植和食品 / 农产品加工一体化。以色列更是一个水土资源贫乏的小国，却又是食品 / 农产品出口欧洲的大国，秘密也在这里。以初级农产品生产产值为 1，美、日、英的食品 / 农产品加工产值分别是 4.5、4.8、6.7。中国多少？ 0.4，差距太大了。

中国是非资源型农业，既缺土地与机械化，还长期实行城乡二元化和工农二元化。说白了，“三农”就是计划经济体制下为城市和工业化提供附加值很低的粮食与农产品的一台廉价机器。农业能强吗？农民能不穷吗？这是中国农业业弱民穷的根源，规划再好的科技能解决这个问题吗？

在改革开放形势下，我曾不遗余力地呼吁国家废除城乡二元化和工农二元化体制。如果工业搞市场经济，农业搞计划经济，麻烦就大了，“三农”必须重视发展乡镇企业和农村工业，以及一二三产业的融合，城乡一体。我为此写过不少文章，做过不少讲演和发言，多次向中央反映。参加国家中长期科技发展规划战略研究，是又一次给了我力谏的机会。

农业发展的战略思路清晰了，农业科技战略才有了大方向。

也就是说，不仅要有提高农产品产量与品质的科技，还要有提高“三农”的整体素质，提高农业竞争力和让农民富起来的科技。因此在此次战略研究队伍里，增加了农产品加工与一二三产业融合方面的专家。

为此一得，我沾沾自喜，踌躇满志。

不料，天上又掉下个“大馅饼”。

事情是这样的。

2003 年只剩下最后几天了。与我同在北京国家会计学院“闭关修行”的，住在另一座楼的程序教授给我打来电话。

“阮榕生来看你了，现在带他到你房间可以吗？”

“请他来吧。”

阮榕生是谁？中国农业大学校友，美国明尼苏达大学华裔教授，美国政府某能源机构专家委员会成员。

见面稍作寒暄，他即谈道美国最近在能源战略上有个大行动，主要是发展生物质能源，特别是燃料乙醇。克林顿还发布了《开发和推进生物基产品和生物能源》的总统执行令。我越听越觉得这里大有文章，模模糊糊地感到有可能与我们这次的中长期科技发展战略研究有关。我问得越来越细越具体，后来干脆问：

“阮教授，克林顿的这个总统令你有吗？”

“我这里有，回头发到您的邮箱里。”

“太好了！谢谢你！”

第二天我的邮箱里就收到阮教授发来的，1999 年 8 月 12 日克林顿签发的 13134 号总统令“开发和推进生物基产品和生物能源”（图 2–2 左）。我如获至宝，迫不及待地看了起来。总统令的第一款“Policy”中写道：

> 目前生物基产品和生物能源技术有潜力将可再生农林业资源转换成能满足人类需求的电能、燃料、化学物质、药物及其他物质的主要来源。这些领域的技术进步能在美国乡村给农民、林业者、牧场主和商人带来大量新的、鼓舞人心的商业和雇佣机会，为农林业废弃物建立新的市场，给未被充分利用的土地带来经济机会，以及减少我国对进口石油的依赖和温室气体的排放，改善空气和水的质量。

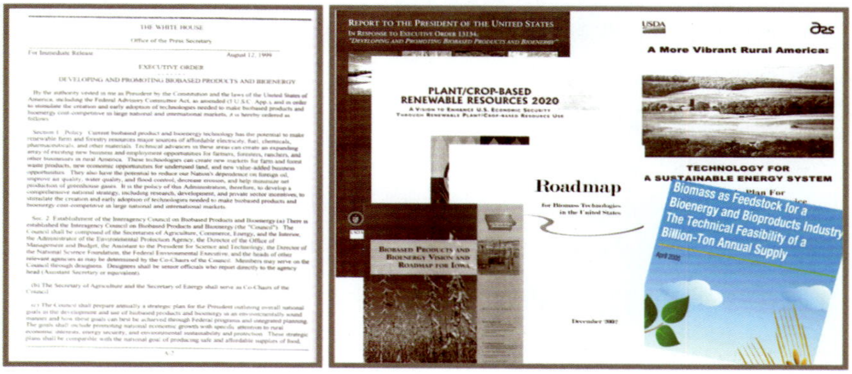

图 2–2　克林顿的“总统令”首页（左）及相关文件与资料（右）

天哪！五千年的农业，一直是从事籽实和肉蛋奶生产的，作物秸秆和畜禽粪便等，农业废弃物也！聊作肥料而已。现在这些农林废弃物居然可以“转换成能满足人类需求的电能、燃料、化学物质、药物及其他物质的主要来源”，这完全是另一种概念，另一产业领域。难怪“总统令”指出，是“在美国乡村给农民、林业者、牧场主和商人带来大量新的、鼓舞人心的商业和雇佣机会”，可以“建立新的市场，给未被充分利用的土地带来经济机会”。令中都是“新的”“新的”……最后一句是“减少对进口石油的依赖和温室气体的排放，改善空气和水的质量”，保障国家“石油安全”与“绿色发展”，这还是五千年传统农业概念与领域吗？

字字珠玑，意义深远，我像孩童捧着心爱的玩具，像收藏家把玩奇珍玉石，翻来覆去地不愿离手。

请注意，这不是《科学》和《自然》文章，不是媒体宣传，而是“总统令”，是一群高层专家与战略家给总统出谋划策，是要在全国推行的国家重大战略决策。

其目标是“到2010年生物基产品和生物能源增加3倍，2020年增加10倍，以及每年为农民和乡村经济新增200亿美元的收入和减少1亿吨碳排放量”。为此联邦政府建立了由农业部部长和能源部部长担任主席的“生物基产品和生物能源部际协调委员会”“生物基产品和生物能源咨询委员会”以及“生物基产品和生物能源协调办公室”。与“总统令”同时，还发布了《写给农业部部长、能源部部长、财政部部长、环保署署长的备忘录》，命令他们在120天内完成一份到2010年将美国生物基产品和生物能源增加3倍的报告。

我感到兹事体大，依此顺藤摸瓜，查到了2000年的《美国能源部和农业部关于发展生物质基产品和生物能源给美总统的报告》、2001年美国制定的《植物——作物基可再生能源：2020》报告、2002年的《美国生物质技术路线图》、2002年美国农业部制定的《生物质能源及替代能源研究计划》，以及2005年美国能源部和农业部向美国国会提交的《关于每年为生物质能源和生物基产业提供10亿吨生物质原料的技术可行性报告》等（图2-2右）。这些都是发布“总统令”后的系列行动。

对于“闭关修行”中孜孜求索改善农业弱势地位，寻求农民财路的我，“总统令”无疑是从天上掉下来的一个大“礼包”，大“馅饼”。

我深有感触地想起了杜甫在《望岳》中的诗句：“会当凌绝顶，一览众山小。”

当我登上“生物质”这座大山的时候，原来我曾为之沾沾自喜的“将农产品生产延伸到农产品加工”不过是将现成的一节车厢，从工业列车改挂到农业列车上，而“生物质能源和生物基产品”则是农业自产自制的一列新型、大马力和绿色的高速列车。

“众里寻他千百度，蓦然回首，那人却在，灯火阑珊处。”

2.3　什么是“生物质”？

一连数日，我心兴奋，不能自已。

在周五组长汇报例会上，我当然会兴致勃勃地介绍这个新发现，不料却让与会者一头雾水，与会者也给了我一盆冷水。主持会议的是石定寰秘书长，他听完我的汇报后冷冷地问道：“石校长，你说的生物质是什么？”

我得意地把要点又说了一遍。

“那和你们，和农业科技发展战略有什么关系？”石定寰秘书长继续冷冷地反问。

我又极力解释，在座的无人响应，连一个好看的脸色也没给，我感到很无助。是我口才不好、表达能力欠佳，还是因为我是刚从“外星”回来的？

过了两天，秘书组通知我，说李学勇副部长要到农业科技组座谈。我问座谈什么？回答是“生物质”。看来是石秘书长将我在碰头会上提的生物质问题汇报给学勇副部长了。好在大家都被“封闭”在北京国家会计学院里，走上几步就可以开会座谈，无须动用汽车和受堵车之苦。

这是个下午，学勇副部长、农村司王晓方司长，以及四五位处长和工作人员来到了我们农业科技组驻地。

“石校长，听说你在汇报会上谈到生物质，我们感到很陌生，你能不能详细点给我们说说。”

这次是专题座谈，时间充裕，我敞开地说了半个多小时，将“总统令”也亮了出来，程序同志在一旁补充着。学勇副部长很钻研，问了许多问题。结束时没有表态，只是起身时说了一句：“石校长，现在我们明白些了。”很深沉，很含蓄，我很不满足。

将一行人等送到门口时，我将王晓方司长留下了，他是中国农业大学校友，我们很熟。我直截了当地问：“晓方，你是怎么看生物质的？说说你的真实想法！”“石校长，您提的生物质，想法很好，但可能是未来的事。”晓方的真话又泼了我一身冷水，我急不择言地说：“不对！晓方，这不是未来的事，是现在的事。”

一次在餐厅午餐，我端着取好的一盘饭菜找座，正好清华大学校长王大中院士一人一桌地先我而食，他是能源专题组组长，我端着饭菜在他对面坐下。互打招呼，寒暄几句，我先挑起了话题：“农业组提出了生物质能源问题，王校长，你们能源组有什么看法吗？”

“没有！”王校长一向寡言少语，不苟言笑。说了“没有”二字就没有了下文，连缓冲与回旋余地也没有。我一脸尴尬。

我只得硬着头皮把农业组对生物质能源考虑简单地说了说。开始他面无表情，说到美国情况，表情放开了些，偶尔点点头。但还是疑虑地说："煤炭、石油、天然气都有矿藏，有煤田和油田，可以工业化开采的。生物质虽多，但能量密度很低，满地都是，怎么收集？怎么形成工业化生产和产品？"他振振有词地反问。

"纺织工业的棉花不也是一朵一朵摘下来的，制糖业的甘蔗和甜菜不也是一株一株砍下的？只要有社会需求，人就会有办法收集。"我的辩解也很有力道。

"那倒也是！"看来有些松动。说完这四个字又没话了，还是深不可测。

饭快吃完了。我说："王校长，今天下午我请一位同志把美国的材料送给你。""好的，谢谢石校长。"离开北京国家会计学院前我把农业组的战略研究初稿给了他一份，最后得知，能源组研究报告中居然有了生物质能源，而且是不短的一大段。看来，我的努力没白费。

一次在餐厅吃晚饭，我边吃边和坐在对面的徐冠华部长聊天。能源组的专家、清华大学副校长倪维斗院士，吃完饭从我身边走过，打了个招呼。突然又走了回来，弯下身来低声对我说："石校长，听说你要搞生物质能源？""怎么啦？""我劝你别搞，没什么搞头，搞不出什么名堂的。"说完转身就走，根本不给我说话机会。可是刚走出几步，又回过来对我说："石校长，如果你真想搞，生物质成型颗粒燃料还不错，我可以带你去看看。"

倪副校长，上海人，热情而精明过人，煤炭与煤电领域的领军专家，在"S-863"战略研究中我们共事多年，我们二人私交不错。

想不到，这次饭桌前倪石二人的两句交谈，竟让我们二人在生物质能源领域多次上演了精彩的对手好戏，这是后话。

从北京国家会计学院回到学校。瞿振元书记和到校不久的校长陈章良来家里看我，少不了会说到国家中长期科技发展战略研究、会计学院封闭与生物质等。章良校长也问我："石校长，什么是生物质？"对这位刚从美国回来不久的生物科学博士，无须多做解释，我只说了"Biomass"，多一个字也没说。他立即心领神会地点头说："我知道了，Biomass。"

什么是生物质？在当时科技界确实很生僻。20年了，想不到我还在到处讲"什么是生物质？"

"杨家有女初长成，养在深闺人未识。天生丽质难自弃，一朝选在君王侧。回眸一笑百媚生，六宫粉黛无颜色。"如果将生物质比作杨家女倒也恰当，只需将"杨家"改为"洋家"，"君王"改为"国家"即可。

我一直是这么想的，以后的事实也是这么发展的。

下面我就讲“一朝选在君王侧，回眸一笑百媚生”的真实故事，20年的故事。

2.4 “6·15”汇报

2004年4月上中旬，在京丰宾馆二次集中两周，各专题组对研究报告做最后修改加工，交流协调，以及汇报预演。5月和6月，陆续向国务院国家中长期科技发展规划领导小组汇报，04专题组安排在6月15日。

6月15日上午，天气晴好，阳光和煦，给人以神清气爽的感觉。

汽车直接开进中南海西北门，传达室前的接待人员看了车牌，问清来人后告知在第一会议室开会以及行车路线。

第一会议室是国务院用于召开大型会议的，此刻门前已是人车会聚，熙熙攘攘。第一会议室近乎方形，可容纳一二百人，正中纵放着一个大型长条椭圆形主桌，两厢各纵放数排桌椅，供参会和工作人员用。坐在主桌的主持人坐北朝南，南墙有一个放映用的大屏幕。

这天上午是04（农业）和08（人口与健康）两个专题组汇报。出席会议的有温家宝总理、黄菊、回良玉、华建敏、陈至立等国家领导人；有国家中长期科技规划领导小组成员中国科学院院长路甬祥、中国社会科学院院长陈奎元、科技部部长徐冠华等21人；有顾问专家组成员周光召、宋健、朱光亚、王大珩、石元春、孙家栋、师昌绪等14人。主持会议的温家宝总理在主桌北头就座，有关人等分坐两侧，我和中国医学科学院院长刘德培院士是主汇报人，坐在主桌南头，与主持人相对。

04专题组先汇报，我的电脑已与显示屏链接好。规定每个汇报40分钟左右，讨论45分钟。我准备了66张幻灯片，平均每10分钟汇报15张幻灯片，这都是要算计好和预演过的。汇报中，该说的要说到位，可说可不说的一句不说，时间太宝贵了。

9时整开会。

温家宝总理说：“国家中长期科技规划战略研究课题汇报已经进行了6个专题，从今天起，后面这些专题我们把顾问小组的成员都请来了。今天宋健同志、光亚同志、光召同志，还有我们在座的这么多位老科学家都到会了。这确实是一项非常重要而且非常庞大的工作，做好了意义十分深远，直接关系到我们国家今后十年、二十年，甚至更长远的经济社会发展。所以，党中央、国务院非常重视。规划战略研究20个课题，一个课题、一个课题都要听，国务院部门的同志也都来了。今天上午进行汇报的第一个课题是农业科技问题的研究，还有一个是关于人口和健康课题研究。现在先请元春同志汇报农业课题组的研究情况。”

我汇报PPT的第一张幻灯片，开宗明义地提出“本汇报是在对世界和中国农业形势分析基础上，围绕未来15年中国农业发展中的四大主题提出相应的科技战略与解决方案”（图2–3）。语速不快不慢，字字着力。第二部分是汇报的主体部分，分别用了10、9、13和19张幻灯片阐述了农业的四大主题与相应战略，即粮食安全与替代战略、农业生态安全与解铃战略、农民增收与拓展战略、农业科技与跨越战略。最后提出了中长期科技问题的4个重点领域、12个优先主题和两个重大专项。汇报是以4点政策性建议结束的，用了47分钟，超了7分钟。

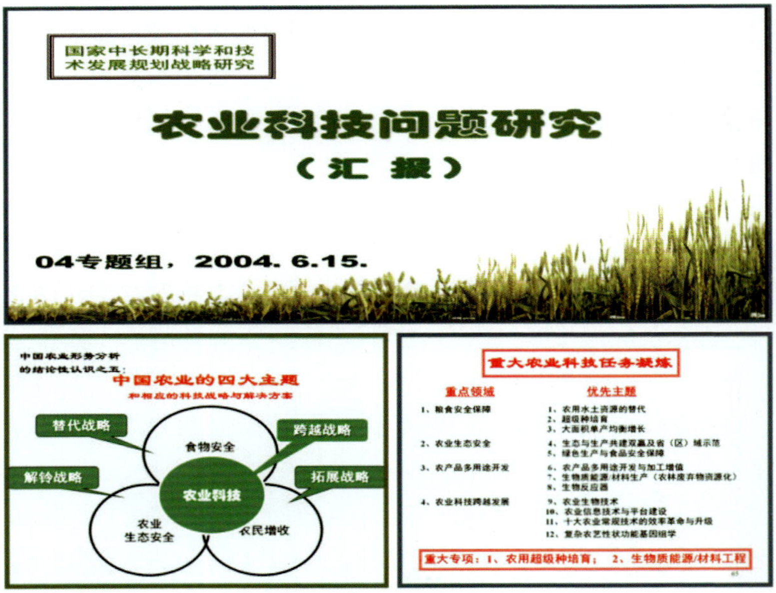

图2–3 04专题组汇报PPT中的首页（上）等3张幻灯片

汇报结束后，总理说：

元春同志做了一个很好的汇报，这是他们研究成果的浓缩，用了不到一个小时时间。下面，我们用40分钟来进行讨论，大家发言都要简短，主要看他们的研究成果、提出的建议、对一些问题的论断，大家有什么意见，有什么要求，有什么建议。

路甬祥、宋健、曲格平、周光召、朱丽兰、李京文等都先后作了重要发言。每位发言时间不长，但都能高屋建瓴，说到要害，毕竟都是些国家级人物。当时我就有一种“高手过招”的感觉，受益匪浅。

温家宝总理最后就粮食、新的农业技术革命、“四大战略”、大农业、生物能源、生物技术等6个问题做了总结性发言。最后说：“大家都同意这个报告，并且提了很好的意见，农业小组是不是可以再继续做些补充修改。”

后来了解，我们提的12个优先主体全部列入了科技部“十一五”重大科技项目，总算没白忙活。

2.5 生物质经济已经浮出水面

本节是“6·15”汇报中对生物质部分的专述。

“6·15”汇报PPT的生物质部分用幻灯片9张，占1/7篇幅，安排在第三主题“农业发展农民增收与领域拓展战略”。本主题的开场是，以李斯特的“农业发展三阶段论”、卡西亚诺夫的“农业纵向一体化论”和戴维斯的“农业企业化论”的“三论”介绍现代农业自身发展规律，随之讲20世纪发达国家与中国的农业发展状况，提出农业必须从“初级农产品生产”的初级阶段跃升到一二三产业融合和产业化经营的新阶段，并将此概括为四大战略中的“拓展战略”，由此导出“生物质经济”。

生物质经济的第一张幻灯片是“生物质经济已经浮出水面”（图2-4）：

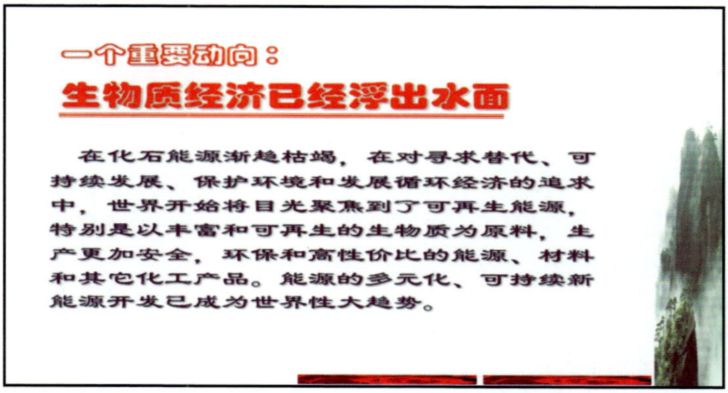

图2-4 “6·15”汇报中有关生物质内容的首张幻灯片，2004.6.15

在化石能源渐趋枯竭，在对寻求替代、可持续发展、保护环境和发展循环经济的追求中，世界开始将目光聚焦到了可再生能源，特别是以丰富和可再生的生物质为原料，生产更加安全、环保和高性价比的能源、材料和其他化工产品。能源的多元化、可持续新能源开发已成为世界性大趋势。

第 2、3 张分别是美国、欧洲以及巴西的进展；第 4 张讲功能（农林废弃物资源化，利用低质地种植能源 / 材料植物，以及小型分散和统分结合的模式，与发展农村经济相结合）；第 5 张是我国农林废弃物资源初估；6、7、8、9 四张幻灯片是重点，展示于图 2–5。

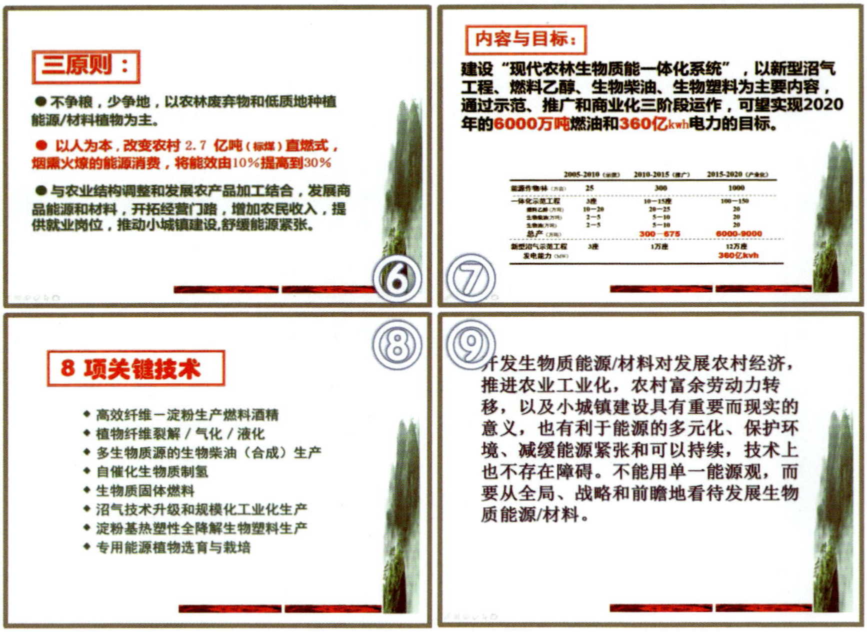

图 2–5 “6 · 15”汇报的生物质部分中第 6 ～ 9 张幻灯片

生物质部分的汇报要点是：

—— 时代背景是全球化石能源渐趋枯竭以及可持续发展的时代使命。

—— 美国首先举起“发展生物质产业”大旗。

—— 生物质产业是对农林废弃物的资源化利用以及开发低质地种植能源 / 材料植物。

—— 我国每年有农林有机废弃物约 7 亿吨标煤、城市有机废弃物 1.7 亿吨标煤，以及 15 亿亩低质土地可年产出 5 亿吨标煤。

—— 发展生物质产业的原则是“不争粮，不争田，以农林废弃物和低质地种植能源 / 材料植物为主”。

—— 发展生物质产业是建设“现代农林生物质能一体化系统”，以新型沼气工程、燃料乙醇、生物柴油、生物塑料为主要产品。

—— 生物质产业的建议目标是：2020 年达年产 6000 万吨燃油和 360 亿千瓦·时电力的生产能力。

—— 重点开发沼气工业化生产等 8 项关键技术。

—— 发展生物质产业要与推进农业工业化、农村富余劳动力转移、发展农村经济以及小城镇建设相结合。

—— 生物质产业兼有能源、环保与“三农”功能。

以上十点是得到“总统令”后半年内的学习心得，并转化为我国中长期科技发展战略中的一部分内容。

此次汇报中，总理对生物质部分饶有兴趣，插话最多。

当汇报生物质在欧洲的进展时，总理插话说：“我们都知道沼气在农村可以点灯做饭。上个月我访问德国时才知道他们工业化生产沼气，一个沼气生产厂发的电可以供两三个村子用。”

当汇报到秸秆可以压制成型燃料供热时，总理的脸色突然严肃起来，生气地说：“啊！我们喊制止露地焚烧秸秆十几年，不但没有制止，还愈演愈烈，难道我们就制不了成型燃料吗？”估计此时坐在侧坐第一排的农业部部长的脸色好看不了。

当汇报到发展生物质产业的“三原则”时，总理自言自语地说：“对！不争粮，以人为本，这个原则好。”

当汇报到建设目标时，总理插话说：“建设目标是多少万吨合适，请发改委回去研究一下。”坐在侧座第二排的发改委张国宝副主任站起来说：“是，我们回去研究。”

想不到，半年前在会计学院“闭关”时生物质受到的冷遇与茫然，汇报中却受到了总理如此的积极响应。

更令人高兴的是，才半年，生物质在中国就“上达天听”了。

2.6 明知不可为而为之

人说年龄大了，会变得安详沉稳，可我却玩起了“痴迷”。

明明是金山，却被视之粪土；明明是灰姑娘，却被冷落一旁；明明是千里马，却“骈死于槽枥”，能安详沉稳得住吗？

“痴迷”应当是理性的，有时也会是非理性的。我以“农林生物质工程”冲击“重大专项”就是一次明知不可为而为之的理性行为。

《国家中长期科学和技术发展规划》的最高级别项目是“重大专项”。它是由20个课题组提出的重大项目中遴选出的少数几个“重中之重”“优中之优”，如“登月”等10余项，投资千百亿计，一个课题组能摊上一个就不错了。04农业科技组理所当然地报了“超级种培育”。可我又在冲动下“理性”地报了“农林生物质工程”，只因为对它一见倾心，太爱它了。在当时，对“生物质”太陌生，认同度太低，成功率近零，但我还是报了。明知不可为而为之。理性乎？非理性乎？

既然报了，就要认真对待。

有百分之一的可能，也要用百分之百的努力。

刚从英国牛津大学完成博士后学习回国的青年才俊、生物化工专家李十中，得知我关注生物质而主动前来助战，一起住在了北京会议中心。当时负责“重大专项”申请的是江上舟同志，一次他冲着我们二人笑着说：“现在是申报“重大专项”的关键时期，其他申报项目都有像科研院、大学和大型国有企业集团在忙着‘跑项目’，怎么‘农林生物质工程’只有你们爷儿俩在忙活？”他的话说得很形象，很风趣，我自己也笑了。

一次，十中对我说：“能源化工界的权威，中国石油化工研究院前总工、两院院士闵恩泽老先生也非常重视生物质能源，发表过文章。”

“赶紧把文章拿给我看。”

天哪！这是一记震耳欲聋的响雷。文章里写道：“从长远看，石油终将枯竭，利用取之不尽、用之不竭的农林生物质资源将会逐步兴起。由石油碳氢化合物生产的化石燃料，终将会由碳水化合物生产的生物质燃料逐渐部分替代。让我们加强生物炼油厂的研究，迎接‘碳水化合物’新时代的到来。”真是一言千钧，醍醐灌顶。克林顿在开发和推进生物质能源和生物基产品“总统令”中说的只是“技术进步”，而闵老说的是“迎接碳水化合物新时代”，高出好几个层次。

“十中，赶紧联系，我要去拜见这位前辈。”

2004年9月的一个下午，我和十中去拜见了闵老。原来在中国科学院院士会上见过，只是不在一个学部，少有接触。但他那儒雅、安详、自信和面带微笑的学者气质，给谁都会留下深刻印象。个子不高，皮肤白皙，四川口音，慢条斯理，一位令人一见就会起敬的学界前辈。有了生物质这个话题，我们谈得很投机，他对“农林生物质工程”申报“重大专项”非常赞成。他说：“对这件事要有长远眼光，早抓早受益。”我们商量尽快召开一个生物质能源方面的座谈会，把关心这件事的同志们动员起来。

2004年10月15—16日，“农林生物质工程座谈会”在北京泰山宾馆召开了，有来自各地约30多位专家参会（图2-6）。我作了申请“农林生物质工程”重大专项背景介绍，闵老作了“发展生物炼油厂的探讨”主题发言；中石化原发展战略研究组组长张旭之作了“能源多元化发展”发言；美国生物质研发技术咨询委员会委员，明尼苏达大学生物质转化中心主任阮榕生教授就美国生物质科技和产业化发展现状作了发言。

其他有程序、王孟杰、白凤武、鲍晓明、陈放、林向阳、陈国强、张俐娜、张政朴、李十中、董丽松、吕建雄、王宏民、王世和、陈定凯、余汉青、孙振钧等十多位教授与研究员分别就燃料乙醇、生物柴油、生物塑料、生物沼气，以及成型燃料等发展近况与技术作了讲演。会议规模不大，却是国内最早的一次关心生物质的专家聚会，是我国早期生物质转化工作的一次检阅。

图 2-6 是一幅有保存价值的照片。前排坐着的，自左 1 到 5 分别是程序、张俐娜、闵恩泽、石元春和阮榕生。十中站在最后一排，躲在会标的“程”字下偷着乐，因为这次会是他一手策划准备的。左下角是为会议准备的资料，中文资料是这次会议的发言文集，题名《中国生物质产业的先声》，英文资料用名是《美国生物质产业之路》，其中有克林顿的“总统令”。

图 2-6　农林生物质工程座谈会参会专家留影，北京，2004.10.16

这次是小型学术性聚会，没有惊动媒体，但还是引起了新华通讯社的注意，2004 年 11 月 1 日连发了两期供省部级以上领导参阅的《国内动态清样》。一期标题是《石元春院士建议优先发展生物质能源》，另一期标题是《资料：国内外生物质能源的发展现状》，都是以“记者采访”形式写的。

10 月会后，我的主要精力集中于准备年末“重大专项”的汇报与答辩。

除美国资料外，还查到 2003 年发布的《欧盟交通部门替代汽车燃料使用指导政策》提出，在汽车燃料消费中生物液体燃料的比例要由 2005 年的 2%

提高到2010年的5.57%，2020年达到8%等欧洲资料；世界经合组织（OCED）2004年9月发表的研究报告的“各国政府应大力支持和鼓励生物质能源领域的技术创新，减小它与传统原油及天然气产品的价格差距，以最终达到替代的结果”的资料。还查到日本的“阳光计划”、印度的“绿色能源工程计划”，以及中国的陈化粮燃料乙醇计划等。

这时的我，像一个饥饿难耐的壮汉，像海绵吸水般地收集能得到的文章与信息，它们都可能成为一颗有力的子弹。

按申报“重大专项”要求，“农林生物质工程”提供了2.7万字的正式建议书、5000字的简本、500字的简介，以及汇报用的PPT（图2–7）和文字说明等，一应俱全。答辩会前，我分别写信并附上全套材料给科技部部长、农业部部长、教育部部长、国家林业局局长、中国科学院院长、中国工程院院长、中国农业科学院院长、中国林业科学研究院院长。一则是因为生物质工程比较新颖和生疏，需要多些介绍，多得到些支持。再者，是当时那种“有百分之一的可能就要用百分百的努力”的意识驱使。

图2–7　农林生物质工程的重大专项建议书及答辩PPT首页

2004年11月25日的答辩会上，48张PPT幻灯片，我讲了40分钟。自以为陈述内容充实，回答应对得体。

《国家中长期科学和技术发展规划》领导小组将于2005年4月29日开会讨论和最后投票决定“重大专项”。会前传来“农林生物质工程”可能落选的消息，这完全在意料之中，但还是“死马当着活马医”，再做最后一次努力吧。我给温家宝总理写了封信，除重申理由外，还打了“悲情牌”：

看到国家领导人为我国“三农”和能源问题操碎了心，看到俄罗斯耍弄石油外交的报道，看到美国军舰在马六甲海峡游弋的报道，看到日本最近的那副嘴脸和对我国东海油田的垂涎，心里很不是滋味。我们完全可以种出个年产 5000 万吨的大庆绿色油田，完全可以在我国农村大地上如雨后春笋般地出现千千万万个生物质企业和中小城镇。农业一定要有大量下游工业产品生产才能带动得起来，“三农”才能真正活起来。

以我对国内外情况和资料的掌握以及半个世纪来对“三农”的感受和领悟（在黄淮海平原治理盐碱地时，我在农村工作了整整 12 年），“农林生物质工程”绝对是个非常好，而且可以取得成功的项目。我今年 74 岁了，去年因癌症手术住院期间也从未间断这个工作，只想在人生的最后一站再为国家做最后一点事情。

听说，“农林生物质工程”最后以 5 票之差落选，比预想的情况好得多，我很高兴，因为本来就是“明知不可为而为之”的。“醉翁之意”是让“生物质”这个生僻而又重要的新概念和新主张走进国家最高科技领导层视野。

“好箭！好箭！”可不是为了“把玩”的，一定要千方百计，尽快尽量地造福国家和人民。

“6·15”汇报和“11·25”答辩是“决胜生物质”的誓师，是吹响了“决胜生物质”的进军号！

3 启航2005

（2005年）

- 首航农业部
- 中国工程院占得先机
- 亮主牌，再烧一把火
- 农业的三个战场
- 四院士上书温总理
- 中国工程院连连出手
- 香山科学会议
- 得陇望蜀

从阮榕生教授送来克林顿总统令到“6·15”汇报，再到“重大专项”申请与答辩，整整一年了。这一年里，“生物质”这支“堂前燕”一直在国家战略研究空间翱翔漫舞，该放飞了，让它“飞入寻常百姓家”吧！飞到政界、学界、企业界与公众中去吧！

生物质舰队，起航！去演绎你们的精彩吧，2005！

3.1 首航农业部（2005.1.5）

04 专题，农业科技发展战略研究，农业部也是业务主管部，专家也多来自农业系统，首航农业部，具汇报与听取意见性质，顺理成章。

04 专题组向温家宝总理的“6·15”汇报会刚宣布散会，农业部主管科技的洪绂曾副部长就赶了过来，迫不及待地对我说：“石校长，什么时候安排你到农业部作一场大报告？”

“洪部长，这里后续的事还很多。特别是申请‘农林生物质工程’重大专项，准备工作量很大。”

“好吧，那就等你完成‘重大专项’的申请后再安排吧。”

洪部长抓得真紧，2004 年末刚完成“重大专项”答辩，2005 年 1 月 5 日，这个大报告在农业部大报告厅就开讲了。农业部对这个报告很重视，大报告厅座无虚席，副部长、司局长、处长和工作人员到得很踊跃，不少都是我熟识的老领导和老朋友。我报告的题目是《中国农业：2020》，副标题是《主题－战略－科技方案》(图 3–1)。

报告 PPT 的 3/4 的篇幅是介绍“6·15”汇报中的“四个主题”与“四个战略”(图 3–1B)，1/4 的篇幅是“农林生物质工程”。这样一个整体设计是为了既向农业部领导传递和汇报在“国家中长期科技发展规划战略研究”中的农业科技战略研究成果，又传递一个全新的重磅信息，即农林生物质工程（图 3–1D）。

汇报讲演的最后提出了农业的三个战场的观点。初级农林产品生产是第一战场，传统农林产品加工工业是第二战场，以初级农林产品生产中产生的作物秸秆、畜禽粪便、林业剩余物等为原料生产“生物基化工及能源产品”

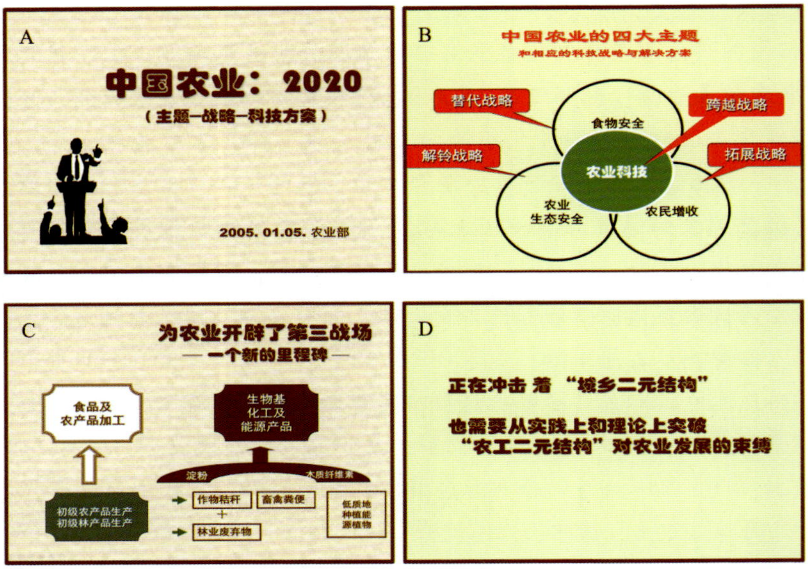

图 3–1　农业部报告 PPT 的首页与第 2 页（A 与 B），以及最后两页（C 和 D）

称为“第三战场”。这是我首次公开提出的“农业的三个战场”观点。

这是对五千年传统农业观和农业产业系统的一次重大挑战，特别是“第三战场”。

讲演用了 2 个小时，内容没有“老生常谈”，都是新的，从“四个主题”到“四个战略”，特别是“农林生物质工程”。我不知道我的讲演在国家农业最高行政主管部门的反响和影响力如何，但是从会场听众气氛中已经感受到了反应是正面与积极的，后续的系列反应也是如此。

讲演后在农业部食堂用餐时，洪绂曾副部长、程序教授和我在一个饭桌上，聊起克林顿的总统令，程序同志说了一句：“如果能去看看就更好了。”我说：“对！去看看，可以得到一些文字上得不到的东西。”洪绂曾副部长马上表态：“好办，我来安排。”

真快！不到 3 月就成行了。

2005 年 3 月 30 日至 4 月 15 日，农业部安排程序教授带队赴美作生物质专题考察。先后考察了北卡罗来纳州立大学农业与生命科学学院和 ARS 下属的、分别位于马里兰州贝尔茨维尔、伊利诺伊州皮奥里亚市、威斯康星州麦迪逊市和内布拉斯加州林肯市的 4 个实验室（中心）（图 3–2）。

程序教授的《考察报告》一开始就写道：“巧合的是，当我在美国的 17 天内，报上几乎天天谈论石油和汽油价格上涨的事。对这个‘车轮上的国家’，对油价太敏感了。”美国的能源部与农业部联合成立了生物质能源办公室，农业部的分量越来越大。农业部的22个国家研究项目中，有4项是生物质能方面的。

《考察报告》中说，美国发展生物质能源，虽看重对化石能源的替代，但更强调对环境与提升农村经济的综合效益。根据资料，每增加10亿加仑燃料乙醇的生产能力，可吸纳1.7万个劳动力就业；可减少国家财政对1.2亿亩休耕地（Set-aside Program）的补贴；可使4.2亿亩待改良的退化草地因种植能源作物而获益。美国农业部提出的2020年生物质能及相关化工产品发展的战略目标是：生物燃油取代全国燃油消费量的10%，生物材料取代石化基材料的25%，每年减少相当于7000万辆汽车的碳排放量（1亿吨），每年为农民增收200亿美元。

《考察报告》报告了美国的一个超前研究动向。即当时的美国农业部已经意识到，用玉米作为制取燃料乙醇的原料终究有限，必须从纤维类能源作物的种植和养殖业废弃物利用寻求新途径。目前正在加快这方面的研究步伐，其主要进展是：

（1）开发出能分解掉发酵抑制物质（如某些醛类，HMF）的酵母菌菌系 *Saccharomyces cerevisiae*。

（2）培育出能高效利用五碳糖类降解为乙醇的转基因工程微生物（厌氧真菌，转PLOI 297基因大肠杆菌FBR4等）。

（3）开发出若干能高效酶解（纤维类生物质必需的前处理）的酶（包括耐逆境酶，从厌氧真菌中提取的高特异性的水解酶等）。

（4）开发出玉米皮经济转化为燃料乙醇整套技术和工艺，得率可高达92%。

（5）培育出生物量高、纤维构成适合于高效转化为燃料乙醇的柳枝稷优良品种。

图3-2　程序教授在美国“国家农作物广泛用途研究中心”，2005

（6）用特殊工艺连续加工紫花苜蓿，提炼出高营养价值的食品 / 饲料添加剂后，继续提取可替代胶合板酚醛类黏合剂以及燃料乙醇，实现多次增值。

（7）基因工程改造木本生物质（树、灌类）的纤维类构成。

（8）艾奥瓦州对低成本机械化玉米秸收、集、贮、运成功地进行了工业规模实验可大幅度降低生产成本。

程序教授在报告中强烈提出："令人遗憾的是目前我国已形成的几十万吨生产能力，全部是建立在利用所谓'陈化粮'的基础之上。从长远看，以我国人口和需求持续增长和人均水、土资源极其有限的国情，这种基础是不可能靠得住的。"

果然，程序教授发出警示的第二年，国家发改委就发出了不再批准陈化粮乙醇项目了。程教授特别介绍了美国新近开发的能源作物"Switchgrass"以及"有必要借鉴美国农业部在退耕地和退化草地种植能源作物、'一箭多雕'的思路，大力研究、开发和利用边际性土地和退化草原种植中国自己的、能源作物和纤维类原料以及生产燃料乙醇的技术和工艺，才是唯一的原料用之不竭的途径"。

程教授在《考察报告》中特别强调美国的另一个重要动向是：利用农作物及其废弃物为原料生产多种高附加值工业产品。举例介绍了位于皮奥里亚（Peoria）的中西部地区中心，20 世纪 40 年代初，在世界上首次实现用玉米加工废水低成本商业规模生产青霉素，以及 80 年代在世界上首次开发出玉米变性淀粉加工的高吸水材料"尿不湿"等，80 年代被改名为"国家农作物广泛用途研究中心"。

程序教授此次美国考察太必要、太及时了，这份访美报告对我们制定中长期科技发展规划的相关部分具有重要参考价值。可谓是：

"探究竟，欲取真经；他山石，可以攻玉。"

生物质舰队首航农业部很成功！

3.2 中国工程院占得先机（2005.1.26）

在给温家宝总理"6·15"汇报前的一个多星期，2004 年 6 月上旬，时值中国工程院召开第七次院士大会。大会邀请我在全体院士会上作学术讲演，介绍参加国家中长期科技发展规划情况。我欣然答应，讲演题目是《农业发展中的重大科技工程——展望 2020》（图 3–3）。讲演中有大量"6·15"汇报

图 3-3　中国工程院院士大会讲演 PPT 首片

内容，所以我说“中国工程院占得先机”是有根据的。

这天下午，北京京丰宾馆的千人报告厅，被院士们坐得满满的，见证生物质的首次公开亮相。讲演有粮食安全保障工程、农业生态安全工程、农业生物工程、生物质能源与材料工程、农业信息工程等五个工程。这是生物质在国内的一个大型学术会议上的首次亮相，粉墨登场。

没有想到，讲演后的半小时提问时间中，对生物质工程的评述与提问最多。特别是中国工程院副院长、能源专家杜祥琬院士首先从座位上站起来发言，认为生物质能源与材料工程是一个新的和重要的动向，应当引起中国工程院的关注与重视等。

中国工程院院士大会上的讲演影响很大，何况又有杜祥琬副院长的重视。这才有了 2004 年年末完成“重大专项”答辩后，2005 年的 1 月 26 日，中国工程院在北京人民大会堂报告厅举行的第 35 场“中国工程科技论坛”（图 3–4），盛大而隆重的“中国生物质工程论坛”。将“论坛”安排在人民大会堂的真不多，而且有积极倡导这个新兴学科的 5 位院士等重量级人士参会与讲演。好大气势，当然媒体蜂拥而至。

论坛由农业学部主任石玉林院士主持，我的主题讲演题目是《农林生物质工程》（图 3–4）。我将“6·15”汇报和“重大专项”汇报的 100 多张幻灯片浓缩为 22 张，突出了两个亮点：生物质产业为农业开辟“第三战场”和建设年产 5000 万吨的“绿色油田”。

闵恩泽院士的讲题是《开发生物柴油炼油化工厂的探讨》；中国石化集团副总裁、中国工程院能源学部主任曹湘鸿院士的讲题是《开发生物工程技术，利用可再生资源，生产车用燃料和石化产品》；王涛院士的讲题是《中国生物质燃料油木本能源植物资源调查与开发、利用》；杨胜利院士的讲题是《生物炼制》；李十中教授的讲题是《生物质工程技术前沿领域正在孕育着的突破》。

这次论坛，媒体做了大量报道。科学网 2005 年 1 月 31 日讯写道：“‘2005 中国生物质工程论坛’1 月 28 日在京举行，这是中国工程院第 35 场工程科技论坛。由活跃在生物质工程技术前沿领域的两院院士和来自政界、学术界和企业界的 180 多位代表报告国际生物质科技发展趋势、分析我国生物质工程技术现状，商讨发展我国生物质产业的方针大计。”

图 3-4　中国工程院第 35 场“中国工程科技论坛”，人民大会堂，2005.1.26

科学时报的标题是《中国工程院举行第 35 场工程科技论坛——我国积极迎接生物质经济新时代》；新华网和央视国际的标题是《我国亟须发展“绿色油田”》；中油网的标题是《专家称我国生物质产业 5 年后产能相当于大庆油田》；中国新闻网的标题是《专家吁发展生物质产业为农民增收辟“第三战场”》；中新网的标题是《石元春：发展生物质产业服务于农民增收》。

媒体真是个“大喇叭”，这不正是我所希望的吗？

这是继中国工程院院士大会后，生物质在全国的第二次，规模更大的一次公开亮相。

3.3　亮主牌，再烧一把火（2005.3.2）

“2005 中国生物质工程论坛”余音尚存，就迎来了春节。春节期间，我一直盘算着，“生物质工程论坛”的媒体势头很猛，可不能让它凉了，能否借即将召开的、一年一度的方针政策，民议国是的两会之机，再烧一把火。最好是发表一篇署名文章，正面出手，提出“生物质产业”！

由于思路与资料比较现成，一两个星期《发展生物质产业》一文就完稿了，2 月 25 日发送科技日报社。随即带着向大会提出的生物质方面提案出席全国政协 2005 年年会去了。我们“科协”团的住地是北京友谊宾馆。

在友谊宾馆等电梯时，接报社总编电话：“石院士，两会马上就要开了，大量两会报道可能会减少您这篇文章的影响力，是否两会过后再发表？”“没事儿！我这篇文章就是写给两会代表们看的。”

“好吧！明天见报。”

果然，第二天，2005年3月2日，在宾馆房间里我就看到了《科技日报》头版通栏登载的长文《发展生物质产业》（图3–5左上）。《发展生物质产业》就是“主牌”，是国内报刊上的第一次公开亮相。

文章的开头是这样写的：

地球上能量的终极来源，除形成之初积聚的核能与地热外，与我们关系最为密切的是地球形成后持续来自太阳的辐射。绿色植物出现前，辐射能尽散失于大气，唯绿色植物可利用日光能将它吸收的二氧化碳和水合成为有机物——碳水化合物，将光能转化为化学能并贮存下来。绿色植物是光能转换器和能源之源，碳水化合物是光能储藏库，生物质是光能循环转化的载体，连煤炭、石油和天然气也是地质时代的绿色植物在地质作用影响下转化而成的。

随后是“古老的新兴产业”“国家的战略行动”“企业竞占先机”“多功能与循环经济”“第三战场”与“四元结构”诸节，洋洋洒洒的5000余字。

在这篇文章中，出现了一个最响亮的命题，就是“种出一个绿色大庆”！

文中是这样写的：

如能利用全国每年50%的作物秸秆、40%的畜禽粪便、30%的林业废弃物，以及开发5%、约550万公顷边际性土地种植能源植物和建设约1000个生物质转化工厂，其生产能力可相当于5000万吨石油的年生产能力，相当于一个大庆（年产4800万吨），或2004年全国石油总产量的29%、净进口量的35%。

“种出一个大庆”命题，极具新闻性，一旦亮相，不少报刊很快就以类似标题跟进，向在天空发射了一团灿烂的烟火，随之就闪现出一颗颗闪烁的光点。文中还引用了“农田作物有可能逐渐取代石油成为获得从燃料到塑料的所有物质的来源，‘黑金’也许会被‘绿金’所取代”等媒体喜欢引用的新颖词汇。

但我想读者会更喜欢和重视文中的：

以作物秸秆、畜禽粪便、林产废弃物、有机垃圾等农林废弃物和环境污染物为原料，使之无害化和资源化，将植物蓄存的光能与物质资源深度开发和循环利用；它利用边际性土地和水面种植能源

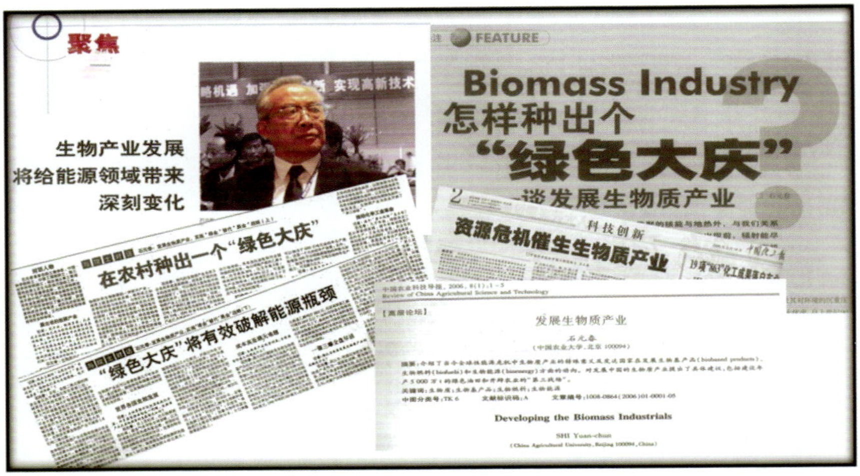

图 3-5 科技日报《发展生物质产业》文引起的连锁反应

植物，以增加土地和水面对太阳辐射能量的吸存，堪称循环经济之典范。重要的还在于，它是农业生产的一部分，可以发展农村经济，增加农民收入，促进农业的工业化、中小城镇建设、富余劳动力转移，以及缩小工农和城乡差别。

生物质产业的这种多功能和对资源的循环利用，正是它的魅力所在。在中国，它直扣“三农”、能源和环境三大主题，并起着全局性和实质性的推动作用。这个重大的战略性历史机遇已经来到了我们的面前。

基于《发展生物质产业》文，《科技导报》2005 第 5 期约我写了“卷首寄语”；《经济日报》以《与院士对话，石元春：发展生物质产业，实现以“绿金”替代“黑金”战略》发文，并分别在 7 月 6 日和 7 月 13 日以《在农村种出一个“绿色大庆”》和《“绿色大庆”将有效破解能源瓶颈》为题撰文两篇。安徽科技、农资导报、生命世界、科技信息、中国化工报、生物技术产业、中国农业科技导报、中国民营经济等报刊皆以显著标题，以全文转载、对话、编辑撰写等多种形式作了报道。

2005 年 9 月 29 日《人民日报（海外版）》发文，“全球生物质能的储量为 18000 亿吨，相当于 640 亿吨石油。我国生物质能至少有相当于 7 个大庆的能源产出量。发展生物质能，有效利用部分生物质能，至少能够形成一个‘绿色大庆’。这是科技部中国生物技术发展中心主任王宏广在中国首届绿化博览会绿色论坛上介绍的”。“在当前石油价格高位运行、我国石油资源短缺的形势下，发展生物质能已经是一个战略选择。”

这是“生物质工程论坛”舆论潮一个多月后，由一篇正面提出“发展生物质产业”的署名文章掀起的二次生物质舆论潮。

3.4　农业的三个战场（2005.5）

两个月后的 5 月出现第三次舆论潮，不，应当是“舆论峰”。

五月的华北大地，麦浪滚滚，翻腾起伏，蔚为壮观，这是麦收“农民节”。农业和小麦大省河南省每年这时都会像节日般地迎接着四方“观麦客”。2005 年 5 月，中组部组织部分院士专家到河南考察小麦。

打住！怎么会中组部组织院士去“观麦”？

这话就说得有些远了。

20 世纪 80 年代中国科学院院士增选工作停了 10 年，1990 年恢复增选了一批院士，昵称“90 新科院士”。当时中组部的“知识分子办公室”对这批院士十分重视，1992 年 7 月组织了其中约 30 位院士到牡丹江镜泊湖休假，以后每年都为这些院士组织活动。2005 年河南“观麦”就是活动之一。

中组部请来的客人，省委书记当然要亲迎。除“观麦”活动外，部分院士还受邀作专题讲演，我这位农业院士受邀给全省副处以上农业干部作报告。

5 月 22 日上午，省委大院千余人的大报告厅里坐得满满的，我的报告题目是《农业的三个战场》。这次是头一次在正式场合以“农业三个战场”为题阐述我的这个观点。从传统农业到近代农业和现代农业，从初级农产品生产到农产品加工，到以农林废弃物为原料生产非食物性的生物质能源和生物基材料。讲了足足两个小时，听众很专注。

重要的是回京后不久，《求是》杂志社向我约稿《农业三个战场》。讲演后成文，不费事，文章发表在次年 5 月该刊的第 10 期上。这是通过党中央最高理论与政策性刊物，将“农林生物质”信息传递于全国各级党政领导干部面前（图 3–6）。

我非常珍惜这次《求是》发文机会，一再提醒自己，此文的读者对象是从中央到地方的各级党政领导与干部，他们是“指挥员”和“操盘手”。文章重点不在一般性科普和讲大道理，而是针对中国实际，从思想与理论上说清楚生物质产业的本性与社会意义。

文章简明扼要地阐述“第一农业：永恒的基础”“第二农业：潜力巨大”和“第三农业：呼之欲出”后，第四节压轴戏，“观念革命与产业革命”登场了。这是全文的核心与要点。

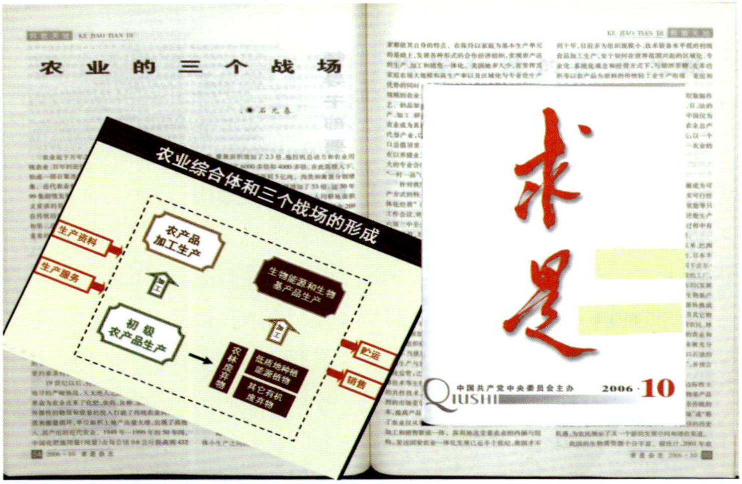

图 3–6 刊登《农业的三个战场》文的《求是》杂志和讲演 PPT 中的示意图解

人类社会的物质生产是一个不断发展，逐渐认识的过程。农业发展万年后诞生了工业，20 世纪中期又出现了第三产业，理论的概括对实践的反作用力是不容忽视的。如果没有 1935 年英国经济学家费希尔洞悉工业社会发展中出现的新要素与新趋势，提出“非实物性生产”和“服务产品生产”的第三产业，怎能在短短半个多世纪里使第三产业发展得如此迅速，占到了世界 GDP 的 60% 以上，成为全球性新的、最强劲的经济增长点。

市场经济和贸易全球化对生物性产品的质量、安全性以及降低系统成本，提高市场竞争力上有很高的要求，“从原料到产品”，“从田间到餐桌”，即将原料生产、加工生产、全程监控以及经营销售融为一体已成世界性的趋势，而作为生物性生产的主导和共性的生物技术更把这个链条牢牢地连在了一起。所以，农产品生产与加工生产的一体化不是外接，而是内生的，是社会经济和科技发展的必然。

转移农业人口是个漫长的过程，如果主要靠转移农业人口来解决“三农”问题，虽非“望梅”“画饼”，但也是“远水不解近渴”。再说，即使转走了两三亿，剩下五六亿农民搞种养业也不可能致富，因为初级农产品的生产成本会越来越高，价格又受社会因素制约，利润空间会越来越小（还不算劳动成本）。死死地将农业和数亿农民捆牢在高社会效益低经济效益的初级农产品生产上是不公平的；将加工生产作为“非农”和仅为“产业化经营”，也只能是一种跟不上时代潮流的“权宜”和“改良”之计。

如果改变一种思路，采用“一体化模式”或“拓展模式”，情况就大不一样了。将农业的三个战场连接一体，第一农业的富余劳动力能亿计地调剂转移到第二农业和第三农业的生物性企业；能就近地转移到以生物产业为主体的，“星罗棋布”于农村大地的中小城镇。这种农业人口的“柔性”转移可以随三类农业发展态势内部调剂；可以大大缓解大中城市的人口压力和大规模“民工潮”的流动。

更重要的是，“一体化模式”是以工促农，以城带乡，缩小工农差别和城乡差别的一种现实和有效的途径和选择。乡村农业人口的分散和大城市人口的集中只是工农业发展水平还不够高的表现，把工业同农业结合起来，促使城乡之间的差别逐步消灭，这是马克思和恩格斯在一百多年前就提出来的。我国“三农”问题的深层次原因是工农和城乡差别与矛盾的不断扩大，只有加快缩小和最终消除这种差别才能根本解决问题。

也许会有这样的质疑：“无工不富”和“解决农业问题不在农业之内，而在农业以外”不是早有人提过吗？“贸工农一体，产业化经营”不是中央文件都写进去了吗？没错！笔者的这番赘述是想提出“农业的三元结构”，想把“种养是农，加工是‘非农’”的这层窗户纸捅破，让农产品及生物质原料的加工生产成为“内生”农业生产体系中有机的一环。

从“发现新大陆”至今20年，对生物质的认识不断深化，但对它是农业系统的内在要素和改变五千年传统农业系统的新生要素的观点始终未变。

说到郑州讲演，想起这一年里，我到全国各地飞行讲演了14场，我这位古稀之年的生物质粉丝真够积极的了。

1.5　中国农业：2020，农业部，北京

1.28　农林生物质工程，中国生物质工程论坛，北京人民大会堂

4.10　中国生物质加工产业，青岛会议

5.22　农业的三个战场，河南郑州

5.31　生物质产业，中国科学院香山科学会议，北京

6.27　生物质产业，北京中国农业大学资源环境学院
8.24　建设现代农业，干训班
9.25　新兴的生物质产业，北京密云
10.12　农业和生物能源，深圳高交会
10.19　生物经济，中国农业大学研究生班
10.21　建设现代农业，山西省农业干部培训班
11.12　现代农业的结构革命，经济日报论坛
12.2　生物经济与现代农业，广州
12.10　21世纪的生物经济与农业的结构革命，上海交通大学

3.5　四院士上书温总理（2005.3.23）

舆论先行，没错！

但是，“只造势”“不做事”，行吗？

像生物质这样具时代性和国家层的大事，不是哪个部门和单位干得了的，必须靠政府，靠政府最高决策层，形成一种国家意志和行为。这就是过去我们常说的一句话，“领导是关键”。

2005年1月，人民大会堂举行中国工程院“中国生物质工程论坛”，高朋满座，学术大腕云集，当时我就灵机一动，“联合几位院士上书总理如何？”我是个“想到一出是一出”的主儿，趁热打铁，说干就干。论坛一结束，就请李十中教授与闵老和曹湘洪院士联系，他与石化界熟。这两位的积极反应给了我很大鼓舞，于是大力推动起来。这二位是石化界的重量级大佬，农林界则显得有些单薄。于是我联络了时任中国工程院副院长的沈国舫院士，育林专家，原北京林业大学校长，有农有林，结构亦佳。

由我起草“上书”稿，分别征求三位意见后，于3月23日，“四院士上书”就呈送给了温家宝总理，用题是《关于为农业开辟“第三战场”和建设年产5000万吨绿色油田的建议》。

“上书”的开头是这样写的：

> 您在两会政府工作报告中指出的，解决“三农”问题仍是全部工作的重中之重，实行工业反哺农业，城市支持农村的方针；缓解我国能源与经济社会发展的矛盾必须立足国内，以及加快资源综合利用和循环利用，积极开发新能源和可再生能源是我国经济发展中带根本性和长远性的国家重大战略，我们深受教益。

想向您提出的建议是：提前启动已基本肯定的，国家中长期科技发展中的重大专项“农林生物质工程”，因为它紧扣“三农”、能源和环境三大主题，能起着全局性和实质性的推动作用。

紧接着提出“种出一个大庆”：

该重大专项的论证报告提出，如果能利用全国40%的作物秸秆、30%的畜禽粪便和20%的林区废弃物使之无害化和资源化；再开发约7000万亩低质土地（我国有约16亿亩）种植高抗逆性的能源植物，以及发展一批从事生物质转化的龙头企业，每年生产出的燃料乙醇、生物柴油和生物塑料可相当于5000万吨的石油替代，即种出一个“绿色大庆”；可以每年新增3500亿元产值，农民新增400亿元收入和获得1000多万个就业岗位；可以通过沼气发电和固化成型燃料使全国1/5的农户在能源消费中将能效提高3～4倍，改变几千年来农民烟熏火燎的能源消费方式；可以用全降解的生物地膜替代石油基地膜，防止约2亿亩农田土壤肥力的下降和在源头上遏制住全国性的“白色污染”。

信的结尾有些煽情：

生物质产业在世界刚刚兴起，我们与发达国家几乎站在同一条起跑线上，他们有他们的优势，我们有我们的优势，看谁策划得好，看谁动作得快，应该有信心在这场国际竞赛中跑在前面。我们这个民族，是个创造奇迹的民族；我们这个国家，是个敢于创造奇迹的国家，相信在近一二十年里，生物质产业一定会创造一个令世人刮目相看的奇迹。

两天后的3月25日，总理就有了“请发改委、农业部研处”的批示。几天后，国家发改委就提出了《关于石元春院士等来信的有关素材和实施建议参考》。该文件写道：

来信中提到的“农林生物质工程”是国家中长期科技发展规划战略研究中农业科技问题研究组正式提出的重大专项，三院咨询中给予了充分肯定，并已被列入《国家中长期科技发展纲要》稿。

根据来信，本项目可先列入国家“十一五”计划并提前于今年启动，作为该重大专项正式批准实施前的预启动计划。具体内容可包括：尽快启动一批技术较成熟、市场需求大、对解决我国“三农”、能源和环境问题关系密切的项目进行产业化示范；对我国有优势、在世界科技前沿有影响的核心技术重点支持，组织攻关；成立国家生物质工程技术研发中心，加强自主知识创新能力。

4个月后，发改委、农业部、科技部和林业局联合给温家宝总理正式呈送了《关于加快我国生物质产业发展的报告》，向总理汇报了4部委的研究结果。有意思的是，9月17日总理在该文件首页批示：“请元春同志阅”，这太少见了，似乎是总理在给我一个回话（图3–7），太礼贤下士了。

两个月后的11月26日，国家发改委正式下文《关于组织实施生物质高技术产业化专项的通知》（以下简称《通知》）。

《通知》开头是这样写的：

各省、自治区、直辖市、计划单列市及新疆生产建设兵团发展改革委（计委），国务院有关部门、直属机构办公厅，各计划单列企业集团：

为促进我国生物质产业的发展，减少对进口石油的依赖，保护环境和改善生态，缓解“三农”问题，我委决定在2006—2008年期间实施生物质高技术产业专项。现将有关事项通知如下：

《通知》在“决定在2006—2008年期间实施生物质高技术产业专项”和“实施目标”中提出：

通过实施生物质高技术产业化专项，提高生物质技术创新能力，到2008年形成替代进口石油436万吨/年和节省标煤200万吨/年的生产能力，减少CO_2排放量2000万吨/年，开发出燃料乙醇、生物柴油、生物质塑料、规模化生产沼气、生物质固化成型燃料、生物质供热/发电、聚乳酸、生物表面活性剂、酶制剂工业化成套技术，构建我国生物质产业的基础框架，为实现到2020年建设成替代5000万吨进口原油和节省5000万吨标煤的生物质产业的目标奠定基础。2006—2008年的具体目标如下：

（1）以甜高粱、薯类、甘蔗等能源植物为主要原料生产燃料乙

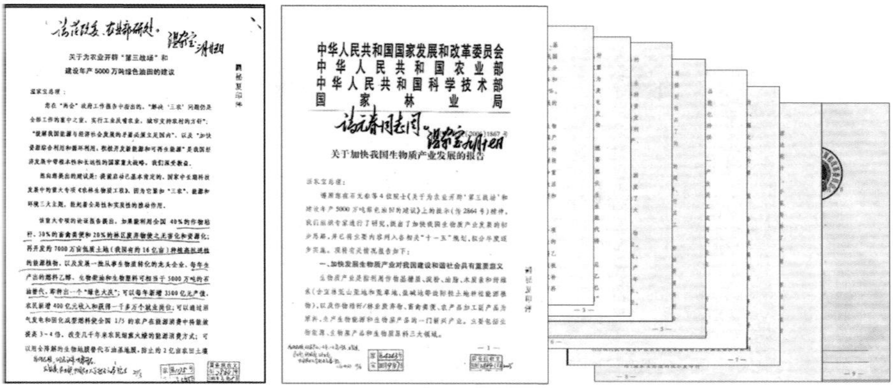

图 3–7　四院士就发展生物质能源给温家宝总理的上书、
有关批示和形成的正式文件

醇能力达到 150 万吨 / 年，以及 20 万吨乙醇下游产品生物基乙烯。（2）以棉籽油、木本油料和间种油菜收获的菜籽油等为原料生产生物柴油及其关联化工产品 30 万吨 / 年。（3）以淀粉与可生物降解高分子树脂共混塑料为主要原料生产一次性防护包装材料、酒店及旅游用品、餐饮用具等生物质塑料 20 万吨 / 年；年产 5 万吨聚乳酸，5 万吨碳吸附材料。（4）生物质固化成型燃料 100 万吨 / 年，生物质直接燃烧供热 / 发电能力 270 兆瓦。（5）形成沼气发电能力 60 兆瓦，年产天然气（甲烷含量 97% ～ 98%）1 亿立方米。（6）形成年产生物表面活性剂 500 吨、纤维素酶和半纤维素酶 5000 吨的生产能力。

根据《通知》中的内容，各省区市及国务院有关部门所属单位组织上报申请，国家发改委同时成立了三个评审专家组，从2006年开始，每年秋天评议。据说，国务院已经提出了一个 150 亿元人民币的预算方案，没花完。

好雨知时节，润物细无声。对一个刚刚诞生、呱呱坠地的战略新兴产业，《关于组织实施生物质高技术产业化专项的通知》犹如母怀甘乳，多少稚嫩的生物质企业，正是在它的抚育下茁壮成长的。

从总理的批示到发改委的“实施建议”、四部委“产业发展报告”和《关于组织实施生物质高技术产业化专项的通知》行文全国，全部流程 7 个月内就完成了，我们的总理与政府部门太有效率了。作为一个战略新兴产业的国家决策和实施平台已经初步搭建成形，可以开始运作起来了。

搭建这个平台中还有两件小事值得一说。

一件是，2005 年 5 月，国务院成立以温家宝总理担任组长的国家能源领导小组，下设一个由40多人组成的专家组（图3–8上），把我这个农业专家也收纳进去了。头次参会感到挺新鲜，其他专家都是煤炭、石油、石化、核电、水电和煤电的总工、研究院院长或部长，都是能源界掌门人与大佬，居然其中冒出一位姓“农”的“小子”，我都自觉好笑。生物质能是能源大家族中刚出生的一名新丁，能源盛宴上了一碟开胃小菜。

另一件是，几个月后的10月21日，我又接到通知，国务院刚成立的“国民经济和社会发展‘十一五’规划”咨询专家委员会（图3–8下）聘我为委员。这两个“通知”接踵而至，两个参与国事的“平台”在我面前出现了。

这两件事虽小，却感受到总理细致入微的工作与礼贤下士，感受到总理为推动国家生物质与农业方面对我的嘱托与期待。

图3–8　国家能源领导小组专家组，前排右4是作者（上，2005），国家“十一五”规划专家委员会，前排右1是作者（下，2006）

3.6 中国工程院连连出手（2005.5—2006.3）

2004 年 6 月，中国工程院在院士大会安排我的讲演；2005 年 1 月中国工程院在北京人民大会堂报告厅高调地举行“中国生物质工程论坛”，5 月，我正忙于写建议、作报告、发表文章时，中国工程院学部通知我，院部已经立项由我主持“中国生物质资源与产业化战略研究”咨询项目。不用申请，中国工程院直接把项目送到了我的手上。

真是“雪中送炭”。

此时我正需要这个项目，因为生物质是在偶然和仓促中闯进大脑的，虽然一见倾心，但对它知之甚少。有了项目，让我有机会更多更全面地去了解它，去爱它。我把项目分解为原料资源、产品与转化、与“三农”关系以及发展战略四部分，分别由石玉林院士、闵恩泽院士、郭书田研究员（农业农村部原政策法规司司长）和我四人负责。从 2005 年 5 月到 2006 年 6 月的一年时间里，大家做得很认真，按时完成了研究任务，1.7 万字的综合报告和 17 万字的四个专题报告。

研究报告的两个重要成果是，首次全面和系统报告了我国的生物质资源状况，评估其开发潜力与环境影响；首次全面和系统提出了开发生物质资源的国家战略思路。

即提出了发展生物质产业是为了能源安全、环境减压和“三农”三大战略需求；提出了“一矢三的，重在‘三农’”“不争粮，不争地，可以持续”“多元发展，因地制宜，中小为主”的三条战略思路与原则；提出了燃料乙醇、成型燃料、工业沼气、生物柴油和全生物降解塑料 5 个主打产品；提出了战略发展的“中期（2020）目标与方案”和“近期（2010）目标与方案”；提出了“综合效益”与“方案实施”。

研究报告是自“6·15”汇报提出“生物质经济已经浮出水面”两年后提交的一份正式答卷。报告约 20 万字，其精要三处是在 2006 年 8 月我写给国家能源领导小组的一封信中，全文如下。

富才主任，锭明主任，并

国家能源领导小组办公室：

送上《中国生物质资源与产业化战略研究报告》，这是我主持的中国工程院咨询项目的总结，供您们参考。

此研究有十多位院士和专家参加，历时一年有余。资源是此咨询项目的一个重点，根据研究结果，我以为在现有资料情况下已基本搞清楚了我国可用于生物质能源生产的资源家底。

其资源有三：一是农林等有机废弃物的年产出实物量为20.29亿吨，其中65%，即13.19亿吨可用于生物质生产，折年产能3.82亿吨标煤；二是8874万公顷后备土地资源中，73%，即6478万公顷可用于能源生产，折年产能2.38亿吨标煤；三是薪炭林、能源灌木林和木本油料林，面积5176万公顷，折年产能1.76亿吨标煤。总此三项，即我国可用于生物质能源生产的三类资源的年产能潜力是7.96亿吨标煤，可用于生物质生产的边际性土地面积是11608万公顷（与现耕地面积相当），这是现有资料和生产水平条件下我国的生物质资源家底。

此项研究的另一个重点是在开发战略与目标中，提出了重要而又现实可行的五大战略产品及其相应的中期（2020年）目标。它们是：燃料乙醇2300万吨（其中下游产品600万吨）、生物柴油500万吨、车用沼气60亿立方米（折700万吨石油）、生物塑料1200万吨、成型燃料（替代锅炉用煤）8000万吨、沼气/生物质供热发电360亿千瓦·时。

以上5项产品可年替代石油5983万吨和煤炭5891万吨，合计折原油10166万吨，故可简称“年产1亿吨的生物质油田方案”。完成此项目标，资源动用量仅占可用资源量的1/7，各分项资源量的动用率在10%～20%，技术成熟度、成本和市场竞争力等方面都有较高可行性。5项产品中，完成了燃料乙醇、成型燃料和生物塑料三项指标就能实现总目标的77%，此三项都是可以实现大规模替代的。

上次参加了关于《中国替代能源研究报告》座谈会，又收到了二稿。我觉得本报告对待煤基、天然气基和生物质基三类替代能源，似乎重点放在了前二者，认为生物质基的资源不清、技术不成熟，也许是因为生物基方面的资料提供得不够。

从美国、欧盟、巴西等国家和地区的发展历程和趋势看，生物质能源是比较现实可行和能够大规模替代化石能源的首选，是事实上的替代主体。全球仅燃料乙醇已有3000多万吨生产规模，预计2012年将达到7000万吨左右，技术、成本、市场等都不存在问题，我国的资源和工作基础也比较好。此外，生物柴油、车用甲烷、生物塑料，以及成型燃料和生物质供热发电对煤炭的大规模替代都很现实可行。再说，煤基和天然气基本身仍是不可再生的化石能源，只是改变了一下能源形态而已。我在上次会上曾提到，在某些技术性和细节性问题上不一定看得很准，但在战略方向和重点上不要出现偏差。看法不一定全面，供参考。暂写到此，并颂

政祺！

石元春　敬上　2006年8月20日

农业学部的这个生物质咨询项目尚未结题，2006年3月7日的下午，中国工程院又通知我参加“中国可再生能源发展战略研究”重大咨询项目的预备会议，哈！升级版来了。由生物质能源升级到“可再生能源”，由学部项目升级到院级重大咨询项目。此项目由杜祥琬副院长和能源学部主任黄其励院士主持，有综合、风能、水能、生物质能和太阳能5个课题组，我受邀任生物质能组组长。

中国工程院连续两次安排的咨询项目研究，确实夯实了生物质方面的理论与资料基础，特别是在初步查清我国生物质资源家底上。《中国生物质资源与产业化战略研究报告》提出，我国可能源用的生物质约年产11.71亿吨标煤，其中有机废弃物和边际性土地年产能分别占41.1%和58.9%。排在前5位的产能潜力大户依次是：宜农后备地（占23.7%）、作物秸秆（占22.9%）、宜林后备地（占18.8%）、现灌木林（占15.0%）以及畜禽粪便（占8.3%）。年产能中61.2%来自农业，38.8%来自林业；有机废弃物产能的83.8%来自农业，边际性土地产能的60%来自林地。图3-9（上）的数字和柱状图清楚地描绘了我国可能源用生物质资源的家底，要开发也就心中有数了。

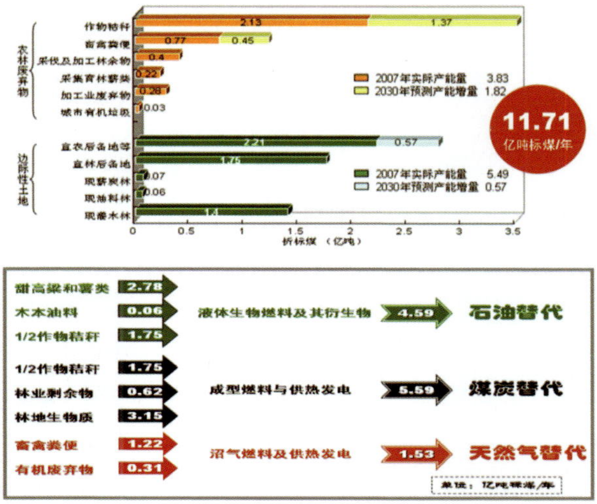

图3–9　中国的生物质原料资源（上）和替代潜力（下）

战略研究中做了一件有意义的事，就是不同生物质原料适合加工不同产品，如糖类和淀粉类原料宜生产乙醇类液体燃料及其衍生化工产品；油脂类原料宜生产生物柴油及其衍生化工产品；畜禽粪便、加工业和城市排放的有机废水废渣宜生产沼气系列产品；作物秸秆、林木剩余物等木质纤维素类原料宜生产成型燃料和直燃发电，技术突破后也可以生产液体燃料等多种产品。经原料与产品间的搭配与组合，11.71 亿吨标煤中约 39.2%，即 4.59 亿吨宜用于替代石油；47.7%，即 5.59 亿吨宜用于替代燃煤；13.1%，即 1.53 亿吨标煤宜用于替代天然气，可参见图 3–9（下）。

2006 年参加杜祥琬副院长主持的可再生能源咨询研究，将视野扩展到了整个可再生能源。根据各课题研究报告，我整理了我国可再生能源资源资料，除太阳能（因无资料）外的 5 种可再生能源合计年产能 20.2 亿吨标煤，生物质能占 51.7%，大小水电、风能和核能分别占 28.9%、16.5% 和 2.9%（图 3–10）。生物质资源体量如此之大，使我惊而喜之。

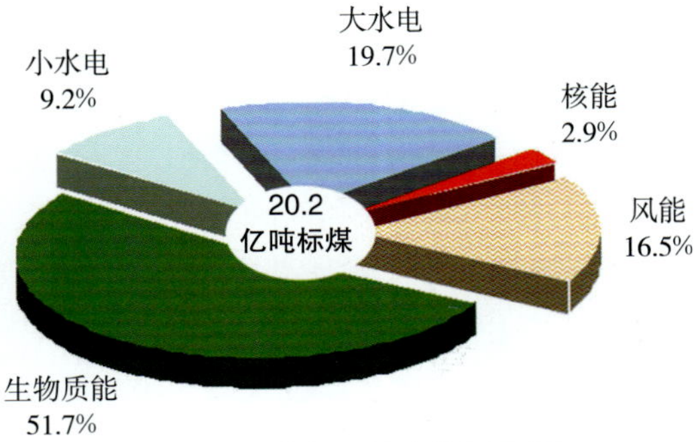

图 3–10　我国可再生能源资源（不含太阳能）的年产能及其占比

除资源外，对生物质产业发展的国内外情况以及生物质产品及技术前沿也了解得更多了，思考得更多更全面了。没有这两次咨询研究，我哪有底气写作和 2011 年出版《决胜生物质》一书。

3.7　香山科学会议（2005.5）

2005 年的 5 月 31 日至 6 月 2 日，中国科学院设置的高层科学会议平台，中国科学院第 256 场香山科学会议及时安排了“生物质能源利用的潜力与前景”论坛。论坛由中国科学院院士匡廷云与我共同主持，中国科学院有关院所以及院外有关研究单位的 40 余位专家参加，有 20 多个学术报告。

有匡廷云院士的“国内外生物质能源现状与发展潜力”报告和我的“谈发展生物质产业中的几个问题”报告（发表在《中国基础科学》2005 年第 6 期）；有中国科学院植物所、微生物所、大连化物所、过程所的专家分别就有关生物质方面的研究作了报告；清华大学化工系刘德华教授就“酶催化和发酵联产生产生物柴油和 1，3– 丙二醇”、北京泰天地能源技术开发公司就“中国生物质液体燃料开发利用”、中国农业科学院油料作物研究所就“生物柴油的发展”、农业部沼气科学研究所就“沼气发展的现状、潜力与建议”分别作了报告。

如果说 2005 年 1 月的第 35 场“中国工程科技论坛”偏宏观与战略，4 个月后的第 256 场“香山科学会议”则是中国科学院与国内生物质研究与实践领域工作的一次盘点。

会议是我作的总结发言，共归纳了 7 条：①我国能源与环境形势严峻，在调整能源结构中，生物质能具有特殊和重大战略意义；②生物质产业具有“三农”、能源和环境三重功能，是一个多目标系统；③生物质产业以循环利用农林废弃物和开发低质地能源植物为主，不与农争粮争地；④生物质产业的主要产品是生物质能源要与生物基材料与有机化工产品；⑤生物质产业不能工农“两张皮”，要“农工一体化”的系统设计；⑥生物质产业是跨学科、跨部门、跨行业的新兴的新型产业，需要相关部门和行业和学科的联合与协同；⑦建议尽快启动一批前沿性的基础与技术研究，尽快推进产业化发展，以及制定中近期产业化发展规划。

这 7 条是自“6·15”汇报一年后我对生物质工程认识的深化与概括。

中国科学院与中国工程院体制不同，前者是研究实体，后者是学术团体。中国科学院的出手自有另一番霸气。

2004 年 6 月 15 日，我代表“中长期科技发展战略研究”农业组向温家宝总理汇报的现场我记得非常清楚。当我汇报结束，总理请在座领导小组成员发表意见的话音刚落，中国科学院院长路甬祥立即接声发言。对农业组汇报表示充分肯定与赞同的表态后说：“今天听了石院士的研究报告，使我对农业和农业科技有了一个新的认识，我们也应当有一些新的考虑和作为。”当时不可能了解他说的“新考虑”是什么。但是后来的部分事实做出了某些回答。

2006 年 3 月，路甬祥院长致信山东省委书记韩寓群，提出与山东合作，在青岛共建“中国科学院青岛生物能源与过程研究所”的建议。他竟是如此敏感和迅速地对我在汇报里提出的“生物质经济已经浮出了水面”做出了如此重大的反映。

3 年后，即 2009 年 11 月验收了该所，并纳入中国科学院“知识创新工程”管理序列的国立科研机构；2011 年签“二期”协议；2017 年启动了与中国科学院大连化物所融合发展，提出用 10 年左右时间，将研究所建设成为国内领先、国际一流，引领我国先进生物能源、先进生物基材料、先进能源应用技术的自主创新研发平台的战略目标。

研究所坚持创新驱动与需求牵引相结合、原始创新与集成创新并重，聚焦新能源与先进储能、新生物、新材料领域，开展战略性、基础性、前瞻性和系统集成重大创新研究，突破领域前沿科学难题和关键核心技术，提供重大创新成果和系统解决方案，在满足国家和区域重大需求方面发挥不可替代作用，不断为国家和区域经济社会发展作出重大贡献。

研究所建有中国科学院生物燃料重点实验室、中国科学院生物基材料重点实验室、山东省能源生物遗传资源重点实验室等14个省部级平台；与波音、宝洁、壳牌、道达尔等世界500强企业及美国可再生能源实验室、牛津大学、慕尼黑工业大学等知名科研机构/大学建立科技合作，共建“可持续航空生物燃料联合研究实验室”等8个合作研发平台。

研究所还成立了青岛中科华通能源工程有限公司，建设国内首个秸秆综合处理产业化系统，打造北方最大生物天然气产业化基地，2016年被国家发改委批复为“生物天然气国家试点工程”。该所正在农林生物质工程的基础性和前沿性的研发，前景不可限量。

“十年磨一剑”，然也。我一直在关注和期待中国科学院青岛生物能源与过程研究所的进展与成就。

再说中国科学院1978年始建的一个老所，广州能源研究所，目光独具地定位于新能源与可再生能源。当2006年科技部开始实施《国家“十二五”科学和技术发展规划》，我们提出的生物质能源项目不少花落该所。2009年，该所又组织成立了“生物能源与生物基产品产业技术创新战略联盟”“生物燃气产业技术创新战略联盟”等。

生物质工程之花在中国科学院绚丽绽放。

3.8 得陇望蜀（2005.12.5）

实施生物质高技术产业专项《通知》的下发无疑对我们团队是一个很大鼓舞，于是又动了“再加一把火”的念头，趁着为国家经济与社会发展“十一五”规划提建议的时机，于12月5日给国家发改委马凯主任写了一封信，提出“建设各年产5000万吨的绿色油田和绿色煤田”的建议。信的全文如下。

马凯主任：

我今春会同其他几位院士给家宝总理写信，建议发展生物质产业建设年产5000万吨“绿色”油田，您在总理批示后立即指示高新司承办。通过近半年时间的研究论证，发改委已设立生物质产业专项，推进我国生物质产业发展。非常感谢您对生物质产业这一新兴的可持续产业的支持。

同样，我们的研究工作也取得了进展，认识也进一步提高，根据技术、资源现状和需求（减少对进口石油的依赖，保护环境和改善生态，缓解“三农”问题）分析，借鉴发达国家的成功经验，特向您提出到2020年建设成各年产5000万吨的“绿色油田”和“绿色煤田”的建议，彻底打破“能源封锁”，从根本上解决依赖进口石油问题、“三农”问题和环境污染问题。

到2020年，建成年产5000万吨“绿色油田”的具体内容是：燃料乙醇及其衍生物分别为1300万吨和600万吨、生物柴油及其衍生物分别为200万吨和100万吨、车用甲烷37亿立方米（相当于571万吨石油，详见附件7）、可生物降解塑料1200万吨，累计可替代石油5033万吨，减排1.7亿吨CO_2。建成年产5000万吨“绿色煤田”的具体内容是：生物质成型燃料5000万吨、生物质发电720亿千瓦·时、沼气发电80亿千瓦·时，累计可替代标煤5540万吨，并可得副产品有机肥4000万吨，减排1.3亿吨CO_2。“两田”建设总计可实现年总产值4669亿元，利税1507亿元，节约外汇175亿美元，农民新增收入600亿元，并获得942万个原料生产就业岗位和87万个加工性生产岗位，约1000万个农村富余劳动力将向生物质企业和中小城镇转移。

“十一五”期间，到2010年年产700万吨乙醇及衍生物、150万吨可生物降解塑料、4.5亿立方米车用甲烷（可替代50万吨汽油）、50万吨生物柴油、500万吨生物质成型燃料和1000兆瓦生物质发电能力，替代1000万吨原油和550万吨标煤，减排4745万吨CO_2。

实现上述目标仅利用了我国现有秸秆类农林废弃物（约15亿吨）的15%，现有荒山、荒地、盐碱地（约15亿亩）的5%，以及生猪、家禽和牛等畜禽养殖业粪便排放量（约18亿吨）的18%。在技术上，乙醇及其衍生物、生物质成型燃料、生物质直燃供热/发电、车用甲烷已经成熟，已经开始产业化并有相应的基础设施，燃料乙醇产量达到102万吨/年，由乙醇生产的生物基乙烯的成本（6900元/吨）已低于石油基乙烯成本，表明我们可以不再过分依赖进口石油生产运输燃料和化工产品；在现有基础上，消化吸收国外先进技术、设备，提高生物质成型燃料、生物质直燃供热/发电水平，可以用生物质大规模替代10兆瓦以下燃煤、燃气锅炉及民用燃具目前使用的煤和天然气。可生物降解塑料和生物柴油也开始示范，武汉华丽公司的淀粉基可生物降解塑料已经出口日本、韩国，中石化正在石家庄建设采用世界上最先进技术（高压醇解技术）的生物柴油生产装置。在世界公认的生物质利用核心技术——秸秆乙醇生产技术方面，我国开发的“分子振动预处理、微生物菌群产纤维素酶同步糖化、基因工程细菌共发酵五、六碳糖产乙醇”技术居于国际领先水平，在国家的支持下近期可能先于欧美发达国家和地区产生突破，将率先在世界上有经济效益地生产秸秆乙醇。

发展生物质产业，建设“绿色油田”和“绿色煤田”，看似匪夷所思，实则切实可行。巴西的生物能源已占全国总能源消耗的23.4%，美国的燃料乙醇产量达到1020万吨/年，瑞典的生物质发电量已占全国总发电量的20%。我国有资源优势、技术优势、人才优势、体制优势，只要我们策划得好、动作快，我们就能在新世纪里创造新的奇迹，在能源领域的国际竞争中取得领先地位，就不再受制于人。专此并颂

冬安！

石元春　敬上　2005年12月5日

以上建议在分析形势和发展生物质的战略意义后提出“一矢三的，最大受益者是‘三农’”以及“不争粮，不争地”原则等，全文1.4万字并附详细图表。

我这个得陇望蜀的生物质“小子”，还真能来事儿！

2005年，生物质舰队的启航年。顺风顺水，风劲帆满。

4 启航 2006

（2006 年）

- “十一五”开门红
- 工程院挥师南下
- 国家《可再生能源中长期发展规划》出台
- 世界生物质能大会
- 上书中共“十七大”
- 全国生物质能工作会议
- 一位农学家的能源大梦
- 农林口紧锣密鼓
- 十一部委联手助推生物质能
- 年末琼岛播火
- 启航大事记

年轻的中国生物质舰队启航的第二年，2006 年，又是一个风劲帆满，百舸争流的一年；全面布局，蓄势待发的一年。

4.1 “十一五”开门红（2006.1）

2005 年 11 月，我收到国务院关于《中共中央 国务院关于推进社会主义新农村建设若干意见（草案）》的征求意见稿，提了不少意见和建议。当然，“生物质”必是浓墨重彩一笔，如“生物能源和生物基产品不仅附加值高，而且产品有极大市场需求拉动，它集缓解‘三农’、能源、环保三大难题于一身”等。

2005 年 12 月 31 日正式发布和开始实施《中共中央国务 院关于推进社会主义新农村建设若干意见》。我很高兴，该文件的第 16 条“加快乡村基础设施建设”中居然将生物质能源放在了突出位置。

> 第十六条，国家鼓励清洁、高效地开发利用生物质燃料，鼓励发展能源作物。利用生物质资源生产的燃气和热力，符合城市燃气管网、热力管网的入网技术标准的，经营燃气管网、热力管网的企业应当接收其入网。国家鼓励生产和利用生物液体燃料。石油销售企业应当按照国务院能源主管部门或者省级人民政府的规定，将符合国家标准的生物液体燃料纳入其燃料销售体系。

更重要的是，一个多月后，2006 年 2 月 10 日财政部下发了关于对生物质能源的补助政策文件。《国务院办公厅关于落实中共中央国务院关于推进社会主义新农村建设若干意见有关政策措施的通知》中的第 18 条是：“制定相应的财税鼓励政策，组织实施生物质工程”，由财政部牵头，会同发展改革委、税务总局、农业部、环保总局等部门提出实施意见。由此，财政部提出了召开专题研讨会、深入部分地区和企业作实地调研，以及提出我国生物质产业的发展思路的三条落实意见。

真金白银将“生物质”落在了实处。

2006年4月29日，财政部在国宾馆钓鱼台召开了专题研讨会，我的发言题目是《生物质能源替代石油的构想》(图4–1)。“士别三日，当刮目相待”，这次发言PPT中既详细介绍了国际最新动向和我国开发生物质能源的紧迫性，又提出了“各年产5000万吨的绿色油田和绿色煤田”的设想与建议。

这次是制定政策的“研讨会”，不是谈天论地的“论坛”，因此在准备PPT中既要运用知识与信息优势，继续坚定领导的信心与决心，又要提可操作性的好主意。最后一张幻灯片是引用温家宝总理不久前对生物质工程的一次讲话，“要早觉悟，早起步，早见效”(图4–1)，再鼓情绪。

图4–1 财政部研讨会上发言PPT首末两张幻灯片

2006年年底，财政部的鼓励性政策有原料基地补助、示范补助、税收优惠，以及因国际油价波动亏损造成的市场风险实行弹性亏损补贴等4项。这像给一个尚在襁褓中的新生婴儿，注射了一剂高免疫力疫苗，送来了一箱高营养的婴儿奶粉。

财政部如此动作频频，乃落实去年总理批示与国家发改委部署也。

说完财政部年末的部署，再回到年初，说国家能源领导小组发来的《能源中长期发展规划纲要》征求意见稿。我在整体上提了修改意见后，重点写下了5条，回信时间是2006年3月9日。

5.《规划》中虽多处提到“新能源”，但都是一带而过，从资料、论述，以及措施上都远不及常规能源。这可能与“新”有关，也正因为新和大家还不够熟悉，所以更要加强，否则有可能是写在纸上，落实不到工作中。建议在适当处单写一节。

6. 联合国开发计划署(UNDP)对新的和可再生的能源的界定，是指除大中型水电和传统薪柴以外，所涵盖的小水电、生物质能、地热能、太阳能、风能和海洋能，以及氢能和核能。《规划》中的有关提法尽量考虑与国际接口。另外，还要注意与我国《可再生能源法》和能源办正在制定的《可再生能源中长期发展规划》相衔接，成为一体。

7.《规划》中对生物质能源很少提到，可能因为这方面的资料提供得比较少。正如德国可再生能源委员会总协调人 N. E. Bassam 教授指出的："可再生能源家族中现实可行的能源是生物能源。"生物能源不仅可以作为化石能源的一种替代，更是石油化工产品的替代，以及对缓解"三农"问题，促进工业反哺农业和建设社会主义新农村，具有其他可再生能源所没有的功能。随信附上我最近给能源办写的一篇短文和有关资料供参考。

8. 美国、欧盟等国家和地区的能源战略重点是对液体燃料石油的替代，替代的主要途径是生物乙醇和生物柴油。今年 1 月布什又在国情咨文中提出："当前我们存在的一个严重问题就是使用石油像吸毒一样'上瘾'，最好的办法就是依靠技术进步去打破这种对石油的过分依赖，摆脱石油经济，让依赖中东石油成为历史，我们的一个伟大目标是到 2025 年，替代 75% 的中东石油进口。"还为此提出了 6 年内突破纤维素乙醇技术产业化的目标。

《京都议定书》给了欧盟减排 CO_2 8% 的指标，欧盟规定 2010 年生物柴油在柴油中的添加比例将由 2005 年的 2% 提高到 5.75%，其需求量将相应从 2005 年的 490 万吨提高到 2010 年的 1400 万吨。欧盟制定的替代车用汽油的目标是：2005 年为 2%，2010 年和 2020 年分别达到 5% 和 15%。由于资源不足，2005 年从马来西亚进口的棕榈油增长了 63%，奥地利已在我国山东建年产 27 万吨的生物柴油厂。芬兰和瑞典的能源结构中生物能源已分别占到 20.4% 和 16.5%。颗粒燃料在瑞典已占全国集中供热的 20%。

最后，在整个《规划》中将开拓海外油气资源放在了十分重要的地位，与国内能源开发（第四章）并列地写成第五章。不知是否有过充分的论证，经济上、政治上和风险性上，必须十分慎重。指导方针中的"立足国内，开拓国外"，可否改为"立足国内，适度国外"。是否也可以创新思维一下，分出部分资金在国内建设能年产 1 亿吨的绿色油田和绿色煤田（请参见"两田"建议），将造福万代。

在中国，"小荷才露尖尖角"的生物质产业，这么快就进入了中央文件与国家《能源中长期发展规划纲要》，还真有些意外。

4.2 工程院挥师南下（2006.2）

生物质工程在我国的开局，应当是中国工程院2005年1月26日在北京人民大会堂举行的第35场中国工程科技论坛的“中国生物质工程论坛”打响的。2006年又是中国工程院打头阵，春节刚过就挥师南下，杜祥琬副院长于2月21日带领几位院士与工作人员赴南宁与广西壮族自治区签署开发生物质的殑地合作协议，这是在我国南方的一个生物质资源大省点燃了全国的第一个“火种”。

当然，这次中国工程院挥师南下，是少不了我这个“生粉”的。

二月的北京还在飘雪，南宁却花红叶绿，单衣短裙了。

2月22日9时许，广西壮族自治区大礼堂人来人往，熙熙攘攘，透出一股节日气氛。自治区副主席与杜副院长致辞后举行了签字仪式。签字仪式后举行学术报告会，杜院长、我和欧阳平凯院士三人作了学术讲演。我的讲题是“发展生物质产业”，讲了“能源的世纪换代催生了一个新兴产业”和“起步中的中国生物质产业”之后，用了13张幻灯片讲“广西：一个潜在的生物质产业大省”。

在“资源和区位优势”中提出了广西处在“两种资源和两个市场”的中心位置的论断；在“原料与产品定位”中提出了4类资源和9类产品的“多元发展，主副有序”建议；在“生产经营方式定位”中提出了“农工一体与系统设计”具体方案；在“几笔粗账：2020”（图4-2）中提出了木薯乙醇与沼气产值、农民工作岗位与新增收入、二氧化碳减排与CDM额度值等的预测后指出：

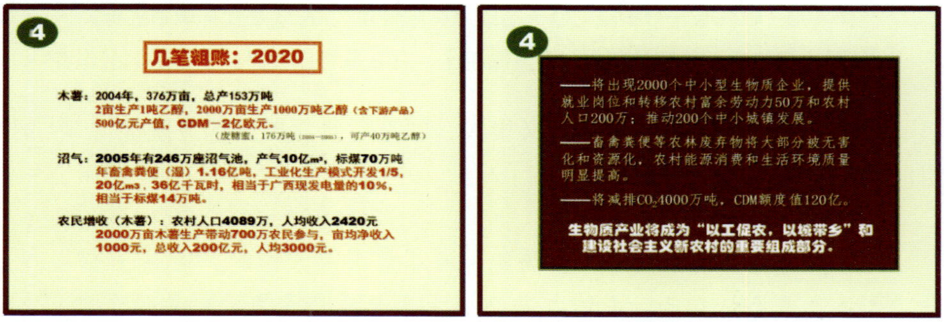

图4-2 我在南宁讲演PPT的广西部分中的两张幻灯片

——将出现2000个中小型生物质企业，提供就业岗位和转移农村富余劳动力50万和农村。人口200万，推动200个中小城镇发展。

——畜禽粪便等农林废弃物将大部分被无害化和资源化，农村能源消费和生活环境质量明显提高。

——将减排 CO_2 4000万吨，CDM额度值120亿。

生物质产业将成为广西壮族自治区“以工促农，以城带乡”和建设社会主义新农村的重要组成部分。

讲演的结语是“天时不如地利，地利不如人和”，意在寄希望于广西壮族自治区政府。

中午用餐时，欧阳平凯院士低声问我：“我们刚到南宁，你哪儿来的那么多广西数据资料？”我附耳说：“我在南宁有‘卧底’。”我们二人笑了。

下午在南宁附近考察，第二天又到桂南钦州考察了民营企业“新天德能源有限公司”（图4-3），该公司以木薯为原料生产乙醇年产近20万吨。

图4-3　杜院长一行参观“新天德能源有限公司”，左3是杜祥琬副院长，左4是中国工程院能源学部主任黄其励院士，右2是程序教授，左2是本书作者

此次广西之行内容甚丰，意义很大，回京后我立即给国务院能源领导小组汇报。

广西地处南亚热带，生物能资源非常丰富。首先，“铁杆庄稼”木薯真是个好东西，它能在贫瘠地上生长，产量高，耐旱耐台风，两三亩地就能产1吨乙醇（玉米要五六亩），因无须灌溉和管理比较简单，所以成本比玉米、甘蔗低得多，去年广西种了600万亩。与之相匹配的是广西的荒坡地资源很丰富。

广西是产糖大省，蔗糖产量占全国总产的80%，仅制糖后的废糖蜜就可以生产40万吨乙醇（技术没问题，已有数家糖厂开发）。盛产于百色一带荒山的石栗树籽粒含油60%以上，开发利用起来，两三亩地也能产1吨生物柴油，柴油在–20摄氏度时不凝固，质量优于欧洲用菜籽油生产的柴油，且有利于山区水土保持和农民增收。

还有件意想不到的收获，在与南宁市市长林国强同志谈到市民用煤气曾涨到130多元一罐时，他说市长最怕的就是“减气”“断气”，能不能用沼气罐替代。这事启发了我，技术上没问题，经济效益和社会效益很高，气源可以从三方面解决，乙醇厂废水发酵（南宁市郊杨森乙醇厂每天可产沼气3万立方米）、大中型养殖场畜禽粪便、屠宰场下脚料。如果通过工业化规模生产沼气，不仅能缓解中小城市的供气，还能拉动养殖业和环保产业。

自治区对发展生物质能源的积极性很高，成立了以常务副主席为组长和四个副主席为副组长的发展生物质能源领导小组和办公室，制定了一个“生物能源基地建设规划”，将生物能源产业作为一个新的支柱产业和经济增长点。

我想，能抓一个省域的生物能源发展基地建设试点是件好事，如果您们能安排时间，去考察一次，一定会起到很好的推动作用。

此次中国工程院与广西的院地合作很实，有一系列的后续行动，特别是在广西壮族自治区政府支持下，程序教授与南宁某企业合作，利用制糖的废糖蜜生产沼气，进而提纯为车用生物天然气，驱动上百辆出租车在南宁市内行驶，这在全国是首创，可谓是：

挥师南下八桂行，院地合作辟蹊径；
木薯乙醇开新域，沼气汽车首创新。

南下返京，中国工程院任务又来了。3月7日下午，中国工程院杜祥琬副院长与能源学部主任黄其励院士主持的重大咨询项目“中国可再生能源发展战略研究”召开预备会议，在综合、风能、水能、生物质能和太阳能等5个课题组，我任生物质能组组长。农业学部的项目尚未结题，又续上了更大的生物质能咨询研究新单。

4.3 国家《可再生能源中长期发展规划》出台（2006.4）

可持续发展与能源替代已成新世纪初之时代强音。

2005 年 5 月温家宝总理亲任组长，成立了国家能源领导小组，立即组织制定《能源中长期发展规划》和《可再生能源中长期发展规划》。作为能源领导小组下设的专家组成员，我有幸参加了这两个文件的起草过程。

2006 年 4 月 20 日上午，中南海已是满园春色，绿意盎然了。温家宝总理在国务院第一会议室主持听取可再生能源中长期规划草案汇报，各有关部委都有领导参加，由国家发改委副主任张国宝汇报。

会前我做了两手准备：口头发言和书面发言。张国宝汇报结束后，各有关部委领导发表意见很踊跃，我插不上话。趁会议休息，我走到温家宝总理身边，总理热情地迎上了两步，握着手说："元春同志，身体还好吧？""挺好的。"我开门见山地说："总理，可再生能源种类很多，根据我国具体情况，我以为生物质能源应当是主要的。我有份书面发言，供您参考。"说着就把书面发言递给了他。他连说谢谢，"元春同志，请你多关心生物质能的发展，多提意见"。

我书面发言的题目是《关于 15 年建设一个年产 1 亿吨绿色油田的设想》，全文如下。

总理，各位领导：

前年 6 月我代表国家中长期科技发展规划农业组汇报时，温家宝总理对发展生物质能源给予了充分肯定，并作出对发展指标做进一步论证的指示。近两年，我一直在跟踪国内外进展，思考我国的发展和指标问题。

在能源问题上，当前有三个动向值得我们关注。第一个是在战略高度上提出"告别石油时代"和为此"做好心理和科技准备"。具有代表性的是今年 1 月布什在他的国情咨文中提出："当前我们存在的一个严重问题是在使用石油上，像吸毒一样'上瘾'，最好的办法就是依靠技术进步去打破这种对石油的过分依赖，摆脱石油经济，让依赖中东石油成为历史。我们的一个伟大目标是到 2025 年，替代 75% 的中东石油进口。"瑞典政府最近宣布，用 15 年时间使瑞典成为全球首个完全不依靠石油的国家。巴西、德国等也有类似提法。

第二个动向是在发展可再生能源上，越来越认识到，“比较现实可行的是生物质能源”，特别是在生物液体燃料替代石油上。美国在《开发和推进生物基产品和生物能源》的总统执行令（1999年）中提出：“到2010年生物基产品和生物能源将增加3倍，2020年增加10倍。”去年8月美国通过的《能源法》和提出的乙醇训令中要求：

“到2012年，必须在汽油中加入2250万吨/年乙醇等生物燃料。”这就将原克林顿制定的指标又提高了38%。今年布什在国情咨文中谈石油替代时，明确提出重点是发展生物乙醇，不仅是玉米，而且是用木屑、秸秆、柳枝稷生产纤维素乙醇，6年解决技术和商业化问题。

（附：巴西、美国、欧盟、日本和中国燃料乙醇发展状况与计划）

欧盟规定2010年生物柴油的添加比例将由2005年的2%提高到5.75%，需求量也随之由2005年的490万吨提高到1400万吨，并制定了以生物燃油替代车用汽油的目标，即在2005年2%的基础上，2010年和2020年分别达到5%和15%。由于欧洲资源不足，奥地利已在我国山东建年产27万吨的生物柴油厂，意大利、冰岛等也都在谈判中。巴西是发展使用生物乙醇的先驱，是世界上唯一不供应纯汽油的国家，现生产能力已达1500万吨，出口美、日、英等国，占世界乙醇交易量的53%。印度也宣布实施第二期“绿色能源计划”，全国车用汽油中必须添加5%的乙醇。

第三个动向是生物质能生产技术进步很快，如美国的E85燃料（即85%乙醇掺15%汽油）和已有600万辆能使用E85等多种燃料的“灵活燃料汽车”FFVs上路、瑞典的车用甲烷（沼气纯化压缩）、加拿大的纤维素乙醇等新技术和新产品陆续投入使用。

我国在发展生物质能源上，需求迫切，资源丰富，特别是能够切切实实地推动以工哺农，城乡统筹，农民增收，农村工业化、城镇化和社会主义新农村建设。在我国，一定要把发展生物质能源问题与“三农”问题联在一起考虑，切忌就能源谈能源。根据在国内走过的一些地方以及对有关资料的了解，我们提出了建设年产1亿吨（油当量）的绿色油田建议，包括6类产品和西北、东北、西南、长（珠）江中下游等6个分区油田（参见附图和附表2张）。如果推动得好，2020年前后可以基本建成，可以替代35%左右的石油消费量和减排3.2亿吨CO_2；可以基本解除畜禽粪便、秸秆和塑料地膜的农村三大污染；可以使农民年新增收入600亿元和提供

1000 万～1200 万个岗位转移农村富余劳动力。

1 亿吨绿色油田，是不是冒进了？其实，其中的 1300 万吨乙醇指标只是巴西的现水平，生物柴油指标也是欧盟现水平，至于资源毫无问题。巴西有个经验，就是用改型汽车拉动乙醇生产，美国现年产几十万辆 FFVs 汽车，每辆车只增加 150 美元成本，巴西现售汽车中 70% 都是 FFVs。如果我国将生物燃油与 FFVs 汽车匹配推进，可减轻石油短缺和价格飙升的冲击力，也可带动生物燃料和汽车业的发展。

这两年，国内对发展生物质能有了越来越多的关注，一些地方和企业的积极性越来越高，当前最需要的是有一个国家的发展生物质能源计划和强有力的推动。为此，建议制定一个“国家发展生物质能源计划”和成立相应的领导和工作机构。如我提的“15 年建设一个年产 1 亿吨的绿色油田”设想有些参考价值，欢迎组织专家评议。

石元春于 2006 年 4 月 19 日

当时，可再生能源还是一个相当前沿的概念与领域，大家都比较生疏，张国宝副主任汇报内容显得有些单薄也是可以理解的。我想会后将“书面发言”也给他一份，同时附上一些制定“中长期规划”中可用的生物质能源方面资料。附信中写道：“前天上午国务院能源领导小组会上，我有一份‘书面发言’。散会后交给了温家宝总理，后来就找不到您了。现呈上一份，另有一些生物质能源方面的材料也一并呈上，供您参考。”

没想到，2007 年 8 月发布的《可再生能源中长期发展规划》中生物质能源表现卓尔不群。在“资源潜力”节中，其他可再生能源寥寥数行，生物质能却写了如下很长一段，资料多引自我所呈信中，即去年中国工程院安排的“中国生物质资源与产业化战略研究”咨询项目的研究结果。

我国生物质能资源主要有农作物秸秆、树木枝丫、畜禽粪便、能源作物（植物）、工业有机废水、城市生活污水和垃圾等。全国农作物秸秆年产生量约 6 亿吨，除部分作为造纸原料和畜牧饲料外，大约 3 亿吨可作为燃料使用，折合约 1.5 亿吨标准煤。林木枝丫和林业废弃物年可获得量约 9 亿吨，大约 3 亿吨可作为能源利用，折合约 2 亿吨标准煤。甜高粱、小桐子、黄连木、油桐等能源作物（植物）可种植面积达 2000 多万公顷，可满足年产量约 5000 万吨生物液体燃料的原料需求。畜禽养殖和工业有机废水理论上可年产沼气约800亿立方米，全国城市生活垃圾年产生量约1.2亿吨。我国生物质资源可转换为能源的潜力约5亿吨标准煤，今后随着造林面积的扩大和经济社会的发展，生物质资源转换为能源的潜力可达10亿吨标准煤。

"发展领域"节中亦然，生物质能部分的篇幅比水能和风能多出四五倍。生物质发电、生物质固体成型燃料、生物质燃气、生物质液体燃料说得非常细。"发展目标"节提出"力争到2010年使可再生能源消费量达到能源消费总量的10%左右，到2020年达到15%左右"。"投资估算"节提出："预计实现2020年规划任务将需总投资约2万亿元"，其中仅生物质发电一项即"新增2800万千瓦生物质发电装机，按平均每千瓦7000元测算，需要总投资约2000亿元"，占可再生能源发展总投资的1/10。

关键时间，关键主题，把握机遇，参与国家政策制定，具有关键意义。

《可再生能源中长期发展规划》吹响我国生物质产业发展的进军号。

政策是态度，投资是引导与市场刺激，生物质生产的企业界与股市正期待一次井喷。

4.4 世界生物质能大会（2006.5）

2006年，国际上传来的好消息很多，最重要的莫过于5月30日至6月1日在瑞典召开的"2006年世界生物质能暨第二届生物能制粒大会"。中国工程院副院长杜祥琬院士参会，李十中教授等陪同。程序教授也参会（图4–4），会后写了一份很好的报告。对我们这些初入道者，这两年得到的信息多来自美国，这次参会则可比较全面了解国际情况，特别是欧洲方面。

程序教授报告的6个部分的标题分别是：欧盟成员国重视生物能源，瑞典在发展生物能源方面走在世界前列；欧盟成员国生物质压粒和切片利用广泛，生物质热电联产发展快，符合其森林资源丰富的特点；能源作物种植渐成气候，若干国的农民正在变成商品能源的生产和供应者；巴西甘蔗乙醇生物能资源潜力巨大，全球生物质能开发利用的前景光明；生物质能的若干技术瓶颈已接近突破；"以销促产"带动战略奏效，政策推动更为重要。

程序教授报告给我们提供的重要信息有：

——欧盟正在制定的"生物质行动计划"的近期目标（2010年）是使生物燃油取代石油的10%；中长期目标则是50%；欧盟25国的生物能（包括

发电，取暖及液态燃油）比 2003 年共增加 8000 万吨标油（toe），并为农业开辟一个全新的领域。

——瑞典的全部能源消费中，生物能源占到 1/4，是欧盟平均水平（6%）的 4 倍，15％的房屋取暖已使用新型的生物质能。为了求得其支柱产业——汽车工业的生存和发展，瑞典去年一年对生物燃油的研发投资达几十亿美元。佩尔松首相提出“不仅只是为了获取食物和林木，而且为获取能源”的新农业目标；提出“瑞典将成为世界第一个于 2020 年告别石油”的国家。

——生物质颗粒供热已经在欧洲非常普遍，技术、装备和市场已经相当成熟，会上有各式各样的装备展出。“热电联产”已经相当成熟，热效率可达 90%。瑞典的生物能源对长达近 9 个月的供暖贡献了 62％的能量。

——能源作物种植渐成气候，若干国的农民正在变成商品能源的生产与供应者。奥地利的成功经验是“使农民成为出卖能源的人”。越来越受到重视的蒿柳（Salix）和灌木柳（SRC），正成为新的农作物。会上讨论的农田种植的能源作物中，除常规的玉米、油菜、甘蔗外，还有甜菜、小籽虉草等。

——2005 年巴西甘蔗乙醇的产量为 1240 万吨，计划到 2025 年年产 7200 万吨。除国内消费外，主要向美国、日本和印度等国出口。巴西发展燃料乙醇的经验是：①必须大规模地生产，使之成为产业；②必须重视研究和开发；③所有的利益相关者目标必须一致；④政府要充分起到组织、协调作用。例如 1993 年颁布法律，强制使用 E-20 和 E-25 乙醇汽油，并大力扩大甘蔗生产，糖年产量由 20 世纪 70 年代的不到 100 万吨，2005 年扩大到近 400 万吨，相应的乙醇年产量也从 5.6 亿升增加到 155 亿升。⑤宏观目标是通过开发生物能源保持巴西的国家竞争力。

图 4–4　程序教授参加世界生物质能大会，瑞典，2006.5

——被称为“第二代生物燃油”的纤维类乙醇的技术瓶颈正在突破。瑞典隆德大学生物工程系、捷克乙醇企业 BIOTECH、瑞典已建中试规模工厂。

——荷兰乌德勒支大学采用 IMAGE（RIVM）模型模拟的一项全球生物质能源的预测研究结果是：“必须把能源作物生产纳入农业；全世界生物能源生产潜力最大的地区是南美和非洲，其次是东亚和南亚。”

据李十中教授的参会资料，斯德哥尔摩市有世界上最大的乙醇公交车队（298 辆）和欧洲最大的沼气公交车队（30 辆）。

这次国际会议的信息很重要，我将程序教授报告转呈到国家能源领导小组办公室马富才主任。信件全文如下。

富才主任：您好！

最近，5 月 30 日至 6 月 1 日在瑞典召开了世界生物质能大会，有些信息对我们很有用。现送上中国农大程序教授参会后写的一份材料，供您参考。

目前，全球生物质能源的政府推动力度越来越大，技术和产业化进展得也非常快。欧盟议会代表在大会致辞中透露，欧盟正在制定“生物质行动计划”（Biomass Action Plan），2010 年的目标是使生物燃油取代石油的 10%（2004 年提的指标是 5%），中期计划是 50%；要求欧盟 25 国 2010 年增加生物燃油 8000 万吨（toe，标油）。

瑞典总理佩尔松在致辞中说，瑞典去年燃料乙醇销售量增长了 5 倍，售出的汽车中 10% 以上是生物燃料车，现正投入数十亿克朗扩大生产运输用生物燃料。20 世纪 90 年代瑞典供热 90% 依靠石油，如今只是 10%，目前的生物质能源已占到能源总消费量的 25%，是欧盟的 4 倍。今年 2 月 7 日，瑞典宣布了“2020 年告别石油”（Free From The Dependency On Petroleum）。巴西代表向大会报告了甘蔗乙醇的 2005 年产量达到 1240 万吨，计划 2025 年到 7200 万吨，远期是 3.2 亿吨。

布什在今年 1 月的国情咨文中说：“当前我们存在的一个严重问题就是使用石油像吸毒一样‘上瘾’，最好的办法就是依靠技术进步去打破这种对石油的过分依赖，摆脱石油经济，让依赖中东石油成为历史。我们的一个伟大目标是到 2025 年，替代 75% 的中东石油进口。”其决心和魄力可见一斑。

目前，国际上在技术和产业化发展有以下一些发展趋势。

在车用燃料的替代上，尽管可以多种多样，但最现实和可以大规模生产的是生物乙醇，目前美国和巴西已成气候，欧盟正急起直追。

加快生物燃油对石油的替代，必须突破使用瓶颈。现已不是在汽油中添加10%的乙醇，而是在乙醇中添加15%的汽油，即E-85。E-85和FFVs（灵活燃料汽车）是最佳搭配。福特、通用、沃尔沃等汽车公司已大量生产FFVs，美国有600万辆，巴西有130万辆上路。

这次大会同时举行了生物质颗粒燃料会议，生物质成型燃料已不仅用于供暖锅炉，而且用于工业锅炉，会议期间展出的各种设备琳琅满目。瑞典人均占有颗粒燃料130千克以上，生物质热电联产（CHP）能效在90%以上。颗粒燃料的原料广泛，加工技术成熟，使用方便，早已是成熟商品进入了市场。

沼气除工业化生产和用于供热发电外，纯化压缩技术可使之作为车用燃料。2005年斯德哥尔摩市有30辆沼气公交车行驶，计划2009年达到120～130辆。纯化压缩沼气还可以替代液化天然气罐装管输用于生活。技术无障碍，经济上可行。

生物质大型气化工厂已在瑞典哥德堡市顺利运行，生物质气化后得到合成气，可通过FT反应合成生物柴油。目前，生物质气化生产煤气或发电因能效低，在发达国家已经罕见。

木质纤维素生产液体生物燃料BtL被认为是第2代生物燃料，包括纤维素乙醇、气化后经FT合成生物柴油（FT柴油），以及热裂解（TDP）或催化裂解（CDP）得到的生物柴油。纤维素乙醇已接近产业化。

总体上看，一是生物质能源在能源替代中的主力地位逐渐被肯定，发达国家已作为国家重要能源战略加速推进；二是技术和产业化已日臻成熟，开发力度越来越大，二代技术也在研发中；三是各国的扶持性政策趋实趋强。

就我国情况看，原料资源十分丰富，潜力极大。当前可以突出发展生物乙醇、颗粒燃料和沼气（供热发电和纯化压缩）三大主体产业，并辅以生物塑料和下游化工产品。抓得好，“十一五”替代一两千万吨，甚至两三千万吨石油都是可能的。我以为当前的主要问题是有些同志心存怀疑和犹豫，一般性推动可以，大决心下不了，大行动动不起来。很可惜，我们的危机感和紧迫感，决心和魄力，决策意识不如某些国家。国家能源办和专家组是国家能源决策的参谋部，如有可能，建议在一个适当的时间，作一次生物质能源

方面的专题讨论；如有可能，秋后去广西等几个现场看看更好。专此并颂

夏祺！

石元春　敬上　2006年6月22日

信息就是力量，我们的责任是让信息流更畅达、更有力，特别是及时送达政府的决策者们。

4.5　上书中共“十七大”（2006.7）

2006年6月，我主持的中国工程院“中国生物质资源与产业化战略研究”咨询项目结题，1.7万字的综合报告和17万字的四个专题报告，洋洋大观。四个专题中的“与‘三农’关系”专题由农业部政策司老司长郭书田研究员领衔。这位在农业战线领导岗位半个多世纪的老专家对此咨询研究特别认真，结果甚丰，颇有新意。

一日，郭书田老司长、程序教授（曾任农业部科技司司长，此次中国工程院研究项目的主力）和我三人相聚，谈起明年将召开中共十七大；谈起中共十七大主题“建设小康社会”；谈起中国工程院项目中的“能源农业”。萌生一个想法，何不趁中共十七大机会，三个“老党员”和“老农业”给胡锦涛总书记写封信，为中国“三农”出些主意。

信的开头是这样写的：

胡锦涛总书记：您好！

在党的十七大召开前夕，我们几个老党员，农业战线的老兵，想向您谈一点对解决“三农”问题的看法和建议。

信中指出，“三农”问题是长期积存和在向市场经济转型与工业化起飞的新形势下凸显出来的，具体表现是城乡居民收入差距越拉越大。然后从国内外农业发展的历程与经验分析了产生的原因，心情沉重地说，半个世纪里，“三农”因长期支工支城而积弱积贫，以年人均不到500美元的收入，何以扩大再生产？何以建设现代农业和社会主义新农村？“三农”需要休养生息，需要大幅度增加“反哺”资金，真正做到“多予少取”。然后提出开展一次农业的产业结构革命命题。信的后半部分，即主体思想是这样写的：

当前，欲激活滞重的“三农”全局和取得跨越式发展，关键在于开展一次农业的产业结构革命。即在发展传统农产品生产的同时，向农产品加工方向延伸和开辟“能源农业”第三战场。构成基础农业、加工农业和能源农业的工农一体化的新型产业结构，以加工农业和能源农业“激活”和“拉动”基础农业生产，三者相辅相成。

这些年，在市场经济条件下的农业，下游加工拉动上游农产品生产的现象十分明显。尽管粮食生产徘徊，而蔬菜、水产、肉类的高增长势头始终不减；粮食中的玉米，水果中的葡萄均因有强大的下游加工拉动而在同类产品中脱颖而出。如采取“以下促上”的策略，通过强化下游加工业和开拓加工产品的国内外市场，可以拉动上游初级农产品生产与农民增收，并可充分运用市场杠杆和以农工一体吸引各类资金。发达国家初级农产品生产与农产品加工和食品生产之比为1∶(4～6)，我国是1∶0.37，加工农业在我国有着巨大发展空间。

关于能源农业。在国际社会对化石能源将趋枯竭、减排温室气体以及发展循环经济的关注中，生物质能源逐渐成为主导性的替代能源。因为它能直接替代运输燃料和进行生物材料和化工产品生产，又能有力地促进农村经济发展，这是其他可再生能源和新能源所做不到的。美、欧、日、巴西和印度等都以此作为国家和地区重大战略推进，发展极快，形势逼人。

生物质能源的原料主要是各种农林废弃物和利用低质土地种植的能源植物。美国为实现2030年以生物燃料替代30%化石燃料的目标，在每年所需的13亿吨的生物质原料中，62%是农林废弃物、28%是能源植物，玉米只占6.4%(目前生产燃料乙醇尚以玉米为主)。生物质能源产品是多样的，有燃料乙醇、生物柴油、工业沼气、成型燃料、生物塑料、生物化工产品等。生物质能源的发展为我国“三农”提供了难得的历史机遇。

我国可用于生物质能源生产的原料资源非常丰富，其年产能相当于10.6亿吨标煤。其中53%来自农林废弃物，其他是现有的薪炭林、灌木林、木本油料林以及低质土地上种植的能源植物。我国发展生物质能源的一条重要原则是“不与民争粮，不与农争地”。如果建设一个相当于年产1亿吨标煤的“生物质油田”，年产值约5500亿元，减排二氧化碳3亿吨，农民可获得2000多万个直接就业岗位和年新增收入450亿元，约需投资3000亿元。如能建设三五个这样的生物质油田，其作用和贡献就极大了。

加工农业在我国的发展空间很大，能源农业更是一个市场需求极旺的朝阳产业，二者必将强力拉动基础农业生产。农业与农产品加工工业、生物能源工业和生物化工工业的一体化和协同发展，构成现代农业的新型产业结构；成为“以工哺农”和“城乡统筹”的产业结构基础；农业工业化、中小城镇建设、农村富余劳动力转移的强大推动力量。

“三农”体量大，滞惰性强，唯激活“三农”自身能量为上策。农工一体化和注入引入资金是“酵母”，增加农民收入和调动农民生产积极性是“加温”。“三农”一旦被激活，水土资源约束可以通过技术替代；资本约束可以在发展生物能源和农产品加工业中化解（目前中石油、中石化、中海油、中粮、国家电网等大型国有企业和大量民营中小企业正纷纷进入生物质能源领域）；农村富余劳动力也可以向新兴的生物产业及中小城镇就近转移，这盘棋就有望走活了。为此，我们建议：

1. 大力调整国民收入分配结构，在财政支出中从总量和增量上动真格地提高对“三农”的“反哺”投入。特别是在农村教育和培训，提高农民的整体素质上，使“三农”得以休养生息，积蓄力量；使“予大于取”能够真正落到实处。

2. 将农业的产业结构革命作为一项国家战略推行。高强度地向基础农业、加工农业和能源农业注入引入资金和予以充分的政策支持和引导。

3. 在国家层面上大力推进农业产业化经营，加大政策力度，鼓励和支持工商企业进入基础农业、加工农业和能源农业，通过农民合作组织与农民形成利益共同体。并大力支持农村社区合作组织延长农业生产链条，发展农村工业与流通业，就地转移农业劳动力。在全国形成一个工业下乡、农工融合的热潮，不愁“三农”问题不得化解。

我们相信，党的十七大必将在振兴中华的征途上，将树立起一座新的里程碑。

（附6幅插图）

石元春　程序　郭书田　敬上

信是2007年7月25日转呈的。

莫道桑榆晚，拳拳赤子情；矢志强“三农”，还望结构新。
创新生物质，农业链条伸；工农成一体，城乡融合急。

4.6 全国生物质能工作会议（2006.8）

2006 年，就推进国内农林生物质工程而言，最大举措莫过于 8 月 19—20 日，国家发展改革委会同农业部、国家林业局在北京召开的“全国生物质能开发利用工作会议”。有财政部、科技部、建设部、国家环保总局等国务院有关部门，全国人大环境与资源保护委员会，各省、自治区、直辖市发展改革委、经贸委（经委）、农业厅、林业厅（局），以及部分大型能源企业、科研机构、高等院校代表约 600 人参加。国家发展改革委陈德铭副主任、农业部尹成杰副部长、国家林业局祝列克副局长、国家能源领导小组办公室徐锭明副主任等出席并讲话（图 4–5 上）。

就推进一项工作而言，发文件、出通知很重要，但最实际与有效的推动莫过于开“工作会议”，各有关方面，面对面地交流讨论与具体布置工作。这次“全国生物质能开发利用工作会议”不是海阔天空的“论坛”；也不是讲大政方针的“大会”，而是一次国家层次的讨论与布置工作的行政工作会议，这是我国生物质产业发展的一座里程碑。

作为特邀专家，领导讲话后就是我的主题讲演，题目是《关于我国生物质能能源的发展战略与目标》（图 4–5 下）。

图 4–5 全国生物质能开发利用工作会议，

左图中主席台右 2 是本书作者；右图是本书作者作讲演，2006.8.19

讲演 PPT 的 40 张幻灯片中 15 张讲国际形势。因为刚开过生物质能国际会议，有程序教授的资料，这次讲国际形势内容比较丰富，也新。此次讲演的重点是我国生物质能的发展战略、主要产品与中期目标。在发展战略方面提出 32 字方针，即：一矢三的，重在“三农”；不争粮地，可以持续；多元发展，因地制宜；突出重点，带动一般。报告中提出了五大战略产品，它们是燃料乙醇、成型燃料、工业沼气、生物塑料、生物柴油。报告中提出的中期目标是：2020 年建设年产 1 亿吨的生物质能田（图 4–6）。

讲演的最后一张幻灯片是“早觉悟，早起步”，是我刚参加国务院讨论“可再生能源中长期发展规划”会议时温家宝总理总结发言中讲的，用于此，恰到好处。

图 4–6 “全国生物质能开发利用工作会议”上我的讲演 PPT 中的 4 张重要幻灯片，2006.8.19

此次会议《纪要》指出：“会议的主要目的是贯彻《可再生能源法》，落实《国民经济和社会发展第十一个五年规划纲要》，统一思想，提高认识，明确任务，部署工作，动员各方面的力量，加快生物质能开发利用。”“生物质能是重要的可再生能源，具有资源种类多、分布广、开发潜力大，以及与农业、林业、生态环境保护和农村发展密切相关的特点。开发利用生物质能是调整能源结构、保障能源安全的重要措施；是保护环境、实现可持续发展的重要途径；是促进农村经济发展、建设社会主义新农村的重要举措。各级政府主管部门和有关单位要充分认识加快生物质能开发利用的重要意义。”

《纪要》提出对工作的部署是“国家发展改革委、农业部、国家林业局等部门，将在研究制定工作大纲和相关技术规范的基础上，落实资金，组织开展全国生物质能资源评价和开发利用规划工作。各省（区、市）发展改革委、农业、林业部门要根据国家生物质能发展的有关要求，依据职能分工，结合各省（区、市）生物质能资源特点和经济社会发展状况，具体负责各省（区、市）生物质能资源调查评价和开发利用规划编制工作，并抓紧做好配套资金落实等有关准备工作”。

《纪要》强调，“生物质能开发利用是跨行业、跨部门的新兴产业，涉及能源、农业、林业、财税、科技、环保等多个管理部门，产品包括电力、石油和生活燃料等多个能源领域。各有关部门和单位要齐心协力，密切协作，共同促进生物质能的发展。各级能源主管部门要把生物质能纳入能源管理范围，加大对生物质能技术研究开发的支持力度，加快推进生物质能利用技术进步。财税部门要制定促进生物质能开发利用的财政和税收政策，大力支持生物质能的开发利用工作”。

8 月工作会议后，财政部、国家发改委等五部门 11 月随即配套发布了《关于发展生物能源和生物化工财税扶持政策的实施意见》（图 4–7），也就是发布实施阶段的有关财税扶持政策。

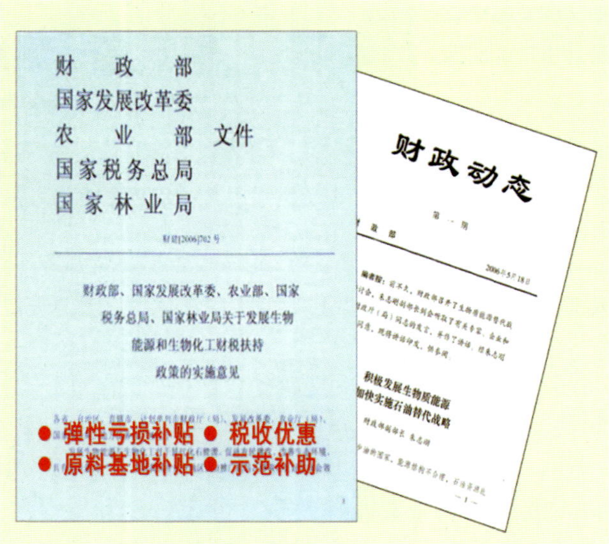

图 4–7　财政部等 5 部门发布文件（2006.11.12）

从四院士上书、总理批示、四部门“报告”，8 月工作会议和财政部、国家发改委等五部委的“实施意见”，我体会这是国务院部署一项重要工作的几个步骤与程序，历时一年有余，太有效率了，我有幸参与了这个全过程。

“八月工作会议”后，新华社、CCTV 等国家媒体；光明日报、科技日报、中国科学报等各大报纸；新浪、腾讯、阿里巴巴等网络媒体都以醒目标题进行了报道，没有想到的是，2006 年 9 月 7 日，央视十套《大家》栏目播放了“一位农学家的能源大梦”节目，这是央视从一个学者的角度向公众介绍了生物质，请看下节。

4.7 一位农学家的能源大梦（2006.9）

CCTV《大家》栏目也关注到了这场生物质能大潮。

2006年春天，编导李妍与我联系，说《大家》栏目今年计划有我的一期节目，主要是关于我与生物质能源方面的内容。显然，这是给了我一个倡导生物质的大好机会与舞台。李妍到家里来得多，讨论整体构思，多次采访，内外景拍摄等。一次我说："下周我要出席全国生物质能工作会议和讲演。"李妍说："那好，摄制组干脆把装备搬到大会现场去。"李妍，20多岁，高个子，皮肤白皙，娟秀文静，低声慢语，大学文科高才生。

8月中旬，北京天气还挺热，李妍到家来告诉我："下周三下午到摄制棚去录制《对话》，这是节目的主体部分，与您'对话'的是央视著名节目主持人曲向东。"我有些紧张地问："是彩排还是直录？""是直录，可以稍有剪接。您与主持人对话约40分钟，剪接到30分钟左右，插播约15分钟视频，全节目45分钟。""我要做什么准备吗？""不用准备，临场发挥就行。"

"哦，对啦！您要着正装，摄制棚里很热，请您忍受一下。"李妍最后，不无细心地叮嘱于我。

我像个胸有成竹，但又临考不安的考生。

摄制棚没打灯光，比较暗，制片主任张涛、主持人曲向东、编导组李妍等迎我。稍作寒暄，张涛拿出一个大的签字簿说："每一位参加栏目的'大家'都有留言，请石院士也写个留言。"我随手翻了前面的留言，有钱伟长、丁肇中、王选等"大家"。我顾不上看他们都写了些什么，脑子里只想着我写点什么。当笔一上手，灵机一动，临场发挥写下了"《大家》是大家的'大家'"。围观的几位同志都笑了，李妍一旁暗暗对我竖起大拇指，曲向东也幽了一默："对！'大家'就是'大家'。"在会意的笑声中我和主持人走到荧光灯下入座。

凡这类场合，我倒是情绪镇定，头脑清醒，应对自如，从无慌张过。

主持人的开场白是：

曲：今天我们要为您介绍的是一位特殊的"大家"，一位土壤学家要跟我们谈能源问题。他是一位75岁的老人，但是他并不愿意谈自己的过去，而愿意为我们规划未来。他为我们描述了一个梦想，但是这个梦想却实实在在地扎根在他热爱了一生的土地里。

曲：您自己是不是也意识到，在您这个年纪，从事这样一个新领域，这种情况不是很多的。

石：这也是一个机会，正好我赶上了这个机会。过去人们常说："人到七十不学艺"，我72岁才开始涉足于这个领域。所以我觉得也算有幸吧，给了我这个机会。

曲：在这个转折的瞬间，您的心情也好，心态也好，有没有什么变化？

石：我突然感到了一阵惊喜，又有一片新的天地给我了。

写文章有充分时间去构思结构，起承转合，遣词用句，字斟句酌，修修改改；作报告与讲演，特别是用PPT，更可以准备充分，运用自如；演员出台上镜也可以背好台词，酝酿情绪，而这次"对话"是全凭临场发挥。这倒有个好处，可以朴实无华，流露真情，生动鲜活，因为有与主持人之间的思想与情绪互动。下面是就布什国情咨文的一段对话互动。

图4–8 "一位农学家的能源大梦"，央视《大家》栏目，2006.9.7

石：布什总统在1月31号发表了2006年的国情咨文。我想国情咨文嘛，他谈的当然是什么外交啊、内政啊，很多东西。但是没想到他在国情咨文中，把能源作为一个重要主题来讲，其中有很大一块，讲的就是生物质能源。他说"当前我们美国存在一个很严重的问题，就是我们对于使用石油，就像一个吸毒者'上瘾'了一样。"

曲：有毒瘾？

石：他接着说，"而这些石油又是从不稳定地区进口来的，所以我们现在唯一的出路，就是要依靠科技，摆脱石油对我们的束缚，离开石油经济。我们应当把依赖中东石油，让它成为历史。”后来他又讲了一句话“我们有一个伟大的计划，就是在2025年”，你看！都有时间计划的。“2025年我们要用我们的科技来自己解决，替代75%的中东石油。”真是雄心勃勃，3/4的石油让生物质能源替代了。

曲： 这比克林顿当初那个计划，又提高了一步。

石： 而且我可以跟你举出具体数字来，克林顿当时在那个计划里，那已经相当先进了，提出到2012生产1250万吨。现在布什加码到2270万吨，比1999年又提速了。

曲： 又提速了？

石： 所以我给领导汇报时说，美国正在紧锣密鼓，一浪高过一浪地在推进这个事情。可是我们还是在犹豫、观望、徘徊，起步很艰难啊！我要是不知道这个事儿也就罢了，知道了这些情况，多着急啊！

下面是关于企业方面的一段对话互动。

石： 我说最后解决问题的是企业，必须要把企业动员起来。过去企业来找我，一般不太愿意跟他们接触，现在企业找我，我挺高兴。

曲： 您是一个学者。

石： 我是做学问的，不是做生意的。

曲： 现在要做生意？

石： 不是自己做，而是大力支持企业做生物质能源产业。后来有些企业找到我，我就很热情接待，跟他介绍宣传，等等。

曲： 您觉得企业会是一个带动这种变革的很有力的力量。

石： 不仅是一个很有力的力量。我是这么来形容的，我说“要在中国推进生物质能源产业，就要按照毛主席的教导：一手抓笔杆子，一手抓枪杆子”。

曲： 您觉得企业是枪杆子？

石： 对，企业是枪杆子。笔杆子我可以跟中央写信，可以写文章，可以做报告。我差不多一年要做一二十场报告。做报告、写文章、宣传等等很重要，但最后要让它实现，要出来乙醇，出来生物柴油，那要靠企业。所以我说企业是枪杆子，真正出政权的是枪杆子。所以我就对企业突然热情起来了，不是我自己做企业，而是支持企业家做好做大生物质产业。

曲： 我想，企业家对这种变革是会非常敏感的。

石：是的，企业对新兴的产业是最敏感的，“春江水暖鸭先知”嘛！

图 4–9　我和编导李妍（中）、她的助手的合影

在我参加做这个节目中，感到编导的作用和贡献最大，可是只是在幕后和在最后的工作人员名单中一闪而过。如同歌唱家总是与掌声和鲜花相伴，又有几个人知道作曲者何人？我总觉不公。

节目播出后，李妍带着她的助手来我家征求意见，我主动提出合影，现在我把这张合影作为插图放在了这里（图 4–9），当作一束鲜花送给编导李妍。

4.8　农林口紧锣密鼓（2006—2007 年）

近水楼台先得月。2004 年 6 月 15 日我向温家宝总理汇报后的 7 月，就与程序同志联名给中国农业大学书记校长写信建议成立中国农业大学生物质工程中心，同时递交了“组建中国农业大学 – 生物质资源及工程技术中心”建议书，次年正式成立。

中国农业科学院也于 2006 年将生物质能源研究列入“十一五”六大农业科技自主创新行动之一，并成立了“中国农业科学院生物质能源研究中心”。提出将在能源作物甜高粱、油菜、甜菜、甘薯等；燃料乙醇、生物柴油转化；沼气、生物降解地膜、生物质致密成型、能源微生物等相关领域发挥重要作用，并创制一批生物质能源新产品、新设备，以支撑新兴产业。

2007 年 5 月，农业部正式提出了《农业生物质能产业发展规划（2007—2015 年）》（以下简称《规划》）。《规划》就“必要性”“资源潜力”“发展思路”“发展重点”“重大工程”和“保障措施”六个部分进行了说明。我特别看重《规划》提出的“有利于拓展农业功能，促进区域经济发展和农民增收”。这是对传统农业功能拓展的一种观念革命。

农业部在发布《规划》的同时，成立了“生物质工程中心”，设在农业部规划设计研究院，主要职责是研究提出生物质产业规划，开展生物质技术研究、开发及技术集成与成果中试转化，组织生物质技术交流、培训与示范推广、信息服务等。

2007年12月8日，农业部召开了“农业生物质工程高层研讨会暨农业部生物质工程中心”成立大会。农业部领导以及国家能源领导小组、国家发改委、财政部、科技部、农业部等部委相关司局的领导和我国生物质工程领域的有关知名专家学者也参加了本次研讨会。农业部副部长张宝文讲话，我也有发言。

农业部规划设计研究院院长朱明在成立仪式上表示，农业生物质开发利用是当前国内外广泛关注的重大课题，既涉及农业和农村经济发展，又关系到能源安全。生物质工程中心的近期目标是：构建开放式农业部生物质工程中心平台，加强农业生物质技术研究与工程集成，在固化成型、燃烧、沼气、燃料乙醇、生物质材料等方面的关键技术研究和装备开发方面取得突破性进展，创新一批具有自主知识产权的技术和产品；推广一批先进的生物质工程技术；建成一批生物质产业化示范工程，促进我国农业生物质产业的形成与发展。

我更乐于看到和期待农林生物质工程在农口的大推进。并非因我身在农口，乃因生物质主要来自农林，它将在资源、技术、产品和市场上一扫农业弱质产业之颓势，一改传统农业之千年夙念。

4.9 十一部委联手助推生物质能（2006.11）

2005年1月26日，中国工程院在北京人民大会堂召开的“农林生物质工程论坛”，是学术性和誓师性的，论坛主角是专家院士。不到两年，2006年的11月12日，中国工程院又在北京人民大会堂举行“中国生物质能源发展战略论坛”，是工作性的，论坛主角是行政主管。中国工程院对此次论坛的介绍中说道：

> 石油价格的飙升和保护环境的迫切需要使人类所依靠的能源又转向可再生的生物能源，世界生物能源工业飞速发展，我国的生物能源技术与产业的发展也得到前所未有的机遇。发展生物质能源产业是解决石油替代、环境保护和“三农”问题的重要举措，为此中国工程院“中国可再生能源战略研究——生物质能源”咨询项目于2006年4月启动。经过半年多的研究，生物质能源课题研究取得重要进展。为促进生物质能源产业发展，解决制约产业发展的瓶颈问题，加快替代石油步伐，由国家发改委、财政部支持，中国工程院主办、中国粮油食品（集团）有限公司和清华大学协办的“中国生

物质能源发展战略论坛”。

既然是论坛，就少不了抛砖引玉，我的讲题是《我国发展生物能源的战略与目标》，这是我在积极倡导生物质产业两年实践认识的阶段小结。

讲演中对时代背景的提法是“在化石能源对环境压力越来越大和资源渐趋枯竭的背景下，21 世纪将是可持续和多元化的清洁能源世纪”。紧接着就是“求索”，在众多新的清洁能源多元化发展中谁将会是主导性替代能源？下一张幻灯片“脱颖”的回答是生物质能“既具有能源功能，又能从事生物化工产品等物质性生产；既能缓解能源和环境压力，又能拉动农村经济、增加农民收入，推进新农村建设；既能使农林等有机废弃物无害化和再利用，又能将尚无经济价值的边际性土地建成能源基地”，它具备作为主导性替代能源的多方面要素。随后介绍了世界发展大趋势。

提出了 32 字的发展战略：一矢三的，重在“三农”；不争粮地，可以持续；多元发展，因地制宜；突出重点，带动一般。重点产品是燃料乙醇、成型燃料、工业沼气、生物塑料和生物柴油。

讲演最后提出了“碳氢化合物时代正在走向碳水化合物时代”。

图 4–10　中国生物质能源发展战略论坛讲演 PPT 中的几张幻灯片，北京，2006.11.12

这次论坛主角是国家发改委、财政部等主管部门的领导，他们是来讲发展生物质能的国家相关政策及扶持措施的。对此，《21 世纪经济报道》记者孙雷写了一篇报道，发表在 2006 年 11 月 15 日的政经版上，文题是《十一部委联手拟推生物质能扶植政策群》，报道内容充实，条理清晰，这里摘引如下。

“中国政府正在集合十一部委之力，制定一整套有关生物质能产业的政策群，从而推动这个产业的迅速崛起。”11月12日，国家发改委工业司副司长在中国工程院主办的“2006中国生物质能源发展战略论坛”期间做出上述表示。

在该论坛上，来自财政部、国家发改委和科技部的领导们，对外界透露了中国在相关领域内已经或即将颁布施行的多项具体政策及思路。这表明，中国政府正在坚定贯彻其既定的能源替代及环境保护的发展战略，以期通过政策组合拳推动生物质能等替代能源产业的大发展，来解决目前能源短缺、环保压力凸显的严峻形势。

论坛上，财政部经济建设司司长胡静林透露，由财政部、国家发改委、农业部、国家税务局、国家林业局联合印发的《关于发展生物能源和生物化工财税扶持政策的实施意见》已于近日发布，其中，四项政策构成了国家财税扶持政策的核心。这四项政策涵盖了从原料基地建设到生产最后到销售的整个环节。

其一是实施弹性亏损补贴，建立风险分担机制。就是说，当石油价格高于企业正常生产经营保底价时，国家不予亏损补贴，企业应当建立风险基金；当石油价格低于保底价时，先由企业用风险基金以盈补亏。如果油价长期低位运行，将适时启动弹性亏损补贴机制，对生产企业给予适当补贴。胡静林指出，这将有助于“化解石油价格变动的风险，为市场主体创造稳定的市场预期”。

其二是原料基地补助。国家鼓励开发盐碱地、荒山、荒地等未利用土地建设原料基地。其中，开发原料基地，首先要与土地开发整理、农业综合开发、林业生态项目相结合，享受有关优惠政策。对以“公司+农户”方式经营的龙头企业，国家将视情况给予适当补助。

其三是示范补助。国家鼓励纤维素乙醇等具有重大意义的技术产业化示范，国家对示范企业予以适当补助。

其四是税收优惠。对确实需要扶持的生物能源和生物化工生产企业，国家给予税收优惠政策，以增强相关企业竞争力。在胡静林司长看来，从长远看，生物能源与生物化工等石油替代品的发展要靠市场，立足于提高自身竞争力，但在发展初期，还面临着生产成本高、市场风险大、原料落实困难、关键技术瓶颈等制约因素。

胡静林司长说：“对生物能源与生物化工实施财税扶持将有助于突破各项制约因素，大大加快其发展进程。”

论坛上，国家发改委工业司副司长指出，“十五”期间，国家发改委、财政部、科技部等八部委的合作，对促进国家液体生物燃料工业的发展起到非常重要的作用，而“十一五”期间，合作的部委将增加到11个。其中新增加的部门包括国务院能源领导小组、农业部和国土资源部。“这样，就可以从能源替代、农业区域发展、土地资源利用角度考虑，加强组织引导。”他解释说。

他同时透露了正在审批过程的燃料乙醇产业“十一五”发展专项规划。规划提出，到2020年，乙醇汽油将占中国汽油消费量的一半以上，并形成“非粮”原料为主、以技术进步为动力、经济效益为中心、缓解能源供应紧张压力和保护环境为目的的液体生物燃料产业链。

在生物燃料乙醇的推广市场布局上，将保证现有的东北三省、河南、安徽等5省全封闭运行试点的供应，同时扩大湖北、山东、河北、江苏等四省的规模，“十一五”前期实现全省封闭。另外，将尽快在条件较好的省区市推广，实现全省区市的封闭运行并逐步在其他地区推广。

而为了保障规划的顺利实现，国家发改委也在会同有关部委制定产业政策，其中包括政策目标、发展规划、原料结构、产业布局、技术进步、组织结构、市场监管、环境保护、资源节约、政策支持、行业准入、投资管理、其他等13章共52条。

科技部农村科技司副司长贾敬敦也介绍了科技部下一步生物质科技工作的部署，主要包括四大方面：突出生物质综合利用技术集成和成套设备的研发，来促进生物质产业快速发展；支持生物质转化的催化前沿技术研究，大力提高生物质转化效益和效率；着力于重大产品的创新，加快生物质科研成果转化为现实生产力；大力增加生物质科技投入，保障生物质科技人员创新的持续发展。贾敬敦宣布，在“十一五”期间，科技部将投入1.5亿元实施国科技支撑计划重大项目“农林生物质工程”，进行以生物质能源与生物化工为主的研发，为生物质能源产业提供技术支撑。

胡静林司长再次强调，“发展生物能源与生物化工是一项系统工程，需要多个部门的协同配合”。

在国家能源领导小组专家组成员、两院院士石元春教授看来，国家之所以如此重视生物质能产业的发展，如此众多的国家部委联手发力，源于严峻的能源、环境形势和生物质能自身的特殊优势。

他分析指出，生物质能与核能、风能、太阳能等可再生能源比较，有其独特的优势：它既具能源功能，又能从事生物化工产品等物质性生产；既能缓解能源环境压力，又能拉动农村经济、增加农民收入，推进新农村建设；既能使农林等有机废弃物无害化和再利用，又能将尚无经济价值的边际性土地建设成能源基地。上述特点，都是其他能源做不到的。有鉴于此，石元春认为，生物质能“具备了作为一种主导性替代能源的多方面要素”。

根据石元春院士带领的研究小组的初步调研成果，中国可用于生物质能的农林等有机废弃物的年产能潜力为 3.82 亿吨标煤，可用于种植能源植物的边际性土地的年产能潜力为 4.15 亿吨，共约 8 亿吨。此外，中国已经拥有了一批可以产业化生产的能源作物，比如南方的木薯和甘蔗，北方的甜高粱和旱生灌木，以及在广大地区可以发展的木本油料等油脂植物。

“21 世纪，人类将从一个碳氢化合物的时代走向碳氧化合物的崭新时代。”石元春说。

请注意，2005 年初的论坛，是专家院士们把开场锣鼓敲得震天作响；2006 年末的论坛，则是指挥员们讲他们的运筹帷幄与排兵布阵。这台生物质大戏的帷幕终于拉开了！

4.10　年末琼岛播火（2006.12）

2006 年秋天，突然接到 20 世纪 50 年代参加中国科学院新疆综合考察队时的老友，中国科学院江苏分院老院长佘之祥邀请我参加海南三亚的“社会主义新农村建设论坛”（图 4–11）。这是必去的，重要的是看看老朋友，半个世纪没见了。再说，三亚，多么诱人的地方！

飞机由北京抵南宁逗留数日，后乘车由南宁到北海，经湛江、海口至三亚。一路上饱览了南国风光，南亚热带丰富和多样的生物质资源。北方一年一熟的甜高粱到这里可以三作；扔在地旁路边的那些粗壮的木薯秆和香蕉

图 4–11　在三亚考察热带农业，2006.12.20

秆，漫山无垠的杂树乔灌，让长期在北方工作的我眼馋至极，仿佛把我带进了一座堆满生物质原料的大仓库。

从“三九”的北京到四季皆夏的三亚，人的心情特别爽朗。那高耸挺拔的椰树，低矮的香蕉，覆地的菠萝，节奏的海浪，让我早已把寒冬与棉衣忘在了脑后。

热情的海南农垦同志对我说：“石院士，您来趟海南不容易，就多住些天，算是休假吧。”这话正中下怀，确实有些留恋海南的冬天，有点舍不得走。会后从三亚开车北上兴隆，给我安排了一段休假时光。宾馆里绿树密茂，簇拥着一片明净水面，四周坡上参差散落着栋栋别墅小楼，宛如画中。我住的小楼要绕过一段湖岸和走过一段小桥才到餐厅，赐予我和老伴每天多几次惬意的散步时光。

如此空气清新，温暖舒适，寒冬三九乎！阳春三月乎！

从随身带的笔记本电脑上下载了《2005年海南省经济和社会发展统计公报》《前三季度我省农村经济形势及全年趋势分析》《海南省国民经济和社会发展“十一五”规划纲要》《“2006中国·海南生态省建设论坛”在海口召开》《海南省省政府与中海油签署战略合作框架协议》……海南，一颗镶嵌在华夏大地南端的绿色宝石。一座令人艳羡的国际旅游岛，正在热火朝天地建设着。

我边看边想，生物质！你能为这颗南方明珠添些怎样光彩?

想着想着，圣诞节快到了，灵机一动，给省委书记卫留成同志写信。

卫书记是中海油原董事长，不会对海南发展生物质能源没有兴趣。于是提笔与正在海口开会的李十中教授联名写了封短信，请省农垦的同志递了上去。卫书记日理万机，哪有闲工夫管这等闲人闲事，只当泥牛入海罢了。不料才两天，就接到电话，“您是石院士吗？我是卫留成书记的秘书。卫书记看到您的信很高兴，问您这两天是否有空，他想见你。”一时倒弄得我措手不及起来，毫无准备地去东拉西扯吗？不行！这不是我的行事风格。在电话里与秘书支吾了一会儿才说：“谢谢卫书记！快过年了，领导一定很忙，年后我去海口拜见卫书记。”总算把事圆了过去。

卫留成书记在我俩信上的批示是：“两位教授的建议应引起省委、省政府、发改和工业部门的高度重视。生物质能源产业可能成为构建有海南特色的经济结构的重要内容之一。我拟近日约两位教授面谈。”（图4-13左图）

元旦刚过，2007年1月10日，我由兴隆到海口，入住金海岸酒店，十中已经在海口等我了。12日下午4时，我们二人来到省委办公大楼一会议室，秘书说：“卫书记正在主持一个会，晚来十几分钟。对不起。”不一会儿，卫书记风风火火地推门进来就与我们握手，连声说对不起。

卫书记有 30 多年石油勘探开采经历，从技术员到中国海洋石油总公司董事长兼首席执行官。50 多岁，个子不高，说话干脆，有河南口音，充满活力，给人以刚毅果断印象。稍作寒暄即进入正题，放出我准备好的 PPT。

做 PPT 要看对象，面对书记，要干净简明，直奔主题；要高屋建瓴，有战略又要有战术。我设计的副标题是“国际　中国　海南”，还放上了海南的标识图标（图 4–12，右下图）。从世界到中国到海南用了 46 张幻灯片，其中 19 张讲的是海南。

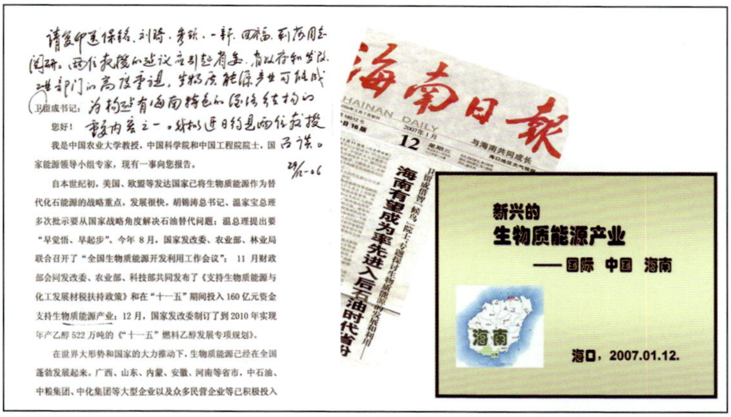

图 4–12　海南省委书记卫留成批示和在海口向卫书记汇报 PPT 的首页

果然是能源界领袖与专家，谈生物质能源很在行，特别是提出发展生物基塑料时说：“海南是个岛，可以封闭运行。禁用石化塑料，海南有条件。”这话从一位中国石油专家口里说出，使我心生钦佩。最后卫书记请我们帮助海南制定一个发展生物质产业的规划。自然，这个光荣任务落在了十中身上。十中效率很高，组织了一个工作团队，2007 年 2 月即完成了《海南生物质能源产业发展规划（草案）》。至今，十中一直是海南省的科学顾问。

2007 年 1 月 12 日的海南日报有篇报道，副标题是《卫留成书记借智“候鸟院士”专题探讨生物质能源的发展利用》，主标题是《海南有望成为率先进入后石油时代省份》（图 4–12 中图）。

在海南与卫留成书记论“生物质能在海南”，为“生物质启航 2006”画上了句号。

2006 年 1 月，正式发布与实施的《中共中央　国务院关于推进社会主义新农村建设若干意见》明确指出国家鼓励清洁、高效地开发利用生物质燃料，鼓励发展能源作物。利用生物质资源生产的燃气和热力，以及财政部下发关于对生物质能源的补助政策文件；2 月，中国工程院与广西壮族自治区签署开发生物质的院地合作协议；3 月，中国科学院建“中国科学院青岛生物能源与过程研究所”；4 月，农业部、中国农业大学、中国农业科学院成立“生物质工程中心”；5 月，在瑞典召开“2006 年世界生物质能暨第二届生物能制粒大会”；7 月，三位老党员、老农业上书中共十七大；8 月，召开“全国生物质能工作会议”；9 月，央视《大家》栏目播出“一位农学家的能源大梦”；年末，在海南与卫留成书记讨论海南发展生物质能，琼岛播火。

在全球减排温室气体，能源替代和油价高企的大形势下，我国生物质能源启航的第二年，占尽了“天时、地利与人和”之利，怎能不风劲帆满，高歌猛进，飞黄腾达。

4.11 启航大事记（2005—2006 年）

2005 年

1 月 5 日，农业部大报告，《中国农业：2020》，提出农业的“三个战场”。

1 月 26 日，中国工程院在北京人民大会堂报告厅举行第 35 场“中国工程科技论坛”“中国生物质工程论坛”。

3 月 2 日，《科技日报》头版通栏刊登石文《发展生物质产业》。

3 月 23 日，“四院士上书”温家宝总理，《关于为农业开辟“第三战场”和建设年产 5000 万吨绿色油田的建议》。

3 月 30 日至 4 月 15 日，农业部安排程序教授带队赴美作生物质专题考察。

5 月 22 日，石在郑州为全省副处以上农业干部作《农业的三个战场》讲演，次年 5 月在《求是》杂志第 10 期上发表。

5 月，中国工程院立项由石主持的《中国生物质资源与产业化战略研究》咨询项目。

5 月，国务院成立以温家宝总理担任组长的国家能源领导小组，石受聘为专家组成员。

5 月 31 日至 6 月 2 日，石参加主持了中国科学院第 256 场香山科学会议“生物质能源利用的潜力与前景”论坛。

9 月，国家发改委、农业部、科技部和林业局联合向温家宝总理正式呈送《关于加快我国生物质产业发展的报告》，9 月 17 日总理在该报告首页批示：“请元春同志阅”。

10 月 21 日，石受聘为国务院“国民经济和社会发展‘十一五’规划”咨询专家委员会委员。

11 月 26 日，国家发改委正式下文《关于组织实施生物质高技术产业化专项的通知》。

12 月 5 日，石给国家发改委马凯主任上书《建设各年产 5000 万吨的绿色油田和绿色煤田》。

12 月 31 日，发布和实施《中共中央 国务院关于推进社会主义新农村建设若干意见》，生物质能在第 16 条“加快乡村基础设施建设”占突出位置。

2006 年

2 月 10 日，财政部下发关于对生物质能源的补助政策文件。

4 月 29 日，财政部在国宾馆钓鱼台召开了专题研讨会，石的发言题目是《生物质能源替代石油的构想》。

2006 年底，财政部的鼓励性政策有原料基地补助、示范补助、税收优惠，以及因国际油价波动亏损造成的市场风险实行弹性亏损补贴等四项。

2 月 22 日，广西壮族自治区副主席与中国工程院杜祥琬副院长举行了院地合作的签字仪式。仪式后学术报告会上石作《发展生物质产业》讲演。

4 月 20 日，石参加国务院制定《可再生能源中长期发展规划》讨论，次年 8 月正式发布。

5 月 30 日至 6 月 1 日，“2006 年世界生物质能暨第二届生物能制粒大会”在瑞典召开，中国工程院副院长杜祥琬、程序教授参会并提供会议重要信息，石转呈国家能源领导小组。

6 月，中国农业科学院成立了“中国农业科学院生物质能源研究中心”；农业部提出《农业生物质能产业发展规划（2007—2015 年）》和成立了“生物质工程中心”（2007.5），12 月召开“农业生物质工程高层研讨会暨农业部生物质工程中心”成立大会。

7 月 25 日，石与郭书田、程序三位农业战线老党员联名上书中共“十七大”，对“三农”和发展生物质产业提出建议。

8 月 19—20 日，国家发展改革委会同农业部、国家林业局在京召开“全国生物质能开发利用工作会议”。

9 月 7 日，央视《大家》栏目播放“一位农学家的能源大梦”。

11 月 12 日，中国工程院在北京人民大会堂举行了《中国生物质能源发展战略论坛》。

12 月 20 日，石在三亚就海南发展生物质能源写信省委书记卫留成同志，2007 年 1 月 12 日见面。

启航 2005—2006

讲演著文，媒体广布；上书总理，全国推行。
打开局面，一鸣惊人；蝴蝶闪翅，翻转风云。

连续剧《琅琊榜》里有位麒麟才子，为了扶持靖王，在朝野搅动风云。我和我们团队为了倡导生物质，也将风云搅动得不轻。

5 “生物基”保卫战

（2006—2008年）

- 一个背景，两份建议
- 初次交锋
- 会外堵截
- 在中南海会议上
- “两基之争”延伸到学界

可持续发展和应对全球气候变化是人类保护自己生存家园的一次伟大革命，是一场专家学者研究谋划、国家领导人运筹帷幄的全球环境保卫战。同样的时代背景与目标，却出现了两种不同的声音，成为生物质战舰启航后的第一个遭遇战。

5.1 一个背景，两份建议（2005 年）

自 1962 年 Rachel Carson 的《寂静的春天》问世后的近半个世纪的环境运动，促进了 1992 年联合国“世界环境与发展首脑峰会”在巴西里约的召开。《里约环境与发展宣言》《21 世纪议程》《联合国气候变化框架公约》《京都议定书》等鸿篇巨著敲响了人类社会进入新世纪的大门。“全球气候变暖”“可持续发展”“化石能源带来的环境危机”“清洁与可再生能源替代”成为世纪之交的全球最强音。

正当人们积极谋划减排二氧化碳，可再生清洁能源替代化石能源之时，国际油价暴涨。2003 年 9 月国际油价每桶 24 美元，2004 年底 50 美元，2006 年初 70 美元，2007 年 10 月和 11 月分别达到 92 美元和 100 美元，2008 年 7 月 10 日达到顶峰 147 美元。国际油价高企更增加了这场战役的紧迫性和复杂性，特别是对中国这个石油进口大国。

2005 年 6 月中国颁布了《中华人民共和国可再生能源法》；2006 年 4 月 12 日温家宝总理在他主持的国家能源领导小组会议听取“可再生能源中长期发展规划”汇报时说：“在这个问题上，我们要早觉悟，早起步”；2007 年 9 月国家发改委发布《可再生能源中长期发展规划》，计划投资约 2 万亿元人民币，实现 2020 年可再生能源达到能源消费总量 15% 的目标。

正是在这样一个国际国内大形势下，石元春、闵恩泽、曹湘洪、沈国舫四院士于 2005 年 3 月 23 日以《关于为农业开辟“第三战场”和建设年产 5000 万吨绿色油田的建议》为题上书温家宝总理。于此前后，也有几位石化界专家也上书胡锦涛总书记，提出制定国家石油替代战略的重要建议。

同一时代背景，同一目标，两份建议，高屋建瓴，铿锵有力。

四院士就发展生物质能与开辟农业“第三战场”上书，目标具体，操作性强，经温家宝总理批示，立即在全国快速推进，有了前第 3 章和第 4 章两章的风劲帆满，一路凯歌的“启航”。上书胡锦涛总书记的“石油替代战略研究”同是一项意义重大和内容广泛的战略研究建议，根据批示，由国家发改委领衔成立了专题组进行了为时一年的研究。

不想的是，这两项目标相同，相辅相成的建议却引起了一场长达 8 年之久，没有硝烟的“生物基”与“煤基”之战。

5.2 初次交锋（2006.6.23）

2006 年 6 月 23 日上午，国家发改委能源局在中国科协大厦召开专家座谈会，在对开会背景与内容一无所知的情况下，我受邀出席了会议。到会后，才知道是“石油替代战略研究”初稿征求意见的座谈会。我的情绪高涨起来，“友军”的研究成果出来了。

会议室很大，长方形围坐，百余人，主持人是国家发改委能源局局长。

去年，几位能源专家向胡锦涛总书记提出“石油替代战略”和国家发改委成立了以清华大学能源与汽车两方面专家教授为主力的研究组，经一年研究，提出了此次座谈会讨论的报告初稿。

主持人说明会议内容后，由一位研究组专家向大会介绍研究报告。

研究报告对国内外能源形势分析后，提出了以煤基甲醇和二甲醚作为石油主要替代能源的结论。我脑袋“嗡”了一下，怎么会得出这个研究结论呢？这不是以一种更糟糕的不可再生能源去替代另一种不可再生能源，是增排而不是减排吗？

汇报人报告后，参会专家一个接一个发言，我都不认识，听发言估计多是煤化工方面专家，异口同声地夸赞一番后并表态同意这个研究结果。我越听越不对劲，如果不发言就是默认了这个结论，如果发言，就会和研究组及全屋子专家对立，孤掌难鸣。怎么办？我如坐针毡，两次跑洗手间疏解情绪，琢磨对策。最后决定采取先按兵不动，最后放一炮就撤的“拖刀战法”。

为了不给会议留反攻时间，11 点半过了，会议结束前，主持人惯例地问：“还有哪位专家发言吗？”我举手站了起来。

越是紧张，越要沉着，这一点我能做到。

我慢条斯理地说：“会上我学到了很多东西，但也有些不解的地方。生产 1 吨甲醇需消耗 1.3 ～ 1.5 吨原料煤和 2 吨燃料煤，而热值是汽油的 46%，也就是用 4 ～ 6 份煤的能量去换 1 份甲醇能量，是不是能效太低？问题还在于生产 1 吨煤基甲醇要排放 8.25 吨二氧化碳，数倍于汽油精炼，是不是太不清洁了？还有，甲醇腐蚀机械，对发动机伤害大，对人的毒性大，设备投资也大。最大问题还在于煤炭也是一种不可再生和高排放的化石能源，以这种煤基能源作为石油的主要替代能源我认为是不妥的。1996 年美国加利福尼亚州有 1.3 万辆汽车和 500 辆公交车使用甲醇燃料，建了 80 多个加油站，因使用过程中的腐蚀性以及对人体的毒性等问题使甲醇加油站全部关闭；洛杉矶和西雅图也宣布甲醇车用示范项目失败。我国既未突破技术瓶颈，又明知是个陷阱，干吗还往里跳呢？"

我有理有据，振振有词。

会场一片寂静与愕然。

这是谁啊？哪里冒出来的？是哪路神仙？

我又接着说："我想大家都知道，美欧许多国家和地区正在大力发展可再生的生物质能源。20 世纪 80 年代，瑞典在斯德哥尔摩市曾对 9 种燃料车进行了 10 多年的替代化石燃料试验，最后选择了沼气和乙醇两种生物燃料。为什么我们不能考虑'生物基'替代呢？"我说得很简要，讲得很平静，很有风度。

我一再提醒自己，一定要冷静，不要"搅局"和"砸场子"。其实，我正在"搅局"和"砸场子"。十几分钟的发言，弄得全场惊愕哑然，给会议主席来了个措手不及。好在已经 12 点了，我的发言一结束，会议主持人就说："刚才石院士提了很好的意见，请课题组的同志考虑，今天会就开到这里。"一句多余的话也没说。我很高兴，这种"拖刀战法"巧妙地规避了一场"舌战群儒"的好戏。

与会专家纷纷离场，窃窃私语着。我在想，反正你们骂街我也听不见，管它呢！

散会后，与会专家向餐厅转移，享受一顿丰盛的自助餐。

每张桌子都坐得满满的，唯独我这张桌子只有我一人，好像谁也不愿意与会议中的"异类"同桌进餐。尽管我有一种"光荣孤立"的感觉，但还是赶紧吃完饭走人为好。

我想读者一定很纳闷，我怎么这么了解煤基甲醇和二甲醚？请别忘了，我正在参加中国工程院重大咨询研究项目"我国可再生能源发展战略研究"，这方面的材料掌握不少。

"已过才追问，相看是故人。"

这次对阵中，于心不安的是，在散会离开会场时，见一些与会者簇拥着一位专家。给我一惊的是，原来是好友，清华大学前副校长、能源泰斗倪维斗院士。想不到在这次会上与他"撞车"了，在同一排，他在一头，我在另一头，我进会场后一直没看见他。

我与他在“S-863”战略研究中共事6年，他是能源组组长，我是农业组组长，谈得来又常会后同车回校。在“中长期科技发展战略”研究期间（2004年），也是他劝我不要搞生物质能源的。想不到两年后，我们却是着实地“遭遇”在了生物质能源上。事后我在清华大学21世纪发展研究院办的，2001年第39期《发展研究通讯》上查到一篇文章，“二甲醚经济：解决中国能源与环境问题的关键”，作者正是我的这位老友。

有道是，“友如作画须求淡，山似论文不喜平”。

好在都是为学者，观点相左，友情依在。

5.3　会外堵截（2006年8—10月）

两个月后，2006年8月，收到“石油替代战略研究”修改后的二稿。

“二稿”基调未动，只是加重了些生物基分量，似有安抚某人之意。

没有了会议压力，我在近3000字的复信中说得更加直白通透。开场的第一句话就是：“征求意见稿思路清晰，结构严整。我想提的主要意见是，将煤基液体燃料（甲醇、二甲醚等）作为主要替代能源问题需要再斟酌。”抽象肯定，实质否定，继续搅局。

然后就是一一指出“能源利用效率很低”“污染问题很严重”“一系列技术瓶颈尚未解决”等。接着重申：“面对这么多重要问题，且煤炭也是不可再生的化石能源，煤基替代能源本身也是不可持续的，所以，我认为征求意见稿第6页提出的‘煤基液体燃料（包括煤制甲醇、二甲醚、制煤油）具有较好的资源基础和技术基础，是今后30～50年主要过渡性替代燃料，是可能将我国石油对外依存度维持在50%左右的现实选择’的提法和结论性建议，是不够慎重和不恰当的。”

复信中接着说：“一年多以前，中国工程院立题，由我主持关于我国生物质资源的咨询研究，前几天的生物质能全国工作会议上，我已将此咨询报告呈交给了局长。就目前能得到的资料（主要是国土资源部和国家林业局最新的权威性资料），我以为我国能用于生物质能源（有机废弃物、边际性土地和主要能源植物）开发的资源基本上搞清楚了，整体精度可能不亚于对我国煤炭资源勘探的精度。”

又写道：“二稿介绍能源替代的国际动态中，主要说的都是生物质能源，因为这已是当今世界发展的大趋势。美国2002年制定的2012年生物乙醇发展目标是1635万吨，2005年增订为2250万吨，提高了38%，最近进展极快，预计2008年，即提前4年完成。欧盟原计划2010年生物燃油替代5%的车用燃油，最近增改为10%，中长期目标是50%。所有这些都不是‘空穴来风’，而是国际上实实在在的行动，为什么中国就不能考虑呢？”

随信还附上了详细的“作为运输燃料的煤基甲醇、生物基乙醇和汽油的比较”表，很有说服力（表5-1）。

表5-1 作为运输燃料的煤基甲醇、生物基乙醇和汽油的比较

	煤基甲醇	生物基乙醇	汽油
分子式	CH_3OH	C_2H_5OH	$C_4 \sim C_{12}$
低位热值（kcal/kg）	5000	7000	10000
比重（kg/L）	0.796	0.794	0.72～0.78
成本（元/吨）	1800	4200（玉米原料）	—
生产过程能耗（kcal/kg）	19100	3375（美国），4300	—
资源可供性	一次性	可持续	一次性
CO_2减排	否	是	否
环境友好	否	是	否
安全性	剧毒	安全	有毒
作为燃料技术成熟程度	不成熟	成熟	成熟
作为燃料的使用规模	小规模试验	大规模产业化	大规模产业化
燃料国家标准	无	有	有
公众认可程度	低	高	高
作为燃料的发展趋势	国际上已萎缩和没有发展	世界性大发展	逐渐被生物燃料等取代

注：对“石油替代战略研究”二稿复信中的附表，2006.8.27

我真是个老天真，怎么可能建议煤化工专家提“生物基替代”呢？但是，作为一个科技工作者必须实事求是，这已经不是学术之争，而是对国家负责任的问题。

对“二稿”的复信是8月27日。

9月下旬，《石油替代能源研究报告》审稿会到大连去开了，没邀请我参加，可能是躲我，怕我继续搅局。但我仍不依不饶，穷追不舍，大连会后的10月6日，我给发改委能源局局长写信，陈述利害后说：“综合以上五方面的分析结果，建议我国应将发展生物质能源作为国家战略，着力扶持这一既关乎国家能源安全和发展经济，又有利于保护环境和解决‘三农’问题的战略新兴产业。用燃料乙醇和生物柴油直接替代石油，以及生物基化工产品间接替代石油。”

随后，又给国家发改委马凯主任写信，围绕他在大连会上提出的5个方面重申了我们的观点。信的开头是这样写的：

马凯主任您好：

得知国庆前，您在大连主持了对《石油替代能源研究报告》初稿的讨论，并就国际发展趋势、经济性、清洁性、安全性、可持续性等方面进行了深入分析，并希望进一步对“煤基为主，生物质能源为辅”的替代石油观点发表意见，我非常拥护。

我曾于8月27日就该报告二稿给发改委能源局反馈了意见，明确提出对以煤基为主的替代方案的不同看法。再就您提出的5点要求谈些我们的意见。

这封信是10月10日递上去的，11日马凯主任的批示是：“请德铭、国宝同志批示，能源局、工业司继续研究，还须多听各方面意见，完善报告，研究符合我国实际的技术路线。同时，石油替代，应既考虑替代燃料石油，又考虑替代原料石油。”这最后一句话，“又要考虑替代原料石油”，寓意很明显。次日，即12日，张国宝副主任的批示是：“以甲醇作燃料我们并不赞同，生物质我们尽可能发展。”13日德铭副主任批示：“赞成马主任意见，报告拟继续研究，逐步完善（4点建议略）”。

看来我的意见开始被国家发改委的几位主任认可了。

事后冷静地想想，一批煤化工专家提出煤基转化替代石油的研究结果，顺理成章，是他们上书的本意与初衷。看来，这次的“局”可是搅大发了，真不知道他们会怎么讨厌我，恨我这个不依不饶的倔老头。

现在想想，我更像个得不到玩具便不肯罢休的执拗孩子，又哭又闹，弄得大人们不得安宁。

5.4　在中南海会议上（2006.11.20）

“煤基”与“生物基”之争不仅没有结束，还愈演愈烈，居然演到了中南海会议上。

2006年11月17—19日，我出差芜湖，参加一个论坛，作了一场“新兴的生物质产业”讲演，更大的收获是近距离地与杨利伟同会共论。会议第三天上午，接北京来电，要我立即返京出席次日在中南海召开的会议，电话里只说“很重要，务必返京参会！”

当日傍晚返京，得知是替代能源研究组向曾培炎副总理汇报。没时间准备了，见机行事吧。

“石油替代战略研究”，历时一年。2006年6月开征求意见座谈会；8月，发修改稿二次征求意见；9月，大连“审稿会”；11月向副总理汇报。按“流程”，一步步走得很紧凑，向国务院副总理汇报当然是最后，最关键的一道流程。我参加了整个流程，最后最关键的一步当然不想缺席，特别想知道“搅局”后的结果是什么。

会议于20日下午在中南海大会议室召开，有关部委都有领导参加。农业部是范小健副部长参会，老朋友，会议开始前，我与他交谈，说了“两基”之争背景，让他表态时心里有数。

汇报人是国家发改委的一位副主任，汇报内容仍然是“石油替代的主力是煤基甲醇和二甲醚”，与6月初稿征求意见会上的基调一样。我明白了，应该说是立题时就定下了这个基调，是为了在全球气候变化与可持续发展中日将衰落的煤炭王国另谋他途，重整河山。和在6月征求意见座谈会上的我一样，脑子又“嗡”了一下，很乱，很紧张。这次是在国务院会议上，发言还是不发言？不发言即是默认，就是不负责任，这不是我的行事风格。

没想到的是，汇报结束，曾副总理的“大家有什么意见”话音刚落，一位××学会的“总工”立即站起抢着发言，慷慨激昂，猛夸了这次研究成果是如何正确与意义重大，讲的时间很长。显然这是事先安排的“配套”发言，表态给副总理听的。这个“配套”发言彻底激怒了我，尽管思绪很乱，没腹稿，必须发言。

“配套”发言话音刚落，我即举手，还来了一句“我有话说！”（现场情绪的自然流露）全场目光都转向了我。副总理很客气地说：“请院士发言。”我直言不讳地一一陈述理由，最后表示不同意这个研究结论和应当考虑“生物基替代”。发言最后声称我曾两次正式提出过不同意见，但今天汇报毫无反应和解释，我对此表示不满。既然没有腹稿，想说什么就说什么，豁出去了。汇报人与研究组可能都没想到这个“搅局人”会如此大胆，敢在中南海会议上作如此大胆的发言。

我想，在中南海的此类国事会议上，像这样激烈发表反对意见和表示不满情绪的情况估计不会多。我发完言后，曾副总理还是温和地说：“好啊！有不同意见是好事，可以把问题考虑更周全一些嘛！”“今天是汇报会，你们可以下去再研究一下。”弄得汇报人张国宝副主任一脸尴尬。

我的搅局从国家能源局座谈会一直搅到中南海的会上了。他们一定在想，这个姓石的，你到底想干什么？为什么非要和“煤基”过不去？

更不可思议的事发生了。

两天后，李十中教授给我拿来了中南海会议后的《中国化工报》，报上出现了“中国国务院已批准甲醇为替代性汽车燃料”的报道。这一下子让我恍然大悟，原来专家上书以后的整个流程都是为了达到国务院认可“甲醇作为石油替代燃料”这样的最终结果，还配套了“假传圣旨”。

他们为何如此地不管不顾？

全球减排二氧化碳，煤炭行业“断崖式”衰落，如果国务院批准煤基甲醇是石油主要替代能源，无异于是煤炭行业起死回生，重拾辉煌的一剂“神药”，这是可以理解的。但是他们也应当想想，这剂“神药”将误导国家走上一条错误道路，严重伤害国家经济与生态环境，严重伤害可持续发展和应对气候变化这件全球大事。

更令人愤慨的是，这条报道后才几天，国外媒体（Dow Jones Newswires）就转载了这条消息，并注言：“我们知道的是以乙醇作为替代燃料，不知还会有人想到用甲醇作为替代燃料。”难道中国竟是如此无知和落后吗？

我再也按捺不住了，11 月 26 日给曾培炎副总理写了一封长信，附上 2006 年 11 月 22 日《中国化工报》上“国务院研究发展替代能源会议作出重大决策，肯定甲醇燃料，开放市场准入”的“假圣旨”和国外相关报道。信中最后写道：

> 11 月 20 日是国务院内部的一次工作汇报会，但 22 日《中国化工报》却报道“中国国务院已批准甲醇为替代性汽车燃料”和国外媒体（Dow Jones Newswires）转载中提出“我们知道的是以乙醇作为替代燃料，不知还会有人想到用甲醇作为替代燃料”。这给国际社会传达了一个“另类”的信息和我国在二氧化碳减排上的不负责任印象。如果真是年产 2000 万吨甲醇，将增排 1 亿吨以上的二氧化碳。

“甲醇局”做得很周密，却没料到半路杀出了一个不识好歹的“黑李逵”，揪住“煤基”不放，“死磕”到底。真不知道当时我是从哪儿来的这股子牛劲儿，还得理不饶人，好像以前我不是这样的。

“石油替代战略”研究的最后结果是什么，我不知道。但是从未在以后的文件与报端见到“甲醇替代”的说法，只听说“允许在山西省内封闭试验”。

我有年末整理一年活动的习惯，整理到“两基之争”时，想起了苏轼的“老夫聊发少年狂，左牵黄，右擎苍，锦帽貂裘，千骑卷平冈。为报倾城随太守，亲射虎，看孙郎”。好潇洒豪放的老头儿。

人生难得几回狂，想不到这次我也狂了一回。

5.5 “两基之争”延伸到学界（2008 年）

2006 年的石油替代战略的“两基之争”，主要发生在国务院有关部门。不想两年后竟延伸到了学界。

《中国科学院院士建议》2008 年第 18 期登载了佟振合院士等《关于发展我国可再生能源体系的思考》一文（图 5–2），提出“生物质能源发展宜慎重”；“在近期或中近期建议我国的车辆燃料以甲醇和二甲醚为替代进口石油的主选品种”。该文“抑生扬煤”，针对性很明显。这是在重新挑起“两基之争”。必须应战！这才是我的性格。

我立即写文《关于煤基与生物基之争——与佟振合院士等商榷》，一个半月后发表在《中国科学院院士建议》的 2008 年第 21 期上（图 5–1）。我又与院士们“死磕”上了，佟文“抑生扬煤”，我就“抑煤扬生”。

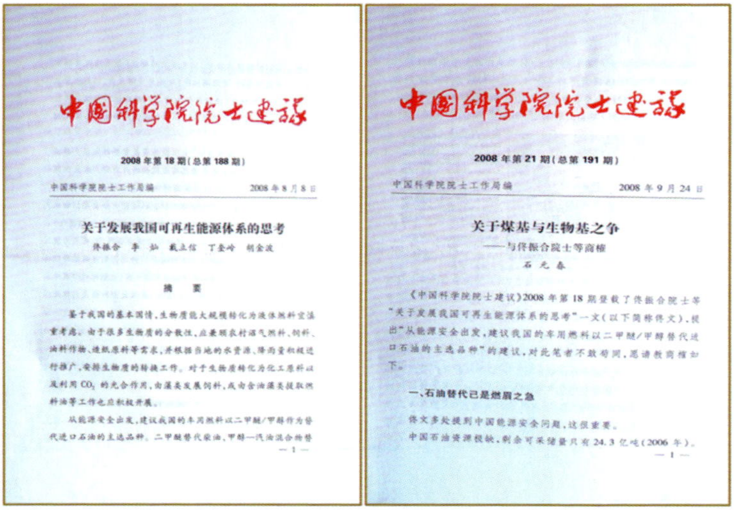

中国科学院院士建议

2008 年第 18 期（总第 188 期）

中国科学院院士工作局编　　2008 年 8 月 8 日

关于发展我国可再生能源体系的思考

佟振合　李　灿　戴立信　丁奎岭　胡金波

摘　要

鉴于我国的基本国情，生物质能大规模转化为液体燃料宜慎重考虑。由于很多生物质的分散性，应兼顾农村沼气燃料、饲料、油料作物、造纸原料等需求，并根据当地的水资源、降雨量积极进行推广，安排生物质的转换工作。对于生物质转化为化工原料以及利用 CO_2 的光合作用，由藻类发展饲料，或由含油藻类提取燃料油等工作也应积极开展。

从能源安全出发，建议我国的车用燃料以二甲醚/甲醇作为替代进口石油的主选品种。二甲醚替代柴油、甲醇—汽油混合物替

— 1 —

中国科学院院士建议

2008 年第 21 期（总第 191 期）

中国科学院院士工作局编　　2008 年 9 月 24 日

关于煤基与生物基之争

——与佟振合院士等商榷

石元春

《中国科学院院士建议》2008 年第 18 期登载了佟振合院士等“关于发展我国可再生能源体系的思考”一文（以下简称佟文），提出“从能源安全出发，建议我国的车用燃料以二甲醚/甲醇替代进口石油的主选品种”的建议，对此笔者不敢苟同，愿请教商榷如下。

一、石油替代已是燃眉之急

佟文多处提到中国能源安全问题，这很重要。

中国石油资源很缺，剩余可采储量只有 24.3 亿吨（2006 年）。

— 1 —

图 5–1 《中国科学院院士建议》刊载的“两基”之争的二文

如何“抑煤”，商榷文在“甲醇 / 二甲醚能成为石油替代的主选品种吗？”一节中是这样写的：

> 佟文提出“甲醇 / 二甲醚作为车用燃料，燃烧后的空气污染物排放都很低……这对改善城市空气污染有很大作用”。这话说得很对，

但只说了一半，说了终端使用而未说生产过程。据全国化工技术会副主任唐宏青资料，国内生产 1 吨煤基甲醇需耗 1.6 吨标煤，耗能 1.67 ～ 2 吨标煤，以及耗水 22 ～ 30 吨，即甲醇生产过程的能量投入产出比是 4.2 : 1（按热值）。此外，生产 1 吨甲醇和二甲醚的二氧化碳排放量约分别为 8.25 吨和 12 吨，数倍于石油精炼，还有二氧化硫、甲烷、NO_2 等。如果说甲醇 / 二甲醚清洁了城市，却是大大地污染了地球。这是一笔高资源投入，高环境和高经济代价的“拆东墙补西墙”买卖。现在都在挖空心思减排，如果上了甲醇 / 二甲醚项目会增加多大的负担啊！

神华集团网站称，“煤制油”项目中转化 1 吨燃油需耗煤 4 吨，用水 10 吨，二氧化碳排放量是原油精炼的 7 ～ 10 倍。且不说能效之低和排放之高，煤炭主产地在缺水的北方，仅内蒙古项目即年需耗水 1000 万吨，相当于减少 10 万亩灌溉农田。此外还有宁东、榆林、新疆等都在严重缺水区，处理不当，将是一场新的生态灾难。2006 年国家发改委发文不再新批煤制油项目，最近又“勒令”除鄂尔多斯和宁东项目外，一律停止。

第二个问题，中国还有多少煤可挖？中国有富煤情结，似乎可以有恃无恐地想挖多少就挖多少，是这样吗？中国煤炭剩余可采量是 817 亿吨标煤，世界排位第三，占中国化石能源剩余可采总量的 93%，从这个角度看，中国是富煤的。但在人均占有量（是美国的 1/10、俄罗斯的 1/12，澳大利亚的 1/47，世界平均储量的 1/3）和储采比上，中国是个实实在在的“煤炭小国”。

以 2005 年剩余可采储量 1145 亿吨标煤为基数，按 1950 年的年产 3000 万吨计，可以开采 3817 年，可以说是万世无忧；按 1980 年的年产 6.15 亿吨计，可开采 186 年，也算来日方长；按 2000 年的 13.0 亿吨计，尚可维持 88 年；若按 2005 年的年产 22 亿吨计，只够开采 52 年了，多么可怕的“与时俱进”。而美国、澳大利亚和印度都在 250 年上下，德国在 300 年以上。更严重的是我们现在执行的是“竭泽而煤”的战略，只要“缺电”就“挖煤”，这两年“挖”意正浓。是否政府应当告诉民众，中国的煤还能挖多少年？如果每年再另用 6000 万吨煤换 1000 万吨油，还能挖多少年？

第三，在甲醇的安全性问题上，佟文说了安全的一面，而甲醇的高毒性，假酒伤人，刺激人眼，污染地下水、燃烧时不显火焰等不安全因素，以及对机械的腐蚀和储存困难等诸多技术问题均未能解决，这是欧美国家和地区放弃甲醇燃料的主要原因。20 世纪 80 年代美国开始以甲醇作为车用燃料试验，1996 年加利福尼亚州有 1.3 万辆灵活燃料车，500 辆公交车使用甲醇燃料，建了 80 多个加油站，由于使用过程中的腐蚀、储存和毒性问题而所有甲醇加油站都关闭了。洛杉矶和西雅图也因机械损伤、维修频繁等原因而宣布他们的甲醇车用示范项目失败和被撤销。20 世纪 80 年代，瑞典在斯德哥尔摩市也曾对九种燃料车进行了十多年的替代化石燃料试验，最后选择了沼气和乙醇两种生物燃料。目前世界上没有一个国家以甲醇为运输燃料。

煤不可再生，中国储采比已经很低，加以甲醇 / 二甲醚的转化能效太低，污染太严重，投资量太大，以及大量技术问题国内外均尚未解决等致命伤佟文却未曾提及就得出了：“我国的车用燃料以二甲醚 / 甲醇替代进口石油的主选品种”的结论，似乎有失“慎重”。

如何“扬生”？商榷文在“生物基燃料被慎重掉了！”一节里是这样写的。

佟文对发展生物质能十分“慎重”的态度是无可非议的，但对慎重原因可以做些解析与探讨。

“慎重”原因之一是美国、巴西地多中国地少。事物都在发展，即使美国地多和盛产玉米，其生物乙醇也开始由食物基向非食物基过渡。2007 年 12 月发布的《能源自主与安全法案》中将食物基燃料定名为“常规生物燃料”，将农林废弃物和纤维素基燃料定名为“先进生物燃料”。前者到 2015 年后就不再增加了，后者则由 2009 年的 180 万吨激增到 2022 年的 6300 万吨。中国耕地虽少，但多有多的做法，少有少的做法。2006 年国家发改委叫停了粮食乙醇，这就解除了发展生物乙醇会影响粮食安全的警报，同时提出“鼓励非粮”方针［省略图 3：美国生物燃料发展规划（2008—2022 年）］。

中国的 19.5 亿亩耕地中约有 7.5 亿亩种粮，主要种于高、中产田，另外还有约 7.5 亿亩的非粮低产田。因自然条件差，缺乏灌溉条件，这些低产田主要用于种植薯类、高粱、谷子、花生、棉花等作物，其中的 1.2 亿亩薯类和高粱主要用作饲料和造酒，它们就是很好的能源作物。薯类和高粱地的条件差，耕作粗放，产量很低，稍加投入，产量翻番并不难。

能源作物的最大优点是耐旱、耐瘠、耐盐碱、生长快、产量高和可以在一些盐碱地、沙地、丘陵坡地等低质土地上种植，且种植管理简单，生产成本低，增产潜力大。1 公顷甜高粱或薯类一般可转化燃料乙醇 3 ～ 5 吨，高者可达 10 吨。由于乙醇生产只利用了能源作物中的部分碳水化合物，而氮、磷、钾等大部分营养元素仍留存于废渣，所以仍可再利用于饲料和肥料。我国内蒙古的甜高粱试验结果是 3 亩地的甜高粱可转化为 1 吨乙醇及 1.25 吨粗蛋白质饲料副产物（李十中，2008）。

此外，据国土资源部最新调查资料（2005 年），我国有 1.1 亿亩尚未利用的宜农土地，这是一笔十分可观的种植能源植物的土地资源。又据国家林业局最新资料（2008 年），至 2020 年，油料能源林将达到 410 多万公顷，年产生物柴油 670 万吨。还有佟文中提到的“油藻”在美国已进入工业化中试，在充足阳光、温度和二氧化碳供应下单位土地面积的出油量是大豆的百倍以上。

美国有美国的国情，巴西有巴西的国情，中国有中国的国情，不能用美、巴地多中国地少的概念推理来否定中国发展生物燃料，这无异于“自废武功”。至于佟文提到的水资源矛盾问题是不存在的，因为在低产田或农用后备土地生产能源作物以及木本油料，主要靠“雨养”，是提高自然降水利用效率而不是与农“争水”和损害生态。

佟文在作物秸秆问题上也多有概念性推理。秸秆还田和“过腹还田”（养牛）确是维持地力之本，但也不是把秸秆都还回田里去，千百年来的开门七件事中的第一件事就是“柴”。2004 年全国作物秸秆产出总量 7.2 亿吨，它们的去向是：15% 还田，24% 饲料，3% 用于工业，43% 薪柴，还有 15% 在露地被白白烧掉。1949 年至今的全国粮食年总产由 1 亿吨上升到 5 亿吨，地力在整体上不是下降的，这与化肥补充有很大关系。如按秸秆用途的现状，每年以六成秸秆用作现代生物能源原料，即有近 2 亿吨标煤的产能潜力（省略图 4：玉米乙醇与汽油生产过程的全生命周期的能量平衡对比及几种能源产品的能量产投比）。

生物基燃料是可再生的清洁能源，有高能效、低排放、碳汇存以及促进农村经济发展等诸多好处，恰恰与煤基甲醇/二甲醚的不可再生、低能效、高排放、高耗水以及高投资形成了鲜明对比。可惜佟文既忽略了生物基燃料的这些正面基本点，又忽略了煤基液体燃料的这些负面基本点。

在如何“扬生”上，还专写了“勿忘‘三农’”一节，结尾有些“煽情”。

当前中国在考虑生物能源时，人们多是就能源论能源，少有与“三农”联系，更忽视了生物质产业在解困中国“三农”问题上的重要作用。

生物质产业的原料生产主要在农村，趋于小型化的加工业也可分散于农村，对农村经济的带动性是很大的。美国的《发展生物基产品和生物能源》总统令开门见山地指出：“目前生物基产品和生物能源技术有潜力将可再生的农林业资源转换成能满足人类需求的电能、燃料、化学物质、药物及其他物质的主要来源。这些领域的技术进步能在美国乡村给农民、林业者、牧场主和商人带来大量新的、鼓舞人心的商业和雇佣机会；为农林业废弃物建立新的市场；给未被充分利用的土地带来经济机会。”在总统令签署仪式上克林顿特别强调，这项计划将每年给农民新增200亿美元的收入。为此，政策支持的重点放在年产5万吨以下的小型加工厂，至2007年已形成的年产2300万吨乙醇和280万吨生物柴油生产能力的223个加工厂大多数是由农民自办和建在农村。美国发展生物燃料的最大受益者是农民，美国支持他们的“三农”做得一点儿也不虚。

今年发生的世界粮价危机和生物燃料倍受攻击的时候，布什在4月的新闻发布会上说：“问题的实质是我们的农民种植能源，并不再从不稳定地区或不友好的国家购买石油，这是我们的国家利益所在”；巴西总统卢拉会见荷兰总理时说：“生产乙醇是发展中国家，特别是非洲、拉美和亚洲经济发展的希望”；在联合国粮农组织会议上又指出：“有人试图将世界粮食危机归因于生物燃料，这是荒谬的歪曲。巴西的经验表明，生物燃料不仅没有威胁到粮食安全，而且可以在农村地区增加就业，为农民带来了更多收入”，“真正的反人类罪是将生物燃料抛到一边，将各国推向粮食和能源短缺的境地”。联合国粮农组织（FAO）2008年3月指出：“各国在出台扶持生物燃料的政策和投资前，须要注意到可能产生的对粮食安全和环境影响，但也不能忽视生物燃料对发展中国家农村发展和改善经济的作用，延误了这个产业的发展。”联合国亚太经济社会观察2008年报告中也提出：“生物燃料产业的发展势不可挡，它非常有利于增加农民收入，提供创造就业机会和抑制石油价。”

美国、巴西、欧盟和相关国际组织在考虑生物燃料时，总是把促进农村经济放在重要位置，中国这个“三农”陷入困境的农业大国情况又是如何呢？先行工业化国家早期的原始资本积累主要靠战争和殖民掠夺，而20世纪50年代的中国被经济封锁得如铁桶一般，原始资本积累只有靠“三农”。据不完全统计，自1953年至改革开放前的25年间，“三农”以工农产品剪刀差及国家财政资源分配等方式提供了6000多亿元资金支持国家工业化和城镇化。现在国家经济快速发展，大家都在享受改革开放成果的时候，而“三农”却陷入了困境。[省略图5：全国城乡居民人均收入动态（1978—2006年）]粮食产量10年徘徊，农业增长乏力，农村人口增加，劳动力严重过剩，城乡居民人均收入持续扩大。城乡居民人均收入由1990年的2.2倍，扩大到2006年的3.3倍，如果考虑到农民享受不到城市居民在住房、医疗、教育和社会保障等各种福利以及公共服务，其实际差距在6倍以上，而发达国家的非农与农业劳动者的收入比相当接近，一般为0.7～1.3。

中国科学院的老领导石山同志在新近的一篇调查报告中提供了一个案例。湖南农民曾启凡老夫妇承包了10亩双季稻田，2007年稻谷价格上涨了3%，而生产成本增加了34%。一年忙累到头，给国家上交了10吨粮食，而全家每月只有112元的净收入，生活十分艰难。在我们考虑化石能源替代，考虑发展生物质能源的时候，不要忘记曾启凡老夫妇，不要忘记占世界人口1/7的弱势群体，中国的“三农”。官居太子太傅和刑部尚书的白居易观农民割麦有感地写下了：“今我何功德，曾不事农桑；利禄三百石，岁晏有余粮；念此私自愧，尽日不能忘”的著名诗句。当今社会多么需要这种感恩之情，报恩之意啊！

商榷文的结尾是这样写的。

21世纪是能源换代的世纪，未来数十年将是可再生能源和核能对化石能源的替代期。同源于太阳辐射的可再生能源中的太阳能、风能、水能和海洋能，以至于核能、氢能、氦3种都是物理态的，适于转化电能和热能，唯独生物质能是经植物光合合成的，以生命物质为载体的化学态能源，可以转化为固、气、液三态和能够从事物质性的生产。可再生能源是个大家庭，几兄弟各有长短，应当互济互补而不是相煎相斥，才能共襄替代盛举。在中国，石油替代，特别是车用燃料替代是件大事，胡锦涛总书记2005年曾有过专门批示。煤基乎？生物基乎？事关国家能源战略和大政方针，建议更多院士参与这个讨论。

“辩论轻三耳，斋明见两眸”，要的应该就是这种效果。

国务院为制定《国民经济和社会发展“十一五”规划》成立了由50多位专家组成的“国家规划专家委员会”。我作为成员之一，2010年12月9日参会讨论《国民经济和社会发展“十一五”规划（征求意见稿）》。该征求意见稿的“工业生物制造工程”节中出现了：“建设若干重要生物基替代石化基，以及生物法替代化学法的工程研究中心。”这个用语怎么如此耳熟？

原来“两基之争”影响到了国家发改委，上到了国家最高层的“十一五”规划。这可是当初“搅局”始料不及的。看来，这次“搅局”，四年后，终于有了这个结局。

“树欲静而风不止”，当2013年雾霾大暴发，“煤基”预感到可能这是一次翻身的机会。一时间，“煤制气”与“煤制油”不仅频繁出现于报端，而且已经争取到百亿元计的项目资金投入。我这个“搅局者”与程序教授再度以文为剑，出手堵击（详见本书第12章第3节）。

在“能源替代”上，“扬煤抑生”还是“扬生抑煤”，自2006年到2014年，自政界到学界，又到企业界和报界，“死磕”了8年，交手10余次。

时间是最好的“裁判”，煤基醇醚一直低迷不振，生物质基越来越火，这比写多少篇雄文与讲演都给力。

为学者，应谨记布鲁诺名言：“真理面前半步也不后退！”

6 风暴与海啸

（2008年）

- 山雨欲来
- “最后的晚餐”
- “世界粮食风暴”来了！
- “全球金融海啸”来了！
- “国产风电三峡”也来了！
- “生物质能源在2008”

生物质能启航的头三年，要风有风，要雨得雨，一路高歌猛进。

2008 年，“世界粮食风暴”来了！“全球金融海啸”来了！“国产风电三峡”也来了！

6.1 山雨欲来（2006 年）

2006 年末，我在海南参加三亚“新农村建设论坛”会后，12 月 22 日转到兴隆休假。

北京传来消息，说 11 月在大连召开的粮食论坛上，中国粮食行业协会的一位有影响人士给国务院打报告，说玉米深加工使东北玉米价格上扬，调出量大减，态势正在扩大。还说，燃料乙醇“影响国家粮食安全”。这又是哪路神仙在高论？

我预感此事非同凡响，因为触及了国家的敏感神经，粮食！

事情真相到底如何？还要探个究竟。

我在电脑上查到的吉林省资料是：2006 年玉米总产 1800 万吨，用于加工的 650 万吨，其中燃料乙醇 90 万吨，占省玉米总产的 5% 和加工量的 14%。又查到 2005 年全国玉米总产 1.45 亿吨，以玉米为原料的三家燃料乙醇企业产乙醇 85 万吨，消耗玉米 272 万吨，占全国玉米总产的 5%。5% 就影响国家粮食安全吗？更有一组数据，同年国家出口玉米 400 万吨，比燃料乙醇消耗玉米还多 100 多万吨，怎么不说玉米出口影响粮食安全？

针对大连粮食论坛的玉米深加工和燃料乙醇影响国家粮食安全“高论”，兴隆休假中撰写了一篇资料性和辩论性文章，题目是《玉米加工风波面面观》。文中以大量事实和数据提出和回答了“今冬我国玉米价格为何反季上扬？”“是玉米燃料乙醇惹的祸吗？”“吉林玉米加工破解‘三农’难题”“玉米加工发展‘过热’了吗？”“玉米加工业影响粮食安全吗？”等五个问题。圣诞节的前一天，这份报告发送到了国家发改委。

报告有理，有力，有节，但是没用。

因为国家粮食的大形势发生了大变化，且乙醇限令已经发出。

国家粮食大形势发生了什么变化？

1998年和1999年全国粮食总产分别是5.12亿和5.08亿吨，登上5亿吨台阶。受政策影响，2000年、2001年、2002年和2003年分别降到4.62亿、4.53亿、4.57亿和4.30亿吨，每年以2000万吨速度下滑，政府还敢扩大粮食深加工和生产燃料乙醇吗？原来，我的报告只说出了燃料乙醇用粮的小“真相”，全国粮食近年大幅度减产才是“大真相”，是“大局”。所以我的报告有理而无用。这就叫作“小道理”服从“大道理”，我理解。

2005年12月14日，国家发改委和财政部联合下发的《关于加强生物燃料乙醇项目建设管理，促进产业健康发展的通知》中说：“由于全球燃料乙醇需求不断扩大，造成我国乙醇供应趋紧，价格上涨。今年以来，各地积极要求发展生物燃料乙醇产业，建设燃料乙醇项目的热情空前高涨，一些地区存在着产业过热倾向和发展势头。”不承想，是这个《通知》从另一个角度报告了当时燃料乙醇生产国内外都是“热情空前高涨”和“过热”。

《通知》从统筹规划、严格市场准入等四个方面将燃料乙醇生产禁闭在已建的四个定点厂，不再批准燃料乙醇项目，如有生产也不准收购和进入市场。但留了一个活口，即鼓励发展“非粮乙醇”和“十一五”新增200万吨的目标。对非粮乙醇只有原则表态，没有配套政策措施，只是“虚晃一枪”而已。随着陈化粮消失、粮食形势趋紧和《通知》的出台，燃料乙醇在我国进入了寒冬，至今也未转暖，十多年了。

陈化粮乙醇“下架”，燃料乙醇冻结，传递了一个对生物质能源不佳的征兆，一个“山雨欲来风满楼”的信息。

6.2 “最后的晚餐”（2007.6.9）

尽管“燃料乙醇”的冷空气前锋已经“兵临城下”，可还是有一群“热心人”在北京举行盛会。这是指2007年6月9日，中国工程院与丹麦诺维信公司在北京钓鱼台举行的高规格的“中国生物燃料乙醇产业化发展战略研讨会”。

中国工程院能源学部主任黄其励院士主持研讨会（图6-1左上）。国务院能源领导小组办公室徐锭明副主任在讲演中激情地朗诵了他为生物质能源写下的新作（图6-1右上）：

黄土地上长能源，环保绿色可循环；
固态当作煤炭使，发电清洁少污染。
液态当作石油用，交通使用新能源；
沼气应用好处多，农村大嫂乐开怀。

国家发改委工业司副司长对中国燃料乙醇发展现状与“十一五”规划作了全面而权威的发言；我作了题为《中国生物质能源发展现状与前景》的讲演（图 6–1 中小图）；中粮集团总裁于旭波在报告中介绍了他们集团在“十一五”期间发展燃料乙醇的雄心勃勃的计划，提出“到 2010 年前后，将形成 310 万吨的年生产规模（玉米占 34%，木薯占 26%，红薯及甜高粱占 40%），成为国家生物质能源战略实施的执行主体”（图 6–1 左下）。坐在我身边的诺维信总裁 Steen Riisgaard 对我说，他对中国发展燃料乙醇前景乐观，很有信心（图 6–1 右下）。

图 6–1　中国生物燃料乙醇产业化发展战略研讨会，北京钓鱼台，2007.6.9

这是一次高规格与精美的燃料乙醇的“最后的晚餐”。

徐锭明副主任等在报告中也传递了国务院关于严格控制并不再审批以粮食为原料的燃料乙醇建设项目和提出的“非粮方针”。与会者对国务院叫停粮食乙醇和推行非粮方针都是拥护的，我在讲演中还提出了中国将走“试之以粮，发之以非粮”的道路。中粮集团在“十一五”规划期间也将非粮乙醇比重提高到了 66%。当时大家还是信心满满，对大形势估计不足。

可惜大家对形势的估计还是错了，“十一五”期间仅上了中粮集团北海年产 20 万吨的非粮乙醇项目，“十一五”新增 200 万吨燃料乙醇的计划只完成了 10%。后来见到中粮集团主管乙醇项目的总经理谈及此事，他无奈地说：“不是我们不想发展燃料乙醇，上面不批准又有什么办法？”

尽管如此，大家还是抓紧时间，热热闹闹地享受了一顿丰盛的“最后的晚餐”。

“晚餐”过后不到半年，“世界粮食风暴”刮起来了，“山雨”真的来了！

6.3 “世界粮食风暴”来了！（2008年上半年）

2008年，年头“世界粮食风暴”，年尾“全球金融海啸”，好个不吉利的鼠年。

中国有5000年的缺粮历史，粮食问题极其敏感，千万不能碰。你看，刚碰了一下“陈化粮”就惹来“一身骚”。可这也不是中国专利，像美国这个粮食生产和出口大国，也存在“粮食陷阱”。

2005年美国以16%的玉米总产，生产了1200万吨燃料乙醇，减少了1.7亿桶原油进口，提供了177亿美元产值，创造了15.4万个就业机会，为美国家庭增加了57亿美元的收入，这本是“功莫大焉”，却也备受诟病。全球政策研究所主席L. R. Brown，就是那个曾提出“谁来养活中国人？”的布朗，2006年发表了《超市和服务站正在为谷物竞争》文章；著名时事评论家马修·L.沃尔德（Matthew L. Wald）发表了《乙醇燃料风波骤起》的文章，都是冲着美国玉米乙醇来的，为孕育“世界粮食风暴”提供了舆论滋养。

点燃导火索的火星是2007年年底，联合国粮食与农业组织（FAO）发布的“世界粮食库存降到近20年的最低水平，全球粮食供应趋紧”的新闻，引起了世界性的粮食恐慌。

先是一些粮食出口国为了规避风险，纷纷限制本国粮食出口而引起国际粮价骤涨，可就苦了那些粮食进口国的贫穷老百姓。

2008年2月5日莫桑比克的首都，大批群众涌上街头抗议粮价上涨，随即演变为暴力冲突；2月27日，喀麦隆首都发生了大规模群众示威游行和骚乱；4月12日海地总理亚历克西因粮价上涨被参议院弹劾罢免。像多米诺骨牌一样地，波及科特迪瓦、塞内加尔、埃及，进而到亚洲的菲律宾、印度尼西亚、孟加拉国，以及拉美的秘鲁、墨西哥等30多个国家。

“世界粮食风暴”终于爆发了！

L. R.布朗更有了口实，再次把矛头指向了玉米乙醇。他说：“由于石油价格失控而助长了世界性的生物燃料生产，影响到粮价上涨。灌满一个25加仑油桶的乙醇，需要用去的粮食可供一个人吃一年，世界上还有20亿穷人，他们中许多人是靠进口粮食维持生活的，生物燃料的发展将对他们造成威胁。”以他的世界威望，一时媒体频频出现“汽车与人争粮”“人道危机”“反人类罪”等的报道。粮食乙醇，成为千夫所指的“妖魔”。好在中国未卜先知，2005年年底就限制粮食乙醇生产了。

尽管北京的春天风和日丽，“爱管闲事”的我却如热锅上的蚂蚁，寝食不安，总觉得有些什么地方不对劲。两年前在兴隆追索我国加工粮“真相”的老毛病又犯了。又要把世界粮食危机的真相搞搞清楚。

我从国内到国外，从美国到联合国，查了不少资料，“五一”节前后，“真相”在脑子里逐渐清晰起来。一个资料是，近 17 年全球谷物及大米、小麦和玉米的总产一直在增长并高于消费量（图 6–2 左组图左上），且未出现过突发性粮食短缺和供需失衡现象。另一个资料是，世界粮食库存近年虽有减少，但库存消费比仍在 20%，即安全线以上（图 6–2 左组图右上）。这两条基本面数据说明，既未减产又有存粮，怎么会闹出个世界粮食危机来的？

从美国农业部查到的资料更有意思，2001—2007 年，美国玉米播种面积稳定，单产由 8.5 吨 / 公顷增加到 9.4 吨 / 公顷，总产增加了 0.3 亿～ 0.5 亿吨，虽生产乙醇用玉米由 0.2 亿吨增加到 0.7 亿吨，但玉米出口量增加，2008 年创历史新高；玉米库存还由 0.25 亿吨增加到 0.5 亿吨上下（图 6–2 左组图左下）。这里哪有“汽车与人争粮”和“人道危机”的痕迹？空谈与以讹传讹居然在清平世界也能掀起轩然大波。

对！有了资料“子弹”，“笔杆子”又该上阵了，写文章！

文章的题目是《粮食！石油！生物燃料？》，明确提出这次不是“粮食危机”而是人为的“粮价危机”；明确提出生物质“不是魔鬼，而是天使！”，有理、有力、有节。文章支持某些经济学家的“金融投机和恐慌心理对此次粮价危机的贡献最大”的论点。该文有粮价危机的“数字解”、粮价危机的短效因素和长效因素等 11 个副标题，洋洋洒洒万言，刊登在 2008 年 6 月 8 日的《科技日报》上（图 6–2 右图）。占了“软科学”版的全版篇幅，还有数字曲线插图数幅，气势满满。

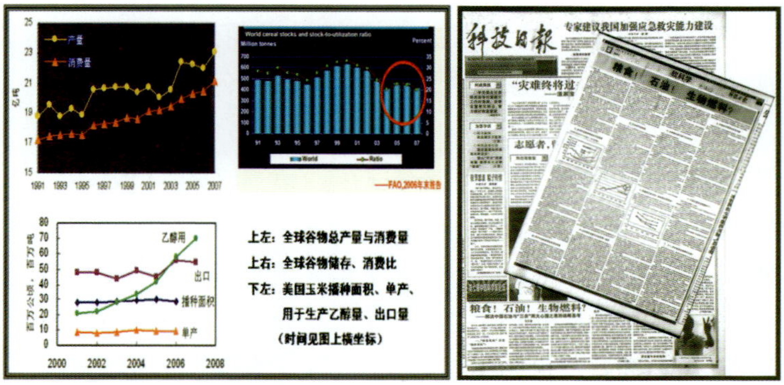

图 6–2　就世界粮食危机提供的有关资料（左）和我在 6 月发表的文章（右）

这篇文章里，还拉上了两位总统助阵。

一位是巴西总统卢拉，他在 2008 年 4 月联合国粮农组织的一次会议上说：“有人试图将世界粮食危机归因于生物燃料，这是荒谬的歪曲。巴西的经验表明，生物燃料不仅没有威胁到粮食安全，而且可以在农村地区增加就业，为农民带来了更多收入。”“真正的反人类罪是将生物燃料抛到一边，将各国推向粮食和能源短缺的境地”；“巴西已为有关生物燃料的辩论做好了准备，我愿意为此周游全世界”。卢拉总统，真牛！

另一位是美国总统布什，面对千夫所指，在 2008 年 4 月 29 日的新闻发布会上他直截了当地说：“问题的实质是我们的农民种植能源，并不再从不稳定地区或不友好的国家购买石油，这是我们的国家利益所在。”

文章见报后，报社寄来武汉某公司董事长关于“很有感触”和“希望了解更多信息”的来信，我即回复。又收到“中国国际可再生能源网”的信，信中说：“我们仔细阅读了 6 月 8 日科技日报有关生物能源你的文章。文章立论鲜明，依据翔实，逻辑周密，给予我们很大的启发。有不少似是而非，虚而不实的观点及报道，在你的文章面前，显得苍白无力。”来信还邀请我参加 8 月 30—31 日在上海召开的第五届“2008 中国生物质能技术路线标准体系建设论坛”。

《粮食！石油！生物燃料？》文发表后，我的心绪刚平复下来，准备回到日常工作轨道。顷接“中国科学家论坛”邀请讲演函。正好，乘势再“喊一嗓子”。于是以文稿内容，制作了 32 张幻灯片的 PPT，出席第 7 届中国科学家论坛，作了题为《一道绕不过去的槛——生物质能源》讲演。

写文章，严谨含蓄。作讲演可以放得开些，把问题与观点说得更透更尖锐些。讲演分 7 节，第 7 节标题是“中国！少一些犹豫，多一些进取”（图 6–3）。“怕影响粮食安全吗？”“生物质原料太分散，不宜工业化大生产吗？”“生物燃料是‘小菜一碟’，难当大任

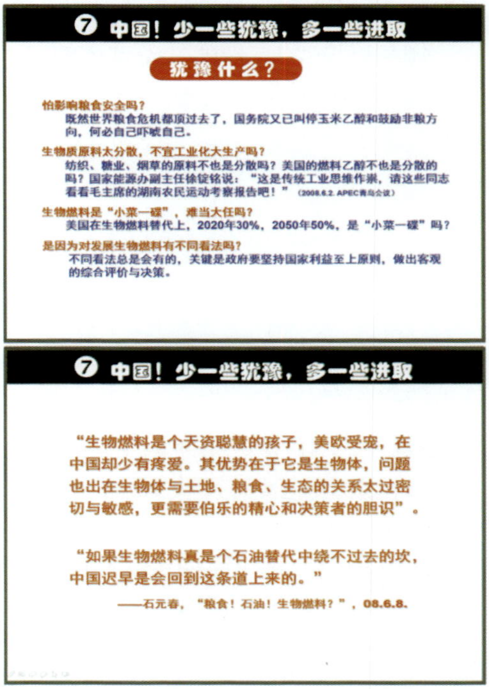

图 6–3 “中国科学家论坛”讲演中的两张幻灯片

吗？”“是因为对发展生物燃料有不同看法吗？”

最后一张幻灯片是引用《粮食！石油！生物燃料？》一文的结束语：

> 生物燃料是个天资聪慧的孩子，美欧受宠，在中国却少有疼爱。其优势在于它是生物体，问题也出在生物体与土地、粮食、生态的关系太过密切与敏感，更需要伯乐的精心和决策者的胆识。如果生物燃料真是个石油替代中绕不过去的坎，中国迟早是会回到这条道上来的。

想不到才过个把月，2008 年的夏季，全球粮食增产了。7 月全球主要粮价下跌五成，粮食出口国的出口禁令解除，雨过天晴。如果真是一次“危机”，能如此轻易消退吗？如果真是生了一场大病，能好得如此之快吗？所谓的“世界粮价危机”消退了，谁还会记得去安抚那些深受伤害的粮食进口国的贫苦老百姓？谁还会记得给燃料乙醇还以清白？原来国际上也有那么多不靠谱的事，这次算是领教了。

知识分子爱较“死理”，索“真相”，2007 年和 2008 两年，中国的和世界的“粮食真相”我都查了，其实，“真相”背后的“真相”更要复杂得多。我查粮食“真相”是为了给受到牵连的生物质能源伸张正义，那么，它又怎样呢？

伽利略说：“真理就具备这样的力量，你越是想要攻击它，你的攻击就越加充实和证明了它。”生物质能的“真相”更清晰地敞露于世人，生物质能源产业也将更趋成熟。

6.4 “全球金融海啸”来了！（2008 年下半年）

“世界粮食危机”刚去，“全球金融海啸”又来。

2008 年 7 月 10 日，国际油价达到巅峰，每桶 147 美元。两个月后的 9 月 10 日，骤降到 94 美元；又两个月后的 11 月 20 日，跌破 60 美元，犹如雪崩一般。9 月 16 日，美国雷曼兄弟公司申请破产保护点燃了世界金融海啸的导火索，东南亚国家以至中国的中小企业一场灾难开始了。我国进城务工的 1 亿农民首当其冲（图 6–4），珠三角、长三角和江浙等地的大批农民工失去了工作岗位。

2008 年年末，中央经济工作会议强调指出：“要高度重视农民工就业和促进农民增收出现的新情况，最大限度地拓展农村劳动力就业渠道和农村内部增收空间。”我很快意识到，利用农业的大量有机废弃物就地生产生物质能源，可以为返乡农民工提供大量工作岗位和增加收入。于是，2008 年 11 月 25 日的《科学时报》上出现了《石元春为“三农”疾呼》的报道；2009 年 1 月 6 日《工程院院士建议》第 15 期登载了我的《为农民提供岗位和增加收入的紧急建议》；1 月 19 日的《科学时报》刊登了我的文章《给“三农”一个新的经济增长点》。2009 年 5 月 6 日在农业大省河南的郑州作了一场“农民增收问题”的讲演。

我在《给“三农”一个新的经济增长点》文中指出：“如果我国可能源用的生物质资源中的 1/3 被盘活，每年就会有 3 亿吨标煤的产能和 3 万亿元以上的产值；如能利用我国宜农边际性土地的一半（约 2 亿亩）发展甜高粱和能源薯，可生产 6000 万吨生物燃油，农民可以获得 3000 多万个原料生产岗位，40 多万个加工生产岗位和新增收入 480 亿元。”

继而指出：“农林有机废弃物和边际性土地都是尚无经济价值的潜在资源，一旦投入生产和流通就能实现它们的价值和年年‘发酵’增值。这是一笔全新的土地和资本投入，资源是新的，产品是新的，产品市场是无限的，产业是绿色和可持续的，这是真正意义上的新经济增长点，推动农村经济发展的新引擎。”

在各国的实践中，也越来越多地认识到生物燃料在发展农村经济和增加农民收入上的作用不亚于替代化石能源的功能，特别是在发展中国家。联合国亚太经济社会观察 2008 年报告指出：“生物燃料产业的发展势不可挡，它非常有利于增加农民收入、提供就业机会和抑制石油价格。”美国 200 多个生物燃料加工厂多数设在农村且由农民自办。

图 6-4　这是一张我在关于金融海啸讲演 PPT 中的幻灯片

2009 年 5 月初的麦收季节，中组部组织一些院士到农业大省河南看麦子。省委邀请我作报告，我的报告题目是《关于农民增收问题》，把能想到的点子，倾囊而出。5 年前，2005 年 5 月，在河南省委礼堂作“农业的三个战场”报告的情景还记忆犹新。

我是个重感情又专注的性格，2008 年上半年一门心思找“粮食危机”真相，下半年满脑子的“农民增收”，我觉得自己很像鲁迅笔下的祥林嫂。

让我最为担忧的不是“世界粮食风暴”中生物质能被“黑”，此仅伤及皮肉，而“全球金融风暴”，石油价格的断崖式暴跌，则将大伤元气。国际油价回落是件好事，但是对可再生清洁能源发展而言，谁还会像高油价时那样受到专宠？市场经济时代，经济要素毕竟是第一位的。

6.5 “国产风电三峡”也来了！（2008.2）

“屋漏偏逢连夜雨，船迟又遇打头风。”

“世界粮食风暴”与“全球金融海啸”之后，“国产风电三峡”也来了。

“风电三峡”是怎么回事？这还须从制定《可再生能源中长期发展规划》说起。

本书第 4 章，曾为介绍我国《可再生能源中长期发展规划》专写了一节，其中写道：

> 《规划》中的可再生能源排序是水电、生物质能、风电、太阳能、地热能和潮汐能 6 项。根据《规划》资料，按标煤折算的资源量（因缺资料而未含太阳能），生物质占 51.7%；2020 年发展目标中，生物质能、风能和太阳能分别是 1.29 亿、0.21 亿和 0.37 亿吨标煤，分别占 43%、7% 和 13%。生物质能显然是大头，是风能的 6 倍。
>
> 《规划》写道：“我国生物质资源可转换为能源的潜力约 5 亿吨标准煤，今后随着造林面积的扩大和经济社会的发展，生物质资源转换为能源的潜力可达 10 亿吨标准煤。”
>
> 《规划》中的“投资估算”提出，“预计实现 2020 年规划任务将需总投资约 2 万亿元”，其中仅生物质发电一项即“新增 2800 万千瓦生物质发电装机，按平均每千瓦 7000 元测算，需要总投资约 2000 亿元”。也就是说，仅生物质发电一项即占可再生能源发展总投资的 1/10。

国家《可再生能源中长期发展规划》中，生物质能是排在水能之后的第二大可再生能源。怪异的是，《规划》刚发布不久，2008年2月4日的《人民日报》就发表了一篇《规划》主要制定人、一位国家发改委领导人署名的《打造“风电三峡”》的文章。果然，风电在全国陡然升温，装机容量由2006年的260万千瓦飙升到2008年的1217万千瓦，5倍！于是又将刚发布的《规划》中2010年的500万千瓦指标调升到2000万千瓦，4倍；将2020年的3000万千瓦指标调高到1亿千瓦。

反之，《规划》中发展目标比风能高6倍的生物质能的“十一五”指标全面溃退，非粮乙醇只完成了10%。中国新闻网2011年4月20日发表的一篇题为《尴尬的生物质能“十一五”规划》，客观地写道：

> 中国可再生能源学会风能专业委员会近日发布的《2010年中国风电装机容量统计》报告显示，2010年中国累计装机容量已达4473万千瓦，比原定规划目标增加将近8倍。太阳能发电装机容量同样实现突飞猛进。有权威的业内专家称，预计中国去年光伏发电装机容量有望达到100万千瓦，这也意味着仅光伏发电装机容量便为既定目标的3倍多。
>
> 然而，同样的发展奇迹却未在生物质能上重现。
>
> 国家《可再生能源中长期发展规划》和《可再生能源发展“十一五”规划》提出，到2010年，生物质发电总装机容量要达到550万千瓦，生物质固体成型燃料年利用量达到100万吨，沼气年利用量达到190亿立方米，增加非粮原料燃料乙醇年利用量200万吨，生物柴油年利用量达到20万吨。除生物质发电和生物柴油外，另外3项完成情况并不理想，而非粮燃料乙醇更是仅完成了既定目标的10%左右。

风能“疯”了，生物质能被边缘了，这是怎么回事？

很快我就联想到，这两年我不依不饶地围追堵截，与“煤基”死磕，在参加制定《可再生能源中长期发展规划》讨论会上又十分张扬生物质能，是得罪人了？遭“报应”了？被人“收拾”了？

6.6 “生物质能源在 2008”（2008.12.16）

北京的秋天很美，而 2008 年的秋天却冷空气频频，萧瑟秋风阵阵，难道“金融海啸”会有这般威力？

我在书房电脑前敲打着“农民增收”文章，电话铃响了。

“石先生，国家林业局有个国际会议，想请您作个讲演。”诗雷在电话里说。

“什么内容？”

“关于林产方面的，正好讲讲生物质能源问题。”

2008 年，特别不顺，一心的憋屈，一肚子话想说，这次是诗雷邀请，一定得去，去倒倒苦水。

20 世纪 50 年代，记得是上研究生时，有一部苏联电影《列宁在 1918》，印象特深，干脆我的讲演题目就讲《生物质能源在 2008》（图 6–5）。

12 月 16 日开讲，第一部分是“年初遭遇：世界粮价危机”，直接以“粮价危机”替代了“粮食危机”。白底黑字，硕大的华文琥珀字体，想制造一种丧感冲击力。随之是布什与卢拉两位总统的豪言壮语。下面是由 7 张幻灯片构成的，统一的标题“用事实说话！”数据扎实有力，文字掷地有声。第二部分同样是白底黑字，硕大的华文琥珀字体“年尾遭遇：金融海啸冲击”。其中大讲了刚刚在巴西召开的“国际生物燃料大会”和中国的“给‘三农’一个新的经济增长点”。

最后一张幻灯片写了 24 字“感言”（图 6–5）。

粮食危机刚去，金融海啸又来。
三年蛰伏蓄势，明日黄花更香。

图 6–5 《生物质能源在 2008》讲演的首片（左）和末片（右），北京，2008.12.16

“世界粮食危机”会增加某些人对生物质能的误解；“全球金融危机”和石油价格断崖式的下落会使生物质能失去经济优势；而“国产风电三峡”则是在政府行为上将生物质能边缘化了，是压垮生物质能“最重的一根稻草”。

“千锤万击还坚劲，任尔东西南北风。”“风暴”来吧！“海啸”来吧！“风电三峡”也来吧！

我想起了李白的《行路难》：“行路难！行路难！多歧路，今安在？长风破浪会有时，直挂云帆济沧海。”

我想起了王维的《终南别业》：“行到水穷处，坐看云起时。”

我想起了高尔基的《海燕》：“在苍茫的大海上，狂风卷集着乌云。在乌云和大海之间，海燕像黑色的闪电，在高傲地飞翔。”“让暴风雨来得更猛烈些吧！”

我也想起了《孟子·告子下》：“天将降大任于斯人也，必先苦其心志，劳其筋骨，饿其体肤，空乏其身。”

我想起了……

而我想得更多和还没想明白的是，生物质在中国的“蜜月期”匆匆地过去了，未来的路怎么走？

参加国际会议的次日，我和老伴就飞南宁过冬去了。

冬日的南宁，花开如常，树茂成荫。

在邕江边的邕江饭店的公务客房里开始了“蛰伏蓄势中的‘笔杆子’”的写作——《决胜生物质》。

本篇前两章讲稚幼的中国生物质产业在寒冬中蛰伏蓄能，讲“尚在襁褓”中的5个产业的动人故事。后三章讲2010年秋策划“惊蛰崛起”；讲以央视经济频道播出《对话》节目“决胜生物质”开场；讲12个大行动流光溢彩，令人目不暇接；讲173个精彩的日日夜夜。2012年的种种迹象显示，二次浪潮要来了。

本篇时段是2009—2012年，时长4年。

中篇

蛰伏与崛起

7

蛰伏蓄势中的“笔杆子”

（2009—2010 年）

- 国外国内大不一样
- 邕江边的灯光
- 低潮更需要呐喊
- “宰相肚内好撑船”
- 蹊径曙光
- 两院士角力国家能源局

中国生物质产业启航，顺风顺水，风风火火，三年后遭遇“世界粮食风暴”“全球金融海啸”和“国产风电三峡”。

这个受伤的幼狮需要蛰伏，需要蓄势，以待东山再起。蛰伏蓄势中的“笔杆子”很多，作为其中之一，本章只讲我这支“笔杆子”干了些什么。

7.1 国外国内大不一样（2009—2010 年）

2008 年，同遭“世界粮食风暴”与“全球金融海啸”，国外国内却大不一样。

美国和巴西的燃料乙醇遭千夫所指，受伤最重。什么“汽车与人争粮”“人道危机”“反人类罪”等。

风暴中的巴西总统义正词严，“生物燃料不仅没有威胁到粮食安全，而且可以在农村地区增加就业，为农民带来了更多收入”；“真正的反人类罪是将生物燃料抛到一边，将各国推向粮食和能源短缺的境地”。美国总统说：“问题的实质是我们的农民种植能源，并不再从不稳定地区或不友好的国家购买石油，这是我们的国家利益所在。”

这不像是赌气，吵架。

2009 年度巴西乙醇产量 1980 万吨，替代了国内 56% 的汽油，减排 4233 万吨 CO_2，提供 85 万个工作岗位。已有 1000 多万辆灵活燃料汽车，汽车销售中的 90% 以上是 FFVs 汽车，已经有 1.2 万架小型飞机和农用飞机在使用甘蔗乙醇和开始以乙醇规模化生产乙烯等有机化工原料。巴西已经是世界第一乙醇出口大国。

巴西依托本国优势农产品甘蔗生产燃料乙醇，振兴农业，扶持农民，构成国家三支柱产业之一。这个时候，有人要攻击生物乙醇，不骂娘才怪！

2009 年 1 月 21 日奥巴马总统在就职演说中说：“我们将致力于用太阳、风和土壤为汽车和工厂提供燃料和动力。”同年 5 月 5 日，奥巴马总统对农业部长 Vilsack 下达总统令：“农业部要大力加快在生物燃料产业的投资和生产，在美国建立永久的生物燃料产业，扩大生物燃料基础设施，利用这个产业为美国加快发展农村经济提供唯一的机会。”新任美国能源部部长朱棣文于 2010 年 1 月 13 日在华盛顿宣布能源部将再投资 8000 万美元支持先进生物燃料及加油系统设施改造。生物质能研发拨款是太阳能和风能的6倍，三项分别是10.04亿元、1.75亿元和1.73亿元，6倍之差。

2009年12月14日，AEO发布的《美国能源展望2010》报告指出，2035年非水电可再生能源发展到5886.5亿千瓦·时，占发电量增长的41%，其中生物质占49.3%，其次是风力发电占37%，光伏发电占4.2%，地热发电占4.8%，垃圾发电占4.7%。

欧洲也一样，生物质能仍领军可再生能源，特别是成型燃料与生物天然气，一往无前。

在中国，生物质能就惨不忍睹了。

2007年8月发布的《可再生能源中长期发展规划》中，发展目标比风能高6倍的生物质能在"十一五"期间全面溃退。非粮乙醇只完成了10%，其他三项完成指标也未过半。中国新闻网2011年4月20日发表的一篇题为《尴尬的生物质能"十一五"规划》的文章，把生物质能说得惨兮兮的，请看编者按是如何说的：

> 我国《可再生能源中长期规划》明确了风电、太阳能发电和生物质能等几类新能源的发展目标。与风电、太阳能发电的超量数倍完成规划任务相反，生物质能成为唯一个没能如期完成规划中全部指标的新能源产业。在中国能源产业蓬勃发展的"十一五"时期，为何生物质能却偏偏遇冷？

同样的"风暴"与"海啸"，受打击最大的美国和巴西生物质产业却毫发无损，斗志更旺，战果辉煌，在中国却惨不忍睹，这是为什么？

生物乙醇在美、巴，已经成长为植根农业的强大经济体，岂容撼动；欧洲国家油气资源贫乏，崇尚环保，坚持《京都议定书》低碳方向与减排指标。这些工业化国家的能源消费已经迈过煤炭时代而以油气为主和走向低碳能源时代。中国尚处工业化、煤消费、碳排放盛期，工业势强而农业势弱，煤产业与制造业势强而环保观念与生物质产业势弱，稍有动静就会"惨不忍睹"，"风电三峡"的些许小风就能让国之大计的生物质靠边站。

面对现实，中国生物质产业发展之路怎么走？

一要继续宣传生物质产业乃国之大计，非一般清洁能源；二要大力发挥生物质产业的环保与"三农"功能；三要大力扶持幼弱的生物质产业，"枪杆子里面出政权"。

蛰伏蓄势，东山再起。

7.2 邕江边的灯光（2007—2010年）

老而思著。

20世纪初，打算写一本农业方面的书，提纲初拟，开始动笔。不料，2004年，参加“中长期科技发展战略研究”中发现“新大陆”，迷恋上了生物质。头两三年，像海绵吸水般地收集了大量的国内外资料，总不能只在书房和电脑里把玩，总不能只写几篇文章和讲演吧！对，系统成书，与更多读者共享。

这个念头是2007年年初，在海口与卫留成书记畅谈海南发展生物质能后，飞往南宁的飞机上脑海里冒出来的。我一直望着舷窗外痴想，老伴问：“你对着窗外发呆，想什么呐？”我回了一句，“瞎想。”

在南宁邕江饭店住下，安排妥当，立即打开电脑，把飞机上想的赶紧记下，生怕丢了些什么。敲下的书名是《生物质油田与煤田》，随即把飞机上想的内容一条一条地敲进电脑。记得“前言”的第一句是“尽管克林顿绯闻缠身，我还是佩服他的。当然，不是佩服他的风流，而是他在发展生物质方面的胆识”。

在北京活动多，写作效率低，于是有了“南国越冬，享受写作”的候鸟计划。

大部分书稿是2007年到2010年四年间在南宁越冬时完成的。

这四年的冬天，一直住在南宁邕江边的邕江饭店公务楼4楼的一个标间里，比普通客房标间稍大，有放电脑和写作的条件。我喜欢看窗外的邕江；喜欢公务楼顶层的咖啡厅和休息室；喜欢一楼餐厅的美食和二楼餐厅的日本料理；喜欢从邕江饭店穿过马路，到邕江大桥下的滨江公园散步（图7-1）；喜欢到距离饭店不远的万达广场购物餐饮；喜欢露天大排档的“烧鸭饭”和西餐馆的美食；喜欢隔三差五地到南宁饭店的“小嘟唻”品尝小吃，特别是“四川凉面”，够味儿。

南宁是亚热带气候，没有冬天，树木花草，四季常青。还有个好处，舍妹是广西壮族自治区人民医院的医生，曾当过11年院长，这使我在南宁举目有亲和看病无忧，加以老伴相随，岂不快哉。

四年的南宁候鸟生活，给我留下了十分美好的回忆。

言归正传，说写书吧。

南宁与北京在经度上有约10度之差，冬天早晨天亮比北京晚个把小时。

图 7–1　摄影，邕江日出，2009 年冬

我有清晨写作的习惯，为了不影响老伴睡早觉，常是用报纸遮挡着台灯写作，所以我把蛰伏中的写作昵称“邕江边的灯光”。

写作资料与素材是死的，写作情愫与思路是活的。

开始写作的 2007 年，还漫溢着顺风顺水启航的轻松与愉悦中；次年的“风暴”与“海啸”，却让我充满焦虑与不安。特别是年末在国际论坛发表《生物质能源在 2008》悲情讲演的次日飞抵南宁，在完全不同的情绪下修改了我的写作计划与提纲，平添了浓重的责任感与战斗精神。

初始我把这本书定格在“科普”与“信息”上，修改后增加了“时论”；初始设置的读者对象是关心生物质事业的科技人员和企业家，修改后增加了领导与大众：初始计划是 2012 年出版，修改后提前到 2011 年。写作体裁与风格始终没变，就是切忌“综述式”，一定要“大众化”和“可读性”，以及仿学“报告文学”体裁。

全书分“综合篇”“中国篇”和“前瞻篇”。

“综合篇”共 11 章。前 9 章是启蒙性的资料与信息，有“话说能源”“资源与环境危机”“21 世纪的多能演义”“生物质和它的产业”“巴西奇迹”“美国的宏图大略”“第二和第三军团”和“琳琅满目的产品”。后两章是“环境与生态影响的质疑与答疑”和“粮食安全影响的质疑与答疑”，是世界性的时论，很重要。如“是正值还是负值？”“是减排还是增排？”“亚马孙，你怎么了？”

等。“答疑”则是作者的发挥，“自说自话”。

“中国篇”当然是全书的“重头戏”，也是11章。前3章开门见山，“中国能源之困境与转型”“解困‘三农’的一剂良药”，以及“一道绕不过去的槛”。提出中国能源之困境与转型是时代性的挑战，只能主动面对，切忌被动应付。提出曾为新中国建立，工业化和城镇化建设做出巨大贡献的“三农”却一直与贫困落后和弱质产业为伍；提出“农亦有道”“根本出路是农工贸一体”和“一剂良药，能源农业”。在“一道绕不过去的槛”章掷地有声地说：“化石能源替代上的多途径和以生物质能源担纲已是世界大势。”在中国，一会儿煤变油，一会儿甲醇/二甲醚，一会儿风能/太阳能，一会儿新能源汽车，总想绕着生物质能走。这里可以明白无误地告诉这些先生们，生物质能源在中国是道“绕不过去的槛”。随之提出了“资源槛”“最佳槛”“‘三农’槛”“环境槛”“农村用能槛”和“生物基产品槛”等六道绕不过去的槛。随之介绍了丰富的生物质资源，介绍了“一把火烧出一片绿色电厂”“化腐朽为神奇”等进展。

“前瞻篇”是作者想与读者一同畅想人类社会的美好未来。继“辉煌的农业文明”和“灿烂的工业文明”之后是什么文明？作者提出了“至美的绿色文明”。

书中写道：

> 绿色文明的理念是“天人合一”和“持续发展”；绿色文明将使牺牲生态与环境的发展模式转向修复和保护生态环境模式；绿色文明将使不可再生资源主导模式转向可再生资源主导模式；绿色文明将使追求单一和近期目标的科技进步转向为促进社会健康和可持续发展长期目标的科技进步；绿色文明也将使人类生产生活消费上的贪婪与无度转向理性与高尚。在绿色社会，理念是绿色的，科技是绿色的，生产是绿色的，消费是绿色的，生活也是绿色的。

一个难题始终萦绕着整个写作过程，“书名”是什么？

飞机上初拟书名太狭窄太技术，缺视野少内涵。一直写到最后的前瞻篇，“至美的绿色文明”，才逐渐悟出我这几年一直在“追求”什么？原来我是在追求生物质事业在我国的快速发展，这才把思路理顺。特别是经历了2008年的低潮与打击后产生的战斗意识，将书名确定为《决胜生物质》。于是纲举张目地改出了“二稿”，看着顺畅舒心多了。

为了生物质的崛起，书要早出。决定2010年7月先交上半部书稿，2011年年初交下半部。因为是中国农业大学出版社，对我这位不按常规交稿的作者特别照顾，2011年的3月初就正式出版发行了。

2011 年 5 月在金码大厦召开的“中美沼气论坛”上，国家发改委能源研究所秦世平研究员在讲演中说了一段有趣的话：“石院士的新作《决胜生物质》出版了，我以为院士要跟谁打架似的，看完全书才理解，院士是为生物质产业在中国的发展有‘决胜’的决心和信心。”我很高兴能听到这种“知音”之言。

2011 年恰逢我 80 岁，聊以自贺。

7.3　低潮更需要呐喊（2009—2010 年）

逆境更要战斗，低潮更要呐喊。

著述《决胜生物质》是呐喊，讲演和发表时论也是呐喊。2009 年和 2010 年两年，我讲演 17 场，撰写时论文章 15 篇。

17 场讲演（按时间顺序）

“关于农民增收问题”，河南郑州省委大礼堂，2009.5.6

“能源草业”，中国草业学会学术年会，合肥，2009.10.15

“中国的生物质能源”，北京钓鱼台，中美清洁能源论坛，2009.10.22

“秸秆能业”，合肥，国家发改委“全国农作物秸秆综合利用现场经验交流会”，2009.11.9

“时代的使命与机遇——能源农业”，广西大学，南宁，2009.11.12

“可用于生物质能源生产的边际性土地资源”，中国工程院，北京，2009.11.3

“‘三农’—减碳—治沙”，低碳经济国际会议，深圳，2009.12.22

“生物质能源发展近况与建议”，国家能源局，北京，2010.1.19

“生物质发电之我见”，国家能源局，北京，2010.3.9

“中国的生物质能源”，北大国际会议，深圳，2010.4.16

“关于燃料乙醇的能效与减排问题”，中国工程院学术会议，福建武夷山，2010.4.20

“能源换代的世纪”，江苏大学，镇江，2010.5.13

“发展中国生物燃料的战略思考”，中美先进生物燃料高层论坛，北京，2010.5.27

“新能源的挑战与机遇 ”，成都，2010.6.23

“中国的生物质能源”，北京，2010.8.16

“清洁能源在中国”，台湾中央大学，台北，2010.9.6

“生物质能源优先论”，济南南山论坛，2010.10.24

撰写的 15 篇时论性文章

1. 石元春，李十中，生物燃料良机莫失，中国石油石化，2009 年第 1 期，2009.1.1；中国改革报，2009-1-9(7)

2. 石元春，李十中．生物燃料五宗罪．中国石油石化，2009-01-01:18-21

3. 石元春，李十中．走出观望谋大局．中国石油石化，2009-01-01:22-23

4. 石元春，为农民提供岗位和增加收入的紧急建议，工程院院士建议第 15 期，2009.1.6

5. 石元春，给“三农”一个新的经济增长点，科学时报，2009-1-19，A2 版

6. 石元春，学习“三中全会”文件，解读“‘三农’问题”，学部通讯，中国科学院院士工作局，2009（1），2009-2-10

7. 石元春，李十中．生物燃料功过是非之辩．中国经济导报，2009-2-10(B02)；能源，2009.2.10

8. 石元春，生物质能源在 2008，国家林业局（未刊，见《石元春全集·生物质卷》）

9. 石元春，以积极心态看待生物质能产业发展，科学时报，2009.7.27；中国科学院《学部通讯》，2009（2）

10. 石元春，中国能源困境与转型，中国工程科学，2009.10

11. 石元春，中国发展可再生能源的战略重点是生物质能源，2009.9.21（待查）

12. 石元春，当前不宜否定秸秆直燃发电，科技日报，2010.6.7

13. 石元春，莫辜负了生物质能源这块美玉，人物，2010.09，总第 259 期（专访）

14. 石元春，清洁能源在中国（台湾中央大学学术讲演，未刊，见《石元春全集·生物质卷》）

15. 石元春，生物质能源主导论，科学时报，2010.12.9

时论性文章中，“中国能源困境与转型”是重头。“海啸”中的国际油价狂跌对中国这个石油进口大国无疑是大利好形势，我却逆势地写下了“能源困境与转型”。

先天不足导致后天失调，一面是大量使用煤炭和排放温室气体，一面是大量进口油气，加以综合能效又比发达国家低了 10 个百分点，钢铁、有色、建材、化工等 8 大行业的主要产品单位能耗较国

外高出四成。中国能源之困境，犹如一个底子薄，开销大，浪费多，捉襟见肘，坐吃山空的大家庭；一个先天不足，后天失调，体虚气弱而劳动强度又大的多病之身。中国能源形势之严峻不仅是“少”，更在于能源观和能源战略的严重滞后。

全文9节，它们是：中国能源形势严峻、中国的富煤情结、中国煤炭的三种战略定位、中国油气立足国外、能源转型乃时代发展大势、巴西和瑞典案例、中国的清洁能源、发展可再生能源的战略重点是生物质能源、近来出现的奇怪现象、中国能源的战略转型。文章的结束语是：

R. L. 布朗在其《建立一个可持续的社会》一书的扉页上写道：“我们现在不是在前辈手中继承地球，而是向子孙后代借用地球。”中国在煤炭等化石能源资源上不要竭泽而渔，要留有余地，给子孙多剩一点，让中国经济多一些绿色。

“君子以思患而豫防之。”

这是一篇非能源专家写的能源“专论”，是因生物质而涉足能源领域的第一篇能源“专论”。

全文1.3万字，2009年10月发表在中国工程院的学术期刊上。

7.4 “宰相肚内好撑船”（2009.11.7）

生物质能被边缘化期间发生了一件有意思的事。

2009年11月初的一个下午，程序同志与万斌到我家谈生物质事。万斌无意间说昨天校党委瞿振元书记在一个会上传达他刚在人民大会堂参加了一个科技大会，温家宝总理讲话说到发展风能、太阳能和地热能，却没提生物质能。程序同志生气地说：“怎么会这样？”我一听也懵了：“万斌，说说详细情况。”这时我的脑子像个加速器，高速运转起来，等万斌稍做补充后，我连说：“太好了！太好了！”把他们两人弄得丈二和尚摸不着头脑。

接着我说：“和对手交手，对手犯错就是你的机会。我早就想给家宝总理写信，可是找不到由头，现在机会来了，马上给他写信！”“再说，解铃还须系铃人，这事儿最好还是请家宝总理出手。”

事遇逆境，人逢不快，容易冲动，甚至犯浑。

温总理一直热衷生物质能，怎么可能在讲可再生能源时漏讲生物质能呢？此事绝非偶然，是“世界粮食风暴”和“全球金融海啸”在总理那里发生了作用，更重要的可能是“身边人”在总理耳边说了不少生物质能的“坏话”，甚至刮起“风电三峡”之风。

言归正传。刚才万斌说在人民大会堂开的是科技界大会，不少院士参会。我拿起电话就给生物质粉丝、中国科学院植物所研究员，我的师妹匡廷云院士（图 7–2）通话，估计她会参会。

图 7–2　我和匡廷云院士在“我们行”展示会上，中国科技馆，2011 年春

“匡廷云吗？我是师兄啊！”“前天人大会堂的科技大会，你去了吗？”“我去了。”“听说总理在讲可再生能源时，没说生物质能，是吗？”“是的！当时总理是脱稿子讲的，说了风能太阳能后就打磕巴了，冒出个地热能，没说生物质能。我在下面听着心里直着急。”又说：“我坐在前排，散会后就赶紧上台去给总理提意见。不料走到台上，总理身边已经被一群年轻人围上了，我不好意思往前挤，没说上话。”

“廷云，咱们俩给家宝总理写封信怎么样？”

“好哇！师兄起草，我签名。”

我立即起草信稿，我们二人修改定稿后由她请中国科学院的学部办公室代为上呈。三四天后，廷云给我来电话：“学部的同志说，信中的有些用词和语调能不能改得缓和些，把‘雪上加霜’去掉。”我一听就火了，“一个字也不改，文责自负。”一时弄得很尴尬，廷云说：“我再去给他们说说。”后来还是“一字不改”地送了上去。

信比较长，对当时生物质能源处境的信息量很大，把我的心情说得也比较清楚，我舍不得删节，将全文附在下面，也算是一份存档资料。

家宝总理：您好！

11 月 3 日您在人民大会堂给首都科技界发表的题为《让科技引领中国可持续发展》讲话给我们科技人员以极大鼓舞和鞭策，深感责任之重大。

您在讲话中提到：“科学选择新兴战略性产业非常重要，选对了就能跨越发展，选错了将会贻误时机。”可是在您谈到发展可再生能源时，提到风能、太阳能和地热，而未提生物质能，使我们感到十分不解。

近来媒体上多次出现关于“风能、太阳能和地热”的提法，可能是根据奥巴马在今年1月就职演说中有这样一句话，“We will harness the sun and the winds and the soil to fuel our cars and run our factories”（直译是“致力于利用太阳、风和土壤为我们的运输和工厂提供燃料”）。句中“soil”显然是指通过土壤生产生物质能源，而有些译文却误译为“地热”（geothermal），并以讹传讹地越传越广，误认为美国重地热而不再重视生物质能源了。

美国怎么会因资源有限的地热而忘掉已占可再生能源重要份额的生物质能源呢？2005年美国能源部和农业部给国会提交的一份专项报告中写道：“生物质已经开始对美国的能源作出贡献，2003年提供了2.9 quads（约1亿吨标煤）能量，占美国能源消费总量的3%以上，超过水电而成为美国可再生能源的最大来源。”

2007年美国通过的《能源自主与安全法案》的可再生能源中谈的主要是生物质能源，制定了液体生物燃料由2008年的2700万吨增加到2022年1.08亿吨的目标及逐年发展指标。其中常规生物燃料（食物基）2015年发展到4500万吨后就不再增加，而以纤维素为代表的先进生物燃料则由2009年的180万吨迅增至2022年的6300万吨。纤维素乙醇和微藻已成为当今美国和世界生物质科技的两个技术制高点。这几年美国风能发展很快，2007年装机容量1.69万兆瓦，产能约430万吨标煤，但只是生物质产能的1/30。

朱棣文上任后在宣布停止支持燃料电池电动车研发的同时提出：“要大力发展生物燃料和低碳生物能源。”美能源部2009财年的能源效率与再生能源研发拨款中，燃料电池技术、生物质能、太阳能和风能四项分别为2.12亿元、10.04亿元、1.75亿元和1.73亿元，生物质能是太阳能和风能的约5.8倍。

今年5月5日奥巴马总统对农业部部长Tom Vilsack下达总统令，要求“加快生物燃料产业的投资和生产，在美国建立永久性生物燃料产业，扩大生物燃料基础设施，利用这个产业为美国加快发展农村经济提供唯一的机会（unique opportunity），同时减少对外国石油的依赖，迎接21世纪美国国家最大的挑战之一”。在总统令要求农业部30天内提出发展生物质能源投资的具体措施的催促下，美农业部6—9月间下达了10多项生物质能源项目，金额数亿美元。

Tom Vilsack 还发表谈话说："没有农业的参与，气候变化法案将一事无成。"

中国生物质能源的原料资源丰富（2007 年为 8.08 亿吨标煤，2030 年估算约为 10.47 亿吨标煤），是水电的 5 倍，是风电的 8.5 倍；资源广布全国和集中于经济发达的东部地区和南方，而水能的 70% 集中于西南，风能和太阳能资源则富集于青藏高原和"三北"（内蒙古占全国陆地风能的 50%）。中国最缺的是石油和天然气而不是电力，生物能源是一支重要的替代力量，还可以使有机废弃物污染源无害化、资源化和循环利用。生物质能源的技术与商业化成熟度高，设备完全可以国产化。

生物质能源的最大优势还在于它可以大规模和大幅度、立竿见影地增加农民收入。每发 1 千瓦·时生物电农民可得 0.23 元，每产 1 吨薯类乙醇农民可得 1500 元。截至 2008 年年底，国能生物发电集团已投入商业运行项目 18 家，装机容量 396 兆瓦，发电 18 亿千瓦·时，消耗秸秆等农林废弃物 260 万吨，替代 100 多万吨标煤，减排 170 多万吨二氧化碳，农民新增现金收入 6 亿元（2009 年为 10 亿元，2010 年预计 25 亿元）。

您一直在关注，我国每年 1 亿多万吨秸秆被露地燃烧，按以上参数用于发电，可建 500 个 25 兆瓦的小型电站，相当于三峡年发电量的 60%，可替代 4350 万吨标煤和减排 9000 万吨二氧化碳，农民可年新增收入 250 亿元和得到 50 多万个工作岗位。我国农村户用沼气已惠及万家，技术国际领先，工业化生产净化 / 压缩沼气替代天然气的技术不久可以实现商业化。

内蒙古毛乌素生物质热发电公司成功地在沙地种植沙柳，将治沙与生物质发电结合，25 兆瓦机组已稳定并网发电近 1 年，上网电量近 1 亿千瓦·时。吉林宏日生物质燃料公司以林业剩余物为原料制成颗粒燃料替代燃煤，为长春市四星级吉隆坡酒店的 4.5 万平方米用房面积供热，热效率 83%，节省费用 50%。北京德青源鸡场日处理鸡粪 212 吨，产沼气 1.9 万立方米，发电 3.84 万千瓦·时。这些星星之火正在中国大地燎原，可是由于政策原因而燃料乙醇的"十一五"新增量由 400 万吨减到 220 万吨，估计"十一五"连 100 万吨也完不成。2006—2009 年，美国燃料乙醇由 1600 万吨增加到 3330 万吨，巴西由 1343 万吨到 1900 万吨，中国在发展燃料乙醇上严重滞后。

按2007年的产出，我国可收集利用的作物秸秆、林业剩余物、畜禽粪便、加工业有机废水废渣等有机废弃物具有3.83亿吨标煤的产能潜力；利用宜农宜林后备地及现薪炭林、油料林等边际性土地与生态建设和固碳相结合地种植能源植物具有年产能4.25亿吨标煤的潜力。这是国家可年产8.08亿吨标煤（预测2030年为10.47亿吨标煤）的一座多么宝贵和可持续开采的绿色巨型“矿藏”，农民多么渴望的一株“摇钱树”。现在国家拿万亿计资金到国外去买油买气，如果能拿出其中部分资金加强生物质研发和垦殖中国本土“绿色油田”，为农民栽种“摇钱树”，定将造福于国家和华夏子孙，望总理考虑。

自今年年初开始讨论《新能源产业振兴规划》以来，风能和太阳能炒得过热了，生物质能却被冷落一旁。这次您在如此隆重的场合连地热都点到而未提生物质能源，这对中国刚刚稍有起色的生物质产业的打击太大了，犹如雪上加霜。难道国家真是要兴地热而抑生物质能源吗？我们想是不会的。恳请您能以适当的形式为生物质能源做一些正名和弥补工作；恳请您能给我们一次机会，向有关部门汇报一次我国及国外生物质能源发展现状。渴望得到您的回复。不当处请您批评。顺颂

政祺!

石元春　匡廷云　敬上　2009年11月7日

信中的用语确实太重，当时在气头上，顾不了那么多。

不想，信呈上才半个多月，就在报上看到12月18日温家宝总理在联合国哥本哈根气候变化会议领导人会议上的讲话。讲话中有这样一段：“我们在保护生态基础上，有序发展水电，积极发展核电，鼓励支持农村、边远地区和条件适宜地区大力发展生物质能、太阳能、地热、风能等新型可再生能源。”好嘛！生物质能变成可再生能源的老大了。这是唯一的一次，是否有实际意义不重要，但这是总理的一份心意和表态。他在我们的信上还批示要与我们约谈，听取意见等。

“宰相肚里好撑船”，以往只是望文生义，这次是切身感受。家宝总理是位重情重义的领导，特别是对老知识分子。

感谢温总理的“礼贤下士”和“从善如流”。

7.5 蹊径曙光（2009.11.9）

我代表中长期国家科技发展规划农业组向温家宝总理汇报，记得是 2004 年 6 月 15 日。

“6·15”汇报中我提到随着全国粮食产量的快速增长，作物秸秆量也大幅度增加，特别是北方由两年三熟改制一年两熟的小麦产区的夏收夏种十分紧张，农民不得不大面积露地焚烧秸秆时，总理情绪激动地说：“露地焚烧秸秆问题说了十年，不仅没解决，还愈演愈烈，问题到底在哪里？你们研究研究。”看来，总理的“冲冠一怒”还真解决问题，国家发改委与农业部 2006 年正式立项“作物秸秆综合利用”项目。

2009 年 11 月 9 日在安徽合肥召开作物秸秆综合利用现场会，我接到了邀请。

初冬天短，下午 6 时许天就黑了下来。乘北京到合肥的飞机，出机场已是天黑沉沉的。会议上的汽车开到宾馆，直接把我领到贵宾餐厅，餐桌上客人已坐得满满，好像在等我开餐。我被让在第一客位上，主座上是这次会议的主持人，国家发改委主管生态与环境的解振华副主任。因过去见过，我们二人很快就边吃饭边攀谈起来。用餐结束，餐厅要打烊，我们二人又转移到餐厅外的沙发上继续聊。

与国家生态环境最高业务主管官员面对面交谈，我以为机会难得，谈得劲起。如北方沙地生态建设中谈到毛乌素生物质热电和“三碳经济”；如秸秆综合利用中谈到吉林辉南宏日新能源公司的成型燃料供热等。解副主任听得认真，讲得到位，结束起身还建议我写材料给发改委。

次日，“全国作物秸秆综合利用现场经验交流会”开幕，解副主任、农业部副部长、安徽省副省长讲话后是技术性讲话和经验介绍，我讲的题目是《秸秆能业》（图 7-3）。PPT 共 31 张，最后的一张幻灯片提出“在秸秆综合利用中培育秸秆能源产业”，包括“作为一种可持续的绿色矿产资源开发”“是产业化和工业化开发而不是传统的和小农式的利用”“用工业化的思维和企业化的经营管理培育秸秆产业”和“用工业化促进农业的现代化”四个要点。

回到北京，抓紧时间将与解副主任谈话内容整理为两份建议，分别是《关于建立我国四大沙地碳汇林及生物质能源基地示范点的建议书》和《秸秆生物质成型燃料替代燃煤锅炉供热的产业化示范工程项目建议书》，各约 5000 字，数据图表俱全。

图 7–3 “全国作物秸秆综合利用现场经验交流会”会场由解振华副主任讲话（左上角），下二图是我讲演 PPT 的两张幻灯片，合肥，2009.11.9

我对这次会议很重视，是因为它是开启生物质产业环保新功能的一座里程碑。

生物质产业是在可持续发展与能源换代的时代大格局下，以“清洁能源”名头兴起的。燃料乙醇、生物质发电等都是能源，而它的环境与“三农”功能总是被淡出人们视线。这次会议缘起于农业，缘起于农业废弃物和污染源的利用，“环境”与“三农”被凸显了。

有意思的是，这次会后提交给国家发改委的《秸秆生物质成型燃料替代燃煤锅炉供热的产业化示范工程项目建议书》竟是一份“未卜先知”和超前了四年的“远见”。

2013 年全国雾霾大暴发。2013 年 9 月 13 日，国务院发布了《大气污染防治行动计划》(以下简称“国十条”)。2014 年春又专发了生物质成型燃料供热替代燃煤供热的文件。2017 年农业的面源污染突升为全国首要污染源，5 月国务院下发了《关于加快推进畜禽养殖废弃物资源化利用的意见》，指出通过沼气 / 生物天然气生产和制作有机肥解决畜禽养殖废弃物资源化问题必须制度化。生物质产业的“环境”与“三农”功能再次凸显。

这种功能水能没有，风能和太阳能没有，核能和氢能也没有，是生物质产业家传的独门绝技。

7.6 两院士角力国家能源局（2010.3.9）

2009年给解振华副主任写建议书的事刚过，即往南宁过冬。春节后收到国家能源局2010年3月9日下午在北京国家能源局召开生物质发电工作会议的邀请。

会议怎么开，全不知情，仍准备了一个篇幅不大的PPT，以备不时之需。

会议是工作性质的，国家能源局刘琦副局长主持，有国能生物发电集团公司董事长蒋大龙、武汉凯迪董事长陈义龙等十几位国内主要生物质发电企业的重量级人物参加。我在主持人对面刚落座，倪维斗院士进来坐在了我的身边。老友多时不见，相谈甚欢。

主持人刘琦副局长宣布开会，先听取各生物质发电企业老总的汇报和讨论2010年工作。“2009年进展”“存在问题和困难”“2010年打算和建议”等，老总们一个接一个地按这样内容汇报，进行了约两个小时。窗外开始暗了下来，主持人说：“时间不早了，汇报就到这里，下面开始讨论，先请两位院士发言。”

倪院士抢先说：“为了这次会议，我们做了些调研，请研究生把调研情况介绍一下。”研究生用事先准备好的PPT讲了调研结果，中心意思是“生物质发电的收集原料成本太高，得不偿失”。研究生讲完后倪院士又强调了几个要点和得不偿失的结论。

我越听越不对劲，脑子里又“嗡嗡”起来。现在是生物质能源的寒冬，就剩下发电了。把生物质发电再否了，不就全军覆没了吗？我有个毛病，情绪上来了就会“不管不顾”。倪院士刚讲完还没坐下，我噌地站了起来，第一句话就是：“你们用的参数有问题！”好嘛，好没风度！我把对几个参数的不同意见讲完后就进入主题：“生物质发电才3年，原料收集存在些问题，是可以理解的，但不能由此得出生物质发电得不偿失的结论。”

“刚才倪院士只是算了经济账。去年11月国家发改委在合肥召开全国秸秆综合利用的工作，就是为了解决愈演愈烈的露地焚烧秸秆问题，这笔环境账怎么算？刚才国能生物发电集团蒋大龙同志汇报说，运营一台1×25兆瓦生物质发电机组，每年消耗作物秸秆25万吨，农民可新增收入约5000万元和获得1000多个岗位，这笔社会效益账又怎么算？”

宣布散会，人们站起走动着，议论着。刘琦副局长站在会议室门口送两位院士，在和我握手时，我低声对他说：“您今天可是‘挑动院士斗院士’了。”他的回应是“哈哈！”

这事没完，5 月 24 日的《科学时报》上发表了李晓明（可能就是那位研究生）的署名文章《一座生物质电厂的账本》。来而不往非礼也，两个星期后，6 月 7 日的《科学时报》“争鸣”栏目发表了 3 篇文章，我文是《当前不宜否定秸秆直燃发电》，万斌文是《秸秆发电账本的另一种算法》，还有国能生物质发电集团公司庄会水高工的文章（图 7–4）。秸秆发电之争由会议扩展到报端，又是口诛又是笔伐。

科学时报 争鸣 C3

秸秆发电账本的另一种算法

——就《一座生物质电厂的账本》请教倪维斗先生

当前不宜否定秸秆直燃发电

农区生物质发电该往何处去？

——从一个真实的单县生物质发电厂谈起

多晶硅难逃“两高”命运？

图 7–4 《科学时报》“争鸣”栏目发文，2010.6.7

“路见不平一声吼，该出手时就出手”，据理力争，寸土不让是我的行事风格。“笔杆子”没有武功，口功还是有的，打“仗”没问题。

这次我的失态与动情，是因为国家发改委刚审批了 170 余项生物质发电项目和刚投产 50 个项目，装机容量 110 万千瓦。刚出土的幼苗，怎经得起霜打雪盖？它们更需要的是母亲对襁褓中婴儿般的呵护。令人高兴的是，13 年后的 2021 年，生物质电厂发展到 300 多家，累计装机 3798 万千瓦，比 2008 年增加了 30 多倍，发电量 1637 亿千瓦 · 时，接近两个三峡发电站的发电量。

我与倪院士是好友，又都是为学之人，不会为观点之争伤和气。2022 年 8 月，我们联合发文于《中国能源报》，共襄“生物质耦合发电”盛举（参见第 20 章 20.5 节）。此乃“君子和而不同”之谓也。

8 蛰伏蓄势中的“枪杆子”

- “枪杆子里面出政权”
- “我们没有掉队”
- “赢在起跑线上”
- 中国第一个生物质发电厂
- “我的二次创业”
- 暴风雨中的海鸥

8.1 “枪杆子里面出政权”

同样的“风暴”与“海啸”，国外的生物质产业愈斗愈勇，国内一败涂地和被边缘化。前章提出三项对策，“再造舆论”“强化环保与‘三农’功能”和“扶持企业”。说到底，“扶持产业”是根本。

我笃信毛主席的“干革命靠两杆子”和“枪杆子里面出政权”理论。

产业的核心是产品，产品的生产靠企业。生物质产业再了不起，也要靠企业和产品实现。我们团队关注生物质产业，一定要关注和扶持我国幼弱的生物质企业，关注企业家。

2005—2007 年，生物质能在国内渐成热潮，我很高兴看到一些央企与国企的跃跃欲试，开项设点。不料 2008 年的“风暴”与“海啸”，他们“兵退三十里”了。只是可怜了天冠、丰原等四个定点燃料乙醇生产厂在天寒地冻中孤军坚守，景象凄凉。不曾料到的是，当生物质产业跌入寒冬，我们却发现了一些名不见经传的中小民营企业家揭竿而起，成为我国生物质产业的先驱与脊梁，太可爱了。

是他们信息不灵吗？不会；是他们不知天高地厚，胆大妄为吗？也不像，为什么？

请听我给你们讲 5 个，就是这几年，发生在我们身边的故事；我国生物质产业初期企业如何孕育与茁壮出土的故事。蛰伏中，我们团队结识的几个民营中小企业，他们是如何从无到有，在寒冬中如何蛰伏茁壮的故事。听完这几个故事，我们可以一起来总结和回答他们为什么敢于和能够在风暴与海啸中揭竿而起，茁壮成长的。

“小荷才露尖尖角，早有蜻蜓立上头。”

8.2 “我们没有掉队”

我们团队的诗雷，接触面大，人脉广，知道我重视“枪杆子”，不少企业界朋友都是他介绍给我的。

我最早接触的第一个“枪杆子”，还真是拿过枪杆子的，部队转业的师首长。

2005 年初夏，诗雷和北京某建筑公司的董事长和老总来家看我（图 8–1 左图），两位是解放军转业的师级首长。董事长开门见山地说：“我们在建筑行业干了多年，情况不错。但这是个传统产业，技术含量不高，一般人都能干，竞争也越来越激烈。”说着话题一转：“最近听说到生物质能源，陆处长介绍了石院士写的文章，一下子就吸引了我们。现在国家急需清洁能源，开发清洁能源利国利民，又是个新商机，所以我们决定投资生物质能源。今天是来向石院士请教的。”

图 8-1　与“骏天生物质新能源科技公司”两位老总交谈（左图），
骏天公司与地方签约（右图）

他们在北京昌平国家生命科学园区注册了一个公司，叫“骏天生物质新能源科技公司”，选择的主产品是甜高粱燃料乙醇。他们有部队作风，说干就干，雷厉风行，2006 年的春天，一个年产 10 万吨无水燃料乙醇精馏厂和配套种植 40 万亩甜高粱的项目就在内蒙古莫力达瓦达斡尔族自治旗正式启动了（图 8-1 右图）。

项目书在“必要性”上写了四点，清洁能源、粮食安全、服务“三农”和扶贫需要（建厂的所在旗是国家扶贫县），恳切、坚实与大气。2006 年项目通过审批，2007 年种植甜高粱 6 万亩，3 万吨燃料乙醇精炼厂破土兴建，2008 年正式投产。只可惜介入时机不巧，正逢燃料乙醇遭遇寒冬，以及其他一些原因而计划夭折，太可惜了。

多年没有了他们的音信。

2015 年，在长春召开的“第一届生物质产业发展长春论坛”会上，突然有一位中年男子走到我面前，身板挺拔，声音洪亮地说：“石院士，向您报告，我们没有掉队。”当时就差一个举手军礼，我特别感动。

“我们在内蒙古做的甜高粱乙醇项目遇到了政策、技术、资金等多方面困难，不得不放弃，但我们没有放弃生物质能源。”“三年前，经朋友介绍，在山东烟台的阳台苹果之乡，有大量剪枝下来的枝丫材堆积在果园地头。我们就以此为原料，压制成高档成型燃料，行销欧洲，形势很好。”

对艰苦卓绝，战无不胜的军旅之风我一直十分佩服。想不到也感染到了生物质产业，我以为这是一种企业文化。

这是我最早接触的一位“枪杆子”。

摔倒了，爬起来再战的“枪杆子”。

8.3 “赢在起跑线上”

2007年秋天的一个下午，我在回龙观新居接待了一位30多岁的青年才俊。皮肤白皙，仪表不凡，闪烁的大眼能透出他的聪明与机敏。他在道明来意中说：“我在吉林西部从事草业环保多年，当我看到您的文章后，动了利用长白山林区大量弃置枝丫材搞生物质能源的念头，此次拜访是希望得到您的指点。”他叫洪浩，南方人，在吉林长春市长大，北京大学MBA。

想不到才过两年，2009年的夏天，他将邀请我们到他的“辉南宏日新能源公司”做客和参加一个专家座谈会的请柬亲自送到我家，还特别强调长春的夏天比北京凉快很多。

7月初的一个上午到达长春，果然长春比北京凉快得多。

下午安排参观。我以为会带我们去看成型燃料生产车间，却没想到把我们带进长春市一个四星级酒店的地下供热锅炉房。两台2吨的大锅炉赫然入目，中间是一个大的操作台，上面是储料箱。成型燃料在储料箱里自动输送到锅炉，添料与出渣都在楼外，锅炉房里非常干净，我们没见到一粒成型燃料（图8-2右）。

图8-2 辉南宏日公司的成型燃料生产与供热（左）；吉隆坡大酒店（右），2009

洪总开始介绍了：“我们在调研中最大的收获是，市场定位与营销策略，终端产品不是成型燃料而是‘供热’。供热的链条比较长，技术含量也高，客户是宾馆、大学、工厂和开发区。”他接着说：“燃煤锅炉供热几十年，大家已经习惯了。锅炉有定型产品，燃煤有稳定供应渠道，如果换烧成型燃料和改造锅炉，宁可不环保或多花点钱，也不愿意去找这个麻烦。所以我们干脆来个‘一站式’和全程服务，从制作颗粒燃料到烧锅炉供热全包下来，终端产品是‘热’。”

“2008年的第一个客户是长春市四星级吉隆坡大酒店的4.2万平方米供热，将一个供暖季花费500万元的燃油供热系统，改为使用生物质成型燃料供热系统，一个供暖季只用250万元，既清洁又环保还可持续。”洪总越说越激动，语速和声音加快加大了：“第一炮打响了，项目接着来，2009—2010年供暖季接了个更大的项目，长春市新技术开发区的天合富奥汽车安全系统（长春）公司的颗粒燃料供暖改造系统。这个冬季供热市场由去年的4万平方米增加到了20万平方米。”他充满自信与兴奋地说：“长春市供暖季达半年，这可是个很大的市场啊！”

我无意中脱口说了一句：“洪总，你们是赢在了起跑线上。”

次日我等一行驱车到离长春约200公里的辉南县，考察了正在运转的成型燃料加工厂（图8–3）。从长白山收集的，废弃枝丫材堆得像座小山，送入切割车间就变成了碎末，成型车间耸立着一套机组，出料口在源源不断吐出温手的颗粒燃料，犹如一粒粒光滑可爱的小宝宝。哦，原来他们的“弹药库”和‘大后方”藏在了长白山里。

图8–3 参观辉南成型燃料生产基地，洪总边走边向我等介绍

他们的营销理念和策略成功了，项目一个接一个，从吉林做到了山东、北京以至全国，年供热面积由几万平方米到百万平方米。每年都有新进展，我每年都向洪总打听，他干脆给我开来一个PPT账单，从2008年的吉隆坡大酒店到2012年的山东威海，4年14个项目。

洪总提供了颗粒燃料与其他5种化石燃料及电力的热值及供热价格比较，大体是颗粒燃料与煤炭、管道天然气的价格持平，低于燃油和远低于电力。燃煤、燃油、燃气和成型燃料四类锅炉的烟尘排放浓度（毫克/米^3）分别为80、80、50和34.7；SO_2排放浓度（毫克/米^3）分别为900、900、100和41.3，四者中成型燃料都是最低的、最环保的。到底是北大的MBA，洪总无论讲到哪儿，总是有理有据，凿凿铿锵。

长春市环保部门对宏日成型燃料供热的环保功能褒奖有加。

自从2013年大范围、长时段和高强度地暴发雾霾，和国务院发布《大气污染防治行动计划》。按《计划》，煤改气不成，成型燃料供热临危受命，成为国家防治大气污染的重要武器。国家在全国推进成型燃料供热，洪总更忙了。生物质燃料的环保功能突显。

洪总现在是全国工商联合会新能源商会副主任，国际生物质能源联合会副主席。

8.4　中国第一个生物质发电厂

21世纪初的一个麦收季节，一辆汽车行进在从北京到济南的公路上，突然被前面一片浓烟所阻。车上坐着一位中年男子和一位50多岁开外的高个子外宾。

“怎么回事？”老外问。

“前面在烧麦秸。咱们过去看看。”中年男子回答，车又在浓烟中前驶了一段。

果然，刚收割的麦地里一片火海，“火烧连营”一般，浓烟与热浪逼得人难以靠近。这位年长的丹麦朋友说他要下车看看，他先是站在田埂上，后就蹲在那里，许久没有离开。中年男子过去问：“你是不舒服吗？”丹麦朋友眼圈红了，惋惜地搓着双手说：“蒋先生，这么宝贵的麦秸怎么能白白烧掉呢？在丹麦就是用这些农作物秸秆发电的，现在有130多家秸秆发电厂。”

这句话像一记重拳击在这位沂蒙山区农民的儿子脸上。是啊！中国农民还很穷，为什么不把这笔财富用来发电呢？他暗下决心，我一定要为家乡和中国农民做成这件好事。

这位中国农民的儿子引进了丹麦生物质直燃发电技术，两年后的2006年12月1日，山东单县出现了中国第一个生物质直燃发电厂（1×25兆瓦），齐鲁大地演绎了一段丹麦秸秆发电的“童话”。

这位沂蒙山区农民的儿子叫蒋大龙，国能生物发电集团公司董事长。

2008 年春天，蒋董邀请我和匡廷云院士到他公司做客，给我们讲了上面的故事。

20 世纪 70 年代世界石油危机中，丹麦 BWE 公司率先研发了秸秆等生物质燃烧发电技术，1988 年，丹麦诞生了世界上第一座秸秆生物质发电厂，创造了秸秆发电“童话”。

2004 年，蒋大龙先生主持的中国龙基电力集团有限公司自丹麦引进生物质直燃发电技术后，在国内率先研发出适合中国国情的“高温高压水冷振动炉排”生物质专用发电锅炉，较好地解决了生物质燃料在工业化燃烧过程中的结焦、腐蚀和机组效率低等问题，还能适用于多种作物秸秆，其整体效率、使用寿命和运行稳定性上皆有不少创新。

图 8–4　我国第一个生物质发电厂（上）收秸秆与付款（下）（图片来自庄会永）

作为第一个“吃螃蟹”的人，龙基遇到了政策、资金、市场等重重困难，但是这个农民的儿子抱着“只要是对农民和国家有益的事，困难总是会解决的”必胜信心，闯过了一道道难关。为吸引资金，2005 年 7 月 7 日，龙基电力公司与国家电网公司旗下的国家电网公司合资成立了国能生物发电集团公司，兼任董事长。

国能公司坚持以社会责任为先的宗旨，利用先进的生物质直燃发电技术和中国丰富的生物质资源，终于在短短5年内成功探索出了一条能源、环保、农民增收三者兼顾的新路。截至2010年9月底，公司投入运营和在建生物质发电项目近40个，总装机容量100万千瓦，累计为社会提供绿色清洁电力累计72亿千瓦·时，累计消耗农林剩余物近1000万吨，累计为农民增收26亿元，累计减排二氧化碳610万吨。

1988年，丹麦诞生了世界上第一座秸秆生物质发电厂。18年后的2006年，在丹麦的启示与帮助下，中国的第一座生物质发电厂在中国山东单县出现了。

我有幸结交了这位企业家朋友，与该集团公司科技部总经理庄会永研究员的联系更多，还请他在我的《决胜生物质》书中执笔了一章，“一把火烧出一片绿色电厂”。这是2010年，他在书里告诉我们的：

> 以运营一台1×25兆瓦生物质发电机组测算，每年需要消耗作物秸秆或林业剩余物约25万吨，按每吨收购价200元计，农民可年新增收入5000多万元。参与燃料收购、加工、储存、运输的农民经纪人岗位30～50个，农民作业工1000～2000个岗位。在燃料加工、储存、运输等整个燃料供应过程中，一个电厂要直接和间接支付相关费用总计7000万～8000万元，电厂的燃料成本几乎全部转化为农民和农民经纪人的收入。也为农民提供了就业岗位和培养了一支“经纪人”的产业服务队伍。
>
> 每个25兆瓦生物质发电机组的年发电量2亿千瓦·时以上，相当于2008年三峡电站一天的发电量，即建360个25兆瓦生物质发电机组的发电量相当于再造一个三峡电站，且能减排15万吨二氧化碳和1万吨草木灰肥料。2009年，国能生物发电公司已投入运行的20个生物质发电厂向农民支付了10亿元的原料收购费。“十二五”期间我国生物质发电装机将达到5500兆瓦，届时每年可以直接为当地农民带来收入达100亿元以上和提供18万个就业机会。

8年后，中国产业发展促进会生物质能产业分会在《中国农林生物质发电及热电联产产业发展报告·2018》中写道，到2017年，全国建成农林生物质发电项目270个，累计并网装机容量700.1万千瓦，年发电量397.3亿千瓦·时。国能生物发电集团公司有项目34个，装机容量87.1万千瓦，年发电量 65.8 亿千瓦·时，全国排名第二。

也就是说，自单县生物质电厂投产后的 12 年里，全国建设了 270 个生物质电厂，年发电量 400 亿千瓦·时，相当于建了 0.4 个三峡水库电站，而且使亿万农民受益，活跃了农村经济。

烧秸秆，丹麦“童话”，农民的儿子，这三个看似不相干的要素巧合在一起，在中国开创了一个战略新兴的绿色产业。

8.5 “我的二次创业”

德青源鸡蛋，北京妇孺皆知，却很少有人知道他们的鸡粪发电与生物天然气。

德青源蛋鸡公司董事长钟凯明原是搞军工的，2000 年下海办蛋鸡场，几年就达到300万只规模，亚洲第一，为鸡蛋首创了商品“品牌”。正一路高歌中，突然一堵黑墙拦在了前进路上，就是每天产生的 200 多吨鸡粪和 300 多吨废水，堆积如山，臭气熏天，污染环境。怎么办？他想到了用鸡粪生产沼气和用沼气发电，于 2006 年开始了此项技术的研发。先是在国内找到了规模化生产沼气的装置，后从国外进口了发电设备，经过多次改进与调试，终于把鸡粪—沼气—发电—上网连成了一气，在鸡蛋生产线基础上，多了一条绿色能源生产线。钟总成功了！

2009 年春天，我收到出席 5 月 19 日举行的沼气上网发电庆典的邀请信。

这天一早，我驱车京郊延庆县（现延庆区）北京德青源蛋鸡厂。

北京的 5 月，让人神清气爽。

哦！好气派的沼气生产与发电装置。主席台搭在露天，下面有一二百个座位。来宾熙熙攘攘，节日般喜庆。我坐在主席台上，旁边坐的是国家电监会主席。攀谈中我明知故问：“生物质发电上网，稳定吗？”“很稳定，电网欢迎。”继续明知故问：“风电和太阳能发电呢？”“当然不稳定，电网很为难。”为什么明知故问，只觉得听着舒服，就像听人夸自己的孩子一样。庆典开始了，钟董在简单介绍鸡粪发电经过后说：“日发电量 3.84 万千瓦·时，相当于日产原煤 100 吨。”这句话是一个蛋鸡养殖场的老总说的。

次年 5 月 1 日，钟董来家看我，我们对沼气生产与发电谈得很投缘。我说：“利用畜禽粪便生产沼气和发电，只是第一步，在欧洲，特别是瑞典等北欧国家，将沼气中的有效成分甲烷提纯到 95% 以上，还可作汽车燃料，其性能与排放皆同于天然气，也称‘生物天然气’，用得已经很成熟，很普遍了，德青源不妨一试。”

“300 万只蛋鸡与沼气发电我干了十年，不容易，现在我快五十岁了，不适合再创业了。”钟总悻悻地说。

“你错了！我七十多岁才闯入生物质能源领域，现在八十还在闯荡。你不到五十，正当时，你一定会大有作为的。”我直言不讳地说。（图 8–6 左）临别时我还给他一句赠言，“钟总，百尺竿头更进一步！”

图 8–5　我与钟总谈二次创业（左，2010.5），
联合国秘书长视察德青源沼气发电工程（右，2010.10）

不料这句话还真起了鼓励作用，德青源成立了专营的“合力青源生物质能源公司”和开始筹办起生物天然气生产。这年秋天，时任联合国秘书长潘基文来访中国时视察了德青源的沼气生产与发电（图 8–6 右），这无疑是个强刺激。也是在这年，钟总到美国参加中美农业科技交流，介绍了利用养殖场畜禽粪便生产沼气与发电，可是美国业界的反映多是“不信”与“吹牛”。

次年春天，美国农业部副部长还真的率团到京一探虚实，在德青源考察了两天。最后说：“看来，这项技术中国是走在美国前面了。”于是就有了美国最大养猪行业与肉类供应商史密斯菲尔德提出关于养猪行业粪便处理项目的全球招标和德青源的一举中标。2012 年 3 月双方签署了战略合作协议，由北京德青源帮助建立美国养猪场粪便处理的沼气工程，10 年投资 18 亿美元。

2010 年“五一”在我家提出的生物天然气建议，钟总推进得很快，2013 年春天发出邀请，7 月 8 日我和程序教授、万斌一同去德青源看他们的生物天然气项目，甲烷纯化采用的是美国膜技术。他们真是“百尺竿头更进一步”了。

北京德青源从 2006 年开始考虑鸡粪沼气化，才六七年时间，发生了这么多事情，有了这么大进展，除钟总领导有方外，也是因为钟总抓住了沼气发电与生物天然气这个世界前沿，抓住了环保产业。

我看重沼气发电与生物天然气，但更欣赏钟总接受北京电视台采访时讲的一段话：“我们与 6 万农户有订单农业，种了 12 万亩玉米，用它养了 300

万只鸡，一年生产了5亿枚鸡蛋、1400万千瓦·时，沼渣沼液又作为肥料回归土壤，生产有机食物。实现了从种植业到养殖业，到食品加工业和能源工业，又回到种养殖业的绿色循环。这是从农业有机废弃物资源化利用开始的。”

啊！原来北京德青源从事的不仅是世界前沿的战略新兴产业，它也是在生态农业与循环经济的时代理念下，造福“三农”的企业啊！

8.6 暴风雨中的海鸥

上面讲了生物质产业在中国风风光光“浮出水面”，讲了“风暴”“海啸”来袭和央企国企“兵退三十里”，讲了一批实力单薄、无名之辈的民营中小企业逆势而上，“到中流击水，浪遏飞舟”的4个故事。

现在我们可以讨论一下：为什么是民营中小企业逆势而上？

在随机的4个故事中，很容易发现一个共同点，就是环保与绿色。

一位部队转业的建筑行业企业家，不满足于传统产业的低水平竞争而转营新兴的绿色生物质产业；一位从事草业的环保企业家，在生物质产业概念影响下，由草业转到开发长白山废弃枝丫材压制成型燃料替煤，成功进军生物质供热产业；一位山东农民的儿子，在丹麦朋友启示下，将严重污染大气的露地焚烧秸秆变成了中国第一座生物质发电厂；一个亚洲最大蛋鸡企业，变鸡粪污染为以鸡粪生产沼气，用沼气发电与生产生物天然气。

这4个故事都是以生物质能为载体而重在环保，是受到绿色发展理念与回报社会的感召。当然，因生物质原料广泛多样，有就地取材之便；有固、气、液态能源多种产品的选择之便；又投资小，见效快，可大可小，适合于中小企业。

是开味小菜吗？非也。自第一个生物质电厂2006年投产后的11年间，全国建了270个厂，年发电量400亿千瓦·时，年发电量相当于半个三峡水库电站，其保护环境与扶持“三农”上的功能非其他可再生能源可及。

为什么大型企业在“风暴”与“海啸”中“兵退三十里”？因为他们都有各自硕大主业，新兴的生物质能源，不过尝鲜试水而已。能干则干，不好干就撤，可以理解。

所以，就发展新兴的生物质产业而言，大有大的不足，小有小的优势。

“没有花香，没有树高，我是一棵无人知道的小草。从不寂寞，从不烦恼，你看我的伙伴遍及天涯海角。春风啊春风你把我吹绿，阳光啊阳光你把我照耀。”

“小草”般的民营中小生物质企业，像暴风雨中的海鸥，像晨曦中的曙光，像呱呱坠地的新生婴儿。

以后的三章将记载蛰伏蓄势后的“笔杆子”与“枪杆子”是如何组织“惊蛰崛起”，以及把“枪杆子”组织起来的，下面将一一道来。

启航天艳阳，风力鼓劲帆；粮食风暴急，金融海啸狂。
天将降大任，动骨又伤筋；蛰伏以蓄势，逢春再发力。

9 惊蛰崛起 2010（2010 年）
——“主导论”战役

- 惊蛰节气到了
- “主导论”亮剑
- 新华社“通稿”
- 央视《对话》
- CNC 助阵
- “中国生物质产业网”
- “国家行为”登场
- “逆袭”大捷

9.1 惊蛰节气到了（2010.10）

“惊鸿一瞥自难忘，从此芳华乱浮生”，“生物质能源在 2008”过去了，蛰伏中的“笔杆子”与“枪杆子”在继续修炼，蓄势待发。

2009 年 11 月 9 日“全国作物秸秆综合利用现场经验交流会”在合肥召开；12 月 18 日温家宝总理在哥本哈根气候变化会议讲话中将生物质能排在可再生能源之首；2010 年 3 月 9 日“生物质发电工作会议”在北京召开；12 月 28 日我国生物质资源大省《吉林省“十二五”生物质能源发展规划实施方案》出台，种种迹象表明，经历寒冬的生物质能正迎来回暖与走出阴霾的大势。

寒冬中的人们对春天到来的脚步声特别敏感，蛰伏蓄势中的生物质产业开始萌动，跃跃欲试了。

“三年蛰伏蓄势，明日黄花更香”，我在《生物质能源在 2008》讲演中的感言。正好，2011 年是国家“十二五”开局年，何不趁三月两会，来个“惊蛰亮相”？我把这个想法告诉团队同志，他们都很支持，引起大家的一阵兴奋，我更来劲了。

2010 年春天，北京德青源钟凯明董事长到家看望我，他听到我的“惊蛰崛起”想法十分振奋，告辞时紧握住我的手说：“石院士，您要为中国生物质事业做件大事，德青源全力支持，我向您表个态，要钱给钱，要人给人，要物给物。”洪浩等听到我的这番想法也是一阵子的振奋与表态。

2010 年“十一”国庆长假后，诗雷约我一起去一位企业家的驻京办事处看看。

这位企业家的驻京办事处设在海淀中关村南段，中央民族大学附近的一座气派的写字楼内，有总经理室、办公室、会计室、会议室等八九间房，有四五百平方米吧。这位企业家和他请来的朋友，中央电视台财经频道《对话》节目制片人陈洪斌在等着我们，四人坐在总经理室的沙发上，一面品着普洱茶，一面议起“惊蛰崛起”。

四人一致提出，赶紧把“单打独斗”的“枪杆子”组织起来。

叫个什么组织，俱乐部？联谊会？太松散，没劲儿！学会？不对路！最后一致同意叫作“生物质产业促进会”。

好，名称有了，第二个问题是挂靠在哪里？

我先开口说：“既是产业促进会，不如挂靠全国工商联，我的学生在那里当副主席。”这个问题很快达成共识。

讨论到明年两会期间办展览，都说效果一定好，但时间太紧了，才三四个月，中间还有个春节长假。还有在哪里办？经费从哪里来？等一系列问题接踵而至。

不料，诗雷语出惊人：“要办就到新的中国科技馆办！要找就找最有名的设计公司！”

“那可是要花大钱的。”我说。

“花钱咱们去化缘。”诗雷似乎胸有成竹。

我深知办展览的工作量和难度极大而不敢奢求，没想到诗雷的这句“豪言壮语”把我“好大喜功“的胃口调动起来了。当即我就表态说：“中国科技馆我有办法，我在中国科协当过副主席。”

一直没有说话的陈洪斌说话了：“这么好的主题，应当搬到《对话》节目上去。这可是我的强项哦！”央视二频道，财经频道在经济界影响很大，《对话》节目又久负盛名，于是又热议起《对话》节目和如何准备等。

突然话锋一转，诗雷问我：“石先生，你的书写得怎么样了？”“准备送印刷厂了。”“太好了，举办首发式！”我脱口而出：“一本书的首发式有些孤单，我正打算写一篇长文在报纸上发表。”脑子又一动地说：“如果在展会前《中国工程科学》再出一期生物质工程专刊就更好了。”对！一书、一文、一刊。

“我还有个想法，‘生物质产业促进会’应当有个门户网站。”诗雷又说。

“这是必需的，我负责找人建站。”我马上接话，我心里很快就想到了王崧。

以上的谈话中，都是你一言我一语地，交叉着和抢着说，毫无矜持，却句句铿锵。只谈该干什么和想干什么，不谈条件与可能，这纯粹是一次精神会餐，畅想乐曲。难道这几位是不谙世事，意气风发的少年郎吗？当然不是，因为他们有着那么多的共同目标与诉求。他们是些激情狂人吗？有点，四位中的三位皆已半百，还有一个“80后”的我，也想趁机玩一把“老夫聊发少年狂”。

最后，我们将生物质“惊蛰崛起”归纳为两条：“舆论攻势”和“建立组织”。“舆论攻势”是“书、刊、文、话、会、展、站”七字箴言。工作时限是5个月，于2011年3月初的两会前完成。我们称我国生物质产业摆脱困境的一次“惊蛰崛起战役”。诗雷是总指挥，展示会也是他负总责。

“谋定而动”，一个大胆计划和惊人行动，即“主导论战役”“决胜生物质战役”和“组织‘枪杆子’战役”三大战役将要在北京，不，在全国打响。

这一天，是2010年10月8日，一个运筹帷幄，吹响进军号的日子，一个难忘的日子。

从2010年10月8日到2011年4月3日，“我们行”展示会闭幕的178个日日夜夜里，我们团队，以及10多个生物质企业如痴如狂地投入“惊蛰崛起”战役，写下了我国生物质产业发展中难忘的一页。

这时，我背诵起“怅寥廓，问苍茫大地，谁主沉浮？”背诵起“到中流击水，浪遏飞舟？”还即兴写下了七言“心飞扬”自娱。

心飞扬

意气风发任意狂，七字箴言冲霄汉；
挥斥方遒再披挂，决胜主导我肩上。
笔杆枪杆齐发力，舆论实业竞飞扬；
长风破浪会有时，采得百花蜜我酿。

9.2 “主导论”亮剑（2010.12.9）

“惊蛰崛起1008”的策划，像一剂“鸡血”，一下子把我们团队的豪情调动了起来，不能自已。

诗雷准备展览和“化缘”；洪斌等与央视联系《对话》节目；程序教授和万斌策划“生物质能专刊”；王崧筹办“生物质能门户网站”；我写“长文”。一切都按“惊蛰崛起”策划进行，紧张有序，各自为战，无催无促。

三大战役的首战是主导论战役，是舆论攻势的一记组合拳，包括“主导论”长文、进入“十二五”规划和央视《对话》栏目三个回合。10月酝酿，11月准备，12月登场。

诸事安排停当，11月3日我开始动笔“长文”，28日完稿，题目却犯犹豫起来。近年风能太“疯”，太阳能太“扬”，生物质能太“冷”。在风能和太阳能，特别是“风电三峡”被炒得热火朝天的时候，我干脆来篇“生物质能源主导论”，来个“逆袭”如何？

对！越是逆境，越要霸气。

我喜欢《亮剑》电视剧中李云龙说的这段话：“古代剑客们在与对手狭路相逢时，无论对手有多么强大，就算对方是天下第一剑客，明知不敌，也要亮出自己的宝剑。即使倒在对手的剑下，也是虽败犹荣，这就是亮剑精神。”

为科学而战，为国为民而战也应该有这种“亮剑”精神。

“长文”刚脱稿，无意中在新浪网看到一则消息，即国家发改委张平主任发布，为制定《国民经济和社会发展“十二五”规划（纲要）》，自11月初到年底，在群众中广征“建言献策”。太好了，我的《生物质能源主导论》不就是现成的“建言献策”吗？于是在文题下加了个副标题，“——为制定国家‘十二五’规划建言献策”。这样一来，文章身价被抬高了一大截。

《科学时报》很给力，送稿后第三天，即12月9日，头版头条以及2版全版全文登载了这篇1.3万字的长文。头版头条几乎通栏，还有作者照片，更显抢眼（图9–1）。

科学时报

生物质能源主导论

——为编制国家“十二五”规划建言献策

火炬计划

数字出版业版权

车船税草案：立法的意见重于改革

生物质能源主导论

图9–1 《科学时报》刊载的“生物质能源主导论”，2010.12.9

写文章讲究的是“起承转合”。长文“起势”的第一句即是：“国家发改委张平主任11月初在北京宣布启动全国人民为编制‘十二五’规划建言献策活动，作者谨以此文相献。”然后就是洋洋洒洒的12大节。

“承”即为“生物质能主导”立论。含“需要有一个新的国家能源战略”“发展可再生能源以生物质能源为主导是世界大趋势”“以生物质为主导是它的特质决定的”“对生物质能源不能就能源论能源，要上升到解困‘三农’和实现农业现代化的战略高度”以及“中国生物质能源具有突出的资源优势”共5节。

后6节是“转”，讲如何“主导”。6节分别是“固体生物质燃料要有个大的发展”“燃料乙醇不能停，要加快步伐”“产业沼气对天然气的替代该提到议事日程上了”“用20年时间建设我国本土的绿色煤田、油田和气田”“中国的生物质能源企业已经‘破土出茧’”以及“关于对发展生物质能源的质疑与答疑”。

最后1节是“合”，“关于‘十二五’目标及政策建议”，兹摘录如下。

“十二五”的可再生能源规划应为国家《可再生能源中长期发展规划》的一部分。经统一换算为标煤后，该《规划》提出的2020年发展目标中，生物质能、小水电、风电、太阳能和地热分别为299万、100万、21万、37万和12万吨标煤，分别占43%、33%、7%、13%和4%，体现了以生物质能源为主导的思想。但是“十一五”期间没有认真执行《规划》精神和完成生物质能源的2010年各项指标，加重了“十二五”期间的任务。

如按2020年生物质能源各项规划指标的40%和60%分别提出2015年目标的A、B两个方案，其相关数据列入了下表（本书中省略）。从表中看出，无论是A方案或B方案，非粮乙醇和成型燃料的“十二五”任务都很繁重，需要有专项计划和得力措施才可能完成。建议沼气规划中将产业沼气独立出来，作为“替代天然气专项计划”提出。

以上诸节阐述了对我国发展生物质能源的有关指导思想和战略建议，有关政策性的建议有：

1. 我国油气资源极缺，需求、缺口以及进口依存度迅增，建议在增加进口以应急需的基础上，加大石油和天然气替代进程，“十二五”规划中可安排“加快发展非粮燃料乙醇和产业沼气专项（或重点工程）”。

2. 鉴于生物质原料的分散性，宜发展中小规模及分布式布局的加工厂，建议发挥民营中小企业的优势和给予足够的政策支持。大型央企国企拥有资金与技术优势，建议与国家绿色“三田”建设计划结合，总体规模与分布式布局相结合，原料生产与地方和农业部门结合。

3. 总结“十一五”期间生物质发电的成功经验和未能完成液体生物燃料的政策教训。建议“十二五”期间改变“发改工业〔2006〕2842号文件”的做法，政策放开，鼓励和支持民营中小企业参与燃料乙醇和生物柴油的发展。

4. 鉴于生物质能源亦工亦农的特点，建议借鉴国外做法，成立由国家能源局、农业部、国家林业局、环保部组成的协调领导小组和办公室。

《生物质能源主导论》见报后，许多媒体以各种形式转发。

《中国绿色时报》以《石元春首创生物质能源主导论》为题发表署名文章。“编者按”中说：‘十一五’以来，我国可再生能源快速发展，但不均衡性日见突出。光伏、太阳能等产能已跻身世界前列，生物质能源却举步维艰。面向‘十二五’，生物质能源应如何迈步前行？两院院士石元春为此再发新声。”

“再发新声”，就是再次“亮剑”！

9.3 新华社“通稿”(2010.12)

这次“亮剑”的最大亮点在新华通讯社的“通稿”。

“主导论”见报第6天，一位新华社记者给我来信，称我石校长，看来是王崧的同学或朋友。

石校长：您好！

我是新华社记者鞠晓燕，想针对生物质问题跟您做个采访。

我们主要想做一个系列报道，分别介绍什么是生物质；生物质从哪里来，可以做什么；生物质的特点和优势；生物质有何欠缺，如何解决；生物质的推广前景；巴西和瑞典的生物质发展现状及借鉴意义(15个采访问题略)。

对我们来说，生物质这个题目是很令人振奋的。那天听王崧老师说了这样一句话：石校长又为他出身贫寒的生物质振臂高呼去了。真的很感动。您在做一个伟大的事业。

我们已经分别安排内蒙古、吉林、山东、北京和巴西、瑞典的分社进行采访，公开报道的同时还将组织内参报道，希望站在媒体的立场上为生物质做一些事情。

衷心希望您能接受我们的采访。谢谢！

鞠晓燕　2010.12.14

不想“主导论”竟得到了新华社的如此关注，将生物质能作为重要选题和系列报道。

《生物质能源主导论》刊发在新华网主页显著位置，新华社电视台和内参记者继续深度采访。鞠记者来信10天后的圣诞节，新华社发表了4篇系列报道，分别是《生物质能源日渐成为可再生能源主导》《世界生物质能源发展概况》《敢为人先艰苦创业，中国企业走向成熟》和《中国生物质能产业静待回暖》。洋洋洒洒，巨篇宏论。

生物质能源系列报道一：生物质能源日渐成为可再生能源主导

主持人：由于近10年来全球气候变暖和化石能源资源渐趋枯竭，应对全球气候变化和能源转型成为一股世界潮流。其中，能源转型主要就是指可再生能源对化石能源的逐渐替代。在这个过程中，世界各国殊途同归地走上了以生物质能源为主导的道路。从今天开始，我们将带您一起了解生物质能源。我们的记者有幸采访到中国两院院士石元春，来看他对生物质能源的介绍。

• 什么是生物质能源？

解说：这是我们赖以生存的大自然。太阳每天义无反顾地向地球提供着能量，由于球体的不同部位接受能量不等和不同地面物质的不同热反应而导致近地面大气流动和蓄动能于风；导致水在地面与大气间蒸散与凝降而蓄势能于江河；通过植物光合作用而蓄化学能于生物质，以及可以通过人工设施而集聚太阳辐射热能和发电。所以，生物质能和我们常听到的风能、水能、太阳能乃至太阳辐射能一样，都是赋存于不同载体所表现出的不同能态。

同期：中国科学院　中国工程院院士　石元春

所谓生物质，顾名思义它所有生物的物质都算生物质，也就是说，从自然科学的含义来讲的话，生物质是所有生物体，它存在的物质载体都是生物质，包括粮食作物、饲料作物及其残体、树木这些残体、还有水生植物、还有就是畜禽的粪便，还有包括其他的有机物质它都是生物质。生物质能是太阳辐射造成的，植物它因为自身的光合作用所以造成它能把太阳辐射能量能够极具转化为化学态能量。

解说：这种经过光合作用，以化学态能量存在于有机物中的能就是生物质能。生物质能既稳定又便于使用和储能，它的原料易得，包括：林业废弃物、牲畜粪便、制糖作物、城市垃圾和污水、水生植物等。现代加工转化技术与途径多样，产品既有热与电，又有固、态、气三态的多种能源产品，以及塑料、生物化工原料等众多非能生物基产品。

• 生物质能源日渐成为可再生能源主导

解说：美国是发展生物质能源替代的先锋。今年年初美国能源信息署（EIA）发布的《能源展望 2010》报告预测：到 2035 年，美国石油消费量可以维持在 2008 年水平，因为液体燃料需求的增长部分可以全部由生物燃料满足。

在巴西，生物燃料产值已经占到全国 GDP 的 8%，超过信息产业而排在第一位。甚至在生物质资源贫乏的日本，也提出由“石化日本”向“生物质日本”的战略转变。印度于2004年开始了石油农业领域的“无声的革命”，制定了2011年全国运输燃料中必须添加10%乙醇的法令，违者将被起诉等。

多国在可再生能源发展中不约而同地以生物质能源为主导，主要是由生物质能源的特质所决定的。

生物质能是以生物质为载体的化学态能量，这意味着生物质体可以稳定地储存能量，因此，生物质能能够随时用，随时取；从生物的全生命周期来看，生物质能可以实现零碳的循环；此外，生物质能是唯一能够全面替代化石能源的可再生能源。

同期：中国科学院　中国工程院院士　石元春

它可以做固气液态的能源、塑料等可触摸的物质性产品，它能全面替代化石能源。

解说：这张中国生物质能源原料与产品配置图显示，甜高粱、木本油料、作物秸秆等可转化成液体生物燃料及其衍生物替代石油；林业剩余物、林地生物质、作物秸秆等可转化为成型燃料供热发电替代煤炭；畜禽粪便、有机废弃物等转化为沼气燃料替代天然气。对于中国来说，由于幅员辽阔，生物质能源原料种类多而易得。

同期：中国科学院　中国工程院院士　石元春

我们的生物能源的量也极多，它每年大约有11.71亿吨标煤，是我们国家水能的2倍，风能的3.5倍。

解说：在中国，生物质原料多分布在东部经济发达地区，与风能、太阳能资源富集区与终端市场分离不同，那里正是人口密集、能源需求最大的地区。

同期：中国科学院　中国工程院院士　石元春

资源最富集的地方，也就是最接近市场的地方，所以它资源的优势它不仅是一个量的优势，而是有区位的优势。

解说：根据中国的国情，生物质能源产业的原料一头在“三农”，加工和市场一头在工业和城市，是“构建新型工农、城乡关系”的最佳“纽带”和“抓手”。

新华社记者鞠晓燕、李丽洋、王岱、左江北京报道。

生物质能源系列报道二：世界生物质能源发展概况

为了加强海外宣传，通过新华社驻国外分社的记者在巴西、瑞典等地进行了海外采访稿。这是现场采访视频，很生动精彩。以下是“瑞典首都斯德哥尔摩的交通工具”和“法律保障欧洲生物质能源未来十年大发展”两小节的现场视频文字。

主持人： 请继续关注生物质能源系列报道。生物质能源并不是一个新概念。早在20世纪70年代，世界石油危机爆发之时，能源转型就已经成为国际社会的共同认知，如今，生物质能源的发展在世界各国如火如荼。

- **瑞典首都力推生物质能源交通工具**

解说： 米洛拉德·乔尔杰维奇是瑞典斯德哥尔摩一位已有多年公交车驾龄的老司机了。最初驾驶柴油车，6年前改开生物燃气车。

同期： 公交车司机　米洛拉德·乔尔杰维奇

与汽油相比，驾驶生物燃气公交车，没有什么区别。如果要说到区别，那就是生物燃气车开起来声音要小一些。

解说： 斯德哥尔摩从2003年起开始使用以生物燃气为动力的公交车。生物燃气由当地的污水处理公司从斯德哥尔摩市民家中排放的污水里提取，真正做到了生态循环。目前整个斯德哥尔摩已建立了3个特殊的停车场，专门为公交车加注生物燃气。

由于推广使用乙醇车和生物燃气车，斯德哥尔摩公交公司现在每年少用柴油1200万升，每年矿物二氧化碳的排放量已减少2.7万吨。斯德哥尔摩的空气质量也得到很大改善。

斯德哥尔摩公共交通公司项目经理莱纳特·哈尔格伦介绍说，目前整个斯德哥尔摩运营的公共汽车中，使用生物能源的公共汽车占比为1/3以上，这一规模世界领先。

斯德哥尔摩的目标是，到2025年时，全市所有公共汽车都使用清洁能源。

除了公共交通外，斯德哥尔摩还大力推广使用生物质能源轿车。

同期： 斯德哥尔摩市政府清洁车辆项目经理　埃娃·松内斯泰德

目前斯德哥尔摩道路上跑的11%轿车使用的是清洁能源。

解说： 由于驾驶生物能源轿车不需交纳二氧化碳排放税和能源税，以及人们日益提高的环保意识，清洁能源轿车迅速为市民接受。

不过，生物燃气轿车正遭遇一个发展的瓶颈，全市生物燃气供应点严重不足，目前全市200多个加油站只有13个加油站供应生物燃气。

同期： 斯德哥尔摩生物燃气出租车司机

生物燃气在驾驶方面没有什么问题，但问题是加生物燃气的加油站太少。

解说： 为解决这个问题，生物燃气出租车大都有两个加油口，一个加生物燃气，另一个加汽油，作为应急备用。

主持人： 斯德哥尔摩只是欧洲国家的一个代表，未来十年欧洲将大力发展生物质能源。

• 法律保障欧洲生物质能源未来十年大发展

解说： 生物质能源目前在欧洲的使用有所提高，3%～4%的生物质燃料都应用于汽车和货车，它们中有一半以上是利用大豆、油料作物、秸秆等制成的生物柴油燃料。生物柴油燃料和乙醇是目前普遍使用的主要生物质能源，未来十年它们的使用将更普遍。

同期： 欧洲环境策略研究中心主任　大卫·鲍多克（第二段同期）

在欧洲生物质能源被应用得很广泛，这是因为欧洲有专门的法律要求每个国家都必须提高使用生物质能源，并且要在2020年将生物质能源的使用量的比重提高到所有能源的10%。所以法律促使各国政府，甚至是不愿意推广的政府也必须执行这个措施，德国在这个方面走在许多欧洲国家的前面，虽然有些东欧国家不是很愿意大量使用生物能源，但他们也必须依照法律这样去做。

解说： 大卫·鲍多克说，两个原因推动欧洲生物质能源法律建设，一个原因是环保需要，欧洲的法律规定使用生物质能源将至少减少35%的温室气体排放，2020年能达到减少70%。另一个主要原因就是各国出于能源安全的考虑逐渐减少石油进口。所以几年前欧洲各国就已达成协议并制定了一系列法律条款，促使欧洲各国共同提高使用生物质能源，并达到2020年的使用目标。

生物质能源系列报道三：敢为人先艰苦创业，中国企业走向成熟

主持人： 在了解了国际社会的生物质能源发展现状之后，我们回头关注中国的生物质能源。其实早在“十五”期间，也就是20世纪初的那几年，日本、印度、欧洲这些国家和地区还没有认识到生物质的重大能源意义，中国已经成为继巴西和美国之后，世界第三大生物质能大国。

• 中国生物质能产业起步早发展受制

解说：早在“十五”初期，中国以陈化粮起步，开始了生物质能源的探索之路。当时，黑龙江、吉林、安徽、河南四省迅速兴建了四个燃料乙醇工厂，由于各种配套政策、资金落实很快，产业发展也很快，年生产力达到 73 万吨。

到“十一五”初期，燃料乙醇生产又扩展到辽宁、湖北、河北等其他省市，直到现在，这些省市内的所有汽油都添加了 10% 的生物乙醇。

除生物乙醇外，“十五”期间，中国还形成了 400 多兆瓦的生物质发电。

基于“十五”期间生物质的发展状况，中国制定了实现 200 万吨非粮乙醇的“十一五”规划目标，但由于当时政策方向的缺陷，生物质能源发展进入三九严寒期，我国燃料乙醇的计划中非粮乙醇新增 200 万吨的目标只完成了 20 万吨。

• 生物质能企业冰期破土而出

主持人：就在生物质能的三九严寒期，中国第一批生物质能源企业在艰难条件下破土而出，固体、液体和气体生物燃料的产业化技术和生产、国产装备和企业经营日渐成熟。他们不是传统的能源产业和制造业，而是新型的农工联合型企业。

解说：拥有 300 万只蛋鸡的德青源养鸡场，面对每天产出的 200 多吨鸡粪，走上用鸡粪生产沼气发电的资源循环利用之路。

同期：北京德青源农业科技股份有限公司副总裁　潘文智

粪便的处理，在全球也是新的一个产业，因为大家都意识到农场的废弃物确实给环境带来了很大的压力。

解说：经过 2 年多的摸索和实践，德青源利用鸡粪生产沼气发电一年能产生 1400 万千瓦·时电，相当于德青源年用电量的 3 倍。2009 年 4 月，德青源生物沼气发电项目产生的绿电正式并入国家电网，供电稳定。

同期：北京德青源农业科技股份有限公司副总裁　潘文智

我们的电也是世界上第一个通过鸡粪产生沼气，并网发电的一个绿色能源。

解说：如今，德青源作为“畜禽粪便处理整体解决方案”的提供商，已经接到许多国内外农场的订单，来帮助他们解决农场废弃物的问题。2010 年 11 月 2 日，联合国秘书长潘基文率队前来参观，考察中国再生能源项目。

同期： 北京德青源农业科技股份有限公司副总裁　潘文智

我们是第一个做这个项目的人，第一个“吃螃蟹”的人，你要付出很多的代价，比如说我们把很多的保险系数都做了很多的多重的保险，如果现在再做这样一个项目，仅仅相当于我们刚开始的投资的 2/3 就可以了。

解说： 山东百川同创有限公司主要给用户提供生物质能源供能的装备、技术支持和供能解决方案。其研制的生物质裂解气化供热技术进入产业化后，2010 年设备销售产值近一亿元。

同期： 山东百川同创有限公司董事长　董玉平

我们的服务网络覆盖华北、东北、西北、华东四个地区，不但解决农村地区的 80 万用户炊事用能，而且还军用，为三大军区 10 个师级单位提供炊事用能。与煤、液化气相比，用能费用至少节省一半。

解说： 内蒙古毛乌素生物质发电公司，用沙柳治理 2 万公顷沙地的同时，利用“平茬”下来的沙柳枝条，年发电 1.8 亿千瓦·时，当地农民得到了 7000 多万元现金收入和 7000 多个劳动岗位。

国能生物发电集团创造了适合华北粮食主产区田间秸秆收集储运的机械化系列，2009 年发电量为 30 亿千瓦·时。武汉凯迪以农林废弃物为原料，替代 15 万吨标煤，发电 27 亿千瓦·时。

可以说，“十一五”期间孕育了我国第一批脱颖而出的生物质能源企业，固体、液体和气体生物燃料的产业化技术和生产、国产装备和企业经营经验已基本成熟。

新华社记者鞠晓燕、李丽洋、王岱、李凝、冯媛媛、吴飞座综合报道。

关注生物质能源系列报道之四：中国生物质能产业静待回暖

主持人： 请继续关注生物质能源系列报道。在昨天的节目中，我们介绍了中国的生物质能企业在生物质能源遭遇严寒期时破土而出。生物质能产业发展到现在，不但有了基本的模式和规模，还研发了一系列专利技术。但也存在一些瓶颈。政策的限制、社会的不理解，导致很多企业走得艰难，甚至倒闭、转产。

• 生物质能产业遭质疑

解说：“十一五”期间，国家政策要求依靠大型央企发展生物质能源，这直接导致一批生机勃勃的民营生物质能源企业被封杀在摇篮里。

另外，作为第一个“吃螃蟹”的人，没有资金、技术的支持，大多数的企业都走了很多弯路，投入产出不成比例；在国内对生物质能源相当陌生的情况下，企业变废为宝的行为，被指为“玩概念”，目的为得到国家的清洁能源补贴；也有声音认为用秸秆、薪柴、粪便等转化成能源是花大力气得小利的行为。

中国工程院院士倪维斗在接受新华社记者采访时表示，对于生物质能，必须要做全面的分析、全系统的分析、全产业链的分析。在他看来，生物质能源原料分散，应因地制宜地发展。

同期：中国工程院院士　倪维斗

（生物质能应该）分散使用，解决农民问题为主，包括沼气在内，然后尽快地加速科研发展，怎么把纤维质变成乙醇，这个工作呢还有很多路可以走。

主持人：事实上，这些质疑都源于对生物质产业的发展现状和目前取得成绩的不了解。其实我们的记者了解到“十一五”期间孕育了我国第一批脱颖而出的生物质能源企业，固体、液体和气体生物燃料的产业化技术和生产、国产装备和企业经营经验已基本成熟。在应对全球气候变化和能源转型已成世界潮流的现实中，或许积极发展生物质能产业不失为实现我国能源自主、安全的非常之道。

• 生物质能产业发展需政策支持

解说：中国科学院、中国工程院院士石元春表示，生物质能原料多，转化技术、设备也多，产品也多，理解起来比较复杂。但理解的障碍，并不影响生物质能在中国能源系统中的战略地位。石元春建议，在“十二五”规划中，给中小型民营企业一个更加宽松的成长和扩张环境，让星星之火形成燎原之势。

同期：中国科学院　中国工程院院士　石元春

国家在这个政策应当很明确，要大力发展，大力发展生物质能源，大力在生物质能源上扶持中小企业，民营的，吸引他们的资金、他们的积极性。

同期：北京德青源农业科技股份有限公司副总裁　潘文智

那更重要的是说，国家政策的引导，现在包括风能，包括太阳能都有很好的一个政策的支持。实际上在这种农场的废弃物处理方面，其实应该还有更好的一些支持。

同期：山东百川同创有限公司董事长　董玉平

建议加大对生物质能业主和装备企业提高金融授信的力度。

- **中国生物质能前景广阔**

解说：石元春在他的《生物质能源主导论》中算了这样一笔账。

如果使每年可用于能源的4亿吨秸秆得到开发，可相当于8座三峡发电站和帮农民每年增收800亿～1000亿元。

如果利用非粮低质边际性土地种植甜高粱和薯类，可每年转化为1亿吨燃料乙醇和使农民增收1000亿～1500亿元。

如果开发畜禽粪便等有机废弃物，可转化为900亿立方米的天然气，相当于中国全国的现有消费量，可使农民增收1000亿元。

同期：中国科学院　中国工程院院士　石元春

新华社记者鞠晓燕、李丽洋、王岱、李凝、冯媛媛、吴飞座综合报道。

系列报道的结束语用了我说的一句话："我是一个搞农业的人，80岁了。为什么我在6年之前涉及这样一个领域？为什么我对这件事情如此执着？因为我对它充满信心，我觉得生物质能源必然是要胜利的，中国必须要走这条路，迈不过这个坎。"

此系列报道发了通稿。听王崧说，新华社"通稿"很厉害，是供全国媒体采用的官方渠道，档次高，传播快，扩散面广。

发通稿时间是2010年12月25日，圣诞节。新华社像是圣诞老人，给年轻的生物质科技与产业送上了一份丰厚的圣诞礼物。

9.4　央视《对话》（2010.12.5）

"主导论"战役由文章到新华社通稿，到国家"十二五"规划，组合拳的第三个招式应当是央视《对话》。

其实，"主导论"文章发表的前三天，2010年12月8日，央视经济频道《对话》节目，"决胜生物质"就开播了。《对话》节目是"书、刊、文、话、会、展、站"七字箴言中进展最快的，洪斌等功不可没。

图 9-2 这是堵在会议室门外给我递名片要求采访的刘星

还是从头说起吧。

按照“惊蛰崛起”部署，2010 年 11 月 14 日，在金码大厦召开“生物质产业促进会”第一次筹备会，会议结束后全体与会人员到大厅照相。

刚走出门外，一位披肩长发的清秀女孩迎上来说要采访我，我说：“大家都要去照相，一起照相去吧！”这是逃遁记者的一种透遁办法（图 9-2）。此时一旁的人员赶紧过来向我介绍：“这位是洪斌安排来的央视财经频道《对话》节目的编导，叫刘星。”我一边走一边开玩笑说：“这个名字好记，叫我‘留心’。”刘星急了，抢过话头就说：“不对，是天上‘流星’的‘星’。”我和这位编导就是在这段有趣的对话中结识的，真可爱！正是这个不识逗的小姑娘，为央视编导了一台精彩的《对话》——决胜生物质。

这位刘星很厉害，从照完相后走到电梯，从电梯走到餐厅对我问了一路，到饭桌也抢坐在我身边，不停地问了一顿饭时间。这一通的采访，自然也就熟了，吃完饭，站起身来，我问：“刘星！你们记者都是这样工作的吗？”“没错，我们必须抓住一切可能的机会，否则稍纵即逝，这是职业需要。”她回答得很干脆。我说：“我真服了你们了，以后真要‘留心’点，哈哈！”她也咯咯笑了。

央视财经频道的《对话》节目很有名气，2000 年开播后的收视率一直很高，企业界、领导和一般民众都爱看，上节目是要严格筛选和排大队的。洪斌说：“发展生物质能源不仅是企业家的需要，更是国家的需要，这期《对话》节目就叫‘决胜生物质’，要赶在明年两会前播出。”

其实，还有一个重要时间节点他没说，就是 2010 年 11 月 29 日至 12 月 10 日在墨西哥坎昆召开的《联合国气候变化框架公约》第 16 次缔约方会议。“决胜生物质”节目与此是绝对呼应的，“坎昆会议”期间播放，恰逢其时。这下，编导刘星的压力可就大了，不断向王崧催要会议上我的发言文字稿和各企业的文字宣传资料等。

才一周，刘星就拿着她们拟写的脚本和节目计划到我家讨论，当然少不了王崧在场。长达两个多小时，三人讨论得非常专注与仔细。刘星起身告别，走到门口说：“对啦！石院士，这期节目是下个星期，11 月 30 日录制。”“什么？这么快！来得及吗？”我一时反应不过来。后来与一位企业家谈及此事时，他说：“央视做节目有他们的套路，一旦列入计划和需要，他们一天可以工作

24小时。”想不到观众在轻松看节目的背后，竟有一些人会如此这般辛苦。

参加这类节目录制的经历我是有过的，所以不觉紧张。按照编导的脚本和素材，节目主持人会设计出他的思路和手法，需要我的是一定要清楚自己想说和该说些什么。主要是两点：一是要向观众深入浅出地讲清楚什么是生物质能源，二是要让观众、企业家和投资人对发展生物质能源有信心和勇气。只要把握住这两点，无论主持人扯到天涯海角，我自有此定海神针，全凭机智与临场发挥了。我特别提醒自己，不要“老师腔”，要讲故事；要风趣幽默，不要刻板严肃。“三剑客”“一个枪手”“种出一个大庆”之类的说辞都做了准备。

30日上午，北京天阴沉沉的，很冷。我和老总等一批“演员”陆续向中央电视台附近的梅地亚中心汇聚。草草午餐，刘星又交代了一番就穿过马路，直奔中央电视台一号演播厅。在去一号演播厅的宽阔走廊里，人来人往，熙熙攘攘，有的已经化好妆，准备粉墨登场。前面迎来一位俊帅男子，刘星赶紧向我介绍：“这位就是《对话》节目主持人陈伟鸿。”陈紧走上一步与我握手：“欢迎您，石院士！”我们又向前走了一段，刘星将我让进了一间简易化妆室，给我“补妆”。我问：“他们（其他嘉宾）怎么不来？”刘星说：“他们不用补妆，水银灯下的只有您和主持人。”

5年前，央视《大家》栏目的“一位农学家的能源大梦”节目是我和主持人二人的互动，说的是我一个人的事，这次《对话》的场面和话题就大得多了。

一号演播厅很大，周边的水银灯已经投注到舞台上，很耀眼。好多台各式各样的摄像机对着舞台，好像猎人在等待捕捉猎物似的。观众席已经坐满了观众，舞台前安排了一排嘉宾席，七八个座位，和我一起来的陈义龙、李十中、洪浩、潘文智等已经就座。

我和刘星来到大厅旁，与后台工作人员站在一起。“您在这里等着，一会儿叫你上台你就从左边上去就行了。”刘星似乎对我很有信心，交代完后就径直走上舞台前的聚光灯下，抬起双手做下压手势，让“观众”演员安静下来。随即向他们讲任务，提要求，一条一条很清楚，话语练达，好像已经不是老缠着我的那个秀美女孩，而是一个老道干练的导演。陈伟鸿是中央电视台的著名主持人，知识、口才和主持经验一流，仪表自不待言。

我和主持人一同走到台前聚光灯下与观众见面。

主持人：石先生，您好！

（转身对台下说）

请大家凭自己的感觉告诉我，石院士今年的年龄。

（台下有66，70，75的各种答案）

石元春：还是我说吧，今年正好是 80 后。

主持人：80 后。您真的有 80 高寿，我想所有人都看不出来。

石元春：这是不能虚报的，有身份证为证。

主持人：科学家的精神在这里也体现出来了。“种出一个大庆油田”的观点，确实是您提出来的，对吗？

石元春：没错。

随之二人入座。

主持人对着观众说：“当我第一次听到这个观点的时候，觉得好像有点不可思议。能源真的可以种出来吗？是天方夜谭的梦想还是可以变成现实的理想？请大家先了解一下背景资料。”

随之，我和主持人身后的那块硕大的显示屏（图 9–3）播出了“坎昆会议”现场视频，提出“能源多元化时代正在到来”，以及介绍生物质能源在美欧和巴西的兴起以及在中国的表现。演示结束，主持人说：“刚才短片提出了一连串的问号，我想要请‘种出一个大庆油田’这个观点的拥有者，两院院士石元春先生来给大家在现场一一打开这一系列的问号。”

图 9–3　央视财经频道《对话》节目“决胜生物质”，2010 年 12 月 6 日播出

我深入浅出地从太阳辐射能说到植物光合作用，引出什么是生物质能源，以及“三剑客”“一个枪手”。二人像聊天一样，你一言我一语，流畅自如，配合默契。最后我说：“我看今天嘉宾席坐着不少种植能源的新农夫，你可以去问问他们。”

主持人冲着嘉宾席大声问道：

“这种能源真能从地里种出来吗？”

“能！我们是用作物秸秆发电的。”

“能！我们是用林地废弃枝丫材做的成型燃料供热的。”

“能！我们是用养殖场的鸡粪生产沼气发电的。”

“能！我们是在沙地种沙柳发电的。”

……

这时，主持人拿出一块展示板的背面对着观众说：“我们对中国生物质能源生存状况做过社会调查，公众的评价是：企业半路出家；容易被当作骗子；商业模式不流行，以及原料复杂低端。你们怎么看？”（图 9–4）

陈义龙说：“武汉凯迪下面有个上市公司叫‘凯迪电力’，做生物质发电的，有些政府部门认为我们是在做概念，是到资本市场去忽悠钱的。他们不相信作物秸秆能发电。”

洪浩说：“2006 年我们进入这个领域，当时想得很简单，以为用长白山林区枝丫材和农作物秸秆做成成型燃料，替代煤炭供热，既生态，又环保，还便宜。可是客户怀疑不敢用，我们公司前三年只投入没进账，职工觉得没有前途。我们花了一年多时间才谈下来第一单生意，为长春市四星级的吉隆坡大酒店供热。一炮打响，不仅供热效果好，还节省了 40% 的取暖费，我们开始盈利，市环保局对我们表扬有加。”

潘文智说：“北京德青源是亚洲最大的蛋鸡养殖企业，每天有 200 方鸡粪污染周边环境。但每吨鸡粪能卖 130 ～ 140 块钱，有很好的现金流，但是我们老板花 6000 万元去投资一个沼气发电项目，每方鸡粪少收一二十元，这种投资值吗？”（插话）“畜禽粪便污染问题怎么办？还有减排二氧化碳问题。我

图 9–4 《对话》“决胜生物质”节目的嘉宾席和 5 位嘉宾发言英姿

们在三年运行中，形成了自己的一套专业技术与装备，在国内外申请了专利。现在可以告诉大家，不仅国内，在欧洲和美国也能拿到订单。”

也有企业家说：“太阳能和风能特别热的时候，生物质能很冷，还在亏损，凭什么要坚持？我们种树有碳汇，生物质发电可以碳减排，我们收集发电厂烟囱里的二氧化碳，还可以生产优质螺旋藻。发电略亏，而二氧化碳的两次吸收与减排的三个虚拟的碳产品可进入碳交易市场，对应着沙柳、电能和螺旋藻三个实体产品，现在已经不亏，将来一定大盈利。”

他们各自讲着自己的故事，真实和生动、前瞻和高境界。

正当几位老总以切身实例表述生物质能源，魅力四射，情绪高涨时，那位投资经济学家王先生说话了。

“几位嘉宾讲得很好，但是作为投资人，我还是没有找到能让所有企业盈利的‘商业模式’，像太阳能、风能和核电那样。”他充满自信，甚至还有不屑一顾的表情。他的表态如同一盆冷水，浇在了熊熊炭火上。我心里有点火，这是哪路神仙啊？

“王先生！我不懂投资，也不了解你们这个行当，我想请教的是，你们这个行当的唯一目的是不是只有赚钱？”我也不客气。先说不懂投资，是以退为进，继而是拿“只有赚钱”怼了过去，好厉害的反击。

“嗯！”回答得很肯定，但脸色很不好看，似乎他对我的不礼貌有些恼火。

现场有些剑拔弩张，有点“僵”！

“请问，你们投资考虑不考虑国家需求和前瞻性？”我紧盯着再问。这时我根本忘记了我是在央视拍摄现场，而是在参加一场辩论会。

“我们是搞基金的，为投资人赚钱是我们的责任。”由攻势转为守势了。继而解释说：“我们也有前瞻性投资，今年不挣钱没关系，明年可能微利，后年可能有很大增长。”王先生松动了。

“王先生，您最后一句话我爱听，就是你们也考虑投资的前瞻性。说明我们之间是有交换意见的结合点的。您说的‘后年可能有很大增长’，我建议，生物质能就是一个前瞻性很好选项，供您参考。”我转为攻势，把两个尖锐对立的意见化解融合了。

现场气氛一下子缓和了下来。

主持人马上接过话题说：“石院士非常谦虚说他不懂投资，但是他刚才的表述，特别像一个谈判高手，对不对？”

“对！谈判高手。”观众演员呼应着。

我接着说：“实事求是地说，刚才发言的几个企业，也就是五六年时间，还是小学程度，但是他们看到的是这个事业，不仅仅是一个简单的盈利模式。

看到的是一种社会责任，国家和农民的需要，我相信会有更多企业家和资金会进入到这个领域。所以我才敢说‘决胜’，因为这个事业是非常高尚的，国家需要的。”我继续进攻，说着说着，不自觉地举起了拳头（图 9–4 下右）。

这是一场没有脚本，没有台词，没有预演，连现场的整个安排我都全不知情，更不知道会有一位投资专家出场，这场“考试”够“残酷”的。在回放这段视频讲话时，我觉得当好演员，不仅要准备好台词，更需要“临场发挥”能力。对我面部表情中的那份真情与刚毅，特别是结束前我用力地举起拳头连声说“我们行！”我很满意，因为这不是表演，是真情流露。图 9–4 下右图记下了这个瞬间。

现场录制后，经过一番紧张编辑加工，《对话》节目“决胜生物质”于 12 月 5 日 21 时 55 分在中央电视台 2 频道首播了，从选题到首播才用了半个月。为了截屏以上插图，我又回放和重温了这段 49 分钟的《对话》节目“决胜生物质”。大屏幕讲国内外大形势大背景，我讲“总论”，老总们讲“各论”和案例，整体结构好，互相间穿插得也好。投资专家王先生的安排避免了“一面倒”的平淡，有了“跌宕起伏”和悬疑。刘星真行！

我在生物质方面做过的上百场 PPT 讲演，只能是业界内人士能享用的清炖鸡汤，而动员了这么多专家、企业家和传播专家，动用各种媒体和高端装备，这是一次真正意义上的决胜生物质的“满汉全席”。

请注意！央视《财经频道》与《对话》节目更是“位高声自远”。

《对话》是“惊蛰崛起”战役中动静最大，出场演员最多的一仗。

“决胜生物质”刚播出两天，12 月 7 日，王崧就给我发来 E–mail：“昨天下午，刘星打电话来说，节目播出后，他们办公室的电话被打爆了，大家都哭着喊着（年轻人的夸张语）打电话寻找您，希望得到您的指点，购买您的新书《决胜生物质》。一部分电话被转到了我这里。我都做了记录。”

我从王崧发来的邮件里，摘了一封来自企业界的信。

石院士您好：12 月 5 日晚上看了您做客央视 2 套《对话》栏目后，心情很激动，今天通过邮件冒昧请教您一下，请您在百忙之中回复邮件。

首先做一下自我介绍，我叫李加裕，是浙江省宁波市镇海区骆驼沼气站一名工程师，从事猪粪发酵制沼气工作二十多年，规模为日处理猪粪 12 吨，日产沼气 1200 立方米，通过管网全部供城镇居民作燃料，去年应宁波市开诚生态技术有限公司邀请，担任公司沼气生产技术顾问。该公司是一家民营企业，原来生产蔺草制品，

2005年开始涉及餐厨垃圾处理，现已形成日处理餐厨垃圾200吨能力，为国内首家，主要生产工业油脂和沼气，并用沼气来发电。目前已投入资金4000多万元。

看了《对话》栏目以后，我对中国生物质能源生存现状有了一些了解，同时根据开诚公司的现状感触很多，要使生态建设这件事情让更多的人参与的确还有很长的路要走。

今天发邮件给您主要是想请教您对这个行业的前景如何看待，目前国内发展到什么水平，技术上是否存在瓶颈，政府重视程度如何。希望得到您回复。您写的《决胜生物质》书什么时间上市。2010.12.7。

下面是一位在英留学博士的来信。

尊敬的石院士，您好！

我今天看到您做客央视《对话》全力呼吁决胜生物质。很感动您对我国未来能源与环境的关心。我叫张××。我这次从英国回到吉林大学从事合作研究。我一位朋友是牛津大学教授。他正在领导一项大约25亿万元的欧盟大型利用农业各种生物废料生产第二代生物柴油及其他具有高附加值的工业品科研项目。我和他非常想在中国寻找合作伙伴。我将于12月9日至10日在北京。于11日返回英国。我想您是否可能在这两天抽出您宝贵的一到两小时见我一面，商讨我们合作的可能性？

邮箱里总是被这类邮件挤得满满的，书面寄来的材料也不少，电话铃声更是热闹。听说上镜的那些董事长和总经理们也在忙于应对播出后的观众“潮涌”。这些天，我一直沉浸在这种激荡与亢奋中，生物质产业在群众中激起的这层层波澜涟漪不正是我们“惊蛰崛起”想要达到的效果吗？而事物的另一面则是，每一个邮件，每一个电话，每一封书信都成为一份责任，像一块块的岩石在加多加厚，虽“三头六臂”也难应对，何况以耄耋之身。还要嘱咐身边同志必须认真对待每一份的群众热情，都要有着落，不能一丝马虎。

9.5 CNC 助阵

12 月 5 日央视在经济频道播出《对话》决胜生物质余波未尽，12 月 25 日，就是年末圣诞节，新华社电视新闻节目《新闻晚 8 点》在香港有线 66 频道、澳门有线 21 频道、新华网 CNC 中文台同时播出了对我的专访“生物质能源解困‘三农’”，将央视《对话》再推了一把。电视上还有个大行动不得不推迟到来年初。

中国新华新闻电视网（CNC）是新华通讯社主办，2009 年底才开播的，目前主要对港澳台、亚太地区和欧洲播出，大陆地区可以在卫星频道和新闻频道以及网络视频上收到部分节目。《天下先》栏目主要对前瞻性和焦点热点新闻进行专题报道。

2011 年 3 月 6 日，一个没有了寒意的周日中午，王崧陪我到新华社演播厅录制《天下先》栏目的“新能源”节目。坐落在北京王府井南的台基厂的新华社是一片砖红色，从我上大学时就对这个大院，中共中央宣传部的新闻中心充满神秘感，想不到 60 年后才有机会踏进这座大楼。演播厅规模虽不比中央电视台，但设备绝对是新而先进的。“新能源”是为两会录制的特别节目。生物质能、风能、太阳能等的拍摄素材都已有录制和编辑，我是串场嘉宾角色。因为是“高清”，录制要求极严。为了和我这位嘉宾在色彩上的协调配合，主持人换了三次服装才算通过。开机后发现主持人服装上有一丝微尘，停机重拍。我好奇地问：“这能看出来吗？”导演说：“在高清的画面上可以看得一清二楚。”还好，对嘉宾没有这般严格。

中国网·能源中国播放了“石元春：为中国生物燃料呐喊奔走”的网络专访。结束时，主持人念了我在《粮食！石油！生物燃料？》文的一段结束语是：

“生物燃料是个天资聪慧的孩子，美欧受宠，在中国却少有疼爱。其优势在于它是生物体，问题也出在生物体与土地、粮食、生态的关

图 9-5　CNC 新闻节目“生物质解困‘三农’”专访，2010.12.25

系太多密切与敏感，更需要伯乐的精心和决策者的胆识……如果生物燃料真是个石油替代中绕不过去的坎儿，中国迟早是会回到这条路上来的。”

还特别对观众说：“石院士告诉我们，这段话他不是用笔写出来的，而是用心写出来的。感谢石院士的这份崇尚科学，报效国家的心意。”其实，人处低潮和受到压抑的情势下，就会激起“抗争”“崛起”的意识与激情。

9.6 “中国生物质产业网”（2010.12.15）

《对话》节目后如雪片般的信息催生了“网站”诞生，“书、刊、文、话、会、展、站”七字箴言中的“站”该出场了。

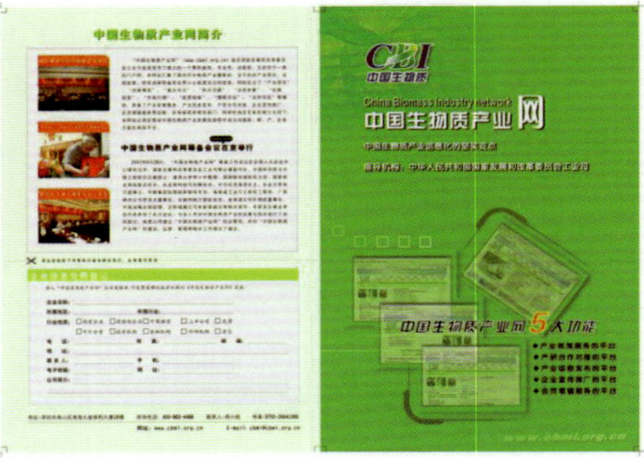

图 9-6 “中国生物质产业网”首页，2010.12

毕业于中国传媒大学的王崧老师长于此道，日夜兼程地推进。不出 10 天，网站的域名申请和网页设计都拿下了，12 月 15 日正式开通，网站名称是“中国生物质产业网”，主办单位是中国生物质能专业委员会。

2011 年年底，中国生物质（能源）产业网站就与中国网络电视台联合推出 2011 年中国生物质能源十大新闻，如徐州燃控科技股份有限公司上市，中国科技馆的生物质能源成果汇报展即将开展，石元春院士的《决胜生物质》一书即将出版发行等。

9.7 “国家行为”登场（2010.12）

《生物质能源主导论》，学人之言，会有一定社会影响，但要有实际推动力，还须转化为国家行为。

递上生物质能源主导论“谏言书”的次日，收到国家规划专家委员会 12 月 9 日开会的通知（国务院为制定《国民经济和社会发展“十一五”规划》成立了由 50 多位专家组成的“国家规划专家委员会”，我是成员之一）。开会与《科学时报》刊发“主导论”文章是同一天，2010 年 12 月 9 日，真是无巧不成书。

8 日上午，驱车北京西郊“中国职工之家”。在车上我想，怎么这么巧，刚呈上“谏言书”就赶上开会，是心灵感应吗？负责会议报到的小吴一边为我办理报到手续，一边对我说：“石院士，您派人送来的谏言献策书我们已经收到，领导很重视，准备适当压缩后上报。”在报到处领到会议文件《国民经济和社会发展“十二五”规划纲要（征求意见稿）》后，回到房间开始学习，准备明天的发言。

当看到文件里有关生物质能源部分，一下子我又坐回到冰凉冰凉的板凳上。

“征求意见稿”的“战略新兴产业”的新能源项目里根本就没有生物质能源，三项生物产业（生物育种工程、生物医药工程和工业生物制造工程）里也没有生物质工程。看来，生物质能源的寒冬在领导层和社会上并没有过去，不“惊蛰崛起”怎么行？

眼前怎么办？在这个国家高层次专家委员会上游说式地宣传生物质，是下策，最好能找到一个合适的切入点，名正言顺地将生物质能源放进“十二五”规划才是上策。

9 日会议由负责编制《国民经济与社会发展“十二五”规划纲要》的国家发改委徐宪平副主任主持，规划司李司长对规划纲要的编制过程做了说明，然后分三组讨论，每组十几位专家。我在第一组，徐宪平副主任和李司长也在一组参会。一般情况下，我多是第二或第三个发言，我以为这是最佳发言时机。发言中对“征求意见稿”的“农业”章提了 8 条修改意见，对“培育发展战略性新兴产业”章提出了 2 条修改意见，对“促进生态保护与修复”章提了 1 条修改意见。意见提得很认真，很到位。

要害时间到了。

我缓缓地念了“征求意见稿”里对“工业生物制造工程”的表述：“建设若干重要生物基替代石化基，以及生物法替代化学法的工程研究中心。”随之我说：“这种表述太学术太专业了，绕来绕去，说的就是生物基对石油基的替代，说的就是生物质产业工程。”好几位专家都会意地点头笑了，一位专家还附和地说了声“是啊！”随之我提出的具体修改意见是将“工业生物制造工程”改为“生物质产业工程”。我不知道这是不是“偷梁换柱”行为？

趁势，我对生物质作了简单的高级“科普”。

我发言后，规划司李司长走到我身边，低下身子说：“石院士，你提的意见专业性很强，能否请你写个书面的修改意见。”

当然，我求之不得。

会议开了一天，下午散会后，徐副主任礼貌性地站在会议室门口与专家一一握手送别。与我握手时说："谢谢您石院士，生物质能源，我记住了。"关键人物关键语，说出我最爱听的一句话。"生物质产业工程"就这样"顺水推舟"和"举重若轻"地写入了"十二五"规划稿。

会后，工作人员连夜修改，次日拿出修改后的"征求意见稿"，立送各部委和各省区市最后一次听取意见。正月初六，收到国家规划专家委员会12月11—12日开会的通知，还是在"中国职工之家"。这天报道我去得很早，很想知道我提意见的下文，特别是战略新兴产业中的"生物质产业工程"进"十二五"规划没有。

领到文件回房，犹如考生看榜般的紧张心情。当一眼看到"生物质产业工程"字样，内心一阵狂喜，突然找回到几十年前被清华大学录取时的心情。

这是最后一次会议，更加正式。张平主任亲自主持，主旨讲话，全天参会。他说，这是最后一次请专家委员会把关的会，论证通过后即上报国务院，批准后呈报两会，算算只剩两周时间了。张平主任上午参加我们一组的会议，专家们都很有经验，经过反复修改的"征求意见稿"至此，最需要的是"程序性"通过。会议进行得很快，下午走完专家委员会论证通过程序后就散会了。

2010年12月29日上午，我在书房写作，诗雷来电话："石先生，好消息，国家林业局接到国家发改委张平主任在《生物质能源主导论》上的批示，指示国家林业局准备有关材料。"我不禁又是一阵欣喜，不到一个月，《生物质能源主导论》就由媒体层面进入国家发改委和国家林业局等行政层面上操作了，太神速了！

更令我高兴的是，2011年3月17日发布的，经全国人民代表大会通过的我国《国民经济和社会发展"十二五"规划纲要》中第十章（培育发展战略性新兴产业）第一节（推动重点领域跨越发展）中终于见到了生物质能源。

3月21日人民日报头版还发表了《科学发展的行动纲领——"十二五"规划纲要编制记》的长篇报道，在说到发改委自2010年11月起在全国范围开展为期2个月的建言献策活动时写道："80多岁的石元春是两院院士、中国农业大学原校长，他在建言献策活动中写信建议，发展可再生能源应当以生物质能源为主导。根据他的建议，规划纲要在现代农业、战略性新兴产业和能源等几处都加强了生物质能源的内容。"

根据两会通过的《国民经济与社会发展"十二五"规划纲要》，2011年3月27日，国家发改委发布了"中华人民共和国国家发展和改革委员会令"（第9号）。为加快转变经济发展方式，推动产业结构调整和优化升级，完善和发展现代产业体系，公布了《产业结构调整指导目录（2011年本）》（图9–7）。如果说"十二五"规划纲要是战略性和指导性的纲领，此《产业结构调整指导目录（2011 年本）》则是指令性和实施性文件。

《产业结构调整指导目录（2011 年本）》中鼓励类 750 条、限制类 223 条、淘汰类 426 条，共 1399 条。农林业的 62 条鼓励项目中有 4 条与生物质能源有关，环境保护与资源节约综合利用产业的 40 项鼓励项目中有 4 条与生物质能源有关。更让人欣喜的是，在新能源的 10 条鼓励项目中，生物质能占 5 条、太阳能 3.5 条、风能 0.5 条、海洋能和地热能合 1 条。

如果说生物质能源以战略新兴产业被列入“十二五”规划是“正名”，《产业结构调整指导目录（2011 年本）》则是个“大礼包”。为生物质能进入“战略新兴产业”而高兴；为国家“十二五”规划在发展清洁能源方面更加科学而高兴。

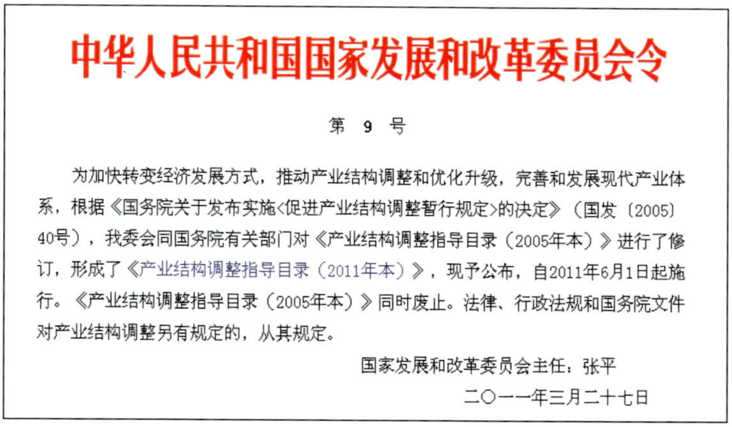
中华人民共和国国家发展和改革委员会令

第 9 号

为加快转变经济发展方式，推动产业结构调整和优化升级，完善和发展现代产业体系，根据《国务院关于发布实施<促进产业结构调整暂行规定>的决定》（国发〔2005〕40号），我委会同国务院有关部门对《产业结构调整指导目录（2005年本）》进行了修订，形成了《产业结构调整指导目录（2011年本）》，现予公布，自2011年6月1日起施行。《产业结构调整指导目录（2005年本）》同时废止。法律、行政法规和国务院文件对产业结构调整另有规定的，从其规定。

国家发展和改革委员会主任：张平

二〇一一年三月二十七日

图 9-7　国家发改委发布《产业结构调整指导目录（2011 年本）》

这是自 2010 年 11 月 3 日动笔“生物质能源主导论”到 2011 年 3 月 27 日发布《产业结构调整指导目录（2011 年本）》的 145 个日日夜夜的努力与期盼。一个拿到高分的学子，平添了几分“荡胸生层云，决眦入归鸟。会当凌绝顶，一览众山小”的青年杜甫之豪气。

“名正则言顺，理直而气壮。”

生物质能该一扫“十一五”期间的“晦气”，可以“扬眉吐气”一下了。

这是“惊蛰崛起”战役中最漂亮和关键的一仗。

9.8 “逆袭”大捷（2010.10.8—2010.12.25）

主导论战役是“惊蛰崛起”策划中的首战，怎么打？

当时的形势是，风能与太阳能风头正劲，高调发展，而刚经历“危机”

与“风暴”的生物质能正处低潮，灰头土脸。按常理，应当提出呼吁类的“要重视生物质能源！”可是没有，反而高唱起“生物质能主导论”，选择了“逆袭”战术。

“主导论”一经提出，新华社记者竟策划了一个包括“生物质能源日渐成为可再生能源主导”“世界生物质能源发展概况”“敢为人先艰苦创业，中国企业走向成熟”和“中国生物质能产业静待回暖”的系列报道，并向全国各大媒体发布“通稿”，还组织内参，通达中央与地方领导。

“主导论”一经提出，中央电视台经济频道立即决定在最短时间内，在著名的《对话》栏目播出“决胜生物质”专题，在经济界和民众中产生很大反响；香港有线 66 频道、澳门有线 21 频道以及新华网 CNC 中文台同时播出了对我的专访“生物质能源解困‘三农’”。

“主导论”一经提出，就受到国家发改委高度关注，进入了正在制定的国家“十二五”规划视野，被纳入国家“战略新兴产业”，在国家发改委发布的“十二五”《产业结构调整指导目录（2011 年本）》的可再生能源中独领风骚。

两个月里，高潮迭起，战绩连连。“主导论战役”的三个分战役都是在国内高层运作，国内外广泛影响。奇迹出现了，完全出乎我们想象与预期。

为什么？

内因是根本。如果我们提的是风能或太阳能，能有这般效果吗？

《生物质能源主导论》文，开宗明义地写出了“需要有一个新的国家能源战略”“发展可再生能源以生物质能源为主导是世界大趋势”“以生物质为主导是它的特质决定的”“对生物质能源不能就能源论能源，要上升到解困‘三农’和实现农业现代化的战略高度”以及“中国生物质能源具有突出的资源优势”五大节。

“既是能源，胜是能源。”生物质能赢在“胜是能源”上了，“三农”与“环境”，乃国之根本。

外因是条件。正值“十二五”开局前夕，国家广泛征求谋策的时机是奇迹出现的外部条件。于此，新华社与央视应记大功，生物质粉丝与“义士”也功不可没。

还有一点，“得道多助”。

10 惊蛰崛起 2011（2011年）——“决胜生物质”战役

- “决战”前夜
- 前哨战打响
- 《决胜生物质》首发式
- “我们行！”展示会Ⅰ
- “我们行！”展示会Ⅱ
- 院士讲堂，科普大餐
- 司长讲堂，抢着提问
- “乱花渐欲迷人眼”

“惊蛰崛起”战役的“决战”，部署在 2011 年 3 月的两会期间，含“首发式”“我们行展示会”与“系列讲座”三役。

10.1 “决战”前夜（2011.1—2011.2）

“主导论”战役的尾声，2010 圣诞节的新华社电视新闻节目和新华网 CNC 中文台“专访”的余音还在绕梁时，《决胜生物质》三校书稿已经催我多次了。为了如期“首发”，将诸事先放一边，全力“三校”，1 月 1 日开始，19 日脱手。

三校稿交出后 30 天见书，中间还有个春节，出版社同志会是何等紧张，我不敢去想。

“三校”脱手，更加繁重的展览准备工作就压上来了。

展览是个极其复杂和浩瀚的工程，我是有过多次经历和产生了“恐惧症”。尽管主要担子压在诗雷总指挥身上，该我干的事也不少。展览设计公司一遍一遍地提方案，我们一遍一遍地讨论修改，直到 2 月 27 日，北京声势风行文化传播有限公司提出的“中国生物质能源产业化成果汇报展”的整体方案才被认可。方案中我感到最满意的是“门头”设计上的“我们行！”三个字和草原蓝天间的闵恩泽院士头像与警世名言。请看图 10-1。

“最终”方案是通过了，离正式展出只剩下 9 天，施工组人员会何等紧张，我也不敢想。

图 10-1 “我们行！”展示的最后设计方案与我感到最满意的“门头”设计，左下图

整个展览的基本技术与背景资料主要由我提供，包括版面上的和大屏幕演示的，责任很重。我手头不缺资料，但必须花大力气精挑细选和再三斟酌，由31张幻灯片组成的大屏幕科普PPT，直到3月3日才敲定交稿，5天后开幕。

“决战”前夜也不全是紧张，还有不断传来的喜讯，2011年1月17日北京德青源钟董报告，美国农业部副部长刚考察了北京德青源的鸡粪沼气发电，认为美国在这方面已落后于中国；2011年3月5日，程序教授指导下的，我国首座日产1万平方米生物天然气装置在广西正式投产，生物天然气驱动的汽车在南宁市内驰骋……

好啦！“决战”终于打响了。

2月15日打响了前哨战，《中国工程科学》生物质能源专刊发行了！3月7日《决胜生物质》的首发式在金码大厦举行；3月9日“我们行！展示会”在中国科技馆揭幕，3月12日系列讲座在中国科技馆开讲。

10.2 前哨战打响（2011.2.15）

七字箴言“书、刊、文、话、会、展、站”中的“文”与“话”在2010年“主导论”战役中实现了。其他五字将在2011年的“决胜生物质”战役中实现。“刊”最先出场，《中国工程科学》杂志的“生物质工程专刊”打响了2011年主战役的前哨战。

2010年岁末，中国工程院《中国工程科学》杂志社的领导和编辑罗春平同志到家里来看望我，希望为该刊多提供文章。我问：“能出专刊吗？”“没问题，去年出过专刊，效果很好。”“出一期生物质能源方面的专刊可以吗？”“没问题。”“不过要快，明年2月就要出。”“这要看你们组织稿件的情况，您应当就是这期专刊的主编了吧。”生物质能源专刊就是这样确定下来的，真是“想风得风，要雨有雨”，想做什么都会有“贵人相助”。

“专刊”战场的指挥员是程序教授和万斌。在杂志社和编辑小罗的密切配合下，才两个多月，生物质能源专刊就于2011年2月15日如期发行了，真是神速。

全刊登载了由56位作者撰写的19篇文章，以中国工程院化工与材料学部主任曹湘洪院士的综论性文章《积极培育生物燃料产业，减少对石油的过度依赖》为开篇。文章论述了发展生物燃料是减少对石油过度依赖和减少CO_2排放的重要战略举措；生产运输燃料、生物基材料是生物质的最佳利用方式；世界生物燃料发展态势；我国生物燃料产业发展现状与问题，以及积极培育我国生物质生产运输燃料产业的对策思考。

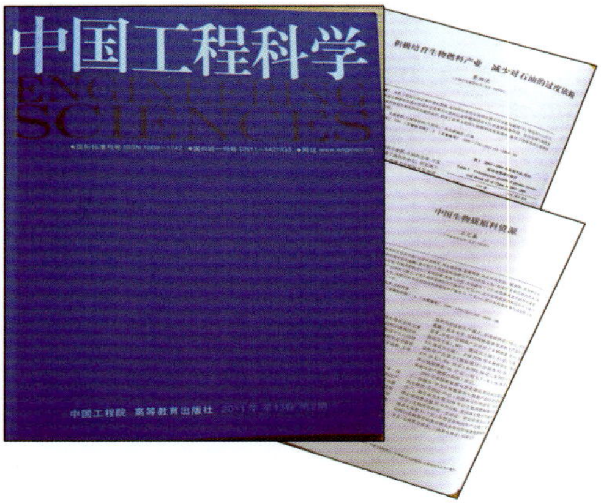

图 10-2 《中国工程科学》生物质能源专刊

其他有闵恩泽院士的《生物质车用燃料》、我的《中国的生物质原料资源》、田宜水的《农业生物质能资源分析与评价》等的论述性文章；有产业化沼气、液体生物燃料、生物质发电、成型燃料、裂解气、生物基全降解材料等专项技术工程研究最新进展的专论性文章。

《中国工程科学》是我国工程科学最高的学术性刊物。这期专刊是我国生物质科技文章早期的一次汇集与展示，是进军的集结号。它不同于一般报刊上发表的文章，不同于“对话”和“展示会”，也不同于专著《决胜生物质》，专刊面对的是中外工程学界，特别是生物质工程专业人士。

10.3 《决胜生物质》首发式（2011.3.7）

“七字箴言”中的“书”，《决胜生物质》登场啦！

2010 年教师节，瞿书记和柯校长到家里来看我，商量为我过 80 岁生日的事，我满口谢绝。我打趣地说道：“谢谢书记校长美意，等我过 100 岁生日时再庆祝吧”。二位还劝，我灵机一动：“这样吧！我写了一本书，如果学校同意，办个‘首发式’如何？”这个台阶好，化解了“祝寿危机”。

2007—2010 年，生物质发展低潮中，我写了《决胜生物质》。

在北京平日事多，写写停停，大部分书稿是在南宁过冬时在邕江饭店的客房里完成的，我用“邕江边的灯光”文艺了一把。2010 年 7 月，交了上半部书稿，10 月全部脱手。十月怀胎，一朝分娩，喜不自禁，至于是男是女，是俊是丑已经不重要了。此书，要感谢中国农业大学出版社和丛晓红总编辑，感谢出版社的专业精神，精湛编辑与上好装帧，特别要感谢他们对我不规范书稿的耐心。我还要感谢柯校长赠予的，经过一再推敲的英译书名为：*Biomass: Win the Future*。

我将样书送柯校长，他问：“石校长，何时开首发式为好？”“3 月的第一周最好。”“有什么特殊含义吗？”我把“惊蛰崛起”与他说了，所以“首发式”最好放在“展示会”前两三天，二者相互呼应，宣传效果更好。柯校长说：“你们真有魄力，组织了这么大的一个行动，‘展示会’我一定去。”

3 月 7 日，《决胜生物质》的首发式在金码大厦举行了。

会场布置得很有气氛，主席台的背景墙上，世界地图如天空浮云，下面飘着鲜艳的红色彩带和本本《决胜生物质》，让我和大家一起沉浸在一片《决胜生物质》的书海之间。图 10–2 左上角小图是发布会主席台，正中是柯炳生校长；上图是我在发布会上；右下图是我在给学生签名；左下图是会场。会场的前两排是新华社、人民日报、光明日报、科技日报、农民日报、中国教育报、中国改革报、科学时报、中国绿色时报、经济日报、中国网、新浪网、搜狐网、中国生物质能源网、北京日报、北京晨报、北京青年报、新京报、京华时报、中央电视台 7 套、中国教育电视台等多个媒体记者的座席。学校请来好大的媒体阵容，如果是“祝寿”，肯定一个媒体也没有，哈哈！

图 10–3　中国农业大学召开《决胜生物质》首发新闻发布会，
金码大厦，2010.3.7

新书《决胜生物质》，从理论上说明地球上所有可再生能源均源于太阳辐射；说明生物质能源与其他可再生能源实质上的不同和它特具的禀赋与优势；说明 21 世纪将是化石能源逐渐被可再生能源替代的世纪和生物质能源将扮演替代主角的世纪；说明近二三十年生物质产业在美欧和巴西等国家和地区的迅速兴起和琳琅满目的产品；说明生物质能源在节能减排和环境方面的特殊功能；说明当前生物质能对粮食安全影响等方面的质疑与争论；说明生物质能源是缓解中国能源危机和“三农”困境的一剂良药；说明我国的生物质原料资源丰富和产业化的可喜进展，最后是“至美的绿色文明”篇的生物质产业将大放异彩的展望。

《决胜生物质》是一本专业性、时论性和通俗性的科学著作，是为我国生物质科技与产业发展提供理论和科技支持，首发式也是我们组织的“惊蛰崛起”战役中的一役。

既是新书首发，少不了对书的褒勉与溢美。柯校长已读样书，我十分感谢他和王涛副校长在首发式上对此书的“美言”。以下是3月7日中国农业大学新闻网对首发式的报道。

> “通读全书后，从字里行间，体会到石元春院士高度的使命感和社会责任”，专程到会祝贺的柯炳生校长在发布会上感慨地说，老一辈科学家对生物质这一问题的研究不是单纯的学术研究，而是对国家的发展、社会的发展、“三农”的发展的深切思考，饱怀一位知识分子的情怀，“我深深被打动，也很受震动”。
>
> 柯炳生说，《决胜生物质》这本书的主题非常重要，生物质与多个行业相关，也是一个非常新的领域和产业，也存在一些争议，但事关重大。这本书集石元春院士多年研究成果之心血，以战略家的眼光对生物质这一重大问题进行思考，从国内到国外，从理论到实践，从历史到未来，以大量丰富、翔实的数据进行多角度阐述，既是一本科研著作，也是一本科普著作，也是一本政策建议的报告。
>
> “这也是一本科技散文，语言优美，深入浅出。”柯炳生说，“这本书也是一位科学家的独立思考，没有回避矛盾，态度端正，观点鲜明，高瞻远瞩，具有战略家眼光。这本书既是一本宣言书，也是一本号召书”。“今天的发布会，也是一场动员会。”柯炳生希望学校相关科研人员以此为新的起点，在生物质这个重要的研究领域取得更大的进展。
>
> “《决胜生物质》既是石先生十年思想的集成，也是石先生‘80后’创新的首次发布。”王涛副校长说，“这本书是国内迄今为止最权威、最全面、最深刻也最生动的关于生物质工程的著作，全面地汇集了国内外相关的事实和资料，深入地分析了能源的过去、现在和未来，详细地比较了不同路线的优势、缺点和可行性，并结合实际提出了中国未来的‘绿色文明’之路。这必将在引领生物质产业

更好发展、促进政府科学决策、推动我国的新能源、新农村和现代农业建设等方面发挥深远影响”。

“我不是单就能源谈能源。”发布会上，石元春院士还回答了新闻媒体的提问。他在《决胜生物质》一书中，对生物质产业相关的十大关系一一进行了辨析，并得出结论：基于生物质产业发展的能源农业，原料非传统、可再生，产品低碳、绿色，技术现代、市场无限。推动中国生物质产业的发展亟须各个方面的努力，石元春院士还特别呼吁，“我希望更多的中国科技界同仁，走与民营中小企业相结合的道路”。

发布会是一颗信息集束“炸弹”。

首发式后，十多家媒体从不同角度作了见仁见智的报道，如《生物质助我国步入“能源农业”时代》《著作首发出自使命感和社会责任》《石元春十年思想集成》《大爱成就大业，无私造就无畏》《从学者到勇士》《石元春院士：生物质能源不能再坐“冷板凳”》等。

我喜欢其中我老友，科技日报资深记者范建的《科学的“杠头”精神难得》一文和文中的一段：

在我接触的专家学者中，为科学不唯上、不留情面，据理力争的要数院士石元春了。按他的说法，“我就是杠头”。像他这样为了科学，“抬杠”抬得面红耳赤，抬得别人下不了台；在科学事业中，除了有踏实的科学精神，正需要有石元春院士坚毅的“杠头”精神，当人们还没有认识到科学的真正价值时需要知难而进，为科学而争。

那些天，有赠书，有老友索书，有打听在哪里买书，有买了书找我签名的……书像空气一样地簇拥着，滋润着我，砥砺着我们“惊蛰崛起”之斗志。发布会后不几天，中国工程院院士、水利部原部长和全国政协副主席钱正英给我打来电话：

“石元春同志吗？在报上看到你写了一本生物质方面的书，能送我一本吗？”

“当然是要送给您的，求得您的指导。”

“石元春同志！你这几年一直在关注发展生物质能源，为什么连你的师弟（指石玉林院士）也说服不了？”钱老的语调突然变得严肃起来，用她那犀利的眼光和开门见山地提问直逼于我。

“钱老，不仅是师弟，连我的学生也有说我不务正业的。”

“那是为什么？”

“这很正常。一个新事物的出现，如果只有交口称赞，要么是‘不新’，要么是‘乏味’。生物质产业出现初期的不尽认同是正常的，正说明它很新很有意思。”

对这本书，有关业务领导部门会有兴趣，可用作考虑和制定相关政策和计划的参考；有关专业人员会有兴趣，可从中得到大量信息和观点。但最感兴趣的是生物质企业界和潜在投资者们，他们几十本和上百本地购买，作为企业发展指导、投资指南、员工培训教材，可从中获得信息、勇气和决心。发行才三四个月，初版的 4000 册几近告罄。

有位大学老师对我说：“我们的课程已经把《决胜生物质》正式列为参考教材了。”一次在武汉凯迪公司，一位负责接待我的女士像孩子般地问我：“这么厚的一本书，您是怎么写出来的？”

2013 年初冬，我参加了在广州举行的“首届生物质能供热高峰论坛”。在宾馆里几次遇到三三两两的职场人士注视着我，像在议论着什么。是我衣着仪态有瑕疵吗？没有啊。一位 30 多岁的男士走近我，客气地说：“您是石元春院士吗？我是这次会议举办方迪森公司的职员。前不久公司办过关于生物质能源的大型培训班，教材就是您写的《决胜生物质》，所以好些参加过培训的职员都想来看看这本书的作者。”

中文版发行不久，中国人民大学的两位韩国留学生到中国农业大学出版社得到了译韩版权。英文版《决胜生物质》2013 年 6 月在美发行，组织英文翻译的是李保国教授；韩文版《决胜生物质》2014 年在首尔发行（图 10–4）。

饮水思源，我还是要感谢中国农业大学出版社，特别是时任社长汪春林、总编辑兼本书责任编辑丛晓红和她的助手田树君、负责英译本和韩译本出版的副总编辑宋俊果，他们的工作非常出色。他们分别留影在图 10–4 上图的左 4、左 3、左 1 和左 2。

2010 年 12 月 5 日央视《对话》的“决胜生物质”节目如石击水，涟漪连连；2011 年 3 月 7 日《决胜生物质》首发式再次击起浪花，“决胜生物质”的声浪再次在媒体上空飘逸致远，余音绵绵。

如果说去年的《生物质能源主导论》是一首高亢的男高音独唱，《决胜生物质》则是一部委婉细腻的交响诗。

图 10-4　首发式上与中国农业大学出版社同志合影（上）

《决胜生物质》的中、英、韩 3 个版本（下）

10.4 “我们行！”展示会 I（2011.3.9—2011.4.3）

《决胜生物质》首发式后两天，七字箴言的“展”字，压轴大戏出场了。

“书、刊、文”是以文字为武器，以纸为媒体；《对话》是以语言为武器，以电视屏为媒体；“展览”则是多种媒体的综合。如果说《对话》是一次绽放在天空的，斑斓绚丽的烟火晚会，“展览”则是可任人驻足品赏，五彩缤纷，婀娜多姿的百花园。

展览会形形色色，林林总总，我们想办的却是特殊的一类，是一种有明确和专属目的与意图的展览。

什么专属目的与意图？就是在科普生物质基础上，汇报展示我国生物质产业现况与能力，以增强领导和社会公众对我国生物质产业的了解、关注和信心。故未用“展览”而是“展示”，全名是“中国生物质（能源）产业展示会”。

筹办“展示会”的总指挥是诗雷，任务极难极重，“义士”们却信心满满。

第一个问题，在哪里办？

“中国科技馆！去年刚建成开放的新馆！”诗雷一向心高气盛，一下子就把调门拉高到了顶端，这才叫“敢想”。刚建成开馆一年的中国科技馆新馆，位于国家奥林匹克公园中心区，北倚观光塔，南邻“鸟巢”，设计现代，端庄大方，气势恢宏。馆内有五个主题展厅和公共空间展示区；有宇宙剧场、巨幕影院、动感影院、4D 影院等四个特效影院等。

2010 年 10 月 11 日，诗雷和我买了两张门票进馆，好一座宽敞明亮和现代化的科普殿堂，给人以科技与建筑艺术的双重享受。我们从楼下走到楼上地浏览了一遍，又回到一楼的一个宽阔的通道。上面标着“行政区”和谢绝参观字样，我们二人大模大样地往里走，像到家一样。

“同志！这里不让参观！”一位保安将我们拦住。

“你知道这位是谁吗？”诗雷指着我对保安说。

“不知道。”我的一头白发弄得保安一头雾水。

“这位是两院院士，前科协副主席，也就是你们科技馆的前领导。现在有事要来找你们领导”这一顿说辞，把保安说得不知东西南北，忙用手向里指：“你们进去吧！上电梯，四楼。”

上到四楼后沿廊道走着，看到一个门外有“主任办公室”的标牌，诗雷说：“咱们进去！”

“好！”

办公室只有一位相貌端庄大方的中年女士，她忙站起身来迎着我们。

“这位是石元春院士，中国科协前副主席。”诗雷又向她介绍一番。

“欢迎老领导到馆视察工作，我叫钱岩。”这位女士忙拿出名片，上写中国科技馆办公室副主任。坐定上茶后，钱副主任说：“真不凑巧，馆长和书记都去科协开会了，只有我在这里值班。有什么事要我们办的，待领导回来后我向他们汇报。”诗雷检讨了我们的贸然来访后说明了来意。钱副主任介绍说上半年曾办过一周的“转基因作物”展览，一般都是科普性的。随后带我们看了两处可供临时办展的现场，我们选了进门大厅的一处，又气派又易吸引观众。

之后，诗雷与钱副主任及馆领导有过多次接触和商谈，还签了合作协议书。

12 月 15 日安排我与徐延豪馆长见面，这是必要的礼节性和程序性环节。对科协的老人与新人，不少是我与馆长都认识的，我们也有不少共同话题。礼节性的见面结束后，馆长一行将我们由四楼一直送到一楼西侧门上车。

这天很冷，门外狂风大作，气温已是 -10 摄氏度上下，他们的热情几乎使我忘了穿大衣就准备出门。馆长忙从司机小杨手上拿过大衣给我披上，好像家人一般。

一个由中华全国工商联新能源商会生物质能源专业委员会与中国科技馆联合举办的“中国生物质（能源）产业展示会”正式启动了。

据诗雷说，馆长和钱副主任他们欣赏我们对生物质能源这个新领域的拓荒，欣赏我们侠肝义胆和不遗余力宣传呼吁精神，他们也愿为之加油添力。科技馆为这次办展提供了最大可能的支持和方便，不仅不收场地费，还无偿提供电力和免费供应工作人员和讲解员的工作午餐。

当诗雷向新能源商会汇报时，他们都不相信，说是“吹牛”。可能当时他们没有想到“得道多助”的力量。

“展示会”的宗旨是“向公众和领导展示汇报什么是生物质能源和我国生物质产业发展状况”，我们提出了“解惑、展示、诉求”的六字方针。展示的主体是企业，但不得有丝毫商业性宣传，这是一条不能逾越的“红线”。

发展生物质产业的科学依据和理论基础是闵恩泽院士提出的，“从长远看，石油终将枯竭，利用取之不尽、用之不竭的农林生物质资源将会逐步兴起。由石油碳氢化合物生产的化石燃料，终将会由碳水化合物生产的生物质燃料逐渐部分替代。让我们加强生物炼油厂的研究，迎接‘碳水化合物’新时代的到来”。

‘决胜生物质”“我们行！”和闵老的名言构成了门头区展板上的三组主题词（图 10–5）。

从讨论方案到进馆布展约两个月时间，其间还有春节长假，工作十分繁重。但一切都按部就班，显示了诗雷指挥若定的才能和出色的组织与运行能力。

2011 年 3 月 9 日上午正式开幕，北京的天气已经转暖了。

我先到靠正门的贵宾休息室，准备迎宾。

‘老石，你干了一件好事！”何康部长是我的老领导，见面就夸我。

“石校长，你干了一件大事！”洪绂曾副部长也是我的老领导，他对发展生物质能一直热衷与支持。

“石先生，您身体好吗？”全国工商联副主席谢经荣，我的学生，为在全国工商联新能源商会下成立生物质能源专业委员会时帮了大忙。

“石院士，这个展览办得很好，很及时！”国家能源局新能源司史立山副司长一直非常重视和支持生物能源的发展。

“恭喜！恭喜！”“同喜！同喜！”那些来自各地的、参展的董事长和老总们见面时有一种战友般的亲切，为共同成果同喜同贺，像过节一样。

上午 10 时 30 分，“中国生物质（能源）产业展示会”正式开幕，隆重而简约。主席台设在门头区，背景墙是草原和白云，白云间飘逸着闵恩泽院士

图 10-5 “展示会”开幕式，主席台上自左 2 至右是史立山、洪绂曾、石元春、何康、谢经荣、徐延豪、赵有利

头像与语录，最显眼的是“决胜生物质”和“我们行！”几个大字（图 10-6）。

参加开幕式的有中华全国工商业联合会副主席谢经荣、原农业部部长何康、原农业部副部长洪绂曾、国家能源局新能源司副司长史立山、中国科技馆馆长徐延豪等领导和嘉宾100余人。参展企业的董事长和老总们几乎都到了，正在参加全国人民代表大会的人大代表，武汉凯迪公司董事长陈义龙也从“人大会”赶到了“展示会”。

开幕式由生物质专业委员会（筹）副主任兼秘书长陆诗雷主持，有会长程序教授等的讲话。其中我的讲话是：

进入 21 世纪以来，全世界共同面临着化石能源资源逐渐枯竭和主要由化石能源导致全球气候变暖的严峻挑战。面对这个挑战的主要选择就是发展清洁的可再生能源，加快它对化石能源的替代，其中具有特殊重要地位的就是生物质能源。中国科学院院士、中国工程院院士、国家最高奖得主，一位终生献身于石油化工的，年近九旬的闵恩泽先生在 2006 年他的一篇大作中这样写道：“从长远看，石油终将枯竭，利用取之不尽、用之不竭的农林生物质资源将会逐步兴起。由石油碳氢化合物生产的化石燃料，终将会由碳水化合物生产的生物质燃料逐渐部分替代。让我们加强生物炼油厂的研究，迎接‘碳水化合物’新时代的到来。”闵先生以他的科学远见和睿智，发出了21世纪人类社会的最强音。我在展览中也看到多位院士发表了他们的真知灼见，平时也听到许多专家和有识之士在这方面的高见。

令我感到十分振奋的是在展览中看到了一批生物质能源企业在“十一五”期间，在极其困难条件下取得的成功，取得的骄人成绩，有的达到了世界领先水平（大型养殖场畜禽粪便的能源化技术、甜高粱固体发酵技术、车用生物燃气等）。当然，生物质产业在我国尚处起步阶段，他们还稍显幼嫩，但他们敢于用他们的业绩和成功亮剑国家科技馆。他们是火种，这些星星之火，必将燎原于整个华夏大地。

国家“十二五”发展规划中，生物质能源已被列入战略新兴产业，成长的环境将会更好。我相信这个展览将为我国生物质科技和产业的发展助力，成为一座耀目的里程碑。

祝生物质能源产业展示会圆满成功！

举行完仪式后，主席台上嘉宾转到幕墙背后的展示大厅参观，到场客人也一并随同。

展示大厅的第一部分是人类社会正面临化石能源资源渐趋枯竭和全球气候变化的严峻挑战。第二部分是生物质产业的五大优势：资源丰富，再生性强；储能性好，产品多样：变废为宝，循环经济；创造就业，农民增收；不争粮，不争地。第三部分是生物质能源的多种原料、多种产品和多种转化工艺流程，这是一个可以由观众自己操作的互动式电动模型，效果很好。第四部分是生物质企业“我们行！”的10个成功案例。

图10-6　展示大厅一隅

展示大厅最显眼的是一个硕大的显示屏（图 10–6），滚动或“菜单式”点播我们精制的 PPT、《对话》节目、每个参展企业的专项视频、动漫科普等，使整个大厅生机盎然。显示屏下面是一个 4 米 × 4 米的巨大的中国地势图，上面以各种点信号表示主要产品及产业在全国的分布的电动模型。前两部分的讲解是程序教授和诗雷亲自上阵，10 个案例企业也都是由董事长和总经理亲任讲解员，现身说法，绘声绘色。

展示现场还有道活跃的风景线，是扛着摄像机和拿着麦克风的记者，到处捕捉采访对象。那些参展企业的董事长和老总既是讲解员，又当受访对象，忙得不可开交。刚从人民代表大会上来的武汉凯迪公司董事长陈义龙在这里开了一个又一个的“记者招待会”。

图 10–7 何康部长等参观展览（左上，左下），公众参观成果展（右上）和武汉凯迪陈义龙董事长给我介绍凯迪生物质发电（右下）

10.5 “我们行！”展示会Ⅱ（2011.3.9—2011.4.3）

3 月 21 日下午，中国农业大学校长柯炳生一行来到展厅，认真观看和听取了介绍。他表示，能源危机是个全球性话题，中国农业大学作为一所研究型的综合大学，有责任推动我国生物质能源的发展。这天下午，全国政协副主席罗富和也专程来到展厅，中国科技馆馆长徐延豪、党委书记赵有利、中国农业大学校长柯炳生、国家林业局林业生物质能源处处长等陪同观展，诗雷和程序教授负责讲解。图 10–8 上左是我在进馆处见到罗副主席，上右和下左是陪罗副主席和柯校长观看视频，下右是罗副主席接受媒体采访。

图 10–8　全国政协副主席罗富和与中国农业大学柯炳生校长参观展示会，2011.3.21

罗副主席说，我国生物质能源虽已起步和取得了一定成绩，但与美欧等发达国家和地区还有不小差距。我国每年中小燃煤锅炉，消耗燃煤约 7 亿吨，虽然占全国总能源消耗的比例不到 20%，却排放了 50% 的二氧化硫，是产生酸雨的罪魁祸首。而利用林业剩余物、秸秆、城市绿化修剪等废弃物生产出来的生物质固体颗粒，既能够替代煤炭和石油来烧锅炉供暖，又可以减少二氧化碳和二氧化硫对大气的污染。

在参展的内蒙古毛乌素沙地生物质发电厂的沙盘前听了介绍后罗副主席连声叫好，称赞此举不仅实现了有机废弃物的循环利用，还为治理沙漠探索出了新路子。一块版面上有“生物质能源是解决传统能源不足的一支奇兵”，罗副主席风趣地说：“不仅是奇兵，还是一支骑兵，因为骑兵跑得快。”看到展示会主题词“我们行！”时他也作了加注：“我们行！的另一层含义是我们要行动，因为有了行动才能行。”他在接受中央电视台记者采访时说：“通过对生物质能源的发展，能够有利于增加农民的收入，提高农业对于整个生态效益的产出。所以我觉得‘十二五’大规模地发展生物质能源，跟国家发展战略性新兴产业是完全相适应的。”（此采访于 3 月 30 日在中央电视台播出）

3 月 25 日上午，农业部副部长张桃林、科教司司长白金明、副司长杨雄年，能源生态处处长李少华等一行专程来到展示厅（图 10–9）。张副部长是旧识，他原是中国科学院南京土壤研究所所长，与我同一专业，故有了更多话题。他是农业部主管科技和农业生态环境方面的领导，我们可以在更深层次上讨论生物质问题。他说，我国是能源消费大国，到2020年实现非化石能源占能源消费总量15%的目标，农村能源肩负着重要的使命。在农村能源中，可以大力发展农村沼气，实践证明，大力发展农村沼气有利于改善农村面貌，保护生态环境，促进生态农业发展；有利于优化能源消费结构和减少温室气体排放，促进低碳经济发展。

我说："张副部长，我关注生物质能源，一刻也没有忘记我们祖师爷李比希的'归还学说'。在生物学小循环中，植物体的碳与氢只是以二氧化碳和水的形式转化，没有经济和社会价值。而发展沼气则是将碳氢以甲烷CH_4形态用于能源，植物营养的大量元素和微量元素照样参与物质循环，所以在生物质能源中我最青睐于沼气。"

"石院士，农业系统只是就事论事地谈发展沼气，您却提到了理论高度，以后我也要宣传您的这个观点。"

"张副部长，农村户用沼气只是初级阶段，德国、瑞典已经大规模生产工业沼气，进而将提纯到天然气水平，替代天然气，作为发电和车用燃料已经多年了。程序教授指导南宁一个公司建成和投产了日产万立方米的车用生物天然气装置。"我又介绍说。

于是回到贵宾休息室我们二人又热议起如何在农村户用沼气基础上加快促进大中型养殖场的产业沼气发展。

图10–9　农业部张桃林副部长参观"展示会"组图，2011.3.25

图 10–9 的左上图是洪浩介绍成型燃料供热；右上图是潘文智总经理介绍北京德青源大型畜牧场沼气发电；左下图是程序教授介绍我国第一座日产万立方米车用生物天然气工程；右下是我与张副部长讨论生物质沼气的有关理论问题。

闭馆的前一天，钱正英副主席和石玉林院士来到展馆，程序教授一直亲自介绍，钱副主席饶有兴味地提出许多问题（图 10–10）。观展中她对我说："我搞了一辈子的水利，原来水电与生物质能是一母兄弟，很有意思。""以后我要多关注一些生物质能的发展。因为它和水利一样，与农业密切有关。"

图 10–10　钱正英副主席饶有兴味地观看生物质展览

历时 25 天的"中国生物质（能源）产业展示会"于 2011 年 4 月 3 日在中国科技馆闭幕了。

接待参观者 20 余万人。展会期间引起新华社、中央电视台、中央人民广播电台、人民日报、光明日报、科技日报、新浪网、搜狐网等各大媒体的广泛关注，并做了多次报道。同时，展示会开展期间，筹备组协助科技馆组织了多个专场：两会代表、发改委、科技部、外交部、工信部、能源系统、农业部门、林业部门、北京高校等专场，得到了有关部门领导专家的认可和支持。

"展示会"是一座舞台，上演的是我们"笔杆子"与"枪杆子"自编自演的剧目，共演出 22 场。有专程来参观的，有请来听（看）汇报的，也有到科技馆参观时顺便看看的。但是他们都会在不同程度上感受到生物质产业这股新鲜而浓郁的气息。我一生参观展览无数，唯独这个展览是我们团队自己举办。面向全国大众的。有感而作"绿精灵"一首。

天生精灵生物质，婆娑弄影舞瑶池；
科技新馆关不住，燕飞万家必有时。

10.6 院士讲堂，科普大餐（2011.3.12—2011.3.15）

举办“我们行！”中国生物质（能源）产业展示会是搭建一个与社会各方沟通的大平台，在展示会期间举办生物质科普的系列讲座则是为与公众中更关注生物质的学术群体沟通的，更加专业的平台。中国科技馆本就有“科普讲座”的功能和报告厅。

3 月 12 日，我第一个出场，作了《生物质能源的十个为什么？》的生物质科普报告。图 10–11 是讲演 PPT 的首张及结尾张幻灯片。

可惜，明明讲的是“十个为什么？”总被人口误成“十万个为什么？”

“十个为什么？”分别是：①为什么说生物质能“天生丽质”和“卓尔不群”？②为什么说发展可再生能源以生物质能源为主导是世界大趋势？③为什么说中国的能源形势十分严峻？④中国的生物质原料资源丰富吗？⑤中国生物质能源的发展状况如何？⑥为什么发展生物质能不会影响粮食安全？⑦为什么说“能源农业”是解困“三农”的一剂良药？⑧发展生物质能源的瓶颈是什么？⑨为什么在中国风能和太阳能比生物质能更受重视？⑩为什么说生物质产业是万世不衰的绿色产业？

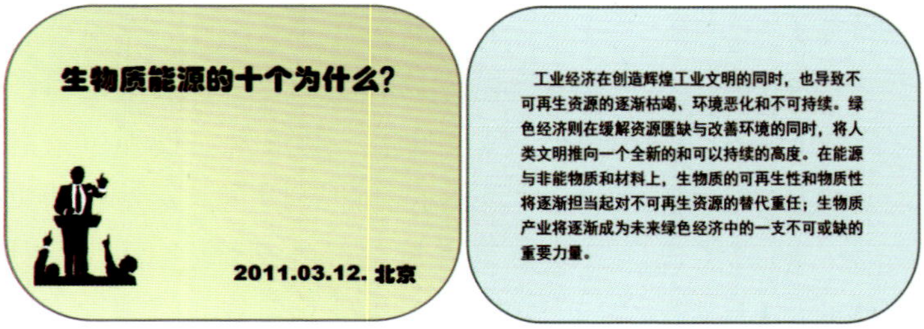

图 10–11　我的讲演题目与最后一张幻灯片，中国科技馆，2011.3.12

在讲“为什么在中国风能和太阳能比生物质能更受重视？”时我说：“生物质能源目前在中国的状况是一种观念和政策上的扭曲，是暂时的。以生物质能源的‘天生丽质’和‘卓尔不群’，她必将科学到位，为国家和‘三农’作出更大贡献。”

讲演的结束语是：

工业经济在创造辉煌工业文明的同时，也导致不可再生资源的逐渐枯竭、环境恶化和不可持续。绿色经济则在缓解资源匮缺与改善环境的同时，将人类文明推向一个全新的和可以持续的高度。在能源与非能物质和材料上，生物质的可再生性和物质性将逐渐担当起对不可再生资源的替代重任；生物质产业将逐渐成为未来绿色经济中的一支不可或缺的重要力量。

中国科技馆位于大学和中国科学院院所聚集区，听众也多来自学界。讲演后收到的大量来信中，有一封是中国人民大学附属中学学生韩笑的。

石院士您好：

我是来自人大附中分校高二（5）班的学生，韩笑。

今年3月份，中国新科技博物馆的一层主展厅举办了关于生物质能源的宣传展览，有许多在校学生都过去进行了参观，聆听了您在那里举办的讲座，还购买了《决胜生物质》的新书。在此，我们向您致以崇高的敬意，并请教您几个问题（略）。

我认真地逐题回答了她提出的问题，并在回信中写道："韩笑同学：谢谢你对国家大事的关心。也谢谢你给了我一个机会，让我找回到几十年前做学生时答写考卷的感觉，挺好的感觉。考卷答完了，请老师判分。石元春 2011年5月25日。"

不几天，她就给我发来了一份长达2万余字的文字报告和50余张幻灯片的PPT。资料翔实，图表规范，观点鲜明，结论扎实，毫不逊色于硕士研究生的开题报告。特别是他们对清洁能源和燃料乙醇的钟情与执着，和他们在北京繁华街道上征集民众签名的照片让我震撼。不忍心埋没，选作了图10-12。

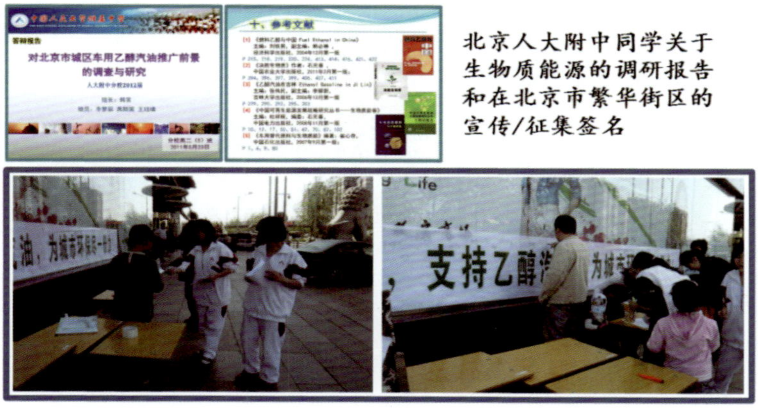

图10-12　中国人民大学附属中学学生韩笑乙醇汽油调研小组的有关资料，2011.5

我的“十个为什么？”讲演后，还收到一封来自中国农业大学学生的来信。信中写道：“有幸听闻未来有如此广阔蓝图的发展行业，不觉心生豪气与激情。未来某一天，也许我也会在这一道路上探索开拓，书写自己的人生。”“（今年）暑假实践我们筹备已久，主题还是您的讲座带给我们的灵感……所选地点即是位于毛乌素沙地腹地。”又给我带来一股暖流与冲动。

下面是他们的来信（有删减）。

石先生：

您好。

第一次真正面对面与您接触，是在科技馆聆听您的关于生物质能源发展的讲座。在升入大学努力调整自身角色之际，有幸听闻未来有如此广阔蓝图的发展行业，不觉心生豪气与激情。未来某一天，也许我也会在这一道路上探索开拓，书写自己的人生。您在我的人生道路上指点了一个重要的方向，或许这对您来说不过是尽到一位老教育家的责任，但是对渴望知识、渴望进步的学子来说，却会起到强大的引导力量。桃李不言，下自成蹊。深深谢谢您！

作为中国农业大学的学生，我们秉承“解民生之多艰，育天下之英才”的校训，心系“三农”，关心国家大事，努力学习。然而听得多了，见得多了，逐渐明白您的苦心和寄望，深觉成就事业之不易。但是我们的理想信念仍旧坚定，只是我们将更加务实，学习提升，望日后能够做点实事，做点贡献。

读万卷书，行万里路。暑期社会实践即将开展，我们希望通过深入地方和农村实践，学习书本以外的知识和能力。这样的实践锻炼会让我们对这片土地爱得更深沉。我们立誓以昂扬的精神状态承担新时代青年所应承担的责任。

我是内蒙古人，但遗憾的是，我并不非常了解那生我养我并且我自以为热爱的天地。这让我在惭愧的同时也暗下决心，要抓住机会，去了解这广阔天地，看看我们究竟能否有所作为。本次社会实践所选地点即是位于毛乌素沙地腹地（石元春先生曾亲自带队考察调研）内蒙古自治区鄂尔多斯市乌审旗乌审召镇乌审召嘎查，正在蓬勃建设以生物质能源发展促进沙地生态治理带动农牧业发展的典型生态解决模式。

本次暑假实践我们筹备已久，主题还是您的讲座带给我们的灵感。在实践的行程安排上，我们将入村（乌审召嘎查）调研并与村民开展相关活动，并希望去号称全世界最先进的沙地生物质能源转化工程——内蒙古毛乌素生物质热电厂，一睹其庐山真面目。

实践结束后，我们将向您汇报自己的调研结果，请您不吝赐教。此致敬礼。

中国农业大学农学与生物技术学院 10 级　刘哲
资源环境学院 10 级　武慧慧
2011 年 5 月 24 日

学生的每一点进步，都是对老师的慰藉与奖励，这是老师的职业情愫。

说说“院士讲堂”第二场。

3 月 15 日，“院士讲堂”的阵势大得多了，有中石化集团高级副总裁，中国工程院能源工程学部主任曹湘洪院士，中国科学院植物研究所研究员、中国科学院院士匡廷云，中国石油化工研究院学术委员会主任汪燮卿院士和我四人一同出场。听众有来自北京石油大学、北京化工大学、北京林业大学、中国农业大学、国家级生态文明教育基地的北京建院附中的师生们。还有企业界以及中央电视台、人民日报、中国绿色时报、中国网、中国低碳网、中国经济时报等媒体朋友。

这场讲座别开生面，四院士同坐台上（图 10–13），其中三位每人讲约 15 分钟，我因已做专题讲演而被豁免。然后是提问，台上台下互动。下面摘用了中央电视台“新闻直播间”以“与院士对话，走近绿色能源”为题作的部分报道。

图 10–13　“与院士对话，走近绿色能源”，2011.3.15

有关研究显示，数十年后，全球将面临石油和天然气等资源的匮乏、枯竭。那么，如何应对这一能源危机？昨天，石元春等四位长期关注生物质能源的院士在中国科技馆的新馆和400多名大中学生展开了一场别开生面的对话。

在这场主题为“生物质能与绿色能源的未来”的对话中，几位院士用通俗易懂的语言讲述了如何通过发展绿色能源，尤其是生物质能源，应对能源危机。

我国每年产生畜禽粪便、淀粉酒精等废水达数十亿吨。只要合理利用就可以生产出我们日常所需的能源，包括动物、植物、微生物等有机物也都可以作为原料，生产出油、气、电和固体能源产品，替代石油等石化能源，生物质能源资源丰富，且清洁环保，可再生的特性引起了不少学生的兴趣。

中学生巫京梦：生物质能源离我们的生活并不遥远，也不是遥不可及。它其实就在我们生活的周边，比如说农村的沼气。这次的讲座让我学到了很多很多的知识。

石元春：生物质能源和我们每个人的关系都非常大，对我们国家的意义也非常大，所以我觉得说与公众的互动，和让公众更多地了解，这对于我们今后未来发展生物质能源会有很大意义的。

院士们指出，发展生物质能源前景广阔，但在我国目前还面临着如何解决原材料来源、降低成本和提高技术等问题。

中国农业大学在读博士生袁旭峰：我就是做生物质能源的在读博士生，怎么去理解生物质能源，包括生物质能源对我们国家能源现状的影响，对我们今后来讲更建立了一个信心。我也很希望我能一直在做这个事儿。

这两天，中国生物质（能源）产业展示会正在中国科技馆（新馆）举行，展示生物质能源在我国实际生活中的应用和发展。有报告显示，我国生物质能源的资源量是水能的2倍，风能的3.5倍，其分布靠近东部沿海高能耗地区，近期每年可开发的生物质能源约合12亿吨标准煤，超过全国每年能源总耗量的1/3。

10.7 司长讲堂，抢着提问（2011.3.26）

2011年3月26日，中国科技馆新馆报告厅举行了第三场系列讲座，讲演人是国家能源局新能源和可再生能源司副司长史立山，讲演题目是《中国新能源发展前景与相关政策解读》。生物质能的企业界来得最踊跃，还有中国人民大学、中央财经大学、中国农业大学师生等参加。

史司长的开场白是："生物质能展示会已经两周了，做得非常好。这样一个活动对于我们社会各界来理解和关心生物质能起到了非常重要的作用。"

讲演在分析国际国内能源形势中指出："有两件事是必须做的，一是尽可能提高能源效率、减少能源总量，使我们总的消费可以保持在比较低的水平，但是不能降低生活质量；二是开发可再生能源，包括生活在内的可再生能源。"主要讲演内容是生物质能源。有意义与优势，有问题与难点；有政府做了什么和"十二五"打算做什么。讲演约一小时。

提问很多，主要是企业界，问得很具体，建议和要求也很具体。先后提问的有广汽汽车公司代表、武汉凯迪公司、中国绿色时报记者、通用电气（中国公司）、投资咨询公司、湖北宜昌科技有限公司等。企业代表纷纷抢着提问，都想从司长口里得到第一手信息，把讲堂弄得好热闹。

图 10–14　国家能源局新能源和可再生能源司副司长史立山讲演现场

推动产业的发展，靠"枪杆子""笔杆子"，在中国更要靠"印把子"，三者有效配合才能形成强大推动力。史司长是可再生能源的主要政府主管，我很在意他的讲演，想通过他的讲演得到一些政府方对经过"风暴""海啸"和被"边缘化"后的生物质能的看法。

司长讲演对生物质能的态度主要是正面的、积极的，但也提供了一些重要提示与信息。

> 这个量（指资源，本书作者注）有多少，虽然很多人写了很高

的报告，这个数弄清楚是非常难的，比如大家说农作物秸秆有7亿吨，或者是8亿吨。这个量真正可以用的能有多少，是很难简单地判断的。

总的来讲，现在对于生物质能的利用，并不完全一致，争议很多。认为生物质能利用要和农民争粮争地的问题有很多看法，认为秸秆就应该还田而不应该燃烧，这种认识很难一致。

核心要看实践，要多实践，生物质能的发展同样是这个道理，大家会看到它带来的生态、能源、经济方面的利益，会得到很好的利用。对于生物质能利用，"十一五"全国要建设100个示范县，就是要用新的能源技术解决农村的基本生活用能、炊事和取暖等。

这三段讲话给我们传达了两个信息。一是对生物质资源与认识上，官方仍持审慎与有所保留；二是将生物质能定位于农村能源，不如学界的鲜明与坚定。作为一个新兴产业的发展初期，这是可以理解和正常的。这也说明在理论与产业实践上还要做很多工作，有很长的路要走。

讲座不只是单向的传输，还在于双向沟通。院士讲堂的沟通偏于学术，司长讲堂则重在产业实际。司长讲演后产业界提问很热烈，也不乏探讨与建议。广汽汽车公司代表的提问是：

第一个问题：目前沼气作为车用燃料是大家关注的热点，不知道国家对这个产业是一个什么样的定位，是一个类似于化石能源的系统管理，还是可再生能源的管理？第二个问题是绿色能源示范县的建设，每一个县要组建一个公司，这个公司是由企业出面来组织还是由政府出面主导。（问得很实在，本书作者注）

武汉凯迪公司的代表则对我国发展可再生能源，特别是生物质能源提出了自己的看法与建议：

我们来自产业一线，有产业一线的问题想向史司长请教。第一是我们国家在生物能源、太阳能、生物能新能源领域的发展应该说是各有特色。在太阳能和风能的不稳定性带来很多问题，而且核心技术与装备在国外；生物能源存在分散性和季节性问题，但是稳定和可持续，技术在国内而且成熟。中国农民太多，我们在城市里面城市化过程中，要把8亿农民城镇化，50%的话就是4亿，如果有了生物能源和开发可以能源用的1.6亿公顷的土地，可以改善工农和城乡结构，可以缓解国家能源问题。请司长谈谈对生物质能源与风能和太阳能的国家考虑。（好尖锐的问题！本书作者注）

外资企业通用电气（中国公司）的提问是：

对于通用电气来说我们进入比较早，这个项目是我们已经合作的项目，有两个问题请你帮助一下。第一，做大做强和工业化不是一个简单地跟农民争地争资源，而是要做到双赢。刚才您说要建立很多专业化公司，现在有很多投资公司，特别是能源投资公司特别愿意做，目前我们公司也在帮助中方合资伙伴。技术上不是太难，主要是体制和商业模式上的难度比较大，请问政府在这方面有没有相应的机构与协调？（外企也很关注，本书作者注）

当主持人说，下面提最后一个问题时，一位中国农业大学本科二年级学生抢着说：

今天看到通知就来了，非常感兴趣。我问一个不是很专业的问题，15年以后，也就是我们这批人在30多岁的时候，中国的生物质能方向前景会是什么样的？在本科阶段，我们对这个很感兴趣，但是比较迷茫，可以给我们一些指导性的建议或者是从哪个方向激励我们一下。（问题提得好，前景是个非常重要的问题，本书作者注）

通过讲座增加企业与政府间沟通与了解的目的是达到了，再通过媒体报道加以放大。

10.8 “乱花渐欲迷人眼”（2011.3—2011.7）

在我居住的小区，有个可人的中心花园。

初春里，随着薄雪消融，满园树木草丛还是一片枯黄的时候，最先露出点点嫩芽新绿的是那柔软婀娜的迎春花枝条。不几天，绽出朵朵小黄花，散发阵阵淡香。待迎春花盛开的时候，其他花草树木才陆续苏醒过来，“乱花渐欲迷人眼”。

“我们行！”展示会像迎春花，闭幕后的生物质活动与信息接踵不停地绽放，请看：

• 3 月 17 日发布的，经人大通过的我国《国民经济和社会发展“十二五”规划纲要》，将生物质能列为国家“十二五”计划的“战略新兴产业”。

• 3 月 27 日国家发改委发布《产业结构调整指导目录（2011 年本）》，将生物质能作为可再生能源之首。

• 4 月，财政部、国家能源局和农业部三部委联合发布《绿色能源示范县建设补助资金管理暂行办法》，生物质能是主导。

• 4 月 10—12 日，中国工程院能源学部在杭州召开“车用生物燃料会议”，主任曹湘鸿院士主持。我的讲演题目是《生物质能源：一个农业工作者的视角》。

• 5 月 28 日“中美沼气论坛”在北京金码大厦举行，我的讲演题目是《中国的生物质能源》。

• 6 月 3 日，经国家发改委批准，由中国农业大学牵头，会同北京林业大学、大唐集团和天冠集团成立的“国家能源非粮生物质原料研发中心”正式成立。国家能源局李冶司长说：“我国是农业大国，也是能源大国，发展生物质能源和国家发展战略是一致的。生物质能体现了我国传统文化“天人合一”思想，只要‘天上有个太阳，地下有块地’，就能获得取之不尽的能源。”

• 7 月 10 日，国家能源局、财政部、农业部联合在京召开全国农村能源工作会议，提出“十二五”期间投资 200 亿元，建设 200 个绿色能源示范县。8 月 11 日，石元春向国家能源局提出四点建议。

• 7 月 19 日，国家发改委能源研究所前所长周凤起研究院主持生物质成型燃料论证会和项目启动。

• 7 月 30 日，我国生物质资源大省，吉林省完成了《吉林省“十二五”生物质能源发展规划》和在长春市召开发展生物质能源研讨会。

……

“乱花渐欲迷人眼，浅草才能没马蹄”的江南春景再现。

11 惊蛰崛起 2012（2012 年）

——把“枪杆子”组织起来

11.1 把“枪杆子”组织起来

改革开放之初，曾在《参考消息》上看过一篇短文，三版头条。

记得标题大意是塑造美国强大的功臣是企业家而不是总统。文中说，提起美国强大，就会说华盛顿、杰弗森、林肯和罗斯福，其实奠定强大美国基础的应当是洛克菲勒、福特、威廉·杜兰特、托马斯·爱迪生他们。对啊！推动社会发展的主要动力是生产力嘛！这篇文章对我的冲击力和影响很大。

2004 年，我“发现”“生物质”这个瑰宝，国之重器。当时，它是个新兴产业，美欧有三四十年历史，一代技术成熟，商业化运作了一二十年，二三代技术正在研发。在中国，刚刚起步，企业数量少，规模小，技术一般，效率效益低，且各自为战，又没有良好的政策环境和成熟商业模式。更重要的是，政府机构与公众对这个新兴产业的认知有限。

一直在高校工作的我，按常理会先提出科研项目与课题，设置生物质工程中心和研究所之类。可是我没有按这种常规思维模式，而是一上手就切入生物质产业发展，因为这是当务之急。如果企业不起来，研究成果再多，也只能是一些供把玩的“好箭！好箭！”而已。当时我满脑子里都是“笔杆子”“枪杆子”“枪杆子里面出政权”的毛泽东思想。希望把那些目前还很弱小的企业，帮促他们组织起来，将零散的“枪杆子”组织成一支战斗强的“武装力量”。

这就是当时顾不上“搞研究”，直截了当地参加“闹革命”的初始想法。

2005 年，在发表《发展生物质产业》文与“四院士上书”总理的同时，我们团队开始结交了洪浩、钟凯民、董玉平、陈义龙、蒋大龙、庄会永、潘文智、罗浩夫等一批企业家（参见第 8 章）。他们都是坚守绿色发展和生物质理念，在生物战场几经摔打，手握“枪杆子”的指挥员，中国生物质产业的“先进分子”。

2010 年 10 月 8 日的“惊蛰崛起”（10·8 崛起），就是在枪杆子“内蒙古毛乌素生物质热电公司”驻京办事处策划的。生物质企业量少、资浅、效低，以及政策与成长环境差，必须“抱团取暖”，发挥群体优势。所以，我们的“10·8”策划，第一件大事就是把“枪杆子”组织起来。

“10·8”策划中，决定名称是“中国生物质（能源）产业促进会”和挂靠“中华全国工商业联合会”。

11.2 第一次筹备会议（2010.11.14）

经过一番准备，2010 年 11 月 14 日在中国农业大学金码大厦召开了“中国生物质（能源）产业展示会第一次筹备会议”。

此次参会的企业有国能生物质发电集团、武汉凯迪电力股份公司、毛乌素生物质发电公司、吉林辉南宏日新能源公司、北京德青源农业科技股份有限公司、杭州能源环境工程有限公司、山东百川同创能源公司、山东龙力生物科技股份有限公司、徐州燃控科技股份有限公司、广西武鸣安宁淀粉有限责任公司、江西索源技术公司（福州大学）、内蒙古特弘公司（清华大学）等 12 家企业。

参会的有董事长、总经理或是他们的代表，与会者和工作人员个个精神饱满，神情凝重，脸上都绽放着一股内心的喜悦，正等待着一个大事件的发生。

会议由诗雷主持，开宗明义地介绍了会议起因、内容和开法。会议的前半段是我的主旨讲话、程序教授讲话以及与会代表发言，后半段是诗雷介绍“中国生物质（能源）产业促进会”筹备情况及章程草案，以及拟举办的“中国生物质（能源）产业展示会”内容和对提供展品企业的要求。

我的主旨讲话一口气讲了个把钟头，因为有很多话想说。以下摘录了几段。

就单个人来讲，各位都是我的老朋友。今天把老朋友聚在了一起，讨论发展中国生物质能源，意义就不一样了。

风能、太阳能、核能和水能的产品只是热与电，而生物质能原料多样，产品可热可电，可固可液可气，还可以带动农业增长和农民增收，这对中国这个农业大国太重要了。据中国工程院最新资料，我国可再生能源资源为年产 22.5 亿吨标煤，其中生物质能占 54%，是水能的 2 倍，风能的 3.5 倍。生物质能对中国太重要了，我们有责任引起国家的重视，力促“十二五”规划中，把生物质能摆在应有位置，列为战略新兴产业。

毛主席说，干革命要靠两杆子，“笔杆子”和“枪杆子”。我们商量了个“惊蛰崛起”计划，内容是“书、刊、文、话、会、展、站”七字箴言，正在积极推进。下个月将出版我的新书《决胜生物质》

和发表文章《生物质能源主导论》；下个月将发行中国工程院的《中国工程科学》杂志出版的“生物质能源专刊”；下个月我们策划的央视经济频道的《对话》节目“决胜生物质”将要开播，这些都是“笔杆子”的事。毛主席说，“枪杆子里面出政权”，就要靠你们这些耍“枪杆子”的企业出产品，出经济效益、生态效益和社会效益。“七字箴言”中的“会、展、站”说的就是这件事。“会”就是组织成立“生物质（能）产业促进会”；“展”就是办一个展示中国生物质产业的“展示会”；“站”就是办一个“中国生物质网站”。

通过“会”，想搭建四座桥：企业与企业、企业与学界、企业与政府、企业与民众之间的四座桥梁。只有上下左右，沟通无阻，自己才能真正强大起来。我们要办的“展示会”就是这四座桥梁的交汇点。不是科研成果，而是产业成果的汇报展。也就是修一座庙，把一尊一尊的“佛”请进来，也就是把公众、领导、专家、媒体都请来听汇报。最佳的时间是明年三月的两会期间，效果一定好。只是时间太紧了，只好我们大家都辛苦点，过个“革命化”春节。

最后我想讲两个历史故事。1859 年，美国用内燃机打了世界第一口石油井，21 年后的 1880 年，成立美孚石油公司，8 年后就垄断了美国 80% 炼油设备。第二个故事是 1883 年，戴姆勒将四冲程发动机改进得很小巧，安装在从德国买来的一辆很漂亮的马车上，趁着月光，他把这个世界第一辆汽车作为礼物送给了他的夫人。

历史是人写的。为什么一百年后，不，用不了一百年，你们这些“枪杆子”就会创造第一个生物质发电厂、第一个生物天然气厂、第一个……，让这些有利于国家、造福于人民的生物质产业书写我国生物质产业发展的历史。那时候再回头想想，咱们现在这个小屋子里头的人，开着这样的会不是也很有意思吗？

几位讲话后，第一个议程，诗雷作了产业促进会章程草案说明，布置各位代表将文字稿带回公司，半个月内反馈修改意见。第二个议程，也是这次会议的主要内容，即讨论举办“展示会”事宜。诗雷报告初步设想，代表们讨论得很热烈。

诗雷在会议最后说，办“展示会”和筹备工作是需要经费的，提出每家企业出资 20 万元，有困难的可以少交免交。话音刚落，毛乌素生物质发电公司董事长马上表态：“我们打 30 万元”，散会后北京德青源公司副总裁也急着向诗雷表示，“我们也不少于 30 万元”。散会时群情高涨，说这次会议具有历

图 11–1 “中国生物质（能源）产业展示会”第一次筹备会议，北京，2010.11.14

史意义，应该留下点什么“痕迹”。于是将大会横幅摘下来，每个参会者都在上面签名留念。走出会场合影时，有企业代表开玩笑说：“这是黄埔一期合影”。

会后要急办的是两件事，申请“促进会”和筹办“展示会”，二者还是密切相关的。到中国科技馆联系办展是需要说明单位的，我们是什么单位？什么单位也不是。所以必须尽快有个名正言顺的“促进会”，越快越好。当与全国工商联联系时得到的结果是申请和批准一个新会员至少要一年时间，真是让我们倒吸了一口凉气。好在有全国工商联的大力支持和配合，有诗雷的丰富行政工作经验和与各方人士打交道的能力，于 2010 年 11 月 5 日向全国工商联会员部和新能源商会正式汇报了促进会筹办情况和办“展示会”急迫需要有正式公函。为此需要加快在新能源商会下设“生物质（能源）专业委员会”的批准手续，同时以新能源商会发公函向中国科技馆申请办展。经过近 1 个月的共同努力，12 月 23 日拿到了中华全国工商业联合会关于成立“中国生物质产业促进会”的正式批文，促进会终于有了一个正式名分和一个“木头疙瘩”。

11.3 第二次筹备会议（2010.12.26）

一个月后，在中国农业大学西校区继续教育学院会议室里召开了“中国生物质（能源）产业展示会”第二次筹备会议，主要内容是报告对修改“促进会章程”的反馈意见和讨论紧张筹备中的“展示会”准备工作。

会议仍由诗雷主持。

他首先报告了第一次筹备会后的工作进展情况。如生物质（能）产业促进会注册事宜已经获得全国工商联同意，目前正在办理相关手续；如12月5日，石元春院士作为特邀嘉宾的央视《对话》节目“决胜生物质”播出，受到广泛关注；如12月8日，《科学时报》头版头条刊发了石元春院士署名文章《生物质源主导论》，指明了生物质能源产业未来行动方向；如12月15日，开通了“中国生物质能产业促进会”门户网站，搭建了信息展示与交流平台；如2011年2月的“汇报展示会”正在积极设计和筹备当中，进展顺利等。

诗雷讲话后，我在发言中强调了筹备“汇报展示会”需要关注和说明的几件事。第一，办好展览为当前重中之重，作为产业推进中的关键事件，其主要意义在于让公众清楚、明白、理解生物质能源，对生物质能源有信心，这是一个普及性和专业性相结合的展会。第二，展会的目标在于“解惑”“展示”和“呼吁”，展会主办方与参展方要紧紧围绕该目标，内容要具体生动，要互动性与公众参与性的展现当前我国生物质能产业发展取得的重大成绩，消除公众疑惑和增强对该产业的信心和支持。第三，产业促进会高效进展依托于“凝聚”“鼓劲”和“理解”，各方积极配合，相互帮助，团结奋进。第四，由于注册需要，产业促进会需要上报主任和副主任。建议先请程序教授代理筹建期的主任，陆诗雷为副主任兼秘书长，促进会成立一年内将通过民主选举产生正式领导班子。第五，从长远考虑，促进会在内部整合完善后的将来会进一步扩大，吸收更多会员。第六，“展示会”要实事求是，按照实际情况展示相关内容，突出已有战绩和亮点，开门见山，直入核心，也要提出遇到的困难和问题。

程序教授讲话后诗雷报告了展示会的准备工作情况。

他说，先是与著名的水晶石办展公司接触，据说北京奥运会的“焰火脚印”就是他们设计施工的。他们的预设计方案确实高明，但报价无力承受。后确定“声势风行”办展公司，会上大家看了他们提出初步方案，都比较满意。然后就是这次会议的主要内容，各参会单位分别汇报演示本单位参展内容与版面预案，我和程序教授、诗雷等逐一进行点评和提出改进建议。

在逐个听取参展公司准备的版面的过程中，被他们以小博大精心创业的精神所感动，我的情绪越来越高涨。以至于在听完汇报和点评后作小结发言时，忍不禁喊出了一句，“我们行！”在重复这三个字时，还轻轻地举起了拳头。一下子把与会者情绪调动了起来，有人也跟着说：“对！我们行！”

经历寒冬和被边缘化的中国生物质产业，由蛰伏中修炼蓄势到惊蛰崛起的集中表现不就是因为“我们行！”的信念吗？这三个字最有概括性和动员力。这是压抑许久的一种情绪反弹和由衷的心声。我转身对诗雷说：

“诗雷，就把‘我们行’作为这次展示会的主题词，与‘决胜生物质’一同放在展示会的主板上，怎么样？”我还大声补充说：“这就叫‘亮剑’！”

“太好了。”诗雷毫不犹豫地回答，满脸堆着兴奋表情。

连不苟言笑的程序教授也边笑边点头起来。

后来，我们把这次展示会昵称为“我们行！”展示会。

11.4　央企加盟（2011.5.15）

“中国光大银行”和“中国光大证券”是人们熟知的，近年才听说还有个从事节能环保和新能源实业的“中国光大国际”，他们已经在全国 10 多个城市投资 200 余亿元，运营了 49 个环保项目。“我们行”展示会结束不久，“中国光大国际”通过诗雷安排了一次总裁陈小平对我的拜访，很正式。陈小平总裁个子不高，微胖，皮肤白皙，四川口音，温文尔雅，“银行家”气质十足。

我们二人见面，很谈得来，如老友重逢，谈话主题当然是“生物质”。会谈后光大国际的“纪要”中称：“双方就生物质能源产业发展及国家相关政策等问题进行了会谈。石院士向陈总裁赠送了新作《决胜生物质》。”“陈总裁向石院士提出了三点请求：①好的技术成果由我们来转化；②好的学生推荐给我们；③诚请石院士作为我们的高级顾问，为我们指点迷津。双方在融洽的气氛中结束了会谈，并合影留念。”图 11-2 是与光大国际陈小平总裁会谈与赠书的情景照片。

交谈中，我曾向陈总介绍过国内的几个生物质能源企业，没想到，会见后陈总立即派人一一到现场做了考察调研，说明陈总与我的见面是十分认真的。陈总第二次与我见面时就对我说：“您介绍的几个生物质企业我们都去考察了，收获很大。过去上项目首先想的是引进国外技术，原来国内也有许多好的技术和成功经验。”他的这段谈话，给了我很深的“务实”印象。陈总又说：“最近公司开会研究，决定将生物质能源作为发展重点，将生物质能源从新能源板块中独立出来。”他们的重点是垃圾发电，亚洲第一，最近要上成型燃料供热。

这次会见开始了我与陈小平总裁长达8年的合作之旅。

图 11-2　与光大国际陈小平总裁会谈与赠书照片，北京，2011.5.15

中粮集团是中国最大的粮油食品企业，世界500强之一，是我涉足生物质能源后最早接触的央企。该集团业务范围极广，生物质能在他们的生化能源事业部。

央企的加盟扩大了“中国生物质能产业促进会”的范围与影响力。

11.5　成立大会（2012.4.13）

“枪杆子”是在“惊蛰崛起”战斗中组建起来的，中华全国工商业联合会新能源商会生物质专业委员会于2012年4月13日召开了第一届会员大会和成立大会。第一次代表大会内容有宣读大会组委会成员名单、代表资格审查报告、作筹备工作报告、通过生物质专业委员会章程和选举办法等举手表决选举产生主任委员、副主任委员等。第一次代表大会后是成立大会，宣读《关于同意成立全联新能源商会生物质专业委员会的批复》；宣读《关于全联新能源商会生物质专业委员会主任、副主任的批复》；全联新能源商会生物质专业委员会当选主任委员致辞及相关领导致辞；宣读《专委会会员倡议书》等。

会议有章有法，中规中矩，隆重井然，都是诗雷一手策划安排的。想不到这位科班的土壤学博士在中央部门多年，历练得如此老到。图11-3上图就是他在主持大会。

发起单位是内蒙古毛乌素生物质热电有限公司、国能生物发电工程公司、北京德青源农业科技股份有限公司、武汉凯迪电力股份有限公司、中粮集团、

图 11-3　生物质专业委员会第一届会员大会和成立大会，
陆诗雷主持大会（上）与主席团合影（下）

吉林宏日新能源有限公司、山东百川同创能源有限公司、福州大学生物科学与工程学院、山东龙力生物科技股份有限公司、徐州燃控科技股份有限公司、南昌大学生物质转化教育部工程研究中心、清华大学生物质工程中心、内蒙古特弘生物质能源公司等 10 多家单位。

第一次代表大会通过的《中华全国工商业联合会新能源商会生物质专业委员会章程》提出的专业委员会任务是：

——在产业方面为政府提供合理化建议，协助政府制定相关的行业规范、技术标准和产品标准；

——促进业内企业和科研机构的合作，实现资源共享与优势互补；

——规范企业行为，促进行业自律，维护会员合法权益；

——为会员提供经济、技术、信息、生产、管理、融资、法律法规等咨询服务；

——组织各种活动，增进行业内的交流；促进会员的国际合作；

——帮助热心会员从事社会公益事业；

——组织会员参加全国工商联及新能源商会开展的各项活动；承办政府、全国工商联及新能源商会委托交办事项。

第一次代表大会通过的轮值执行（企业）单位和轮值主任制度，轮值期为 1 年，建议内蒙古毛乌素生物质热电有限公司董事长为主任委员，吉林辉南宏日新能源有限责任公司洪浩、武汉阳光凯迪新能源集团有限公司陈义龙、光大环保科技发展（北京）有限公司陈涛、北京合力清源科技有限公司钟凯民、河北霸州利华燃气储运有限公司孙河中、中国农业大学生物质工程中心程序、国家林业局陆诗雷、中国农业大学张立强等为副主任委员。

成立大会的最后是会员代表合影和主席团合影。

11.6 “领导是关键”

惊蛰崛起中“宣传群众”和“企业发力”很重要，“感动领导”更重要。

“领导是关键”，“政府主导才能有效推进”，这是中国国情，也是此次“惊蛰崛起”的成功之处。

由于我们有机会参与“十二五”规划制定工作，使生物质能纳入我国《国民经济和社会发展“十二五”规划纲要》的战略性新兴产业成为现实。3月27日，国家发改委发布《产业结构调整指导目录（2011年本）》的10项鼓励类新能源产业中生物质能源占5项，农业产业和环境保护与资源节约综合利用产业各占4项，生物质能成为事实上的可再生能源主导。

2012年7月国家能源局发布的《生物质能发展“十二五”规划》乃总其大成，是当时政府对生物质能发展的重要认知与作为。首先提出生物质能的“多样化”与“多元化”特质，以及“促进农村发展和农民增收的重要措施”功能十分宝贵。其次是明确提出我国可能源用生物质资源而不再模棱两可，但未提及可能源用边际性土地资源及潜在能源产出量。兹摘录两段如下。

> 生物质能是重要的可再生能源，具有资源来源广泛、利用方式多样化、能源产品多元化、综合效益显著的特点。开发利用生物质能，是发展循环经济的重要内容，是促进农村发展和农民增收的重要措施，是培育和发展战略性新兴产业的重要任务。
>
> 我国可作为能源利用的生物质资源总量每年约4.6亿吨标准煤，目前已利用量约2200万吨标准煤，还有约4.4亿吨可作为能源利用。随着我国经济社会发展、生态文明建设和农林业的进一步发展，生物质能源利用潜力将进一步增大。

《规划》对我国生物质产业发展现状、存在问题与发展路径的判断是清晰的。

> 从目前生物质能资源状况和技术发展水平看，生物质成型燃料

的技术已基本成熟，作为供热燃料将继续保持较快发展势头。大型沼气发电技术成熟，替代天然气和车用燃料也成为新的使用方式。生物质热电联产，以及生物质与煤混燃发电仍是今后一段时期生物质能规模化利用的主要方式。

将生物质能作为促进能源结构调整和可持续发展的重要途径、发展低碳经济和循环经济的重要环节、发展农村经济的重要措施、培育和发展战略性新兴产业的重要内容，加强政府引导和扶持，加快技术创新，发挥市场机制作用，完善政策体系，推进生物质能规模化、专业化、产业化和多元化发展，尽快形成具有较大规模和较高技术水平的新型产业。

《规划》设置了生物质产业“十二五”的发展目标。

到2015年，生物质能产业形成较大规模，在电力、供热、农村生活用能领域初步实现商业化和规模化利用，在交通领域扩大替代石油燃料的规模。生物质能利用技术和重大装备技术能力显著提高，出现一批技术创新能力强、规模较大的新型生物质能企业。形成较为完整的生物质能产业体系。到2015年，生物质能年利用量超过5000万吨标准煤。其中，生物质发电装机容量1300万千瓦、年发电量约780亿千瓦·时，生物质年供气220亿立方米，生物质成型燃料1000万吨，生物液体燃料500万吨。建成一批生物质能综合利用新技术产业化示范项目。

《规划》虽尚不成熟，但具发展潜力的技术设置了4项示范工程。

《通知》提出加快生物质发电、非粮生物液体燃料、生物质燃气和生物质成型燃料等四项规模化开发任务；提出纤维素原料生物燃料多联产、微藻生物燃料多联产、生物质热化学转化制备液体燃料及多联产，以及大型沼气综合利用等四项示范工程；提出城市生物质供热工程、农村生活燃料清洁化工程、生物质能源作物和能源林基地建设三项重点工程；提出构建技术研发、开发关键技术设备以及完善产业服务等三项“加强生物质能技术装备和产业体系建设”。

为实施《规划》提出了5项“保障措施”和3项“实施机制”。

——到“十二五”期末，生物质能产业将新增投资1400亿元。对于生物质发电项目，继续给予优惠电价支持。对于新型生物质能技术研发及产业化示范项目，以及涉及农村生活用能的生物质能项目建设，中央财政给予资金支持。

——预计2015年，农林剩余物年利用量达到7500万吨，年利用各类能源作物2500万吨，年处理畜禽粪便5.6亿吨、城市生活垃圾6400万吨、城镇污水处理厂污泥1500万吨、废弃油脂90万吨，合计年替代化石能源5000万吨标准煤，相应年减排二氧化碳9500万吨、二氧化硫65万吨。

——“十二五”时期，生物质能产业将初具规模，成为带动农村经济发展的新型产业。预计到2015年，生物质能产业年销售收入可达到1000亿元，提供360万个就业岗位，农民年收入增加180亿元，取得良好的经济和社会效益。

11.7 绚丽的“烟火晚会”
——“惊蛰崛起”回眸（2010—2012年）

自2010年10月8日策划至2011年4月3日“展示会”闭幕，紧张的173个日日夜夜里，我们为“惊蛰崛起”做了12件事。

- 策划“惊蛰崛起”（2010.10.8）
- 央视经济频道播出《对话》节目“决胜生物质”（2010.12.5）
- 石元春呈送“为编制国家‘十二五’规划建言献策万言书”和参加国家“十二五”规划委员会专家委员会（2010.12.6）
- 《中国科学报》头版头条刊出《生物质能源主导论》（2010.12.9）
- “中国生物质（能源）产业”网站正式开通（2010.12.15）
- 在国家“十二五”规划中物质能被列入战略新兴产业（2011.2.12）
- 《中国工程科学》13卷2期“生物质能源专刊”发行（2011.2.15）
- 中华全国工商联正式批准成立“中国新能源商会生物质能源专业委员会”（2011.2.23）
- 《决胜生物质》首发式（2011.3.7）
- “中国生物质（能源）产业展示会”开幕（2011.3.9—2011.4.3）
- 院士/司长生物质能系列科普讲座（2011.3.12—15）
- 召开“中华全国工商业联合会新能源商会生物质专业委员会”

成立大会（2012.4.13）

在短短的一百多天里，12 件事相继发出，每件事都极具新闻性，交织协同，构成了一个五彩缤纷的生物质信息浪潮。如百花园里争奇斗艳的花朵，但更像是放出的 12 支烟花，通过新闻媒体将她放大扩展，在天空中展现出绚丽多姿，婀娜变幻的光彩，特别是发生在 2011 年的两会与制定“十二五”规划的重要时段。

影响力强大的央视经济频道“决胜生物质”《对话》节目播出过程中给观众埋下了新书《决胜生物质》即将发行的悬念；在《决胜生物质》新书首发式上又向新闻界预示两天后“中国生物质（能源）产业展示会”将在中国科技馆新馆开幕；在“展示会”新闻爆发中又交叉着“院士 / 司长生物质系列讲座”的频繁报道。

新华社“通稿”的信息传播力极强，以文字稿（含英文）、视频、网络等多种发布形式，可供国内外媒体再传播，既快且广。《决胜生物质》首发新闻发布会的次日，新华社即发出以“两院院士石元春新书《决胜生物质》：中国农业有望进入“能源农业”时代”为题的专门电稿；“中国生物质（能源）产业展示会”开幕次日，新华社以“中国企业展示生物质能源循环利用成果”为题发出报道。

同日，中央电视台也在《朝闻天下》栏目报道了“中国生物质能源展示会在京举行”，以及《经济信息联播》栏目报道了全国政协副主席参观展示会的采访视频（2011–03–30）；《新闻直播间》栏目以《与院士对话走近绿色能源》为题报道了展示会“期间四院士的生物质科普讲演及与听众的互动”（2011–03–30）；人民日报海外版以《生物质能源产业蓄势待发》为题发表专栏文章（2011 年 3 月 25 日）；中国网能源中国栏目于 3 月 4 日和 7 日，连续两次通过文字与视频进行了长篇专题报道。《瞭望》杂志发表石元春署名文章《生物质能源解困“三农”》，以及科技日报等的转载。这些信息渗透到社会的方方面面，千家万户，连股市期货网站上也有反映，这是巨著雄文所难以做到的传播。

果然，12 束烟花弹在如洗的夜空，编织了一幕异彩纷呈的信息烟花表演，时而天女散花，时而游龙走蛇，时而繁星点点，时而姹紫嫣红 ，时而昙花一现，时而流星四溢，“生物质主导”是这场烟火繁星中的一轮璀璨的新月。

我们十分感谢新华社、人民日报、中央电视台、中央人民广播电台、新华网、中国网、新浪网、科学时报、科技日报、光明日报、中国教育报等众多新闻媒体多形式和高质量的报道。

我们十分感谢有 10 多个企业“战士们”参加我们的团队，在这 173 个日日夜夜里，包括春节期间也是人不下马，马不离鞍地工作。“笔杆子”们，都是有本职工作的业余志愿者，不计任何报酬与个人得失，为推进我国生物质发展的“义士”；“枪杆子”们，我国生物质产业的“儿童团”为了绿色目标与信念，为了国家需要，不惧艰险地大吼了一声：“我们行！”

我国生物质产业起步不久就遭遇“寒冬”和被边缘化。两年“蛰伏”，两年“崛起”，终于迎来了这份政府的《规划》。

“宝剑锋从磨砺出，梅花香自苦寒来”，我国生物质产业将走出低谷，迎来“十二五”的良好开局。

12 二次浪潮要来了

（2011—2014 年）

- 拨开云雾现朗晴
- 一个重大事件发生了！
- “煤改气”不行，“煤制气”更不行！
- 解决方案找到了！
- 二次浪潮要来了！
- 候鸟南飞

我国稚幼生物质产业经历了“风暴”与“海啸”之后，两年蛰伏，两年崛起，随之迎来了发展的二次浪潮。

12.1　拨开云雾现朗晴

2011年春节过了不久，北京上空忽然炸响了几记春雷，这年春天来得特别早。

在我居住的小区，有个可人的中心花园，散步的好去处。

初春，乍暖还寒。随着薄雪消融，满园树木还是一片枯黄的时候，灌木迎春花的柔软婀娜枝条首先泛出嫩绿，不几天就绽出朵朵小黄花，散发着淡香，诱人驻足。当迎春花盛开的时候，书桌旁窗外的高大乔木玉兰，枝条上的冬芽也不耐寂寞，含苞待放。几天就出现了亭亭玉立，如少女般的白玉兰花，修长洁白，被撑开的绿色花萼还紧紧拥抱着。高雅的清香让我不得不冒着寒气，开窗赏之。

想不到，经过“十一五”寒冬的中国生物质能也是迎来了如此这般的初春。《科学时报》的《生物质能源主导论》、央视经济频道的《对话》、《决胜生物质》首发式、“我们行！”展示会，如炸响的声声春雷，迎来了我国《国民经济和社会发展“十二五”规划纲要》中的“国家战略新兴产业”——生物质能。

2011年是国家“十二五”规划的开局年。

被春雷催醒的生物质发电、成型燃料供热、沼气与生物天然气也像生机盎然的朵朵春花，喷薄欲出。经过“潜伏蓄势”和“惊蛰崛起”的拼搏，我们团队的“生粉”们也一扫2008年的晦气，抖擞精神，喜气洋洋，再登新征程。

看，我家门庭若市了。

2010年年末，在中国农业大学金码大厦召开《吉林省生物质能源发展战略研究报告（2011—2020）》论证会。

2011年春节刚过，德青源公司董事长钟凯明来家看我，高兴地告诉我：“去年10月联合国秘书长潘基文视察德青源沼气发电工程，今年2月美国农业部副部长又率团考察我们的‘沼气发电’，还说‘看来，这项技术中国是走在美国前面了’。”

4 月，武汉凯迪公司董事长陈义龙向股东大会报告公司已建在建的 23 座生物质电厂，计划 2011 年年底全年发电量超 10 亿千瓦·时，利润超 1 亿元。计划未来五年在全国 17 个省投资 500 亿元，建 200 ～ 250 个生物质电厂，总发电量可超过全国发电量的 1%。

4 月 11 日，我去杭州参加中国工程院第 116 场中国工程科技论坛“非粮作物和生物质废弃物综合利用技术——生物与化学加工”，一批跨学科的院士专家谋划生物质科技与产业的发展。

5 月 15 日，央企光大国际总裁陈小平先生到家来看我时说：“最近公司开会研究决定，将生物质能源作为发展重点，从新能源板块中独立出来。”

5 月 28 日，我参加了在北京金码大厦举行的“中美沼气论坛”。

“春江水暖鸭先知”，企业是“快速反应部队”。一直在汽车租赁行业投资的一位多年不见的武汉老乡，两次到家与我深谈，希望将资金转移到生物质能源产业；一位退下来的海军将军和他的几位朋友，拟在家乡武汉周边发展生物燃料，得知我出生在武汉，通过熟人联系到家拜访我。还有中粮集团生化部的总经理等。

“这阵子是怎么啦！家成了你的办公室了。”老伴打趣说。

“去办公室还要用车，这不是可以节能减排吗？”我也调侃一把。

媒体当然不能落后，3—6 月份见报的如《生物质能源产业蓄势待发》（人民日报海外版，3.25）、《生物质主导何以是能源大势？》（中国绿色时报，3.17）、《生物质燃料渐成新宠》（义乌新闻网，3.21）、《我国生物质能源将驶入“加速跑道”》（中电新闻网，5.17）、《生物质能源全球性“低谷回弹”》（科学时报，6.20）……

以上说的只是我身边的事，其实程序教授、陆诗雷他们也一定会和我一样地享受着“阳春五月车马喧”和“最是一年春好处，绝胜烟柳满皇都”。

我们知道，关键还要看国家动作。

2011 年 6 月中旬，我得到一份关于国家能源非粮生物质原料研发中心的复制件和国家能源局李冶司长在听取中国农业大学等关于筹建“国家能源非粮生物质原料研发中心”工作汇报后的讲话记录，代表“风暴”“海啸”过后，国家能源局对生物质科技与产业的看法。

李冶司长在讲话中说：

> 我国是农业大国，也是能源大国，发展生物质能源和国家发展战略是一致的。生物质能体现了我国传统文化“天人合一”的思想，

只要天上有个太阳，地下有块地就能获得取之不尽的能源。因此，能源局已向国务院呈报了发展我国生物质能源产业的一个意见，批复之后，我们将制定出一个全面的生物质能源发展规划。这样，我们将名正言顺、大张旗鼓地发展生物质能源。

好一个“名正言顺、大张旗鼓”。

2011 年 7 月 9 日，国家能源局、财政部、农业部在北京联合召开了“全国农村能源工作会议暨国家绿色能源示范县授牌仪式”。好大的阵势，这可是近 30 年来第一次围绕农村能源召开的专题会议。国家发改委副主任、国家能源局局长在主旨讲话中说：

科学发展观是我国经济社会发展的重大战略指导思想，其核心是以人为本。我国有 7 亿人口在农村，全面建设小康社会重点在农村，难点也在农村……中国大部分农村生活能源仍主要依靠秸秆和薪柴，还有近 500 万人口没有用上电，加强农村能源建设，是改善农村民生，推进城乡公共服务均等化的重要举措；是促进农村可再生能源发展，建设社会主义新农村的重要途径；是扩大内需，保持国民经济平稳较快发展的重要条件。

发展农林生物质能产业，开辟农村经济发展新途径。利用陈化粮和木薯等非粮作物，建设了生物燃料乙醇试点工程，年利用非粮作物 180 万吨。建设了 200 万千瓦农林剩余物直燃发电厂，年发电量超过 100 亿千瓦·时，增加农民收入约 30 亿元。开展了生物质成型燃料利用示范，年利用量约 200 万吨。建成了北京德青源、山东民和牧业、蒙牛澳亚等大型沼气并网发电项目，积极探索发展循环经济的新路子。

主旨报告提出，要全面启动绿色能源示范县建设，抓好规划编制、示范工程和项目实施，发挥示范效应，并适时启动第二批绿色能源示范县的建设工作。到 2015 年，要建成 200 个绿色能源示范县。

主旨报告提出，要进一步加大升级改造投入，使全国农村电网普遍得到改造，到 2015 年力争全部解决农村 500 万无电人口的用电问题。

主旨报告还提出，要大力发展农村可再生能源。通过合理布局生物质发电项目，推广应用生物质成型燃料，稳步发展非粮生物液体燃料，积极推进生物质气化工程，大力推广太阳能热利用技术，明显改善农村居民照明、炊事、取暖条件。到2015年生物质发电装机达到1300万千瓦，集中供气达到300万户，成型燃料年利用量达到2000万吨，生物燃料乙醇年利用量达到300万吨，生物柴油年利用量达到150万吨，建成1000个太阳能示范村。

这是一份好大好实际的计划啊！好似给我国生物质产业和“生粉”们拉了一份“满汉全席”菜单，让人兴奋与充满期待。

第二个春天要来了！

第二次浪潮也要来了！

“云开雾散却晴霁，清风渐渐无纤尘。”

11.2　一个重大事件发生了！

一个重大事件发生了！一个重要的战略机遇来了！

21世纪之初开始孕育和暗潮涌动的雾霾，在北京和华北上空集聚现身了。

雾霾大规模暴发，2012年就开始露头了。2012年1月10日上午，北京机场有80余次航班延误，43次航班取消。对此警示，人们尚不以为然。秋天雾霾出现的强度更大，频率更高，北京人开始震惊了。

2012年12月初，我参加完中国农业大学资源与环境学院成立20周年的院庆，9日去南宁；22日转道海南过冬，雾霾消息一道紧似一道。2013年1月14日报道，因连日雾霾，北京儿童医院每天要接待800个以上患呼吸道疾病的儿童；1月15日更是惊人报道，因雾霾导致杭浦高速公路能见度极低，发生20辆车追尾相撞事故。

这些消息使我想起，我在《决胜生物质》书中引用过的，狄更斯在《荒凉山庄》里的一句话：“雾飘进格林尼治退休老人眼睛里和喉咙里，使他们在炉旁不断地喘息。”

雾霾在全国肆虐的这个冬天，我虽身在空气质量每日皆优的海南岛越冬，但无时无刻不在关注着中央电视台播发的雾霾态势及预报。预感到，兹事体大，不可小觑，于是查询起资料，这是我的老习惯。

查阅资料中发现，“十五”期间我国工业化开始提速，煤炭消费量和汽车增长量骤升，拐点在2003年。于是整理思路，随即成文，2013年2月28日的科技日报上出现了一篇题为《舍鸩酒而饮琼浆——也谈中国雾霾及应对》的文章（图12-1）。这可能是关于雾霾方面最早的业务性文章之一。

我文章引言里是这样写的：

今冬雾霾肆虐北京和我国中东部上空，其范围之广，时间之长，

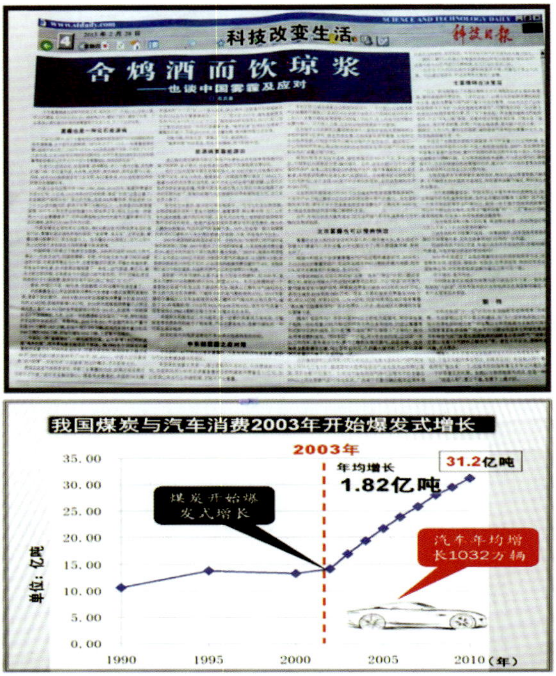

图 12-1 “舍鸩酒而饮琼浆”文（上）和主要资料图（下）

污染之重，对人民健康，经济政治及社会心理影响之大，震惊了国人，震惊了世界。工业革命之都伦敦百年前的迷雾正重现于北京上空，开了一个历史玩笑。

文章开宗明义提出“雾霾是一种化石能源病”，“面对中国暴发的雾霾，19 世纪和 20 世纪的雾都伦敦、比利时的马斯河谷、美国洛杉矶光化学烟雾等皆已相形见绌，中国确实工业化速度太快了，煤炭和化石能源消费增长太快了，排放太过分了。

2005—2010 年，中国煤炭消费量平均每年新增 1.8 亿吨，2010 年煤炭的生产量占全球的 48.2%；主要集中于城市的民用汽车拥有量平均每年新增 1032 万辆。燃煤和汽车的井喷式发展导致雾霾大暴发。嗟乎，因果相连，厄运难逃了。

文章也提出了能源病要靠能源治，我国中东部雾霾治理对策以及北京雾霾慢病快治的路径。下面是其中的三段摘引：

中国工业化过程中的 1980 年、1990 年、2000 年、2010 年四年，能源消费量依次是 6 亿吨、10 亿吨、15 亿吨和 32 亿吨标煤。

中国雾霾是近几年全国煤炭消费和汽车增量井喷式发展的直接结果，请看下面的数字。2005 年和 2010 年全国煤炭消费量分别是 23.5 亿吨和 32.4 亿吨，即每年新增 1.8 亿吨。2010 年中国煤炭消费量已占到全球消费总量的 48.3%（《BP 世界能源统计报告·2011》），即世界一半的煤炭是在中国烧掉的。当然，全球一半的燃煤粉尘也留在了中国，特别是经济发达的中东部地区。再看汽车，2005 年和 2011 年全国汽车生产量分别是 570 万辆和 1827 万辆，即每年新增 200 万辆；民用汽车拥有量分别是 3160 万辆和 9356 万辆，即每年增加 1032 万辆，主要集中在城市。

本地区除压减高煤耗企业和提高能效外，一是不可能以石油和天然气大规模替代煤炭；二是地区水电资源开发殆尽；三因地处政治经济中心和人口密集而核电发展受限；四除海上风电外，陆上风电与太阳能发电潜力极小。天无绝人之路，这里的生物质资源却十分富饶。

文中尖锐提出："燃煤是温室气体排放首犯，导致工业雾霾的元凶，用煤不减，环保无望。"开出的药方是大幅"压煤"和"降低汽车尾气排放污染"。同时分析了各种替代能源，得出主力必将是生物质能源的结论，建议"制定一个以作物秸秆和林业剩余物为原料的生物质发电（热电联产）与成型燃料供热的'减霾压煤'计划"。

由于兹事体大，在海边的住宅里，我将电子版"雾霾文"稿分发给了团队的几位同志，附信如下：

程序、诗雷、洪浩、立强：

你们好！

春节期间，草得一文，现发给你们，望不吝斧政。由于争取两会前发表，请尽快返回意见，谢谢。

希望像前年一样，今年生物质能争取在上面和社会上有些大的动静，大的推动。拟以此文"叫阵"，起"前哨战"作用；随之是你们准备多时和即将撰写的报告（围绕能源局发布的生物质能源"十二五"规划），是"阵地战"；第三个战役是在媒体上发文，制造声势和走向公众；第四个战役是"冲刺"，给总理上书。

我知道你们都很忙很累，不像我。但为了我们共同的信念与事业，我们都会竭尽全力的。我大约 3 月下旬返京。

信的落款时间是 2013 年 2 月 20 日。

在我的“雾霾”文发表后，程序教授随即发表了《治霾和减排呼唤生物天然气》，万斌发表了《拆了烟囱怎么办？》，洪浩发表了《治污还应大力发展生物质供热》，以及 2013 年 7 月 29 日联名上书李克强总理，力荐生物天然气。我们团队动作够快的。

《舍鸩酒而饮琼浆》文发表后的 2013 年春天，雾霾更是猖狂肆虐。雾霾主要暴发在京、津、冀、鲁、豫、苏、皖、汾河谷地、800 里秦川、长三角、武汉、南昌、广州和珠三角等我国最富庶的东中部地区，以至于大西南天府之国等地也未能幸免，受影响面积占国土总面积的 1/4；受影响人口 6 亿；2013 年上半年 74 个城市空气质量超标天数占 45.2%，京津冀地区高达 69%。

2013 年 5 月，习近平主席在河北省视察时指示：“河北省一定要完成压煤 4000 万吨，压钢铁 2400 万吨的任务，GDP 掉下几个点不要紧。”2013 年 9 月李克强总理在夏季达沃斯论坛上的讲话中说：“今年年初中国北京发生了雾霾。经过认真研究，我们决定要打一场攻坚战。今后一段时间内，要在京津冀鲁地区减少 8000 万吨燃煤的消耗。”

就在 2013 年的 9 月 13 日，国务院紧急发布了《大气污染防治行动计划》（以下简称“国十条”）（图 12–2），将防治雾霾上纲到“大气环境保护事关人民群众根本利益，事关经济持续健康发展，事关全面建成小康社会，事关实现中华民族伟大复兴的中国梦”。

雾霾着实地惊动了中央。

一场具有深远和里程碑意义的“克霾大战”在全国打响了！

图 12–2　国务院发布《大气污染防治行动计划》，2013.9.13

12.3 “煤改气”不行，“煤制气”更不行！

克霾大战怎么打？

国务院发布的《大气污染防治行动计划》说得很详细，10 条 35 款，洋洋万言，林林总总，巨细皆备，可立马实施。

《计划》中有“砍”落后产能、过剩产能和黄标车等；有“控”煤炭消费总量、中小燃煤锅炉、机动车保有量和提高油品质量等；有“管”，即严格节能环保准入、节能环保指标约束、完善环境经济政策、健全法律法规体系、严格依法监督管理等；有“代”，即“加快清洁能源替代，加大天然气、煤制天然气、煤层气供应；有序发展水电，开发利用地热能、风能、太阳能、生物质能，安全高效发展核电等”。

“国十条”提出的目标是“力争五年时间使全国空气质量总体改善”。措施的重点是“压煤”，把煤炭占能源消费总量比降低到 65% 以下。

“压煤”无疑是抓住了问题要害，与“舍鸩酒而饮琼浆”文观点相同。

“压煤”能立竿见影吗？肯定行！因为 2014 年做过一次超大规模实验，代号“APEC 蓝”。

2014 年 11 月上旬将在北京举行有普京、奥巴马等各国政要出席的 APEC 国际盛会。这是早定下来的，怎知 2013 年会暴发雾霾，而且 11 月又是雾霾高发期呢？于是制定了一个应急的“APEC 蓝”行动。

11 月 3 日起，北京市及河北省的廊坊、保定、石家庄、邢台、邯郸等太行山一线城市实施最高一级重污染应急减排措施；从 11 月 6 日起，天津市，河北省的唐山、衡水、沧州，山东省的济南、淄博、东营、德州、聊城、滨州，也实施最高一级空气重污染应急减排措施。仅河北一省，从 11 月 1 日开始就有 2000 多家企业停产、1900 多家企业限产、1700 多处工地停工。于是北京上空持续蓝天白云，好不叫人欣喜。

会议结束了，实验停止了，雾霾又来了。

“APEC 蓝”实验证明，只要截住源头，雾霾是可控的。

2016 年 1 月 4 日北京日报刊文《冬季为何变成雾霾季？ 7 亿吨散烧煤是祸首》，文中道：“这个冬天，京津冀地区雾霾袭扰频仍，应急警报多次拉响，成为政府和公众的‘心肺之患’。探寻背后的深层次原因，除了特殊的气象条件外，人为的污染排放是重要因素。特别是供暖季变成雾霾季，让煤炭一时间成为众矢之的。”

是的，问题的症结找到了，就是“压煤”。

靠什么“压煤”？“国十条”提出“煤改气”。

“煤改气”，行吗？当然行，问题是有气吗？

我国天然气资源极缺，需求激增，供需缺口迅速扩大，“气荒”四起，哪来这么多的气去“改煤”。

图 12–3　重庆市加气站无气和华北缺气报道，北京青年报，2009.11.5

2009 年进入 11 月用气高峰，中石油“陕京系统”（供应华北地区）、“忠武线”（供应两湖地区）和“涩宁兰线”（供应甘青宁地区）的实际用气量均大幅度超过原计划。武汉、重庆、西安、南京、杭州等地相继出现供应紧张状况。为此，国家发改委不得不于 11 月 22 日下发《关于保障天然气稳定供应的紧急通知》，要求各地要在迎峰和度冬期间进一步加强需求管理，把确保居民生活用气摆放在第一位。如出现供气紧张，按序压缩其他行业和公共设施等领域的用气。

我国是个天然气资源贫乏的国家，2012 年的对外依存度已达 24%，怎么可能以天然气大规模替代煤炭呢？

于是“国十条”又提出了，“加大煤制天然气、煤层气供应”。

且不说投资、成本与远水不解近渴，以数倍煤炭资源、高排放和高耗水等严重伤害环境为代价去搞“煤制气”，岂不是使情况更糟糕？

从 2006 年开始，我一再公开反对煤制油气并曾得到国家发改委领导认可（见本书第 5 章），怎么现在又冒出来了？难道“煤改气”是在“声东击西”地为“煤制气”铺路，为煤产业解困吗？

这次我本不打算出手，但当看到 2013 年 10 月 16 日《中国科学报》的一篇来自美国杜克大学对煤制油气的质疑报道，惹起了我的一股莫名愤懑与忧虑。当前“煤老板”日子不好过和寻求摆脱困境是可以理解的，但也不能置国家利益而不顾啊！

随即放下手头工作，三天成文，标题是《发展煤制油气无异饮鸩止渴》，发表在 2013 年 10 月 30 日的《中国科学报》上（图 12–4）。

文章的开头是：

前几年“煤制油”很是热闹，近来“煤制气”消息频传，日前又见贵刊10月16日能源版报道了一份来自大洋彼岸、美国杜克大学对中国“煤制气”的研究报告。笔者深感今日中国能源囧境之深重，但也不该走上饮鸩止渴之路啊！

文章的结尾是：

就国家层面而言，既举“生态文明”大旗，就不宜批准如此毒害生态与环境的大项目；既要建设“美丽中国”，就不宜在伤痕累累的中华面庞上新添伤疤；既要转变经济发展方式，就不宜如此大规模上这种高资源消耗和高环境污染的重化工项目；既要“改善能源消费结构”和“控制煤炭消费量”，就不宜上煤消费大幅度攀升的煤制油气；既倡导“科学发展观”，首先要体现在科学决策上。

中国的事，关键在领导，也只能寄希望于领导了。

观点如此犀利，言辞如刀，刀刀见血。

此文刊出仅一周，《中国电力报》能源周刊主编颜新华同志与我通电话，说下周要出一期煤制油气的专刊。电话中惴惴不安地说：“石院士，已经上了十多个煤制油气项目，百多亿资金已经投进去了，可您在文章把煤制油气说得一无是处，业内反响可大了，您能接受我们一次电话采访吗？”

“当然可以。”

第二天，11月14日上午，艳阳铺满了我客厅的整个房间。

十点整，颜主编的电话来了。

记者采访，一般是恭恭敬敬，小心翼翼，这次却不一样。因为有昨天电话垫底，今天三言两语后，就短兵相接起来。看来，颜主编是做足了辩论功课，一招接一招地出手，一个问题接一个问题地突袭。好在我胸有成竹，兵来将挡，水来土掩，见招拆招。

电话里，我们二人时而摆事实讲道理，时而唇枪舌剑，针锋相对。对峙了个把小时，颜主编的语音语速开始降了下来。最后他说：“石院士，我接受您的观点。但是事关重大，我要向社长请示。”还在电话里沮丧地自言自语说：“看来，这期专刊下周肯定是出不来了。”

这是我生平接受的唯一一次唇枪舌剑，别开生面的记者电话采访，足足两个小时，老伴做好的午饭都放凉了。

三周后，12月10日的《中国电力报》能源周刊版以全版篇幅报道了颜主编对我的电话采访，标题是《发展煤制油气代价巨大，生物质能源大有可为》。

在“千字按语”（图 12–4）中说：“在我看来，石院士从生态环境保护、控制煤炭消耗速度出发，提出控制煤制油气产业发展速度和规模的观点，值得高度重视。”按语的最后说：“对于上天赋予我们的这种宝贵的可再生能源，何不在这上面多花一点心思、多倾注一点关心、多付出一些行动？”（图 12–4）

颜主编采访文的态度非常鲜明，但是在有些敏感处用词却是委婉，如“何不在这上面多花一点心思、多倾注一点关心、多付出一些行动？”语气近乎哀求了。可以想象，他是在顶住了煤炭界多大的压力，可能会开罪多少“煤老板”才敢于说出了这些真话的啊！我钦佩这位“求真务实”的新闻工作者。只可惜采访时间虽长，讨论亦深，却未能谋面。

在电话的交谈中，可以感受到他，一定是高高个子，透着一股刚毅、执着和英气的俊朗面庞。

中国电力报
能源周刊
发展煤制油气代价巨大 生物质能源大有可为
能源
发展煤制油气无异饮鸩止渴

图 12–4　我的两篇反对煤制油气文章，分别在 2013 年的 10 月和 12 月发表

12.4　解决方案找到了！

不知大家注意没有，“国十条”的“清洁能源替代”中，生物质能扮演的是耍“龙灯尾巴”的小角色。原文是：“加大天然气、煤制天然气、煤层气供应；有序发展水电，开发利用地热能、风能、太阳能、生物质能，安全高效发展核电。”连太阳能都排在生物质能前面，看来我们忙活两年的“惊蛰崛起”，并未影响到“国十条”的政策制定者们。我们耿耿于怀，也暗暗自喜。

“国十条”发布才几天，在“第一届生物质产业发展长春论坛”上，清华大学李定凯教授讲演的第一句话是：“说到发展生物质能，我们应当‘感谢’

雾霾。”好一个直截了当的调侃，惹来台下一阵会心的笑声。

我在讲演中则说得比较含蓄：“想不到生物质能在‘国十条’里还会继续被边缘化。但是不要紧，防治雾霾需要生物质能，这是不依人们意志为转移的，酒香不怕巷子深嘛！”讲演中再次强调“变相用煤”和继续“边缘化”生物质能是错误的；强调当前贯彻“国十条”应该集中优势兵力打好成型燃料供热战役。

我为什么对生物质和成型燃料这么有底气？因为手上有一张“狠牌”。

我国煤炭年消费量30多亿吨，六七成用于发电，对这些规模化用煤，国家可逐步推行清洁燃烧减排，而其他三四成，约7.2亿吨，主要是用在全国50余万台20吨位以下的中小燃煤锅炉和农村散烧煤上，这才是“压煤克霾”的亘点和难点。

这些民众生活供热，既不能压，又不能清洁燃烧。用气气不够，用电电费贵，风能太阳能远水不解近渴，“煤制气”更不靠谱。如果就地取材，用生物质压制成块状或颗粒状，使用起来和煤一样，灵活机动，存运自如，清洁方便，排放上近于天然气，价格仅稍高于煤。它还可立竿见影地缓解露地焚烧秸秆污染大气以及发展乡镇工业，增加农民收入。

想来想去，以生物质成型燃料是“替煤”的最佳选择，还有他选吗？

对此不是想当然，是有调研与实践的实据。

2013年11月23日，我到河北曲周县参加中国农业大学曲周实验站建站40周年站庆。和曲周县和邯郸市的一些老领导相聚，话题中当然少不了当时的雾霾和“煤改气”。

“石老师，邯郸是雾霾重灾区，现在我们正大力做‘煤改气’的准备工作。”原曲周县委书记，时任邯郸市纪检委书记在饭桌上对我说。

“这几年北京的天然气供应很紧张，要专门从内蒙古和山西调气。能供应得上邯郸的‘煤改气’吗？”我一边吃着饭，一边漫不经心地说着。

“是吗？这些我们下面就不知道了。”

“明年开春后，我请几位老师到邯郸来做个调研怎么样？”我说。

“太好了，来前给我来个电话，我负责安排。”

2014年7月，我们团队的立强与万斌冒着酷暑，到河北邯郸调研“压煤”，一篇《拆了烟囱怎么办？》的文章发表在2014年8月26日的《中国科学报》上。文中说：“河北省邯郸市今年春季以来已经拆除高15米、直径1米以上，10蒸吨以下燃煤烟囱1650根，淘汰955个，相当于2066蒸吨燃煤中小锅炉，可年减少消费130万吨标煤燃煤。”

文中说，邯郸市拆除的烟囱，多数是冬季供暖和供热水的中小燃煤锅炉，

图 12–5　关于成型燃料供热的两篇文章，分别在 2014 年 8 月和 9 月发表

事涉民生。如改用天然气、燃油和电，减排效果改善，但供热成本大幅度上升，居民、事业单位、企业叫苦不迭。例如调查的邯郸市第一人民医院，每年用煤采暖 200 万元，用天然气要 600 万元，如果用生物质成型燃料只要 300 万元。

文章提出了"'压煤'的生物质供热解决方案"。成型燃料供热具有分散小型，灵活方便的特点，排放可接近天然气标准。文章算了一笔经济账，按供热单位计，以燃煤成本为 1，则天然气、燃油和电力分别为 2.4、2.5 和 5.4，而生物质成型燃料仅为 1.4。如果煤炭达到同等排放水平，供热成本将接近或高于成型燃料供热。

这笔经济账太有说服力了，电力供热的成本是生物质成型燃料的 4 倍。

10 天后，即 9 月 8 日的《中国能源报》上又发表了洪浩的文章《治污还应大力发展生物质供热》。这篇文章不是调研，而是洪浩的新能源公司 2013 年在北京大东流苗圃的实践。

北京大东流苗圃温室面积 3 万平方米，2005 年以前使用两台 6 吨燃油锅炉供暖。2005 年采用地源热泵为主、燃油锅炉为辅的供热方式，每年支出电费 200 多万元，燃油费 110 多万元。2012 年苗圃的温室面积增加到 5.8 万平方米，如果沿用过去的供热方式每年的供热费将高达千万元。最后，苗圃选择了生物质供暖。

2013—2014 年供暖季，生物质燃料供暖完全满足了苗圃 5.8 万平方米的温室供暖，另有办公室、职工公寓、食堂总计4000平方米的供暖也达到要求。

整个供暖季总共消耗燃料 2600 吨，加上人工和维保费用，总计供暖支出 320 万元，较上年度节约 60% 以上。

经过专业机构检测，大东流苗圃生物质供暖烟气中的 SO_2、颗粒物、NO_x 等主要污染排放物浓度接近天然气排放标准，完全达到大气污染排放指标要求。

北京大东流苗圃的供暖的演化历程，明显显示，“煤改生物质”比“煤改气”具有多么大的优势。

理论分析、邯郸调研与大东流实践说明，面对 50 余万台 20 吨位以下的中小燃煤锅炉和 7.2 亿吨散煤，生物质成型燃料外，还有更佳选择吗？

真没想到，我们的想象力居然跟不上实践的步伐。

自发布“煤改气”后的一年多的时间里，国家发改委和能源局一连下发了 7 个煤改生物质成型燃料的紧急文件与通知；2009—2016 年，全国成型燃料的年生产能力由 50 万吨增长到 900 万吨，7 年增加了 17 倍。

实践走在理论分析前面了！

立马横刀，舍我其谁！

12.5　二次浪潮要来了！

《大气污染防治行动计划》战略性地启动了生物质的环保功能。生物质的环保功能必将再塑生物质辉煌。

2013 年年末，我参加了在广州召开的“首届生物质供热高峰论坛”，满怀的兴奋与乐观。随着 2014 年的“煤改气”不行和成型燃料临危受命，我预感到一个生物质能发展新高潮将要来临。经过漫漫寒冬，才对早春的暖意特别敏感，我信心满满地讲演了“迎接大发展——生物质能源的春天”。

2014 年秋天，中国循环经济协会可再生能源专业委员会等 5 家生物质能源方面的群团将联合举办“2014 中国国际生物质能大会”，邀我参会和讲演。这是一次大型专业性国际会议，讲什么？内容一定要能承前启后和具有影响力，以当时我对生物质能发展形势判断，讲题自然会落在了“迎接生物能源发展的第二次浪潮”上。比半年前广州会议讲演题又上升了一个台阶，形势使然。

“石校长，会议上来电话，说您是第一个讲演，半个小时。会上要您的 PPT，做同声翻译准备。”9 月 16 日，刚吃过早餐，王崧来电话。

“好的！一会儿发给你。”

17 日晨，按时抵达会场，北京皇家大饭店。

离开会还有十几分钟，头头脑脑相聚于贵宾室，有国家能源局的一位司长和一位处长；有国家林业局一位处长和环保部一位处长；有丹麦驻华大使和几位会议主持单位的负责人。

“生物质能源在国外发展很好，在中国认识不一，形势有喜有忧。”国家能源局副司长的话说得很全局，不偏不倚。

“是啊！现在报道和有些领导讲话中，生物质能源已经被隐藏在‘风能等’的‘等’字里面了。”我用调侃表示不满。

“对啊！如果有石院士这些著名专家向上反映意见……”有位处长一下子把话锋转到我身上来了。

“各位领导和嘉宾，时间到了，请您们移步到会场”，是会议工作人员给我解了围，结束了贵宾室里的这段简短的谈话。

开幕式先是几位领导致辞，随后就是我的“迎接生物质能源发展的第二次浪潮”出场。31 张幻灯片，35 分钟。

前 5 张讲生物质能发展的国际形势，其中第 4 张提出生物质能的最新发展动向：

图 12–6　在“2014 年中国国际生物质能大会”上的讲演，北京，2014.9.17

当今世界生物质能源技术与产业发展中有两件事具有开创意义。一是在热化学平台上气化 - 合成技术（BTL）的突破，不仅对纤维素和半纤维素，也可以对木质素实现高端化利用。二是在生物平台上的生物天然气（BNG）的规模化和产业化生产使生物质能源更具科学和实践意义上的魅力。

第 5 张幻灯片总结性地提出了第二次浪潮的观点，即：

> 继一代乙醇和以成型燃料供热/发电为代表的生物质能源发展的一次浪潮，我们将迎来以BTL、二代乙醇和BNG等先进生物燃料大规模开发的二次浪潮。这是一次意义重大的技术革命和原料革命。

随后以20张幻灯片讲述了“中国案例”和“五大系列产品将为中国能源革命做出贡献和迎来自身发展的春天”。

演讲最后，在对中国企业界、投资界和科技界提出希望后，对政府界提出的希望是“少些偏见，多些信心”。用词很不礼貌，但说的是真心话。

最后一张幻灯片是结束语：

“让我们热烈迎接全球生物质能源二次浪潮的到来！”

“如能把握好这次机遇，中国的生物质能源可能走在世界前列！”

我的讲演一是给形势分析与态度，二是给发展提供信息。

我讲演后是程序教授的讲演，题目是《城镇化与生物质能源》。两个报告后是茶歇，坐在一起的我和程序二位很快就被一群人围住了，争着递名片和提问题，企业家和投资人居多。想不到第一个向我提问的是马来西亚的国际关系委员会主席林恒毅先生，因为他坐在前排，近水楼台。

“石教授，您刚才讲的用木质性原料生产高端生物柴油的项目我很感兴趣，因为马来西亚的这种原料非常丰富。”他的中文讲得非常流利，华裔。

“是的，马来西亚的棕榈园每年都有大量的木质性废弃物，是很好的生物质原料。据我所知，贵国已经与中国武汉凯迪公司有过联系和签有合作协议。”我回答说。

“是的，我知道这件事。教授，您对这项技术有什么看法吗？”

“我是很看好这项技术的。”

后面上来的人把这位先生挤到一边去了。

“我是山东渤亿新能源公司的，叫肖振。您能给我一张名片吗？”

“对不起，我没带名片。”

“对！名人不用名片。”不知是挖苦还是夸奖。

“我们公司过去主要做中央空调、地源热泵以及太阳能光热应用。经过多年的市场摸索，特别是对生物质能源的了解和调研后，打算将应用方向转向生物质能源，特别是成型燃料供热上来。我们特别希望得到您的指点。”肖说。

“我相信你们的这个转型选择是正确的。终端供热形式很重要，但成型燃料的原料与加工的问题很多，你们要有充分估计。”我说。

“是的，我们很想多听听您的意见。您能留下联系方式吗？”肖说。

“有事请与王崧老师联系。”

“石教授，您在报告里说，今后的生物质发电的发展重点不在于扩大规模，而在于与成型燃料等联产，提高能源利用效率。是不是您不看好生物质发电行业？”因为挤着的人很多，这位先生未报家门就单刀直入地发问起来。

“不是不看好生物质发电，而是生物质发电经过这一段时间快速发展后，应当有一个休整提高时期。但是我认为固体燃料行业的重点由发电向成型燃料供热方向转移是恰当的，因为‘克霾’急需成型燃料供热。因为涉及秸秆资源的合理分配问题。”我回答。

“我是‘光大国际’科技开发部的，上次和陈小平总裁一起与您见过面，您今天的建议对我们很有帮助。”“光大国际”科技开发部的一位副部长热情地与我握手。

“谢谢，请您向陈总裁问好！”

“石院士，几年不见了，您还是那么精神。”一位身材娇小，脸庞秀丽的女士握着我的手说。

王崧很有经验，一把就把我拉离了人群。

“石校长，赶紧离开，否则没完没了。”王崧悄悄对我说。

9 月的国际会议以后，战报频传。

来自武汉凯迪的战报是：“芬兰 Forest BtL Oy 生物能源公司已派专家工作团来武汉考察，确认了此项技术。争取年内签订合作协议。”（10 月 8 日）“我公司商业化大型工程转化项目进展顺利，现已开始十六万公里行车试验，油品地方标准年底前有望批准。”（11 月 16 日）

来自内蒙古金骄的战报是：“现已具备液体燃料 30 万吨、高级生物基化学品 20 万吨和高档生物质成型颗粒燃料 40 万吨的生产能力。本月底与投资方签订战略合作协议，3 年内将复制扩大年产 30 万吨规模的生产厂 15 ～ 20 个，年生产能力可达 600 万吨。”（11 月 26 日）

来自山东东营的战报是：十中从去欧洲的北京机场给我来电话：“我现在去欧洲，在机场给您打电话。东营的设备安装基本完成，正等待调试。您说的明年‘喝酒’没问题。”（11 月 24 日）

来自北京德青源的战报是……

战报频频喜讯传，春雷阵阵迎丰年。

生物质产业在我国发展的第二次浪潮真的要来了，2014 年！

12.6 候鸟南飞

2014年，诸事停当，11月29日，“候鸟”登程南下，海南过冬去了。

这天，北京正是重雾霾，飞机起飞不久，雾霾云层就被压在了机翼之下，灰灰的，浓浓的，着实看着令人不爽，这是我头次自上而下地看雾霾。

离开北京的寒冷与雾霾，着单衣海边散步，享受蓝天白云，清新空气，反觉着几分奢侈。

早晨，打理完诸事后就坐到书桌前，打开电脑。当电脑开启运作时，习惯地面向左侧，将视线投向窗外远处的大海，让思绪也变得开阔激荡一些。

此时的心情极好，写下了：

> 机翼无情甩京霾，南下越冬赴琼海；天阔云舒窗外景，桌前键声朗朗来。（越冬）

又一首：

> 搁笔建议书，又启决胜二；海风轻送暖，心宽天地阔。（启决胜Ⅱ）

电脑启动后，习惯地先打开邮箱。见有王崧3封邮件，标题一下吸引了我。《生物质能受益于能源革命》《我国能源革命时不我待：生物质能或起引领作用》《凯迪电力68.5亿元布局清洁能源》。怎么，喜讯也会追着我到了海南？

打开一看，全是让我高兴的消息。

> 中国新闻网12月8日电。日益严峻的大气污染，不断上升的全球温度，逐渐改变的降水模式，极端的天气活动等环境气候问题，不断影响着人类的生活，也影响着整个生态系统，同时，也激化了全球动荡、饥饿、贫困和冲突等挑战。在如此严峻的形势下，寻求替代化石能源，构建以可再生能源为主的清洁能源体系势在必行。
>
> 生物质能或引领能源革命：随着国家对能源消费结构改变和节能减排要求的提高，发展可再生能源已经引起了全社会的关注，面对当前环境气候的变化和传统化石能源的减少，发展生物质能源的

呼声日益高涨。

民企成清洁能源发展主力：目前我国大力发展的几种清洁能源中，核能、风能、水能的利用以国家为主导，而民企则成为发展太阳能、生物质能这些分布式能源的主力，发展势头迅猛。

《中国电力报》12月1日发表了对我的一篇采访文章，《生物质能源将进入发展的快车道》做了如下转引：

原北京农业大学校长、国家能源专家咨询委员会委员、两院院士石元春表示，中国生物质能源发展将进入快车道。在生物质能利用上，我国生物质能资源丰富，生物质气、生物质油市场潜力巨大，目前凯迪电力等企业在技术上已经走在了世界前列。

但是，最让我高兴的是下面两则报道。

一则是：

生物质能作为全球利用排名第四位的能源，被相关人士认为是最有可能替代化石能源的可再生能源，同时，生物质能是唯一可以作为化学品或石油替代品的能源。

生物质能可以转化为热能、电能、燃气、燃油，这些转化的能源可以替代化石能源，应用在人类生活的方方面面。生物质能与风能、太阳能最大的不同在于促进社会公平方面，生物质能产业可以变废为宝，使农民直接获得收益，促进社会公平。

这些话太熟悉了，不正是我多年来苦口婆心、反复叨唠的那些介绍生物质基本知识的话语吗？高兴的是，这类的知识现在媒体上传播得越来越多了，它比出自专家之口更能普及公众。

另一则是：

国家新的能源战略发展计划的出台，使新能源企业再迎政策利好，纷纷积极布局产业发展。据统计，自2014年以来，上市公司新能源的投资事件中，投资事件发生最多的领域是太阳能行业，而投资金额最多的，则是生物质能行业。

该报道数据显示，风能和太阳能的投资额分别是12.91亿元和46.28亿元，生物质能是71.43亿元。

我长长地舒了一口气，一口对“粮食危机”“金融风暴”和“风电三峡”的怨气。

离开北京，偏居“天涯海角”，有一种“任凭风云起，稳坐琼海南”的感觉。

C

下篇

二次浪潮

二次浪潮真的来了。

本篇前 3 章讲成型燃料、生物天然气和液体燃料在二次浪潮中的表现与战绩；中间两章讲一个生物质资源大省，吉林省在行动；后三章讲在“能源革命”“十三五”“一带一路”和“双碳”国家行动中的“决胜生物质”。

本篇时段是 2014—2022 年，时长 9 年。

13 成型燃料临危受命

- 小颗粒，大用场
- 王庄村域模式
- 光大县域模式
- 城镇“一站式”供热
- 广州大会，誓师！
- 成型燃料临危受命
- 武汉大会，“煤改生物质”

“国十条”激发了成型燃料的临危受命，拉开了生物质产业在我国发展二次浪潮的序幕。本章将从成型燃料的前世今生说到“煤改生物质”。

13.1 小颗粒，大用场

“小颗粒，大用场”，这是我十多年前在《决胜生物质》书中的用词。

什么是生物质成型燃料？

散落满地的煤屑，一点用处没有，如果简单加工成煤球或蜂窝煤，会怎么样？

俯拾皆是的林地枝丫材与农田秸秆，如果粉碎压制成颗粒或块，又会怎么样？

对原料不需要做复杂的物理或化学处理，只是改变一下聚合状态，就会带来完全不同的燃烧效果，煤球煤饼如是，生物质“成型燃料”亦然。

生物质成型燃料起于20世纪70年代北欧国家。

化石能源资源贫乏，却遍布泰加森林的瑞典、挪威等北欧国家，一年有9个月的采暖季。面对世界石油危机时的油价暴涨，干脆就地取材，用森林中的枝丫材压制成颗粒（pellets）或是压块（briquettes），可作家用炊事和取暖，或工业锅炉供热和发电，从而代替煤炭和石油，既方便又便宜，何乐不为。像过去中国城市里的煤球和蜂窝煤一样，到处都有供应，很方便。

生物质成型燃料大小形状各异，净密度1.1～1.4吨/立方米，热值约4000千卡/千克，稍低于原煤。成型燃料锅炉供热的烟尘、SO_2、NO_x排放浓度执行标准分别小于30毫克/米^3、50毫克/米^3、200毫克/米^3，接近于天然气。由于成型燃料含硫和含氮量低，配套专用锅炉可达很高的清洁燃烧水平，适当除尘即可达天然气的锅炉排放标准。

与化石能源相比，林地枝丫材和农田秸秆的最大缺点是高度分散和能量密度很低，不便收储运和加工。稍加粉碎成型即可克服这个缺点，能量密度提高8～15倍；燃烧的热效率由10%提高到40%以上，热电联产可高达90%以上。它还有加工相对简单，投资少，见效快，使用方便，可以在农村分散建厂，发展农村经济等的优点。

2003 年，瑞典成型燃料供热占全国供热的 68.5%，工业用成型燃料超过石油，年使用量 200 万吨，人均 200 千克。成型燃料供热在欧洲很普遍。

据 2009 年 IPCC 公布（图 13-1），2008 年全球生物质资源经商业转化的能源总量为 10 艾焦。其中用于发电、供热和液体燃料分别为 3.2 艾焦、4.2 艾焦和 2.9 艾焦，供热居首；有效能量分别为 0.8 艾焦、3.7 艾焦和 1.9 艾焦，供热远远领先；转化效率分别为 25%、80% 和 65%，供热领先。

大道从简，生物质成型燃料占的就是个“简”字，让小颗粒派上了大用场，在北欧成为供热主力。在中国，为什么不能用遍地的作物秸秆和废弃林木压制成成型燃料，在压煤克霾战役中建功立业呢？

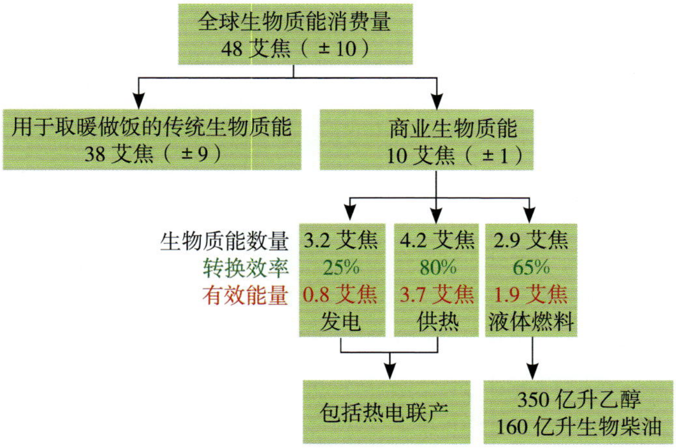

2008 年全球用于生物质能源的生物质总量及结构
数据来源：EA2009，引自 IPCC《Contribution to special report renewable energy sources》，Chapter 2: Bioenergy, Page 46.

图 13-1　2008 年全球消费生物质能源总量及结构

13.2　王庄村域模式（2012 年—）

2012 年秋天的一个上午，曲周县河南町公社老书记胡文英、王庄村老书记王怀义与他的儿子等曲周乡亲来家看我。刚刚坐定，万斌来了电话：

“石校长，光大国际要您个人的银行账号，给您打进 10 万元顾问费。”

“万斌，请你代我表示感谢，谢谢他们的好意。顾问费就不用打了，我从来都是免费顾问的。光大国际能重视发展生物质能源，就是对我的最好酬谢。”三言两语就打发了，赶紧回座与乡亲们寒暄叙旧。

“石老师，今年曲周县和我们村又是个玉米丰收年，1 亩地能打 1 吨多。”

怀义兴冲冲地说。

我直觉地接上去说："这就是说，1亩地还可以收1.5吨秸秆。这么多秸秆，你们是怎么处理的？"

"都翻到地里了。"老支书怀义说。

"那不是会影响下茬小麦播种质量吗？病虫害是不是会多起来？"我又问。

"可不是，要加大小麦播种量，播种质量还很差。这几年病虫害确实是多了。"怀义显出一种无可奈何的表情。

"一般情况下，有1/3秸秆还田就可以维持地力了，为什么不做成型燃料当煤烧呢？"我接着问。

这使我想起和与客人们谈到，40年前我刚到曲周建盐碱地改良试验区时看到农民拉煤过冬的情景。种完小麦后，初冬的天气已经很冷了，农民一家人拉着一辆排子车，到百里外的峰峰煤矿拉煤过冬，往返要个把星期。六七十岁的老人和十岁上下的孩子都要出动，上坡过坎时可以全家推车使劲。农民们还在排子车上竖起两根竹竿，撑着一面床单，像小船上的风帆，借点可怜的风力。令人心酸的"陆地行舟"情景令我难以忘怀。

当我回忆起这段经历时，在座的曲周人都开怀大笑了。

"石老师，现在农民的生活好了，都是合伙用汽车到峰峰煤矿拉煤，谁还会用排子车拉煤。"

"不过，现在农户一冬的采暖需要花费两三千元，压力挺大的。我们也听说秸秆粉碎后可以压块当煤烧，那可是好。"怀义叹息着说。

我介绍了吉林农民将玉米秸秆粉碎后压制成型燃料用于冬季取暖的事例。他们听了特别高兴。我灵机一动地说："怀义，40年前我们在曲周搞盐碱地改良，现在我们搞生物能源怎么样？咱们老兵续新传嘛！"我一时兴起地说。

"太好了，石老师，你再领着我们干吧。"文英、怀义都这么说。

粗算了算，建一个加工点至少要三四十万元，谈话出现短时默然。

"我开了一个小饭馆，如果盘出去可以值十几万。"坐着一言不发的怀义的儿子贸然说出了一句。

我突然想起刚才万斌打来的电话，马上对老伴说：

"韵珠，赶紧给万斌打个电话，就说光大的顾问费我要了，支持农村搞成型燃料。"

"好啦！又有了10万元。说清楚，这是光大赞助的，我只是借花献佛。"我的情绪一下子亢奋了起来。

王庄生物质成型燃料生产厂办起来了，万斌花了不少力气。全村100多户用的就是这种作物秸秆制造的"生物煤"，既省钱又好烧，高兴得不行。外地来王庄参观取经的不断，还上了中央电视台和河北省电视台。

2013 年年底的广州会议上，我在讲演中介绍了这个案例。下图是其中的四张幻灯片，有“原料—加工—自用—销售”一体化的产销流程；有生产的技术经济指标；有类似于“麦当劳连锁”的商业模式思考，以及案例点的实景照片，具体内容可参见幻灯片中的文字与图表，这里就不再赘述了。

图 13–2　曲周县王庄村成型燃料加工厂（A、B），有关技术指标（C）和商业模式思考（D）

讲演中对此案例总结了以下 5 个优点：①提高农村能源消费质量，受到农民欢迎；②原料供应稳定、收集储运成本低；③原料—市场距离最小化；④扶持村镇企业，增加农民收入和就业岗位；⑤减少二氧化碳的排放和为城镇化发展提供清洁燃料。

存在的问题是高度分散，技术与产品质量不易控制；缺乏资金投入与金融支持。

王庄村农民自办“成型燃料加工厂”是一粒“火种”，可以燎原的星星之火。

13.3　光大县域模式（2011 年—）

2014 年的冬天我是在海南过的。

元旦刚过，接到“光大国际”集团公司陈涛副总裁从深圳打来的电话，邀请我到深圳总部参加集团内部讨论生物质能源的工作会议。

我参加过各式各样的会议，从未参加过央企高层内部工作会议，有些好奇。按说，我是他们的顾问，参加他们的工作会议也合常理。

我与中国光大国际总裁陈小平先生的头次见面是在 2011 年 5 月，一次礼节性的会见。以后对光大国际的了解也不多。这次陈涛副总邀请我参加会议，我在电话里顺势说："陈总，能发给我一点你们集团关于生物质能工作方面的材料吗？"

"可以，可以。应当，应当。"陈总在电话里忙声应答。

看到他们发来的材料，让我大开眼界。原来他们已经做了一件十分漂亮的县域生物质能产业化实践的大事。

他们的思路和提法是"县域生物质能源化"，即以县域为单元，将作物秸秆和畜禽粪便等农业废弃物能源化。这种思路更高一筹，更实一层，足显一个央企为国为民的高尚情怀。

按他们给我的材料，"经多年探索，提出通过技术手段，将农村生物质能源转化为可持续的生物质'煤田'和'气田'，建立'全县域生物质产业化综合利用模式'。生物质'煤田'是指以农业生物质为原料制造成型燃料，代替燃煤用于锅炉进行供热或发电，从而形成可持续再生的生物质成型燃料利用体系。"

面对收集难、收集加工成本高、利用途径少、市场空间有待拓展，以及政策不完善的难点，经多年探索，形成了收、储、运、加、用的全县域覆盖和全产业链运作的"光大模式"。在县域全覆盖中，秸秆加工厂是收运和加工的中心环节，是秸秆收储运的枢纽，是后端利用项目与前端收运体系的纽带。光大国际在推行全覆盖模式过程中，探索出秸秆加工厂布点、建设及承包人招聘的成功经验。

以江苏省宿迁市宿城区为例，年可利用秸秆量 12 万吨，可布置年产 4000 吨成型燃料秸秆加工厂点 21 个。经过合理布点，基本覆盖全县域秸秆资源，秸秆收运距离适中，可大幅度减少运输半径，降低运输成本；同时分散建设秸秆加工厂，避免建立大型堆草场，节约土地；全县域秸秆加工厂在规划、土建、设备采购及维护、运行、产品收购等方面统一管理，可大幅度降低运行成本，提高项目收益，切实做到企业有盈利、农民得实惠。

目前，光大国际已与盱眙、宿迁和灌云三地政府签约，在三地建设农林生物质利用项目。项目具体情况如表 13-1 所示。

表 13-1　光大国际农林生物质利用项目情况

项目所在地	宿迁宿城区	盱眙	灌云
项目投资（亿元）	1.76	1.7	1.75
终端利用形式	集中供热	热电联产	热电联产
终端装机规模（蒸发量，吨 / 小时）	135	135	135
项目覆盖面积（平方千米）	854	2500	1500
当地秸秆资源总量（万吨）	23	58	61
项目利用秸秆量（万吨）	12	16.8	16
秸秆加工厂布点数量（个）	16	37	24
预计农民增收（万元 / 年）	2400	3600	3200
增加就业机会（个）	700	900	800
CO_2 减排量（万吨）	17	238	22.5
节约燃煤量（万吨）	6.5	9	8.6

光大国际的这项工作，做得实、细、严谨和富有成效，令人钦佩。特别是作为一个大型央企，不摆架子不怕利薄，不避与“三农”打交道和原料收储运的困难，一点一滴地把工作做出成效来，堪称典范。

2015 年 1 月 9 日，在深圳，光大集团总部召开了“生物质能源工作会议”。

会议由总经理胡延东主持。先是由来自全国各地的垃圾发电、生物质发电、热电联产、成型燃料供热、装备制造等生产一线公司的老总，分别用 PPT 作约半小时工作汇报，每个汇报后有评议和讨论，陈小平总裁等公司高层都有发言。中午吃盒饭和稍事休息，下午 1 时 30 分接着开，下午 5 时多才结束，连续作战 8 个小时。虽已耄耋，我仍精神抖擞。

在听取各实体公司汇报后的讨论中，陈总裁总是站在全局高度做出肯定、质疑或发表自己的见解与指示。在听到一个生物质发电公司汇报中提到掺烧垃圾时，陈总肯定了这种做法，并提升到“随着大量中小城镇的发展，所产生的垃圾需要处理，这种城乡垃圾一体化处理模式必然有很强生命力和很大市场，光大国际一定要占据这个先机，把它做大做强”。当听了成型燃料生产的几种模式后，陈总说：“现实情况很复杂，模式要因地制宜”；当听到在一个县建了 4 个加工点的汇报后陈总问：“能覆盖全县多少？”“大约 1/3”，“那不行！要做就得全覆盖，只有全覆盖才能形成气势，有规模效益，得到地方的重视和支持。”当听了县域内几个加工点出现争夺原料资源问题时陈总说：“既然这些点都是光大国际设的，那么可以建一个大收储运供应周边数个加工点的体系，叫作‘大收储运’。”又强调说：“建‘大收储运、大物流、大管理’体系很重要。”

在听完各个点的汇报后，陈总裁语重心长地说：“光大国际过去一直在城市工作，现在正在走向农村，这是一场革命，观念和工作方法上的革命。”这是一句理念与战略性的总结。

已经是下午4点了，主持会的胡总说：“休息10分钟，回来后请石院士讲话，最后请陈总做总结。”

会前，我对光大国际发展生物质能源是有所了解的，但像天上的浮云，飘飘的。这次参加工作会议，有一种由天上落到地面的感觉，实在了许多，对一个大型央企发展生物质能源是如何运作的，找到了一点感觉。

我发言的开场白是：

刚才陈总裁说光大国际正由城市走向农村，而我这个农业工作者则是由农村来到城市，深感你们这些城里人到农村去工作，与县镇长和村支书打交道是多么的不易，我对你们来自一线的指战员们的工作深表钦佩。参加这次工作会使我感到一个大型央企对国家和社会的那种强烈责任感，以及在工作中的那种务实、细致、严谨和科学的作风。

随后我就成型燃料供热问题谈了三点看法。第一是关于生产模式问题。

各位报告中提到的成型燃料生产模式有提供设备、提供设备＋场地、全投入＋管理、全社会化生产等，正如陈总裁指出的，生产模式要因地制宜。作物秸秆是多种和有季节性的，收下来也不是马上就能加工的。苏皖以稻草和油菜秸秆为主，冀鲁豫则以小麦玉米秸秆和棉柴为主，不同作物秸秆加工特性也不尽相同。当地农民最掌握当地农情，能用较佳和最经济的方法收、储、运和加工。我们在河北邯郸王庄村有个小试验，感到以村办为主，企业投设备和技术，协助贷款和培训的形式不错，能较好地调动乡村农民自身的优势与积极性，原料成本可以降低1/4～1/3。他们与当地政府打交道也方便。

今年中央一号文件提到要推进农村一二三产业融合发展；要立足资源优势，以市场需求为导向，大力发展特色农业，壮大县域经济；要加快构建新型农业经营体系，引导农民专业合作社拓宽经营领域。光大国际在县域发展成型燃料供热，正是秉承中央文件精神，推进国家现代农业发展和增加农民收入。

第二是建议加强对成型燃料供热的终端市场开发与服务。

成型燃料供热是商业生物质能源的重要方向。上次我在研究院揭牌仪式后做的讲演中介绍过 IPCC 的一个资料，即全球 10 艾焦的商业生物质能源中，供热占 37%，热效率是 80%；发电占 8%，热效率是 25%。成型燃料供热在欧美已经很成熟，中国才刚起步。初期先抓成型燃料生产是理所当然的，已经有六七年了。因技术与资金门槛都不高，只要政策和资金导向解决了，制定了标准，会很快发展起来的。我认为当前最重要和最需要做的是开发终端供热与成型燃料流通市场。

上午宿迁公司汇报中提到已在阿里巴巴网站建了成型燃料网络销售平台，这很好，很有创意。但产品只有成型燃料，而非终端产品——“热”。此二者不仅是附加值悬殊，重要的是，它是成型燃料替代燃煤和防治雾霾的关键环节和实现目标的“最后一公里”。全产业链中的这个环节的缺失或薄弱，不仅成型燃料生产兴旺不起来，也会模糊了发展成型燃料的终极目标和意义。这也是“行百里路半九十”的道理。

“最后一公里”已进入商业和流通领域（物流、资金流和信息流），是第三产范畴。别说是农民专业合作社，就连民营中小企业也难有作为，这个担子只有像光大国际这样的大企业才能挑得起来，这也正是光大国际的优势所在，可以在全国发挥行业的引领作用。这件事做好了，就能让这个刚刚起步的国家战略新兴产业做活、做快做大和推向“快车道”。

李克强总理说（2014 年）在京津冀鲁地区要减少 8000 万吨煤的消耗，如果成型燃料贡献 10%，就需要约 1500 万吨；如 1 个加工点年产 4000 吨，就要有 3000 多个加工点。我在上次讲演里提到我国新疆棉区每年有 900 万吨废弃棉柴，是优质成型燃料原料，在组织化程度很高的生产建设兵团团长手里，轻而易举地就能加工为成型燃料，“西料东送”地支援京津冀雾霾治理，比“西气东输”省了很多。这个“大物流”中小企业做不了，光大国际可能做得了，如果论证可行的话。在当前国家急切和市场需求极旺的形势下，光大国际在垃圾/生物质发电和成型燃料供热的雄厚积累的基础上，有可能实现跨越式发展，发挥引领行业、奉献国家的作用。

第三是建议直面“防治大气污染”，举“克霾大旗”。

光大国际在成型燃料供热上，从几个县的全覆盖做起，正在向保定等地，国家治理大气污染的主战场扩展，如果做大做强终端市场和服务，全产业链地将一二三产连接一体，必将有一个跨越式的发展。因此，光大国际在绿色环保产业定位的基础上，直面国家当前最紧迫的“防治大气污染”目标，举起“克霾大旗”。这是光大国际“激浊扬清”理念的具体化。当然，产业规模要跟上去，例如在保定市及周边地区年产100万吨成型燃料、1亿立方米生物天然气。

讲得如何不重要，重在参与，当时我是这样想的。
从此，在我的生物质思想库里装进了一个“光大县域模式”的深深印记。

13.4 城镇“一站式”供热（2008年—）

本书8.3节“赢在起跑线上”，曾讲过吉林长春青年企业家洪浩和他从事生物质成型燃料产业化开发的故事。他的成功之处是没有把重点放在生产和销售成型燃料上，而是将终端产品定位在城镇集中“供热”和“一站式”服务上。

所谓“一站式”服务是指从原料收集、成型燃料制作、旧锅炉改造、锅炉燃烧、终端供热，以及全程自控与监测提供“一站式”全程服务。2008年的第一个客户是长春市四星级吉隆坡大酒店的4.2万平方米供热，节约供暖费40%，且清洁环保可持续，受到市环保局嘉奖。

在随后的4年里，又完成了天合富奥汽车安全系统（长春）有限公司、吉林省辉南玛珥湖宾馆、吉林建筑工程学院城建学院、吉林大学科技园小区、吉林大学白求恩第一附属医院、长春环球大酒店、长春兴隆综合保税区（部分）、长春市陶瓷厂职工住宅区、山东威海乳山染整工业园、山东威海尼特服装有限公司、山东威海佑成纤维公司、山东威海吾星纤维有限公司等14个项目，年供热面积百万平方米以上。

他在2013年的广州会议的讲演中将他6年的实践划分成三个阶段：萌芽阶段的战略是“纵向一体化，由龙头企业建立产业链”；第二阶段是快速发展阶段，发展战略是“产业链的不同环节形成专业的产业集群”：第三阶段是持续发展阶段，发展战略是“产业将与农林业的发展实现融合”（图 13-3）。

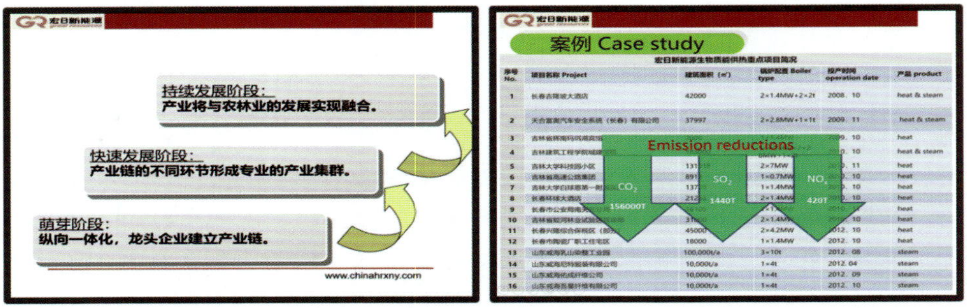

图 13-3　吉林宏日城镇模式发展阶段（左图）与案例（广州，2013.12.22）

2012 年 10 月洪浩总结编写了《关于振兴我国生物质供热产业的建议》报告（以下简称《建议》）。

《建议》提出，我国供热市场潜力巨大。一是城镇化率每上升 1 个百分点，意味着二三千万农民进入城镇，其人均能源消耗是农村的 4 倍；二是现以燃煤为主的城镇供热结构，从燃料到供热方式正发生改变；三是分布式供热市场中接近 60 万台以煤为主的中小锅炉每年消耗燃料约 6 亿吨标煤和供热方式必将改变；四是随着农村生产生活条件的改善，传统能源与供热方式亟待改变。这四点，决定了供热市场潜力巨大。

《建议》认为，我国生物质供热产业发展面临的问题，一是资源价格翻倍，人力成本上涨，煤价下行，产业竞争力削弱；二是缺政策扶持、金融支持、行业标准和后备人才；三是外界对生物质成型燃料以及相应的供热产业缺乏认知与共识。

《建议》就扶持资金、补贴政策和合同能源管理资格的认定提出了建议。

随之于 2013 年洪浩成功地完成了北京首个生物质供热项目，大东流苗圃案例项目。

国家能源局对此来自产业实践的报告和大东流项目十分重视。

2014 年 6 月由国家能源局和环保部联合颁发了《关于开展生物质成型燃料锅炉供热示范项目建设的通知》，鼓励发展生物质供热替代中小燃煤锅炉。2017 年国家发改委与国家能源局联合发布了《促进生物质能供热发展的指导意见》。

下面讲成型燃料供热的城镇模式攻略的第二个案例，广州迪森。

广州迪森股份有限公司利用生物质燃料等新型清洁能源，为客户提供热能运营服务。公司业务已覆盖生物质供热运营（BMF 业务）、生物质可燃气（BGF 业务）、生物质裂解油 / 生态油（BOF 业务）等诸多领域。公司已签约包括可口可乐、国际纸业等世界 500 强跨国企业及红塔仁恒、珠江啤酒、白云山制药等央企及大型国企在内的 100 多个项目，涵盖了造纸、冶金、食品饮料、医药化工等 20 多个行业（图 13–4）。2012 年成功上市，是我国生物质供热的领 2012 年在深交所创业板挂牌上市，是国内生物供热运营领域首家上市公司。

迪森在广州会议上提出目前存在生物质成型燃料未明确是否属于清洁能源的问题；企业利用生物质成型燃料是否计入单位 GDP 能耗，以及尚无国家标准等问题，并建议：①利用林业三剩物生产的生物质成型燃料产生的热力或可燃气，也可享受增值税 100% 即征即退税收优惠政策；②修订《资源综合利用企业所得税优惠目录》，利用林业三剩物生产的热力或可燃气，也可享受所得税税收优惠政策；③比照秸秆能源化财政补贴政策，对以林业三剩物为原料生产的生物质成型燃料也给予适当财政补贴。

图 13–4　广州迪森公司生物质成型燃车间外景（上），项目案例（下）及合影（广州，2013.12.22）

2011 年生物质成型燃料生产超过 300 万吨，从业企业达千家，这里只选了南北两个领军的企业为代表，展示生物质成型燃料供热的城镇模式。

13.5 广州大会，誓师！（2013.12）

自 2008 年到 2015 年，成型燃料供热模式从村域、县域到城镇，进展长足。

现在我们把镜头回放到 2013 年年底的广州会议上来。

2013 年春雾霾大暴发，9 月发布“国十条”，敏感的“生粉”预感到生物质能，特别是成型燃料供热的大发展机遇到了，迫不及待地于 12 月 21 日在广州召开了“首届生物质供热高峰论坛”。

周凤起，国家发改委能源研究所前所长，中国低碳经济发展促进会常务副理事长，毕业于清华大学电机系，我们习惯称他“周所长”，一位个子不高，皮肤白皙的儒雅苏州人士。他重视生物质能，更情有独钟于生物质成型燃料。2011 年，他主持了“生物质成型燃料发展战略研究”的中美合作项目；2013 年 9 月“国十条”发布后，是他在第一时间主持召开了这次论坛。

飞机由北京着陆广州机场已是 19 日傍晚，天色已经暗了下来。从机场到入住的宾馆，车程半个多小时，我从窗外美美地领略了一路华灯初上的广州冬日胜景，多么繁华与秀美啊！

会议承办方，广州迪森热能技术公司董事长常厚春在宾馆门外迎我，我们二人直接到餐厅用餐。虽为初识，但有生物质的共同话题，相谈甚欢，何况我们二人还是武汉老乡。

参会的领导、专家和来自全国的 20 多家生物质能企业，他们都怀着一份迎春的欣喜。

21 日的“首届生物质供热高峰论坛”开幕式上，先是 3 位行政官员报告、专家讲演，下午有 10 个生物质能企业交流。

开幕式上农业部李景明处长的题目是《资源配置与市场机制 ——对成型燃料产业链两端市场的思考》，国家林业局王晓华处长的题目是《林业生物质成型燃料资源情况》，环保部刘孜处长的题目是《积极发展生物质成型燃料，大力消减污染物排放》。

我对刘孜处长的报告很关切，想听听“国十条”制定部门对“国十条”的解读与发布 3 个月后的动向。

刘孜报告前 8 张幻灯片讲“压煤”，讲“控制煤炭消费总量”和“全面整治燃煤小锅炉”，措施非常细致具体，特别是针对北京和冀鲁豫地区。紧接着是 5 张幻灯片的“生物质成型燃料的污染减排作用”，如具有低灰、低硫、低氮燃烧的特点，容易达到排放限值；可解决秸秆、林业废弃物露天焚烧；二氧化碳零排放，以及成型燃料成本低廉等五项作用，小结是“生物质成型燃料可以在替代燃煤的工作中发挥重要作用”。我以为“论”得很到位。

感兴趣的是，“国十条”的主要制定部门在发布3个月后即实事求是地提出：“全部利用天然气替代燃煤是不现实的，且很多用户无法承受其经济成本。‘煤改气’不能一哄而上”，以及“生物质成型燃料替代燃煤，具有充足的原料资源和广阔市场的潜力”。北方取暖季到了，这个问题是无法回避的。

处长报告的结语是：“生物质成型燃料将成为我国大气污染防治工作中的一支生力军。”“生力军”的提法恰到好处。

三位处长报告后是七位专家讲演。

周所长的“生物质成型燃料产业政策分析”别具一格，分量很重。

讲演的第一部分是从法律、政策和污染物排放三个层面回答了“生物质成型燃料是不是清洁能源？”得出的三点结论是：“生物质能是可再生能源，属于新能源；生物质成型燃料是清洁能源；在实现新型城镇化和防治大气污染行动中，生物质成型燃料对中小型燃煤工业锅炉的清洁燃料替代可以发挥重要的甚至关键的作用。”

为什么对“成型燃料是清洁能源”如此浓墨重彩，是因为最近国内有个别地方文件将成型燃料列为污染类燃料，引起一些混乱。因此从科学与政策两个层面上予以澄清是非常必要的。

讲演的第二部分是“生物质成型燃料的激励政策”；第三部分是“生物质成型燃料产业化需要政府采取什么行动？”讲演的结语掷地有声：

> ——生物质成型燃料是绿色、低碳、循环的清洁燃料。
>
> ——在当前我国急需治理空气污染的情况下，它是替代城市中小燃煤锅炉的经济可行选择之一。
>
> ——但是可再生能源在我国尚处于起步阶段，生物质能源，特别是生物质成型燃料还在自发地成长，很多方面需要政府的引导和支持。
>
> ——前途是光明的，任重而道远！

作为国家发改委能源研究所前所长，周所长的讲演是从国家政策层面上为成型燃料正名，“名正而言顺”，是整个论坛的基石。

我的讲题是《迎接大发展——生物质能源的春天》，表达当时我对刚刚取得的“惊蛰崛起”成功和“国十条”带来的战略机遇时的心情与形势判断。

图 13–5　广州会议上讲演及 PPT 中的 3 张幻灯片，2013.12.21

我的讲演以雾霾肆虐和“国十条”起题，提出：“一场具有深远和里程碑意义的‘克霾战役’已经在全国打响了！”讲演的重点是对“国十条”实施的四点“思考”。

“思考”之一是：

> 减排与治理的重点之一是 50 余万台 20 吨位以下的中小燃煤锅炉，对此，天然气是“大材小用”，生物质成型燃料则是最佳选择，可以替代 2.7 亿吨燃煤，减少 60 万吨烟尘、226 万吨二氧化硫和 100 万吨氮氧化物的排放。

这张幻灯片的下部分放了我于 2013 年 2 月 28 日和 2013 年 10 月 30 日分别发表的两篇文章：《舍鸩酒而饮琼浆》和《发展煤制油气无异饮鸩止渴》，以强调“生物质成型燃料则是最佳选择”。PPT 的另一张幻灯片具体提出现每年有 8.3 亿吨作物秸秆 / 林业剩余物可用于制作成型燃料原料；要注意成型燃料供热大发展中原料市场的合理开发以及运行的商业模式。讲演中介绍了王庄村域模式和以城市和工业为对象的专营企业供热模式——迪森 / 宏日模式。

我讲演的结语是：

生物质直燃发电、成型燃料与供热、热解气化合成生物油，以及生物天然气等产业化生产技术在我国的突破，将冲出“生物质能成不了大气候”的观念瓶颈。生物质能源必将以其雄厚的资源优势而在治理大气污染；推进现代农业和城镇化发展；资源节约与循环发展，以及国家能源替代与自主安全的时代大潮中大放异彩。

20日晚的欢迎宴会上，我与国内生物质成型燃料供热的两个领军企业，“南迪北宏”的董事长常厚春和洪浩留下了一张合影，我拟附此留念（图13–6）。

图 13–6　广州会议与两位董事长合影，2013.12.20

次年3月，《经济日报》用大半版篇幅登载了我的文章《迎接生物质能源发展的春天》。该版下半部分安排该报记者著文《生物质能正在上演“绿色传奇”》。好靓丽的题目，确有“画龙点睛”和‘提气”之效（图13–7）。

图 13–7　广州会议后经济日报的发文和讲演 PPT 首页

“首届生物质供热高峰论坛”是“惊蛰崛起”后召开的关于发展生物质成型燃料的一次誓师大会，一记吹响生物质产业发展二次浪潮的进军号。

13.6 成型燃料临危受命（2014 年—）

“小荷才露尖尖角，早有蜻蜓立上头。”

生物质成型燃料才露尖尖角，就要临危受命，披甲上阵了。

2013 年 9 月 13 日发布“国十条”后，国内天然气骤然吃紧，四方告急，煤制天然气和煤层气不见踪影。

“国十条”发布才一个月，2013 年的 10 月 14 日和 19 日，国家发改委两次召开专门会议协调 2013 年天然气迎峰度冬供应保障问题。几天后，国家发改委又连发两文，要求“在多渠道筹措资源、增加市场供应的同时，切实落实‘煤改气’项目的气源和供气合同，各地发展‘煤改气’、燃气热电联产等天然气利用项目不能一哄而上”。随之，再发《关于进一步做好 2013 年天然气迎峰度冬工作的补充通知》和《关于切实落实气源和供气合同确保“煤改气”有序实施的紧急通知》。

看来，真是“紧急”了，都是“煤改气”惹的祸。

好不容易，第一个供暖季算是熬过去了。

2014 年 5 月，国家发改委、能源局和环保部三部委联合发布《关于印发能源行业加强大气污染防治工作方案》（以下简称《方案》），这是“国十条”发布 8 个月后的续篇——“能源篇”，生物质终于不再是“龙灯尾巴”而是往“龙头”上靠了。《方案》指出，“促进生物质发电调整转型，重点推动生物质热电联产、醇电联产综合利用，加快生物质能供热应用，继续推动非粮燃料乙醇试点、生物柴油和航空涡轮生物燃料产业化示范。2017 年，实现生物质发电装机 1100 万千瓦；生物液体燃料产能达到 500 万吨；生物沼气利用量达到 220 亿立方米；生物质固体成型燃料利用量超过 1500 万吨”。《方案》还提出“2015 年生物质能利用规模 5000 万吨标煤，2017 年 7000 万吨标煤”，这个指标连我都不敢想。

《方案》发布一个月后，2014 年 6 月，国家能源局和环保部专题发布了《关于开展生物质成型燃料锅炉供热示范项目建设的通知》，要求 2015 年年底前，重点在京津冀鲁、长三角、珠三角等大气污染防治形势严峻、压减煤炭消费任务较重的地区，投资50亿元，建设一批生物质供热示范项目。这是“国十条”发布 9 个月后首次推出成型燃料供热的一份正式文件。

5 个月后，又到第二个供暖季了。

国家能源局与环保部于2014年11月联合再发《关于加强生物质成型燃料锅炉供热示范项目建设管理工作有关要求的通知》，进一步强调，生物质成型燃料锅炉供热是绿色低碳环保经济的分布式可再生能源，是替代化石能源供热、防治大气污染的重要措施。为加强生物质成型燃料锅炉供热项目组织管理，通过示范项目建设，建立生物质成型燃料供热技术体系、标准体系、认证体系以及政府监管体系，扎扎实实取得示范效果。

2014年12月，为了压减发电用煤，国家发改委下发了《关于加强和规范生物质发电项目管理有关要求的通知》。《通知》再次强调，鼓励发展生物质热电联产，提高生物质资源利用效率。具备技术经济可行性条件的新建生物质发电项目，应实行热电联产；鼓励已建成运行的生物质发电项目根据热力市场和技术经济可行性条件，实行热电联产改造。加强规划指导，合理布局项目。国家或省级规划是生物质发电项目建设的依据。新建农林生物质发电项目应纳入规划，城镇生活垃圾焚烧发电项目应符合国家或省级城镇生活垃圾无害化处理设施建设规划。

生物质热电联产与成型燃料供热电“比翼双飞”了。

“国十条”发布后的一年时间里，就下发了以上6个实施生物质成型燃料替煤的紧急文件和通知，下面还有《规划》和《指导意见》。

2016年，是“十三五”开局年！

“十三五”开局的第一年，2016年10月，国家能源局就印发了《生物质能发展“十三五”规划》。《规划》对生物质能的定位再次拔高为“生物质能是重要的可再生能源，具有绿色、低碳、清洁、可再生等特点。加快生物质能开发利用，是推进能源生产和消费革命的重要内容，是改善环境质量、发展循环经济的重要任务”。《规划》对我国生物质能发展的评价是：“‘十二五’时期，我国生物质能产业发展较快，开发利用规模不断扩大，生物质发电和液体燃料形成一定规模。生物质成型燃料、生物天然气等发展已起步，呈现良好势头。‘十三五’将是实现我国能源转型升级的重要时期。”

《规划》提出的发展目标是：“到2020年，生物质能基本实现商业化和规模化利用。生物质能年利用量约5800万吨标准煤。生物质发电总装机容量达到1500万千瓦，年发电量900亿千瓦·时，其中农林生物质直燃发电700万千瓦，城镇生活垃圾焚烧发电750万千瓦，沼气发电50万千瓦；生物天然气年利用量80亿立方米；生物液体燃料年利用量600万吨；生物质成型燃料年利用量3000万吨。”

《生物质能发展“十三五”规划》是由政府吹响的，我国生物质能发展二次浪潮的进军号。

一年后，又一个重要文件出台了，是2017年12月6日国家发改委与国家能源局联合发布的《关于促进生物质能供热发展的指导意见》（以下简称《指导意见》）（图13–8），我以为这是自2013年9月“国十条”发布后，对成型燃料供热四年实践的一份总结。

《指导意见》将成型燃料供热的定位又提升到“生物质供热绿色低碳、经济环保，是重要的供热方式，为中小型区域提供清洁供暖和工业蒸汽，直接在用户侧替代化石能源”。

《指导意见》的重点是热电联产和锅炉供热两种模式，比翼双飞。

生物质热电联产方面，提出大力发展县域农林生物质热电联产，新建农林生物质发电项目实行热电联产，为300万平方米以下县级区域供暖，以及大力推进城镇生物质成型燃料锅炉民用供暖。在工业供热上，中小工业园区以及天然气管网覆盖不到的工业区积极推广生物质成型燃料锅炉供热，重点建设10蒸吨/小时以上的大型先进低排放生物质锅炉。同时，形成专业化、市场化生物质锅炉供热商业模式，加快形成投资、建设、运营、服务一体化生物质锅炉供热可持续商业模式。

《指导意见》提出的指标是：到2020年，我国生物质热电联产装机容量目标超过1200万千瓦，生物质成型燃料年利用量约3000万吨，生物质燃气（生物天然气、生物质气化等）年利用量约100亿立方米，生物质能供热合计折合供暖面积约10亿平方米，年直接替代燃煤约3000万吨。国家可再生能源电价附加补贴资金将优先支持生物质热电联产项目。

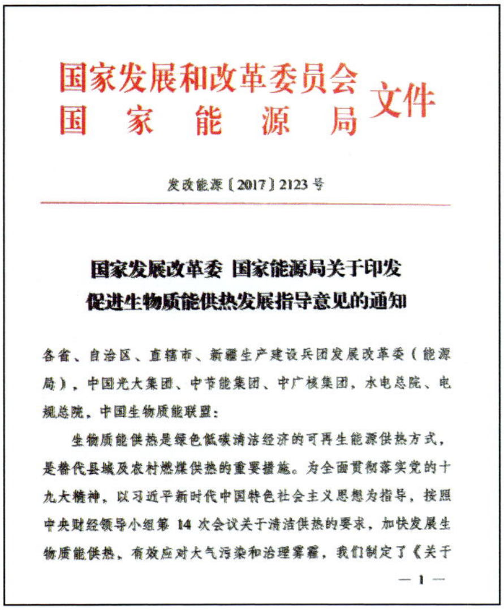
国家发展和改革委员会
国　家　能　源　局　文件

发改能源〔2017〕2123号

国家发展改革委 国家能源局关于印发
促进生物质能供热发展指导意见的通知

各省、自治区、直辖市、新疆生产建设兵团发展改革委（能源局），中国光大集团、中节能集团、中广核集团，水电总院、电规总院，中国生物质能联盟：

生物质能供热是绿色低碳清洁经济的可再生能源供热方式，是替代县域及农村燃煤供热的重要措施。为全面贯彻落实党的十九大精神，以习近平新时代中国特色社会主义思想为指导，按照中央财经领导小组第14次会议关于清洁供热的要求，加快发展生物质能供热，有效应对大气污染和治理雾霾，我们制定了《关于

—1—

图13–8　国家发改委与国家能源局联合发文（2017）

《指导意见》完善了8项促进生物质能供热的政策措施，将生物质能供热与治理散煤、“煤改气”“煤改电”等一起纳入工作部署和计划；要求各省（区、市）能源主管部门编制生物质发电规划；示范带动，全面推进，2017年在东北和华北，继而在南方地区组织县域生物质能供热示范；在锅炉置换、终端取暖补贴、供热管网补贴等方面享受与“煤改气”“煤改电”相同的支持政策，国家可再生能源电价附加补贴资金优先支持生物质热电联产项目。国家可再生能源电价附加

补贴资金将优先支持生物质热电联产项目，以及将生物质能供热与治理散煤、“煤改气”“煤改电”等一起纳入工作部署和计划。

临危受命的成型燃料供热的发展实况是，由 2009 年到 2016 年，生产能力曰 50 万吨增长到 900 万吨，7 年增加了 17 倍。成型燃料供热已发展成为一个覆盖酒店、学校、医院、居民小区、商业办公区、工业园区，涉及食品、医药、机械、化工等众多领域的成熟产业，是这几年生物质能产业中走得最快的一支。

方针政策既定，成型燃料供热与生物质发电将继续跃马横枪，大展才能，报国为民。

雾霾阻击战中成型燃料供热临危受命，使我想起周瑜赤壁退曹、郭子仪讨伐安禄山、于谦京师保卫战，还有当代彭德怀的抗美援朝。

“时势造英雄”，此言不差矣！

13.7 武汉大会，“煤改生物质”（2018.1）

国家发改委、国家能源局等国家行政部门 2017 年 12 月发布《供暖规划》和《指导意见》不到一个月，2018 年的 1 月 20 日，在武汉就召开了“‘煤改生物质’清洁供热研讨会暨中国生物质能源产业联盟生物质燃料与供热专委会成立大会”（图 13–9）。大会提出了“煤改生物质”。

图 13–9 “煤改生物质”清洁供热研讨会暨中国生物质能源产业联盟生物质燃料与供热专委会成立大会

这个大会是中国生物质能源产业联盟组织和主持的，程序教授作为联盟副主席主持了会议。会议期间考察了武汉光谷蓝焰投资建设的蒙牛（武汉）及芝友乳业成型燃料锅炉供热项目等3个项目。中国生物质能源产业联盟总结提出了近年我国成型燃料供热取得的成果：

> 近十年来，我国生物质燃料技术的应用和燃料的生产已初步形成了一定的规模。从2009年生物质燃料生产能力不足50万吨/年，每年以翻番的速度递增，到2013年，生物质燃料的生产能力已超过400万吨/年，生物质燃料设备生产企业近700家，生物质燃料主要用作农村居民炊事取暖、工业锅炉等。2016年农作物秸秆固化成型工程合计1300多处，燃料年产量达653万吨；林业三剩物固体成型燃料年产量约250万吨，总计900万吨左右。
>
> 我国在成型燃料机械制造、生物质专用锅炉制造和生物质燃料燃烧技术等方面已经取得了比较大的进展。成型机械的能耗、关键部件使用寿命达到了大规模生产的要求；生物质锅炉在解决热效率、抗腐蚀和污染物排放等方面，达到了生产和环保的要求；项目运行和管理能够达到用户需求，并能实现比较理想的供热效果。可以支持的项目规模从农户生物质炉具，小型生物质锅炉，到75吨的大型锅炉，都达到可全面推广的程度。
>
> 生物质供热的项目建设和运营模式也得到发展，成熟模式有：合同能源管理（EMC）、计量能源服务（BOO）和建设运营转移能源服务（BOT）。已建成长期运行的生物质供热项目涵盖酒店、学校、医院、居民小区、商业办公区、工业园区，供应蒸汽的项目涵盖食品、医药、机械、化工等领域。单台锅炉10～25吨比较常见，最大单台锅炉达到80吨；单个项目年供应蒸汽量通常在数万吨。年生产十万吨以上生物质成型燃料，年利用数十万吨成型燃料的龙头企业已经出现了若干批次，武汉光谷蓝焰、湖北和瑞新能源、广州迪森、北京奥科瑞丰、吉林宏日是其中的龙头企业，在全国清洁供热产业界具有广泛的影响力。生物质供热项目排放也稳定达到优于天然气排放标准的水平。

为了在防治空气污染和雾霾的前提条件下替代燃煤并扩大取暖、供热规模，发挥生物质能独特的重大作用。中国生物质能联盟副理事长，农业部科技司原司长程序教授大声疾呼，建议国家推行“煤改生物质”战略。

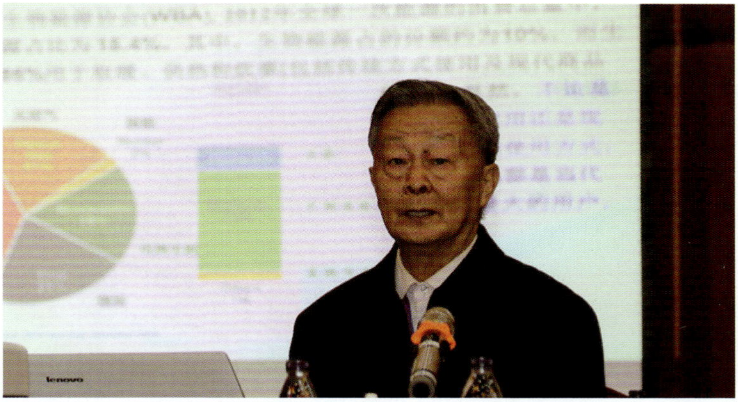

图 13–10　程序教授在“煤改生物质”大会上作主题讲演，武汉，2018.1.20

程序教授在主题报告中指出，2017 年 12 月，国家出台的促进生物质能供热发展的指导意见明确提出到 2020 年我国生物质热电联产装机容量目标超过 1200 万千瓦，生物质成型燃料年利用量约 3000 万吨，生物质燃气年利用量约 100 亿立方米，生物质能供热合计折合供暖面积约 10 亿平方米，年直接替代燃煤约 3000 万吨。发展生物质新能源，对于治理大气污染、缓解能源短缺、解决民生问题，具有重要意义。

清华大学教授李定凯在讲演中说，生物质能源是继煤炭、石油、天然气之后的全球第四大能源，属于可再生的清洁能源。广义上的生物质，包括所有的植物、微生物以及以植物、微生物为食物的动物及其生产的废弃物。有代表性的生物质如农作物、农作物废弃物、木材、木材废弃物和动物粪便，具有分布广、可循环再生、无污染、成本低、利用方便的特点。

中国生物质能源产业联盟秘书长张云月在讲演中说，我国生物质资源丰富，但起步较晚，导致在能源消费总量中所占比例不到 1%，远低于欧美发达国家和地区，甚至低于世界平均水平。加快发展生物质能清洁供热，关键是要加快完善生物质能供热产业体系、消费体系、商业模式。

为了推动“煤改生物质”战略，中国生物质能源产业联盟组织成立了中国生物质能联盟生物质燃料与供热专委会。武汉光谷蓝焰新能源股份有限公司担任主任委员单位，湖北和瑞能源科技股份有限公司、格薪源生物质燃料有限公司、北京润事达能源科技有限公司、江苏金梧实业股份有限公司、四川能投光大节能环保工程技术有限公司、武汉合佳环境工程有限公司、中国电子系统技术有限公司等 7 家为副主任委员单位。光谷蓝焰董事长熊建任主任委员，中国农业大学生物质工程中心常务副主任朱万斌任秘书长，组织从业企业从行业规划、行业监管、行业标准、行业自律等方面创造有利环境，推动行业发展，为国家清洁供热事业做出更多贡献。

图 13–11　中国生物质能联盟生物质燃料与供热专委会成立大会（左）和联盟常务副主任程序教授向执委会主任委员熊建授予证书（右）

熊建以近些年武汉光谷蓝焰新能源公司发展为例详细介绍说，生物质供热具有一定的成本优势，其供热成本是天然气的 2/3、电供热的 1/2。在 2014 年武汉市提出三环内工业企业禁止烧煤锅炉，蒙牛（武汉）园区是整改对象之一。“起初蒙牛方面选择烧天然气，每产生 1 吨蒸汽，所需成本 400 多元。2016 年 10 月，蒙牛方面选择与光谷蓝焰合作，开始使用生物质锅炉供热，每吨蒸汽耗资仅 312 元，一年下来节省供热成本数百万元。”

“实践是检验真理的唯一标准。”

“军事将领是在战争中打出来的。”

14 生物天然气异军突起

（2011—2016年）

- 殊途同迹
- 生物天然气舰队启航
- 上书总理
- 习近平主席讲话
- 中广核领军
- 神州模式
- 一次学术讲演

14.1　殊途同迹

21 世纪的第一个十年里，欧亚大陆东西两端的中国与德国，各画了一条沼气发展曲线。中国由 700 万户增加到 4000 万户；德国由 850 个工厂增加到 4780 个工厂，二曲线走势何其相似乃尔（图 14–1）！而内涵却大相径庭，中国发展的是农村户用沼气，德国发展的是工业化生产的沼气与生物天然气。

（引自农业部郝先容，2013）

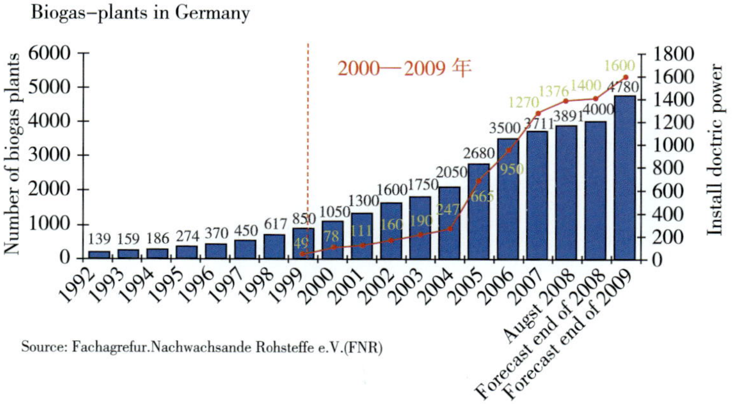

图 14–1　中国农村户用沼气（上图）和德国生物天然气（下图）的发展曲线

发展中国家发展农村户用沼气是件好事，20 世纪 60 年代联合国粮农组织就曾向发展中国家大力推广过中国的农村户用沼气。可是，时隔半个世纪，重拾故技，已大落后于时代了。20 世纪 90 年代，瑞典斯德哥尔摩满街上跑的是沼气升级的“biogas car”，连到海滨去的火车燃料也是“biogas”。

我们团队的同志，一直为这两条曲线纠结不安。一次，在我家碰头，程序教授说：“20 世纪 60 年代我就在京郊窦店大队搞沼气，过去四五十年了，现在搞的还是农村沼气，为什么不能产业化生产沼气和提纯沼气呢？”我说："我没搞过沼气，但我的专业是土壤学，我们的祖师爷李比希 19 世纪就提出'土地归还学说'，要求植物从土壤中吸走的营养物质都能归还到土壤，以维持地力。固体生物燃料高温燃烧后剩下的草木灰只有钾盐，而常温厌氧发酵的沼气可以保存全部营养物质，而且是有机态的优质肥料。所以在生物质能的各种形态产品中，我最看好生物天然气，情有独钟它特有的这种生态优势。"

在谈论生物天然气时，我们还十分看中沼气和生物天然气的负碳排放。程序教授介绍了瑞典隆德大学 Pal Borjesson 教授的研究结果。比较每获得用于汽车行驶做功的 1 兆焦能量，需要投入的不同能源所释放 CO_{2e} 当量（克），汽油和柴油分别为 80 克和 75 克，生物柴油和生物乙醇分别为 30 克和 23 克；如果用畜禽粪尿做原料生产沼气和生物天然气作车用燃料，考虑到生物质全生命周期的碳通量，以及畜禽粪便如不及时处理会释放的 CH_4（温室气体当量为 CO_2 的 25 倍），则其 CO_{2e} 当量排放量为 –62 克。

这是沼气和生物天然气的又一个"独到"。看来，这两个"独到"，不仅在生物质能，在所有清洁能源中都是"唯一"。

14.2 生物天然气舰队启航

2006 年，程序教授在广西推进木薯乙醇时就提出利用高 COD 废水发展沼气；2009 年与广西武鸣安宁淀粉有限责任公司等合作，从淀粉 / 酒精废液中提取沼气，进而净化提纯生产车用生物天然气。2010 年他提出"产业沼气"概念，2011 年 3 月，建成国内第一个日产 1 万立方米车用生物天然气示范工程，为南宁市数百辆出租汽车提供甲烷含量在 97% 以上的"产业沼气"，这是国内首创。2012 年程序教授正式定名为"生物天然气"。

与此同时，山东民和牧业与北京德青源蛋鸡场先后利用鸡粪生产沼气发电入网（图 14–2）；河南天冠乙醇厂以乙醇生产的废液作为原料，日产沼气 30 万立方米，以管道输送民间供热。管道沼气、沼气发电与车用生物天然气三箭齐发。

北京市延庆县（现延庆区）德青源蛋鸡场是亚洲最大的蛋鸡场。以鸡粪为原料生产沼气，一期工程日发电 3.84 万千瓦·时且并网；二期工程已实现日产生物天然气 9000 立方米。山东省蓬莱市民和牧业公司年养肉种鸡 1800 万只。其沼气厂以 500 吨鸡粪和洗笼废水为原料，日产沼气 3 万立方米，日发电 6 万千瓦·时。2013 年起在建的第二期沼气工程可日产 4 万立方米生物天然气，全部作为车用燃料销售。

我国首例车用生物天然气示范工程（2011）与两例沼气发电工程（2009）

图 14-2　我国最早的一批生物天然气产业

总投资约 8 亿元的国内首家、亚洲规模最大的污泥处理企业——上海白龙港城市污水处理厂，每天产沼气达到 4.4 万立方米；河南省南阳市天冠酒精厂用酒精废液制取沼气，日产 30 万立方米，除一部分以脱硫粗沼气形式继续供应南阳市区居民生活用之外，最近也实现了提纯后生产车用生物天然气。

我国生物天然气的这艘产业舰队起锚了！

起航不多的几支生物天然气舰船中，北京德青源的沼气发电表现不俗。2009 年，联合国秘书长潘基文参观题词；2010 年美国农业部副部长带队考察；2012 年与美国最大的养猪企业史密斯菲尔德签订了向美方提供畜禽粪便生产沼气发电技术的协议；2013 年 7 月，科技部部长万钢在这里召开了“全国生物燃气产业商业模式应用推进现场会”。

2013 年 4 月 8 日的《科技日报》头版“科技专论”栏出现了程序教授文章《治霾和减排呼唤生物天然气》。文中广征博引，论证了雾霾形成中机动车尾气的重要贡献，全面评价了机动车驱动能源中天然气、电、提高车用油品标号的可行性，以及生物天然气的优势。提出“生物天然气车用，可兼收减少空气污染物和减少碳排放的两利”的观点。

感谢曾在北京郊区搞过沼气的程序教授，40 年后又披甲上阵，领军我国工业化沼气与生物天然气科技与产业。

14.3 上书总理（2013 年）

2013 年 7 月，科技部部长万钢在北京德青源召开了“全国生物燃气产业商业模式应用推进现场会”。会后，钟凯民董事长又专程邀我和程序教授、万斌到现场参观考察，他们的沼气发电和生物天然气产业给我们留下了深刻印象。我和程序教授都认为推进生物天然气的时机已经成熟，该出手了。于是我们二人和崔宗均教授于 2013 年 7 月 29 日联名给李克强总理写信，力荐生物天然气。信中介绍了北京德青源案例后说：

> 生物天然气是一种气电热肥联产的农工联合型产业，又是一种资源循环利用和克霾减排二氧化碳的生态环保型产业。我国的生物天然气产业起步较晚，规模还小，但已形成从原料收集、厌氧发酵、提纯压缩、装备制造和终端服务的产业链雏形。我国生产生物天然气的资源很丰富，具年产 2330 亿立方米的可实现潜力，相当于 2012 年我国化石天然气进口量的 3.8 倍。生产生物天然气的经济性也很好，其基本建设一次性投资，是进口化石天然气的 37% 和“川气东送”工程的 40%。

信中介绍了生物天然气的四大优点后写道：

> 我们以为，当前我国推进的现代农业不应是计划经济体制下单一的初级农产品生产，而是农工联合和城乡一体的农业，生物天然气可为之增光添彩；新型城镇化的能源战略支点，不应是扩大化石能源需求缺口和导致增排制霾，而是以生物天然气等生物能源为主导的清洁能源。发展生物天然气还是可容纳大量农村劳动力转移就业、资源循环再生、产品市场需求无限的战略新兴产业。发展生物天然气可对我国能源替代、克霾减排、现代农业和城镇化一举四得，不存在资源与技术装备制约，只需政府着力推进即可。

事也凑巧，总理在河南任省委书记期间曾大力支持过的河南天冠燃料乙醇集团董事长张晓阳也在此间上书总理，建言发展规模化沼气。总理的批示是：“发展生物能源是我国调整能源结构，改善生态环境，促进农业发展的重大措

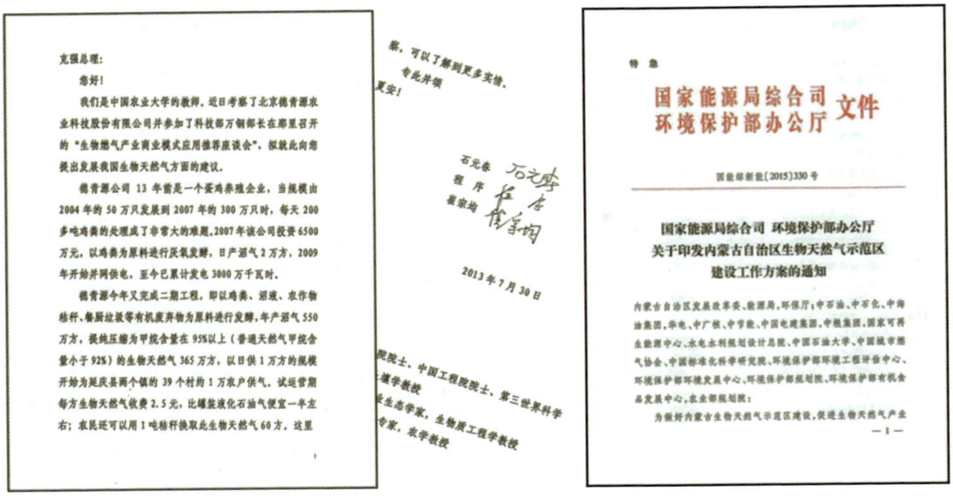

克强总理：

您好！

我们是中国农业大学的教师。近日考察了北京德青源农业科技股份有限公司并参加了科技部万钢部长在那里召开的"生物燃气产业商业模式应用推荐座谈会"，拟就此向您提出发展我国生物天然气方面的建议。

德青源公司 13 年前是一个蛋鸡养殖企业，当规模由 2004 年的 50 万只发展到 2007 年的 300 万只时，每天 200 多吨鸡粪的处理成了非常大的难题。2007 年该公司投资 6500 万元，以鸡粪为原料进行厌氧发酵，日产沼气 2 万方，2009 年开始并网供电，至今已累计发电 3000 万千瓦时。

德青源今年又完成二期工程，即以鸡粪、沼液、农作物秸秆、餐厨垃圾等有机废弃物为原料进行发酵，年产沼气 550 万方，提纯压缩为甲烷含量在 95%以上（普通天然气甲烷含量小于 92%）的生物天然气 365 万方，以日供 1 万方的规模开始为延庆县两个镇的 39 个村约 1 万农户供气。试运营期每方生物天然气收费 2.5 元，比罐装液化石油气便宜一半左右；农民还可以用 1 吨秸秆换取此生物天然气 60 方。这里

1

察，可以了解到更多实情。

专此并颂

夏安！

石元春 石元春

程 序 程序

崔宗均 崔宗均

2013 年 7 月 30 日

院院士、中国工程院院士、第三世界科学

壤学教授

业生态学家，生物质工程学教授

专家，农学教授

特急

国家能源局综合司
环境保护部办公厅 文件

国能综新能〔2015〕330 号

国家能源局综合司 环境保护部办公厅
关于印发内蒙古自治区生物天然气示范区
建设工作方案的通知

内蒙古自治区发展改革委、能源局，环保厅；中石油、中石化、中海油集团，华电、中广核、中节能、中国电建集团、中粮集团，国家可再生能源中心、水电水利规划设计总院、中国石油大学、中国城市燃气协会、中国标准化科学研究院、环境保护部环境工程评估中心、环境保护部环境发展中心、环境保护部规划院、环境保护部有机食品发展中心，农业部规划院：

为做好内蒙古生物天然气示范区建设，促进生物天然气产业

—1—

图 14-3 我和程序、崔宗均二位教授给李克强总理上书和下发的相关文件，2013.7.30

施，很有意义。此两件所反映的情况和建议，请发改委、财政部和环保部组织人员深入调研，认真讨论并提出政策建议。"

信刚递上去，程序教授就接到国务院办公厅电话，要派员了解发展生物天然气的详细意见。此时已是下午下班时间，程教授在电话里说："那就明天来谈吧。""您今晚有时间吗？"结果是当晚到程教授家里去谈的。可见总理对此信的重视。

程教授在代拟的给国务院的报告稿的最后，提出了 5 点建议：

为了扶持生物天然气产业，提出以下 5 项政策建议：

（1）建议国家开发银行或者农业开发银行设立沼气-生物天然气工程产业基金。按照未来 5 年期间达到年产 200 亿方产气量的规模，基金年投放额度约 60 亿元。

（2）将中央财政对沼气工程的补贴发放与沼气或生物天然气的实际产量挂钩，而不再采取以往直接补贴沼气工程建设的做法。具体数据参考现行可再生能源优惠电价，对每立方米沼气补贴 0.5 元。

（3）将规模化沼气-生物天然气工程以及相应的装备制造业，列入相关部门的清洁能源行业目录和可再生能源减免税行业目录。

（4）设立规模化沼气-生物天然气科技支撑科研专项。重点从产业体系的角度，针对适合国情的能源作物原料开发、高效发酵工艺和设备、车用生物天然气标准制定等环节，研究解决关键问题，创新关键技术。

（5）在所有可再生能源项目中，沼气-生物天然气的二氧化碳减排效益是最好的。建议学习国际绿色能源机制，制定我国的二氧化碳及致霾物减排的核算方法和激励政策。

国家发改委和农业部于2014年提出了从农村户用沼气向大中型沼气-生物天然气工程转型升级的方案，以及财政部与环保部联合启动了10个生物天然气工程试点项目。2015年年初，国家发改委和农业部在向国务院的报告中提出："把沼气作为国家能源发展战略和新农村建设的重要内容，提高沼气产品在城乡清洁能源消费中的比重。"

2015年6月，国家能源局发文，在内蒙古自治区试点建立年产生物天然气2亿立方米的示范区，以及在《生物能源"十三五"规划》中将生物天然气作为发展生物能源的重点，将生物质能总投资的一半以上用于生物天然气，2020年的产量指标是80亿立方米。

14.4 习近平主席讲话（2016年）

生物天然气产业的发展犹如潮涌，一浪高过一浪。顶峰出现在2016年的12月，即习近平主席在中央财经领导小组第十四次会议上的讲话。

加快推进畜禽养殖废弃物处理和资源化，关系6亿多农村居民生产生活环境，关系农村能源革命，关系能不能不断改善土壤地力、治理好农业面源污染，是一件利国利民利长远的大好事。要坚持政府支持、企业主体、市场化运作的方针，以沼气和生物天然气为主要处理方向，以就地就近用于农村能源和农用有机肥为主要使用方向，力争在"十三五"时期，基本解决大规模畜禽养殖场粪污处理和资源化问题。

习近平主席讲话是把畜禽养殖业废弃物资源化与治理农业面源污染，与农村能源革命和改善生产生活环境联系在一起，突出了生物质的环境功能，道出了事物的本质。

讲话不到半年，2017年5月31日国务院下发了《关于加快推进畜禽养殖废弃物资源化利用的意见》，指导思想中指出，牢固树立和贯彻落实创新、协调、绿色、开放、共享的发展理念，坚持保供给与保环境并重，坚持政府支持、企业主体、市场化运作的方针，坚持源头减量、过程控制、末端利用的治理路径，以畜牧大县和规模养殖场为重点，以沼气和生物天然气为主要处理方向，以农用有机肥和农村能源为主要利用方向。

主要目标中指出，到 2020 年，建立科学规范、权责清晰、约束有力的畜禽养殖废弃物资源化利用制度，构建种养循环发展机制，全国畜禽粪污综合利用率达到 75% 以上，规模养殖场粪污处理设施装备配套率达到 95% 以上，大型规模养殖场粪污处理设施装备配套率提前一年达到 100%。

加强财税政策支持中指出，开展规模化生物天然气工程和大中型沼气工程建设。落实沼气发电上网标杆电价和上网电量全额保障性收购政策，降低单机发电功率门槛。生物天然气符合城市燃气管网入网技术标准的，经营燃气管网的企业应当接收其入网。落实沼气和生物天然气增值税即征即退政策，支持生物天然气和沼气工程开展碳交易项目。

《意见》发布一个月后的 2017 年 6 月 27 日，国务院在湖南省长沙市召开了高规格的全国畜禽养殖废弃物资源化利用会议，汪洋副总理出席并讲了话。

2018 年 4 月 2 日，十九届中央财经领导小组会议上习近平主席再次指示“要做好生物天然气产业的政策研究”后，国家发改委和国家能源局于 2018 年 12 月 7 日向全国 29 个省区市和 9 个央企发出《编制生物天然气发展的中长期发展规划的通知》，传递了国家首次将生物天然气（含有机肥）纳入能源发展战略和作为乡村振兴的重要抓手的重要信息。

生物质天然气在我国将一往无前。

14.5　中广核领军

国家需求与政策环境是条件，内因是企业推进。

一时间，出现了一支上百艘舰船的生物天然气舰队，航母叫“中广核”号。

中广核的全名是“中国广核集团有限公司”，是伴随我国改革开放和核电事业发展逐步成长壮大起来的中央企业，深圳大亚湾核电站的建设者，“2016 中国企业 500 强”中排名第 261 位。集团的战略定位是“国际一流的清洁能源集团，全球领先的清洁能源提供商与服务商”。

2014 年 4 月初，我刚从海南过冬回京，中广核集团副总谭建生来访。

“石院士，我们这次来拜访，是想向您求教发展生物质能的。”

“你们是搞核能的，怎么搞起生物质能来了？”我脱口而出，有些唐突。

“除了搞核能，还搞非核能。”他回答得也干净利落。

“中广核主要是发展清洁能源。前几年我们发展了风电和太阳能发电，现在考虑进军生物质能，所以来向您请教。”他补充说。

我们谈得很投缘，特别是他提到正在论证利用新疆呼图壁种牛场的牛粪为原料，建生物天然气工厂。我大加赞扬和提出如原料中添加作物秸秆之类的种种建议。

第二年，2015年8月8日，谭总又兴致勃勃地带着六七位技术骨干来访，这次是在金码大厦会议室谈的。

“去年得到您对呼图壁建生物天然气场的肯定与指点后，我们走完了论证、评审和审批程序，今年6月正式开工了，计划明年6月试生产。项目建成后可年产车用生物天然气810万立方米、沼渣4.5万吨、沼液34万吨。下个项目我们打算在河北衡水建厂，也想听取您的意见。”

“是不是看上衡水老白干的酒糟了，哈哈！”我又脱口而出。

“是啊！”“我还想向您报告的是，中广核集团公司董事会已经通过决议，决定将生物质能作为非核清洁能源的战略重点，成立了生物质能工程研究院，今天也是来向您汇报和听取意见的。”谭总说完就让新任院长介绍创办生物质能研究院的计划，计划宏大而翔实。中广核起点高、手笔大、动作快、规范而有序。

中广核这次给我的最大惊喜是，不到两年的产业实践，就确定非核清洁能源的战略重点是生物质能。倒也是，凡尝试过风能与太阳能者，更容易将战略重点回归到生物质能上来，一点也不意外。实践真是一点也不讲情面！

第三年，2016年4月15日，中广核生物天然气项目负责人周新安和闫卫疆来访，报告了呼图壁厂运行和延安梁家河厂以及河北衡水厂的建设情况。由于呼图壁项目的成功运行和衡水项目的顺利进展，中广核的生物天然气工程得到政府有关业务领导部门的认可与嘉许，特别是“天然气＋有机肥模式”。所以在《生物质能发展“十三五”规划》以及有关政策的讨论与制定，中广核是少有被邀参加的企业。

两位老总邀请我们到衡水现场去看看。我腿懒不想动，就提出了由程序教授带领，万斌和王崧参加，到中广核的三个点以及国内主要生物天然气厂现场考察的建议。构成了“程序带队，王崧录像，我在家看视频”模式。

程序同志看了衡水厂后对我说：“到了衡水厂，再也不会说生物质能是小打小闹和农村能源了，完全是一派大工业气势。”

2018年11月28日，国际能源机构（IEA）与中国生物质能产业促进会以衡水厂为现场，在北京召开了“生物质能清洁利用国际研讨会”。会议中，举行了中国生物质能产业促进会“生物天然气专业委员会”授牌仪式，主任委员单位为中广核节能产业发展有限公司。从此，生物天然气也有了自己的行业组织了！

在 2018 年的最后两三天里，央视财经频道《深度财经》节目在热点时间，播放了长达 13 分钟的“亚洲单体最大的衡水生物天然气工程”（图 14–4），在全国业内影响很大。周新安总经理在节目中介绍说（图 14–4）：“我们厂每年消耗畜禽粪便 30 万吨、作物秸秆 30 万吨和酒糟 16 万吨。每天产沼气 4.5 万立方米，提纯后的生物天然气 2.8 万立方米。”“沼气发酵后的沼渣和沼液制成有机肥料，销售收入超过生物天然气。”

图 14–4 央视《深度财经》节目报道“亚洲单体最大的衡水生物天然气工程项目”，2018.12.29

自 2016 年以来，中广核已建成三个生物天然气厂，在建的有湖北浠水、山东禹城、新疆 9 师等厂，后面还有一个很大的计划。中广核一路高歌猛进，随着 2018 年年末的国际会议与央视深度财经报道的两声汽笛，这艘生物天然气航母带着她的舰队出海了。不需要很长时间，这支百十艘舰船的舰队必将会发展成数百上千艘的大舰队，因为这支舰队占尽了天时、地利与人和。让我们翘首以待吧！

14.6 神州模式

如果中广核集团在新疆和河北是以牛粪和酒糟为主原料的大型工业化生产生物天然气，本节要介绍的则是完全不同的另一种模式——神州模式。

2006 年我在广西考察中，有幸结识了桂林某环保公司董事长罗浩夫，儒雅谦逊，温和低调，还是我的武汉老乡。他原是中国有色金属矿产地质研究院（桂林）原院长助理。20 世纪 90 年代初作为访问学者赴德，深受德国和欧洲环保事业影响，决定回国从事环保产业。后于 2007 年和 2008 年赴德国和瑞典考察生物质能，完全被生物质能的神奇吸引了，决定在海南省发展生物天然气产业。

2009 年在海南成立了“海南神州新能源建设开发有限公司”，开始了一个实力有限的民营中小企业的长达 10 年的艰辛卓绝旅程。

2010 年 8 月 7—8 日，海南省工业和信息化厅在海口市主持召开国家科技支撑计划项目《国际旅游岛车用生物燃气关键技术研究和工程示范》海南（澄迈）车用沼气新能源项目专家论证会，邀我任专家组长。当时有 3 家中国公司和 1 家瑞典公司提出了建设方案，3 个中方公司报价较低，但都无实战经历；瑞方公司在瑞典久经沙场，但报价高，后者被选。

由于海南要建国际旅游岛和生物质资源丰富，生物天然气又很“时尚”，所以这个项目受到海南各级政府的重视与支持，难怪罗董说这是个得天时、地利与人和的项目，踌躇满志。一年后的 2012 年 3 月，借博鳌亚洲论坛年会东风，神州公司隆重举行了项目开工仪式，在海口市市南的澄迈老城的一片荒地上，海南首个生物天然气项目拔地而起，我也有幸再赴海南。

万事开头难。想不到项目开工后会遇到那么多意想不到的问题，一个接着一个。最难办的是融资难和原料问题。

原来说好免费送的秸秆类农业废弃物突然间要付费了，而且价格高得离谱；畜禽粪便原合同仅需支付运输费用，现在则按原料市场价随行就市，平均下来超过目标成本 2 倍；原本令政府和农户头痛不已的木薯渣、蔗渣、香蕉秆及椰树壳，也在突然间价格节节上涨。而业界一直期盼的生物天然气终端补贴，迟迟不见踪影。

一张一张难看的报表，一次一次的股东责难，董事长真是一筹莫展了。

思来想去，问题的根子还是在“商业模式”上。

现模式是参照德国和瑞典，也是当时国内通行的，以一两种有机废弃物为主原料的生产模式。海南项目的原料是畜禽粪便和秸秆，皆来自农业，不仅没有经济补偿，而且市场混乱，价格无常，一涨再涨，能不赔本吗？

而市政类废弃物，如市政污水淤泥、垃圾渗滤液、餐厨垃圾等就有各类政策补贴。因此将已建的以农业废物为处理对象的设备系统，做多原料处理的改造，既扩大了服务范围，又拿到了政策性补贴，账面上的数字和股东们的脸色好看些了。

上天不负有心人，2015 年 7 月 31 日，海口市召开“双创（创建全国文明城市和国家卫生城市）”动员大会，餐厨垃圾处理成为当时的一大难点。同年 9 月 25 日，财政部下达第二批 PPP 示范项目，“海口市餐厨垃圾无害化处理工程”和“澄迈县神州生物天然气（压缩提纯沼气）示范项目”均列其中。

经过一系列公示、公开招标的过程，顺利拿到了财政部PPP示范项目，从而决定性地改变了这个项目的经济状况。

经历了2015—2016年的黑暗亏损，2017年年底的最后3个月，项目首次实现正现金流，2018年，全年实现正现金流。

图 14-5 位于海口市市南的海南神州项目全景

项目具有双向清洁功能。一向是每天可处理海口及澄迈县城乡各类有机废弃物1000多吨；另一向是每天生产3万方清洁能源生物天然气供汽车使用，50～70吨沼渣和400多吨沼液供周边农业瓜果蔬菜种植使用。罗董将此“城乡有机废物综合资源化处理”项目称为“神州模式”。

程序教授与万斌曾进行两次现场考察。他们认为，在当时我国生物质能发展初期，神州公司的创业经历具有代表性，以生物天然气生产为纽带的，能源、环保、农业协同，城乡一体的循环经济模式在我国具有普遍意义，应当引起政府与业界的重视。

2019年，神州公司与德国欧绿保集团（ALBA Group）合资成立“神州（欧绿保）”，以加快“神州模式”在海南和国内的推广。

我之所以如此详细介绍神州经验，不仅是出于对他们的了解，而且是对“神州模式”对我国生物天然气产业的推进充满期待。

14.7 一次学术讲演（2015年）

在长春，一连举办了三届“生物质发展长春论坛”，动静不小。

2015年开完第三届论坛回到学校，见到资环学院副院长李保国教授，他说几年前在离长春市约两小时车程的梨树县建了一个“黑土地保护实验站”，今年9月，结合中国农业大学建校110周年，梨树县人民政府与中国农业大学联合举办“黑土地论坛”，邀请我参加和讲演。保国院长是我的学生，师生同工作一地，哪有不应之理。

2015年9月，吉林晴空万里，舒适爽朗。7日上午来宾参观梨树实验站，下午论坛开讲，我的讲题是《黑土地保护与物质循环》，一次纯学术性的讲演，却也触碰到了当时吉林省存在的一个敏感问题——黑土地秸秆还田问题。

讲演一开场就是“地质学大循环和生物学小循环”，以及生物学小循环中德国化学家李比希提出的《养分归还学说》，即“植物从土壤中吸收养分，要维持地力和作物产量，就要归还植物带走的养分”。我提出这是黑土地保护的理论基础。

讲演的第二个层次，讲五千年传统农业是以农田为基础，以作物和有机肥为载体的一种封闭式物质循环系统，和因无机化肥出现和外源性物质投入而演变成为一种开放式物质循环系统。又论及黑土地以玉米为主的一年一作的有机质回归农田的三种模式，即“种植回归模式”“种-养回归模式”和以种植和养殖的作物秸秆和畜禽粪便为基质生产沼气，以沼渣还田的“种-养-能回归模式”。

图14–6 黑土地保护讲演，右下角是PPT的首片，吉林梨树，2015.9.7

讲演的第三个层次，讲参与农田物质循环中，构成植物体的氮磷钾三大营养元素和十多种微量营养元素外，还有植物在光合作用下吸收自大气与土壤中的CO_2与H_2O，以及有机质分解中又回归大气与土壤的C、H、O三种元素，是太阳辐射能转化为化学能的能量载体元素。地质时期被埋藏生物体的这三种能量载体元素在复杂地质过程和作用下，经高温高压和脱氧，转化为碳氢化合物的煤炭、石油与天然气。

讲演的第四个层次，讲五千年的农业认识了植物养分元素，有了植物营养科学与施肥技术。20 世纪末，现代科技又认识了植物体的 C、H、O 三能量元素，可以生产固、气、液三态生物质能源。这是一次具有历史意义的科学与技术革命。

在转化生物质能源过程中，高温焚烧或气化，生物质的营养元素多被挥发或固结而不能继续参与物质循环。而在常温或低温厌氧条件下的微生物活动，则在 C、H、O 元素转化为 CH_4 等气体（沼气），释放能量的同时，植物营养元素仍保留于沼渣沼液，以有机态回归土壤。所以，化肥施用下的增量循环条件下，采用种-养-能模式，既可保持黑土地肥力，又能生产优质的清洁能源，使作物秸秆和畜禽粪便无害化和资源化利用，兼具经济与环境效果，以及推进农工一体的现代农业生产与经营之功效（图 14–7）。

讲演的第五个层次，是以吉林梨树县为例，提出可作能源用的作物秸秆和畜禽粪便可折合标煤 109 万吨 / 年，年产 12 亿立方米生物天然气，产值 60 亿元，接近 2014 年种植业产值（66 亿元）或养殖业产值（87 亿元）。因原料成本低而净收入高，生物天然气利润相当于种植业（6 亿元）与养殖业（13 亿元）之和；可年新增农民人均收入 3300 元以及年减排 75 万吨 CO_2。

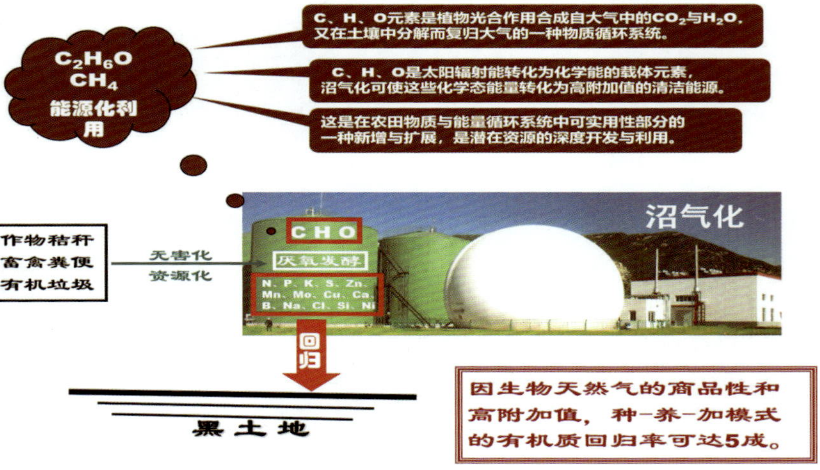

图 14–7　有机质沼气化的营养元素循环，讲演 PPT，吉林梨树，2015.9.7

2015 年以后，受年龄与身体原因影响，我没有再作讲演了。没想到，梨树讲演成为我的告别讲演。在学生举办的论坛，以一场土壤学理论与生物质能源实际相结合的学术性讲演谢幕，挺好！

15 液体生物燃料一路坎坷

- 玉米乙醇“福大命薄”
- 纤维素乙醇久攻不克
- 甜高粱乙醇十年寒窗
- 热化学路线悄然兴起
- 兹事体大，慎之又慎
- 武汉凯迪一枝独秀

成型燃料临危受命，生物天然气异军突起，液体生物燃料却一路坎坷！

15.1 玉米乙醇“福大命薄”

现代生物质能源起于20世纪70年代的全球性石油危机中，巴西和美国相继凭借其甘蔗与玉米的原料优势，生产燃料乙醇替代石油，开创了燃料乙醇世纪。1999年，美国克林顿发布《开发和推进生物基产品和生物能源》总统令，掀起全球性生物质能源热潮。2016年，全球燃料乙醇产量达到7975万吨，美巴分别占57%和28%，多个国家虽有生产，但因不具原料优势而占比有限。

新世纪初，出现一个国际性巧合，在中国，由于改革开放和农业政策对头，1978—1996年，中国粮食年总产由3亿吨猛增到5亿吨台阶。20世纪末又逢年年丰收，让一个千年缺粮的中国出现了卖粮难和陈化粮压库现象。当时可能受到克林顿“总统令”的启发，2000年例行的院士大会上，时任总理朱镕基在报告中说：“美国用玉米生产乙醇很成功，我们为什么不能用陈化粮生产乙醇，这不是一举两得吗？”

同年，燃料乙醇项目被列为国家“十五”规划的十大重点工程项目之一。2001年在吉林、黑龙江、安徽、河南四个粮食生产大省批准上了四个陈化粮乙醇生产项目，设计年生产能力73万吨。随着四厂陆续投产，并推出了一系列得力的配套政策与措施，2006年销售燃料乙醇152万吨，乙醇汽油1544万吨，才三五年，就跃居仅次于美巴的世界第三。

可惜，好景不长。

不几年，新世纪开局，陈化粮殆尽，又受政策影响粮食总产年年下滑，全国粮食形势骤然吃紧。2005年国家发改委不得不赶紧下文，不再批建燃料乙醇生产项目。冉冉升起的燃料乙醇，如断线风筝，已有的四个生产厂（图15-1）只能靠政策性补贴维持，在寒冬中苦撑。

屋漏又遭连夜雨。

2005年美国以16%的玉米总产，生产了1200万吨燃料乙醇，减少了1.7亿桶原油进口，提供了177亿美元产值，创造了15.4万个就业机会，这本

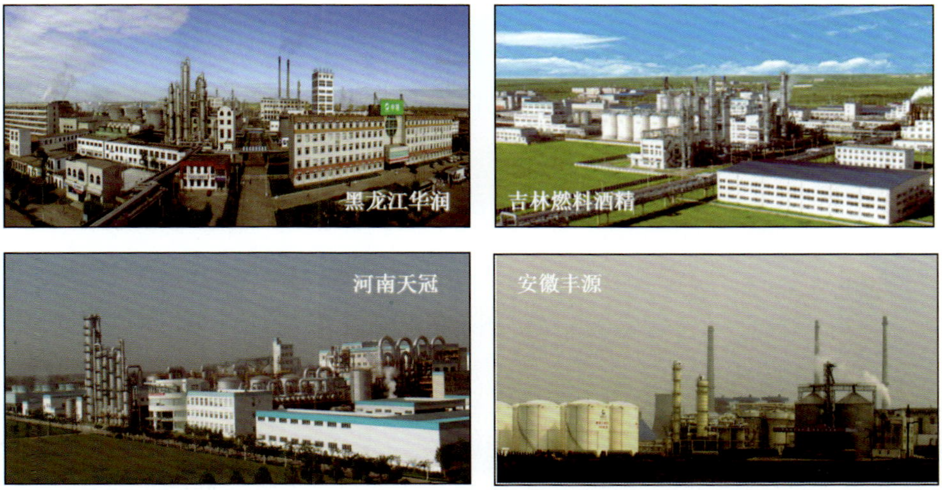

图 15-1 中国“十五”期间建的四个陈化粮乙醇生产厂

是“功莫大焉”的好事，却也备受诟病。2006 年，全球政策研究所主席 L. R. Brown 2006 年发《超市和服务站正在为谷物竞争》文，著名时事评论家马修·L. 沃尔德（Matthew L. Wald）发《乙醇燃料风波骤起》文，点燃导火索的火星是 2007 年年底，联合国粮食与农业组织（FAO）发布的《世界粮食库存降到近 20 年的最低水平，全球粮食供应趋紧》的新闻，引起了世界性的粮食恐慌。

2008 年的春天，“世界粮食危机”终于爆发了！

布朗更是有了口实，再次把矛头指向了玉米乙醇。他说：“由于石油价格失控而助长了世界性的生物燃料生产，影响到粮价上涨。灌满一个 25 加仑油桶的乙醇，需要用去的粮食可供一个人吃一年，世界上还有 20 亿穷人，他们中许多人是靠进口粮食维持生活的，生物燃料的发展将对他们造成威胁。”一时媒体频频出现“汽车与人争粮”“人道危机”“反人类罪”等等，粮食乙醇一时成为千夫所指的“妖魔”。

其实，这次根本不是什么“粮食危机”，而是人为的“粮价危机”（见本书第 6 章）。

燃料乙醇在美国和巴西已发展成为推进农村经济的国家支柱产业，树大根深，岿然不动。中国则因陈化粮告罄和粮食形势趋紧，2005 年年底就限制用粮食生产乙醇了。

世界粮食危机给新生的燃料乙醇产业重重的一记当头棒喝！

“行船又逢打头风”，“世界粮食危机”刚过，“全球金融风暴”又来。2008 年 7 月 10 日，国际油价达到每桶 147 美元的高峰，9 月 10 日骤降到 94

美元，11 月 20 日跌破 60 美元，犹如雪崩一般。

对燃料乙醇而言，如果说“世界粮食危机”是“伤及皮毛”，“全球金融风暴”则是“伤筋动骨”了。舆论之伤将养些时日即可愈，消除失去价格优势的生物质能源之痛就非易事了。

燃料乙醇，作为生物质能的主导与领军产品，需要面对原料涉粮诟病与价格优势不存的双重挑战了。

15.2 纤维素乙醇久攻不克

在美国，随着燃料乙醇生产规模越来越大，以玉米为原料的经济性差与舆论诟病越来越明显。2005 年，美能源部与农业部联合向国会提交了一份研究报告，提出“以玉米为原料的乙醇只是作为适度发展规模的过渡性产品，而未来九成原料将来自非粮的农林废弃物和多年生纤维素能源植物”。

生物质组分中可食用的碳水化合物、蛋白质和脂肪约占 1/3，而含量最多的是纤维素和半纤维素，占约 2/3，一直当作废弃物。据研究报道：“放眼全球，每年纤维素类生物质生成量转化为生物燃料相当于 340 亿～ 1600 亿桶原油，这已经超越了目前全球每年 30 亿桶原油的能源消耗。”（George Huber, 2009）纤维素乙醇还具有成本低、能效高和减排效果好的特点，其能效是玉米乙醇的 8 倍（Michael Wang, 2005）。

纤维素是上千个葡萄糖分子紧密咬合，层层叠置，由氢键连接起来的长链大分子，具有保护植物细胞和各种组织器官形状，以及支撑整株植物躯体的功能。纤维素结构复杂、稳定，对水解有很强的抗性。正是它对水解的很强抗性，给科技界与企业界制造了难题。20 世纪 70 年代，美国开始研究用酶法水解纤维素生产乙醇。

2007 年年底，美国国会通过的《能源自主与安全法案》对液体生物燃料做出了新的划分和要求，将玉米、大豆等食物基原料称“常规生物燃料”，将非食物基及纤维素基生物燃料称“先进生物燃料”，其温室气体（GHG）减排指标分别为 20% 和 50%，并要求纤维素基生物燃料达到 60% 以上（图 15-2）。

2007 年，美国能源部投资 3.75 亿美元分别在威斯康星州（Great Lakes）、田纳西州（Oakridge）和加利福尼亚州（Berkeley）建了 3 个纤维素乙醇研发中心；2008 年，又出资支持迪斯曼创新中心等 4 家公司进行纤维素酶研究。美国为实现 2030 年以生物质燃料替代 30% 运输燃料的目标而提出的 13.66 亿吨生物质原料中，纤维素类原料占到 80% 以上。仅 2008 年、2009 年两年美国就投入 20 多亿美元支持纤维素乙醇技术研发，建了 33 套中试和示范装置。

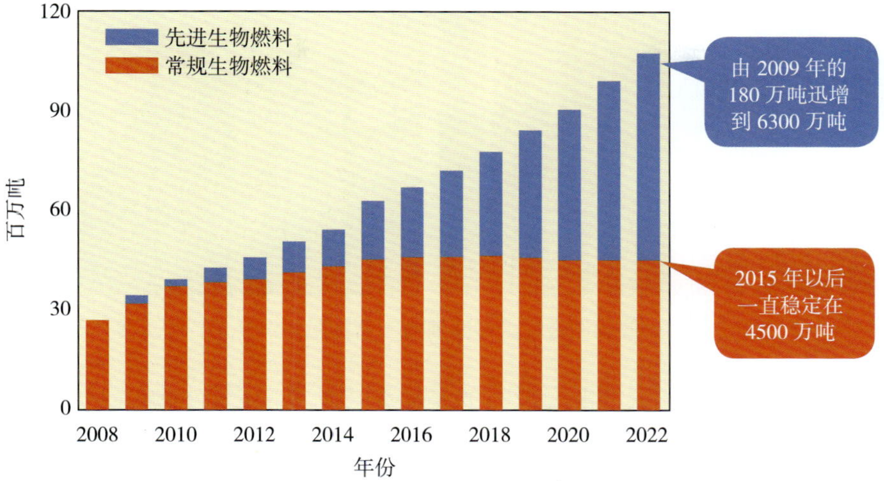

图 15-2　美国国会通过的生物燃料发展计划，2007 年

欧洲的瑞典、丹麦、芬兰、奥地利、法国、意大利等国也相继进行纤维素乙醇研究。纤维素乙醇一时成为世界热点和攻关前沿。

可惜的是，生物质的纤维素太顽强，全球攻关十几年，仍未能克服经济性难题，迈过商业化这道“坎”。2014 年，美国不得不将生产 66 亿加仑纤维素乙醇的指标削减为 0.64 亿加仑，太惨了。

2014 年 3 月，国际著名的《自然》杂志发表了题为《纤维素乙醇为生存而奋斗》的文章指出：“虽经七八年的努力和在降低水解酶的成本上有了很大进展，然而由于原料成本高、预处理难度大等问题得不到根本性解决，纤维素乙醇最终的高成本使其仍无法进入大规模商业化生产阶段。”

看来，好吃的果子不是信手可摘的。

中国“十五”期间，“863”项目支持了酸水解法生产纤维素乙醇 600 吨 / 年示范工程的研究，技术路线与国外大抵相同。“十一五”期间加大了对纤维素乙醇研究的支持力度，开发了分子振动辅助预处理、微生物菌群同步产纤维素酶水解纤维素、在线分离可发酵糖、工程细菌共发酵戊糖与己糖生产纤维素乙醇技术，即同步多菌产酶水解发酵 SMEHF 工艺，希望在降低纤维素乙醇成本上取得较大进展。

2007 年国家颁发的《可再生能源中长期发展规划》提出，积极发展以纤维素生物质为原料的生物液体燃料技术和 2020 年生物乙醇的年产量达到 1000 万吨的目标。财政部设置了一个力度很大的支持项目。2008 年 11 月 19 日，受财政部委托，我和一个专家组到河南天冠集团进行纤维素乙醇项目的考察（图 15-3）。

图 15-3　财政部派专家组考察河南天冠集团的纤维素乙醇项目

2016 年 5 月，国家能源局发布的《能源技术革命创新行动计划（2016—2030 年）》仍要求“突破纤维素乙醇和开展大规模产业化示范”。实际上，我国的几家纤维素乙醇研发企业，这些年来一直在艰难中挣扎，燃料乙醇的国家指标一直未能完成。

国家能源主管部门是否应该对攻关纤维素乙醇的技术路线进行一次总结与评估呢？

15.3　甜高粱乙醇十年寒窗

美国用玉米淀粉生产乙醇，诟病多，经济性差；巴西用甘蔗糖生产乙醇，又限于热带 / 南亚热带的地理条件；纤维素生产乙醇虽好，又长期攻关不下，那么甜高粱又是何方神圣呢？

甜高粱是普通高粱的变种，属于 C_4 作物，光合效率极高，光合作用能力特强，光能转化效率为 18%～28%。生长速度极快（品种‘雷伊’在北京于 7 月 20—26 日期间，平均每天长高 12 厘米——黎大爵，2004），生育期 4～6 个月（甘蔗 8～24 个月），茎高 3～5 米，亩产生物量 5～10 吨。

甜高粱根系发达，从土壤中吸水能力强，茎秆表面又有一层蜡粉和叶片遇旱可自行卷缩，因此茎体水分蒸腾低，抗旱力极强。甜高粱的水分利用率也特高，每生产 1 千克干物质仅需水分 250～350 千克，是小麦等作物的一半，甘蔗的 1/3。甜高粱耐渍涝、抗盐碱，从砂壤土到黏土，从 pH 5.0～8.5 的土壤均能很好生长，我国的黑龙江、海南岛、新疆等地皆可种植。甜高粱有着许多优点，故享有“骆驼”农作物的美称。

甜高粱是一种茎秆含糖高的糖料作物，茎秆含糖量 17%～21%，胜于甜菜，媲美甘蔗，用甜高粱生产燃料酒精，优于玉米和甘蔗。美国研究资料，每公顷甜高粱可转化 6106 升乙醇，而被称为太阳能优质转化器的甘蔗才 4680

升（Knowles Don, 1984）。中国研究资料，按日合成碳水化合物并转化为乙醇计，甜高粱为 48 升，而玉米、小麦和粒用高粱分别为 15、3 和 9 升（新川清星，1982）。印度研究资料，每公顷甜高粱可以生产无水酒精 5700 ～ 6500 升，甘蔗为 4000 ～ 4500 升。

作为一种农作物，甜高粱近乎完美，非玉米与甘蔗可比拟。20 世纪 80 年代开发燃料乙醇后，育种专家就开始关注甜高粱的育种。20 世纪 80 年代，我国陆续从国外引进了“丽欧”“凯勒”“雷伊”等若干个优良品种，“863 计划”“醇甜系列”的几个甜高粱杂交种，已经在我国海南、河南、山东、内蒙古、新疆、吉林、黑龙江等省区试种成功。黎大爵教授的“甜饲”“绿能”等也表现良好（图 15-4）。

甜高粱乙醇工业化生产是 2006 年开始的，由北京骏天生物质新能源科技公司承担的国家发改委“年产三万吨甜高粱秆制取燃料乙醇高新技术产业化示范”项目，地点在内蒙古自治区莫力达瓦达斡尔族自治旗，采用的技术路线是分子筛脱水工艺。

图 15-4　在京郊黎大爵教授甜高粱育种地考察，2007.9

说到甜高粱乙醇，必须说到我们团队的李十中教授。

2004 年，在我参加国家中长期科技发展规划战略研究和发现“生物质”时，一位刚从英国回来的牛津大学博士后李十中突然造访。他是生物化工专家，天津人，40 刚出头，高个子，全身充满活力，背上总离不开他那潇洒的“双肩包”。

李十中，好一个生物质“铁粉”，听说我们关注生物质，从英国回来不久就主动找上门来。主动和我们一起编写中长期科技发展规划中的生物质部分，一起申报“生物质工程”重大专项，他的生物化工专业正好弥补了我们团队专业结构上的缺陷。

2005 年，他发给我 5 份有关生物质方面的资料中，提到了甜高粱乙醇。不料由此不可收拾，十几年如一日地执着地追求着甜高粱乙醇。

2006年年末，他在内蒙古巴彦淖尔市用固体发酵法进行了甜高粱燃料乙醇的中试（图15-5），2007年给我发来一份万字中试报告，很专业。报告的初步结论是：

——固体发酵时间仅为44小时，玉米淀粉发酵时间48～60小时。

——乙醇收率高，可达到理论值的94%以上。

——固态发酵不存在废水处理问题，无污水治理成本。

——甜高粱乙醇没有淀粉原料生产乙醇的蒸煮、糖化过程。

——乙醇实现了机械化生产和过程自动控制。

——甜高粱燃料乙醇的成本在人民币4000元/吨左右。

图15-5　李十中教授在内蒙古巴彦淖尔市用固体发酵法进行甜高粱燃料乙醇中试，2007年

2015年，十中在山东省东营市政府支持和长安集团投资下，建成投产了万吨级甜高粱秆乙醇示范工厂，我国首座现代化甜高粱乙醇工厂（图15-6）。

图15-6　山东东营市固体发酵法甜高粱燃料乙醇工厂，2015年

甜高粱米作为粮饲用；秆则生产乙醇（16 吨鲜秆产 1 吨乙醇，仅耗电能 350 千瓦·时，无废水排放），发酵后的酒糟营养成分与青贮玉米相当，可作为牛羊饲料，形成"3 万亩甜高粱 / 1 万吨乙醇 / 6 千头牛 / 280 万立方米沼气 / 6 万吨有机肥"循环产业链。十中称之为"甜高粱低碳农工产业链"。

2020 年，李十中教授成功地将 45% 乙醇水溶液重整制氢和用于燃料电池汽车并上书李克强总理。信中说（稍有删减）：

> 目前氢燃料电池汽车面临两个瓶颈：一是加氢站成本高，二是氢主要来自化石能源。清华大学用 45% 乙醇水溶液在线重整制氢可利用现有加油站，无须像日本车那样背负着 700 千克 / 厘米^2 高压氢气罐行驶。采用自主创新的连续固体发酵技术以甜高粱秸秆为原料生产的 45% 乙醇使车的燃料成本低于汽油、柴油。
>
> 乙醇制氢可持续、成本低，有利于能源、农业结构调整和解决农产品市场出路问题。我国有 8 千万亩盐碱化耕地、1.2 亿亩盐碱荒地、1 亿亩压采地下水耕地、2.8 亿亩重金属污染农田，可种植甜高粱生产乙醇……使传统农业成为氢能经济的主要成分，促进农村一二三产业融合发展，从供给侧打造经济发展新动能，形成农工结合有中国特色、惠及全球的氢能经济发展之路。

十几年过去了，专家和企业家做过种种努力，但甜高粱乙醇仍未实现产业化生产。为什么？是甜高粱原料不好吗？恰恰相反，它是一种极佳的糖能作物；是燃料乙醇及其下游产品没有市场需求吗？恰恰相反，市场十分广阔。当然，技术装备也不成问题。那么，问题出在哪里？

我认为问题是出在产业链的农工衔接上。原料来自农业，如果只是收购（如秸秆、畜禽粪便等）还比较单纯，如果涉及种植，就会涉及整个农业系统，十分复杂。如果没有政府强有力的支持与推动，只靠市场和企业是很难的。甜高粱乙醇大发展必须具备，要么国家打算规模开发盐碱和沙荒地；要么国家打算推进乙醇制氢和氢燃料电池汽车。

15.4 热化学路线悄然兴起

科技前进的步伐是不会停下来的。

在玉米乙醇被诟、纤维素乙醇久攻不下、生物学路线受阻时，热化学路线悄然兴起。

2008—2013年的5年间，全球各种先进生物燃料项目增加了3倍，总产量扩大了10倍。年产168万吨中，通过热化学转化的生物燃油46万吨，占27%。

所谓热化学转化是指用高温将生物质气化、再将气化得到的混合气净化分离，再通过合成以制取生物柴油、航空煤油、生物天然气等工艺。它的优点是可以利用纤维素等所有的生物质，而且成品无须掺混即可使用。当前全球已有十数家工厂，年产能数万吨合成燃油和数千万立方米合成生物天然气。

2003年德国科林公司（Choren Co.）首次生产出用木屑为原料、气化后经费托反应合成的液体柴油；2013年Enerkem公司在加拿大埃德蒙顿市建成世界首家以有机垃圾为原料、由热化学甲醇途径转换成生物乙醇的生物燃料示范厂；瑞典Chemrec公司建成年产10万吨用制纸浆黑液制成粗妥尔油、再气化合成为先进生物柴油的商业化示范厂；2016年Honeywell公司宣布，美联航即将在洛杉矶到旧金山的航班上，使用该公司商业化规模生产的“绿色航空煤油”。

2004年，美籍华裔教授阮荣生来华从事分散式微波催化裂解生物质研究。利用连续微波高温催化裂解技术，将生物质裂解为20%～30%的气体、50%～60%的液体和15%～20%固体。其中气体多为可燃的氢气、一氧化碳、甲烷等：液体为生物质原油：固体含N、P、K等元素可用作肥料。2011年在中国科技馆举行的“中国生物质（能源）产业展示会”上有专题展出。图15-7是车载移动式连续微波裂解系统（第三代中试），左上图是2006年阮荣生教授（左）在中国工程院论坛上与能源学部主任黄其励院士（右）和本书作者（中）交谈。

图15-7　车载移动式连续微波裂解系统，2011年

一个重大进展是，武汉阳光凯迪新能源集团自主研发成功生物质热化学气化-费托合成技术和1万吨级生产线自2013年1月正式投产，连续运行至今。利用秸秆、树枝等废弃物进行加工转化，能量转换率超过60%；成本可控制在7000元/吨以内。进入同类技术产业开发国际领先行列。

内蒙古金骄集团独辟蹊径，自行开发出用能源灌木柠条为原料，经热酸催化双水解工艺产生中间产物性质的平台化合物羟甲基糠醛和乙酰丙酸，再分别通过加氢、酯化、缩合产出多种合成生物燃油和生物合成材料。2015年在内蒙古赤峰市阿鲁科尔沁旗投产，年产3万吨，国际首创与领先。

2013年初秋的一个早上，国家林业局局长走进办公室，办公桌上放着一份报告，赫然地写着《关于尽快启动“木变油”工程的建议》。局长心想，谁又在那里调侃？打开一看是一份正式且重要的报告。报告写道：

> 怎样在保护好青山绿水的前提条件下，充分利用林区得天独厚林木资源，变资源优势为经济优势，发展林区经济是亟待破解的问题。“生物质基制油”为我国林区洞开了一扇“变废为宝”的窗户。
>
> 简单地说，“生物质基制油”就是利用农林废弃物或剩余物制造出我国急需而紧缺的可燃油、可燃气和生物化工的原料，而且最好的生物质基原料就是我们林业的主要经营对象——林木。3000吨木本原料产1吨油，5000～7000吨草本原料才产1吨油，对我们林业行业来说就是“木变油”！
>
> 至今，技术瓶颈已经突破，而且在我国武汉阳光凯迪和山东东营万吨级和20万吨级的“木变油”工艺和设备产业化运行已经成功，居世界领先水平！而且，产品多样（轻油、重油、可食用石蜡、木醋液、活性炭、可燃气、半焦、钾肥等），质量优于石化产品，木素资源可全利用，无任何污染物排放，工程投资低（1千万～3亿元/吨生产能力），效益显著（3～5年回收周期），环境效果好。
>
> “木变油”不仅是一项循环经济的技术进步，而且是一项利国利民利生态的大产业、节能减排综合利用的好项目，非常适合我国林区、天然林保护区、木材集散地、木材加工业聚集区，特别是森林可持续经营抚育清林物的综合利用以及木材加工“三剩物”的加工利用。“木变油”项目的开启不仅可以使我国3亿～5亿吨清林剩余物“变废为宝”，而且能够带动林区经济发展，有效解决就业，保障我国能源安全（至少可以解决1亿～2亿吨的燃油），都有非常重要的现实意义和深远的战略意义。

这份报告的作者是谁？

国家林业局生态与环境处处长，我们生物质团队的核心成员陆诗雷博士。

继燃料乙醇之后，以热化学转化途径生产生物液体燃料的第二次浪潮中，我国跟上了世界步伐，有些走在了前列，请往下看！

15.5 兹事体大，慎之又慎（2013 年）

2013 年 5 月 19 日，我在金码大厦应约会见了武汉凯迪新能源公司董事长陈义龙和陪同他的李林芝副董事长。他向我报告了一个好消息："经 8 年研发，凯迪建成了国内首条年产 1 万吨的生物质气化合成燃油（BTL）生产线，今年 1 月 20 日已开始，成功运行了 4 个多月。"

我一听，脑子一震。随之问了："用的是什么原料？""气化温度多少？""气体分离和加氢成油技术如何？""油品质量和成本如何？"……一边问脑子一边想："这条热化学路线已经不是在转化生物质组分中的淀粉和纤维素了，而是连占生物质组分约 40% 的木质素禁区也被打破了。""这可是原料来源的大解放！""这将会为我国能源安全作多大贡献？"……我的发散性思维在不断发力，真希望立即飞到武汉去看个究竟。

武汉凯迪是上市公司，网上信息和传闻自然不会少，负面的也有。由于兹事体大，我又业务外行，于是想出了一招，派个高规格专家组先行探听虚实。成员有中石化研究院副总工蒋福康、中石油规划总院战略研究所副所长刘蜀敏、国家林业局造林司总工吴坚、国家林业局造林司处长陆诗雷，以及中国农业大学的程序和胡林两位教授。由程序教授带队，秘书是王崧。

8 月 4 日下午，考察组乘高铁直奔武汉。途中，王崧给我来电话："石校长，专家们在火车上谈得很起劲，好像都不太看好这个项目，信心不大。"我心里"咯噔"了一下，电话里还是不咸不淡地说："好结果坏结果，都是结果嘛！"

第二天中午王崧又来电话，口气变了："石校长，我们正在吃中午饭，专家们谈得很热闹，对这次考察很有信心，对凯迪的项目很有兴趣。"我长长地松了一口气。晚上，程序同志给我打电话了，第一句话就是："石校长，这个项目不错，这次来对了。"

现场考察了 3 天，董事长陈义龙全程陪同。程序同志回京向我讲述这次考察时，抑制不住他的兴奋心情，因为我们都意识到这项技术的突破将意味着什么。尽管他已经讲得很详细了，我还是想听听石化专家们的亲口评说，于是把蒋福康总工请到家里来，我的第一句话是："蒋总，今天把你请来，是想请你给我上课，听您石化专家对凯迪项目的看法。”我们谈了快两个小时，我像小学生一样地向他请教，聆听一位石化总工的看法。经过这次谈话，我才“把心完全放在肚子里了”。

两个月后，武汉暑气已消，早晚还有些凉意，老将该出马了。我和程序、诗霏、王崧以及请来的国家林业局能源处长王景华一同去了凯迪，在现场点燃了生物质燃油火炬。下午在东湖游船上继续介绍与提问。在游船上照这张照片时（图 15–8），是程序同志正在询问吨油的成本构成，陈董一五一十说得清清楚楚。

太阳开始西沉，我们走出游艇舱房，我眼前突然一亮，好一片如镜的湖面，波光粼粼，这不就是我曾少年游（泳）的武汉东湖吗？竟变得如此婀娜美艳了。我一手拉着陈董，一手拉着程教授，连说：“照张相，照张相，在武昌上中学时，我在东湖游过泳。”

图 15–8　左上图自左至右是陈义龙、石元春、程序。正图是三人在游艇舱房议事

回京的飞机上，我和程序同志商量，回京后请几位院士，听听他们的反映和意见。

11 月 12 日，在金码大厦开了个小型汇报会，邀请了中国科学院化学部主任程津培院士和生命科学部匡廷云院士、中国工程院化工学部的曹湘洪和汪燮卿两位院士。

座谈会是请赴凯迪考察组组长程序教授先做考察情况介绍。听完程序教授的 PPT 介绍后，程津培院士说：“这些年很少听到像程教授这样好的学术报告了。最近我在中国科学院主持了一个关于生物质热化学方面的咨询研究课题。石院士，你舍不舍得让程教授参加我们课题的研究？”我说：“学术交流，好事儿，求之不得。”化工方面的院士则有所保留地建议最好有 10 万吨以上的工业性装置运行一年才好。

程序同志几易其稿后，在邮箱里给我发来了万言《对阳光凯迪新能源集团新近开发的“非粮生物液体燃料”的调研报告》，还有他们 6 位专家的签名，很正式，这是程序教授行事的一贯风格。以下是两段摘录。

> 武汉凯迪项目采用的技术路线，与生物质干馏、直接液化以及生物质热解 / 气化生产甲醇等完全不同，产品可以直接替代汽油，柴油及煤油等；原料和工艺也有别于“煤变油”。在技术上打通了生物质气化、合成气净化（变换和 F-T 合成技术的全流程，获得了比例为 30% ：35% ：35% 的优质轻质油，柴油和液体石蜡。稳定运行半年余，表明此工艺技术是可行的。
>
> 在总体上，我们初步认为此项成果的意义是重大的，技术和经济可行度是较高的，可能对我国当前能源困境、发展农村经济，以及与东盟国家的合作都会产生重要影响。目前，国际上对二代先进生物燃料技术的研发知识产权创新的竞争激烈，凯迪技术已处国际前列，不失时机地加大推进商业化力度具有重要战略意义。

见面时我问他：“报告对凯迪技术的定位是‘国际前列’，有望‘领先’吗？”他说：“现在还难说。”这也是程序教授行事的一贯风格。

15.6　武汉凯迪一枝独秀

次年，2014 年的春天，趁我回武汉扫墓，拜访了武汉阳光凯迪总部和陈义龙董事长，程序教授也按约从北京赶来武汉。公司来车将我由东湖宾馆接到凯迪集团总部，陈董和程教授已经在会客室等我了。陈董明天开董事会，后天出访欧洲，我不忍心占他太多时间，开门见山地说：

“陈董，这次回武汉扫墓，想来看看您，听听凯迪的最新进展。”

“凯迪发展到现在，眼睛不能只看到国内，‘国际化’是当前工作的一个战略重点。最近美国有一家搞气化合成的公司搞不下去了，他们投了 3000 多万美元，我用 1800 万美元将他买下来了。已经联系好海运公司，将这个公司的整套设备运到武汉来。”

“是美国科罗拉多州的 Rentech 公司吗？”程教授常是一边开会，一边摆弄自己的笔记本电脑；一面听陈董说话，一面挑出一张 Rentech 公司的图片投放到大屏幕上。

“对！就是这家公司。”陈董点头称是后接着说：“后天我到欧洲去，主要是到芬兰与一家公司谈合作问题。这家公司的背景很深，是世界 500 强企业德国林德公司收购的，拥有 Carbo-V 气化技术的科林公司，并将此技术优化升级后授权许可给芬兰 Forest Btl 公司，该公司于 2013 年建成了 14 万吨非粮生物质合成燃油商业化工厂。现在，他们遇到了技术障碍，对凯迪的技术非常感兴趣。这次我去探探他们的意向。”

“是这家公司吗？ Forest BtL Oy 生物能源公司。”程教授又“秀”出一张图片，他对国际国内的科技信息掌握得又多又快，非常人能及。

“对！就是芬兰 Vapo Oy 集团旗下的 Forest 生物能源公司。”陈董点头称是。

“哈哈！当今世界搞气化合成燃油最好的就是这两家公司和凯迪。您买下一家，合作一家，凯迪是实实在在的世界老大了。”程教授不禁开怀大笑着说。回过头小声对我说：“可以说领先了。”

陈董接着说：“凯迪在国内的一个 30 万吨、一个 60 万吨的厂子正在筹建，预计 2016 年年底投产，现在遇到的最大问题是产品标准和进入市场问题，我们对此做了多方努力，争取年内能够通过地方标准。关于筹资 100 个亿的计划正在落实中。”

凯迪的大手笔和程序教授的高水平相映成趣，也许高手过招就该是这样，我看着有些眼晕。

离开会议室，我们一行走在过道里，程序教授对我说：“要能到美国去看看最好。”

快 6 点了，陈董留我们吃晚饭，我说我要回宾馆家庭聚餐。陈董只好说：“那我不好留您，就陪程教授用餐，正好有些问题请教。”告别时我对陈董说：“刚才程教授对我说，如果能到美国去看看最好。”“没问题，我立即叫公司安排。”

陈董事长从欧洲回来了，程序教授从美国回来了。程序教授对我说：“看来，现在可以说‘领先’了。”

说说程津培院士课题推进的情况吧。

2014 年 10 月 7—9 日，程院士在武汉凯迪现场，邀请了更多院士专家开研讨会，大家一致认可这项成果并给出了很好的评价，也提了许多好的建议。由武汉回京的飞机上，我还在想着凯迪的这个能把纤维素和木质素转化为高档液体生物燃料的技术。一旦实现产业化，那些荒山野岭不都可以用来种植能源灌草吗？对！回去找我的学生，在国土自然资源部任职的吴海洋，帮我拿到全国边际性土地的最新资料，搞清到底有多大潜力。

没有很长时间，他就提供了基于县级最新土地调查资料，全国宜林草的“边际性土地”约 16553 万公顷。太好了！这是多大的一片、可年产亿吨以上的、永不枯竭的生物质油田宝藏啊！我更来劲儿了。

2015 年 8 月，由程津培院士主持，程序教授作为主要执笔人的研究报告送到中国科学院，又上报了国务院，题目是《关于加快推进我国生物质合成燃油产业发展的咨询报告》。报告提出“基于热化学转化的生物质燃油制取技术很可能异军突起和我国已掌握自主产权，建议国家加强对生物质合成燃油产业的政策支持”（图 15–9 左）。

武汉凯迪继续发力，国内外兼进。吉林松原市以玉米秸秆和废木为原料的年产 20 万吨合成燃油的工厂，投资 40 亿元，2016 年 11 月动工建设了（图 15–9 右）；在芬兰 Kemi 的 20 万吨厂也要开工建设了，还通过林地经营权流转（转包），在全国多处组建原料基地 1000 余万亩，拉开了开发生物质油田的架势。

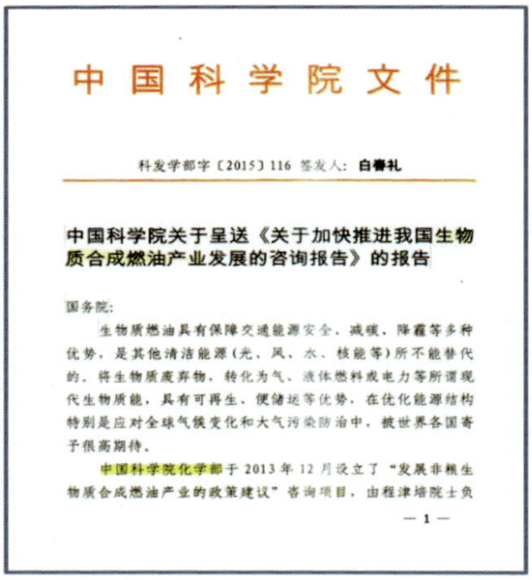
中国科学院文件

科发学部字〔2015〕116 签发人：白春礼

中国科学院关于呈送《关于加快推进我国生物质合成燃油产业发展的咨询报告》的报告

国务院：

生物质燃油具有保障交通能源安全、减碳、降霾等多种优势，是其他清洁能源（光、风、水、核能等）所不能替代的。将生物质废弃物，转化为气、液体燃料或电力等所谓现代生物质能，具有可再生、便储运等优势，在优化能源结构特别是应对全球气候变化和大气污染防治中，被世界各国寄予很高期待。

中国科学院化学部于 2013 年 12 月设立了“发展非粮生物质合成燃油产业的政策建议”咨询项目，由程津培院士负

— 1 —

图 15–9　2015 年中国科学院给国务院的报告（左）2016 年松原项目动工（右）

正当凯迪大步前进时，2018 年夏天，突然传来因资金链断裂使武汉凯迪陷入经济危机的消息，如晴天霹雳。9 月 30 日，陈义龙董事长接见记者和发表谈话，澄清了问题，说明了打算。10 月 8 日，我与程序教授给陈董信函如下。

义龙董事长：您好！

得知凯迪生态遇到一些困难，我们十分关注，又不敢打扰。但相信在您的领导下，一定能够逢凶化吉。

近日看到您9月30日接见记者发表的谈话，深受鼓舞。希望尽快渡过难关，东山再起。

当前的中美贸易战更显现能源安全对国家的重大意义，特别是油与气。我们在参加宋健同志主持的“百年科技强国”战略研究中正式提交了关于建立年产1亿吨生物合成燃油“油田”和年产1千亿立方米生物天然气“气田”的建议。其中“油田”原料将主要来自1亿多公顷边际土地上种植的能源植物，主要技术依托是凯迪，提出了由凯迪牵头的建议，不知当否。

随信附上《关于建设“国家生物质油气田”的建议》初稿。希望凯迪在重组崛起中考虑这一因素，并告知您的意见。顺祝

秋安！

石元春，程序　敬上　2018年10月8日

在改革开放大潮中，作为武汉水利电力大学教师和校团委书记的陈义龙，协助导师开发燃煤电厂灰管及热力系统在线高效除垢剂和成立凯迪公司并担任总经理。产品两年占领国内电力系统90%的市场，6年挂牌上市。当产品开始进入国内低水平竞争时，武汉凯迪2004年毅然战略转型，选择了生物质能。不到10年，成为国内生物质发电头牌，还潜心8年，研发成功了热化学法生物质合成燃油技术，领先于世界。

这样一位卓越的中国民营企业家，有可能犯错摔跤，但不可能倒下，我一直这样坚信着。

果然，2021年，从程序教授那里传来凯迪的好消息。

2021年6月，北京天气晴朗，燕园气氛热和，建党百年的庆祝活动一个接着一个。18日上午，我期待着的一位盼望已久的老友，前武汉凯迪集团公司董事长陈义龙将要在程序教授陪同下来到燕园，这是一次与刚经历惊险苦战的一位战友的重逢。

给我第一眼印象是，陈董气色很好，神采奕奕，还像过去那样的一脸刚毅与信心。

简单地互道问候后，陈董就滔滔道起他这次的艰苦卓绝经历。我屏住呼吸地听着这个金融黑势力是如何企图绝灭中国的一个战略发展中企业的故事。这是一场生死存亡的较量，一部精彩的商战连续剧。我默默地说着：“陈董，好样的！”

一个民营企业是无力对付如此强大金融黑势力的，最后是国家出手了，凯迪得救了。

凤凰涅槃，浴火重生。

陈董现在是阳光凯迪新能源集团有限公司党委书记兼首席战略科学家。

接着，他又眉飞色舞地讲起东山再起的打算（图 15-10）。

“不经一番寒彻骨，怎得梅花扑鼻香？”

热化学合成生物燃油事业一定会在中国东山再起！

生物质油田一定会绽现在华夏大地！

期待战友东山再起的消息！

图 15-10　陈义龙同志在讲东山再起计划，北京燕园，2021.6.18

16

生物质资源大省在行动

（2011年）

- 政府推动
- 南湖会议
- 城乡两种模式
- 一本难念的经
- 《规划》应运而生
- 《规划》的环保诠释
- 我为吉林支招

“惊蛰崛起”中，我国北方的一个生物质资源大省在行动。

16.1 政府推动（2010 年）

我曾作为受聘吉林省的科学顾问，参加过几次吉林省一年一度的东北亚经济高层论坛，2006 年年会上见过飞虎队陈纳德将军的夫人陈香梅女士。

论坛主持人是吉林省时任省长韩长赋，因他曾任农业部副部长，较熟识，我与他谈到生物质产业。韩省长说吉林省是生物质资源大省，在生物化工方面基础较好，希望在生物质能源方面加强与中国农业大学的合作。

2009 年吉林省能源局委托中国农业大学程序教授牵头，研究和提交了《吉林省生物质能源发展战略研究报告（2011—2020）》。2010 年 8 月，洪浩与省能源局白绪贵副局长拿着这份研究报告的本子到我家征求意见和邀请我作为论证专家组组长。

2010 年 12 月 28 日在中国农业大学金码大厦召开了论证会，很隆重（图 16-1）。我和汪燮卿、尹伟伦三位院士任组长，论证专家组对《研究报告》给予了充分肯定和提出了一些修改建议。专家组认为，吉林省是生物质资源大省，工作基础好，如能促成一个省级的生物质能源发展规划，必将对吉林省

图 16-1 《吉林省生物质能源发展战略研究》论证会，北京，2010.12.28

以至于全国有重要影响和推动作用。吉林省能源局与洪浩当然会很高兴地利用这个机会，于是有了三院士等五位专家联名给吉林省委书记上书的行动。信的用名是《关于加强吉林省生物质产业链建设的几点意见》，落款时间是2011年1月18日。

信中写道：

> 贵省正处于社会经济高速发展阶段，能源自给率的持续降低成为制约经济持续快速发展的瓶颈问题。而贵省作为农、林、牧生物质的资源大省，生物质资源的能源化利用完全有可能成为解决以上问题的优选路径。综合来讲，贵省发展生物质产业，无论在生物质资源量、能源消费市场需求，还是在龙头企业和产业化基础方面，均处于全国优势地位，若能给予适当的扶持，则能较快地形成一个年产值过千亿的生物质产业，为贵省社会经济发展提供一个新的支柱。
>
> 生物质产业具有贯穿一产、二产和三产，统筹城乡发展的特点，对于解决“三农”问题、转变经济增长方式均具有重要的意义。如今，生物质能源主导可再生能源发展已经成为全球大趋势。

信里提了5点建议。

即使是在电话里，好像也能听出洪浩的心跳速度很快。当然，我也很高兴，毕竟这是件好事。

几天后，洪浩陪同省能源局领导喜形于色地拿着“批示”来看我，一字一句地念了批示内容。省委书记的批示是：“××、××同志：请高度重视，积极推动生物质产业发展。利用途径上眼界要放开些。可安排时间专门听取石元春等院士的意见，并转达我的问候和感谢。”王儒林省长的批示是：“请××、××同志高度重视，积极推动。并请××、××同志协调，尽快形成我省发展生物质能源的专项规划。要进一步听取石院士等专家的意见。我们专题研究一次。”在我们信件首页上，还密密麻麻地写有其他几位省领导的批示。省能源局领导不止一次地强调：“在一份建议书上同时有五位主要领导的批示，这在吉林省是没有先例的”，欣喜之情溢于言表。

我看到“批示”也有感而发地写下了《读省委书记批示有感》一则（“拜安”是bioenergy，即生物质能源的中文缩写）：

山外青山楼上楼，层层登攀层层秀；
借得擎天凌云剑，敢叫拜安遍吉州。

16.2 南湖会议（2011）

为落实吉林省委省政府领导对我等5人《关于加强吉林省生物质产业链建设的几点意见》的批示，2011年7月7日，吉林省发改委副主任兼能源局局长到家里来看我，就8月初在长春召开“吉林省生物质能源发展战略研讨会”征求我的意见。

汪燮卿院士、程序教授、李十中教授、王涛副校长和我等于7月30日下午由北京飞抵长春，能源局局长等到机场迎接。走出机场，一股凉意袭来，才一个多小时的飞行时间，就将难耐的闷热和暑气抛在了北京上空，我等一行入住南湖宾馆。

它虽处长春市内，却原是一片森林与湖沼。湖面不算大，但森林面积近千公顷，一座天然大氧吧，犹如世外桃源般静谧，全无城市嘈杂。宾馆的11栋高档小楼散落在各自林中，相守而不相见，我们住的是7栋。陪同人员说，国家领导人和外国贵宾来长春都是入住这里的。这使我想起了武汉的东湖宾馆、济南的南山宾馆、大连的……

晚饭后天已黑了下来，汪院士和程序教授仍抓紧时间出去散步，欣赏这片森林的美丽夜景，享受一下长春的清凉，我也不甘落后。

这次活动的安排是头两天到长春附近对发展生物质能源的现场进行考察，正式会议在第三天的上午举行。

头天现场考察的晚上，安排我们看演出。要是一般性演出也就罢了，却是“二人转”。据陪同说，东北“二人转”的发源地就在吉林与辽宁接壤的辽源、铁岭一带，吉林二人转是正宗的。我观剧不少，却未曾看过“二人转”，好奇心使我不愿失之交臂。

位于长春市中心位置的“关东剧场”，晚上灯火通明，霓虹灯闪烁，人头攒动，尽有那娱乐场所门前的繁华与喧嚣。剧场不大，三四百个座位，很紧凑，适合这种小型演出。我们坐是二排正中，贵宾席，座前还摆有瓜子、点心和水果，着实地亲身领略了一下在电视剧中曾见过的这种场景。

“二人转”就是每一个剧目或段子由男女二人演出，没有第三者。先是由男演员出场，围绕某个主题插科打诨一番，有些像单口相声，然后女演员出场，进入高潮。演出中说学逗唱都有，每对演员都有他们独自的“绝活儿”。据陪同介绍，演员从小拜师学艺，基本功练得很苦，“绝活儿”更难。一组男女演员一般是师兄妹，长大后结为夫妻，因为夫妻间在说唱中顾虑较少。

东北的冬天很长，室外天寒地冻，农村人多在家“猫冬”。“二人转”儿乎对演出场地没有特别要求，形式内容灵活机动，所以它才成为东北民间喜爱的一种文化形式。但将“二人转”推向“春晚”，推向全国，赵本山功不可没。据说“二人转”被列入了非物质文化遗产。

16.3　城乡两种模式（2011年）

次日早餐后，我等一行乘车出行考察。第一站到长春市内的天合富奥公司。这是长春第一汽车制造厂旗下的一个专门生产底盘配件的公司，从硕大的装配车间里，24小时断续地向外运出底盘，大门要一直敞着，即使是冬天室外气温在-20摄氏度也要敞着，还要保持车间里20摄氏度的室温。怎么做到这一点？办法是在大门里有道二门，靠二门上面管道喷出热气，构成一道“暖帘”，隔热保暖又不妨碍汽车通行。问题是这个厂处在开发区集中供热的尾端，热力远不能满足要求，这个问题解决不了只好搬迁，一走了之。最后是由辉南宏日公司投标以颗粒燃料供热解决了这道难题。图16-2右图是车间大门及里面的二门“暖帘”；左图是生物质颗粒燃料供热锅炉系统及主控室。去年冬天国家能源局刘琦副局长来到这里视察时给他留下了很深印象，我等也在此留影一帧。

图16-2　考察长春天合富奥公司的成型燃料供热车间（左）和专家组留影（右），长春，2011.7.31

汽车在经过市区的一片砖红色的、约20层的高层建筑，陪同说这是吉林大学的科技园，有20万平方米，包括办公楼、实验室、学生宿舍和住宅，是辉南宏日公司去年用生物质颗粒燃料为他们供热的。因为多数专家过去对辉南宏日公司的吉隆坡酒店项目、颗粒燃料生产基地等已经看过，所以这次只看了天合富奥。才两三年，他们的生物质颗粒燃料城市供热产业链条及运行的商业模式已经成型了，项目越来越多，供热规模越来越大。

汽车开出长春市，往南向公主岭市方向驶去。公主岭市是吉林省的粮仓，汽车行驶的公路两侧，玉米连成了海洋，绿油油、齐刷刷的，黄黄的雄穗和扬花，像阳光照射下海面上闪烁着点点金黄浪花。谁看了这幅壮观美景，都会为中国农民的勤劳和智慧所感动。汽车穿过公主岭市区，又进入农田与村庄，车行不久，来到了一个叫作利民的颗粒燃料加工厂。

本村或邻村农民从自已田里拉来 3 吨玉米秸秆可以从这里换回 1 吨颗粒燃料，就这么简单。

这个加工厂投资 500 万元，年产颗粒燃料 6000 吨，产值 330 万元，可以供应 2000 户农民全年生活用燃料。这个厂的主要加工设备是自动储料仓及输送上料系统、颗粒成型机、传送机提料机及筛选机等。这里农户一年炊用约 1 吨颗粒燃料，加上取暖 3 ～ 4 吨，用自家地里收的玉米秸秆就足够用了。加工 1 吨颗粒燃料用玉米秸秆 1.3 吨，所余 1.7 吨原料制成商品颗粒燃料以维持日常开销和盈利。记得早年我在农村时，农民拿几个鸡蛋到供销社换火柴，抱一簸箕小麦到面粉加工厂换回一小袋面粉，这种以物易物、不动用现金的交换方式看似古老，却受农民欢迎，因为农民不像城里人有那么多现金流通，只要不动现金就好办。

加工厂还有各式各样、大大小小的农村户用炉具任凭选用，有单眼炊事炉、民用采暖炉、双联土炕炉，几十元到一二百元不等，农户购买可以得到市里的补助。我们到几户农家看过，一般是非取暖季用来烧饭做菜，冬天就与炕连烧，有的家里还可接上土暖气。农户反映，与烧玉米秸秆相比，不需要堆柴草的地方，屋子里干净；几张废纸就能把火引着，经烧耐烧，可温可旺。与烧煤相比，那就省钱太多了，而且秸秆在地里有的是，不用也是废在田头地沟里了。

车占斌，我国最早从事生物质成型燃料的企业老总，提供了对这里两个农户的典型调查资料。甲户过去全年炊事用液化气 4 罐和 1200 千瓦・时电，冬季取暖和烧炕用煤 2 吨和秸秆 2.5 吨，全年开支 3200 元。改用颗粒燃料后全年消费 2.8 吨，按市价 1680 元，节省 1520 元。乙户过去全年炊事用液化气 3 罐、470 千瓦・时电和 2 吨秸秆，冬季取暖和烧炕用秸秆 10 吨，全年开支 1627 元。改用颗粒燃料后全年消费 1.7 吨，开支 1008 元，节省 619 元。问题的实质在于，改善农村生活能源消费质量，是靠煤炭和液化气，还是靠自产自销的秸秆颗粒燃料?

这是个地地道道的农村生物质能源生产和消费模式。尽管技术上还有一些需要改进的地方，但这种模式在中国农区有很强生命力，意义很大。

16.4 一本难念的经（2011 年）

每家都有一本难念的经。

论证会的领导致辞中，竺延风副省长就给我们念了一段吉林省的那本难念的能源经。

“我的家在东北松花江上，那里有森林煤矿”，省长深情地用这首歌词开篇，诉说了吉林省的能源苦衷，现在煤矿挖光了，森林不能动。吉林省最大的辽源煤矿挖了百年，枯竭了，除了塌陷外什么也没留下。现在吉林省大小煤矿的年产量只有 3000 多万吨，消费是 9000 万吨，马上要过亿吨，每年缺六七千万吨。煤不够怎么办？到内蒙古去买，不久前刚与内蒙古签了两个煤炭协议。现在到省外买煤不单是一买一卖问题，还有恢复当地生态问题、对当地的转化投资问题、运输仓储问题等，负担很重。

电力也是个头痛问题，不是缺电而是过剩。吉林省的水电火电资源比较丰富，而主要工业是汽车与化工，用电有限，电力需要输出。问题出在长达 5 个多月的供暖季里，因热与电联产，电力过剩也要发电。一头是缺煤外购难，另一头是电过剩输出难，如同“耗子进了风箱”，两头受气。这话是省长说的。

此外，吉林省原油消费的 60% 要靠省外，天然气全是由省外输入的。难怪省长说：“吉林省是个一次能源匮乏的省份，又是个农业和农林牧生物质能源的大省，每年可利用的生物质能源超过了 4 万吨标煤，我们一定要走出一条新的路子来。”省长接着说：“这是吉林省委省政府为什么高度重视生物质能源发展的原因。要把大力发展生物质能源作为解决长期能源不足，建设资源节约和环境友好型社会，确保能源安全和促进经济社会可持续发展的重要战略。生物质能源正在成为我省最具有潜力和活力的一个新兴产业。”

在中国，除山西和内蒙古这样的能源大省，多数省份都和吉林省差不多。其实，中国本身就是个化石能源资源匮乏的国家，不仅石油与天然气资源极贫，煤炭也只够用四五十年。面对这种能源困境，问题是采取什么应对态度和策略。程序教授在论证会上作了一个介绍国内外生物质能源发展的讲演，其中谈了一个重要观点，认为我国生物质能源发展滞后的一个重要原因是“缺乏政治意愿”。显然，吉林在这方面是走在前面了，是全国第一个制定和实施“发展生物质能源规划”的省份。

在吉林省委省政府领导下，经过半年多时间，省发改委和能源局制定了吉林省的生物质能源发展规划和实施方案，这次会议即是对此的论证。参会的有 12 位专家，有省政府各有关厅局、各市县领导及大专院校和企业代表近百人。竺延风副省长致辞后，程序教授作国内外生物质能源发展形势讲演，能源局郑建林副局长作吉林省生物质能源“十二五”发展规划实施方案报告，最后由我主持专家论证。会议一直开到中午1点，但与会者精力集中，无懈怠意，因为他们都是吉林省发展生物质能源的指挥员和推手，他们需要这样的会。

16.5 《规划》应运而生（2011年）

在程序教授主持编写的《吉林省生物质能源发展战略研究报告（2011—2020）》的基础上编制的《吉林省生物质能源“十二五”发展规划实施方案》论证会于8月2日在南湖宾馆举行，专家组成员有石元春和汪燮卿两位院士，有中国农业大学程序教授和副校长王涛，有清华大学中美生物燃料联合研究中心主任李十中教授、国家林业局造林司总工程师吴坚和国家能源局新能源和可再生能源司农村处韩江舟处长。

竺延风副省长在致辞中指出：“吉林省委、省政府高度重视生物质能源的发展，把大力发展生物质能源作为解决能源不足，确保能源安全，建设资源节约型、环境友好型社会，促进经济社会可持续发展的重要决策，我们制定了生物质能源发展战略，生物质能源现在也正在成为我们省最具有发展潜力、最具有发展活力的新型产业。”

论证报告提出，吉林省能源的基本问题是在经济迅速发展形势下，化石能源资源与快速增长的需求之间的矛盾日益突出，2000年的缺口是1642万吨标煤，2009年是3361万吨标煤。按2009年资料统计，吉林省可能源化利用的资源量为4184万吨标煤，占全国总量（36500万吨标煤，2005年）的11.5%，堪称生物质资源大省。吉林省2009年能源消费总量7553万吨标煤，生物质能源资源可以撑起半边天。能源需求在增长，生物质能源的资源量也在增长。未来十年，每年可获得的作物秸秆3600万吨、林业剩余物375万吨、畜禽粪便1.3亿吨和城镇生活垃圾933万吨。

该规划提出的“十二五”目标是生物质能源生产总量840万吨标煤，占全省能源消费总量的6.7%和减排二氧化碳2234万吨。通过开发生物质固体、液体、气体燃料和新建生物质发电项目消耗生物钟资源2650万吨，其中利用作物秸秆790万吨、林业生物质410万吨、畜禽粪便900万吨、能源作物100万吨和城市生活垃圾450万吨。

随后具体介绍了产业布局、7条产业链条的构建、7项重点工程，以及最后提出的5项措施和5条建议。

这个规划实施方案可以用两个字概括："高"与"实"。"高"，是指发展指标是先进的，如果对照2011年9月出台的国家《可再生能源发展"十二五"规划》，吉林生物质能源生产总量占全省能源消费总量的6.7%；新增生物质发电装机94万千瓦，是全国的7.2%（吉林省现电力有余）；成型燃料250万吨，是全国的12.5%；液体生物燃料新增产能90万吨，是全国的沼气年产量4亿立方米。"实"，是指7条产业链条、7项重点工程，以及5项措施和5条建议都很实在。

生物质在专家论证中一致认为，这是全国第一个省级的生物质能源发展规划，对全国其他省份具有示范和带动作用，在我国生物质产业发展中具有里程碑意义；认为"十二五"末，吉林省生物质产业将有望发展成为全省支柱产业之一。

论证中专家提出不少好的建议，如将生物质产业作为全省的先导性和支柱性产业培育；结合吉林实际，采取固体供暖、生物质气化和能源作物基地生物化工"三步走"战略；成立跨部门的生物质产业协调领导机构；建省级生物质产业园区、生物质工程研究中心、生物质产业专项基金、重视标准体系7条产业链条的构建、7项重点工程，以及最后提出的5项措施和5条建议。

《吉林省生物质能源"十二五"发展规划实施方案》获得了通过。论证报告的专家组建议是：

> 将生物质产业作为全省的先导性和支柱性产业培育，依据产业发展现状并结合吉林实际，吉林生物质产业宜采用固体供暖、生物质气化和能源作物基地生物化工"三步走"战略。近期，及早成立跨部门的生物质产业协调领导机构；率先建设省级生物质产业园区和生物质工程研究中心；尽早设立生物质产业专项基金；尽快出台中小锅炉燃料替换等政策；注重标准体系构建；推动产业健康有序发展，形成吉林生物质产业大发展的格局。

16.6 《规划》的环保诠释（2011年）

这些年，说到生物质能源的环保功能，虽振振有词，但少有来自环保方的见解。这次会议上吉林省环保厅王林溪副厅长针对《吉林省生物质能源发展规划实施方案》的一番发言使人耳目一新。王厅长一开始就算了这样一笔账：

规划提出2015年生物质能源的生产总量将达到840万标煤。按环保部给我们吉林省核定的吉林省的燃煤含硫率在0.42%，那么如果840万吨乘以SO_2转换系数0.71，大约一年可减排SO_2 5.6万～6.0万吨，远超过了国家要求我省"十二五"的SO_2减排指标。此外，燃煤锅炉减排1千克SO_2的成本大约是4元，那么840万吨标煤生物质能源的SO_2减排可以每年节省2.4亿元。每年我们在环境治理方面要投入很大一笔资金，把这笔资金用来发展生物质能源比用于发电厂脱硫强得多。

说到露地焚烧秸秆，王厅长有他一番妙论。

我们环保部门每年都接到禁止焚烧秸秆的通知。实话实说，禁不住，一到秋天，漫山遍野都是火光，烟雾缭绕。农民收玉米后为腾地而要尽快处理秸秆，还田和运回家都要用拖拉机和耗油，不划算，不如在地里一把火烧掉。秋冬季里，农村空气质量还不如城市，长春市里的中心人民广场空气质量最好，越靠边越差，我家住在临河街，一到冬天，烟熏味就很重。秸秆不用起来，很难让农民不烧。

我常去农村，秸秆到处扔。扔在排水沟里的秸秆到雨季里腐烂发臭，释放出的大量氮素随水进入河流，导致氨氮超标。现在吉林省河流COD远低于氨氮，按COD是三类水体，按氨氮可以达到五类水体。松花湖是长春和吉林两地的水源地，按COD衡量是三类，按离子总氮是五类，有时是劣五类。农田化肥带来一部分，大部分来自秸秆腐烂和畜禽粪便。把秸秆作为生物质能源利用起来，不仅改善空气质量，也能改善水体质量。

说到畜禽粪便，王厅长痛陈对农村环境的伤害，主张转化沼气。

到2010年年底，全省COD排放量大约是83万吨，扣掉来自工业和生活的污水，约有50万吨来自农业，畜禽粪便占大头。这些畜禽粪便未经处理地堆放得到处都是，一遇下雨，就被雨水冲到沟里河里，流出去的水都是黑色的，COD值可以达到一二百，赶上城市下水道的污水了。畜禽粪便如何处理，我们环保部门有两种不同的意见，有人主张做有机肥，有人主张做沼气。我是主张做沼气的，利用效率高，农民有收益，沼渣还可以当肥料，可以有效减少对水体 COD 和氨氮的影响。

王厅长在发言的最后说："'十二五'期间我省的这个生物质能源应该以秸秆利用和畜禽粪便的沼气利用为突破口，因为资金和技术的要求比较低，现实可行，与环保结合得最紧。"

16.7 我为吉林支招（2011 年）

在《规划》论证会上，我的发言如下（有删减）。

吉林省电多煤少，近半年的供暖期因热电联产更加深了这个矛盾。利用丰富的作物秸秆和林业剩余物生产成型燃料供热既替代了煤又可以减少发电，减排了 CO_2 和 SO_2，一石三鸟，而且辉南宏日等企业已经成功地蹚出了这条路。吉林首先上成型燃料供热是一种正确的选择。

其次，生物质发电在技术、装备和商业化运作上比较成熟，能消纳大量秸秆，缓解秸秆露地焚烧和给农民带来现金收入，而且已建和在建的有 7 个厂，装机近 200 兆瓦，所以也是一个比较现实的选择。但直燃发电的热利用效率比较低，而且一把大火使除钾盐外的氮、磷、铁、锌、锰等十多种构成生命物质的元素被挥发或固结，不能回归土壤，参与物质循环。所以生物质直燃发电的发展要适度，要与成型燃料供热协调发展。

成型燃料供热与生物质发电都是通过高温燃烧以释放能量，生物质产业发展前期是有重要现实意义的，但在宏观和理论上存在着物质循环上的缺陷。

我想吉林省发展生物质能源的第二个大战役应当是产业沼气和生物天然气。它们是通过常温发酵产生甲烷 CH_4 以获取能量。剩下的沼渣里保存了全部生命元素，以肥料形式回归土壤，不存在上述的物质循环缺陷。而且在生物质的各种转化形式中，沼气的物质和能量循环利用效率最高，而且是负碳排放。从理论与宏观上，它是最有发展前途的，实践上也可形成一个大的产业，德国和瑞典就做出了成功的样板。德国 2010 年已有近 5000 座大型沼气工厂，2009 年产能约 1200 万吨标煤。

生物天然气生产的原料主要是畜禽粪便和作物秸秆，吉林省正是有这方面的资源优势。技术上不存在问题，中国农大程序教授在南宁的产业沼气项目，今年3月已开始生产甲烷含量在97%以上的车用生物天然气，南宁市已经有上百辆出租车用的就是生物天然气，经济效益十分可观。

刚才省环保厅王林溪副厅长谈到吉林中部农区的畜禽粪便和废弃秸秆越来越成为水体和大气的重要污染源，生物天然气的生产正是对这些污染源的一种无害化和资源化再利用。发展产业沼气对增加农民收入、发展现代农业和农村工业、新农村建设也都有很大推动作用。吉林是农业大省，天然气极缺，而生物天然气资源极丰，产业沼气的发展前景十分广阔。但产业沼气在吉林不像成型燃料供热那样成熟和有基础，有许多起步工作要做。

吉林省发展生物质能源的第三个大战役是什么？我想应当是生物质资源的“西进”开发。吉林西部有大面积的盐碱地和沙地，种植常规农作物产量低，难度大。种植抗逆性强的甜高粱、菊芋、能源草等可事半功倍，主产品是燃料乙醇和产业沼气。

20世纪之初，美国经济还很弱，搞了个“西进计划”（开发美国西部），对美国经济腾飞起了大作用。21世纪之初，中央提出开发西部的战略决策，吉林是否也会有个开发吉西计划。

是不是还有第四个战役？有，但它是和前三个战役相辅而行的，即发展生物基产品。刚才汪院士和白厅长已经说到了，我同意他们的意见。为了避免分散力量，当前突出生物质能源是必要的，但也要顾及生物基产品，因为它与生物质能源密切关联，相辅相成。二者的结合有利于在技术和生产链条中进行综合开发和实现产品的多元化，且生物基产品附加值高而有利于降低生物质能源的开发成本。白厅长刚才说，吉林大成以玉米为原料的路子越来越窄，以秸秆替代的路子越走越宽。以秸秆制糖，继续生产化工醇、丙二醇以及聚酯类化工原料和产品的发展潜力很大。吉林在生物降解塑料等方面也有基础。汪院士提出传统化工与生物质化工一体化是今后发展的一个重要方向。

我在《决胜生物质》书中写“巴西奇迹”章，以后会写“吉林奇迹”章吗?

《实施方案》中只有生物质能源“十二五”发展840万吨标煤等的数量目标而没有战略目标，也就是在吉林省整体经济和社会发展战略中生物质能源的战略位置是什么？它可以在多大程度上改变吉林省能源在结构和质量上的现状和困境？在多大程度上能改善吉林省的环境状况？在多大程度上能促进农民增收和就业、促进现代农业和社会主义新农村建设，以及促进农村工业化、城镇化和城乡统筹的发展？对吉林省调整产业结构，转变经济发展方式上能有多大贡献？作为一个战略新兴产业，生物质产业（包括生物质能源和生物基产品）能发展成为吉林省的一个新的支柱产业吗？这些问题想好了，就好给生物质产业以恰当的战略定位。

最后谈三点具体建议：一是发展生物质产业需要大量引进资金，省内的省外的，国内的国外的，没有资金什么也做不成，建议有个发展生物质产业的资金引进计划；二是发展生物质产业需要大量高端人才和技术，建议搭建一个产学研结合的技术研发平台；三是发展生物质产业涉及多学科多部门，需要有一个由省委省政府的一位主要领导主持的，有能源、农业、林业、环保、科技、财政、金融等部门负责人组成的专项领导小组。

与吉林省领导和专家交谈生物质能源，相互间总有一种“拈花一笑”的感应。

17 生物质经济

（2013—2014年）

- 饭桌上的生物质经济
- 饭局过后
- 好一座生物质富矿
- “黑土地上决胜生物质”
- 诠释“生物质经济”

继《吉林省生物质能源发展战略研究报告（2011—2020）》（2010年）与《吉林省生物质能源“十二五”发展规划实施方案》（2011年）两个报告的论证，2013—2015年吉林省连续举办了三届“生物质产业发展长春论坛”，提出“生物质经济”“出征‘一带一路’”等。一时间，生物质产业在吉林省风生水起。以下一一道来。

17.1　饭桌上的生物质经济（2013.9）

2013年初夏，洪浩董事长陪同省发改委能源处张雄伟处长代表省发改委领导来到我北京家里。谈及他们拟于今秋在吉林召开生物质产业发展论坛，争取办成全国性的，一年一届地办下去，当然我会支持他们的这个创意。

接着话锋一转：“石院士，如果您能给儒林书记写封信，得到他的支持，这事一定能办得更好。”哦！原来他们是在这里等着我啊！当然我也是乐而为之的。

我给中共吉林省委书记王儒林同志的信中写道：

> 在我的倡导下，全国工商联新能源商会下设了“全国生物质专委会”，现任会长单位是贵省的生物质能源龙头企业。该专委会与中国低碳经济发展促进会（业务归属国家发改委）得到国家能源局和环保部的支持，拟于2013年9月24—25日联合召开“全国生物质能源清洁利用战略研讨会”，共同研讨生物质能源的清洁利用和国家推进问题。
>
> 鉴于吉林省领导对发展生物质能源的高度重视和较好的工作基础，拟建议将会议地点设在长春市，相信对吉林省和全国生物质能源工作的推进都会产生积极影响，希望能得到您的同意和支持。

信的落款日期是2013年8月17日。

有了2011年与吉林省的深切交往，很快就拿到了书记的“尚方宝剑”。

有书记批示，由省发改委操办，才一个多月，“生物质产业长春论坛”就风风火火地于 9 月 24 日在长春举行了。会议的举办方是全国工商联新能源商会生物质专委会与中国低碳经济发展促进会。开幕式后分生物质能源和生物基产品两个分会场（图 17–1）。

图 17–1　第一届生物质产业发展长春论坛，长春，2013.9.24 王崧摄

作为一个论坛，除有好的主题外，论者很重要。我的讲题是《当前我国生物质能源产业发展形势》；国家发改委能源研究所原所长周凤起讲题是《生物质成型燃料产业政策分析》；程序教授讲题是《生物天然气与城市克霾》；南京工业大学甄光明教授讲题是《生物塑料的现况及展望》；瑞典农业大学的熊韶畯教授讲题是《欧洲生物能的发展——以瑞典为例》；瑞典 KRAFT 公司前总经理讲题是《生物质能的多联产及未来》；武汉凯迪董事长陈义龙介绍了该公司的最新成果，木质类原料气化合成生产高端生物液体燃料。下午的生物质能源分会场有吉林宏日、广州迪森、北京盈和瑞、山东星火等企业的精彩讲演。

此次论坛以生物质产业为主题和在吉林省举行本身就已成功了一半；参会之代表，论者之素质，讲演之高度皆为上乘，铸就了成功的另一半。而更重要和更极具影响力的还在于会外与会后。

且说当日午餐饭桌上的那番精彩，当然不是指菜肴，而是指谈话。

宴会厅布置精致讲究，大餐桌居中，可坐 20 人，边吃边谈。工作人员将我等引进宴会厅时，宴会主人、省发改委姜有为主任正坐在正面沙发上打电话。见我们进来，忙起身，右手与我等握手，左手还用手机捂着耳朵通话，连声说“对不起！对不起！”

主任 40 岁刚出头，中等身材，皮肤白皙，仪表堂堂，给人以精明能干的印象。主任放下手上的手机后，一个劲儿地向坐在身边的我等表示歉意。

一番寒暄后入席，我与程序教授分坐在主位两侧的主宾席上。席间自然会谈到吉林燃料乙醇厂、纤维素乙醇攻关、大成公司的变性淀粉等。

“发展生物质产业是吉林省的一件大事，这次会议能在长春召开，一定会对吉林省生物质产业的发展起很大推动作用。”主任客气地说。

“吉林省是生物质资源大省，又是领先全国发展玉米深加工的大省。此次论坛能在长春召开，还要感谢省领导和您的支持。”我也表达一番谢意。

“石院士的信，王书记非常重视，书记指示我们一定要办好这次论坛，这些都是我们应该做的。”主任说。

“中国是20世纪初开始发展生物质能源的，第一批4个燃料乙醇厂中就有一个建在长春。”我说。

“是的，但是用玉米生产乙醇在中国不是发展方向。目前纤维素乙醇进展得不错。”主任说。

“纤维素乙醇要取得商业性突破恐怕不容易。现在欧美和国内利用木质类原料通过气化合成技术生产高品位燃油的技术正在取得突破。吉林森林覆盖率那么高，木质类原料那么丰富，采取气化合成技术更有意义。”程序教授对技术问题从来是严谨与认真的。

主任继续问询和程序教授进一步解释后，主任马上对同桌吃饭的张处长说：“老张，会后继续就这个问题请教程教授，吉林是不甘落后的。”这是主任在饭桌上下的第一道指示，真有效率！

“吉林省的养殖业在全国也是名列前茅的，发展生物天然气的资源也很丰富。”程序教授又就生物天然气与沼气之间的关系做了一番说明。

“姜主任，我们正在与吉林天焱养殖场谈生物天然气生产项目。”生物质专委会秘书长立强同志补充说。

“是杨涛吗？”姜问。

“是，就是杨总。”立强答。

姜主任随即拨通手机：“喂！你是杨涛吗？我是姜有为。听说你们鸡场正在与北京谈生物天然气生产项目，是吗？”“这个项目很好，你们要抓紧进行，有什么问题和困难找我。”哦！这是主任在饭桌上下的第二道指令。回过头来补充说：“这个鸡场是我过去在下面工作时一手支持办起来的，厂长杨涛很能干。”

趁机，我换了个话题：“主任，我是搞农业的，20世纪初就对吉林的‘玉米经济’十分关注，对洪虎省长的魄力很佩服。现在情况如何？”

（本书作者注：20世纪末，我国粮食总产迈上5亿吨台阶，粮食大省吉林“卖粮难”和“谷贱伤农”问题严重，洪虎省长2002年发令实施玉米深加工计划，迅速发展起来了吉林燃料乙醇、无水酒精、变性淀粉、淀粉糖、降解塑料、食品添加剂、医药和化工等的大型龙头企业。被逼出来的“玉米经济”成了继化工和汽车之后吉林省的第三大支柱产业。）

“洪虎是我们的老省长，当时‘玉米经济’对解脱吉林玉米生产过剩的困境和发展玉米加工业起了很大作用。但这些年全国粮食形势趋紧，要求控制玉米加工量，玉米加工企业的日子不好过。”姜主任说。

“为什么？”

“多年来，国家一直对玉米采取托市政策，能解决一时问题。但是到现在，吉林玉米价格比美国玉米的到岸价还贵，玉米加工企业的原料成本居高不下，叫苦不迭。”

“姜主任，现在大形势变了，是吉林省搞‘生物质经济’的时候了。”我一面品着佳肴，一面不经意地说着。

“什么经济？”主任高声地问，不知是没听清楚还是表示不解，我就坐在他身边。

“生物质经济！”我也一个字一个字地大声重复了一遍。

“对，生物质经济，这个概念太好了。”主任像是顿然醒悟，还带着几分惊喜。

“石院士，您能给我们讲讲什么是‘生物质经济’吗？”

“世纪之初，吉林是要解决玉米生产过剩而提‘玉米经济’，现在问题是玉米生产成本与价格高企。另外，玉米秸秆露地焚烧屡禁不止，需要资源循环利用；还有化石能源消费剧增，雾霾暴发，需要清洁能源替代。丰富的玉米秸秆资源和林业剩余物资源就成为解决问题的关键了。从‘玉米经济’到‘生物质经济’顺理成章，上应天时，下得地利，就看人和了。”我侃侃而谈。

“石院士，您说得太好了。您说的这些，我们平时也说过，不过您提出的‘生物质经济’就上升到概念和理论上去了。”一语道出了主任的心领神会和悟性。

我与主任的这几句简单对话，使我再次产生“拈花一笑”感。

饭后，大家起身离开宴会厅，一群人走在走廊里还在不停地谈着生物质经济。

主任突然像想起一件什么事地对我说：

“石院士，洪虎省长当时抓‘玉米经济’时用过一张‘玉米经济树’图，很形象，一看就明白。您能为我们画一张‘生物质经济树’吗？”

“哈哈！姜主任，这顿饭吃得可不轻松啊，饭后还留作业。”我幽了一默，引起随行人等一阵笑声。

“生物质能源树”我能画出，但“生物基产品树”还得求助于李十中教授。图 17–2 是后来发给姜主任的。

这是一席丰盛的“午宴”，更是一场高端论坛。

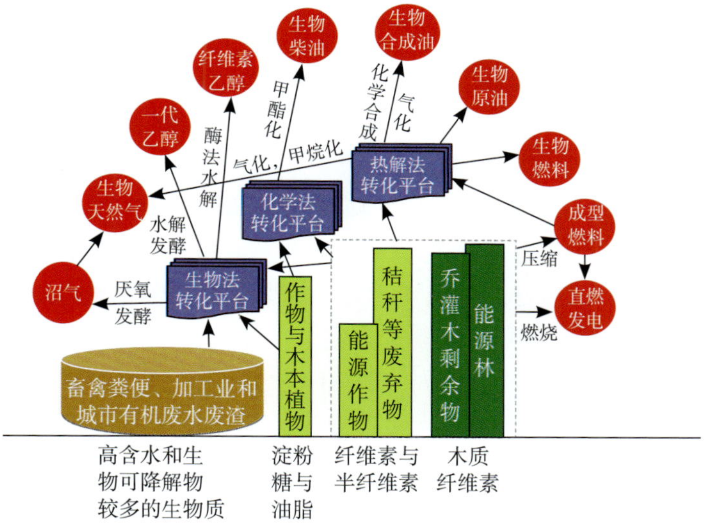

生物质原料主要能源产品树（不含微藻原料）

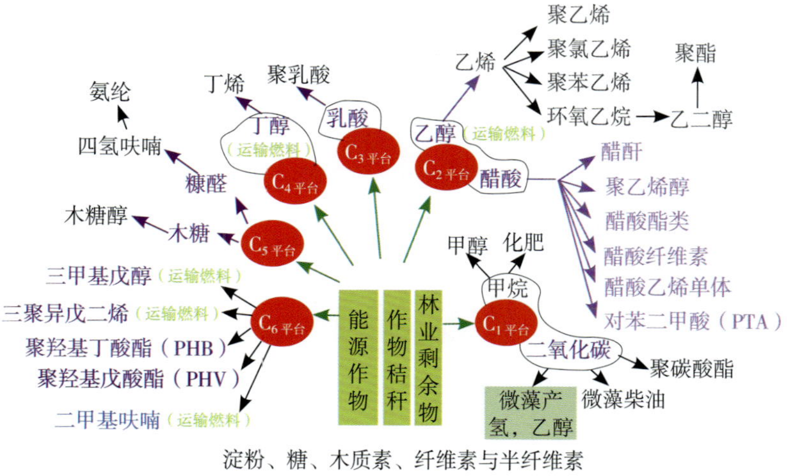

生物质原料化工产品树

图 17–2　为姜主任提供的以生物质为原料的能源产品树（上图）和化工产品树（下图）

17.2　饭局过后（2013.9—2014.9）

“生物质经济”！

一石激起千层浪。

第一届长春论坛会后，不时有消息从吉林传来。

“儒林书记不止一次在正式会议上讲生物质经济和吉林省如何发展生物质经济啊！”

“某厅局如何制定和采取发展生物质产业的计划和行动啊！”

“某公司如何到吉林考察生物质项目和准备投资啊！”

……

重要的是，2014 年 1 月 26 日，省政府就发布了《吉林省发展生物质经济实施方案》和省发改委以实施“十大工程”为依托，协调省直有关部门、全面启动了生物质经济项目。仅仅 4 个月，饭桌上的“生物质经济”就孵化出了一套《吉林省发展生物质经济实施方案》，好高的效率！

“生物质经济”不断见诸吉林省政府正式文件和行动频频，吉林省机关刊物上发表了姜有为主任的《巨大发展潜力的生物质经济》署名文章（图 17–3）。

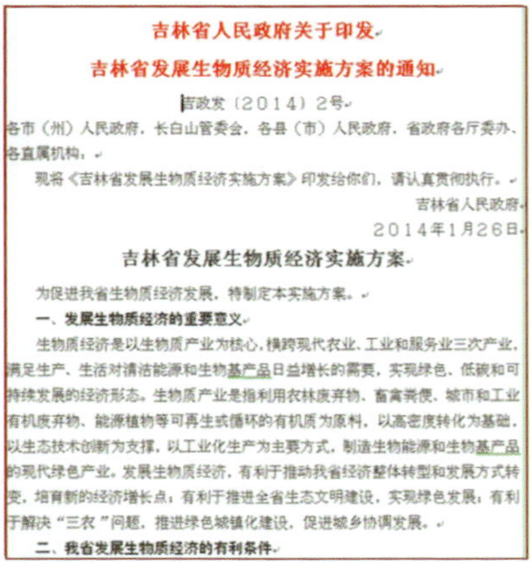

吉林省人民政府关于印发

吉林省发展生物质经济实施方案的通知

吉政发（2014）2号

各市（州）人民政府，长白山管委会，各县（市）人民政府，省政府各厅委办、各直属机构：

现将《吉林省发展生物质经济实施方案》印发给你们，请认真贯彻执行。

吉林省人民政府

2014年1月26日

吉林省发展生物质经济实施方案

为促进我省生物质经济发展，特制定本实施方案。

一、发展生物质经济的重要意义

生物质经济是以生物质产业为核心，横跨现代农业、工业和服务业三次产业，满足生产、生活对清洁能源和生物基产品日益增长的需要，实现绿色、低碳和可持续发展的经济形态。生物质产业是指利用农林废弃物、畜禽粪便、城市和工业有机废弃物、能源植物等可再生或循环的有机质为原料，以高密度转化为基础，以生态技术创新为支撑，以工业化生产为主要方式，制造生物能源和生物基产品的现代绿色产业。发展生物质经济，有利于推动我省经济整体转型和发展方式转变，培育新的经济增长点；有利于推进全省生态文明建设，实现绿色发展；有利于解决“三农”问题，推进绿色城镇化建设，促进城乡协调发展。

二、我省发展生物质经济的有利条件

图 17–3　姜主任为生物质经济著文（左图）和吉林省政府发布《吉林省发展生物质经济实施方案》（右图）

吉林省现有生物质电厂 12 家，总装机容量 33.1 万千瓦。华能农安生物发电厂 2012 年初并网发电，三年来共消耗 60 万吨秸秆，节约 20 万吨标煤。蛟河凯迪生物发电厂2014年6月并网投运不到四个月，已发电5500万千瓦时，消耗农林废弃物10万吨，相当于节约4万吨标煤。截至2014年9月底，吉林省生物质发电量达10.05亿千瓦·时，替代78.75万吨标煤，减排二氧化碳100万吨。一笔一笔算得很清楚。

生物天然气是新上的重大项目。姜主任关注下的吉林天焱生物质能源有限公司，委托中国农业大学专家等于2014年5月提供了“日产10万方生物天然气项目可行性研究报告”及利用鸡粪年产3600万立方米生物天然气项目正在进行初步设计；桦甸昊海天际科技年产800万立方米生物天然气项目，已开展地勘工作，订购部分设备。此二项目填补了吉林省生物天然气产业的空白。吉林省将根据资源及发展总量、重点气源布局以及输气管网和加气站配置等方面内容积极引资。中广核已在农安、公主岭、桦甸等地调研，计划投资50亿元布局10～15个点，形成7亿立方米生物天然气生产能力。

纤维素乙醇项目已在四平新天龙、辽源巨峰、吉林燃料乙醇等企业启动；固体成型燃料、多联产、垃圾发电、配套服务支撑等工程项目也都有显著进展。

继2014年初吉林省政府发布《吉林省发展生物质经济实施方案》后的另一个大动作是在全国率先发布省内“禁塑令”，《吉林省禁止生产销售和提供不可降解塑料购物袋、塑料餐具规定》。同时，委托吉林大学等起草制定聚乳酸制品地方标准体系以保障“禁塑令”的推进，和为聚乳酸及下游制品产业发展创造政策和市场环境。全球最大的聚乳酸生产企业美国Natureworks、丹麦发展中国家投资基金、香港新恒基集团等已多次到吉考察商洽投资聚乳酸项目。广东上九、南通华盛、山东必可成、湖北光禾等也到吉注册聚乳酸项目。

2014年吉林省为推动生物质产业发展支持项目30个，投资37亿元。省发改委安排了首批生物质专项，发布了2015年年申报指南。首届“生物质产业发展论坛”结束不久，即有8家生物质企业进入了“长春高新技术开发区”。

吉林省大力推进生物质经济也得到国务院和国家发改委等有关部门的有力支持。2014年8月，国务院在发布的《国务院关于近期支持东北振兴若干重大政策举措的意见》中提出：“围绕生物质能源替代化石能源、生物基产品替代石油基产品、非粮生物质替代粮食资源等‘三个替代’，重点推进秸秆制糖、纤维素乙醇、聚乳酸、化工醇、生物天然气等重大工程项目建设，在生物质资源收储运、多联产与高端化、绿色市场准入、政策支持方式创新等方面先行先试，为全国生物质产业发展发挥试点示范作用。”

一届论坛、一次谈话、一个概念，就能产生这么大的爆发力和效应吗？非也，乃吉林省自身的急切内在需求，乃天时与地利遭遇强力人和，才导致如此井喷式的“瓜熟蒂落”与“水到渠成”。哲学有云，外因只能通过内因发挥作用。

不知不为，知而有为，大知大为，善莫大焉。

17.3 好一座生物质富矿（2014.9）

2014 年春，生物质专委会秘书长张立强到长春办事，见到省发改委张志勇处长。

“张校长（张立强曾任中国农业大学副校长），第二届长春论坛该抓紧准备了，省发改委连经费都准备好了。”张处长是位性格开朗与率直的东北大汉，说出话来铿锵有力。

“张处，我这次来也是想听听省里的意见。”立强应答着。

“二届论坛是接着首届论坛的。规模不一定大，但参会人员和单位的层次要高，内容还要有这一年来国内外和省内外在生物质产业上的进展，要面向全国，还希望论坛给吉林省多多参谋。”

“没问题！我们去准备，随时沟通。”立强沉着应答。

“第二届生物质产业发展长春论坛”定在了 2014 年 9 月 4 日。

洪浩乘此论坛机会，提前一天，在延边安排了一个他们公司与瑞典合作的生物质多联产项目座谈会，我应约提前一天先行延边。

这是我头次到延边。

飞机由北京起飞，很快就越过燕山山脉和东北平原南沿，进入长白山山地。我习惯性侧身从舷窗向下看去，被映入眼帘的无际林海震撼了，这是我从未有过的感受，原来这就是那连绵千里的“长白林海”啊！直到飞机降落，我的视线没有离开过它，太吸引人了。

脑子里一时想起林中的红松、云杉和冷杉，还有那“美人松”一定很美；脑子里忽而想起那林下的人参、貂皮和鹿茸角，灵芝、天麻和不老草；也浮想出林下游走着的东北虎、金钱豹和梅花鹿。俯瞰中还傻傻地寻找着，天池在哪里？六顶山上的正觉寺在哪里？“鸡鸣闻三国，犬吠惊三疆”的中朝俄边境城市防川又在哪里？

但是，想得更多的还是这 940 万公顷浓密的林海下会产生多少林业“三剩物”可用于生物质能源？洪浩项目用的原料又是些什么？当然，在飞机上是什么也找不着，看不见的，但阻挡不住我的遐想。

机舱里，人的身体被绑在了座椅上，但捆绑不了思绪，大脑可以任意翱翔，胡思乱想，这是我多年来乘机旅行的体验，所以才有了上述那番感受。

飞机降落在长白山脉北麓的，延边朝鲜族自治州首府延吉市。从机场到入住的宾馆，车行约半个钟头。我感受到一路的静洁，即使进入市区，也是极净极静的，像空气一般清新，完全没有了大城市喧嚣、拥堵和繁乱对人的压迫感，这真是一座让人一见倾心的城市啊！

副市长礼节性地到房间里来看我，我迫不及待地问：

“市长，延吉市的森林覆盖率是多少？”

“74%。”

“这是我在国内到过的森林覆盖率最高的城市。”我迫不及待地说。

“延吉市幅员面积1748平方千米，人口60万，朝鲜族人口占57%。延吉市是中国优秀旅游城市、全国十佳最美亮化城市之一、全国百强县之一。”市长如数家珍地侃侃而谈。

“真是失敬了，市长！我这次到延边找到一种相见恨晚的感觉。”这不是客套，是由衷心语。

为了铭记这座可人的边陲城市，市长刚走，我就和王崧登上宾馆顶层，对这座秀美的城市饱览无余。“王崧！找个好角度，把这个城市拍下来。”王崧手快，也有心计，连正在窥视着这座城市的我也被收入了她的摄影（图17–4），我在照片左侧，正意犹未尽地欣赏着这座美丽的城市。

图17–4　俯瞰吉林省延吉市，2014.9.2

次日上午的座谈会，有州市领导出席，十余位中国和瑞典的专家参加。中方有国家林业局吴坚司长和洪浩董事长作的主题报告，有瑞方的报告，我只在最后作了简短发言。

延边之行十分短暂，却留下深刻印象。更让我惊喜地是在机上的一番俯视。

下午，我等一行由延边西飞长春，全程45分钟，又是一番飞行惊喜。

飞机西行不久，机下的林海里开始出现零星农田，往西渐多起来，终于进入那一马平川的，“乌克兰式”的粮仓了。方方水稻田，片片玉米地，已经绿中泛黄，传出了“请准备收割吧，老乡们！”的信息。

吉林省中部是开阔平坦的松辽平原，黑油油的土地。这里地处北纬45度线附近，是全球著名的美国中部平原—中国东北平原—欧洲乌克兰的环球“黄金玉米带”。这里年平均降水 500 ～ 600 毫米，日照 2200 ～ 3000 小时，无霜期 120 ～ 160 天，雨热同季，特别适宜种植粮豆、油料、甜菜、麻、薯类、人参、水果等各种作物。吉林省的农作物播种面积 395.9 万公顷，年产粮 300 亿千克，粮食人均占有量、商品率和调出量均居全国之首。吉林省的养殖业也很发达，年产肉 422 万吨、蛋 143 万吨和奶 90 万吨，人均肉类占有量连续 12 年居全国首位，人均禽蛋占有量跻身全国前 5 名。

啊！吉林，一个黑土地上的农业大省，中国的商品粮基地。

再看吉林省的西部，是欧亚大草原的最东端，科尔沁草原的一部分，一片辽阔的，以羊草等多年生根茎禾草和丛生禾草为主的草甸草原，可利用的草地面积 438 万公顷，是吉林省的草原畜牧业基地，又是发展甜高粱等能源作物和草类的潜在资源。

飞机抵达长春，已是傍晚。飞机开始降低高度时，我还满载一脑子的问题。300 亿千克粮食会产生多少秸秆？养殖业能产生多少畜禽粪便？……

我等一行入住南山宾馆，自是有晚宴等的一番应酬。当房间里只剩下我一人时，赶紧打开电脑，查找吉林省的生物质资源资料。先调出的是程序教授发给我的《吉林省生物质能源发展战略研究（2011—2020）》。该资料“简介”的第一句就是：

> 吉林省是农业大省，也是农、林、牧生物资源大省。据测算，可能源化利用的农作物秸秆资源量为 2369 万吨标煤 / 年；林业剩余物资源量为 1307 万吨标煤 / 年；畜牧业废弃物 439 万吨标煤 / 年，总计每年 4115 万吨标煤。

4115 万吨标煤 / 年，是个什么概念？就是相当于吉林省拥有 3 座目前全国最大的神东布尔台煤矿。煤矿是巨大污染源，生物质矿则是绿色的；煤矿越挖越少，生物质矿越种越多；煤矿不可再生，生物质矿可以永续。吉林省抱着一个多么大的金娃娃啊！

大概念有了，我还不满足，继续查到了“吉林省作物秸秆资源图”和“吉林省畜禽粪便资源图”，这两幅图将吉林省的这两种生物质资源展示得一清二楚。

我还不满足，继续上网查询吉林省能源消费情况。我得到的第一个印象是近年能源消费急剧增长，自 2000 年到 2009 年的能源消费量由 3766 万吨标煤激增至 7698 万吨标煤，能源消费结构中化石能源占 90% 以上。第二个印象是吉林省内化石能源资源短缺，48% 依靠外省调入。第三个印象是近十年吉林二氧化碳排放量由6943万吨增加到19854万吨，难怪雾霾警报不仅在京津冀，在长春等城市也连连拉响。

一面是如此严峻的能源与环境形势，另一面是如此丰富的生物质资源，岂不是“天作之合，今世姻缘”吗？“生物质产业长春论坛”在吉林举行，太对了。

思绪总算由空中遐想落到了实地。

明天还有我的讲演，于是将电脑里的PPT调了出来，演习和重温了一遍才洗漱就寝。

17.4 “黑土地上决胜生物质”（2014.9）

首届《生物质产业发展长春论坛》和餐桌上的“生物质经济”像一条导火索，引爆了吉林省蓄积已久的、巨大能量的生物质产业炸弹。《吉林省发展生物质经济实施方案》、“十大工程”“禁塑令”、37亿元支持30个项目、国务院提出“三个替代”……发出的声声巨响，使第二届论坛的主题定位于“绿色发展、聚焦生物质经济”。

2014年9月4日，“第二届生物质产业发展长春论坛”召开了，“生物质经济”公开亮相了！

2014年9月11日的长春日报是这样报道此会的：

当中国经济继续在创新与转型的轨道上节节推进之时，一个崭新的产业——生物质产业悄然萌动。2013年便成为全国生物质经济试点的吉林省，不动声色地成长、发展，如今突然在人们眼前闪亮起来。

去年9月，在两院院士石元春倡议下，首届生物质产业发展长春论坛成功举行。人们在一个全新的思维理念的原野上纵横驰骋，一切固有的顾虑顷刻间土崩瓦解，很多专家纷纷进言，实力企业跃跃欲试。

如今，又是金秋九月，石元春、程序、任杰、翁云宣等院士、专家，还有来自德国巴斯夫、美国杜邦、丹麦诺维信、意大利康泰斯、中国广核、中粮生化、长春大成等30多家国内外知名企业的代表，以及全国工商联新能源商会生物质专委会、中国塑协降解材料专委会等专业协会代表，莅临第二届生物质产业发展长春论坛，共商生物质经济发展大计，共谋新兴产业发展策略，共同推动吉林省生物质经济发展。

这次高层论坛由省发改委、全国工商联新能源商会、长春经济技术开发区联合举办。论坛围绕“绿色发展、聚焦生物质经济”这一主题，共同探讨和研究生物质经济发展战略、路径、模式与政策措施。针对吉林省生物质资源高端化利用产业发展规划和生物质经济实施方案提出意见、建议，形成对国家相关部门的若干建议，以期推动吉林省生物质产业在全国先行先试，促进全国生物质经济的培育和发展。论坛还分成生物化工组和生物质能源组，对生物化工及高分子材料、生物基产品应用与市场、农林生物质收储运、边际性土地资源开发、对国家“十三五”生物化工产业发展的相关建议等5大议题，展开热烈讨论。

图 17–5 “第二届生物质产业发展长春论坛”，长春，2014.9.4

吉林省发改委主任姜有为的主题讲演题目是《在黑土地上“决胜生物质”》太有气势了！太给力了！

讲演一开始就从“玉米经济”说到“生物质经济”，说到“生物质高端利用”和“三个替代”：

吉林省是农林生物质大省，资源优势明显，产业基础和技术条件较好。早在2004年，我省就开始研究玉米经济，提出了原料、材料和能源三大发展方向。2012年，我省瞄准资源战略替代，又着手研究利用非粮生物质资源，推进生物化工材料和生物质能源产业高端化发展，编制了《生物质资源高端化利用产业发展规划》。2013年，省政府报国家发改委申请批复规划，在全国先行试点示范，给予必要的政策支持。

去年，石元春院士提出在吉林省发展生物质经济的设想，省发改委高度重视这一理念，相关同志都认真学习了石元春院士的论著《决胜生物质》。应当说，从生物质资源综合利用到高端化利用是我们追求的提升，从玉米经济到生物质经济发展理念的转变是我们认识的跨越。我们认为，生物质经济是以生物质产业为核心，横跨农业、工业和服务业三大产业，是实现绿色、低碳和可持续发展的经济形态，事关农业生产方式，传统原材料和能源工业的变革，在省发改委的积极谋划和推动下，今年初，省政府印发了《吉林省发展生物质经济实施方案》（吉政发〔2014〕2号），明确提出以生物质能源替代化石能源、生物基产品替代石油基产品、非粮生物质替代粮食资源等“三个替代”为主线，重点发展生物基化工和生物质能源两大产业，建立健全生物质原料收储、生产制造、市场消费、技术创新、政策扶持等五大支撑体系，实施秸秆制糖、聚乳酸、化工醇、纤维素乙醇、生物天然气等十大工程，这一发展思路的提出，既是我省追求绿色发展、创新发展的具体体现，也凝聚了在座各位专家、企业家的智慧和心血。

随后讲了首届“生物质产业发展长春论坛”后，一年来的工作。从谋划思路、推进项目、研究制定相关政策措施、发布“禁塑令”，以及向国家申报“生物基材料专项”和国务院发布的《关于近期支持东北振兴若干重大政策举措的意见》中明确提出了“鼓励吉林开展非粮生物质资源高端化利用”。讲演提出：

一年来，我省在谋划思路、推进项目的同时，也积极研究相关政策措施。在全省合并和削减专项资金的背景下，省政府新增设了生物质产业发展专项资金，以投资补助、事后奖补、股权投资等方式支持生物质产业集群和上下游产业链配套发展。为了加快推进生态文明建设，创造绿色材料的市场需求，今年省政府发布了“禁塑令”（第244号令），自2015年1月1日起，在全省范围内禁止生产销售和提供一次性不可降解塑料购物袋、塑料餐具，这在全国具有开创性。下一步根据需要，我省还将进一步扩大禁塑范围。围绕贯彻“禁塑令”，我省制定了聚乳酸制品技术标准、实施意见、市场监管细则等一系列配套政策措施，保障禁塑工作的顺利实施。

国家也高度重视和支持我省生物质经济发展，国家发改委对我省生物质资源高端化利用产业发展规划给予了充分肯定，已委托中咨公司完成规划评估论证，有望年内获得国家批复，同意我省先试先行，享受相关政策。我省申报长春市成为国家生物基材料制品应用示范区域争取国家生物基材料专项，也得到了国家支持。8月8日，国务院发布的《关于近期支持东北振兴若干重大政策举措的意见》中明确提出了“鼓励吉林开展非粮生物质资源高端化利用”这一系列政策措施，逐步形成了“洼池”效应，在吸引项目、技术、资金和智力等资源方面，发挥了重要作用。

讲演进一步提出，当今世界正孕育着以生物质经济为代表的产业革命，和中国正面临着全面深化改革和经济社会整体转型，吉林将依托生物质经济理念和丰富的生物质资源，在吉林黑土大地，再造一个绿色油田和气田。

当今世界，正孕育着以生物质经济为代表的产业革命；当今中国，正面临着全面深化改革和经济社会整体转型。生物质经济作为农业、工业和服务业融合发展的有效载体，既是生态文明条件下的生产力创新发展，也是在深化改革背景下生产关系的不断变革。按我省生物资源总量保守测算，工业转化2600万吨秸秆，可替代玉米1300万吨，相当于再造一个“大粮仓”；西部盐碱地1453万亩种植甜高粱，可产出480万吨乙醇，相当于再造一个西部“绿色油田”；收集利用禽畜粪便6000万吨，可生产100亿立方米生物天然气，相当于再造一个“绿色气田”。应该说，在农林生物质资源较为丰富的吉林省，生物质经济发展的空间极为广阔，我们不但看到了希望，更应该用实际行动把握好绿色发展的明天！

下一步，结合新一轮东北振兴和“十三五”规划编制，我省要抓住当前有利的发展机遇，坚持积极开发利用非核生物资源和适度扩大玉米加工量“两条腿”走路，切实搞好生物质资源高端化利用试点示范，全面推进生物质经济“十大工程”，进一步突出生物质资源多联产、集群化和高端化利用，打通与重要产业的战略关联。

姜主任的讲演成了整个论坛的主题，吉林日报和长春日报全文刊载。

17.5　诠释“生物质经济”（2014.9）

主题报告后，我第一个登场论坛，讲题是《生物质经济》。

作为一年前提出“生物质经济”的“始作俑者”，该在二届论坛诠释“生物质经济”了。

讲演从20世纪70年代的《增长的极限》起题，讲了世界及我国不可再生能源的渐趋枯竭；克林顿《开发和推进生物基产品和生物能源》总统令和可再生的生物质能源在全球的兴起，这是生物质经济产生的时代背景。继之，讲《京都议定书》、巴西/瑞典案例和“生物质经济已经浮出水面”。41张幻灯片已经用去了18张，该切入正题了。

随之讲演说出对生物质产业/经济的诠释是：“生物质产业是指以可再生的有机物质，包括农作物、树木和其他植物及其残体、畜禽粪便、有机废弃物以及利用边际性土地种植的能源植物为原料，进行生物能源（bioenergy）和生物质基产品（biobased products）生产的一种新兴产业/经济。”

再讲吉林省的生物质产业/经济。

先说对吉林省生物质资源的几个宏观概念，即：

——吉林省的生物质原料资源量约相当于全省现能源年消费总量的1/3，超过石油与天然气的现消费总量。

——吉林省的生物质原料资源量是城乡现能源消费量的4倍，全部替代，绰绰有余。

——吉林省的四大类生物质原料按资源量的排序是：农作物秸秆、林业剩余物、边际性土地和畜禽粪便，合占生物质资源总量的90%以上。

——生物质能的产业开发在技术与装备上不存在实质性障碍。

讲演提到吉林省生物质经济的“十大工程”：秸秆糖源工程；百万吨聚乳酸产业延伸工程；糠醛与酒精改造提升工程；生物质气态燃料工程；生物质液体燃料工程；生物基化工醇替代工程；固体成型燃料工程；生物质发电多联产工程；垃圾发电工程。

讲演对吉林省发展生物质经济提出四点战略建议：①产业创新战略。能物并举，绿色发展，在全国率先创建新型的生物质经济体系；②“三剑合一”战略。生物质固、气、液三能合一，“剑”指化石能源替代，2030年替代目标1000万吨标煤；③资源培育与产品开发并举战略；④现代农、林、工三业融合战略，创建新型农工联合体。

讲演最后说，一粒种子落在石头上毫无动静，落在土壤上就会生根发芽，因为土壤有水分与养分。如果将“生物质经济”比作种子，吉林省就是一片沃土。它地处全球黄金玉米带；是生物质资源和粮食生产大省；全省能源消费中化石能源占到九成，省外依存度在50%以上，减排克霾任务重；吉林省

图 17-6 “第二届生物质产业发展长春论坛”会场（上）和我的两张幻灯片（下），长春，2014.9.4

有“玉米经济”和“生物质材料研发”的社会背景与优势，这些“水分”与“养分”可以让“生物质经济”种子一经落入，就可以很快生根发芽，茁壮成长，开花结果。

PPT 的最后一张幻灯片上只有 12 个字：“期待吉林省生物质经济辉煌”。

18 能源革命与“十三五”上书

（2014 年）

- 惊天春雷
- 宏论佳作，纷至沓来
- 不能没有“一片”
- 上书“十三五”
- 送呈《建议书》
- 一张图的故事

2013年，是雾霾大暴发、发布《大气污染防治行动计划》以及生物质环保功能高调亮相的一年。2014年，是习近平主席提出能源革命和国家谋划“十三五”的一年，生物质产业再迎重大发展机遇。

18.1　惊天春雷（2014年春）

2013年末，广州会议结束后，我与老伴顺势南下，到海南过冬去了。

海南过冬是一种极大享受。不仅气候与环境好，离开北京的忙碌，求得一时宁静也是难得。

这是南下过冬的第三个年头，住陵水县滨海的富力湾小区，环境优美宜人（图18-1）。坐在房间书桌电脑前，侧望就是大海，看阵阵海浪，听声声潮鸣。数九寒天，穿着一件薄毛衣在海边散步，迎着浩瀚大海和可人的海风，呼吸着PM2.5近零的清新空气，如临仙境。琼楼玉宇，瑶池仙境，那又何如？瞧我们的海南！

图18-1　海南岛，冬日的天堂，海南陵水富力湾留念，2014.1

2014年4月返京，团队同志频频来家讨论工作，中广核、新能源商会等不断来访。2014年6月13日上午，诗雷来家看我，谈了金骄和山东泰然的生物油产业化进展。就是在这天晚上，新闻联播头条报道了党中央召开的财经领导小组第六次会议上研究国家能源安全问题时，习近平主席提出了“国家能源革命”的大战略。

“新闻联播”还没播完，我和诗雷就迫不及待地通上了电话。

“上午我们刚谈过生物质能源，刚才的新闻联播就报道了习近平主席提出的国家能源革命大战略，咱们赶紧行动吧！”二人喜不自禁。

因为手头有急活儿，这几天没与程序同志联系。不想，习近平主席讲话的第6天，我的邮箱里就收到程序同志发来的一份文稿，文题是《关于中国能源生产革命和消费革命的我见》。动作好快啊！五日一文。一看内容，除学习领会“能源革命”外，还慷慨激昂，对当前某些能源政策大发议论，像极了他的行事风格。

我们有苦渡寒冬，突闻一记惊天春雷般的欣喜，像一群收到礼物的孩子。

习近平主席提出了包括能源的消费革命、供给革命、技术革命、体制革命以及全方位加强国际合作的能源革命大战略；提出了“着力发展非煤能源，形成煤、油、气、核、新能源、可再生能源多轮驱动的能源供应体系”；提出了“以绿色低碳为方向，分类推动技术创新、产业创新、商业模式创新，把能源技术及其关联产业培育成带动中国产业升级的新增长点”。这不是正给生物质能的未来发展指明了方向吗？在“全方位加强国际合作”中提出要有效利用国际资源，务实推进“一带一路”的能源合作，这更是着眼于长远的全球大能源战略。

这些天，我家门庭若市，来者多欣喜地谈话着“能源革命”和生物质能再逢大好机遇。

6月24日，程序到家与我谈了两个小时的“能源革命”，形成四点共识。一是生物质能源要组织一批文章，形成声势，主动向领导和公众请缨；二是要疏通“十三五”谏言渠道；三是召开金融投资领域的生物质能信息发布会，吸引更多企业和资金进入生物质能领域；四是积极向高层反映武汉凯迪等重大科技成果。

6月25日，万斌与“寰慧资产”公司董事长姚建明到家里来谈如何加快涿州生物天然气示范装置的建设。

6月26日生物质专业委员会主任洪浩向我讲述了他这次来京参加国家能源局和环保部召开的关于开展生物质成型燃料锅炉示范项目建设会议，以及不久前参加在瑞典召开的“世界生物质能源大会”的情况。与洪浩一同来的立强刚从吉林回京，说到吉林省在积极推行生物质经济的时候，得知习近平主席“能源革命”号召，士气更是高涨。

7月7日，光大国际副总裁陈涛来家谈他们集团董事会最近取得一致意见，加大新能源投资和以生物质能为重中之重的决定。

7月9日，北京德青源董事长钟凯民来家谈他们的“集装箱”式的生物天然气装备，可以变“工程”为“产品”。

……

好一派“旌旗招展士气壮，行人路上马蹄忙”的景象。

在与生物质能专委会洪浩主任、立强与万斌秘书长议事中提到，为响应习近平主席提出的“多轮驱动的能源供应体系”和“绿色低碳方向”立即组织发表一批文章。请万斌通知专委会的部分会员企业，建议他们结合自身发展书写文章，由专委会联系到有关报刊发表。

2014 年 8 月 26 日和 9 月 4 日的《中国科学报》上分别发表了万斌写的《拆了烟囱怎么办——“压煤”的生物质供热解决方案》文和我写的《中国能源革命不能没有“一片”》文。9 月 10 日和 9 月 15 日的《中国能源报》上分别发表了洪浩的《治污还应大力发展生物质供热》文和程序的《有必要大力推进生物天然气》文。

可惜，万斌通知下去的生物质能源企业的文稿却是了了。看来，文有文道，武有武道，企业更在于“舞枪弄棒”。

18.2 宏论佳作，纷至沓来（2014 年夏）

自习近平主席提出“能源革命”，媒体上的能源宏论佳作，纷至沓来，见仁见智，各抒己见，这是自然。然能源乃国之大器，马虎不得，也偏差不得。

6 月 24 日《中国科学报》上的一篇文章，题目是《中国能源安全新战略》。写的是 5 月份习近平主席与普京总统出席签订的中俄 4000 多亿美元的天然气大单和李克强总理访英签订的 200 亿美元液化天然气协议，以及“一带一路”可扩大能源来源云云。文章大意是以“大量和多元进口”作为我国能源的“新战略”。

能源进口必需，但作为战略主体就值得商榷了。

《中国科学院院刊》2014 年第 4 期有文《中国清洁能源的战略研究及发展对策》，作者是中国工程院院士和某央企董事长。文中将煤炭清洁利用与清洁能源混为一谈，把煤制油气说成是“发展对策”。如此这般，问题就大了。

且不说 6 年前“生物基”与“煤基”的多次论战，半年前我发表《发展煤制油气无异于饮鸩止渴》文和《中国电力报》发表长篇访谈录《发展煤制油气代价巨大，生物质能源大有可为》，已经把煤制油气的问题说得很清楚了（参见本书第 12 章第 2 节）。只可惜，当时已经“骑虎难下”地上了十多个煤制油气项目，现在又趁习近平主席提出能源革命之机，欲挽大厦之将倾，再搏一把。

该文发表不久，《中国能源报》有文披露：“2013 年‘煤改气’后出现的巨量替代能源缺口为天然气带来了一轮发展黄金周期，以煤制油气为代表的现代煤化工行业也得到了咸鱼翻身，起死回生的机会，但是随着煤化工行业的紧缩政策再度袭来，国企央企纷纷以实际行动表明立场，中海油、大唐、国电纷纷撤离煤化工业务。”“当前新型煤化工项目的退潮是对之前‘热炒’的最佳回应。”想不到该文的境地竟是如此难堪。

7 月 28 日在北京举行的“英国石油公司（BP）媒体见面会”上，BP 中国副总裁、科研与技术总经理安杰罗说：“一些国家寻求不同的原料来满足其对能源和产品的需求，完全可以理解，但不应该对环境产生过于负面的影响。煤制气路线耗水量大、耗能高，而且生产成本很高，长远来看，我不认为煤制气是值得一个国家长期选择的技术路径。”

想不到，一个老外也出来表态和一语中的了。

9 月，程序教授在《中国科学报》的《美国为何不搞煤制油？》文，更是全面系统的一次科学表态。

无可奈何花落去，夕阳西下几时回？天道可循而不可违也。

千亿投资的“风电三峡”尚未“痛定”，又是一笔千亿级的“煤制油气”投资，国家的钱也不能如此糟践啊！

原来，在实施习近平主席提出的“能源战略”中，情况也是如此复杂。

18.3　不能没有“一片”（2014.8）

作为一个大国，将进口能源作为战略方向，能安全吗？连美国都不敢，我正是顺着这个思路写出“一片”文的。

8 月，全力写作文章，9 月 4 日的《中国科学报》上发表了《中国能源革命不能没有“一片”》；几天后的 10 日和 15 日分别在《中国能源报》发表了洪浩的《治污还应大力发展生物质供热》文和程序的《有必要大力推进生物天然气》文。

程序文是在分析美国页岩气和煤制气的大背景下，独推欧洲已经盛行的生物天然气，“建议国家能源主管部门谨慎发展页岩气；严格控制煤制气；大力推进生物天然气；尽早上马合成生物天然气”。洪浩文和万斌文则侧重于当前治理雾霾中须大力发展生物质成型燃料供热。

“一片”文以“能源革命是个世界命题”为起势。写道：“能源已成为国与国，特别是大国间为了自身利益争斗的武器和博弈棋子。伊拉克的国破、家散、人亡；利比亚与苏丹的动荡与分裂；霍尔木兹海峡美伊陈兵；俄罗斯挟天然气资源西斗乌欧，东制中日，以及美国太平洋战略的对华‘C’形包围圈等都与能源有关。中国的‘能源革命’是国际政治和能源棋局中的一个重要博弈方，是离不开当今世界形势这盘大局的。”

第二节标题是“美国能源革命的启示”。文中写道：“美国不叫作能源革命，叫作‘能源自主与安全’，是1974年尼克松首次提出的。小布什在2006年国情咨文演讲中痛心疾首地说：‘美国在使用石油上像吸毒一样“上瘾”，而这些石油是从世界上不稳定地区进口的。最好的办法就是依靠美国人的才智和技术进步，打破对石油的过分依赖，改善我们的环境、摆脱石油经济。”果然，“2013年美国生产了4000万吨生物乙醇，替代了13%的原油进口量，使美国石油对外依存度由2005年的62%下降到50%以下；2009年自中东进口的石油只占15.4%了。”美国现在已是能源出口国了。

第三节标题极具挑战性，“中国能源革命能提‘自主’吗？”文中尖锐指出：“近60%的石油和近30%的天然气依赖进口（现在分别是70%与40%）并将继续走高，且不说沉重的经济与外交成本，那美国对华‘C形’包围圈、东海与南海复杂形势、中东乱局、俄乌‘斗气’等能让中国能源有安全感吗？‘饭碗任何时候都要牢牢端在自己手里’，‘油桶’也要尽量放在自己家里的道理是一样的。”

“建设本土生物质煤田、油田和气田”，是我的“老生常谈”。不过，随着这些年生物质能源在我国的长足发展，此“一片”文已由以往概念到可操作实施的实质性转化了。从生物质煤田、油田和气田的资源量、分布、技术、装备、产品到市场都有所交代。“三田”已是看得清清楚楚，摸着实实在在的了。“三田”的核心是“本土”与“可持续”，是相对于“当前”和“进口”的“一带一路”的重要补充。

“一片”文提出，“中国近中期可实行一手广进化石油气，一手狠抓替代能源的‘两手’战略。趁全球能源大宴的‘最后晚餐’（世界石油与天然气分别可使用53.3年和54.8年，《BP世界能源报告2014》）和生产消费版图转移时机，中国不妨广进油气，抢得一杯残羹，这作为在大国博弈中手上的一张大牌，在战略上是得当的。但是，随着油气资源渐竭、开发难度与成本增加，价格与争夺更加激烈，国家能源安全度也必相应走低。因此，在广进油气的同时，必须未雨绸缪地狠抓替代能源。因为替代能源要形成气候需要一二十年或更久，所以‘一进一替’，必须两手都要硬，只有双面下注才能真正提升国家能源安全与生态安全”。

“现在的问题是，化石能源在中国太强势了，而替代能源只是个跟班的‘小兄弟’，少有危机感和紧迫感。‘一进’很硬，‘一替’很软，是当今能源决策中的重大隐患。”

文中还提供了“我国不含太阳能的本土清洁能源，近中期的可年收集量为21.5亿吨标煤，相当于2012年能源消费总量的40%。”“各类清洁能源的占比排序是：生物质能54.5%、水电27.2%、风电15.5%和核电2.7%。生物质资源量是水电的2倍和风电的3.5倍。”由此得出了“我国是化石油气资源穷国和生物质资源富国”结论。

文章末节论述“中国能源革命为什么不能没有‘一片’？”回答是：一可当国之大任；二可保能源安全；三可克霾环保；四可增农民收入；五可促新型城镇化；六可作新经济增长点，洋洋洒洒的6条。

全文的结语是：根据习主席“主要立足国内”和“一带一路”精神提出开发本土“一片”，可以做到内外兼进，相得益彰。中国是生物质资源大国，生物质能源产业已历练十余载，渐趋成熟和可担重任。望国家对我国生物质能源产业的潜力和综合效应给以科学和客观的再评估，早下开发本土“生物质煤炭、气田和油田”之决心，它必将在“十三五”和以后十年大放异彩，为中国崛起作出重要贡献。

文章强调，“能源自主是一种态度、决心和战略，含糊不得”。

如果国家把投资重点放在“一片”，且不说能源与生态环境双赢，那弱势农业和贫苦农民也会大受裨益，何乐而不为。

18.4 上书“十三五”（2014.10）

8月完成《中国能源革命不能没有“一片”》文稿后，主要精力转入《“十三五”生物质能源发展建议书》的撰写中了，这比写一篇文章的工作量要大得多。

早在2014年3月的报刊上，就有《国家发改委副主任求思路》为题的报道。文中说，“十三五”规划的编制即将启动，令负责《规划》编制的国家发改委副主任徐宪平发愁的是，在“市场起决定性作用”的指挥棒下，计划性较强的5年规划该如何“变脸”以更贴近市场。报道列举了几个举例后说：“徐宪平建议，应该尽快面向全社会集思广益，谋划国家的中长期规划。”

徐宪平，不就是四年前负责“十二五”国民经济和社会发展规划起草工作，我在担任该《规划》专家咨询委员会委员时曾有过很好接触的徐副主任吗？如此，我们的“十三五”《建议书》不正是响应了“面向全社会集思广益”要求，又有徐主任这条方便联系通道了吗？

曾有过2006年参与国务院《可再生能源中长期发展纲要》和2009年参与徐宪平副主任负责起草“十二五”规划的经历，我怎能错过启动“十三五”

规划的这个重要时机呢？

《建议书》既是我国生物质能源过去十年发展的总结，又是对未来5年发展的谋划，关系之重大，不言而喻。为了实施编写《建议书》，我制定了一个拟写提纲、征求意见、分工撰写、汇总统稿、多次讨论、定稿上报的规范流程。

为准备和参加“第二届长春生物质发展论坛”和“2014中国国际生物质能大会”，几乎占去我整个9月的时间。“十一”长假刚过，不得不在程序教授提交的气体燃料稿和液体燃料稿，万斌提供的成型燃料供热稿基础上，赶紧起草《建议书》，因为11月底，我这个“候鸟”还要南飞越冬，给我留下的工作时间只有个把月了。

写什么？这决定于国家发改委编制国民经济和社会发展“十三五”规划需要什么？和我们对“十三五”发展我国生物质能源的诉求是什么？将二者巧妙地结合起来。我在过去参与《规划》中感受到，《规划》编制者不可能对每个细部，如可再生能源或生物质能源的方方面面都有详细了解和把握，而这些正是专家们的所长，这应是我们撰写《“十三五”生物质能源发展建议书》的一个重点。

更重要的是，国家发改委做《规划》，需要专家提供国民经济划社会发展的大思路与宏观性建议；需要在某些重要领域的细部上提供相关的知识与信息；需要国内外发展现状和未来趋势；需要提出方针、策略，以及实施中的主要措施建议。

我们撰写的《“十三五”生物质能源发展建议书》就是按照这个思路写的。包括：①生物质能的国外进展与评述；②生物质能的国内进展与评述；③生物质固体燃料“十三五”发展建议；④生物质气体燃料“十三五”发展建议；⑤生物质液体燃料“十三五”发展建议；⑥综合建议。

为《建议书》提供的资料一定要新要实；要提供高质量和水平的宏观战略思路和观点；要提供清晰而明确的方针和政策建议；要提供具体和可行的发展指标和实施措施建议。《建议书》两万余字，12幅附图、7个附表和27篇参考文献。如此大篇幅的《建议书》对《规划》编写是会有参考价值的，但是徐主任和司局级领导不可能通阅，因此又设计了最后的“综合建议”一节，主要的战略思路和观点、方针和政策、指标和实施措施建议，虚实兼备，言简意赅地概括为12条，约2000字。以下是12条的原文。

1. 由化石能源向清洁能源的转型已成世界大势。转型中的世界生物质能源在可再生能源中一直处于领先地位。值此能源转型大潮，中国在起跑线上落后了，中国的生物质液体燃料、气体燃料以及固体成型燃料的产量均仅占世界总量的2%左右。从能源的需求增长、消费结构、对外依存度、温室气体排放，以及发展农村经济等方面考虑，中国都应该比任何其他国家更加重视发展生物质能源。建议“十三五”期间能够力转颓势，迎头赶上。

2. 我国农业污染已全面超过工业污染，接近20世纪80年代发达国家农业污染最重指标。农业排放污染物占全国废水水体化学需氧量、总氮和总磷的50%以上，尤其是养殖业畜禽粪便和秸秆露地焚烧对水体与大气的污染最为严重。治理农业面源污染不仅在于环保部门，最有效途径是实现有机污染物的无害化和资源化利用，生物质能源是最佳选择。另外，生物质能源对发展农村经济和增加农民收入，为发展中小城镇提供清洁能源和工作岗位等也都有重要作用。因此，简单地将生物质能源视为等同于风能等的可再生能源，而忽视其多功能性的传统观应当摒弃。建议“十三五”规划中对生物质能源赋予“多功能重大战略新兴产业”的定义。

3. 我国是幅员辽阔的农业大国，是生物质资源十分丰富和多样的国家。当前可收集作为能源用的生物质资源量为9.2亿吨标煤/年，是水电的2倍和风电的3.5倍，是2013年全国能源消费总量（37.5亿吨标煤）的24.5%。生物质资源是国家的珍贵宝藏，其体量足以担当在我国能源转型中的重任。

4. 对现代生物质能源的开发，我国起步于21世纪之初。经十余年努力，各类生物质能源的产业化开发已打下初步基础，度过了艰难的启动和初期成长阶段，基本具备进入快速发展期的条件。因此，建议“十三五”规划能审时度势，顺势而上地制定一个积极、务实和措施到位的生物质能源发展战略及规划。“十三五”期间，我国生物质能源发展能否出现一个崭新局面，将取决于国家的判断、决心和政策。

5. “十三五”的生物质发电重点应不在于扩大规模而在于作热-电-成型燃料联产的转型升级，如能将生物质能上网电价由0.75元/（千瓦·时）提高到0.85元/（千瓦·时），即新增财政补贴100亿元，即可产生重大推进作用。出于大气污染防治和为中小城镇发展提供清洁能源的紧迫需求，成型燃料供热应作为生物质固体能源“十三五”发展的战略重点，建议设置“京津冀鲁豫地区年供800万吨生物质成型燃料对中小燃煤锅炉燃料替代”的紧急行动计划；建议在完善配套扶持政策中，为成型燃料“正名”，以及对生产端与消费端分别补贴200元/吨和100元/吨，即财政补贴175亿元，必将产生重要推动作用。

6. 作为化石天然气的补充和后续储备，我国生物天然气具有年产千亿立方米以上的潜力，且有利于畜禽粪便、有机垃圾和作物秸秆的资源循环利用、减排环保、新农村建设和农民增收。我国生物天然气的产业化发展路径已经清晰，即以大中型养殖场为依托，辅以周边秸秆等有机废弃物为原料，星罗棋布地部署数以万计的沼气工厂，配以固定式或流动式的沼气纯化压缩加工点。建议明确农业部为一元化主管部门，有利于推动和建立相应的机制和体制。实施此项计划的瓶颈与制约因素首要的是将当前对沼气工程的事前（建设）补助，改为事后计产出气量的补贴，其次是市场准入与提供装备。建议制定和实施“发展生物天然气生产的组装式成套装备生产与提供”的紧急行动计划。

7. 我国二代生物质液体燃料发展的战略重点，应转移到以木质类生物质为原料的气化合成技术路线和化学合成路线上来。建议尽快制定和实施“二代合成生物燃油产业化创新”重大专项。“十三五”期间在全国部署30～40个生产厂，实现2020年生物柴油等高端油品的生产能力达到1600万吨的目标。二代生物乙醇则应舍单一纤维素乙醇路线而取“以辅带主”的联产纤维素乙醇路线。

8. 为鼓励农林废弃物生物质能源利用，建议凡生产1吨产品，在原料供应端和生产端各补贴100元，原料供应端可重点考虑补给农民合作组织。为完成2030年中国非石化能源消费比例达到20%的目标，建议启动“绿能”消费配额制度，强制要求主要能源消费者从2015年起必须使用5%的认证“绿能”，并逐步增加比例。对不能完成绿能消费配额的收取配额税，用于“绿能”生产者的补贴。

9. “十三五”生物质能源发展的建议目标是：生物质发电1800万千瓦，年发电量1080亿千瓦·时；成型燃料5000万吨；生物天然气400亿立方米；气化合成燃油1000万吨；化学转化燃油600万吨；二代乙醇400万吨。经折算，以上6项合计年产11796万吨标煤，其分别占比是28.5%、21.2%、27.0%、12.7%、7.6%、3.0%。

10. 按以上建议目标，生物质能源“十三五”的生产与消费量是“十二五”指标（不含户用沼气）的3.2倍，反映我国生物质能源开始进入快速发展期。在生物质能源生产与消费结构上也将发生重大和战略性调整，即固体燃料作技术升级与战略转移；气体燃料启动产业化规模发展；液体燃料通过技术革命和战略转移而重新崛起。此结构调整将对我国生物质能源的未来发展产生重要和深远影响。

11. 技术与产品新格局的形成使原料配置的轮廓趋于清晰。液体燃料的主原料为木质类；固体燃料的主原料为纤维素类（作物秸秆）；气体燃料的主原料为高含水有机废弃物类并辅以作物秸秆（其间稍有交叉）。如此，我国的“生物质油田”将主要分布在林地和农地以外的，宜植能源林/草的荒山荒坡、盐碱、沙地和海涂等边际性土地，即农地和林地之外的“第三土地资源”——“能地”；“生物质煤田”主要分布在盛产作物秸秆的农区；“生物质气田”亦主要分布于以大型养殖场为中心的农区。建设我国生物质“三田”是一项长期的战略任务，建议“十三五”开始谋划。

12. 根据我国目前发展情况，稍经培育，即可使若干产品如“高铁”般地“走出去”，特别是走到东南亚和非洲，让世界共享中国成果。建议“十三五”规划中，重点培育气化合成生物燃油、糖平台转化生物油品以及生物天然气三项产业化技术与装备的系统集成，做好“走出去”的准备。

我将此12条给老伴看，说道：“这是我对生物质能源10年跟踪的概括与未来5年的建议。”

老伴看后说：“概括得不错。”又补充了一句：“有用吗？”

“我写它就是相信它会有用，用大用小而已。至少表达了对这份事业的一份心意。”我一向对自己的所为总是充满信心的。

《建议书》中多处提到补贴多少和如何补贴，这对一个国家大规划确是太具体和琐碎些了。但其目的是想给《规划》编制者提供一个“花小钱办大事”的思路和信息，如《规划》中稍有着墨和作为业务部门实施的参考，对激发企业热情的作用就大了。《建议书》中是这样写的：

成型燃料的生产端补贴200元/吨，消费端补贴100元/吨，即政府财政投入180亿元，对完成6000万吨/年指标，治理雾霾和露地燃烧秸秆可以起到重要推动作用。

如能将生物质能上网电价由0.75元/（千瓦·时）提高到0.85元/（千瓦·时），即新增财政补贴100亿元，即可产生重大推进作用。

对沼气和生物天然气项目改事前设补为事后按产出气量补，每平方米 0.3 ～ 0.5 元。年产生物天然气 400 亿立方米补贴额约 200 亿元，比页岩气、煤制气、进口气要便宜得很多，而且是低碳、本土和可持续的。

18.5 送呈《建议书》（2014.11）

11 月 20 日，《建议书》终于“出笼”了。

分别给国家发改委徐宪平副主任、农业部韩长赋部长、国家能源局吴新雄局长、国家林业局赵树丛局长写了信，每信附上 2 本《建议书》。此时的我，如释重负地喘了一大口气。

分送信件后，最早反馈的是国家林业局，因为有诗雷在。

周一一上班，诗雷就将信放到了局长办公桌上。局长看后很快就在信上写下了批示，指示有关司局根据《建议书》内容拿出工作方案，并考虑如何写入国家林业局的“十三五”规划中。周二，诗雷就来电话告知了这个消息，说道：

“这两天局里的计财司和科教司以及有关处都知道了您的这封信，对发展林业生物质能源的重要性，在国家林业局有了更广泛的共识。他们很想得到这本《建议书》，您那里还有吗？”

“有，要几本？”我问。

“10 本！”口气不小。

在我送交国家发改委《建议书》时，给徐副主任也附上一封信：

宪平主任：您好！

几年未见，想必会记得，2010 年您领导专家组讨论“十二五”规划时的情况，会上我曾多次对农业和生物质能源部分发表意见。转眼您又组织编制“十三五”规划，并在网上表示希望“面向全社会集思广益”。我动了响应号召的念头，与几位专家一同，就生物质能源的“十三五”发展写了一份《建议书》。现呈上，供参考。

经“十一五”和“十二五”的培育，我国生物质能源产业已经是个“伙子”了。如“十三五”规划加以积极引导，必将进入快速发展期。生物质固体燃料将为防治大气污染立下汗马功劳；生物天然气将异军突起；液体燃料将为整个生物质能源产业破局。特别是武汉凯迪在生物质气化合成生产高端生物燃油技术已成为该领域的世界领军企业，已与马来西亚、越南、芬兰等国际企业签订了合作协议，他们的一支腿已经“走出去”了。

为响应习近平主席关“能源生产和消费革命”和最近在澳大利亚提出的“2030 年中国清洁能源占到 20%”的号召，我希望生物质能源能为此做出它应有的贡献，我们对“十三五”充满期待。

这份《建议书》2 万余言，其中不少资料性的，您重点看第 6 节的“综合建议”即可，约 2000 字。

我很想能与您面谈一次，您能安排时间吗？29 日我去海南越冬，下周能安排时间吗？真不好意思。

专此并颂

冬安！

石元春　敬上

2014.11.20

到底是曾与徐副主任有过一段交往，信中才有周内面谈的不情之请。数日后，应约于 28 日上午。这天，我与万斌及王崧一同去了国家发改委，见到规划司徐林司长。不大的办公室，到处堆放着资料和书籍。

“石院士，记得‘十五’规划您就参加了，那时我还是处长。您明天要去南方，徐主任今天上午又有一个由他主持的‘长江中下游经济带’会议，他派我向您问好和听取意见。”司长说话很得体。

稍做寒暄，我就直奔主题。

“徐司长，我们的《建议书》不是抒发书生意气，而是十年跟踪我国生物质能源产业发展才提出来的。”随后，围绕成型燃料与雾霾治理、已找到发展生物天然气的产业化和商业化模式，以及气化合成生产生物燃油技术领先世界、大规模产业化在即这三方面做了重点阐述。最后庄重地说：

“徐司长，经过‘十一五’和‘十二五’，生物质能源在中国已经成熟起来了，不能再像过去有些人那样误解、怀疑，以至歧视生物质能源了。”

“石院士，刚才您谈得非常好。在‘十三五’规划中我们对生物质能源要有一个恰当的文字表述，但如何落到实处也很重要。刚才您谈到的内容中，能否理出几个问题，分别写成几个 3000 字左右的专题报告，通过一定渠道，使中央领导人能够看到，如有批示，下面就更好操办了。”徐司长谈得很实在。

“万斌！徐司长说的这件事请你落实，随时与徐司长取得联系和请示。”我说。

“石院士，您说的武汉凯迪和内蒙古金骄我们可以调研，到实地去看看。”徐司长又说。

“太好了，朱博士可以帮助联系。”我很快接过话来。

“明年是编制‘十三五’规划的关键年，如果有什么问题，我们会及时向您请教的。”徐司长送别前做了如此表态。

图 18-2　在国家发改委与规划司徐林司长交谈，2014.11.28

农业部的消息也传过来了。部长将此信件批示到科教局，指示抓住机会，将生物天然气作为一件大事抓在手里，写入“十三五”规划。长赋部长还请科教司转达对我的问好。

几天里，这许多反馈信息，足可当作我南下越冬的丰盛饯行了。

次日，11 月 29 日，候鸟南飞，又与老伴到海南越冬去了。

18.6　一张图的故事（2014.11）

《建议书》中有一个亮点，我很看重的一个亮点。

作为一位农学家，我看重的是，除充分利用生物质组分中的糖、淀粉和纤维素外，如何把约四成含量的木质素用好，凯迪技术正可使之转化为高端轻油、柴油和航空煤油。作为一位土壤学家，我更看重的是，当木质素得到高端利用，中华大地的大面积至今毫无经济产出的荒山荒坡，将可种上抗逆性强的能源灌草，成为美好的生态绿地和永不衰竭的生物质油田。

我国有多少“至今毫无经济产出的荒山荒坡”？过去我在文章中曾写过，“有 1 亿多万公顷，比现有农田面积还大”。不行，太概念！太粗放！如果能拿出一个基于县级的准确与权威数字，一定能大大加重凯迪技术和生物质油田的分量。

我从来就是“想到一出是一出”，立即行动！

可是，只有十天时间了，从哪里找到这么详细资料和制作成图呢？几乎是不可能的。

对！找我的学生。找在国土资源部工作的吴海洋总工，他有可能找到这些资料；找中国农业大学教授胡林，他可以计算机成图；找中国农业大学教授朱德海，他可以计算机制图。可能行，试试。

于是，一个紧急行动开始了。

11月10日给吴海洋总工发了一封电子邮件。次日下午还无音信，心里有些着急了。是他的邮箱改了吗？后悔没追打一个电话，白耽误了一天多时间，太可惜了。不料，晚饭前来了电话：“石老师，电话打晚了，对不起。收到您的邮件，我马上就与有关司局联系协调。您要的资料部里都有，但是要经过很多程序和手续，个把月才能拿到。您要得这么急，只有一个办法，就是以我自己要用为名，部内走程序就会快多了。”

“海洋，真是为难你了，谢谢你！”

“这些资料资源用起来才有价值，只是您要的时间太急了。”海洋不无安慰地说。

资料基本落实了，我随即分别给胡林和朱德海打电话，他们都说，只要资料一到，日夜兼程，全力以赴地完成老师的任务。三个电话打了半个小时，放下电话机吃晚饭时不无感慨地对老伴说了一句：

“当老师真好。”

16日，拿到海洋的资料，4万多个数据。如何整理和作图？由我先拿方案，再与胡林商量，由他和他手下的一批研究生去实施，进行资料分类处理。然后，到朱德海实验室的计算机上输入和成图。我看过草图，三易图稿。如此巨大的工作量和繁复的工序，只用了3天时间，胡朱二位教授和研究生有时在机房工作到深夜。这三天，我一直守在电脑旁，通过电话指挥，有一种指挥现代化作战的感觉。

19日，这幅珍贵的插图终于完成了，与打印的《建议书》书稿同步，一起装订成册。因为20日，周五必须发出。

一个完不成的任务终于完成了。

我在电话里给胡林老师说：“完成如此艰巨任务，一定请你和朱老师，以及同学们好好吃上一顿。”

根据插图的资料，在《建议书》中添加了如下两段文字：

又据国土资源部基于县级的最新土地调查资料，其中含灌木林地、其他林地等“宜林能地”7826万公顷；含其他草地、盐碱地、海涂和陆涂的“宜草能地”8727万公顷，二者合计16553万公顷。这可是一片年产亿吨级的，永不枯竭的生物质油田。

我国的“生物质油田”将主要分布在林地和农地以外的，宜植能源林/草的荒山荒坡、盐碱、沙地和海涂等边际性土地，即在“农地”和“林地”之外，我国又有了“第三土地资源”——“能地”。

以上讲的是一个攻克战略高地，“能地”战役的故事。

这还不是最后的胜利，因为这16553万公顷不是都能生长能源林草，产出的生物量或产能也颇悬殊。如何细化？与此相关性最大的因素是年降水量，如果能有全国3000多个县的年降水量资料，分成小于300 mm、300～500 mm、500～1000 mm和1000 mm以上的四个等级即可分别计算出生物量产出及产能，资料就更有价值了。胡林老师正在实施中，这是后话。

早启策谋“十三五”，一心欲诉书生志；
冬寒不辍书谏言，只缘钟情生物质。

19 出征“一带一路”

（2015—2016 年）

- 民营企业家的“紧箍咒”
- “身家性命都搭进去了！”
- 一个大胆构想
- 备战 PPT
- 会前热身
- 登高一呼
- 莫道先行早
- 游说请缨忙

2015年初春，天气转暖，海南越冬的“南雁”该启程北飞了。3月底与老伴回到北京家里，满心的“归巢”感，特别是恋巢的老伴。到家次日，即赶写《石元春文集·教育卷》。5月中旬交稿，可算喘了一口气，该考虑2015年的大事了。

19.1 民营企业家的“紧箍咒”（2015.5）

5月18日，诗雷来电话说他和金骄集团的吉总下午要来看我。这天下午，吉总满脸喜色，谈到他们产品研究的新进展；谈到在北京注册公司的困难；谈到海南地方对建厂条件的苛刻，决定转移到广西等。吉总憨厚的脸，红红的，喜形于色，像个刚考完试，获得5A的学生讲述考试表现一般。

“吉总，扩张所需资金解决得怎么样了？”这时我突想起一个问题。

没等吉总说话，诗雷就说开了：

“石先生，我正想向您汇报。我的一位好友是搞‘设备租赁’的，就是对技术成熟、产品有市场、企业有利润的成套装备，他们可以出资金买下来，回租给业主，只收稍高于银行利率的租用金。如果要复制三套五套，十套八套，而又有企业接产的，他们可以继续出资生产装备，如法炮制地出租给使用方。”

“这资金是民间的，还是国家的？”我不无担心地问。

“是财政部办的项目。”诗雷的回答让我放心了。

“一年有多少钱？”我继续问。

“今年大约是150亿，问题是找不到好项目，怕钱花不出去。”诗雷答。

“如果好项目多了，这些资金就不够了。”我调侃地说。

“他们说，如果有好项目，资金量可以翻一番或者后面加个0。”诗雷答。

这段对话我记得很清楚。因为这个问题一直困扰着我。

记得是去年，2014年，洪浩的辉南宏日大冬柳项目的生物质成型燃料生产-供热系统，从技术到装备到运营已经相当成熟和可复制程度。但这套上千万元的装备，生产供应商或使用方的资金压力都非常大，成为推广与扩展的“瓶颈”。

也是去年初秋，暑气刚消，北京德青源钟董事长到家里来看我。谈及他们正在推进沼气生产与提纯净化生物天然气的成套装备的标准化、小型化和集装箱化计划。可以像集装箱似的将这套设备拉到沼气生产现场，很快就能将原料转化为沼气和生物天然气。

“太好了！你们计划一年能生产多少套？”我兴奋地问。

“大约10套，这要看订单情况。”董事长答。

“那么就意味着，一年如果复制10套日产生物天然气5万立方米的装备，就可年产1.5亿立方米生物天然气，简直太有意义了。”我像将要得到礼物的孩子般高兴。

“石院士，完成这项计划的关键是能否得到足够的资金支持。”董事长道出了其中的奥秘。

当听到诗雷介绍设备租赁公司消息，我脑子里立即想到去年洪浩与德青源，他们的问题不是有解了吗？多年心病，终得一良方。晚餐桌上，我就絮絮叨叨地给老伴讲这件事。老伴开玩笑说：“我看今天晚饭，就是没有做菜，你也会吃得很香。”

“对！资金是民营企业家的‘紧箍咒’，资金是民营企业家最好的下饭菜，特别是中小民营企业家。”

19.2 “身家性命都搭进去了！”（2015.6）

才过半个多月，6月9日的上午，诗雷又来电话，说山东大学的董教授今天上午来北京办事，想下午来看我。我说：“好哇！好久没见董老师了。”诗雷又补充说：“我下午还有点事，稍晚到一会儿。”

董玉平老师是山东大学机械系的一位教授，年届六旬。没有山东大汉的体格与气势，却有江南儒士般的风雅，说话低声慢语的。十多年前他研发了一套生物质热解生产燃气的装置，在当时下海创业热潮中办了一个公司，叫作百川同创能源有限公司。

2010年10月，秋高气爽，我到离济南市不远的一个军营里去参观过他的这套供热、做饭和取暖系统，确实不错，很受用户欢迎。2010年，我们开始筹备生物质产业专业委员会过程中，董老师一直积极参与。加之都是在大学工作，又多了一层情愫和共同语言。

“石院士，好久没来看您了。”进门仅寒暄了这一句就进入了正题。

“不瞒您说，2014年年底，是我创业以来走到的最低谷。”他有些迫不及待和面露沮丧地说。

“这是怎么回事？不是近来对民营企业有不少优惠政策吗？慢慢说，喝口茶。”我一心惊讶地向他让了让茶。

“说起来优惠政策不少，但落到一个具体的民营企业头上的很有限。实际上是让你自生自灭。”董老师先回答了我提的问题，不胜感慨地说。

“石院士，您是知道的，我这个项目不错，用户欢迎。但是这两年国家经济不景气，供货商和用户的资金都很紧张，回款不到位，资金流时断时续。为了寻求较大和稳定的用户，我们投入不少资金开发了一套以生物制药厂的工业固体废弃物为原料的热解粗燃气装置。”说着，他打开了电脑，演示了这套装置。从原料预处理、进料、热解气化、送气、自动监管系统全过程的动态视频，PPT 做得很精致，项目也非常好。

“这是一套全自动化的工业装置，我们就是搞机械的。”这句话他说了两遍，可见他是在有意强调。

“这套装置已经商业化运行了吗？”我问。

“河南宛西制药厂采用了这套装置。”他答。

“运行了多长时间？”

“一年多了，用户很满意。”

“购买这套装备需要多少钱？”

“年处理 1 万吨有机固体残渣的装置约需 1200 万元。”

如此一问一答后，董教授又说开了：

“石院士，这实际上也是环保项目。我们在调研中了解到，这些大中型生物制药厂的固体废渣处理非常头疼。废渣量大、集中，占用土地，初始含水率高（40% ～ 85%）、易腐烂变质，恶臭，污染土壤、水源和大气。现在有了一套完整的高含水工业废弃物处理和燃气化利用技术的工艺与装备，可以低成本地解决困扰企业多年的工业生物质固废污染问题，并将固体废渣转化为清洁燃气和热力，替代部分化石能源用于企业供能，且可操作性强、易于复制推广。调研中发现这套设备很有开发潜力，我很有信心。现已有投资公司与我们谈判联合开发问题。”

不知何故，董老师讲到这里，脸色却变得凝重起来。

“石院士，研发这套设备，我们投入了不小的一笔资金。为了得到银行贷款，把我家的两套房产、汽车等能抵押的都抵押进去了，也就是把身家性命都押给这套设备了。去年年底我家开家庭会议，讨论剩下唯一的、学校里的那套住房要不要抵押出去。后来决定不能再抵押了，万一有了问题，一家三代人住到哪里去。”说到这里，董老师声音有些哽咽了。

“石院士，现在我最缺的就是钱。”说着还不好意思地用三个手指比画。

一个大学教授能说到此，必是十分无奈了。

我听着心里也觉沉重。董老师满可以讲课、科研、拿项目、得经费、带研究生、写论文，安安稳稳地当教授，却出于他对自己科研成果转化的热情与信念，毅然走上了这条充满艰辛险阻的实业之路。民营企业小本经营，沧海一粟，想做事不易，做大更难，现在把身家性命都搭进去了。又想，那些国企的老总们拿着高薪，旱涝保收，会有这种感受吗？这使我对这些民营企业家油然而生了许多同情和敬意。

我想对董老师说几句安慰的话，也不知该怎么说。正在此时，诗雷敲门进来了。

"好啦！董老师，'财神爷'来了！"我站起身来高声地说，他们二人一时是丈二和尚摸不着头脑，怎么说到"财神爷"了。

"诗雷，快坐快坐。你把上次说的设备租赁的事给董老师讲讲。"我笑着说。

董老师目光一直没有离开诗雷，一边听着一边点头说："这可是解决大问题了。"

董老师说："现在最缺的是钱！"这是大多数中小企业的共同声音。银行"嫌贫爱富"，越穷越借不到钱，借到钱的条件越苛刻。眼看着一些市场需要的好技术好装备好产品就是无法"复制"，这样的事情听到得太多了。诗雷说到的"设备租赁"对那些民营中小企业的穷哥们正是"久旱逢甘雨"和"好雨知时节，润物细无声"。

紧接着，诗雷话锋一转，冲着我说：

"石先生，再向您报告一个好消息。国务院'一带一路'办公室正在制定计划，征集'走出去'的项目，我力荐生物质能源，他们接受了。"

董老师连说："这就更好了"。

"董老师，我把装备租赁公司的要求在邮箱里发给你，按他们的要求，你去准备一下，将材料发到我的邮箱里。"诗雷对董老师说。

他们二人说话，我似听未听，思绪却是纷繁起来，好像会有什么大事要发生一样。

19.3　一个大胆构想（2015.6）

自董老师来家和诗雷的两条信息，我脑子里就不平静起来，总是在想事，想理出些头绪来。在家话少了，时而发愣，惹得老伴问："这两天你怎么啦！有心事？"

还真是有心事。

生物质能成长的国内环境是好还是不好？

自国家“十二五”规划将生物质能源列为战略新兴产业；2012年国家能源局召开农村可再生能源会议和在全国建200个可再生能源县；2013年雾霾大暴发，9月国务院发布《大气污染防治行动》和决心压煤，以及中石油、中海油、光大国际等央企开始将目光投向生物质能源等迹象，都是大有利于生物质能发展的。自2013年9月长春论坛开始，我就一直在释放乐观信号，如“生物质能源发展的二次浪潮”啊！“2015，将生物质能源推上快车道”啊！这应当是真实的现实和恰如其分的判断。

但是，现实也展示了问题的另一面。如董老师所说：“说起来优惠政策不少，但落到一个民营企业头上的很有限，企业处在自生自灭状态。”去年一位在沼气发电方面颇有成绩的企业发牢骚说：“光伏发电和风电每千瓦·时补1元多，生物质发电补0.75元。能按时发下来也行，可是一拖半年也不见钱。”确实，不少生物质发电厂在亏损经营。

为防治雾霾，习近平主席和李克强总理都作出过部署，《大气污染防治行动计划》要“力争五年时间使全国空气质量总体改善”；国家发改委和能源局为压减中小燃煤锅炉用煤而三令五申地推进生物质成型燃料供热，可是进展如何？有推进风能、太阳能那般气势吗？

再说，武汉凯迪以木质原料气化合成生物柴油等高品位燃料技术世界领先，油品质量达欧V标准，投资数十亿，却遭垄断之阻截，而不得不到国外寻求扩展。生物质能产业的成长环境好吗？

经过这一番的思索，结论是“也好也不好”，即成长的大环境很好而小环境不好。无论是长远与当前，中国的大形势都是必须大力发展生物质能源的，可是政策执行效率、利益集团干扰、领导与社会认知等因素都会导致小环境的滞后。但是相信，这个高需求的大形势还会继续增长，小环境滞后会逐步缩小，这是大势所趋，人力无法抗拒。

小环境改善得一点一点来，有蹊径可辟否？我很快想到了“一带一路”。

自2013年秋习近平主席相继提出“一带一路”和“亚投行”，“一带一路”就一直在吸引着我，吸力越来越大。

进入21世纪以来，拉动国内经济发展的“三驾马车”中，投资与出口两个引擎减速了，不得不寄希望于“内需”。而近年的现实是，扩大内需潜力有限，于是造成大量产能过剩与经济下行。对啦！“走出去”，不就可以活络起来了吗？“一带一路”上，多是发展中国家，工业化道路上比中国滞后一步，他们发展经济需要的正是基础设施建设等实体经济，而不是美国的“虚拟经济”。于是“产能合作”的概念产生了，既是国内新的经济增长点，又能促“一带一路”国家经济和社会发展，互利共赢。

搞实体经济和基础设施建设，是要花真金白银的，资金在哪里？大伙儿集资，中国拿大头呗！于是，“亚投行”顺理成章地出世了。“一带一路”与“亚投行”是一个整体的两个侧面，一对完美组合。越学习越觉得这个大国战略妙不可言。想着想着，自然就会想到生物质能，能有幸参与，成为实现“一带一路”大战略中的一支部队吗？

2015 年 5 月，国务院发布的《关于推进国际产能和装备制造合作的指导意见》提出，“将钢铁、有色、建材、铁路、电力、化工、轻纺、汽车、通信、工程机械、航空航天、船舶和海洋工程作为重点行业”。看看！这尊尊大佛巨擘面前，生物质能源算得了什么？

仔细一想，也不尽然。

这些大佛巨擘都是高耗能、高排放、高投资的传统产业，“一带一路”的产能合作中，这些国家所急需的农业与清洁能源、生态与环保产业是否也应列入“重点行业”？生物质能产业当然是不可或缺和必需的了。

也要反问一下，生物质能，你行吗？

就整体而言，中国的生物质产业尚处发展初期，不够成熟。但是“走出去”的不是整个行业，而是其中某几个成熟和优秀产品与企业。于是，像放电影一样，凯迪、金骄、宏日、德青源……成型燃料供热、生物质发电、沼气与生物天然气……一个一个地在脑海里过了一遍。得到的结论是，确有企业稍加演练与备战，是能披挂上阵，出征“一带一路”的。

“一带一路”需要生物质能产业，而生物质能产业更需要出征“一带一路”，这一点很重要。中国生物质能产业的主体是民营中小企业，规模都不大。兵法云：“善战者，求之于势”“借局布势，力小而势大”。其一，“一带一路”这个“势”太大了，机会太难得了，生物质能产业怎能拘泥于一隅而与此“大势”失之交臂呢？力小更须借势。其二，生物质能成长的国内小环境不好，而“一带一路”上的好政策与资金正呈滚滚之势。其三，就一个产业而言，有国内国外“两个战场”，可以成掎角之势，互补互促。其四，立下一个“出征”高目标，尚可激发产业内在潜能。

清晨醒来，躺在床上一边养神，一边想事，最少干扰，这是我的“晨思”习惯。将近两三天思绪梳理一遍，终将出征“一带一路”的想法搞定了，这是在 6 月 13 日清晨。

谋定而动的第一件事就是沟通，与团队的几位同志沟通这个想法。

6 月 15 日下午，程序、立强、诗雷、万斌等到家里聚会。

“从海南回来两个月了，我们还没聚过。因为我一直忙着交文集《教育卷》

书稿，有文债在身，无心他事。”

随后，你一言我一语地说了起来。有涿州生物天然气项目进展；有凯迪和金骄近况；有成都项目的停滞与长春金翼项目的开工；出了什么新文件和新精神等。当然，我会谈到最近对“一带一路”的想法。不料，程序同志随即说：“去年 8 月，我到成都去参加了一个很正式的会，发改委召开的什么‘海上丝绸之路论坛’，后来没听说有什么下文。”

一个星期后的 6 月 24 日，全国工商联新能源商会曾秘书长和副会长，下一届生物质专委会主任张成儒等到家来谈专委会换届事。我趁机谈了“一带一路”想法，他们很振奋和支持。

“石院士的这个想法对我们很有启发，这是生物质能产业发展壮大的一个战略途径。看来这也就是下一届专委会的工作重点了。”张主任高兴地说。

“这一段时间新能源商会学习‘一带一路’不少，但是很少联想到我们自己‘走出去’。石院士这么一说，生物质能专委会倒是可以带这个头了。”曾秘书长如是说。

“石院士说 7 月长春论坛上要做这个报告，这就是登高一呼，拉开出征序幕；9 月在山东召开的生物质专委会换届会，就是业界内的动员誓师会；最好 10 月在北京再开一个新闻发布会，这台大戏就唱起来了。”曾秘书长真是见多识广，脑子也快，提出这个设想来。

通过这次谈话，“一带一路”的想法和信息以组织形式传递出去了。

下一个行动是该准备登场“长春论坛”了。

19.4　备战 PPT（2015.6）

一个多月前，万斌在电话里告诉我，今年的“第三届生物质产业长春论坛”7 月上旬召开，邀请我参会和做主旨讲演。当时还在想，去年讲了“生物质经济”，今年讲点什么呢？好啦！这不是现成的吗？“中国生物质产业请缨‘一带一路’”，多好！

准备 PPT 很花时间，要厘清整个思路和讲演内容，要用最精炼的文字与图示表达，还要讲究字体字号字色以及与图表的搭配等，做到不仅内容好，还让听众对 PPT 产生美感。

PPT 先讲习近平主席提出“一带一路”和“亚投行”，再讲总理和外交家们在忙些什么？紧接着话锋一转，“这里为什么没有生物质能？”和“能将生物质产业也放进外交家们的公文包里去吗？”

下一张幻灯片逻辑地提出：“一带一路”国家对生物质能源有需求吗？

为此，专请胡林教授帮我收集了“一带一路”国家的能源产销状况资料。原来，“一带一路”上有44个国家，收集到资料的23个国家中，有15个国家的化石能源生产－消费差额为负值或接近于零，累计年净负值为1015.5百万吨标煤。而东南亚等国家的生物质资源却十分丰富，每年可用于能源的生物质资源量在4亿吨以上。于是，肯定了市场需求与原料充实。

然后，提出“没有金刚钻，不揽瓷器活儿！”和“走出去”项目必须具备的四个条件：技术成熟，世界先进；技术－装备－运行组装配套；标准化和规模化，以及经济可行、服务上乘。

为回答这个问题，用了8张幻灯片“盘点家底”。包括国内的生物质发电、成型燃料供热、生物天然气、生物热解燃气、生物质液体燃料等。幻灯片上对企业指名道姓地问，你们行吗？你们准备好了吗？你们谁出来牵头？……一连串的挑战性和刺激性提问，想要的正是这种效果，因为遣将不如激将嘛！

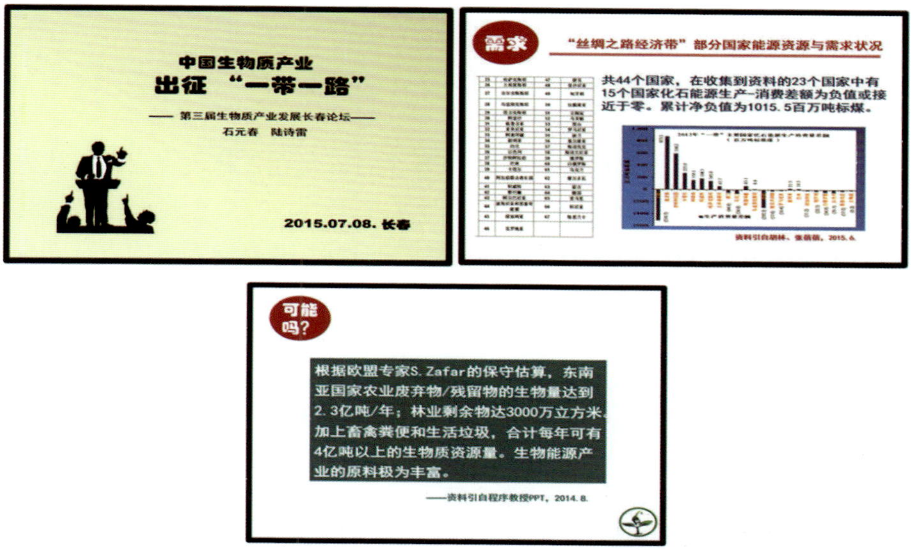

图19–1《中国生物质产业出征“一带一路”》讲演PPT中的3张幻灯片，2015.7.6

通过“盘点家底”，对中国生物质能产业现状提出了如下三点估计：一是“十年来，中国生物质能源已经茁壮成长，主要领域和产品已达产业化生产水平，也有技术世界领先的项目”；二是“中国已经拥有了一批颇具竞争力的生物质能企业”；三是“中国生物质产业已初步具备出征‘一带一路’条件”。

PPT一稿出来后，自觉存在两个问题。一是讲演对象是生物质能源方面专家和企业家而不是向领导汇报，因此将题目由“请缨”改为“出征”，调整定位；二是对“一带一路”的重大意义讲得不到位，这会降低“出征”的整体分量。于是，在习近平主席提出“一带一路”的幻灯片后面加了两张幻灯片，一张是讲这个国家大战略的重大意义，下一张用三句话加以提升与强化。即“‘东方睡狮’醒了，中国已经站到世界舞台的中心了！”以及24字诀：“欣逢盛世，额手称庆；凡我国人，匹夫有责；添砖加瓦，众志成城。”

PPT二稿出来又发现一个缺陷，道理算是讲清楚了，如无操作性则是空谈。于是在后面加了一组四张的“顶层设想”。一是“组军出征”，即在政府搭台、企业唱戏基础上，生物质能源企业要抱团取暖，组军出征；二是“精心组织”，即依靠新能源商会下的生物质专业委员会、专家委员会、咨询服务中心，以及旗下的生物发电、成型燃料供热等5路纵队；三是“兵贵神速”，即国庆节前准备项目，游说请缨；四是“以正合，以奇胜”，奇兵是资金与政策两支助推器。

PPT终于完成了，最后是要“出奇兵！”即资金与政策何在？这得请诗雷出手了。

19.5　会前热身（2015.7）

第三届生物质产业长春论坛于2015年7月6日在吉林长春召开，我先行两天到达。

先是去了解金翼大型养鸡场基础上建设的日产10万立方米的吉林天焱生物质能源公司的进展情况。这是我去年在生物质产业长春论坛提出发展“生物质经济”后吉林省发改委第一个支持，由立强与万斌负责“可研报告”和设计的生物天然气项目。这位民营企业家杨涛董事长还不到40岁，对发展生物天然气很有见识与信心。

图19-2　考察金翼大型养鸡场基础上建设的日产10万立方米的吉林天焱生物质能源公司，2015.7.5

第二天是看老朋友，宏日新能源公司董事长洪浩。宏日新能源是我国首家以生物质成型燃料提供供热全程服务的企业，2009 年我就考察了他们的第一个项目——长春吉隆坡大酒店 4.2 万平方米的供热项目。

“洪浩，最近情况如何？”我问。

“石院士，现在形势非常好，正在谈三个大项目。今天上午先请您参观吉林省能源局与我们公司合建的成型燃料供热质量检测中心，然后再看保税区项目。”

“这是国内建的第一个成型燃料供热的质量检测中心和提出省内标准，你们这个头带得好，这是基本功建设。”我看后对他们说道。当向我介绍这个检测中心主任时，我又说：“我送你三个字，第一个字是‘严’，第二个字也是‘严’，第三个字还是‘严’。最好是严得‘不近人情’。”

从中心出来后，驱车“长春兴隆综合保税区”，这是国内建立的第一个保税区。建成后的建筑面积 600 万平方米，宏日公司已与之签署了准入优先供热权，并已为保税区数千平方米的办公楼供热了一个采暖季。随之去看了供热锅炉房的两个 20 吨的供热锅炉，使用了自主研发的，高效和体积小的除尘装置。

图 19–3 考察宏日新能源公司“长春兴隆综合保税区”项目，2015.7.6

“洪浩，从原料收集加工，燃烧到供热的全套装备已经组装成型和成熟了吗？”我问。

“没问题，我们已经在吉林、山东和北京有 18 个供热项目了。”洪浩充满信心地回答。

“出征‘一带一路’怎么样？”

“没问题啊！”

“你说还有个什么大项目的。”我提醒地说。

“对啦！一个星期前，上海一个经济开发区的考察团一行 10 人，到长春宏日看了 3 天。原来是这样的。上海各种各样的开发区很多，现在都面临一个问题，就是上海市下发了一个文件，3 年内所有燃煤供热锅炉必须改为天然气。于是供热成本提高了 1 ～ 2 倍。当然这是要转嫁到开发区里企业头上的。现在经济不景气，有企业已经反映他们已无力承受，打算停产或外迁。这个开发区管委会发现了宏日的生物质供热成本比天然气要低很多，先是去我们的山东项目看了，这次又到长春考察。看后信心大增，基本上决定采用生物质燃料代煤供热方案。他们还建议我把公司开到上海去，因为上海的需求和市场太大了。”洪浩滔滔不绝地述说着，其心情与表情可想而知。

“如果真的打开了上海市场，原料可是个大问题。”我高兴和思考着说。

“对！我也想这个问题。石院士，您说的出征‘一带一路’，东南亚国家生物质原料资源那么丰富，在我们的供热项目走出去的同时，不是也可以运回成型燃料吗？”

“当然可以，有出有进嘛！让上海港又多了一项业务。”我们好像真的看到了大轮船在一个接着一个地卸下满载成型燃料的集装箱似的。

我提前到会还有个重要任务，就是等诗雷。

5 日下午，诗雷匆匆到会，我对他说：“诗雷，安顿好后，立即到我房间，有事与你商量。”诗雷也是生物质“粉丝”与“义士”，我们团队的干将。我在这次会上提出生物质能出征“一带一路”事他是知道和极力赞成的。我递给他一个 U 盘说：“一会儿你回房间去看一下我明天要讲演的 PPT，PPT 的最后“奇兵”，即资金与政策问题还得由你讲，你就在 PPT 的最后续几张就可以了。”“行，我替你续几张就是了，好说。”

“不对，不是你替我续几张，是谁续谁讲。明天我先讲，你接着讲。”“论坛上没这种讲法的。”“不是提倡创新吗？明天我们俩就联袂讲演一次，怎么样？”“行啊！先生怎么说，我怎么做。”

他在 PPT 上续了今年“一带一路”大事简录、项目与投资概况、打通融资渠道等 6 张幻灯片。就等明天“联袂讲演”了。

19.6　登高一呼（2015.7）

7 月 7 日，是第三届生物质产业发展长春论坛开幕的日子。各路人马齐聚，早餐客人一时多了起来。我刚拿了些食物，找了一张空桌坐下，国家发改委能源所原所长周凤起也端着一盘早点坐在了我旁边。

“石院士，您是什么时候到的？”

“我两天前就来了。先去看了一个在建的生物天然气项目，昨天去了洪浩那里。”边吃边聊，我也问了些他的近况。他最关注成型燃料供热，与洪浩很熟。

“我昨天去洪浩那里看了，是新上的一个给长春保税区供热项目。看了他们的供热锅炉和他们自主研发的除尘装置，进展不小。”我又补充说。

“锅炉多大？”周所长单刀直入地问。

“20 吨，两台。”我答。

“行啦！他们可以上报了。”行家一出手，就知有没有。

因为洪浩的十多个项目都是 10 吨以下的中小锅炉，在发改委和能源局挂不上号。20 吨以上的锅炉就上档和可以上报国家能源局了，周所长很看重这一点。

在生物质能领域，周所长是位颇具影响力的重量级人物，为了加强沟通，我有意说到今天上午的会上我将提出生物质能源出征“一带一路”的想法，先打个招呼。他不假思索地说了一句：“在国内都没搞好，谈什么‘走出去’？”直率而无掩饰地表达了否定态度。

还没出手，就听到反面声音，但不感到意外。我早估计到，负面看法在业界一定是“多数”，连我自己也曾这样问过自己。谁让我这个人总是“想入非非”，爱当“少数派”呢？

9 时，论坛开始。主持人介绍来宾后第一位是国家能源局处长讲话；第二位是省发改委副主任的主旨讲演“吉林省生物质产业发展情况及政策举措”；第三位是我的《中国生物质产业出征“一带一路”》讲演。

主题是“一带一路”，其重大意义必为此次讲演之起势。

“国际金融危机后，世界经济复苏乏力，中国找到了问题症结，即发达国家剩余资本与发展中国家资本短缺脱节；虚拟经济和实体经济脱节。解决问题的钥匙和推动经济的引擎就是用亚投行和‘一带一路’将两个环节对接起来。抓手就是搞基础设施建设而不是虚拟经济，这正是中国的强项和美国的弱势。”

“中国经济转型和大量传统经济产能过剩，内需不足，以致经济下行和就业压力加大，问题的症结是：靠国内经济小循环解决不了中国经济问题，必须融入世界经济大循环，搞国际产能合作。‘走出去’的‘一带一路’和亚投行是解决中国经济问题的一把钥匙，是解决国内和国际经济困境的，一箭双雕的全球大战略。”

图 19-4　第三届生物质产业长春论坛上的《生物质能源出征“一带一路”》讲演，长春，2015.7.6

继而讲“一带一路”国家对生物质能有需求吗？中国的生物质能产业具备出征条件了吗？具备什么样的条件的企业才能出征“一带一路”？我们的“家底”如何？如何组织生物质能产业出征？如何“兵贵神速，占领先机”？如何“以正合，以奇胜？”说到“以奇胜”，我的讲演戛然停止：“下面请听陆诗雷教授讲如何出‘奇兵’？”

这次讲演是论证性的，需要逻辑性地把一个问题接一个问题地提出，又一个问题一个问题地自答，又戛然而止地上台了诗雷教授。我喜欢这种不按常规出牌的方式，不去管听众喜不喜欢。

由于出征“一带一路”命题的影响力大，我感到讲演过程中一些听众在屏住呼吸，结束后引起会场一阵掌声与热议（也可能是自我感觉）。

我走出会场，在会场门口见到周所长与洪浩夫人正端着咖啡在笑谈着。见我走来，洪浩夫人迫不及待地问我：“石院士，你怎么会想起出征‘一带一路’来的？”

周所长也迫不及待地问：“石院士，你讲得有些道理，但是怎么操作？”周所长是一边笑着一边问的，不像早餐时那种一口否定的冷漠。

与二位谈了我的想法后，赶紧离开，要了一杯咖啡向人少处走去，想清静一下。

一位30出头的中年人却跟了上来，面带愁容地问我：“石院士，听到您的讲演，我们很振奋。但您说的都是国家战略和有实力的大企业，我们是长春市的一个开发区，能做些什么呢？”

“可别这么想！中国是‘一带一路’的源头国，吉林是生物质经济大省，一定会大有作为的，一定能将你们开发区融入这股伟大洪流中去。回去好好向你们开发区领导汇报。”我这样地安慰着他。

给这位有些迷茫的年轻人一番鼓励的同时，心里对自己能提出出征“一带一路”，美滋滋的，有些踌躇满志。

19.7 莫道先行早（2015.7）

这位有些迷茫的年轻人刚离开，我把咖啡杯送到口边，在一旁等着的一位 40 出头的、温文尔雅的男士迎了上来。“石院士，我们是北京乡电电力有限公司的，我叫袁英江。”说着就递过一张名片，原来是该公司的总经理。名片上公司 logo 下方有“生物能源装备制造”的字样。

“您在讲演中提到出征‘一带一路’太及时了。我们公司的理念和重点产品就是生产以作物秸秆为原料的小型气化发电装备，可以为每个乡村提供分布式的生物质电力支撑。我们在辽宁与山西，同时也出征到了柬埔寨和泰国。”袁总的出征到柬埔寨的话音刚落，我好一阵的惊讶。

“太好了！作物秸秆、清洁能源和乡村，你们的原料、产品和市场定位非常到位。你们装备的装机容量多大？”我边称道边询问。

“我们以小取胜，1 兆瓦。可以做到单机规模小，占地少，投资少，建厂快，见效快。还有一个特点是电、热、气、炭多联产。”

“你们做了哪些项目？”

“2011 年建成的辽宁绥中示范项目，装机 400 千瓦，运行正常；2012 年建成的柬埔寨大成示范项目，装机 1.2 兆瓦并网项目，运行正常；2013 年建成的泰国撒库拉库示范项目，装机 1.2 兆瓦并网项目，也运行正常；今年刚建成的山西阳城示范项目，1.2 兆瓦并网项目，10 月份正式并网发电。”

袁总如数家珍，好像他在演唱一首自己的拿手歌曲，我听着怎么也是那么流畅悦耳，扣人心弦。

“我们公司就在北京，请石院士到我们公司指导。”袁总客气地发出了邀请。

“我希望早日能到你们公司学习。”

哈！莫道先行早，自有早行人。

正当我们运筹帷幄，排兵布阵时，竟然这匹“黑马”冲到了阵前。

19.8 游说请缨忙（2015.7—2016.9）

自长春回京后，开始游说请缨、准备项目、上报材料。

游说请缨，必须说明“一带一路”需要生物质能源和我国生物质能产业已具备“走出去”的条件，最后是需要提出政府给怎样的支持？

第一个问题比较容易说清楚，第二个问题是关键。是否已具备“走出去”

条件，靠讲道理不行，只有用具体事例才有说服力。为此，准备了宏日的成型燃料供热、乡电的小型发电、中农绿能的生物天然气、清华的甜高粱乙醇、金骄生物制燃油、凯迪气化合成生物制燃油等6个典型案例，包括技术、装备、运行到产品的配套出口。最后，重中之重的是为出征企业争取出征条件，一是建议国务院“一带一路”办公室建立生物质能源专项引导资金，二是向国开行等投资公司游说，争取优惠贷款资金。

谁出面？以专家，第三者出面为好。找谁游说？先上呈最高层，得到原则表态，再到有关业务部门游说。

7月21日，我将起草的信稿及6个案例附件等一并发给了十中。

十中：

长春会议上我作《中国生物质能源出征“一带一路”》报告后，准备推荐几个较成熟的项目，到“一带一路”领导小组办公室、商务部、能源局等游说，争取较好的政策性支持和疏通“走出去”管道。你在这方面有经验，认识的人多，能否请你一起做这件“善事”，替天行道嘛！

知道你很忙，根据你最近发给我的材料，草写了初稿，供你补充修改或重写。同时将长春会议上用的PPT也一并发上。

石元春 2015.7.21

几个小时后就有了回信，回信中说：“我和您一起做这件‘善事’责无旁贷。您看从哪儿开始？商务部、发改委、能源局我都可以跑腿打前站。甜高粱项目介绍我已把数据补充上，请您审阅。十中 2015.7.21.15 时。”

游说请缨，需要联合更多力量和扩大影响范围。

每年11月前后，中国工程院总会有函通知院士，征求来年是否申请什么学术活动项目。无疑，这是一个重要学术平台，于是申请2016年召开中国工程院科技论坛的“生物质能源走向‘一带一路’研讨会”。

次年9月25日，中国工程院科技论坛的“生物质能源走向‘一带一路’论坛”在中国农业大学金码大厦召开了。中国科学院的匡廷云院士、南京林业大学的张齐生院士、周凤起所长、科技部中国农村技术开发中心主任贾敬敦、程序、李十中、胡林等诸位教授到会与讲话。

我在致辞中讲了习近平主席提的“一带一路”的重大战略意义后说：

2013年习近平主席提出“一带一路”倡议，2014年李克强总理五次出访“一带一路”国家，签了1900亿美元大单。总理签订的订单里主要是高铁、钢铁、水泥、核电、平板玻璃等，多是高耗能高排放的传统工业，可以支持“一带一路”国家基本建设需要，也有利于缓解我国产能过剩问题。我想提的问题是，是不是可以增加一些新兴的绿色产业，如生物质能源，可以“锦上添绿”嘛！

出征“一带一路”是国家大势，全球大势，千载难逢的时代机遇，生物质产业既不能好高骛远，但也不能妄自菲薄而贻误时机。所以我在去年7月的第三届中国生物质产业发展长春论坛上大胆地冒叫了一声：“中国生物质能出征‘一带一路’。”一年过去了，现在情势如何？且听今天论坛上5位专家和8位企业家他们怎么说。

与高铁、钢铁、水泥、核电这些巨无霸老大哥相比，生物质产业太幼弱了，但她是绿色的，有极大的资源和市场潜力，有极强的生命力。我希望在国务院“一带一路”办公室眼里不仅要有巨无霸，也要有绿色小兄弟。

图19–5 我在生物质能源走向“一带一路”论坛开幕式上致辞，中国农业大学金码大厦，2016.9.25

程序教授讲演题目是《发展生物质能产业，建设绿色丝绸之路》；胡林教授讲演题目是《“一带一路”沿线生物质资源和市场》。

李十中教授讲演题目是《生物质能源在“一带一路”上的市场潜力》。他在讲演中提出印度的“季节计划”、日本的“自由开放的印度洋太平洋战略”等都是为了遏制中国的“一带一路”倡议，提出“一带一路”倡议的成败关键在能源，特别是生物质能源的观点，以及他在肯尼亚、巴基斯坦、印度尼西亚、埃塞俄比亚等国家发展甜高粱乙醇的成功实践。

阳光凯迪集团董事长陈义龙、宏日集团董事长洪浩，以及广西洁通科技公司、金骄集团、中农绿能科技集团等企业代表以他们的成功案例和亲身经历讲述“走出去”的实力和重要意义。

最后，周凤起所长叮嘱：一要组建项目库，组织大家申报可以推荐到“一带一路”的绿色生物质能源项目；二要召开国际会议，对接“一带一路”国家的国际需求和国内生产能力，找到方向与市场；三要了解“一带一路”国家的法律和国情，建立资金运作渠道。这次会议是号角，要把号角吹响，更要把工作扎实地做好。“一带一路”倡议是当前我国在世界范围的大举动。也是我国应对美国国际战略的重要一招。

我十分重视周所长的意见，因为他在国家计委工作，最了解该怎么做。

张院士叮嘱说：“我们应当走出去，完全可以走出去。要成立一个组织，纳入科技部，才可以享受政策红利。建议秘书处设在中国农业大学，我愿意参加这样的工作。”科技部中国农村技术开发中心主任贾敬敦说：“中国生物质能源产业发展已初具规模和实力，应该发挥自身的特长，积极参与‘一带一路’国家的建设发展。”

论坛结束前，我的结束语是：如果说去年长春论坛提出和竖起了“中国生物质产业出征‘一带一路’”这面大旗，这次论坛可视为“壮行”之举。希望出征的“壮士”在“一带一路”上一路走好！一路飘绿，播撒绿色的种子！一路捷报频传！

中国新闻网标题是《院士建言：推动生物质产业“走出去”为各国“锦上添绿”》，中国科技网标题是《院士带路，生物质能源产业界出征“一带一路”》。

20 在“双碳”旗帜下

（2020—2022年）

- 一个负责任的大国
- “双碳”在召唤
- 起势于文
- 发布《蓝皮书》
- 生物质耦合发电出阵
- 奇兵负碳排放出阵
- 八桂战场打响
- 一项重大技术突破
- 更上一层楼

21世纪之初，生物质经济在我国启航、遭遇风暴、蛰伏崛起，以及迎来发展的二次浪潮。未曾想到的是，2020年的“双碳”竟成了“决胜生物质20年”的高潮与压轴。

20.1　一个负责任的大国

20世纪中叶，继《寂静的春天》以来，越来越多的有识之士担忧着人类社会的环境问题，八九十年代形成“全球气候变化”与“人类社会可持续发展”的一股强大思想浪潮。1992年，联合国在巴西里约召开发展与环境世界首脑会议，发表了《里约宣言》和《21世纪议程》，1997年又签订了旨在限制发达国家温室气体排放量以抑制全球变暖的《京都议定书》。

在这个关系地球村与人类社会可持续发展大局里，也涉及各国自身利益。近200年，先行工业化国家是全球二氧化碳的主要贡献方，理应承担更多责任与贡献。可是温室气体排放量最大的美国于2001年单方面退出京都议定书，理由是温室气体排放和全球气候变化的关系“还不清楚”和《京都议定书》没有要求发展中国家承担减排义务。排放量第二大国澳大利亚也没有批准京都议定书。

所幸的是，2007年，欧盟各成员国领导人一致同意，单方面承诺到2020年将欧盟温室气体排放量在1990年基础上至少减少20%。

2009年，联合国在哥本哈根召开气候变化大会（图20-1），一次后京都时代的重要峰会，“挽救地球”的会议，“只能成功，不能失败”的会议。可惜这次会议却成了先行工业化国家与发展中国家的利益博弈场，中国总理温家宝亲自参会和提出了“共同但有差别的责任”主张的“北京文本”。可惜，会议最后没有形成实质性有法律约束力的结果。

2014年，习近平主席与美国领导人一起宣布中美各自2020年后行动目标，带动全球180多个国家在巴黎大会前提出自主贡献目标。2015年习近平主席与美、法领导人发表中美、中法元首气候变化联合声明和出席在巴黎召开的全球气候变化大会（图20-1），通过了将全球平均气温较前工业化时期上升幅度控制在2摄氏度以内的《巴黎协定》。联合国秘书长说：“对地球和地球二的人们来说，这是里程碑式的胜利！”

2016年，习近平主席与美国领导人一起向联合国秘书长交存中美参加《巴黎协定》的法律文书，促使《协定》不到一年就快速生效。

图20-1 从哥本哈根到巴黎

不想，2019年美国突然宣布将退出《巴黎协定》，震惊了全世界。联合国秘书长古特雷斯说，美国退出《巴黎协定》，极其令人失望！希望美国能为子孙后代着想，承担起责任。一年后的2020年9月，习近平主席在联合国大会上庄严提出“中国的二氧化碳排放力争于2030年前达到峰值和努力争取2060年前实现碳中和”，这是一个负责任大国的承诺。

中国的工业化比先行工业化国家晚近一二百年，现在正在热火朝天地工业化城镇化建设；能源消费上，先行工业化国家已经由煤时代走向油气时代，中国煤炭占一次能源消费比重57%；中国单位GDP能耗是世界平均水平的1.5倍，世界能源使用效率排名74位；中国是全球二氧化碳第一大排放国，年碳排放量占全球30%左右，碳排放强度是世界平均水平的2.2倍。面对全球性气候变化挑战，中国的压力最大，但是勇于担当，做一个负责任的大国。

我们每一个中国人都要为我们的国家自豪，都要为实现“双碳”目标而有所作为，都要为国家的生态文明建设贡献一分力量。

2021年4月30日，在中共中央政治局加强我国生态文明建设的第二十九次集体学习时，习近平总书记再次强调：“实现碳达峰、碳中和是我国向世界做出的庄严承诺，也是一场广泛而深刻的经济社会变革，绝不是轻轻松松就能实现的。各级党委和政府要拿出抓铁有痕、踏石留印的劲头，明确时间表、路线图、施工图，推动经济社会发展建立在资源高效利用和绿色低碳发展的基础之上。”

20.2 “双碳”在召唤（2020）

决胜生物质20年，我也从“古稀”到“鲐背”了。

2016年和2018年，我和老伴先后罹病住院，体力大不如前，毕竟要“90后”了。

2019年冬，我和老伴住到了北京泰康燕园老年社区，硬件软件都很满意。大把大把时间可以让我写作编撰《石元春全集》了，于是有了“归隐山林，不问世事”的思想。

一年后的2020年12月6日，程序教授来电话和在邮箱里发来他对“十四五”规划中生物质能部分提的建议草稿，征求我的意见。次日，我在邮箱里就给他回了一封长信。

程序同志：

《建议》看了好几遍。作为建议，我觉得思路与内容、逻辑与论理都很清晰，提不出修改意见。只是一节二段五行的“应”可改“建议”，缓和一些得好。

二十年过去了，生物质一路坎坷蹉跎，不想“仍在另册”，能无想法吗?

2013年的“克霾”与“压煤”，成型燃料供热与生物质发电力挽狂澜，救场贡献颇大，为什么“目标迄今只完成一半”和“可再生能源供暖市场寒意浓”，而煤电“2019年比上一年又增加了40吉瓦，达到1050吉瓦；还有100吉瓦尚在建设中！”我总觉有些不正常。

你在《建议》中提到，能源局规划司说“‘十四五’期间可再生能源将由增量补充进入增量主体阶段”和“但他实际指的主要是风能和光伏能，生物能源似乎仍在‘另册’”。我看，“方面军”和“主力军”是与生物质能无缘了。除了与“重工轻农”和“重近绩，轻远谋”外，还会有些说不清的深层次原因。

中国有句老话，“男怕入错行，女怕嫁错郎”，我突然产生一种生物质在能源行里难有出头之日的想法，像韩信在项羽帐下只能当旗牌官一样，不胜唏嘘。

我进燕园，远离“红尘”一年多了，你《建议》中的“生物能源似乎仍在‘另册’”又让我浮想联翩，动了“凡心”。

石元春，2020.12.7

真让我动了“凡心”的是程序教授《建议》中看到的“碳中和”三个字，它在我眼前突然一亮，好像一道曙光，一弯彩虹；预感生物质的大机遇要来了，是生物质的环境功能又要大放异彩了！

第二天，我给程序同志打电话说：“‘碳达峰’与‘碳中和’是大事中的大事，你看是不是找几位同志一起来议一议？”

几天后，程序教授从昆明约来诗雷，从长春约来洪浩等，聚会燕园，这几位都是生物质“铁杆”。聚会中几位一致认为“碳达峰”与“碳中和”是时代性、全球性和国家的大事；中国的大国责任感与担当使我们深受教育；生物质将会迎来一次重大机遇使我们激动不已（图 20–2）。

我们商量要做好两件事，一是写文章，二是在“负碳排放”和“供热发电”上“做文章”。

图 20–2　学习习近平总书记“碳中和”指示，北京燕园，2020.12.18

“倦鸟暮归林，浮云晴归山。独有行路子，悠悠不知还”，我竟成为一名“90 后”的“悠悠不知还”的“行路子”了。

20.3　起势于文（2021 年）

“求之于势，不责于人。”

作为生物质“笔杆子”粉丝，欲在“双碳”中有所作为，必“求之于势”而起势于文。2021 年元宵节，我的文章《农林碳中和工程》就完稿了，两天后，程序的文章也完稿了。

“碳达峰”与“碳中和”是通过全方位的碳减排与碳吸存，达到碳零增长的终极目标；是政府主导、企事业单位和全民参与的伟大动员。在实现“双碳”

目标中，作为第一产业的农业（含林、牧、渔业）当义不容辞。这正是以“农林碳中和工程”为题之用意，有点“舍我其谁，当仁不让”的气势。

《农林碳中和工程》文完稿后有些不顺，一年后才在《科技导报》发表（图 20–3），可谓是“起早床，赶晚集”矣。

此文是我关于“碳中和”的一个整体思考与方案，从最基本说起。

唯一能为地球持续提供能量的是太阳辐射，唯一能吸存太阳辐射的是植物，是植物通过光合作用将从空气中吸收的 CO_2 与从土壤中吸收的水分，通过太阳辐射能（光能）转化合成为碳水化合物。吸碳，蓄能，还有矿质元素，载体是生物质。

4 亿年前高等植物在地球陆地大爆发，积存了大量生物质。在地质作用下，碳水化合物脱氧转化为碳氢化合物，即碳与能量密度更大的，今日之煤炭、石油与天然气。它们是生物化石，所以称“化石能源”。

工业社会需要大量能量而大规模开发化石能源，在释放能量的同时也将被浓缩的碳等温室气体回放到大气而导致全球气候恶化。于是人类社会又忙着去减排 CO_2 等温室气体，用低碳能源替代化石能源，忙着“碳中和”。

以上是对“碳中和”自然属性与背景的思考，随即提出了“作为第一产业的农业是唯一碳汇产业”的概念。

“唯一”是什么意思？即第二产业与第三产业都是化石能源消费者与碳源产业，唯有从事生物性生产的农林业是碳汇产业。

为什么？

不仅是因为植物生长过程中吸收 CO_2 和全生命周期的“零碳排放”，更在于全生产链条中所有有机“废弃物”与污染源都可以无害化和资源化，都可以作为原料生产低碳能源以及化工产品，以替代化石能源实现减排目的。二者的直接与间接碳汇量远超过农林业生产过程中使用化石能源与化肥的碳排放量，所以农林业是碳汇产业。

请看农林系统在替代减排上的精彩表现。

煤炭发电供热的碳排放量最大，占全国总量的一半，无疑是“双碳”中减排重点和低碳能源替代的主战场，主战场的主力是生物质能。2013 年雾霾大暴发，国务院紧急发布《大气污染防治行动计划》，发布后的一年多时间里，国务院与国家能源局连发 8 次“紧急通知”，要求以成型燃料供热缓解“煤改气”。2015—2019 年的 4 年间，生物质成型燃料年生产能力由 900 万吨增长到 1500 万吨。我国第一座生物质电厂 2006 年建成发电，到 2019 年，全国生物质发电累计投产项目 744 个，装机容量 1476 万千瓦，年发电量 1111 亿千瓦·时，超过了三峡电站年发电量。

图 20-3 《农林碳中和工程》，科技导报，2022 年第 7 期

另一个精彩表现是“负碳排放”。

畜禽粪便等面源污染已成为我国第一大污染源，唯一的治理方法是通过微生物发酵使之无害化和资源化，转换生产沼气 / 生物天然气，全生命周期是“负碳排放”，碳减排能力是风能和太阳能的 4.6 ～ 18 倍。国际能源机构（IEA）报告称以生物天然气替代常规天然气是最有希望的减排技术。我国是养殖业大国，具有年生产生物天然气 2000 亿立方米和减排 4.2 亿吨二氧化碳的潜力。

还有一个精彩表现是“全生物降解塑料”。

在防治石化基塑料导致的白色污染上，全生物降解塑料也是唯一选择。我国年消费塑料约 1 亿吨，价值 22 万亿元，生物降解塑料占比 0.4%。美国国家科学院 1998 年给总统的咨询报告称：“生物基产品行业最终可以满足美国 90% 以上的有机化学产品和 50% 液体燃料的需求。”非食物性生物质前景不可限量。

根据以上考虑，文章提出了“农林碳中和场”概念，即具相对稳定碳循环与调节的生态与经济空间。它们是农田、森林和灌草地三片“农林碳中和场”，面积分别为 1.35 亿公顷、1.44 亿公顷和 1.86 亿公顷，合计 4.65 亿公顷，约占我国国土面积的一半。

农田碳中和场的碳循环最为活跃。以 2015 年资料，年生物量产出 15 亿吨，可吸存二氧化碳 7.5 亿吨；另可供能源用农林有机废弃物产出量折标煤 4.92 亿吨，能源替代中可减排二氧化碳 9.3 亿吨（含负碳减排）。消费化石能源 8232 万吨标煤，排放二氧化碳 2 亿吨；施用化肥 5250.65 万吨（折纯，2022 年）。农田碳中和场汇多源少，合计年增汇 14.8 亿吨二氧化碳当量。

乔木林碳中和场是相对稳定和缓增长的碳循环模式，现总生物量155亿吨和年吸存二氧化碳11亿吨（《中国森林资源报告2019》），林业三剩物的替代减排已计算在农田碳中和场。

灌草地碳中和场是一个全新概念与空间。它是在不能生长农作物和森林的边际性土地上种植抗逆性强，生物量产出大的能源灌木和草本植物，故称为“灌草地碳中和场”，面积比农田/森林还大。按年公顷地上及地下部生物量产出10吨计，年生物量产出14.4亿吨，吸存二氧化碳7.2亿吨，以及转化为替代能源折标煤7.2亿吨，减排二氧化碳4.4亿吨，合计折年增汇潜力11.6亿吨二氧化碳当量。

以上三片农林碳中和场通过植物体吸碳合计增汇25.7亿吨CO_2当量；替代减排13.7亿吨CO_2当量。具有年增汇37.4亿吨CO_2当量，相当于现年排放总量的四成；具有12.1亿吨标煤生物质能源潜力，相当于全国现年能源消费总量的三成。到2060年，经近40年的开发与管理，潜力定是十分可观。

三片碳中和场中，除常规增汇减排措施外，最大增汇潜力是利用农林等有机废弃物为原料，“零碳”与“负碳”地生产替代化石能源的清洁能源，特别第三碳中和场，边际性土地种植灌草的碳汇与减排全新增，体量大，还可以绿化大地，改善生态环境，乡村振兴。

农林碳中和工程是集保护环境、能源换代、做强农业，乡村振兴，惠及农民于一役的国家工程，国之重器。

20.4 发布《蓝皮书》（2021.8）

还记得吗？“惊蛰崛起”中的一个重要内容就是把“枪杆子”组织起来。

图20–4　石元春在中国生物质能联盟成立大会上讲话

2012年4月13日，中华全国工商业联合会新能源商会成立了生物质专业委员会。这些年，专委会在积极推进生物质产业在我国发展上做了大量工作。

随着生物质能二次浪潮的兴起，有必要加强产业与政府间的沟通渠道，5年后的2017年6月成立了“中国生物质能联盟”。程序教授至今任联盟副主任，万斌任副秘书长，我任名誉会长（图

20–4)。2018 年，“中国生物质能联盟”更名为“中国产业发展促进会生物质能分会”，对外简称“生物质能产业促进会”。

它是目前国内生物质能行业覆盖面最广泛、最全面的组织，涵盖了农林废弃物等生物质发电、垃圾发电、生物质锅炉供热、生物天然气、生物液体燃料、生物质多联产，颇具代表性。联盟的成立意在代表全国生物质能行业表达业界的声音，争取业界的权益，谋划更好的发展环境，并且为行业提供全方位的服务。

生物质能产业促进会于 2021 年 8 月发布了《3060 零碳生物质能发展潜力蓝皮书》(以下简称《蓝皮书》，图 20–5)。

《蓝皮书》开宗明义地提出了生物质能的“零碳属性”，这无疑是在“碳达峰”与“碳中和”中点燃了一个闪光的亮点。书文清晰有力地从理论上阐述了生物质的“零碳”属性后，以美欧国家和地区大量实践与成就论述了生物质能在实现“双碳”目标中的“战略地位”，以及必将大“助力于我国碳减排”。

《蓝皮书》的第二部分报告目前我国主要生物质资源的年产生量约为 34.94 亿吨，可作为能源利用开发的潜力为 4.6 亿吨标准煤，包括秸秆、畜禽粪便、林业剩余物、生活垃圾、废弃油脂、污水污泥 6 大项。生物质总资源量的年增长率预计可维持在 1.1% 以上，即 2030 年和 2060 年生物质总资源量将分别达到 37.95 亿吨和 53.46 亿吨。

实现减排路径是以此生物质资源，通过产业转化，提供清洁电力、热力、燃气，替代化石燃油与化肥，以及 BECCS 技术等。估算到 2030 年和 2060 年的碳减排潜力将分别超过 9 亿吨和 20 亿吨。

《蓝皮书》的第三部分提出生物质能产业当前面临的挑战，并从政策、技术、市场三个层面提出相关建议，这是为政府和各界提交《蓝皮书》的主要落点。

实现“双碳”目标下的行业面临挑战主要有：对生物质能认识不到位：包括部门协调不充、责任主体不明确、生物质能产业相关标准不健全、生物质能行业统计监测体系不完整、生物质能产品市场消纳道路未完全打通。

图 20–5　生物质能产业分会《蓝皮书》

最后是相关建议，有政策层面的，如加强对生物质能绿色零碳属性认识；完善生物质能发展顶层设计；建立有机废弃物有偿处理机制；加强生物质替代燃煤锅炉支持力度；推广配额制，以及研究试点碳税征收机制。有技术层面的，如研究和完善生物质能行业碳减排方法学；生物质清洁供热各项标准建设；建立技术创新目录，以及建立生物质能产业监测体系。有市场层面上的，如加大绿色金融支持力度，生物质能减排量在碳市场优先交易，以及打破生物质能源产品消纳壁垒等。

20.5　生物质耦合发电出阵（2021.8）

“双碳”召唤下，“决胜生物质”团队首先出阵的是“生物质耦合发电”。

在“双碳”旗帜下，中国农业大学的几位教授与清华大学的几位教授在生物质供热与发电战场会师了，农业学科与能源与动力工程学科交叉了。

2021年8月24日，程序教授在邮箱里给我发了一条信息：“目前有幸和清华大学能源与动力工程系资深教授毛健雄通话，收获很大。他和倪维斗先生一直在电力界大力推行煤与生物质耦合发电，已有20年历史了。”又补充说：“我与毛教授有缘，原来他是1948年我夫人外祖父抗战期间在贵阳创办的贵阳清华中学毕业的。我俩是几年前在清中北京校友会上认识的。”

说到清华大学前副校长倪维斗院士，他是我老友。早在20世纪90年代宋健主任主持制定21世纪S–863计划时，我和他就分别在农业组和能源组；2003年，温家宝总理主持制定“国家中长期科学和技术发展规划”战略研究时，我们二人又分别在农业组与能源组，我们二人交往不少。当我们被“封闭”在国家会计学院专心研究21世纪初国家科技发展战略时谈到生物质能源，倪院士对我说：“石校长，你对生物质感兴趣，我邀请你到清华参观我们与一位企业家正在合作研发的生物质成型燃料项目”，这是我第一次接触生物质项目。

2003年冬天，科技部在农展馆举办了一个科技成果汇报展览，组织一次中央部门领导专场时，我们二人受邀介绍生物质成型燃料。组织展会的同志笑着说：“两位院士站台，成果一定不错。”

想不到，18年过去了，我们二人都已是“90后”，我们二人和我们的团队又相聚清华，商讨发展生物质成型燃料大计，不禁感慨油然。

不同学科有不同的学科领域与实践背景。这10多年里，农业学科老师专注于生物质资源与开发路径，动电学科老师则一直在筹谋燃煤发电中的生物质替代而提出“生物质耦合发电”方案。虽目光同落于生物质，但角度不同，景色风光不同，好像各自房间都开了一扇窗户，看到了另一片风景。

请欣赏下面展示的这道精彩风景线。

碳排放主要源自化石能源，化石能源的主要消费是发电，清华动电系老师能够漠然吗？《京都议定书》生效后的美、欧、日等主要工业化国家和地区一直在淘汰煤电，碳排放多已接近或实现达峰。而尚在工业化过程中的中国的一次能源消费结构中煤炭占 57%，年碳排放量占全球 30%，是全球最大碳排放国。煤电占全国发电量六成以上，碳排放量占全国总排放量一半以上。无疑，煤电是我国实现“双碳”目标的主战场。

用最先进的高效率低排放技术行吗？ 2018 年 11 月 27 日，倪维斗院士在长春生物质能国际会议上说：“中国 2050 年煤电容量可能达到 1500 吉瓦（15 亿千瓦），即使这些新的燃煤电厂全部采用最先进的高效率低排放技术，也无法满足为实现在 2050 年前将全球升温控制在 2 摄氏度之内煤电须承担的碳减排任务。”

用风电等清洁能源替代行吗？毛健雄和李定凯两位教授著文（2021 年）说：“风电和太阳能发电的短板就是受自然气象条件限制而‘不可控’和面临并网难、消纳难、调度难等问题。未来几十年内，煤电不可能退出我国的电力生产”。“在我国能源转型，应对气候变化和控制碳排放，而煤炭现在仍然是我国的主体能源的大形势下，在提高煤电效率的基础上，大型燃煤电厂采用煤电＋生物质耦合发电技术，是当前最可行的降低碳排放的措施。”

倪维斗院士在 2018 年长春生物质能国际会议上指出：

> “去煤化”现在对中国是不现实的，关闭全部燃煤电厂也是不可能的。但是中国电力必须要走从“减煤”向最终“去煤”的方向发展！在可能的低碳电源中，风力和太阳能发电发展极快，但较难成为可靠容量与电量的灵活性、调节型的低碳电源；水电、核电受水力资源和核安全等因素限制，也难以完全取代火电成为可靠容量与电量的灵活性调节型低碳电源；而逐步将火电的燃料用可再生的生物质取代、实现碳减排目标，是完全可能的。
>
> 建议分两步走：第一步是现有大容量燃煤电厂与一定比例的生物质耦合混烧发电，逐步降低煤电的碳排放，同时创造条件，积累经验，形成足够大的生物质燃料供应产业。逐步提高生物质混烧比，有条件的燃煤电厂逐步从生物质混烧过渡转换到生物质燃料。第二步是争取一部分有条件的现有大型高效燃煤电厂，特别是 CFB 电厂，转换成 100% 生物质燃烧。

18 年后再相会。2021 年 9 月 7 日，关注生物质能与碳减排的两支队伍代表在清华大学相聚了，留下了一张很有纪念意义的照片，图 20–6 自右至左是倪维斗、毛健雄、车占斌、陈定凯、朱万斌、程序、石元春。

图 20–6　清华大学与中国农业大学两校部分教授讨论生物质能与碳减排，清华大学，2021.9.7

农业学科的教授们说：

能源专家提出生物质耦合发电，以生物质逐步和最终全部替代燃煤，这对生物质原料的需求量实在太大了。这样“巨量”社会需求，必将成为推动我国生物质产业发展的一个强大动力，给了我们一个惊喜，真是要感谢能源学科。

能源与动力工程学科教授们说：

说感谢的应当是我们，因为能源产业是生物质的需求方。没有想到这些年生物质产业在我国发展得这么好，你们还提供了如此翔实的我国生物质资源资料，特别是我国“边际性土地”的巨大潜力，给了我们惊喜。欧洲生物质资源缺乏，依靠进口，中国的资源潜力太大了，这为实现我国电力由高碳向低碳转型提供了原料保障。

两个学科的教授们一同说：

我们两个学科联手，一定会加快推进我国生物质产业的发展，有利于实现“碳达峰”与“碳中和”的国家目标。

当大家相谈甚欢时，毛教授提议尽快发表一篇文章，让两个学科交叉的成果与社会分享，争取把这个想法和建议呈送到高层去才好。

才两三周，2021年10月1日，《中国电力报》发电报道了由两校6位教授署名的，题为《生物质能在我国实现碳达峰与碳中和的巨大潜力》的文章（图20–7）。

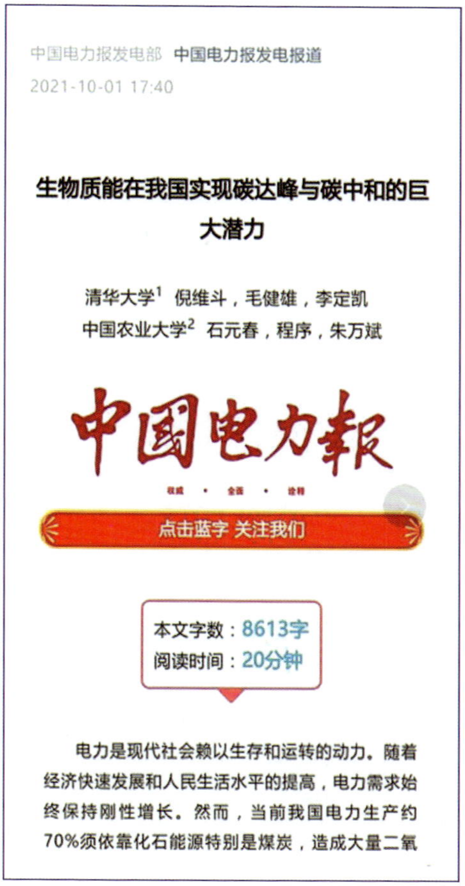
中国电力报发电部 中国电力报发电报道
2021-10-01 17:40

生物质能在我国实现碳达峰与碳中和的巨大潜力

清华大学[1] 倪维斗，毛健雄，李定凯
中国农业大学[2] 石元春，程序，朱万斌

中国电力报
权威 · 全面 · 诠释
点击蓝字 关注我们

本文字数：8613字
阅读时间：20分钟

电力是现代社会赖以生存和运转的动力。随着经济快速发展和人民生活水平的提高，电力需求始终保持刚性增长。然而，当前我国电力生产约70%须依靠化石能源特别是煤炭，造成大量二氧

图20–7 两校6教授联合发文《中国电力报》，2021.10.1

文章第一节是“煤电排放占我国碳排放的最大份额”，我国年碳排放量占全球30%，2020年我国碳排放总量113亿吨，其中能源领域碳排放99亿吨，占比88%；全国火电发电量为53300亿千瓦·时，碳排放实际统计数据为51.2亿吨，占当年我国CO_2总排放量比重的51.76%。

第二节是“火电的保底和支持风、光电的作用无可替代”。我国煤电的发电量占比仍然超过60%，起着“压舱石”作用，风电和太阳能发电存在的“不可控性”和“不稳定性”短板决定了只能起辅助作用。我国现有的大型煤电机组在我国电力生产中的基础支撑作用将难以替代。煤电的低碳化已成为中国实现“碳中和”战略目标必须面对的问题，出路何在？

第三节是“生物质与煤耦合发电是煤电实现低碳、零碳的唯一途径”。生物质是可再生能源和零碳排放，却又不同于不可控的风力发电和太阳能发电，可以对电网进行安全和可靠的电力供应，支持和消纳风、光电起着调节和保障作用。

第四、第五和第六节标题分别是：“英国和丹麦关闭煤电的底气来自生物质与煤耦合发电”“我国生物质能原料资源潜力巨大”和“对我国高质量低碳

发电的几点建议”。

此文精髓是“唯一途径”四字。

两个月后的12月6日，在北京召开的第三届全球生物质论坛上，程、毛两位教授又联袂作了精彩讲演。毛教授题为《煤与生物质耦合混烧发电是我国煤电低碳发展的重要举措》，提出“煤电低碳发展实现‘碳中和’三步走的路线图”，即“改造升级现有煤电机组——煤与生物燃料混烧，实现煤电碳的近零排放——大力推动碳捕集利用和封存（CCUS）技术的研发示范和应用，实现火电的负碳排放”。程教授的讲题是《碳中和中的温室气体负排放和生物性碳捕获与留存》。

自9月7日到12月6日的短短3个月里，两支队伍联合完成了聚会、文章和讲演三件大事，其战斗力不可小觑。

这才刚开始，好戏还在后头。

20.6　奇兵负碳排放出阵（2021—2022年）

“以正合，以奇胜。”

在“双碳”攻坚战的布阵中，正面战场应当是低碳能源替代与技术减排，如上节所说的煤电的生物质耦合发电等。本节要说的是“以奇胜”，奇兵“负碳排放”出阵。

大家常听说的“零碳排放”，是指生物质在其全生命周期里，植物生长期吸纳大气CO_2，以构成植物体，即碳水化合物；植物死亡后的残体腐解以及人为能源消费过程中，这些CO_2又会释放于大气，理论上是等量的，故称“零碳排放”。

怎么又会有个“负碳排放”呢？

“碳减排”是指减少CO_2、CH_4和NO_x等温室气体的排放。这些温室气体中，CH_4很重要，它的大气增温效应是CO_2的20～30倍。在自然状态下，动植物残体、人畜粪便、厨余垃圾、生活污水、加工业有机废渣等在厌氧条件下，会释放出CH_4（称沼气）到大气，如果人为减少CH_4的自然释放，并进而以其为原料生产沼气/生物天然气等低碳能源以减排CO_2，这岂不是“以毒攻毒”和“碳负排放”的一着妙棋吗？

近年国际热议将化石能源消费中排放的CO_2收集起来，埋藏到废矿井下面去，叫作“地质封存”（CCS）。又以植物从大气中吸收CO_2后长时间保存于植物体或土体，或转化为“生物炭”等，称作“生物性碳捕获与封存”（BECCS）。前者可操作性很有限，而BECCS的可行性及经济性远胜于CCS。

据瑞典 Lund 大学研究，按每获 1 千瓦 · 时做功，煤、天然气、风能和太阳能、沼气的二氧化碳排放量分别是 508 ～ 703 克、398 克、23 ～ 89 克和 –414 克，即沼气与生物天然气的碳减排能力是风能和太阳能的 4.6 ～ 18 倍。又据德国能源署资料，每行驶公里的排放 CO_2 当量，汽柴油、天然气、生物天然气分别为 156 ～ 164 克、124 克和 5 克。即生物天然气的碳排放只是化石天然气的 1/25。

由此，国际气候变化界提出，为实现 21 世纪末全球温升控制在 2 摄氏度以下的目标，仅靠目前的碳减排是远远不够的，必须有措施将大气中已有的 CO_2 移出。IPCC 在 2018 年报告中提出，只有大力推行 BECCS 等碳净负排放技术，才能实现全球温升的控制目标。有资料称，中国要想实现 2060 年碳中和目标，必须依靠大规模实施负排放，可年减少约 40 亿吨 CO_2 的排放量。

程序教授和我都对沼气 / 生物天然气情有独钟。

20 世纪 70 年代程教授就在京郊农村推行过沼气，2011 年又在广西南宁开我国生物天然气车用之先河，首批生物天然气驱动的出租车在南宁市行驶。作为土壤工作者的我，则是特别看重生物法生产沼气 / 生物天然气可以保存植物营养元素和重新回归土壤，有利于地球化学循环和大生态，而燃烧与高温气化法则所剩无几。

在“双碳”旗帜下，我们二人还在负碳排放上做了一件事。

2021 年 12 月初，程序同志打来电话：“石校长，在邮箱里给你发去了在北京召开的第三届全球生物质论坛上我们二人的发言 PPT，请你看完后尽快将修改意见告诉我。”

时间很紧迫，立即看，立即回复。我先回了个电话：“程序同志，这个 PPT 很好，我同意。有两点修改意见供你参考。一是要大讲特讲负碳排放和生物天然气；二是国际上热衷的地质封存（CCS）实际上实用性不大，建议大讲生物性捕获与封存（BECCUS）。我以为生物性吸碳‘封存’是个自然现象，如果人为地增加土壤腐殖质含量以存碳，这个体量就太大了。这是动态的，不宜叫作‘封存’，叫作‘留存’为好。”

我与程序同志在生物质问题上有 20 年的紧密合作，非常默契。两天后，他的讲演出台了，题目是《碳中和中的温室气体负排放和生物性碳捕获与留存》（图 20–8）。

太好了，第一次出现了“留存”！

给程序同志通话后，“生物性碳捕获与留存”一直在我脑子里发酵，想得很多。于是又在邮箱里给程序同志发了一个长邮件，落款日期是 2022 年 1 月 10 日。

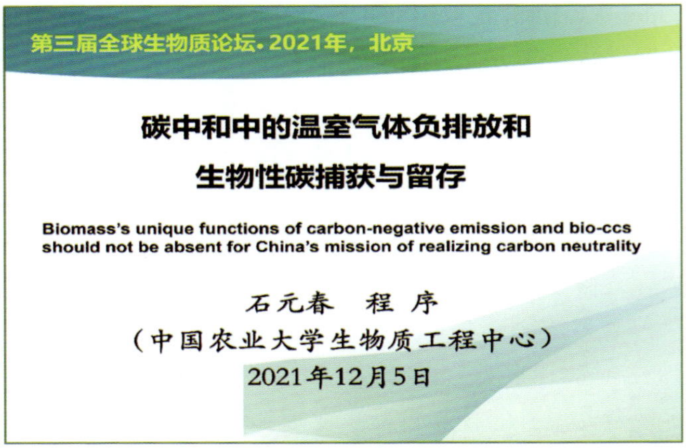

图 20–8　程序教授讲演首张幻灯片，北京，2021.12.5

邮件稍有改动如下。

程序同志：最近，我对“生物性碳捕获与留存”想得比较多，产生了为跌跌撞撞中的生物质找到了理论归属感的想法；认识到生物与生物质在本质上是归属于生物圈与碳循环的。以下诸点与你切磋。

● 碳循环的主要空间是大气圈、生物圈与土壤圈，唯生物圈与土壤圈可调控性较大，碳调控的途径是植物体对碳的“捕获与留存”，抓手是生物质。

● 植物体与土体都是碳库，碳“留存”是碳在植物活体以及土壤腐殖质中的一种滞存状态，是动态性的。碳的人为调节目标是增加对碳的捕获量与滞存量。

● 增加碳捕获与活体留存的措施是乔木林工程、基于边际性土地的灌草工程和养藻吸碳工程。增加土壤腐殖质的碳存留，主要是增加土壤有机质含量以及通过有机物的厌氧发酵产生沼气 / 生物天然气以及高品质的有机肥还田。

● 碳捕获与留存对大地绿化与农田沃土的生态效益、生物质能及生物基产品产出的生态 / 经济效益，以及乡村振兴的社会效益都极为丰厚。

以上是初步拟出的“生物性碳捕获与留存”观的理论构架。希望听到你的想法。

石 2022 年 1 月 10 日晨于燕园

土壤是自然界的一座巨大的碳库。据史学正等资料，1980—2011年间我国耕地表层土壤有机碳储量由28.56吨/公顷增加到32.90吨/公顷，平均每公顷耕地的年碳增汇量达140千克，相当于18亿亩耕地年增汇0.168亿吨。又据国际土壤科学联合会主席估算，2000—2050年我国土壤有机碳封存潜力为每年3.8亿～7.3亿吨二氧化碳当量。

“我国耕地系统固碳减排潜力巨大，有望实现每亩增汇1吨碳。”（宋长青，2021）不可小觑。

在“碳负排放”上程序同志出手很大，写了篇大文章《生物质独特的负碳排放作用是碳减排的利器》。该文发表在2022年7月在《科技导报》上。

文头“摘要”是：

本文阐述了生物质负碳排放效应发生的机制，全球和中国的理论潜力；探讨了生物质负碳排放的几种切实可行途径，特别是通过减排作为主要温室气体的生物源甲烷达到负碳排放的途径；指出生物性碳存留远远优于地质碳封存且现实可行。国际气候变化界对包括负排放在内的生物质的温室气体总体减排效应寄予很大的，甚至被称为控制全球温升1.5摄氏度愿景“唯一”的希望。生物质对温室气体减排重大作用在我国被严重忽视的局面必须尽快改观。

文末“结语”是：

在中国，生物质独特的碳中和特性和负碳排放功能，以及生物质碳存留尚未被广泛认识，需要上上下下更新观念，汲取国际成功经验，珍视国内仅有的成功案例，确定适合国情的途径并制定相应的规划及激励政策，建立示范基地，使生物质在碳中和和负碳排放的伟大事业中大放异彩。

这是在对当前我国忽视温室气体减排中生物质重大作用的呼吁，是对国际上广泛认知的“地质碳封存”叫板。

“文如其人”，程序同志的讲演与著文，一向犀利。

20.7　八桂战场打响（2021—2022年）

“奇兵”是也有自己作战的战场，我们选在了广西。

广西生物质资源丰富，我们有工作基础。

记得是 2006 年春节刚过，中国工程院杜祥琬副院长就带领几位院士与工作人员赴南宁与广西壮族自治区签署开发生物质的院地合作协议，我们团队的决胜生物质之舟也是在广西鸣笛启航的。此后，与广西合作一直不断，全国第一个日产 1 万立方米车用生物天然气示范工程就是程序教授领衔在广西诞生的。

2020 年，我们团队看好海南神州公司的生物天然气“神州模式”，万斌协助该公司罗浩夫总经理到广西做发展可行性调研。2021 年秋天，正是在与清华大学教授热议“生物质耦合发电”期间，传来了万斌与罗总的电话，调研的结果是“可行”和“潜力很大”。

奇兵战场有了，可以准备出战了。

“战事”的启动是我与程序教授联名给自治区党委刘宁书记和主席蓝天立写建议信开始的。我们在信中写道：

> 近日格拉斯哥气候大会后，我国“双碳”目标将迈入全面实施阶段。这既是挑战，也是机遇。以生物质（包括农林废弃物）制造生物天然气并加以应用，可以大幅度减少温室气体的排放，甚至还有负碳排放作用。对于广西这样为数不多的具有年产百亿立方米以上生物天然气潜力的省份，可能是率先实现碳达峰、碳中和的重大发展机会。
>
> 广西缺油少气，但是植物生长非常茂盛，农林生物质及废弃物数量巨大，曾造成严重的面源污染。而这些农林、城乡有机废弃物都是制造生物天然气的优质原料。根据《广西天然气中长期发展规划》研究报告，2030 年全区农作物秸秆可获得量 1600 万吨，禽畜粪便 2500 万吨，餐厨垃圾 500 万吨，这些资源加上农产品加工的废水废渣可年产生物天然气 30 亿立方米，超过当前全区天然气使用量。如果再利用全区每年 500 万吨甘蔗渣，可年产生物天然气 20 亿立方米；从全区 3000 万亩桉树林中退出 500 万亩用于种植能源作物，可年产生物天然气 50 亿立方米。因此，自治区生物天然气年总生产潜力远超 100 亿立方米，产业链产值超 1000 亿元。
>
> 经过十多年的技术研发和产业化探索，我国的生物天然气工程已初步具备了产业化和自主盈利能力。大力发展生物天然气产业，不仅能够建设“永不枯竭的油井”，为自治区提供源源不断的绿色动力；还能够处理农林废弃物，改善环境质量，为处于困境的甘蔗产

业和桉树产业提供转型道路；更能够利用生物天然气新增的CO_2减排放抵消量争取到更多国家的能耗配额，为发展广西工业提供更大空间；以及率先在我国实现碳达峰和碳中和目标。

2016年在第十八届中央财经领导小组第十四次会议上和2018年第十九届中央财经领导小组第一次会议上，习近平主席都曾强调要加快发展生物天然气产业。国家发改委、农业农村部、国家能源局、生态环境部、科学技术部、财政部等部委先后出台支持生物天然气产业的规划、政策和意见。生物天然气被列为可再生能源产业的支持重点和生物质能源产业的第一支持重点。

信的落款日期是2021年11月10日。

没几天，刘宁书记就有了批示，批示的大意是：此议要给予足够重视，若可行，不失为解决我区两难问题的良策。送发改、农业农村、林草部门阅研。广西壮族自治区党委常委，自治区人民政府副主席、党组副书记蔡丽新批示的大意是：请能源局认真研究，牵头与相关部门一起跟联系人朱教授具体对接，探讨可行性和探索试点工作。

广西相关部门工作效率很高，2022年1月21日，自治区发改委（能源局）召集区直相关部门专题协商会，讨论如何具体落实刘宁书记、蔡丽新常务副主席批示精神，朱万斌教授也受邀参会并介绍相关背景。会议就发展广西生物天然气产业形成了“顶层设计、示范先行、科技支撑”三大指导原则。不久，区发改委和能源局依据本次会议精神，形成向自治区党委和政府上报的近万字的“广西壮族自治区年产100亿立方米生物天然气产业发展路线图”（建议）。

“路线图”包括战略意义、国际经验、我国生物天然气发展战略与政策、广西发展生物天然气产业可行性、广西生物天然气产业发展路线、示范工程、保障措施，以及近期工作建议等8个部分。有战略和远景，有国外进展和中央政策，有广西实情和工作难点，有目标和实施方案。可行性部分对原料是否充足和经济可行性问题进行了专项论证。

“路线图”提出的发展目标是：

高值化利用自治区1/3现有的农业废弃物等生物质资源（约1500万吨），未来利用150万～200万亩边际性土地种植能源作物，总计3000万吨生物质原料，建设若干个以地市级区域为基本单元的生物天然气田，年产生物天然气100亿立方米，产业链累计投资

2000 亿元，产业链年产值超 1000 亿元。年新增 1200 万吨标准煤当量的可再生能源，实现年减排 3000 万吨二氧化碳当量的温室气体。

“路线图”提出的主要产品是热电联产、生物天然气和有机肥三项，以及推广“神州模式”，实行以企业投资为主的 PPP 模式，立即启动示范工程。

“路线图”的一个亮点是在农田废弃物利用程度较高的情况下，提出在 3000 万亩桉树地中改种 200 万亩王草、巨菌草等多年生能源草，以满足发展生物天然气原料之需。

2022 年 3 月 15 日，也就是我们给书记、主席写信后的 4 个月后，广西壮族自治区发改委以红头文件形式给我和程序教授发来长达 8 页的“答复意见书”（图 20-9）。期间他们做了大量调研，以及走过很长的行政流程，效率很高。

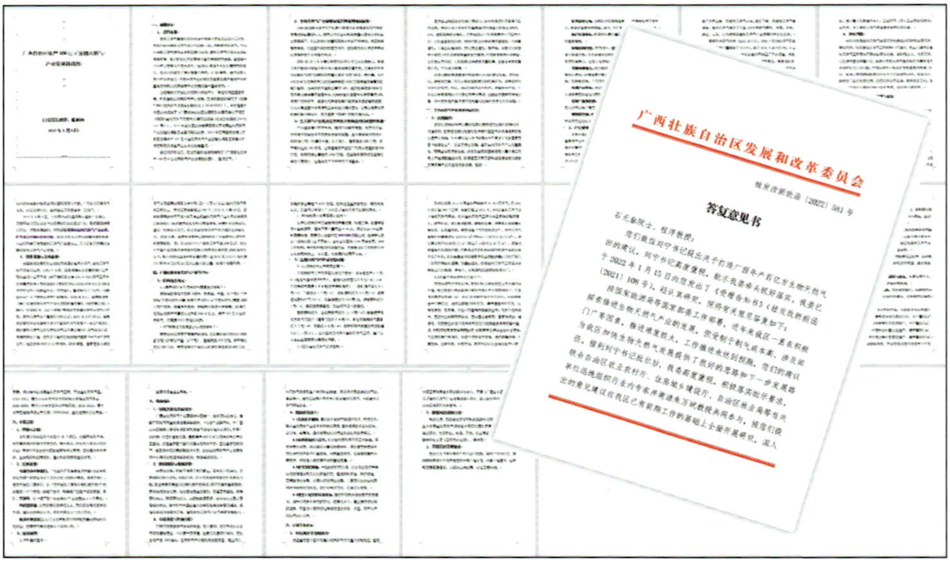

图 20-9 “广西壮族自治区年产 100 亿立方米生物天然气产业发展路线图”及“答复意见书”，2022.3.15

据万斌报告，广西发改委规划 2022—2025 年建 8 ～ 10 个示范点，总产能为每年 8000 万～ 1 亿立方米。2022—2023 年先建 3 个，钦州、贵港两个项目 2022 年内开工，来宾项目明年上半年开工，推进得很快。

万斌和罗总在电话里给我报告以上情况后，我说：“你们在广西的工作已经做得很到位了，现在应该到北京多做些工作，如果能被纳入国家项目，广西项目必然大放光彩。还有一点，立即策划，尽快把示范项目搞得有声有色，像当年曲周试验区那样。”

如何将广西项目进到北京？

我想到一个人，2015 年“巴黎会议”中国特使，为“巴黎协议”做过重要贡献的中国气候变化事务特别代表解振华主任。他应当是最了解“巴黎协议”，最关心“碳中和”的人。于是提笔：

振华主任：您好！

2009 年合肥“秸秆综合利用”会议一别，十余年矣。

近《科技导报》刊拙文《农林碳中和工程》，谨奉上，望赐教。另附生物质减排文章供参阅。

我以为“碳达峰”与“碳中和”中，沼气 / 生物天然气是一支奇兵，既负碳排放又保全养分还土与“碳留存”，比“碳封存”高明许多。

2020 年美国生物天然气已占运输燃气六成，俄乌冲突导致欧洲全力发展生物天然气。生物天然气在我国《“十四五”生物经济发展规划》中也是一大亮点。

去年末，我等曾致信广西壮族自治区党委刘宁书记和蓝天立主席，建议广西发展生物天然气，二位领导非常重视，认为是解决自治区既要发展又要节能减排“两难”问题的良策，并嘱区发改委与能源局制定“广西壮族自治区年产 100 亿 m^3 生物天然气业发展路线图”。

窃以为此事意义重大，如果能列入国家项目，必是锦上添花。故向您汇报，望能玉成。并颂夏安！

中国农业大学　石元春　敬上　2022 年 7 月 8 日

不久，解特使将此信批转国家发改委，国家发改委做了专门调研。2022 年 11 月提交的调研报告从国际、国内以及广西方面发展生物天然气方面给予了十分正面的肯定，以及提出了具体推进意见。广西发改委的两个示范项目已于年内在钦州等二地动工。

奇兵出阵，形势很好，后情且听下文分解。

20.8　一项重大技术突破（2022.7）

人说好事成双，此话不假。

2022 年 7 月 10 日上午，接到程序同志的电话。

“石校长……给你报告……好消息，”程序同志从来说话都是慢条斯理，一板一眼的，怎么这次在电话里就磕巴起来了？

“前天我和诗雷到大兴采育颉二旺厂子里去看了一下，他用热化学法将生物质转化合成为生物煤，已经有年产4万吨的生产厂，用在炼钢上很受欢迎。”

“不就是把生物质转化合成为煤吗？你怎么这么兴奋？”

“石校长，你可别小看这件事。生物质合成煤是一个平台，还可以经气化后，合成生物甲烷即合成生物天然气以及合成费托生物柴油。”

听着，听着，我脑子一震，感到兹事体大，越听越兴奋起来。

“程序同志，趁诗雷还没回云南，你们，还有万斌一起到我这里来一下，好好谈谈，行吗？”

“太好了。我把颉总最近的一些材料先发到你邮箱里，你先看看。”程序同志欣欣地说。

2022 年 7 月 16 日上午，程、陆、万斌和王崧来到了燕园四号楼的一间独立的小会议室。二话没说，程序同志就开讲了颉总的新成果，比电话里给我讲得系统要丰富多了。

程序同志说：“我昨天给颉总打了 4 个电话，把这件事才搞得比较清楚。”

“颉总是吉林大学化学专业出身，专长生物基油。两年前又出了个大成果，叫作‘煤化生物质’。前些年，颉总在与炼钢厂交往中，发现生物质原料太轻，进料很难，更不能像煤粉一样射喷燃烧；化学成分上又是多氧少氢，能量密度低。经过多年研究，他终于用双水解法彻底改变了生物质原料的理化性状。将比重提高到 3.6，热值比半焦还要高，细颗粒状，燃烧前还不用粉碎，直接喷射。已经进入生产领域多年，包头厂年产 4 万吨，还有两个厂子在建。

颉总又与中节能合作成立了新木集团，在包头与赤峰各建设一个年产 100 万吨的生物质合成煤和 3 亿立方米合成生物天然气厂（目前欧洲最大厂也不到 1 亿立方米）。另外一个厂子在包头，年产 20 万吨生物质费托合成油。”

程序同志侃侃而谈，喝了一口水接着说：

“我在电话里与清华大学毛健雄教授谈及此事，他非常激动，认为这将是生物质耦合发电的一次技术革命。他的想法是找一家有影响的发电企业做生物合成煤耦合发电试点，如上海外高桥第三发电厂，发电煤耗 240 克 / 度，世界领先水平，李克强总理去看过。但煤电仍是碳排大户，如果用煤化生物质零碳排放路子走通，影响会很大。”

“最后说说石校长你关心的撬装车吧。”

“因为设备多，所以需要 5 台底座车，用车头拉到现场干活，干完活拉走。一套撬装车的年生产能力是 10 万吨生物质合成煤。中节能已投资 3 个亿，生产了 30 套撬装车，包头天安的钢厂和煤场各 15 套。”

说着拿出手机递给我：“石校长，这是昨天颉总发来的撬装车照片。”（图 20-10）

图 20-10　生物质合成煤生产的撬装车

程序同志发言刚告一段落，我紧接了一句：“很想听听诗雷的看法。”

诗雷平静登场，慢条斯理地说：“程先生已经讲得很清楚了，这确实是一件大事。我以为撬装车是可以使用的，耦合发电是个方向。”原则性表态后就进入正题：“在国际大环境和国内双碳的大背景下，能源问题还是要自己解决。‘双碳’是坚定不移地要往前推，我们暂且先向前跑着。但是要稳定，所以要先帮颉总向前推进着。”

“现在各个行业的压力都是很大的，要内涵式发展，就是要创新和技术进步。目前颉总的技术进步，把‘黑炭’变成了‘绿炭’，既是好名声，更是好看又好吃。颉总一向是做实事，‘以事实说话’，钢铁行业的北科大专家是积极的，是可以帮他向前推动的，尤其是商务模式，盈利点在哪里？和颉二旺沟通后，能确定下来。也就是说，石院士提出的农工互促的想法，真的是可以实现的。”

“不久要开‘二十大’，还有明年的两会，国家需要这样世界性的技术突破，我们的工作时间不多了。”

诗雷说话不多，时间不长，但很有分量，我打趣地说：“你们看，体制内同志的思维就是有独到之处，将颉总成果与‘二十大’和两会联系到一起了。”边打趣边接过话茬开始我的发言。

“我也认为这是一件非常重要的事。它已经不是像糠醛和乙酰丙酸那样的平台化合物，而是碳氢化合物成品。颉总在它的生产线上，将地质时期亿万年的脱氧和聚能过程缩短成几分钟，将碳水化合物的生物质原料转化合成为碳氢化合物，多项性能优于化石能源煤炭的原料，可以俗称‘绿煤’。这是生物质自身在碳水化合物与碳氢化合物之间演绎的一场亿万年的‘否定之否定’哲学大戏。我以为这是一项具有颠覆性的跨代技术突破。”

“‘绿煤’作为一个平台，可进而气化为‘绿气’，合成为‘绿油’等，这是一个技术体系。但我觉得技术创新的核心还是‘绿煤’，因为后面的技术是已有的。但汽油和柴油是交通系统的主要燃料，城市大气的主要污染源，特别是低质柴油的轮船对河道与近海的污染更加严重，还有飞机的航煤等。欧洲对此很重视，打算 2035 年汽车与货车达到零碳排放，我国国务院也下发了《2030 年前碳达峰行动方案》。‘黑油’变‘绿油’是大势所趋。”

又回到主题上来：“颉总的煤化生物质能够首先得到钢铁行业的认可和应用，非常好。但我认为耦合发电的潜力会更大，是主战场。”

“双碳背景下的这项技术革命的落脚点应当是在碳减排和生态上。我有个预感，一旦煤化生物质油气发展起来，生物质原料必将成为短板和制约。尽管我国边际性土地面积很大，生物质资源很丰富，但比起需求来，杯水车薪而已。”这是我想说的一个重点。

还有一个重点，“既然是颠覆性的跨代技术革命，我们反倒是不急于张扬，要沉住气，在战略上谋划，做好顶层设计与布局”。

我发言的最后，说了一句最重要的话：“十年前我们团队组织过一场‘惊蛰崛起’，是诗雷指挥的，非常精彩。十年后的这次‘走向强大’，建议还是请诗雷做总指挥。”

这次聚会（图 20–11）让我很兴奋，会后脑子里还在不停地想着，于是提笔写了下来，在邮箱里发给了程序、诗雷和万斌，一封长信，落款时间是 2022 年 7 月 22 日，燕园会议后 6 天。

程序同志、诗雷、万斌：

想把这几天我的一些想法写下，供你们参考。

会上我对颉总成果的理解是碳水化合物向碳氢化合物的蜕变以及创新核心是“绿煤”。但总觉认识不到位，会后脑子里还老想着，直到第二天中午才顿悟到，这是一场“零碳技术革命”。

初拟的表述是：

“通过热化学法将小比重和低能量密度的碳水化合物转化为大比

图 20-11　上图为 7·16 燕园聚会，时逢诗雷生日，
下图为生日祝贺，2022.7.16，燕园

重和高能量密度，理化性状同于／优于化石煤炭的碳氢化合物，即生物质合成煤（绿煤），几分钟完成了地质时期亿万年的碳水化合物脱氧过程。它可与化石煤炭一样地用现设备发电、炼（钢）铁、交通、供热、生产合成氨等；还可以气化为生物天然气和费托合成为生物柴油航煤等的一个技术体系。可再生原料和零碳排放的‘绿煤’将全面替代不可再生和高碳排放的‘黑煤’，推进环保与能源领域的零碳技术革命。”

“现在发电供热，气化合成等领域所用的碳水化合物生物质原料都逐渐退场，欧美的成型燃料和英国生物质耦合发电也都将退场，这是一项具有历史和世界意义的颠覆性和跨代性技术革命，是中国在环保与能源领域的一次直道超车。它将为加快实现我国‘双碳’目标和‘一带一路’添加一项重大绿色工程。”

以上两段表述还请颉总与诸位审改，致谢！

过去几十年大家忙的是一代生物质原料，现在该忙二代生物质原料了。

该技术已连续两年完成年产4万吨煤化生物质的生产和炼钢（铁）厂商业化运行；已有一套成熟的煤化生物质转化的撬装设备。

煤化生物质的主战场在哪儿？我以为在煤电（热）的替代。

我国生物质资源丰富，农田与潜在边际性土地的年生物量产出12.1亿吨标煤和可吸存大气二氧化碳13.6亿吨（《农林碳中和工程》文2022.7），这个数量很大。但与潜在需求差距更大，仅火电一项我国年耗煤约14亿吨标煤。零碳技术革命将带来对生物质原料的爆炸性需求，生物质原料的生产与供应必将成为短板、瓶颈和制约因素。生物质煤田气田与油田也必将成为“香饽饽”。

我还是主张农田片的畜禽粪便等液态原料以生物法生产为好，有机肥还田是祖师爷李比希的嘱咐，这是大生态；农田片以生物法为主，边际性土地片以热化学法为主。请代问颉总，热化学法还能为地球剩下多少可转化的植物营养元素？

我不担心颉总的技术与装备，担心的是原料的种收储运、成本、经济性以及可能的政策扶持。撬装设备是10万吨规模，毕竟涉及约20万亩边际性土地，如能做点“情景预测”才好（如按吨煤价600元）。

大事大策划、大格局，建议当前抓好三件事。

1. 尽快组织实施生物质合成煤的煤电替代试点。除程先生提到的两个点外，可考虑加一个北方点吉林，有资源和工作基础，洪浩一定能起大作用。三个试点能包括生物质原料生产最好。如条件成熟，可报中国工程院，申请相关学科院士论证和争取上报中央。

2. 依托中国农业大学生物质工程中心，与颉总合建独立的和新型的“生物质合成煤开发研究中心”。所谓新型，一是基于网络（IT）、遥感（RS）、大数据（BD）和人工智能（AI）等现代高科技，起点要高；二是可菜单式或一站式服务，如提供生物质原料基地选择与设计、种植与收储运、绿煤生产“撬装”设备调试等服务，起点要新。

“中心”任务是：全局性策划国内外开发推广；收集与掌控相关动态信息（土地、地面生物质、潜在客户、客户点、产品市场等）；发展客户和为客户提供生物质原料的种植与生产规划，以及绿煤生产、应用、市场的有关信息与技术服务。

3. 按诗雷意见，明年两会是个节点，先做好以上两项工作，然后再与领导和社会见面。如果程先生同意，时机合适时，我们二人发表一篇文章《零碳技术革命》如何？在此期间，请颉总一定要做好技术保密工作，切记，不急于宣传，不零打碎敲，闷声干大事。

石于北京燕园，2022.7.22

发出了这封信后，我喘了一口大气，好像卸下了一副重担。

20.9　更上一层楼（2022.9）

颉二旺，出生在内蒙古呼和浩特市，1986年毕业于吉林大学化学系，在内蒙古一机厂科研所工作，从事军用润滑油、生物柴油等研究，获多个奖项。后离职创办科技公司，成绩斐然。颉总是一位出色的企业家，更是一位创新型科技人员，他眼界高远而又干练务实，性格爽直憨厚而又低调亲和。他与诗雷最熟，诗雷是他的高参。

秋天，他又报来生物质合成煤转化生成可再生富氢燃气的新成果。这次我建议把他请来，参加我们团队的会，当面请教。

9月22日，我们团队的几位同志聚会燕园，把颉总和他的助手钟总请来了；诗雷夫人、中国农业大学计算机教研组教授李林老师也来了，济济一堂，大家脸上都满满地挂着喜悦。

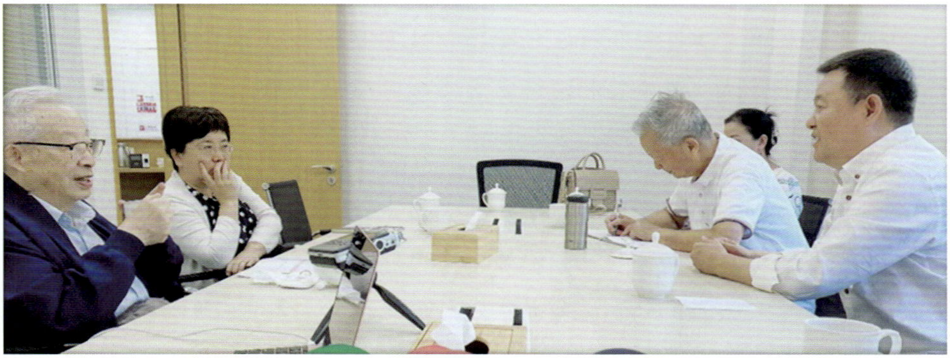

图20-12　颉总（右1）正在介绍他的最新成果“生物质合成煤气化发电”

大家刚坐定，我就迫不及待地向坐在我对面的颉总连提了三个问题，一个紧接着一个，然后会议才算开始，诗雷在一旁微笑着。

先是程序同志介绍上次会议后的情况，随后是颉总谈生物质合成煤进展。颉总稍作停顿，脸上突然泛起光彩和他特有的腼腆表情说：“我想向老师们再汇报一个最新成果。”（图20-12）

“我们采用高温气化迁移水工艺将生物质合成煤转化生成可再生富氢燃气，再通过汽轮机发电。每千克生物质合成煤可生产 1.3 千克可再生富氢燃气和发电 5.5 度（当量），这项工艺可解决当前生物质气化中的温度低、气体成分繁杂、成本高和规模化生产难的问题。”

刚介绍完新作，他脸上又泛起一阵光彩与腼腆，接着说：“石院士非常关心植物营养元素还田问题。我们将全过程中产生的灰渣，采用过热蒸汽变压黑土化微粉工艺，合成具有芳香气味的半焦状棕褐色微粉，称为‘黑土化生物质肥’。1 吨生物质和 0.2 吨可再生煤气化灰渣可生产 1 吨黑土化生物质肥。”

程序同志对颉总的介绍又做了些补充与说明。

我的发言是：“非常高兴听到颉总打通了从含水生物质到生物质合成煤，合成煤转化可再生富氢燃气与发电的整个技术环节，使这项成果和技术系列完整化了。听到这些消息，也使我加重了对初始生物质原料资源的紧迫感与担忧。万吨、百万吨都没有问题，如果是千万吨、亿吨和几十亿吨会怎么样？原料就会成为技术发展的‘紧箍咒’。技术是资源的‘催生婆’，预则立，我们要对原料生物质生产早做打算。”

最后是诗雷，总指挥说话：

我谈几点想法。第一是核心技术整理和标准化建设，由颉总尽快完成，确保路子不走偏；另外，尽快完成整体占位和标准化建设技术标准确立与数字化信息化建设，请李林老师完成。第二，尽快做出示范样板，由颉总和陆诗雷负责项目落地与资金（基金）筹措及政策支持。第三，至少做出 1 ～ 2 个示范项目和初见成效的同时，准备上书中央文稿，程序老师为主、朱博士协助，石院士把关，陆诗雷上递。第四是建立组织（集团公司或运营公司）筹措资金（基金）走向“双南”（南亚和东南亚）为“中国绿碳”加持扬名。第五，建立中国指导联络金砖五国辅助发展中国家的“绿碳元（人民币）”，由陆诗雷协调，吉总协助完成。

诗雷总是这样不温不火地展示他的智慧与大将风度，他谈了五点，我们昵称“陆五点”，我相信，“陆五点”一定会大放异彩。

这是一次重要聚会，2022 年 9 月 22 日，燕园

3 个月后的 2023 年 1 月 12 日微信中，王崧给我转来一份材料，“BS 氢能诞生记”，还附上一句“颉总又出新成果啦！”

半年里，实现从生物质合成煤到可再生富氢燃气发电，再到 BS 氢能的“三级跳”，三个喜报，好像有些不可思议。其实很正常，此时是颉总近 20 年攻关的收获季，厚积薄发地报告了他的系列成果，让我们有幸先睹为快而已。

庆幸之余，想得更多的是如何让它早日造福国家。

2023 年元宵节刚过，我们又聚会燕园，程序教授因故线上参会，显示屏影像失真，只好抱歉了（图 20-13）。

图 20-13　第三次燕园聚会讨论“兵马未动粮草先行”，右上图是程序教授在线上

这次讨论的主题是开发边际性土地建“灌草能田”问题，是“兵马未动粮草先行”的大问题。

展望篇

展望生物质

生物质决胜了 20 年，该展望一下了。

像丰收后对来年风调雨顺的那般期盼与祈福。

之一：第三代技术 3GB

老天不负有心人，风雨过后是彩虹。

《决胜生物质 20 年记》书稿收官之际，迎来“重大技术突破”佳音，给了我第一个展望。

这要从头说起。

20 世纪初的世界宠物，汽车与汽油，出现在美国，却羡煞了邻居巴西。

在巴西，即使政府和富人们买得起汽车也用不起昂贵的汽油，怎么办？

有了，美国的第一台福特汽车用的不就是酒精燃料吗？巴西有的是甘蔗，巴西于是做起了甘蔗酒精代替汽油的试验。1925 年，甘蔗酒精汽车终于完成了 400 千米的长距离测试，成功啦！

1931 年，发布巴西总统令，凡政府与公家汽车必须在汽油里添加 10% 的甘蔗乙醇，“二战”期间竟添加到了 62%。到 20 世纪 80 年代，巴西甘蔗乙醇年产超过 700 万吨，使用乙醇汽油的汽车占汽车销量 90% 以上。2007 年，巴西甘蔗乙醇产量 1650 万吨，出口日本等国，甘蔗乙醇俨然成了巴西的一项国家支柱产业。

“穷则思变”诞生了现代生物质能的第一代技术 1GB——生物燃料乙醇技术。

再说“逼则思变”的 2GB。

20 世纪 70 年代，石油输出国组织采取减少石油供应和提高石油价格（每桶由 3 美元提高到 13 美元）政策，引发了世界石油危机，对美欧国家和地区的经济打击很大。危机中的这些国家和地区，都在各显神通地寻求适合自己的石油替代燃料。

美国一手用林产品加工和造纸业等的废弃物发电，一手用本国盛产的玉米生产燃料乙醇，红红火火；森林资源丰富的北欧国家，将劣质材和枝丫材粉碎后压制成颗粒或块状燃料，供家庭壁炉取暖和工业供热发电，暖意融融；

德国和瑞典则将生活污水处理产生的剩余污泥和屠宰与肉类加工业废弃物厌氧发酵生产沼气，进而提纯为生物天然气，替代公共交通车的汽油，得意洋洋。他们都很成功。

他们被逼各显神通，却殊途同归地演绎了一场生物质能的现代剧，可谓是：

百花争艳能源场，卓尔不群生物质；
年方及冠志飞扬，扬名天下人尽知。

这可不是临时性的应急与作秀，而是在开拓 2GB 新时代。许多欧洲国家的生物质能在一次能源消费中占到了 10% 以上。2004 年，世界生物质发电装机 3900 万千瓦，年发电量 2000 亿千瓦·时，代替了 7000 万吨标煤的石化燃料，是风能、太阳能、地热等可再生能源发电量之总和。

2008 年，世界生物质能消费量约 48 艾焦，其中商业性生物质能约 10 艾焦，以发电、供热和液体燃料为主（图 1）。又据 IEA2008 和 IPCC2007，生物质能消费占可再生能源的 77%，成为继煤炭、石油和天然气之后的全球第四大能源。

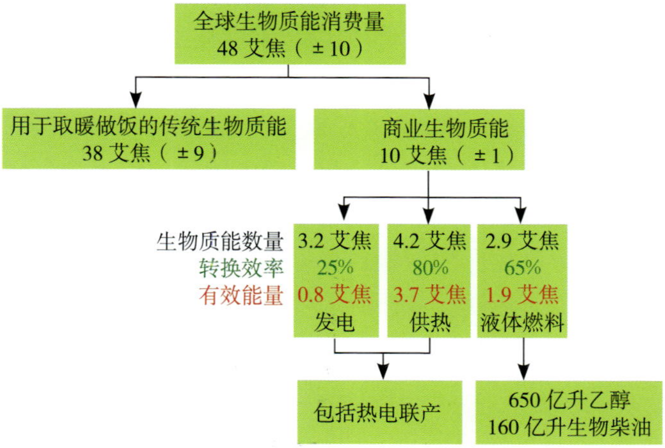

数据来源：EA2009，引自 IPCC *Contribution to special report renewable energy sources*，Chapter 2: Bioenergy, Page 46.

图 1　2008 年全球生物质能消费及结构

生物质能崭露头角了，如东升旭日。这来之不易的大好局面，是因为有生物质发电、成型燃料供热、生物乙醇 / 柴油、沼气 / 生物天然气“四大金刚”的支撑。但话说回来，是形势与需求成就了“四大金刚”，是石油危机“逼”出来的二代生物质能技术——2GB。

生物质能产业在我国发展晚了二三十年，进展差强人意。截至2021年年底，有生物质电厂300余家，累计装机规模3798万千瓦，发电量1637亿千瓦·时；清洁供暖面积超过3亿平方米，成型燃料年产2200万吨；燃料乙醇产量290万吨和生物柴油产量120万吨；生物天然气年产能3亿立方米。已经是不错的成绩了。

正当2GB生机盎然，2022年，“煤化生物质”与“绿氢”在中国横空出世了。

事情是这样的。

作为薪柴的生物质，千百年来一直用得都很好，“烧柴嘛！”18世纪兴起的工业化大生产中，它就不灵了。因为它能量与质量密度太低，收储运与锅炉进料不便，这才有了替代能源，如煤炭、石油和天然气的应运而生。

不料300年后，在20世纪末“全球气候变化”与“可持续发展”的时代大潮中，发现化石能源是导致全球气候变化的祸首，而生物质是替代化石能源与减少温室气体排放的主力。

真是世事难料，“三百年河东，三百年河西”。

可是，生物质能量与质量密度太低以及收储运与锅炉进料不便仍然是生物质作为工业化原料的一个短板与“心病”。人们一直都在寻求对它的改性，中国商代冶炼金属用的木炭就是最早的生物质改性，还有抗日战争时期出现的“木炭汽车”。木炭化能将生物质的能量密度从15～18兆焦/千克提高至25～27兆焦/千克，但远不能满足工业化生产对原料的要求。

颉二旺，一位毕业于吉林大学化学系的创新型科技企业家。

他想，生物质与煤炭同根同源，为什么生物质比煤炭含氧量高，热值低和质体密度小？原因是地质时期的生物质，经过了亿万年高温高压条件下脱氧富碳氢才嬗变为煤炭的。他顺着这个思路，用过热蒸汽和变压水离解煤化技术改性生物质取得了成功。改性后的生物质，高密度高碳氢高热值、低硫低灰分、可直接喷吹，性状同于煤而氢含量与热值又高于煤，颉二旺称之为“煤化生物质”或“绿煤”（图2）。他还为此研制出了一套小型化和可移动的“撬装式绿煤加工站”（参见图20–10），将亿万年的地质成煤过程缩短为几分钟。

两年前，他在某钢铁厂试用煤化生物质喷吹料部分替代化石基焦炭，效果很好；2022年又在首钢迁安炼铁厂试了300吨，效果也很好，碳排放大户一夜成了减排标兵。原料改性成功，打开了生物质通向现代工业化大生产的大道。

更重要的是，煤化生物质是一个综合技术转化的平台。在这个平台上，首先用热化学法转化为合成天然气，进而费托合成汽柴油与航空煤油等多种能源产品，还可以转化为甲醇、烯烃、乙二醇、合成氨合尿素等多种有机化工产品，生产合成纤维、合成橡胶和合成塑料……

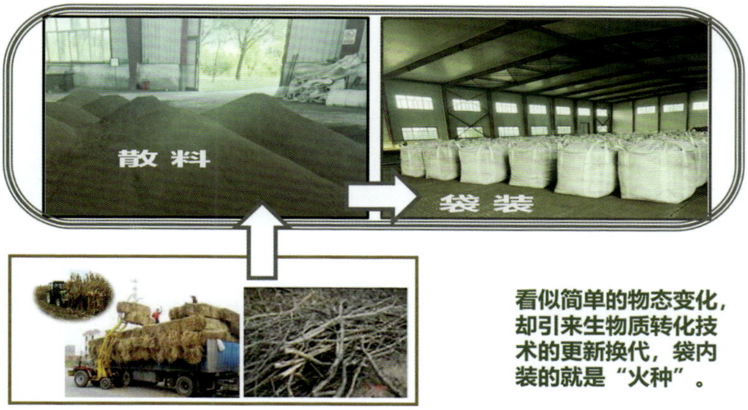

图 2 “绿煤”散料（上左）与袋装（上右），新木团队，2023.1

颉二旺进而以氧气和水蒸气为气化剂，采用加压气流床高温气化工艺技术转化为“BS 气”，再经水蒸气变换等工艺技术转化为“生物质合成氢”，其绿 H_2 质量分数 53%～70%，热值 18000～24000 千卡 / 千克，是天然气的 2 倍。其碳零排放与低成本更优于天然气制“灰氢”和水电解氢。

必须一提的是，这个转化平台可以广泛借用现代煤化工的现成设备，大幅度节省研发和基建投资，这个意义就大了。

第三代生物质转化技术，3GB 给了我们一种“海天一色，紫气东来”的感觉；一种将在“双碳”伟业中大显身手、建功立业的期待。

3GB 一定会开出更加美丽的花朵。

之二：开发灌草能田

新技术会引发相应资源需求，这是常理。

煤化生物质技术促进生物质产品的生产，必将反求生物质原料的强度供应，而生物质原料产出现状则远不能满足这种需求。因此，农田与林地以外的，那些既不能长庄稼又不能种树，但能生长能源灌草的边际性土地该上场了，扬眉吐气，一展雄姿了。

我国有多少边际性土地？ 1.44 亿公顷，比农田面积还大。

按最低值估计，这片土地可以年生物量产出 14.4 亿吨；可以年吸存二氧化碳 7.2 亿吨；可以年产出约 7.2 亿吨标煤和减排 4.4 亿吨二氧化碳。也就是说，吸碳量与减排碳量相当于全国二氧化碳排放总量的 12%，这对实现国家“碳中和”目标太需要了。

2015 年，我们基于 1 千米 ×1 千米格栅和 900 多万个数据，在全国 11 类边际性土地中，选择了条件较好的灌木林、疏林地、低覆盖度草地、沙地、盐碱地等绘制出了净初级生产力（NPP）图幅。我们还按生物质合成燃油计，制作了有西南、长城沿线、东北、东南和新疆等五大生物质合成“油田”的分布图，年总产出生物质合成燃油约 1.78 亿吨，相当于现全国燃油年消费量的七成。

开发边际性土地的灌草很难和需要国家巨额投资吗？不难，也不需要巨资。2022 年我在发表的《农林碳中和工程》文中举过两个实例：

> 一民营企业在河北省康保县沙地上种植了 80 万亩灌木柠条，既防风固沙，又用每两年平茬下来的枝条发电。该电厂替代了 10 万吨标煤，输出了 2.5 亿千瓦·时绿色电力，年减排二氧化碳 17 万吨，还为千余农民就业、千余农户脱贫做了贡献。
>
> 又一民营企业在内蒙古毛乌素沙地种植 60 万亩灌木沙柳，防风固沙与平茬枝条发电并举，年发电 2.1 亿千瓦·时，还将电厂排放的二氧化碳收集起来养殖螺旋藻，叫“三碳经济”。经联合国认证，该项目年减排碳 25.6 万吨，移存二氧化碳 15 万吨，加上沙柳地下部的固碳量，每年可实现 50 万～60 万吨二氧化碳的吸存与减排，并为社会提供 8000 多个就业岗位和人均收入 1.2 万元。该项目获联合国环境与发展大会 2012 年度颁发的“20 年防沙治沙特别贡献奖”。

这两个实例皆来自北方沙荒地，我国东部和南方的水热条件自然要好很多。

我们可以设想，某个县、镇、乡、村有那么一两片或几片这般荒山秃岭，种上了茂密的灌草，满目葱绿，气候清新，飞鸟走兔，生机盎然。收割季节，机器轰鸣，撬装车开动，一车车煤化生物质被拉到附近生物质电厂、天然气厂或全生物质降解塑料厂，那会是一个多么诱人的乡村振兴景象。

开发目前尚无经济产出的国家闲置土地种植能源灌草，有现成的先进种植与转化技术；有市场需求保障；有丰厚经济收益；有亮闪闪的“双碳”贡献，如果国家有决策和出台优惠政策，中小企业和农民不接踵而来都难！

三年疫情与美国打压，导致国家经济下行压力。国家正在想办法，政府正在出政策，中小企业正在找商机，农民正在渴望增收……何不开发身边的边际性土地，开发那触手可及的茂盛灌草与清洁能源呢？开发比农田面积还大的“金山银山”呢?

2022年夏天，当第一次听到“煤化生物质”技术时，我立马敏锐地意识到生物质能田大开发的时机要到来了，提出了“兵马未动粮草先行”的想法。2023年元宵节刚过，我们团队来到燕园，第三次讨论3GB，会后我给团队的同志写了这样一封短信：

程序同志、诗雷、李林、万斌并

颉总：

9日会有些仓促，我想再把“兵马未动粮草先行”的想法说说。

据颉总资料，该技术可替代煤炭、燃油和燃气，三者分别年需生物质原料10.5亿、5亿和3亿吨，合计约20亿吨。如以年亩产1吨计，约需20亿亩土地支撑。

如此巨量生物质原料出在哪里？农田可能源用生物质原料年产出约10亿吨，主要是作物秸秆与畜禽粪便，宜于生物法生产沼气/生物天然气，林地潜力有限。唯一的潜在基地就是1.44亿公顷边际性土地，按年公顷产10吨计，年生物量产出14.4亿吨。

该未雨绸缪了。

春节，自然资源部的××同志给我电话拜年，我感谢他2014年给我们提供的边际性土地资料。“你们有新资料吗？”“太有了，现在的最小制图单元是20米×20米。”“能民用吗？”“经保密处理后可以提供。老师要用更没问题。”

于是，我有了如下的一些想法。

1. 将以县为单位和1千米×1千米最小制图单元的2014版边际性土地资源图更新为20米×20米的2023年版，并增加实时3D动态卫星影像。再叠加土、水、气、生要素后制作生物量产出等智能软件，形成大数据和智能化咨询服务系统。

2. 颉总的煤化生物质及其平台加上这个边际性土地大数据智能系统将如虎添翼。

3. 中国农大生物质工程中心与新木集团合作成立“生物质产业开发咨询服务中心”可以为全国相关企业提供咨询/设计服务。

石，燕园，2023.02.14

之三：负碳排放领军

《京都议定书》后，为减缓全球升温，一个又一个目标，一批又一批措施出台。特别是，2016 年由世界 178 个缔约方共同签署的《巴黎协定》提出“将全球平均气温较前工业化时期上升幅度控制在 2 摄氏度以内，并努力将温度上升幅度限制在 1.5 摄氏度以内”的目标后，国际气候变化界发出警示：“仅靠碳减排是远远不够的，还必须将大气中已有的 CO_2 部分地“移除”（CDR）。

如何“移除”？

曾提出过，将排放的部分温室气体收集起来，用高压注埋入废矿井之下的“地质性封存”法（CCS），只可惜实用性差而成果了了。后来发现生物质具有独到的碳捕获与碳留存功能，“生物性封存”法（BECCS）浮出了水面。

植物全生命周期零碳排放，残体与有机肥可存碳于土壤。2006 年美学者 Tilman 在 *Science* 撰文称，在废弃和退化的农地上混播多年生牧草，每公顷可封存 4.4 吨 CO_2。同年，瑞典学者发现，机动车每获得 1 兆焦做功能量的燃料 CO_2 净排放量，汽柴油为 75 ～ 80 克，沼气 / 生物天然气为 –65 克；2007 年欧洲 ECOFY 集团发现，每获 1 千瓦 · 时电力，煤炭与风能 / 光伏的 CO_2 排放分别为 1000 克以上和 60 ～ 90 克，而沼气为 –414 克。

原来，沼气 / 生物天然气生产的全生命周期竟是碳净负排放！

世界沼气协会（WBA）主席 Charlotte 指出：“通过沼气发电或生物天然气供暖或用于交通运输的方式将这些有机废弃物转化成绿色能源——足以替代当今全球 1/4 以上的煤炭消耗，并提供有利于土壤恢复的有机肥。”

2011 年，国际政府间气候变化专门委员会 IPCC 曾提出；“为确保本世纪末全球温升控制在 2 摄氏度乃至 1.5 摄氏度，在提出的 116 个对策方案中，绝大多数都要依靠 BECCS 碳净负排放技术”，“BECCS 是极少有的、能将近几百年来被大气吸收积存的 CO_2 吸出 / 移走的技术”。2018 年 IPCC 的《全球升温 1.5 摄氏度》特别报告再次强调：“为达到全球升温 1.5 摄氏度的目标模拟了 4 种温室气体减排途径，唯有 BECCS 碳净负排放技术途径可能实现 2100 年累计减排 12180 亿吨 $CO_{2\text{-eq}}$ 目标。”

一锤定音了！

沼气 / 生物天然气的负碳排放功能使它一跃而成为新世纪应对全球气候变化的新宠。

沼气在我国起步不晚，可惜起点不高。21 世纪的第一个十年里，中国大力在农村发展户用沼气。与此同时，德国大力发展工业化生产沼气和提纯生物天然气。

新世纪的第二个十年，2011年程序教授等在我国广西利用高COD浓度废水制备沼气，帮助创建了国内第一个日产1万立方米车用生物天然气示范工程，2013年他给李克强总理写信，力荐生物天然气。这才有国家发改委和农业部提出从农村户用沼气向大、中型沼气－生物天然气工程转型的升级方案。

更重要的推进应当是在2016年，习近平主席在中央财经领导小组第十四次会议上的讲话说："加快推进畜禽养殖废弃物处理和资源化，关系6亿多农村居民生产生活环境，关系农村能源革命，关系能不能不断改善土壤地力、治理好农业面源污染，是一件利国利民利长远的大好事。要坚持政府支持、企业主体、市场化运作的方针，以沼气和生物天然气为主要处理方向，以就地就近用于农村能源和农用有机肥为主要使用方向。"

次年，国务院下发了《关于加快推进畜禽养殖废弃物资源化利用的意见》；2018年，国家发改委和国家能源局又向全国29个省区市和9个央企发出了《编制生物天然气发展的中长期发展规划的通知》。

沼气/生物天然气战役在全国打响了。

在中国农村，农田与秸秆，养殖场和"沼气生产车间"，乡村小路上跑着的压缩沼气收集车和县城里的生物天然气提纯厂，田间的拖拉机和路上的汽车，还有家家户户的生活用的能源都是生物天然气或是它发的电。这是一种新生的，种植与养殖、秸秆与畜禽粪便、环保与资源化、沼气与生物天然气、农村能源与沃土存碳融于一体的非粮农业生态系统与物质能量循环系统。

之四：非能蓄势待发

旋转的风车叶片，整齐成片的电池板，将风能与太阳能装饰得多么整洁与明快，吸引了多少摄影工作者与广告商。人为精制的这些装备将太阳辐射能转化为了电能，由一种物理态能量转换为另一种物理态能量。

大自然则更加高明与巧妙，利用植物自身的光合作用将物理态的太阳辐射能转化为以生物质为载体的化学态能量，它可见可触，易储易运，可固、气、液三态，可转化生产非能的种类繁多的有机化工产品。如此的精妙绝伦，却因它就在人们身边和司空见惯，反倒不以为然了。

随着科技进步，继风能、太阳能，更先进的氢能、核聚变等清洁能源将会陆续登场，种类会更多样，数量会更充裕，可惜它们仍是单一的物理态转化的电能，无多态和不能转化有机化工产品。那么问题就出来了，三五十年后，随着化石能源资源的逐渐枯竭，合成纤维、合成橡胶和塑料树脂等千百种石化基有机化工产品从哪里来？白色污染怎么办？农用地膜伤害地力之痛如何解除……

唯靠生物质了！到那时，生物质会成为专宠吗？

其实，1999年克林顿的总统令就已经把“生物基产品”放在了“生物能源”的前面。当时美国国家科学院在给总统的报告中就提出：“最迟到2020年，至少由生物基产品行业可以提供25%的有机化工原料和10%的液体燃料，最终满足90%以上的美国有机化学消耗量和50%的液体燃料需要。”

2020年快到了，美国农业部2016年赶紧发布报告说，2014年生物基产品行业的直接销售收入为1270亿美元，为美国经济贡献了3930亿美元和422万个就业岗位。已有1.5万个产品进入在线目录，其中2700个产品已贴上了美国农业部生物基产品的标签。产品分农业、林业、生物精炼、生物基化学品、酶制剂、生物塑料瓶包装、森林产品和纺织品等7大类。

过去了20年，2023年的1月，我国工业和信息化部、发展改革委、财政部、生态环境部、农业农村部、市场监管总局联合发布了《关于印发加快非粮生物基材料创新发展三年行动方案的通知》。该通知提出的目标是：“到2025年，非粮生物基材料产业基本形成自主创新能力强、产品体系不断丰富、绿色循环低碳的创新发展生态，非粮生物质原料利用和应用技术基本成熟，部分非粮生物基产品竞争力与化石基产品相当，高质量、可持续的供给和消费体系初步建立。”

指导思想是：“以非粮生物质开发利用技术突破为基础，深化生物化工与传统化工耦合、工业与农业融合，以技术、模式创新为动力，促进生物基材料优性能、降成本、增品种、扩应用，提升生物基材料产业协同创新、规模生产、市场渗透能力，推动非粮生物基材料产业加快创新发展。”

生物质非粮非能开发的战鼓终于在中国擂响了，非粮生物基材料之花一定能遍开华夏大地。

之五：中国式现代农业

古老农业正经历着千年未有之大变局。

人类从渔猎采集到种植养殖而有农业，农业是以获取食物为目标的植物性和动物性生产产业。

基于牛耕人种和施用有机肥的封闭式物质能量循环的传统农业已经传承发展了几千年，是18世纪的工业革命给农业送来的机械、化肥和农药打破了这种封闭式循环，引发了机械化、化学化、水利化、信息化和智能化的农业产业革命。

1953年沃森发现遗传物质脱氧核糖核酸的双螺旋结构和1973年波耶基因重组成功，开创了分子生物学和生物技术的新纪元，对农业的动植物育种、生物农药、农业微生物发酵工程与酶工程、动植物生长调节剂等产生了广泛而深远的影响，引发了以基因工程为标志的第二次产业革命。

农业的第三次产业革命起于20世纪后半叶。

20世纪70年代的世界石油危机中，人们在实践中发现，替代石油的最佳选择是生物质能；20世纪末的全球气候变化与可持续发展，以及清洁能源对化石能源的替代和“减碳”的世界大潮中，世界又从众多清洁能源中聚焦到了生物质。

1999年，美国总统克林顿发布《开发和推进生物基产品和生物能源》总统令说：

> 目前生物基产品和生物能源技术有潜力将可再生农林业资源转换成能满足人类需求的电能、燃料、化学物质、药物及其他物质的主要来源，这些领域的技术进步能在美国乡村给农民、林业者、牧场主和商人带来大量新的，鼓舞人心的商业和雇佣机会；为农林业废弃物建立新的市场；给未被充分利用的土地带来经济机会。

2004年，中国石化界奠基人，中国科学院院士闵恩泽说：

> 从长远看，石油终将枯竭，利用取之不尽、用之不竭的农林生物质资源将会逐步兴起。由石油碳氢化合物生产的化石燃料，终将会由碳水化合物生产的生物质燃料逐渐部分替代。让我们加强生物炼油厂的研究，迎接“碳水化合物”新时代的到来。

2016年，我在《科技导报》发文《试论全生物质农业》，文中写道：

> 农业发展的历史长河中，作为生产对象的作物籽实和畜禽肉蛋奶只占生物量产出的四成，而六成的作物秸秆和畜禽粪便等当作了“农业废弃物”。现代生物质转化技术则将这些“农业废弃物”资源化，生产生物质能与生物基产品生产，将“半生物质农业”发展为“全生物质农业”。

“碳氢化合物”到“碳水化合物”，“半生物质农业”到“全生物质农业”，是起于外因全球气候变化与可持续发展，而发于内因纤维素木质素的利用的内生型涅槃嬗变，是一个时代向一个新时代的更迭。

由“半生物质农业”到“全生物质农业”将引发的中国农业的变化是：

◆从糖与淀粉的开发扩展到对纤维素、半纤维素与木质素的全生物质开发。

◆从籽实开发扩展到对作物秸秆、畜禽粪便、林业剩余物以及所有有机废弃物的环保化和资源化开发利用。

◆从种植大田农作物扩展到种植以纤维素/木质素为主的能源灌草，从农田扩展到边际性土地，耕地面积由1.35亿公顷扩展到2.79亿公顷，增加1倍有余。

◆可年新增非粮生物质产出29.4亿吨，相当于12.14亿吨标煤，是全国农林牧渔业年能源消费总量的13倍。

◆可年吸存CO_2 12.1亿吨，减排CO_2 13.7亿吨，是唯一的碳汇产业。

◆农业产业结构由单一的食物性生产扩展到清洁能源与有机化工产品生产，前者为第一农业，后者为第二农业。

◆农业GDP与农村居民收入倍增。

◆农业的物质能量循环由输入型转化为输出型，一种全新的绿色的农业生态系统。

我国是耕地面积与粮畜生产均居世界前列的农业大国，而两者的人均水平却居世界末位；我国油气资源极贫，而生物质资源丰富；生态建设是国家战略，而用煤量和碳排放量却居世界首位；“三农”问题是全党工作的重中之重，而农业仍弱质，农民人均收入不及城市居民一半。

耕地资源极缺，清洁能源急需，提质农业与振兴乡村迫切是我国的基本国情决定的。“全生物质农业”可以使耕地面积、农业GDP和农民人均收入倍增；可以由单一的食物性生产扩展到绿色能源与有机化工产品生产，一二三产融合；可以贡献全国年能源消费总量1/4的绿色能源；可以减排全国CO_2排放总量的14%和增汇26.4亿吨。

全生物质农业可以为当今中国雪中送炭，而中国国情可以将“全生物质农业”发挥得淋漓尽致，起于中国的3GB与仿生生物法更可助力增彩。

我国每年从印度尼西亚进口3亿吨煤炭，如果将“撬装式绿煤加工站”

搬去印尼，将巨量橡胶棕榈等热带植物废弃物转化为“煤化生物质”，进口“绿煤”岂不是更好？西伯利亚那漫无边际的泰加林也在等待着“一带一路”上的中国绿色工程。

耕地面积、农业 GDP 和农民收入倍增，何愁乡村不能振兴；年产数十或上百亿吨的煤化生物质，何愁我国不提前实现“双碳”目标；有了 3GB 和仿生生物法，何愁“一带一路”不大放“绿”彩。

中国式现代农业，地球上冉冉升起的一颗绚丽的新星。

之六：帷幕轻启（2023 年）

2023 年的春天，“决胜生物质的第二个 20 年”帷幕徐徐拉开了。

4 月 10 日

白色玉兰、黄色迎春花向人们报告，北京的春天来了！

程序同志来电话：“石校长，我在黑龙江五常。”

“咋的！买大米去啦？”我调侃着。

“我校崔老师团队在五常的玉米干黄秆日产 4 万立方米的沼气改造项目已经圆满完成了全系统满负荷连续 168 小时的性能测试，在国内首次超标准地实现了 CSTR 沼气项目的设计产能（容积产气率 1.2），这是沼气和生物天然气领域的一项重大技术突破。主持这个项目的是央企华润集团下属的德润公司，他们打算 4 月 10 日开个庆祝会，想请你在视频上讲几句话。”他兴冲冲地在电话里说着。

“别的事干不了，讲话还没问题。”我随口应了一句。

东北大平原地处全球玉米带，我国的大粮仓。只可惜 4 个月左右的无霜期使这里大田玉米抢收抢种十分紧张。玉米产量年年增长，玉米秸秆一年比一年多，快速移除腾地播种成了农民的大难题，不得已而一烧了之。

政府禁烧，农民偷烧，数十年顽疾难除。

秸秆制沼气是解决烧秸秆难题的理想途径，但苦于现时的技术和设备不能满足正常发酵产气的要求，更谈不上高效率产气。忧国家之所忧，华润集团支持中国农业大学生物质工程中心，举起了秸秆沼气技改大旗。

欧洲有全玉米青秆生产沼气的成功经验，但我国学不起。怎么办？华润集团敏锐地发现崔宗均团队正在放大试验的秸秆高浓度梯度厌氧发酵技术，果断地决定利用该技术对五常沼气工程进行技术改造。这才有了 168 小时的性能测试和 4 月 10 日的庆祝会。

崔宗均团队一改全混式与推流式传统沼气发酵工艺，按照牛消化仿生学原理设计了梯度厌氧发酵工艺设备和添加强力纤维素分解菌复合系，使容积产气率提高了 3 倍多（图 3）。这可是件大事，它将大大推进我国农田作物秸秆的沼气 / 生物天然气的利用。

图 3　全混式沼气发酵工艺与仿生逐级渐进式发酵工艺

4 月 23 日

4 月 23 日，我收到 3 个文件：《法国达飞海运与中国生物质天然气企业交流会成功召开》《2023—2025 年马士基将至少需要 75 万吨绿色甲醇》和《达飞和中国船舶集团签约 210 亿元超级订单曝光》。

怎么都是些海运方面的信息？

看看内容吧。

第一个文件报道 2022 年 9 月 23 日中国产业发展促进会生物质能产业分会组织了一场"法国达飞海运集团与我会生物质天然气会员企业交流会"，参与交流的有华润集团德润生物质开发（香港）有限公司等。"哦！原来主持崔老师项目测试的华润集团早在去年 9 月就与达飞有了接触。

第二个文件是去年 10 月《中国航务周刊》上报道的，丹麦航运巨头马士基共订造了 19 艘可使用绿色甲醇运营的双燃料发动机船舶，并宣布"绿色甲醇是未来十年内最可规模化生产的绿色燃料"，"这 19 艘绿色船舶全部投入运营每年将减少约 230 万吨的二氧化碳排放"以及"2023 年至 2025 年间运营的这 19 艘绿色甲醇船舶大约需要 75 万吨绿色甲醇"。

第三个文件是 2023 年 4 月报道的，"中国船舶集团有限公司与法国达飞海运集团在北京正式签订合作协议，协议包括建造 2 型 16 艘大型集装箱船，金额达 210 多亿元人民币，创下了中国造船业一次性签约集装箱船最大金额的新纪录"，"这 16 艘船中有 6 艘甲醇动力船、4 艘 LNG 动力船和 6 艘甲醇双燃料动力大型集装箱船"。

原来这 3 个文件提供的主要信息就是绿色甲醇与生物天然气已经成为国际航运绿色燃料的首选与大量采购目标。法国达飞还与中远海运集团签署了

《关于开展港口船用绿色甲醇供应合作的备忘录》。

早在 2021 年，《联合国气候变化框架公约》第二十六次缔约方大会（COP–26）上，有 100 多个国家签署了“全球甲烷承诺”协定，目标是 2030 年将甲烷排放量减少 30%。随之欧盟启动了将 2030 年生物甲烷年产量提升至 350 亿立方米的《生物甲烷工业伙伴关系 (BIP)》；美国环保署决定未来 3 年将生物天然气绿证（RIN）的额度从原先每年增长 8% 提高到 36%。

亚马逊和清洁能源公司（CLNE）、全球海陆空运输和物流巨头法国达飞公司、全球低碳能源和服务巨头 ENGIE 等能源巨擘都紧急行动起来了。传统能源巨头英国石油（BP）斥资 41 亿美元收购美国最大生物天然气生产商 Archaea；壳牌公司也以 20 亿美元收购世界领先的新能源公司——丹麦生物天然气生产商自然资源公司（Nature Energy）。

5 月 18 日

“五一”长假刚过，邮箱里就收到一份会议通知和长长的参会名单。

原来是国内外一些大厂家找上了国家发改委下属中国产业发展促进会的生物质能分会。分会与中国农业大学和中国欧盟商会联合召开“生物天然气（沼气）关键技术及绿色燃气供需方交流会”（图 4），54 个单位的 87 位代表参会，其中外资企业 17 家。外资企业除达飞、马士基外，还有在华的荷兰壳牌、英国石油公司 BP、法国空客、日本三菱等。

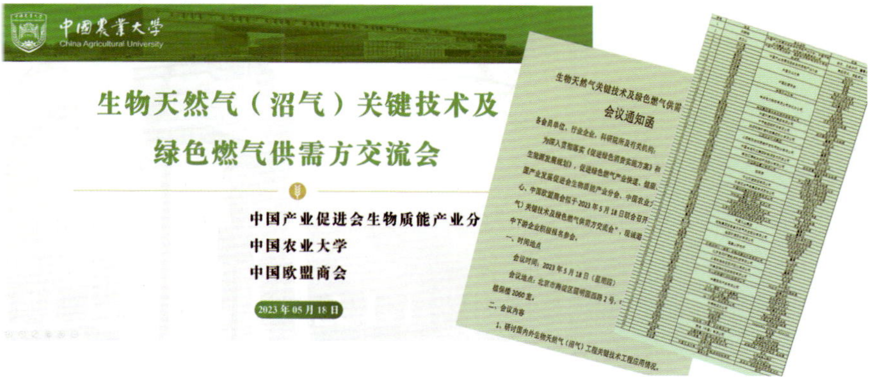

图 4　5·18 大会的会议通知、参会名单与大会会标

大会有主办方的主旨讲话与崔宗均教授技术性报告，有 5 个中方，达飞、马二基、华晨宝马 3 个外企的技术交流报告。会议信息量很大，很重要。

今年 2 月，欧洲议会环境委员会批准了欧盟碳交易体系 ETS 法案。其中海运部分规定，从 2024 年起使用传统海运燃料（柴油、重油）必须缴纳“碳配额”，2023 年、2024 年和 2025 年分别为 40%、70% 和 100%。使用化石燃料每吨要交90欧元碳税。法案规定汽车可以电动或使用人工合成甲烷甲醇等绿色合成燃料eFuel，航空业也有相应的减排指标。也就是说，除海运外，生物天然气与甲醇还将用于汽车和飞机。

法案一经颁布，海运巨头马士基、达飞等，汽车制造商巨头奥迪、保时捷等四处寻购绿色甲醇和生物天然气。法国道达尔能源、英国石油公司、荷兰皇家壳牌公司等世界能源巨头也都在采取行动。

世界范围骤然刮起了一场绿色甲醇与生物天然气的强劲风暴。

也许会有人会提出，用光伏电和风电电解水制氢不是也能生产绿色甲醇吗？是的，可是成本比生物基甲醇高很多。而用沼气、生物天然气制造生物质甲醇，只需稍加改装设备即可，这正是崔教授仿生渐进式工艺魅力之所在；正是华润集团打算在东北玉米农田全面推开的原因。用煤化生物质通过气化-合成制生物甲醇更具成本优势。

6月6日

面对这激动人心的形势，5月8日、9日和21日我们团队连续开会，我的发言可概括以下10条。

（1）“双碳”促绿色天然气与甲醇脱颖而出；热化学法与生物法同时取得突破，将使决胜生物质迈进到一个新的阶段。

（2）“双碳”需求突出了生物质的环境功能；中国式现代农业突出了生物质的“三农”功能，大势所趋也。

（3）以生物法为主的农田片和以热化学法为主的边际性土地片将是决胜生物质的两个主战场。

（4）煤化生物质技术的出现，必将引发对原料生物质的强度需求，边际性土地开发刻不容缓。

（5）以开发国内边际性土地为主场，以“一带一路”上的东盟诸国热带雨林，和西伯利亚泰加林为南北两翼。

（6）边际性土地的自然及经济社会条件十分复杂，为了中小企业少走弯路，筹建一个基于大数据与实时3D遥感的智能化咨询服务系统迫在眉睫。

（7）当前市场形势与技术双佳，稍纵即逝。最好在最短时间（如半年）量产（如10万吨甲醇）而供，以占先机。

（8）第一战役是“订单驱动，中小企业上阵”。第一战役战果是走向社会和上谏政府的敲门砖。

（9）组织一支强大的航母舰队，为“一带一路”添绿增彩。

（10）不谋全局者不足以谋一域，不观长远者不足以得一时。

6 月 27 日

陈小平同志由深圳来京，见了程序教授与朱万斌教授，谈了三点主张，高屋建瓴。

决胜生物质第二个 20 年的“司令员”上任了。

决胜生物质的第二个 20 年的帷幕已经拉开!

决胜生物质的第二个 20 年将更加辉煌!

特 邀 篇

本书重在纪实，但对生物质能与生物基产品的技术部分缺少系统介绍，故特邀程序教授撰写了两文。又特邀吉林宏日新能源股份有限公司董事长洪浩和海南神州新能源公司董事长罗浩夫书写了他们从无到有的创业和尝尽酸甜苦辣的亲身经历。

感谢他们三位赐稿。

未来我国生物质产业的挑战和机遇

中国农业大学教授　程　序

2019 年 9 月 20 日，在国务院新闻办公室举行的新闻发布会上，国家能源局发展规划司司长李福龙答记者时说："现在我们正在开展'十四五'能源发展规划的研究工作…… 这当中一个很重要的发展目标和任务还是着力加大力度，壮大清洁能源产业，为实现 2030 年非化石能源占一次能源消费比重达到 20% 的目标奠定坚定基础。""十四五"的重点，其重点在于由速度规模型向质量效益型转变。

未来 5 年，我国可再生能源将由增量补充进入增量主体阶段。"十三五"前三年，可再生能源增量在全国能源、电力消费增量中分别占 40%、38%，可再生能源在能源转型中尚处于增量补充阶段。2025 年，我国可再生能源占一次能源消费比重将达 17% 左右。所谓可再生能源将由增量补充进入增量主体阶段，实际指的只是风能和光伏能，生物能源则只能在"另册"。在实现非化石能源消费 2030 年占比 20% 的宏伟目标中，生物能源（除发电外）能否改变以往连"方面军"都还称不上（风电、光伏发电是主力军）的局面，迈入所谓可再生能源的"增量补充"阶段。是大家普遍关注的事。

总体上分析，今后生物质发电受多种原因影响已不大可能再有很大的发展余地（垃圾发电、热电联产和生物质－煤炭耦合发电尚有一定的发展空间）；液态生物燃料仍处在技术攻关期。因此，"十四五"的关键取决于生物质取暖供热和生物天然气两个部分的发展态势。更长远地看，我国生物质产业大发展的出路最重要的并不在于其能源功能的发挥，而是让其对乡村振兴和温室气体减排发挥独特的重大作用。多个方面，均是挑战和机遇并存。

一、"十四五"期间面临的第一个挑战：生物能源的补贴

补贴与生物能源特别是生物天然气企业休戚相关。由于除生物质发电外，所有生物能源的补贴均未落实，成为当前经营者最关心的问题。2019 年 5 月

30日，国家能源局正式公布《关于2019年风电、光伏发电建设管理有关事项的通知》，发出明确的补贴“退坡”信号，即今后国家财政只支持补贴强度低、补贴退坡力度大的项目。2020年2月3日，财政部、国家发展改革委、国家能源局联合发布了《关于促进非水可再生能源发电健康发展的若干意见》，宣布自2020年起，新增海上风电和光热项目不再纳入中央财政补贴范围。那么，补贴一直不到位的生物能源，今后在到位后也会走这条老路吗？究竟应该如何正确认识和对待补贴？

上上下下对补贴在认识上的误区——“应补”还是“求补”？

10多年来，我国生物能源企业绝大多数一直处于财务困局中。占总成本约六成的原料成本过高是根本原因。以沼气–生物天然气行业为例，近年来，越来越多的生物质能企业使用有机废弃物/污染物作为原料，在客观上对粪污无害化处理起到了很大作用。但恰恰是这些废弃物/污染物的购买和运输成本，占到了企业运营总成本的大头，成为企业难盈利的关键制约因素。然而，这绝非正常状况。因为它完全违背了环境经济学的基本原理。

环境经济学最基本的原理，就是要厘清企业的“成本外摊”（externalization），即明确产生污染的根本起因及其相关的经济问题。在传统的经济学的投入–产出分析和经济核算表中，是向来不存在所谓的“污染成本”这一项的。普遍做法是将废弃/污染物向周边环境排放：排污水、排尾气、排固废……把本应由产生污染的企业自己该花钱处理的废弃/污染物，外推给周边环境和居民去接纳和承受。这就叫作污染“成本外摊”。通常情况是，当这些废弃/污染物造成的问题超出了可承受的程度时，往往最后是由地方政府出面，代表受影响地区的民众“买单”，也就是治理污染。在这种背景下，生物能源企业出来处理利用废弃/污染物，实际上是在替政府做本应政府该做的事。政府为此付费、也就是所谓的补助或补偿，是天经地义的事。然而在当下中国，一方面，生物能源企业要花大价钱买废弃/污染物当原料；另一方面，生物能源企业还要千方百计向政府“求补”，岂非咄咄怪事！

必须强调，实实在在地在做治污和资源化工作的我国生物能源企业，理应得到政府的不同形式的补偿。这里不应存在政府给与不给的“施舍”性补贴和企业再三再四“恳请”的问题。

在发达国家，情况则完全不同：由于法律的规定，污染物制造企业想把治理成本外摊到社会（社区）是不可能的。它们必须要么自行治理，要么委托给专业的第三方治污企业、并支付数额不菲的治理费——称为“入门费”（gate fee）。例如，美国纽约州的垃圾处理厂向每吨运来的垃圾要收取80～100美元的“入门费”。但在中国，秸秆发电厂也罢，沼气厂也罢，却都

需要向废弃 / 污染物的制造者倒贴原料购买费乃至运费。

当前在我国的三种可再生能源中，风能和光能都是补贴大户，生物能源中迄今只有直燃发电有补贴，体量不大。然而，虽然都叫作“补贴”，但风能和光能不但没有环境正效应，却有负效应；而生物能源则有着显著的环境正效应。显然，笼统地都称作“补贴”，就必然掩盖了上述实质性的区别，掩盖了生物能源本应得到国家更多补偿和支持的本质。

总之，补偿和一般的新兴 / 弱势产业在成长初期应得到的政府补助，是性质完全不同的两码事。更不能用“补贴”两字一言以蔽之！“补贴”根本反映不出应该的“补偿”和“补助”的含义！

补贴（subsidy）≠ 补偿（compensation）

补贴（subsidy）≠ 补助（allowance）（assistance）

一言以蔽之，生物能源企业理所应得的补偿要拿，应得的补贴也要拿。只有这样，生物质工程的环境效应才能得到充分发挥，生物能源产业也才能健康地成长。

总之，生物能源兼有环境治理功能、能源安全功能和乡村经济振兴功能，这是其他任何可再生资源所不具备的。

（1）在应得的补贴和补助暂时解决不了之前，能否有其他的办法？回答是肯定的。

以生物天然气为例。海南神州新能源公司是一家专营沼气 - 生物天然气生产的企业。曾一直依靠所在澄迈县的农业废弃物和畜禽粪便作为原料。因原料成本高（不但拿不到处置费，反而还要花钱买）而一直亏损（原料入罐成本 2.65 元 / 吨，而达到盈亏平衡点要求低于 1.0 元 / 吨）。转机出现在 2015 年。当年，财政部和国家发改委推出污染第三方治理（public-private-partnership, PPP）模式试点，通过市场机制引入专业化、社会化环境污染治理第三方企业，授予企业特许经营权，把废弃物资源化处置项目作为环保公用基础设施，交由特许经营企业建设运营，由企业负责建立废弃物的“收集—运输—处置”一体化运行模式，政府统筹监管。政府以“废弃物处置费”形式给予企业可行性缺口补贴，使企业在传统的农业源原料的基础上纳入了市政垃圾（厨余垃圾、剩余污泥、粪渣）的消纳功能连带财政补偿，一举解决了全国生物天然气行业普遍存在的原材料保障程度低，且收集成本高、经济可行性差两大关键难题。即便国家生物天然气产出补贴政策未落地，由于原料的入罐成本大幅度下降至每吨 0.87 元，也很快扭亏为盈。

（2）还应指出，目前除生物质发电外，生物质能界所期待的政府补贴有点“名不正”。因为迄今为止的可再生能源补贴款，都是来自对电价征收的附加。拿来补风电、光伏电、光热电等自然是“名正言顺”。但对固、气、液三态的生物能源来说则不同。况且，主要因这些年风电、光伏电等大量超计划建设，财政补贴款“入不敷出”，导致现已拖欠补贴款约3000亿元。因此，如果不增加新的补贴渠道，今后仍难以解决多种非电生物能源急需补贴的问题。例如秸秆，如果国家对城乡有机废弃物收集处理一视同仁，则秸秆在某种意义上也是一种垃圾，理应得到同样的垃圾收集、处置补贴。而这种补贴绝不应来自电价补贴。

（3）最终出路是什么？除了生物能源企业不断增强自身的市场竞争力（包括实行多联产）外，最理想的途径是仿效欧盟成员国成功地征收“碳税”和碳排放权限额及交易的做法。因为向化石能源征收“碳税”目的非常明确：就是为了把收得的税大部分转让给生物能源等可再生能源企业，让可再生能源的费用比化石能源低，激励消费者优先选择使用。当前，我国在碳排放权配额及交易上已走出了第一步，相信随着碳减排的国际压力持续增大，迟早会全面实施。

二、面临的第二个挑战也是机遇，是生物能源（除生物质发电外）能否真正成为可再生能源的一支重要方面军

这个话题实际也与补贴密切相关。众所周知，在北方农村冬季取暖问题上，采用大量政府补贴的“煤改气”和“煤改电”是不可持续的。相反，在还没有得到中央财政补贴的情况下，生物质能开始显示出在取暖和供热领域，完全有可能推动生物能源在体量上成为可再生能源的重要方面军的前景。

一直以来，北方地区冬季取暖以燃煤为主。数据显示，截至2016年年底，我国北方地区城乡建筑取暖总面积约206亿平方米，其中燃煤取暖面积约83%，取暖用煤年消耗约4亿吨标煤，其中散烧煤（含低效小锅炉用煤）约2亿吨。而同样1吨煤，散烧煤的大气污染物排放量是清洁集中燃煤的10倍以上，散烧煤已成为大气污染的罪魁祸首。

2017年年底，国家的《北方地区冬季清洁取暖规划》和《关于促进生物质能供热发展的指导意见》曾提出，2021年，城市城区全部实现清洁取暖，35蒸吨以下燃煤锅炉全部拆除；县城和城乡接合部清洁取暖率达到80%以上，20蒸吨以下燃煤锅炉全部拆除；农村地区清洁取暖率60%以上；北方地区清洁取暖率到2019年要达到50%，到2021年达到70%，替代散烧煤1.5亿吨。

实际执行情况如何呢?

自2017年《京津冀及周边地区2017年大气污染防治工作方案》颁布之后,天然气就取代燃煤成了尤其是北方地区农村冬季取暖的主力。三年的实践证明,我国多煤少油缺气,各地对于取暖天然气需求的大量增加,使得原本稀缺的天然气资源更加捉襟见肘,不得不使用进口天然气来弥补国内巨大的资源缺口。即使有进口的天然气的帮助,依旧有许多家庭无法使用天然气取暖。高价安装的设备也就成了空谈。除去安装了天然气设备却用不上的居民,能够使用天然气取暖的农民因天然气价格高,也没有好到哪里。概括起来,就是"气荒"严重、安全事故频发、补贴难到位、居民用不起。2019年7月3日,国家能源局发布征求《关于解决"煤改气""煤改电"等清洁供暖推进过程中有关问题的通知》意见的函,提出要重点发展清洁煤供暖和生物质能供暖,同年10月,生态环境部发布的《京津冀及周边地区2019—2020年秋冬季大气污染综合治理攻坚行动方案》也被迫改变方针,提出对于合同签订不到位、基础设施建设不到位、安全保障不到位的情况下,不得新增"煤改气"户数。问题不仅如此,更麻烦的是,由于政府高额的补贴给地方财政造成了很大负担。况且原定只补3年,一旦取消了补贴,煤改气、煤改电就是无从谈起。

至于"煤改电",更是严重脱离农村当前的实际。以河北省为例,有农民1500多万户。如果大家都用电采暖,能否供得起呢?即便按照2019年时全省尚未完成"煤改气、煤改电"的822万农户计,每户平均冬季住房60平方米,每户需输入能量6千瓦,折成电力需要近6000万千瓦、折天然气103亿立方米,完成这些资源的输送,还需要电力设施和燃气网各新增4000亿元和3000亿元投资。如此惊人的电力与天然气资源需求量和输配,即使以燃用煤炭这一最低价格的能源形式,也需要1644万吨,83万辆次的运输能力,经济社会难以承受。

在北方农村生物质能清洁取暖上,山东省阳信县做出了可贵的探索。该县是梨树种植和肉牛养殖大县,生物质资源十分丰富。从2017年起,立足资源优势,初步打造出北方生物质清洁取暖全域产业化推进的"阳信模式"。一户农村四口之家,120平方米砖混结构平房,冬季4个月取暖期,仅计算比较燃料成本(不含取暖设施建设成本和政府补贴费用):用散煤1.5吨、成本约1300元;用天然气1800立方米,约4680元;用电1.2万千瓦·时,约6000元;用生物质成型燃料1.6吨,只需1500元。与"煤改气""煤改电"相比,改造成本分别降低38%、3.2%;分别节省5140元、280元;使用成本分别降低52%、51%,分别节省2140元、2080元;政府投入更少,农户负担更轻,解决了群众既纠结气电成本较高,又担心取暖温度不足的"两难心理"。国家能源局原副局长吴吟据此提出了在“宜气则气”“宜电则电”之外，应提倡“宜柴则柴”。

该县按照“政府引导、市场运作、生态循环、惠及民生”的原则，规划建设了“一核两区七基地”。一核为：在阳信经济开发区建设生物质成型燃料中心加工厂、生物天然气工程、科研基地和培训中心等。两区为：在温店镇建设集中供热区，支持金缘生物科技有限公司35兆瓦生物质直燃热电联产项目二期示范工程及供热管网，年供热面积50万平方米，为温店镇周边村庄、学校和商铺2300户集中供暖；在阳信经济开发区建设集中供热区，建设50万吨农作物秸秆综合利用项目（生物能源和生物化工联产，秸秆生产糠醛、木糖、纤维乙醇、生物肥及生物质热电联产一体化），以及供热管网，满足园区为企业工业用热以及河流镇等周边乡镇农村冬季取暖需求。七基地为：在金阳街道等7乡镇分别建设年产1.5万～3万吨生物质成型燃料生产基地，并配套建设秸秆收储运体系和服务网点。总体目标为：到2022年，形成生物质能替代散烧煤的清洁取暖基本格局，清洁取暖率达到90%以上，年产生物质成型燃料50万吨，可替代散煤35万吨，年减排66万吨CO_2；推广生物质清洁取暖农村居民用户9.5万户，在公共机构、工商业户中推广生物质专用锅炉100余台，供暖面积达到800万平方米以上。总之一句话：到2022年，阳信县取暖将基本不用煤而改用生物质能！

尽管当前阳信县的生物质能取暖还要依靠地方政府大力的财政补贴，还有不少问题需加强技术进步，但毕竟已能证明，北方农村清洁取暖，生物能源是现实可行的出路。“十四五”彻底解决北方（实际还包括淮河与长江流域）农村生物能源清洁取暖问题任重道远，因为还有至少2000万户农民有这方面的需求。

生物质取暖供热行业近年来同样出现了可喜的动向。少数生物质成型燃料－供热服务一体化的企业（如前面介绍的宏日新能源公司），在得不到补贴、市场准入障碍重重（现行的国家能源和环保政策规定，在有“两网”覆盖的城市，生物能源企业不被允许进入集中供热市场）的压力下，依靠科研开发和灵活的经营策略，勇敢地提出，即便在没有财政补贴的情况下，也敢于与煤炭竞争。实现了生物质供热的单位热值价格要低于煤炭，而热效率高于煤炭；锅炉排放气的标准甚至还优于天然气。又如武汉光谷蓝焰新能源公司，通过10年来引进丹麦等国先进技术设备和企业自身的技术攻关，在生物质成型燃料锅炉在工业供热领域已具备与天然气的竞争力。在同等清洁排放条件下，获得相同热量，生物质成型燃料工业蒸汽的成本仅有天然气的60%乃至更低；而且达到天然气锅炉的排放气标准。向单体企业的供热力（气，冷）达数十万蒸吨，目前已向多个大型企业供热。

我国35吨/小时以下燃煤小锅炉有约45万台，是造成空气污染的“罪魁祸首”。国家发改委、国家能源局2017年12月6日发布《关于促进生物质能供热发展的指导意见》提出，到2020年生物质成型燃料消费量达到3000万吨，2035年达到5000万吨，年直接替代燃煤约6000万吨，相当于节约了400亿立方米天然气。但实际执行未达到，2019年的实际产量仅1600万吨。正如全球的态势一样，当今在我国生物质能的利用总量中，供热和取暖也是“大头”。在“十四五”期间，如果能最终突破城市“两网“对供热的垄断，进一步解决好南方地区生物质原料问题，重点推广10蒸吨/小时以上的大型先进低排放生物质锅炉和小型户用成型颗粒/块专用炉，生物质成型颗粒/块的年产量有望真正超过3000万吨，甚至达到年产5000万吨；就能助力生物能源成为我国可再生能源一支不容忽视的方面军。

三、面临的第三个挑战和机遇是生物天然气能否成为“非电”可再生能源的一支主力军

日前，国家发改委、生态环境部、农业农村部等十部委联合发布《关于促进生物天然气产业化发展的指导意见》，提出积极发展新的生物天然气可再生能源产业，制定了到2025年和2030年生物天然气年产量分别达到100亿立方米和200亿立方米的目标。国家能源主管部门对可再生能源（包括所谓的非水，甚至非电可再生能源）支持的重点，已转向沼气–生物天然气，这是有历史意义的重大转折。

据粗略估计，当前全国生物天然气的年产量不过1亿多立方米。也就是说，到2025年也就是“十四五”结束时，生物天然气年产量要达到100亿立方米，难度很大。但能否达到此阶段性目标，对顺利实现2030年年产200亿立方米的目标来说，也非常关键。除了解决补偿和补贴以外，要想完成如此艰巨的任务，吸引众多的国企和民企进场，就必须在改善大环境和练内功上下功夫。

（一）生物天然气的“三大功能”能否显现和逐步得到全社会特别是决策层的认可：这是关键的“天时”

众所周知，生物能源不仅是优秀的能源（液、固、气态齐全），而且具有其他任何一种可再生能源不具备的多种属性或功能，尤其生物天然气更是如此。其独特功能或优势之一，是碳减排和减轻全球气候变暖。

当前，全球每年排放330亿吨CO_2，中国占了约1/3；而且是每年增量

的“贡献”主力，国际压力很大。2019 年联合国气候峰会上，77 国表态倡议，要在 2050 年实现碳零排放；北欧国家更提出要提前到 2030 年实现；但当时我国对此未能表态。很显然，“十四五”期间及之后，我国碳减排形势会越来越严峻。因此，要反复宣传生物天然气尚未广为人知的强大作用。

1. 生物天然气作车燃料，碳减排效应显著

根据德国能源署的资料，以“从油井到车轮”（well to wheel）计的每行驶 1 千米排放的 CO_2 当量（$CO_{2\text{-eq}}$，不考虑生物天然气的减排 CH_4 效应），汽、柴油为 156 ～ 164 克，常规天然气也有 124 克；而生物天然气仅为 5 克。

2. 生物天然气是稀有的“负碳排放”源

生物质能中的沼气-生物天然气是难得的全生命周期碳负排放（指将 CO_2 从大气中“吸出”并长久地封存起来、从而可抵消一定量的 CO_2 排放）能源。瑞典隆德大学测算了各种能源发电的 CO_2 排放量。以每千瓦·时排放的全生命周期（LCA）CO_2 量计，煤炭为 703 ～ 1143 克，天然气为 508 克，风电要排 89 克，而沼气发电为 –414 克。之所以出现负值，首先生物质都是全生命周期碳中性的；其次，粪便秸秆等生物质自然堆放，会释放甲烷，而甲烷的温室气体当量是 CO_2 的 28 倍。而通过沼气工程，把原来这部分会进入大气的温室气体削减掉了。

另一种形式的负碳排放，如南京林业大学张齐生、周建斌团队开发的木质纤维类生物质热解热、电、气、炭、肥五联产技术。每加工 1 吨竹片，除了可获 650 千瓦·时的电力和热能，以及一定数量的燃气外，还可得到 300 克生物炭（biochar, charcoal）用作制碳基有机肥。生物炭可以在土壤中保持数百年不分解，即所谓碳的生物封存。据测算，每利用 1 吨竹木片，在实行热、电、气、炭、肥五联产情况下，可生物封存 0.9 吨 CO_2；反之，如将其直燃，则会向大气排放 1.5 吨 CO_2。

生物碳封存的成本远低于高压打入深层废矿井的做法，生物质碳封存（bio–CCS）是指以生物炭（biochar）通过有机肥和土壤改良剂形式进入土壤，能保持数百至千年不释出，而且是当前唯一具经济可行性的 CCS 方式。国内高压封入深废矿井法的成本估算为 500 元 / 吨 CO_2，是碳交易额值的近 20 倍。

3. 近期的国际研究发现，甲烷排放的影响被大大低估

实际在过去的 3 个世纪里，排放到大气中的甲烷增加了约 150%。这中间很大一部分来自生物质厌氧发酵排放，以及开采煤、石油和天然气过程中逸出的甲烷。因此，减少化石燃料的使用和增加沼气 – 生物天然气的转化，将能显著减轻未来全球变暖，程度超出此前预期。

应用生物质能和生物质固碳封存（bio-CCS），被国际气候变化界高度评价为，实现将21世纪末全球温度升高值控制在1.5摄氏度以内的最重要依靠。国际气候变化界的共识，是只有大力推行生物能源加碳负排放（BECCS），才能从根本上解决问题。2030年是我国向国际承诺的碳排放峰值期。此后，碳减排的压力将变得空前巨大。生物质能碳减排和生物质固碳封存的功能将可以大显身手。

生物天然气的独特功能或曰优势之二，是振兴乡村经济，增加农民收入。国家在2020年脱贫攻坚完成后，重点必然转向促农村“全面小康”。然而目前农民实际收入水平只有城镇居民的约1/4，差距仍在扩大，而缩小差距的难度巨大，因为曾经的主要依靠——农民工进城，年增加数已大幅度减少，工资水平增长也很少，还遗留一大堆社会问题。沼气－生物天然气提供了一种全新的农村支柱型产业，不但能让大量农村闲散劳力就地就业，而且将从原料的收集种植，到初加工及转化、提纯，乃至产品的销售的全产业链连接起来，产品拥有广阔的市场，不存在常见的“卖难”和“谷贱伤农”问题；从而实现中央反复倡导、但迄今尚未有重大突破的“农村一二三产融合”，增加农民收入，振兴乡村工业；其次，沼气是生态循环农业的核心环节，通过广泛建设沼气工程，将有力地推动和普及能够显著增加农民收入、但迄今为止推广状况不理想的生态农业和有机农业。

生物天然气还有一个独特优势：助力治理空气污染包括雾霾，这一点特别在近期内更具有重要意义。机动车尾气被公认是形成雾霾最主要的“贡献者”之一。而尾气中最难治理的是氮氧化合物；柴油又是化石燃料中造成雾霾最重的品种。生物天然气车用，特别是替代柴油，已被欧盟成员国证明是非常有效的治霾途径。

总之，对生物能源尤其是生物天然气的多方面的独特功能，要加以反复强调和宣传，使其越来越受到各级政府的重视，营造生物能源产业大发展良好的“大环境”。

（二）生物天然气能否出现盈利的商业/运营模式：这是“内功”

1. 分布式生产

鉴于我国集约化养殖与农户养殖（专业户、养殖小区）并存的时间将很长。因此，如果指望大型生物天然气企业将所在区域所有农户和小养殖场的粪污都集中起来处理，必然造成极大的运输（原料运入、沼渣/液运出）成本，是不可能的；反之，如果要每个养殖户和小养殖场都建起沼气厂并设置沼气提纯设备，其成本同样也是不可能承受的。

以某企业原拟承担的某县特大型畜禽粪污制沼气-生物天然气项目为例。据可行性研究报告，该项目主要原料是某畜牧集团在该县的8个生猪养殖场每天产生的800吨粪便。根据设计方案，因养殖场过于分散，粪便平均运距20千米，吨公里成本高达3元，致使原料成本高达1800万元，占到总成本的71%！如此高的成本，从一开始就注定，企业要盈利是很困难的。另外，该县除集约化饲养场的粪便外，还有众多小场和专业户养殖产生的粪便，每天也有500余吨。按照农业部推出畜禽粪便“整县推进”的路线，不可能只管集约化饲养场的粪便而置分散产生的粪便于不顾。因此，必须考虑分布式的格局，即分散（数个与集约养猪场配套的沼气厂，连带收集处理周边散养户的粪便）厌氧发酵产沼气、集中提纯生物天然气的方案。

为此，必须探索新的运营模式。将原料在产地就地初加工，如将生物质热解为生物粗油（bio-oil），或将沼气加工成水合物，都将能使能量密度数十倍地提高。不但能大幅度降低运输成本，最终在精炼（提纯）厂集中精制成高端商品能源；而且还能带起大批的独特乡村工业。应成为今后我国生物能源主要的分布式生产（decentralization）模式。

2.“好钢”用到“刀刃”上，实现生物天然气的高价值

在碳排放性能上，生物天然气直接作车用燃料与汽、柴油及常规天然气相比，具有巨大优势。而能对碳减排和尾气空气污染物减排做出最大贡献的是替代重型车辆/船舶使用的柴油。欧盟国家特别瞄准了这一点。瑞典的实践表明，与柴油相比，液态生物天然气（liquefied biogas, LBG）用于重型车、船。NO_x减排率可达90%！ PM和CO_2的减排率也分别达到99%和95%。因此，生物天然气能实现其最大的经济价值。

Volve集团的“液化生物天然气（LBG）/柴油双燃料重型卡车计划”（LBG占混合气体积的75%）示范工程，由瑞典能源署和Vastra Gotaland县共同资助。在沿芬兰至德国的货运走廊两侧建若干沼气-生物天然气厂后，2013年建起3座液化生物天然气（LBG/LNG）加液站，为102辆双燃料重型卡车服务。当前，Volve已积极加入瑞典国内的BiMe-Truck液化生物天然气（LBG）重型卡车走廊示范工程中。

瑞典车用生物天然气（CBG，LBG）发展势头迅猛。据Statistics Sweden（SCB）统计，2018年已占到所有车用燃气的91.3%，使用量为1.6亿立方米。为鼓励车用燃料“脱化石燃料”，瑞典还出台了新的奖惩制度。规定自2018年7月1日起登记的新购车辆，凡单位行驶公里排放的CO_2当量（$CO_{2\text{-eq}}$）低于50克的——这种标准只有使用生物燃料才能达到——奖励6万瑞典克朗（折合5726欧元）；而达不到此标准的，则增加碳税和能源税的收取额。全球第一艘用液化生物天然气（LBG）驱动集装箱货轮也出现在瑞典。Skangas公司将自产的液化生物天然气卖给Furetank Rederi AB船运公司的双燃料仓（LNG,

LBG）集装箱船。

我国近年来也已开始积极发展液化天然气（LNG）重型卡车。它的续航里程长（运输能力是可连续行驶1300千米的三瓶CNG压缩天然气车的6倍），燃料成本比柴油低35%，尾气排放能轻而易举地达到国V标准。由于“蓝天保卫战”的压力，近年来LNG重卡销售量显著增加。预计到2020年，LNG加气站将从当前的2600座增加至10000座。生物天然气的生产和应用一旦大规模商业化，液化生物天然气（LBG）将可立即用于重卡运输业。压缩生物天然气（CBG）也将更多地用于替代化石燃料。

3. **产品的多元化，扩大盈利渠道**

这方面，不少生物天然气企业近年来已有不少的创造；进一步发展的余地还很大。以厌氧发酵产物沼渣为例，由于其植物矿质养分氮、磷、钾等含量丰富，有机质含量高，是制备优质有机–无机复合肥的优良原料，经济效益显著。又如另一种厌氧发酵产物沼液，不但含有丰富的植物矿质养分，还有若干生物活性物质，能抑制农作物病虫害和改善农产品的品质，制成叶面喷洒剂可实现很高的价值。

（三）生物天然气要成为“非电”可再生能源的主力军，很重要的一条是借鉴欧盟成员国发展生物天然气新兴产业的成功经验

1. **经验之一**

据专家的深入调研，即便在生物天然气发展已有很好基础的欧盟成员国，生物天然气企业也并非是高盈利的，甚至有少数不盈利乃至亏损的情况。在对待亏损问题上，一些业主显示出“企业家”情怀（entrepreneurial spirit），愿为了对社会特别是本社区做贡献而承担投资风险（实现人生价值，社会价值）；考虑子孙后代的幸福。有的尽管由于种种原因可能经济效益一时不理想，但仍愿意去做。特别是农、牧业结合的农场主，考虑环保法的严格要求，是否建沼气工程关系到自身养殖经营的存在资格。沼气-生物天然气项目还有利于改善邻里关系，有利于养殖废弃物的资源化利用（如增加有机肥，减少化肥用量）。总之，考虑的是沼气–生物天然气项目的综合效益，而非只看项目的独立经济核算。

2. **经验之二**

生物天然气并网，顺利实现产品增值销售（如在瑞士，广泛用于公交）。我国在生物天然气产能大幅度提高后，必然会面临出路即销售问题，建加气站难度大。天然气领域尚未形成“三桶油”式垄断的有利条件，加快生物天然气并网；而且也有利于“倒逼”提高气体质量和实现标准化（如在瑞典，生物天然气并网有统一质量标准。以热值而言，如自动测试仪显示输出的生物天然气因甲烷含量偏低而达不到标准的天然气热值，就会启动附设的丙烷罐，向生物天然气输出管添加一定量的丙烷）。

3. 经验之三

社会化、专业化服务，全产业链服务；如在德国，有几十家这样的公司，可为农场主提供从项目设计，到施工建设，到调试投产，到日常经管、维护等一系列技术含量很高的专业性服务。排除了走弯路、“交学费”、故障频发，效率低下等可能发生的问题。因此在我国当前面临生物天然气大发展的形势下，要鼓励有条件、有实力的生物天然气企业走专业社会化服务 / 经营公司之路。

4. 经验之四

把减排“脱碳”弃煤 / 告别石油的主要希望寄予生物能源，特别是生物天然气（2050 年欧盟年产 5000 亿立方米）。

近日，由著名国际能源咨询公司 Navigant 联合欧洲主要天然气公司，对欧盟 2050 年实现碳的零排放（脱碳化，decarbonization）目标的对策，做出大量应用生物天然气和氢这两种“绿色燃气”的建议。报告预测，届时生物天然气的年消费量将达 1000 亿立方米。

相应的，欧盟生物天然气出现值得关注的新动向：路透社最近的报道称，德国政府为实现“去碳化”目标，将出台“可再生燃气”（green gas generation）战略。利用风电和光伏电能，大力推动电解水制氢工业、农林废弃物制沼气 - 提纯和生物热解 - 甲烷化合成天然气产业的发展。氢和两类生物天然气均将注入天然气管网混合使用。2019 年 11 月 26 日，德国天然气行业组织 DVGW 称，德国将建立 5 吉瓦（5×10^9 瓦）的“电制气”项目据计划，到 2050 年，德国“电制气”产业规模预计将达到 40 吉瓦。

到 2050 年，德国每年由废弃 / 残留生物质厌氧发酵和木质纤维类生物质气化合成两种途径直接生产 250 太瓦时的生物天然气（相当于 250 亿立方米）；另由“可再生能源制气（power-to-gas）”即利用风能和光伏能发电，用电制合成甲烷途径（电解氢，解决合成气中 H_2 来源）再生产 74 ～ 164 太瓦·时的生物天然气（相当于 74 亿～ 164 亿立方米），合计 414 亿立方米 / 年。每年可减排 8300 万吨 CO_2。

四、面临的第四个也是最大的挑战和机遇是生物质利用能否为我国“碳中和”作出重要贡献

2020 年 9 月 22 日，我国宣布将提高国家自主贡献力度，采取更加有力的

政策和措施，CO_2 排放力争于 2030 年前达到峰值，努力争取 2060 年前实现碳中和。大气中的 CO_2 是地球化学碳循环（geochemical carbon cycle）中的一大组分；植物生长和凋亡所依附的土壤则是另一大碳库。其数量之巨，达到大气的 3 倍之多。生物能源是所有能源中，唯一能兼有减少碳排放和能将大气中固有的碳“吸出”功能的品种。生物能源作为燃料，全生命周期的碳排放是零；通过生物炼制技术（biorefinery）将生物质转化合成为生物基聚酯和塑料等材料，可以替代几乎所有的石化合成材料，既省却了石化合成过程大量的碳排放，又减少 10% ～ 20% 成的原油使用。因此，发挥生物质在我国实现“碳中和”中的作用十分重要。

（一）国际气候变化界对生物质能和碳捕获 / 封存以及负碳排放寄予厚望

2019 年全球大气中 CO_2 浓度已达 410.5 克 / 米 ^{3}。考虑到这些年来 CO_2 浓度一直在以年增约 3 克 / 米 ^{3} 的速率上升，对比 21 世纪末全球温升控制在 2 摄氏度以下所对应的 CO_2 浓度（470 克 / 米 ^{3}）可以看出，仅靠减排碳是远远不够的。还必须有将大气中已有的 CO_2 永久移出的措施，即国际气候变化界看重的所谓“碳移除”（carbon dioxide removal, CDR）。碳“零排放”和“碳中和”更是如此，须采取包括植树在内的生物质发挥作用，才能抵消掉相当大一部分的碳排放。“生物质能和碳捕获 / 封存”（bioenergy and carbon capture & storage, BECCS）具有这样的本领：通过植物和某些微生物吸收空气中的 CO_2，而后残体进入土壤，碳以腐殖质形式长期保留于土层之中；也可以是生物质以能源形式加以利用后，将其所排放的 CO_2 捕获后用于种植的植物（CO_2 施肥）和养殖藻类而被吸收；或以物理方式在地层中封存。

国际政府间气候变化专门委员会（IPCC）在 2013 年的第五次评估报告（Fifth Assessment Report, AR5）中，高度评价 BECCS 是“极少有的、能将近几百年来被大气吸收积存的 CO_2 吸出 / 移走的技术”。IPCC 在 2011 年关于可再生能源的特别报告（SRREN，2011）中，首次单列专门章节阐述 BECCS 重要性。在为将 21 世纪末全球 CO_2 浓度控制在 430 ～ 480 克 / 米 ^{3} 范围，以确保 21 世纪末全球温升控制在 2 摄氏度乃至 1.5 摄氏度而提出的 116 个设想情景（scenarios，对策方案）中，绝大部分均要依靠 BECCS 和碳净负排放技术（negative emission technology，NET）。才能实现在 2100 年前累计从大气中“移出”约 616 吉吨（6160 亿吨）CO_2 的目标。为此该报告提出，首要的任务是应用 BECCS。

直接减少 CO_2 的负碳排放技术中，被 IPCC 认为最有希望的（煤 / 生物质混燃）负碳排放技术，是煤 / 生物质混燃整体气化联合循环发电（IGCC），生物质整体气化联合循环发电（BIGCC）和生物质气化 – 费托合成生物燃油（FT biodiesel）三项。其中，费托合成生物燃油的 CO_2 年减排潜力 2050 年时预计将可达 50 亿～ 60 亿吨；另一类重要的负碳排放技术，是减少甲烷的自然生成和逸入大气的途径（negative emissions potential for biomethane BECCS routes）。后文将加以阐述。

2017 年，国际能源机构（IEA）发布《能源技术展望 2017：加速能源技术变革》报告，提出了 7 种负碳排放途径。即① BECCS，②植树（A/R，原注：在寒带地区有明显的碳负排放效应；在温带则效果差；在热带基本无效），③从空气中直接捕获 CO_2（DAC/S），④加快矿物风化（EW/MC），⑤土壤腐殖质固碳（SOCS），⑥生物炭（biochar）固碳，⑦海洋增营养藻类固碳。报告指出，欲使 21 世纪末全球温度升高低于 1.5 摄氏度以下，需要从现在起每年负排放 60 亿～ 120 亿吨 CO_2（合计 5000 万～ 1 亿吨）。其构成中，BECCS 作用最大，达 35 亿～ 200 亿吨，A/R 为 40 亿～ 120 亿吨，DAC（S）36 亿～ 120 亿吨，EW 7 亿～ 36 亿吨，SOCS 2.5 亿～ 24 亿吨，生物炭和海洋的固碳未计量。

国际上 BECCS 现行的技术手段，包括已经商业化的、100% 能源植物生物质（dedicated biomass）整体气化联合循环循环流化床发电，正在示范的生物质气化与煤耦合发电（生物质添加率 20% ～ 60%），以及尚在研发中的“生物质化学链”（chemical looping）合成能源和材料（如秸秆基聚乳酸的全生命周期碳排量仅为石油基聚乳酸的 20%）。IEA 在 2011 年发表的关于 BECCS 的报告估测，到 2050 年，其碳减排潜力为：技术可达潜力为每年 100 亿吨的 CO_2；经济可行的潜力则为每年 35 亿吨的 CO_2。

（二）植树与在边际土地种植能源灌木和草类

植树是生物质固碳的重要方式，但绝非全部。即便是植树本身，也只是一个统称，应该包括种植乔木树、灌木和草类。而且，植树固碳是有条件的，不宜一概而论。

首先，我国适宜种乔木树林的土地是有限的，主要的限制因子是降水量。在经过多年大规模植树造林之后，今后要继续扩大面积，只有向不适宜种植庄稼的“边际土地”，包括沙化土地、沙地、荒漠和荒山等拓展。然而这些地区除了土壤十分贫瘠、难以形成高大植被外，最关键的限制因子是绝大部分年降水量低于 400 毫米这个乔木树生长的阈值。20 世纪 90 年代“退耕”被提上议事日程后，主管部门曾一度只提“退耕还林”。但在应退耕面积很大的“三北”地区，多数地方的年降水量不足 400 毫米，多年的实践证明并不适宜种树。经科技人员力争后，方改为“退耕还林、草”。而 20 余年来的研究证明，一些灌木尤其是豆科的灌木和草类，如柠条、沙棘、刺槐、巨芒草等，由于具有强大的根系，有的根可扎入 3 ～ 4 米深的土层，因而高度耐旱；而且根、蘖的再生能力很强；多年生的特性使其在频发的春旱条件下能照常萌发；属豆科的能够自生固氮，克服土地贫瘠的制约，必然成为“退耕”的优选品种和主力。

其次，植树的固碳作用并不是绝对的，而是有条件的。之所以如IEA的报告所述，植树只在寒带地区才有明显的碳负排放效应，而在温带和热带地区则没有。是因为寒带的树木生长期所吸收的CO_2，在树木凋亡后会以叶、枝、干和根的形式进入土层；在低温条件下，它们不易发生分解，而是会逐渐转化为难以分解的腐殖质或泥炭等，从而将碳长期封存起来。而在温带特别是热带地区，树木吸收大气中CO_2的效果是有时限的。除了残留的枝叶和根会很快分解外，其余部分在过了数年或数十年后，树木吸存的CO_2仍会随着木质的各种形式发生风化、分解，回到大气中去。

（三）我国开发生物质能和碳捕获/封存技术的成功案例及其碳减排潜力

生物质能具有其他任何可再生能源所不具备的多种功能，即能源补充/部分替代、减轻空气污染、有机废弃物资源化利用和增加农民收入。特别是其碳减排作用和前景普遍被生物质工程界所看好，并已在一些示范工程中得到体现。

1. 结合生态建设种植沙柳、发电和养殖藻类的“三碳经济模式”

在内蒙古毛乌素沙地，灌丛植物沙柳能有效地拦住流动沙丘。由于生物学特性决定，沙柳每隔2～3年必须平茬（切除根部15厘米以上枝条）一次。但以往平茬下来的枝条没有出路，农牧民不愿管理，种下的沙柳很快枯萎。政府花了很多的钱补贴种沙柳固沙没有成效。内蒙古自治区毛乌素生物电厂在沙荒地上种植沙柳，建起60万亩能源灌木基地，以平茬的沙柳枝条供6×12兆瓦（一期2×12兆瓦）发电厂作为原料。工厂与农牧民签订种植协议，企业提供沙柳灌木苗和肥料乃至机械，农牧民扩大沙柳的种植面积。并把每年平茬割下来的枝条卖给企业。实现了企业与农牧民，生态效益和经济效益两个“双赢”。仅2003—2013年，该模式绿化了沙漠240平方千米。灌木基地每年可以产生36万吨生物质燃料，为社会提供8000多个就业岗位，人均收入逾1.2万元。

生物质电厂2008年11月并网以来，年发电2.1亿千瓦·时。经联合国指定的独立第三方认证，该项目每年碳减排量为25.6万吨。同时，将从发电厂烟道中捕获的CO_2在大棚中养殖螺旋藻（*Arthrospira, Spirulina platensis*），加工成营养保健品。养藻大棚面积达1万亩，每年可捕集发电产生的二氧化碳15万吨。加上沙柳地下部的固碳量，每年可实现CO_2吸收50万～60万吨。这种集减碳、固碳和用碳于一身的“三碳经济模式”，获得2012年联合国环发大会“20年防沙治沙特别贡献奖”，联合国工发组织和粮农组织正在向非洲和中亚地区推广。

2. 能源灌木用于替代煤炭发电

柠条（*Caragana korshinskii* Kom）是一种多年生豆科灌丛植物，高度耐旱（年降水量高于 150 毫米即可），耐瘠。最大特点是生长快，生物量大；由于生物学特性决定，每隔 2 ～ 3 年须平茬（切除根部 15 厘米以上枝条），能收获的生物量可观。且平茬后基部长出大量分枝，连同极为发达的根系，可有效地固风沙。2000 年国家京津风沙源治理工程开展后，被选为“环京津风沙源治理工程”的植物种。工程区包括农牧交错地带沙化土地治理区等四个地区，第一期工程中即种植柠条数千万亩。仅内蒙古自治区乌兰察布一市即种有 1500 万亩。

位于河北省北端的康保县属于京津风沙源治理工程范围，种植有 80 万亩柠条。以往因平茬产生的枝条无出路，农民没有平茬的积极性，导致柠条生长数年后即凋亡。善能集团康保县生物质能项目投资 4.5 亿元，建起 40 兆瓦生物质热电联产厂和 36 万亩能源灌木基地。电厂收购枝条为农民平茬提供了激励。该厂每年可处理约 28 万吨平茬后得到的柠条枝干等农林废弃物。代替 10 万吨标准煤，输出约 2.5 亿千瓦 · 时绿色电力，供热面积 97 万平方米；供蒸汽 70 吨 / 小时；每年减排二氧化碳约 17 万吨。围绕柠条燃料的收购、破碎、储存、运输等产业链，每年实现 6 万车次的运输，为农民增加 1000 万元运输收入，直接解决 1000 户农民的脱贫，解决 1000 多农民就业。农民直接受益 5600 万元，帮助 2500 户农民脱贫。

因此，如果在“三北”地区的边际土地和退化土地结合生态建设种植 2000 万公顷柠条（包括沙柳、沙棘等），以平均每公顷年产 7 吨枝条用于生物质发电计，可年减排 CO_2 约 1 亿吨。如果计入土层中根系的固碳率（每公顷每年 0.66 吨 CO_2），则年减排加固碳量可达 1.2 亿吨。

3. 草类生物质固碳作用显著

和上述灌木一样，耐旱的草类植物也有强大的根系。豆科草类更适于在瘠薄的土地上良好生长。近年来，芒草在欧美国家和地区作为一种能源作物受到高度重视。芒属植物起源于东亚和中国。中国科学院植物所桑涛团队在国内试种 4 种本地起源的芒属植物以及做对比试验。结果表明，芒属植物的综合性状显著优于作为已经引进的能源植物柳枝稷，年生物量单产平均为 30 吨 / 公顷。地表层 30 厘米内，芒草根系有机碳的年积累率达到每公顷 1 吨。芒属中最突出的一个种——荻（*Miscanthus sacchariflorus*），株高可达 7 米，能在甘肃省中南部、黄土高原和东北地区一带安全越冬。远优于早先引进的欧、美普遍应用的三倍体巨芒（后者在我国温带地区的越冬率很低），是北方地区年产生物质最高的多年生草类。目前，获已在黄土高原开始规模化种植。据估算，我国温带约3亿公顷天然草地种植芒属能源植物的潜力惊人。其中黄土高原即有6000万公顷的退化、沙化土地，加上东北的毁林开荒林地，共有约1亿公顷的边际土地适于种植。以年平均10吨/公顷（干物重）的生物量单产计，可年产10亿吨生物质原料。如用于直燃发电和与煤的混合发电，每年可获1.46亿千瓦·时的电量，年可减排煤电产生的CO_2 17亿吨。

4. **生物炭助力负碳排放**

用生物质制生物炭是一种非常有效的负碳排放技术。南京林业大学张齐生、周建斌团队开发的木质纤维类生物质热解，热、电、气、炭、肥五联产技术，已经实现规模化商业应用。据测定，每加工1吨竹木片，除了可获650千瓦·时的电力和热能，以及一定数量的燃气外，还可得到300克生物炭用以制碳基有机肥。通过这种途径，生物炭中的CO_2可以在土壤中保持数百年乃至上千年不分解，这就是所谓碳的生物封存。它是迄今唯一真正具有经济可行性的实用碳封存技术。当前，碳封存（CCS）实际仍处于试验阶段。它是捕集排放的CO_2后，再用高压打入深数千米的废矿洞。在我国试用的成本高达400～500元/吨。上述五联产技术系统的综合碳减排潜力巨大：以我国常规煤电的CO_2排放率为1000克/（千瓦·时）计，生物质热解发电得到650千瓦·时替代煤电，相当于减排了650千克CO_2；与此同时，300克生物炭（C含量85%）相当于封存900千克CO_2，这后一部分占60%的CO_2实质上是碳的负排放。合计每使用1吨竹木片，可减排1.55吨CO_2。我国林木"三剩物"（指抚育、砍伐和加工产生的剩余物）每年超过5亿吨。如果使用5亿吨竹木片实行五联产，除可发电3250亿千瓦·时外，每年可减排7.7亿吨CO_2，其中来自碳负减排的为4.5亿吨。

（四）生物质能利用对煤电碳减排的重要性

电力部门是我国CO_2排放的"大户"。当前我国能源相关的CO_2占全部CO_2排放量的85%。排放源主要是工业部门和电力部门，各占约40%的份额。而煤电仍占全部发电产能的63%。

我国热力能源界某权威专家曾指出，根据IPCC 2018年的研究报告，为实现（21世纪末全球升温低于）1.5摄氏度的目标要求，全世界在2050年左右要实现碳的零排放；届时煤炭在全球电力供应中的比例要降低至接近为零。而现在煤炭仍然是中国的主要能源，中国火电容量已超过10亿千瓦，世界第一，火电占比超过60%。"去煤化"现在对中国是不现实的，关闭全部燃煤电厂也是不可能的。但是中国电力必须要走从"减煤"向最终"去煤"的方向发展。他认为，煤和生物质耦合发电及生物质转换发电是煤电低碳化最可行、经济、快速和可靠的发展方向。如能使煤电从生物质混烧逐步过渡到生物质100% 转换，则实现高碳电力转型过渡到低碳电力就大有希望。据清华大学和美国宾夕法尼亚州立大学等的一项研究，生物质与煤共气化及碳捕集技术（CBECCS）对中国碳排放和大气污染意义重大。当采用 35% 生物质添加量时，CBECCS 系统可实现电力生产全生命周期的零碳排放，并带来显著的大气污染物减排，在碳交易成本为每吨 340 元以上时，经济上可行。

国际上，众多欧洲国家先后采用生物质和煤混烧耦合发电。英国从始至终选择大型燃煤电厂直燃耦合路线并不断提高生物质耦合的比例，以秸秆和林业废弃物等作为混烧原料。通过成本管理和安全控制，提升运营和燃料供应链管理，迅速成为大型燃煤电厂生物质耦合发电的国际领导者。该国的 Drax 电厂于 2003 年开始了生物质耦合发电的历程，如今早已成为全球最大、最有名的生物质发电行业领导项目。2011 年和 2015 年，国际能源机构清洁能源中心举办的第一届和第五届全球生物质耦合发电行业论坛，都选在 Drax 电厂内举行。在经历了生物质掺烧量（按热量输入计）占 5%、10%、60% 三个阶段后，最终将燃煤锅炉彻底改造为纯烧生物质燃料，2020 年 3 月起全部 6 台 660 兆瓦发电机组都不再掺烧煤，年消耗生物质干料量超 1000 万吨。在全面推广这项技术后，英国 2019 年的煤电比例已经降低到 1.9%。

（五）实现“碳中和”还要依靠减排甲烷等 CO_2 以外的温室气体

当前国际上，与“中和”的相关目标的表述有 4 种，即气候中和、碳中和、净零碳排放和净零排放。虽然目标表述不同，但实质均是指温室气体的净零排放。大多数国家将气候中和目标等同于温室气体净零排放。温室气体包括 CO_2（占 75%）、甲烷、氧化亚氮和含氟气体。CO_2 以外的温室气体均以与 CO_2 增温效应的比值计算 CO_2 当量（CO_{2-eq}）。减排 CO_2 以外的温室气体，能有效地抵消大气增温效应，也就相当于一定数量的 CO_2 排放额度。同时，碳中和还需要所谓的负碳排放技术（negative emissions routes），也是为了起到抵消一部分 CO_2 排放量的作用。美国学者最近发表的研究报告认为，欲实现 2060 年碳中和的目标，中国需要从现在起就大规模地实施负碳排放技术（negative emissions technologies, NETs），达到每年负排放 25 亿吨 CO_2 的数量级。

IEA 报告指出，能源植物和农林废弃物气化 – 甲烷合成和厌氧发酵（先产生沼气，再经提纯将甲烷含量从 60% 提高到 90% 以上）两种途径产生生物天然气，直接替代常规天然气，显示了出众的碳减排潜力，是最有希望的减排技术。到 2050 年，生物质气化合成甲烷和厌氧发酵制甲烷的碳减排潜力分别相当于每年 35 亿吨和 20 亿吨 CO_2 当量。但只有当 CO_2 排放额交易价超过 20 欧元 / 吨时，才具有经济上的可行性。

IPCC 的 SRREN 报告估测，2050 年全球生物天然气（含气化合成和厌氧发酵）的“生物质能加碳捕获及封存（BECCS）”的碳移除（负碳排放）技术潜力：原料包括能源作物，农林废弃物，城镇生活垃圾和畜禽粪便 / 生活污水剩余污泥。气化 – 甲烷合成 35 亿吨 CO_{2-eq}（CO_2 当量）；能源作物和农林废弃物厌氧发酵 20 亿吨 CO_{2-eq}；城镇生活垃圾厌氧发酵 3 亿吨 CO_{2-eq}；畜禽粪便 / 生活污水剩余污泥厌氧发酵 4 亿吨 CO_{2-eq}；合计为 62 亿吨 CO_{2-eq}。

在全球温室气体的总增温效应中，甲烷（CH_4）的贡献要占到 18%。据麦肯锡的《应对气候变化：中国对策》，中国 2016 年温室气体净排放量达 160 亿吨二氧化碳当量。其中甲烷几乎占到 1/3（30%）。1 克甲烷相当于 25 克 CO_{2-eq}。大气中甲烷的主要来源是生物质，特别是人、畜粪便在自然条件下分解发酵形成的。

生产沼气的原料是植物和由植物转化的动物性废弃物，可以避免它们在自然条件下形成甲烷。“碳负排放”的来源有三：一是植物在生长过程中吸收大气中的 CO_2 合成碳水化合物；二是沼气（以及提纯后产生的生物天然气）作为燃料替代化石燃料时，单位做功释出的二氧化碳减少；三是所避免的动植物性生物质废弃后腐烂分解产生的甲烷。

据瑞典 Lund 大学的 Fritsche 计算，按每获 1 千瓦 · 时做功各种能源释出的 CO_2 量比较：煤为 508 ～ 703 克，天然气为 398 克；连风能和太阳能还得释出 23 ～ 89 克，而沼气却为 –414 克。

生物天然气直接作为车用燃料与汽、柴油及天然气相比，在碳排放性能上有巨大优势：根据德国能源署的资料，以“从油井到车轮”（well to wheel）计的每行驶公里排放的 CO_2 当量（不考虑制生物天然气的减排 CH_4 效应），汽、柴油为 156 ～ 164 克 CO_{2-eq}，常规天然气也有 124 克 CO_{2-eq}；而生物天然气仅为 5 克 CO_{2-eq}。

除此之外，近来有专家提出，要实现我国能源最终的能源碳中和，必须在非电领域推动新的技术发展和应用，氢能可能是最终解决方案。而生物质制氢恰恰技术成熟，成本有竞争力，发展潜力也较大。

生物质的"非能利用"途径登上历史舞台

中国农业大学教授　程　序

生物质的现代应用领域远非只是能源。材料、饲料、肥料等都广泛使用生物质，更不要说用生物质转化出的多种产品，涉及化工、医药、食品等部门，新产品层出不穷。其中，生物质的现代合成材料应用，量大面广，为生物质替代有机合成材料的原料——石油 / 天然气以及高附加值利用开辟了广阔的前途。

2019 年前后，国家能源局的一些文件中出现了一个前所未见的新词——可再生能源的"非电利用"。其背景是，这些年来可再生能源的快速发展主要来自被高额补贴的风电和光伏电。但由于煤电仍在发展，电力供应在总体产能上已趋饱和；况且风电和光伏电间歇性强，"弃风 / 光"问题日趋严重，所占的政府财政补贴缺口又越来越大，因此，不得不提出的新方针；紧跟着，生物质"非能源利用"的提法也出现了。这两个动向在不经意间触及一个重要、但却一直被忽视的命题：特别是现代生物质的利用，远非只是能源，更不只是电力。

近一二百年里，煤化工和石油化工技术先后得到快速发展。以石油化工技术制造的三大有机合成材料即合成纤维、合成橡胶和塑料树脂的成百上千品种，已经成为当代社会经济活动和人民生活须臾不可离开的物资，消费数量惊人。我国每年要消费 7 亿吨石油中的约 15% 加上一部分天然气，用来制造石化基合成材料。与此同时，还造成了严重的环境污染。例如塑料废弃残留后，因数百年也难以分解而引发所谓"白色污染"。此外，石化合成材料的生产过程特别是煤基材料生产（"现代煤化工"），往往伴随着巨量的 CO_2 排放。

生物基（合成）材料是指利用可再生的生物质为原料，通过生物和化学转化以及物理等方法制造的一类新材料，具有绿色、环境友好、资源节约等特点，是全球未来发展的方向。生物基材料主要包括生物基平台化合物、生物基塑料等五大类。当前，生物基合成材料的研发已成为国际科技攻关的主战场之一。尽管总体来看，已完全实现技术突破且具大规模生产的经济性的品种尚不多，但研发在不断取得进展，已显示的多种效应十分诱人。特别是生产全过程的高度增值和综合效益，成为生物质产业能够与石化产业竞争并最终胜出的根本保障。生物基合成材料和生物能源一起，正在成为新兴的生物经济中日益重要的组成部分。

现实生活中，我国除了需进口约 70% 的石油消费量外，还要进口大量从化石燃料提取的基本有机化学品，如乙烯、丙烯、乙二醇等。它们是合成石化基材料的单体，被称为合成材料转化、生成的“平台化合物”。为此付出的经济代价巨大：乙烯、二甲苯等基本原料每年须进口 6000 多万吨，耗费 4000 亿美元，造成贸易逆差高达 2000 亿美元。例如需用石脑油转化制成的乙二醇（合成 PET 聚酯纤维的单体），2018 年进口了 980 万吨；花费 800 亿元；二甲苯和对二甲苯，年进口各 1500 万吨，各花费 100 亿元（表 1 ）。事实上，新兴的生物炼制技术已能从生物质转化产出所有这些石化基平台化合物。而由于生物质的原料生产、储运和部分初加工均在农村进行，那么生物基材料产业的兴盛将对振兴乡村工业和增加农民收入产生重大意义。

表 1　我国大宗化学品的年进口量

种类	表观消费量（万吨，2013 年数据）	进口依存度
乙二醇	1165	70%
二乙二醇	94	62%
对二甲苯	1520	51%
双酚 A	115.8	50%
苯乙烯	848	43%
丙酮	117.8	41%
甲基丙烯酸甲酯	60.4	40%
正丁醇	125.9	32%
丙烯腈	170.7	32%
己内酰胺	160	28%
异戊橡胶	410	75%

近一二十年来，生物炼制即生物质绿色转化技术的问世，为改变合成材料完全依赖化石能源的状况展现了历史性机遇。2003 年，第一届生物基聚合物材料国际会议在日本召开。会议对生物基聚合物材料作了如下定义：由淀粉、秸秆等可再生资源和二氧化碳为原料生产的材料，包括聚酰胺、多糖、聚酯、聚异戊二烯类、多酚及其衍生物、混合物和复合物。生物基合成材料

的特点：一是可以替代几乎所有对应的、源自石油/天然气的石化基材料；二是所用原料完全摒弃了包括煤、石油和天然气；三是转化过程较少依靠化学反应和相伴的高压、高温和化学催化剂；四是用过和残留的生物基合成材料较容易在自然条件下分解；五是制造过程属于低度碳排放，不少品种按全生命周期碳收支计，甚至是碳“零排放”的。

下面，以两类生物基合成材料——聚酰胺和全生物可降解塑料为例，讨论此类合成材料的优点和发展前景。

一、聚酰胺（尼龙）

聚酰胺（polyamide，PA），外文商品名为 nylon。在我国，聚酰胺用作合成纤维时称为锦纶，用作塑料时则称尼龙。是分子主链上含有重复酰胺基团（+NHCO+）的一类热塑性树脂总称，其中脂肪族 PA 品种多、产量大、应用广泛。由二元醇和二元羧酸酯化缩合而得。

聚酰胺最早由美国杰出的科学家卡罗瑟斯（Carothers）及其领导下的科研小组研制成功，是世界上出现的第一种合成纤维。它的问世是合成纤维工业的重大突破，同时也是高分子化学的一座非常重要的里程碑。1939 年，美国 DuPont 公司最先开发用于合成纤维并实现了工业化。自 20 世纪 50 年代起，聚酰胺又被开发和生产注塑制品以取代金属。聚酰胺 -6 和聚酰胺 -66 主要用于纺制“三大合成纤维”（另两个是涤纶和腈纶）之一的锦纶——锦纶 -6 和锦纶 -66；尼龙 -610 则是一种力学性能优良的热塑性工程塑料。

常用的锦纶纤维可分为两大类：一类是由二胺和二酸缩聚而得的聚己二酸己二胺，其长链分子的化学结构式为：$H\text{+}HN(CH_2)_xNHCO(CH_2)_yCO\text{+}OH$。这类锦纶的相对分子量一般为 17000 ～ 23000，根据所用石化基二元胺（醇）和石化基二元羧酸的碳原子数不同，可以得到不同的锦纶产品。例如锦纶-66 是由己二胺和己二酸缩聚制得；锦纶-610 则是由己二胺和癸二酸制得。

用于合成纤维的聚酰胺最突出的优点，是耐磨性高于其他所有纤维。它比棉花耐磨性高 10 倍，比羊毛高 20 倍，在混纺织物中稍加入一些聚酰胺纤维，就可大大提高其耐磨性；当拉伸至 3% ～ 6% 时，弹性回复率可达 100%；能经受上万次折挠而不断裂。聚酰胺纤维的强度分别比棉花和羊毛高 1 ～ 2 倍和 4 ～ 5 倍。可以混纺或纯纺成各种医疗及针织品。锦纶长丝多用于针织及丝绸工业，如织单丝袜、弹力丝袜等各种耐磨的锦纶袜、锦纶纱巾、蚊帐、锦纶花边、弹力锦纶外衣、各种锦纶绸或交织的丝绸品。锦纶短纤维则大都用来与羊毛或其他化学纤维的毛型产品混纺，制成各种耐磨耐穿的衣料。在工业上，锦纶大量用来制造帘子线、工业用布、缆绳、传送带、帐篷、渔网等。在国防上，主要用作降落伞及其他军用织物。

目前，不依赖石化基原料的生物基聚酰胺已成为各大合成树脂集团争相开发的对象。相对于石化基 PA，其单体源于蓖麻油、葡萄糖等可再生生物质。当前完全生物基的 PA 品种已有 PA11、PA1010，部分生物基 PA 主要有 PA610、PA1012 等。

按照生物质的来源，目前生物基聚酰胺的制备主要可分为油脂和多糖两种路线。前者如生物基 PA11，系由蓖麻油裂解生成的 ω- 十一氨基酸单体聚合而成。生物基 PA1010、PA1012 和 PA10T 等则由二元酸和二元胺缩聚而成，起始原料也全部或部分是蓖麻油。后者即多糖路线中，多糖包括葡萄糖、纤维素等。PA66、PA46 的主要起始原料是己二酸，制备生物基己二酸的合成路线是，首先以重组大肠杆菌把葡萄糖代谢为 3- 脱氢莽草酸，进而转化为顺己二烯二酸，然后经高压氢化得到己二酸。把生物基己二酸与生物法合成的丁二酸经腈化和胺化，可得到生物基己二胺和丁二胺，最终制得完全生物基 PA66、PA46。

目前，法国 Arkema 公司、美国 DuPont 公司以及 Rennovia 公司等，都已是世界上数一数二的生物基聚酰胺生产企业。目前，它们对生物基 PA 的研发热点，集中于生产原料范围的扩展和成本的降低。Rennovia 公司估算，到 2022 年，全球生物基 PA66 合成纤维的年产量将突破 100 万吨。

尽管面临着石化基聚酰胺行业巨头的压力及生物基 PA 技术的挑战，我国生物基 PA 相关企业在持续稳步发展。目前，国内生产生物基尼龙的企业主要有苏州翰普高分子材料有限公司、上海凯赛生物技术股份有限公司、广州金发科技股份有限公司等，郑州大学和山东拓普生物材料有限公司合作，计划建立年产能 1 万吨长链二元酸、聚酰胺树脂等产品的生产示范线。

二、全生物可降解塑料

2020 年年初，国家发改委和生态环境部联合下发了《关于进一步加强塑料污染治理的意见》，明确提出，外卖、快递和商超等使用的部分塑料用品，要用降解塑料替代。可降解塑料是一类全新的材料，从降解的机理，可分为生物降解、光降解、氧化降解；从降解的效果看，可分为全降解和部分降解。后者主要指在全降解塑料制造技术尚未问世前，在石油基塑料中添加淀粉等有机质等作“骨架”。待塑料废弃后，这类有机物很快分解，从而能够减少残留塑料的量，但不能从根本上解决污染问题。从解决“白色污染”及塑料废弃物问题的角度来说，只有全生物可降解塑料是最可靠的，也是不少发达国家政府真正推荐的。当前，国内外都已出现了数种全生物可降解塑料，特别是某些微生物能分解生物质分泌产生生物聚酯（如聚乳酸、PLA 和聚 β- 羟基丁酸、PHB）等。然而虽然它们的降解性能优异，但因原料（果糖、葡萄糖等）太贵和改性技术较复杂，尚未能大规模商业化生产。

下面，以生物基可降解工程塑料——聚呋喃二甲酸乙二醇酯和全生物可降解塑料农用地膜为例，观察生物基合成材料在替代对应的石油基衍生物和治理石油基塑料薄膜造成“白色污染”方面的优越性。

当今社会广泛使用工程塑料，被称为可代替金属材料的新型“塑料合金”，具有高强度、自润滑、耐高温、耐紫外线、耐化学药性等多种特殊性能。聚对苯二甲酸乙二醇酯（PET）作为五大工程塑料 PBT 系列的一种（其他 4 种为 PA 聚酰胺、PC 聚碳酸酯、POM 聚甲醛和 PPO 聚苯醚），目前全球年产量约在 5000 万吨，广泛应用于纤维、饮料瓶、薄膜、板材和包装等方面。仅 PET 饮料瓶，全球每年就要消费 4800 亿个。合成它的两个前体成分——对苯二甲酸和乙二醇都来自石油转化。然而，依靠颠覆性的生物炼制（biorefinery）技术，这两种成分均可从生物质转化得到。而且用生物基前体合成的聚对苯二甲酸乙二醇酯，不但主要性能与石油基的没有区别，甚至对水、二氧化碳以及氧气的阻隔性能要优于 PET，而且还具有独特的可降解性，即在微生物和水热等物理条件下，能在几十天至几个月内完全分解。根据 Eerhart 等的研究，如果使用 PEF 全部代替 PET，将减少全球 40%～50% 的不可再生能源利用以及 45%～55% 的温室气体排放。如果 PEF 在饮料瓶市场上完全代替 PET，则每年可以节约 440～520 皮焦的不可再生能源利用（折合 1500 万～1770 万吨标准煤），减少 2000 万～3500 万吨 CO_2 的排放。

近年来，以生物基 PEF 塑料替代石油基 PET 塑料受到了绿色化学界和工业界的高度关注。2013 年，可口可乐、雀巢等 8 家跨国公司携手世界野生动物基金会创立生物塑料联盟。此前，可口可乐公司已做出“2020 年所有的 PET 容器都将 100% 采用生物材料”的承诺。在生物基乙二醇研制成功的基础上，该公司以石油基对苯二甲酸和以甘蔗及制糖废弃物制备的生物基乙二醇聚合“部分（30%）生物基 PET 塑料”成功。2015 年在米兰国际博览会上以“100% 可降解的植物塑料瓶”（plant bottle）的名义推出（图 1），受到公众热烈追捧。截至 2017 年年底，该公司已生产了超过 400 亿个生物基 PET 瓶。近来，以非粮食生物质为原料制备生物基对二甲苯（PX）、进而合成生物 PET 逐渐成为研究开发热点，美国 Virent 公司、Gevo 公司和 Anellotech 公司都在进行研究。

图 1　100% 可降解的植物塑料瓶

全生物基 PEF 塑料的两组分——聚呋喃二甲酸（FDCA）和乙二醇均分别来自生物质。早先的制备法分别依靠果糖和葡萄糖的转化。即果糖在 DMSO 催化剂作用下脱水，得到 5- 羟甲基糠醛，再在液态催化剂作用下氧化成为 2,5- 呋喃二甲酸；葡萄糖则在催化剂作用下水合先转化成乙二醇；而后再与 2,5- 呋喃二甲酸聚合成 100% 生物基聚 2,5- 呋喃二甲酸乙二醇酯（100% 生物基 PEF）。但由于果糖和葡萄糖成本很高，导致生物基 PEF 塑料的造价高企，经济性难以与石油基 PEF 塑料竞争。当前，科学家即将攻克纤维素水解生产 2,5- 呋喃二甲酸和乙二醇的新方法（图 2）并实现工业化，使得生物基 PEF 塑料成为发达国家实现替代石化基塑料的首选。具体的技术路线是将秸秆等生物质先转化为 5- 羟甲基糠醛（5-HMF），再氧化成 2,5- 呋喃二甲酸。荷兰 Avantium 公司基于此已研发出 100% 全生物基降解 PEF 塑料，并实现了全生物质可降解 Bio-PEF 聚酯瓶的批量生产。

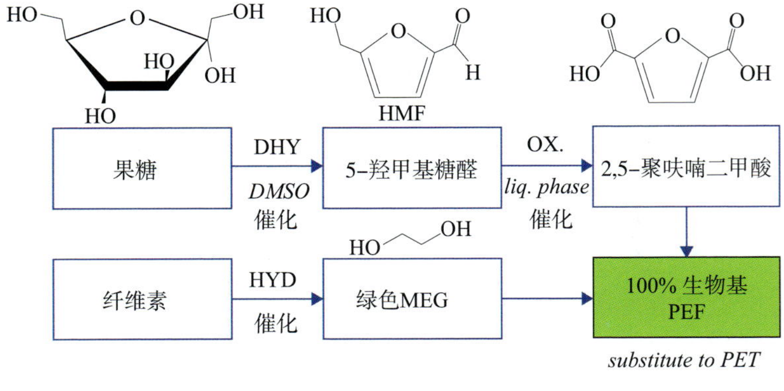

图 2　纤维素水解生产 2, 5- 呋喃二甲酸和乙二醇

当今在我国农田里广泛使用的塑料薄膜，在四五十年前还是空白。20 世纪 70 年代，日本学者发明了用塑料薄膜作为覆盖物，保护蔬菜免受低温、干旱和杂草等影响的技术。该技术引入我国后，在应用范围上得到爆发性的扩大。这是因为我国很多区域处在温带，热量条件并不十分充足，或虽处于亚热带但山区海拔高，低温季节长；加之北方地区降水少而蒸发强，对农业生

产造成很严重的制约。而使用塑料地膜覆盖及建塑料膜大棚/简易日光温室，能有效地克服这些制约。地膜覆盖技术极大地促进了农作物产量的提高。长期定位试验数据显示，北方旱作区玉米增产率超过150%，大范围内玉米平均增产率为25%～30%。据估算，地膜覆盖技术使我国玉米总产量每年增产100亿～150亿千克，贡献率接近10%；棉花产量的贡献率则达30%。地膜覆盖和塑料大棚的应用带动了大田作物和菜、果类等许多作物生产方式的变革。对保障食物安全供给和扶贫脱贫做出了重大贡献。当前全国每年地膜覆盖面积达3亿亩。我国在短短的二三十年里，迅速成为全世界塑料薄膜（地膜、棚膜）使用量最多的国家。塑料薄膜成为农业生产的最重要的物质资料之一。

但与此同时，由于石化基地膜使用（通常一个生长季）后的极难分解性，带来了一系列问题即薄膜残留导致的“白色污染”。特别是过分追求降低成本，塑料地膜制得非常薄。以当前最广泛使用的聚乙烯（PE）塑料薄膜为例，厚度仅为0.006～0.008毫米，只有日、欧国家和地区的1/3，用后非常难以捡拾回收，大多数残留土壤中。因而在连年使用情况下大量累积，土壤污染影响非常严重。据对全国的绿洲农业区、黄土旱源区、东北风沙区、华北地区和西南山区等5大区域长期覆膜农田调查，土壤中地膜残留量为每公顷71.9～231.0千克。而研究表明，当土壤地膜残留量达到60千克/公顷时，就会使农作物减产，减产幅度为10%～22%（棉花）和11%～23%（玉米）。清理一亩地的农田残留膜，耗费的人工成本最少为100元，而政府每亩补贴仅50元。如全面推行，每年政府的补贴总额高达几十亿元，没有可持续性。全国每年使用农膜（地膜、棚膜）200多万吨，当季回收率不到1/3。只有应用生物降解地膜，才有望从源头上彻底解决“白色污染”，其研发已成为塑料工业和农业发展的当务之急。

根据主要原料添加型生物降解地膜是向石油基塑料中添加部分具有生物降解特性的天然或合成聚合物等，再加入相溶剂、助剂等制成，不属于完全生物降解的地膜。而用生物质衍生出的单体替代性质完全相同的石油基单体如多元醇、二元酸等再聚合，可得到生物基降解塑料。制成的地膜生物降解性显著提高，原料来源可再生，是真正的环境友好和可持续的塑料。

目前，日本和欧洲生物降解地膜在地膜市场的份额不断上升，达到了10%左右（局部区域的应用比例更高）。使用最多的是聚己二酸/对苯二甲酸丁二醇酯（PBAT）。德国巴斯夫（BASF）公司的PBAT原料年产能已达6万吨。日本在蔬菜种植中，生物降解地膜（主要是PLA）的比例已超过20%。国际PLA膜的生产商有美国的NatureWorks和日本三菱、昭和等公司。我国在生物降解地膜的研发和应用也取得了长足进步。如由广东金发科技和新疆南山屯河等企业生产的PBAT，浙江海正集团的PLA，以及中国科学院广州化学所和长春应用化学所研发的聚碳酸酯（PPC），均已开始规模化生产。但当前国内外的全生物降解地膜仍存在不少问题，2017年我国的示范面积仅1万亩。问题之一是产品的抗拉强度有待于进一步提高，以能够机械化覆膜作业；二是大多数生物降解地膜破裂和降解的可控性还不理想，覆盖存在时间远低于作物需要的安全生长期；三是增温保墒性能需要进一步加强；最关键的问题是产品成本需要大幅度降低。例如，多数生物降解地膜销售价格是普通PE地膜的2～3倍。

由以上叙述可以看到，生物基材料在环境友好性、原料可持续性、化石能源和石化基材料的替代性方面均表现突出，代表着“绿色发展”的方向，而且对乡村振兴能发挥独特作用，是有待于大力研究、开发和应用的全新领域。从长期看，生物基材料的重要性迟早将超过生物质的能源利用。在我国，近年来新的化石能源资源，如页岩油/气、干热岩、可燃冰，乃至新的非化石能源如热核聚变（月球上有丰富的氦资源作为原料）还在不断发现和试开发，有的品种已初显成效；加上风能和光伏能的飞速发展，能源短缺将不再对我国构成严重威胁。因此，完全可以期待生物基材料引领生物质的现代利用，形成一个全新的战略性新兴产业。

宏日创业 16 年

吉林宏日新能源公司董事长　洪　浩

缘起：携笔从戎闯关东　知行合一
创业：技术创业苦中乐　愿力坚守
发展：模式验证华山道　市场求生
拼搏：资本市场疑无路　柳暗花明
攀登：规模扩展长征路　风雨彩虹
感恩：赞天化育自然道　循道多助

石元春院士是中国生物质能源行业的倡导者和旗手，可以说没有石院士等老一辈科学家、战略家的呼吁和支持，我国的生物质能行业就没有今天的发展。2011 年石院士出版的巨著《决胜生物质》吹响了生物质能行业进军的号角，影响和带动了中国一大批生物质行业从业者（其中也包括我）。老先生一直以呵护孩子般的态度时刻关注产业发展，高屋建瓴为产业把关布局。先生以十年之功，鲐背之年完成《决胜生物质 20 年记》的书稿，我第一时间拜读，一气读完，不忍释卷。原本是学术性的著作，先生却写得客观严谨又通俗易懂，文采横溢又扣人心弦，这本书必将再次唤醒全社会对生物质的正确认识；全书对生物质这个新生产业发展的详尽记录，一定会成为未来研究生物质产业发展的珍贵史料文本。字里行间无不体现老一辈科学家对生物质事业的坚信执着，对国家、民族责任的大义担当和对后辈从业者的宽容呵护。老先生令晚辈崇敬与景仰！今有幸应先生要求写一篇关于宏日发展历史的篇章，作为补充。本以为宏日发展还不到总结的时候，仍在爬坡过坎。但先生命笔，必当从命。

一、缘起：携笔从戎闯关东　知行合一

要做什么人？在这个时代选择成为一名创业者，如同民国时代选择成为

一名教授，因为那个时代最需要思想；战争年代选择成为一名军人，因为那个时代最需要革命和战斗。所以他们都是时代浪潮中的弄潮儿，是最能推动时代进步的职业选择。当下市场经济的环境，企业家是最能直接推动社会进步的职业之一，毋庸置疑，创业是当代精英的人生选择。要说明的是，商人跟企业家还是有很大区别的，商人是以逐利为目的，而企业家是要解决社会问题、创造价值的一群人。我立志要做创业的企业家。

世间万物，因缘际会。20 世纪 90 年代受父亲影响，开始从事环境治理和生态修复工作，开始持续关注环境问题。2003 年考上北大环境学院，师从环境科学泰斗叶文虎教授。叶师当时已经在国际上久负盛名，他创办北大中国持续发展研究中心是国内第一个可持续发展的研究机构，并逐渐形成了具有东方特色的可持续发展理论的“三生学派”。学习期间，在叶师的指导下，我对环境问题有了更深刻和全面的了解，环境问题是由经济发展带来的，而经济发展又是依赖能源利用方式，最终，是化石能源的使用导致了所有环境问题的产生。无论是碳排放导致的气候变化，还是大气、水、土壤的污染，来源都主要指向化石能源。因此，要实现可持续发展就要在能源领域实现可再生能源对化石能源的替代，在资源领域实现可再生资源对不可再生资源的替代。按照叶师的说法，检验可持续发展的标准是“三生共赢”，即：生产、生活、生态在同一时空实现共赢。

我们已知的大部分产业是以自然资源为加工对象，攫取资源，加工产品成为商品用于人类消费，消费后成为垃圾，弃之回环境，等待环境消解。绝大多数产业的发展会造成环境或大或小的破坏。因此，先污染后治理成为业界共识。叶师不赞同这样的认知，他认为污染必须从源头治理，发展经济也要兼顾生态环境建设，而不仅是环境保护。按照叶师的“三种生产”理论，环境是除了人的生产和物质生产之外的第三种生产，(《资本论》里只有人和物质两种生产），叶师的提法为学界首创，因此，该理论被命名为“三生学派”。我为叶师的理论深深折服，根据我在生态修复领域的工作基础和经验，叶师安排我做既有生态效益又有经济效益的产业研究。可去哪里寻找既有经济效益又同时具有环境效益的产业开展研究呢？在学校偶然听的一个讲座给了我灵感，讲课的教授是全球著名的美国自然资源研究所的莱斯特·布朗，他讲的《生态经济》深深打动了我，后来又认真拜读他的书，深受启发。刚好我曾是吉林西部从事生态治理的甲方，吉林省林业厅给了我们一个课题：吉林东部林业三剩物的处理（注：吉林省是全国连续 30 年没有重大森林火灾的唯一省份，而林业三剩物是火灾最大隐患，时任林业厅长刘延春想彻底解决这个问题，因此给了我们这个课题）。查阅资料时，看到了石院士的文章，顿觉眼前一亮。由于工作关系，父亲与石院士相熟。我马上当面求教，石院士的关于生物质能的一席话让我一下子找到了研究方向。凑巧我搞生态治理时的德国同行改行搞起了生物质能，用的就是林业三剩物，他给我介绍德国关于生物质能开发的产业链，邀请我去考察他的生物质燃料工厂和能源作物研究所等研究机构。考察过后更坚定了我从事生物质能事业的信心。“坐而论道”不是我的风格，“知行合一”才是我的座右铭。吉林省林业厅当年将生物质燃料生产列为林业发展十大工程之一，提供了原料、场地等多项便利条件。创业之路开始启航。

二、创业：技术创业苦中乐 愿力坚守

到吉林林区搞颗粒生产研发之前，我分别征求了父亲和石院士的意见，父亲一如既往地支持我的决定，只是让我想好后果。在征求石院士意见时，石院士非常赞赏我的决定，但也让我做好心理准备。我当时已对生物质能开始着迷，遍访国内生物质专家和技术专家、生产厂家，并且找好了投资人，自以为万无一失。便向石院士打包票半年完成国内首条生物质颗粒生产线。生物质成型燃料是通过物理压缩，利用植物体在一定温度下产生塑性变形，冷却后成型像鱼饵一样的颗粒状，直径 6 ～ 8 毫米，体积缩小 8 ～ 10 倍，便于储存运输，能量密度接近煤，比重大于 1。看花容易绣花难，看德国厂家制粒设备觉得没什么，可要自己去生产却远不是看到的那么简单。刘延春厅长为我们提供中试场地，在辉南森林经营局租赁了一个废旧厂房给我们，便于收集林区三剩物。德国的生物质颗粒燃料制粒机都是从饲料设备演化而来，我们从专门制造饲料设备的中德合资企业上海申德购买了制粒机，请当时全国最权威的专家设计了成套生产线，包含原料粉碎、烘干、制粒、冷却等工艺。可实际一运行，根本不成型，碎末满地。粉碎工艺的尘处理是饲料工艺没有的，而林业三剩物主要是硬木类的枝丫，当时没有合适的粉碎设备，我们就自己研制，在别人设备基础上改进。烘干工艺我们采用的是直接热风烘干，由于物料水分不均，控制不好就会有火灾。好不容易颗粒制造出来了，可是核心的易损件环模压辊却随时报废，远达不到德国设备的运行 1000 小时的运行参数。而一套环模压辊就是 8000 元，工厂成立了，每天都是烧钱，却没有产出，请遍了国内专家也没能解决连续运行的问题。转眼过去 1 年多了，我到处化缘，借钱、卖股份融资、卖房子筹资搞研发。原来说好的投资也一直在“等等看”中越等越远。那段日子像是进入了伸手不见五指的黑暗隧道，奋力爬行，却看不到出口，每天都在承受物质上和精神上的煎熬，在焦虑中

度过，本来就不多的头发更是日渐稀少。无人诉说，无法排解。我有个习惯，遇到自己无法排解的事就找书来看，书中寻找灵感。偶尔一个朋友向我推荐了一本书《活法》，作者是日本经营之圣稻盛和夫，看了他的书我仿佛找到了方向，不停地问自己到底创业的目的是什么？到底是出于私利还是公心？每次的困惑都让我重新坚定决心：我不是为自己赚钱，而是要开创具有“三生共赢”特征的产业模式！我们工厂在偏远的通化市辉南县辉南镇，叫县名却不是县城，全镇因林业而建，一共不到2万人，因为改制，多数下岗，百业萧条。我聘请的工人多是下岗林业工人。工人们见我没有收入，只有投入，开始的时候都怀疑我是不是北京来的什么骗子？后来见我只是从家里拿钱拼命搞科研，没有收入依然坚持，我像传道士一样反复给大家讲这件事的伟大意义，慢慢地他们接受了我，认可了我，并开始真心帮助我。最困难的时候，半年发不出工资，核心团队包括厂长和主要工人骨干无一人离职。他们用东北人的义气和特有的幽默段子安慰和鼓励我，使得我在“穷乐呵”中坚持！他们虽然不懂理论，但动手能力极强，他们特别的优势是熟悉木性，采用演化饲料生产线生产生物质燃料的最大不同就是原料不同，这也是专业厂家技术员也搞不定的原因。要摸索参数，我们按工艺分成小组，一个环节一个环节地查找问题，我们大家坚信，德国人能做成的事，我们也一定能！大家自力更生，经过摸索、改造、重修、无数次推倒重来，三年的坚守换来了上天的眷顾，关键技术终于突破。除了原料本身外，其他各项指标参数均达到德国工艺标准。看着哗啦啦的颗粒产出，延春厅长激动地握着我的手说：“成功了太好了，真怕你研制不出来耽误了你呀！”

研发成功，我急于向石院士和父亲报喜。2009年7月3日，由中国行政管理学会县级行政管理研究分会、吉林省行政管理学会主办的“发展成型燃料产业，促进县域经济发展研讨会”在辉南工厂附近的龙湾保护区玛珥湖山庄召开。父亲以行政学会顾问身份，石院士以专家身份参会；与会人员还有行政学会领导高小平、县级行政学会秘书长张学栋、吉林省委组织部部长黄燕明、吉林省林业厅副厅长孙光芝等领导，东北林业大学教授马岩等专家出席。石元春院士发言中对生物质能产业给出了热切的期望，我至今清楚地记得他说生物质产业就像处于襁褓中的婴儿，期待社会的呵护和关爱，相信生物质产业会逐步长大，未来一定会成长为守卫国家能源安全和生态安全的栋梁之材。

生物质颗粒研究出来了，却卖不出去，因为比煤贵。怎么办？毕红久总经理为了开拓市场，愁白了头发，拼酒引发心脏病，一把一把吃速效救心丸……天道酬勤，终于碰到用不了煤的特殊用户。长春吉隆坡大酒店（四星级）位于市中心，没有储煤场。他们烧油加集中供热，燃油价格高，负担不起，冬天客房很冷，每个房间要配电暖器。我们反复游说酒店的总经理林先生（马来西亚籍），他说要看成功案例，当时国内没有用户，生物质燃料是完全陌生事物，他也拿不定主意。偶然机会听说他弟弟在德国工作，我就让他问问弟弟。果然，他弟弟对选用生物质给了非常肯定的答复！但为了保险起见，林先生提出：要宏日出资上生物质锅炉，燃油锅炉作为备用，达成初步意向。生物质锅炉需要重新设计，我们找到吉林大学热能系，刚好热能系主任郝老师创办了科研为主的锅炉厂，三位老师是创始人，主要生产燃煤锅炉和当时热门的型煤锅炉。我们提出需要配套的生物质锅炉，这激起了三位老师中最年轻的王震坤老师的极大兴趣，我们一拍即合，马上研发。吉隆坡大酒店地理位置特殊，锅炉房在地下，已被燃油锅炉占满，生物质锅炉安装需要场地，料仓也需要空间。最后协商，占用地下 6 个车位改建为锅炉房。

王老师不负众望，基于木质原料的生物质专用锅炉设计比较顺利，第一个示范项目吉隆坡大酒店 2008 年开始运行，1 年后测算，原来一年的燃料费 540 万元，使用了生物质供热不但供热效果好，房间温度稳定在 23 ～ 24 摄氏度，使得酒店冬季入住率大幅度回升，而且燃料费用降低到 260 万元，此时宏日公司虽然微利，但与客户实现了双赢。这个客户我们服务了 9 年，一直到酒店转型其他。第一个项目的成功起到了示范作用，后续项目接踵而至。

从研发到技术验证、模式验证，共坚守了 8 年，公司一直在亏损状态挣扎，直到 2016 年实现盈利，公司才逐渐摆脱经营困境。2010 年公司被国家林业局评为生物质能示范单位。

三、发展：模式验证华山道 市场求生

第二个项目的业主方是世界五百强汽车配件排名第二的美国企业 TRW（中文名是天合富奥），工厂位于长春高新区，采用集中供热，该厂主营业务之一是汽车方向盘，需要手工作业，对温度很敏感。由于厂区位于集中供热尾端，并且每天供货需要开启大门导致散热，供热效果不好，残次品率高。高新区政府专门组织了应急办解决企业问题，进行公开招标，一共 7 家企业投标，另外 6 家是燃煤。只有宏日是新能源，虽然政府极力推荐我们，但决定权属于用户。美国公司总经理了解情况之后，当即决策使用新能源，采用生物质供热。但提出的条件是不买设备，不买燃料，只买服务，价格参照政府集中供热定价。我们别无选择，明知生物质颗粒价格是当时煤价 2 倍，能否盈利心中完全没底，但还是决定把这个项目做起来，把问题留给自己，因

为早晚都要面对与燃煤的PK，那就从这个项目开始吧。用木质原料是不可能盈利的，要实现盈利只有采用农业废弃原料。华山一条路！采用农废的锅炉必须重新研发，且客户供热不能耽误，必须全力推进，研发、设计、安装、调试、运营……采用农业废弃物做成的颗粒燃料热值低，因为含有K、Na、Mg、Ca等碱金属微量元素，灰熔点低导致结焦结渣，含Cl又会带来尾部受热面腐蚀，虽然查找大量文献，但在具体实践中还是难以避免这些问题的产生。幸好研发团队、运营团队紧密配合及时发现问题，迅速处理，虽然整个采暖季每天都提心吊胆，但在大量数据整合基础上摸到了规律，改变了锅炉设计和调整运营参数相配合，终于既保障了客户供热需求，又初步实现了盈利。

在市场开拓中，世界五百强企业TRW，只要供热服务，不购置设备、不要管理工人和运维，最后达成了市场端：宏日负责提供设备、提供燃料、提供服务的BOO（投资＋拥有＋运营）模式；在生产端，因为农民兄弟拥有资源（农业废弃物秸秆、稻壳等原料），如果我们购买原料，则没办法控制价格稳定，于是把农民兄弟拉进产业链，虽然宏日有生产燃料的专利，但我们开放出去，让农民按照我们提供的技术和标准生产燃料，这样做，农民积极性高，盈利稳定持续，产业链初具雏形。生物质燃料价格十年一直保持稳定。这就是宏日早期的商业模式。而正是这样的商业模式，使我们有幸生存了下来。同期一起搞生物质燃料生产或设备生产厂，因为对终端客户没有把控力，导致后来都销声匿迹了。国家在2011—2013年曾给予生产企业秸秆颗粒140～170元/吨的补贴，导致大批有能力获得补贴的企业迅速冲入这个行业，补贴发放是依据生产企业开具的发票，只看是否完成了生产，并不关注燃料最终是否进入市场，为客户所使用，很多生产企业只是为补贴而生产，国家发现这个问题停止补贴，这些获得高额补贴的企业迅速转战其他行业，宏日当时虽然有三家颗粒工厂，但都是以林业剩余物资源为主，并不是农业秸秆资源的补贴对象，所以，尽管我们把颗粒用于终端用户，但并未得到补贴。会哭的孩子有奶吃，但是宏日一直都是自己找饭吃。现在看来，早期的这种能源服务而不是能源产品的经营模式，使得我们获得了稳定持久的客户资源，可以放心大胆地搞研发。虽然没有政府补贴，经营现金流紧张，但完全依靠市场和客户获得生存机会，使得我们把满足客户需求作为首要工作，2016年，TRW全球供应商大会，1000多家全球供应商选出十佳供应商，宏日位列其中。通过技术研发和燃料替换实现成本不断降低，使得企业回归了商业本质，能源回归了其商品属性，这样的经营模式带来了我们市场不断扩张的机会。这种商业模式被程序老师称为生物质供热模式的胜利。在这个过程中，我们摸索出了自己的产品定位——将林业三剩物转化成燃料，通过运输车送到专用供热站的锅炉里，然后给用户提供供热服务，不单单只生产燃料，我们的产品定位已经转变为集燃料、装备、建设、运维等工作于一体的生物质供热运营服务。

这样的产品与以往化石能源的服务模式不同，我们是量身打造，按需供热，别人卖的是产品，而我们卖的是服务。在这样的定位下，我们一步一步打开了市场，有了很多成功的案例。现在看来，只要从用户需求角度出发，按照市场规律，这样的商业模式自然具有生命力。虽然我们干的是有益于环保的事业，但首先我们是为客户服务的商业组织，因此环境效益是我们事业的间接价值，而不是我们能为用户创造的直接价值，因此，没有理由让用户买单。我们必须让用户在付出与燃煤同样成本的情况下得到更好的用热服务，才证明我们为客户创造了价值。我们始终把企业的重心放在为市场创造价值上，而不是向政府要补贴上，因此，哪怕是允许燃煤的市场环境下，我们依然获得了成长的空间和机会。我们实现了这样的目标！我们的商业模式具备了可复制性和可持续性！

但以这种模式发展需要持续不断的投资能力。融资成了我们发展必须要过的一道坎。

四、拼搏：资本市场疑无路 春风化雨

经过技术和商业模式验证，企业具备了快速发展的可能，但要扩展业务首先要解决的问题就是融资。我已经把家里、身边朋友、团队搜刮干净，但这相对于业务发展需要的投资可谓杯水车薪。我美国的堂哥 Billy 是做金融的，他告诉我必须在资本市场找风险投资融资，并且这样有前瞻性的项目风投很喜欢。他积极帮我对接，考虑到一个这么早期的公司，在当时国内环保政策尚不明朗，碳排放还没有提上议程，资本市场不成熟的情况下，国内投资机构难以对接。于是我准备好商业计划书就跑到美国硅谷。美国的投资公司都很客气，可还是感觉太超前了，因为美国能源价格低，可再生能源市场发展缓慢。唯一的收获是在美国认识了一位从事能源作物研究的公司高管张博士，他想找中国的合作伙伴，大家谈得非常投机。他曾是河南省的理科状元，在中国有很多同学，其中一位是从美国高盛工作过回到上海从事风险投资的徐立新博士，他愿意介绍给我。回到国内我马上联系，第一次见徐博士，感觉他温文尔雅，没有通常投资家的傲慢，待人非常友善。几次交流之后开始安排尽职调查，负责尽职调查的苏总一样低调谦和，率团队来到东北考察工厂，

访谈客户，查看财务原始数据，一丝不苟。分别拜访吉林省林业厅和能源局领导，节奏飞快，效率极高。无论客户还是行业领导都对宏日的创业给予高度评价和褒奖。投资团队尽管对企业发展状况很满意，但对行业发展表达了质疑，毕竟当时国内还没有相关企业可以参考，而我们作为初创产业里的初创企业，风险太大。投资团队还要访谈对行业发展有研究的学者。

最终他们找到石院士和程序老师，石院士和程老师对生物质能行业发展进行了详细的介绍，并对产业发展对社会未来的贡献和发达国家在这个行业的发展现状给出了客观分析，这给了徐博士团队极大信心。徐博士团队作为投资人不仅考虑被投企业的合理回报，同时他们也非常关注企业对社会发展的贡献和环境效益，团队最终决定把项目汇报给投委会，投委会有一位是来自美国的资深投资人，我们电话交流了两个多小时，终于获得关键投资人的认可。而风投公司的大股东江苏高投，徐锦荣董事长高瞻远瞩，早就在新能源领域布局，最后决定投资宏日这个远在东北的初创型公司。在宏日融资的关键时刻，石院士、程老师对宏日的助力如春风化雨，滋润了宏日这棵幼苗。

按惯例，在拟定投资协议时附加了一个对赌条款，赌的是一年供热面积要达到 100 万平方米。一年后如果实现不了对赌的供热面积，则宏日团队需要归还投资，还要负担利息。如果实现了将追加投资。我们兑现了承诺，获得了投资，后来又陆续得到烟台创投、春光里资本、汇泽投资的投资加持，使公司的股权融资助力了公司的成长。在资本的加持下，公司逐渐由创业期的懵懂少年走向朝气蓬勃的青年时代。

五、攀登：规模扩展长征路 风雨彩虹

拿到投资后第一件事是要扩大规模，第一个辉南工厂花了 3 年时间才运转正常；第二个汪清大兴沟工厂，实现稳产用时 3 个月；第三个蛟河工厂，从破拆、土建工程开始到启动工厂按钮仅仅用了 57 天；2008 年，第一个供热站吉隆坡热站建设耗时 2 个月；2010 年，转业军人孙长奇带领的宏日工程团队，用 100 天建了 8 个供热站，其中吉大科技园热站，正常天气下需要 40 天的工期，宏日人在严冬 11 月顶风冒雪的施工条件下，仅用了 27 天，在寒流到来之前为客户送去了温暖；2008 年我们的供热面积是 5 万平方米，2009 年达到 15 万平方米，2010 年实现 100 万平方米供热面积。顺利满足了对赌条件，后续的资金也顺利投入宏日。但是规模突然做大，问题也迅速暴露出来。燃料生产厂过于依靠林业剩余物，但 2010 年后，天然林保护工程实施，林业商品材采伐逐步停止，林业三剩物迅速减少，建于林区的工厂因原料不足，

导致燃料出厂大幅度减少，而供热站不能断了燃料，必须迅速补充农业废弃物的颗粒燃料。农业废弃物与林业剩余物相比，最大的不同是农废资源的碱金属含量高，拉低了灰熔点，造成锅炉的结焦结渣，而含氯又会导致锅炉尾部受热面腐蚀。还没等研究明白，锅炉的腐蚀、结焦结渣问题就短时间内迅速爆发，当时正值采暖季，所有锅炉几乎无一幸免，因腐蚀接二连三的爆管、结焦结渣导致炉排变形，维修工 24 小时严防死守，经常半夜抢修，为了不影响供热，还没等锅炉凉下来就爬进锅炉焊接修复，彼时的艰辛无法用文字表述。面对失败就要从头研究、摸索经验，经过几个采暖季的摸索，终于找到了应对的方案，农业废弃物作为燃料顺畅地运营成功了。这一次的规模冒进经历了燃料由林业资源向农业资源为主的转变，险些全军覆没，是工友们的舍身拼搏加上研究团队的得力举措扭转了不利局面，顽强地生存下来。

我一直把这次创业当成一次科研。为了推动生物质产业发展，石院士建议成立生物质产业促进会，开始挂靠单位成了问题，最后在石院士和国家林业局陆处斡旋下，全国工商联新能源商会接纳了我们，并成立了生物质专委会。第一年由毛乌素生物质电厂的董事长任主任委员，第二年由我接任，我接任后第一件事就是组建专家委员会，目前既有包括石院士、任继周院士、倪维斗院士、叶文虎先生、程序先生、周凤起所长等老一辈科学家，还有周建斌（俄罗斯自然科学院外籍院士）等一批青年科学家共 50 余人组成的生物质专家委员会。生物质能源的研究开发利用后继有人。专委会推动的最重要的事情是集中全国同行举办论坛，扩大生物质产业影响。由吉林省政府和全国工商联新能源商会联合主办，省发改委和专委会负责承办的“生物质产业发展长春论坛”2015—2017 年连续三年在长春举办。省委、省政府高度重视，不仅推动全省产学研向生物质产业积聚，同时把石院士提出的“生物质经济”发展纳入“十三五”规划，使得吉林省成为全国首个提出生物质经济并纳入规划的省份。并制定吉林省“生物质经济”十大工程，生物质产业发展在吉林步入快车道。

在吉林生物质产业政策助力下，宏日发展也再次进入爆发式增长。2017 年，相继五个大项目同时启动，职教园区 120 万平方米集中供热，大唐、一汽大众改造、长生改造、磐石工业园区建设。如果说 2010 年规模扩张的直接原因是融资对赌，带有被动成分，因技术储备不足，公司险些倒闭。2017 年的规模扩张则是因为资金储备不足，险些导致公司关门。2011 之后的几年稳健经营，逐年盈利，到 2016 年公司成立十周年完成新三板挂牌，所有生物质供热项目均实现无补贴盈利。但 2017 年政策放开，5 个项目同时启动，主要靠自有资金投入，前四个项目建设比较顺利，第五个项目磐石工业园区项目，原设计是热电联产，恰逢环保督察，要求园区2017年年底完成燃煤锅炉停炉，我们2017年7月签约，为了满足2018年1月1日按时为园区企业供热，我们不得不再上2台蒸汽锅炉，但为了满足供热时间要求，热电联产项目本来得到股东的支持才下决心上马，但由于那时东北政策环境不好，投资不过山海关，导致股东承诺的投资没能到位，这一下把公司逼上绝境，热电联产项目总投资2.4亿元，所有的借贷手段都用尽了，当地金融机构给予了最大的支持，融到1亿元全部投到项目中，但后续资金没能跟上，导致停工2年。这2年又是备感煎熬的2年，在北京大学师兄范总引荐下有幸结识吉电股份的领导，开启了基于磐石项目和保税项目的合资合作，才解决了后续建设的资金需求。并且，借助这次合作，开始了由重资产的BOO（投资＋建设＋运营）模式转变为EPC＋运营模式，为吉电提供技术服务，公司从危机中逐渐回归正轨。

六、感恩：赞天化育自然道 循道多助

2006年公司成立，和一批从业企业代表着生物质供热产业在中国犹如一个襁褓中的婴儿呱呱坠地，开始了成长和探索。生物质供热行业是可再生能源中唯一没有依靠补贴而靠市场生存、发展起来的产业，虽然走着走着很多从业企业受多种原因影响改行了、停业了甚至倒闭了，但每年又有新的企业进入行业，宏日成为行业最老的企业之一。尽管一路艰辛，但始终以最笨的方法，循着市场规律，寻找能源市场中的细分市场求得生存，得到客户就全力以赴做好服务，甚至早期为了获得客户不顾成本，只要有一丝机会，就决不放过，只要签订了合同承诺了供热时间，就绝不耽误一天。大唐热电的客户是丰田发动机丰越公司，大唐需要夏季停产检修，可用户丰越公司不能停，当时主管工业的白市长焦急地找到我问能否在60天内完成备用热源建设，我坚决答应，60天后必将兑现承诺，按时交付，最后丰越公司日本总经理为我们点赞。一汽大众的6×80吨的燃煤锅炉因环保不达标面临淘汰，我们建议改燃生物质，动能公司的领导认真负责，经过一年的反复考察、艰苦谈判、实验验证，最后我们才实施改造，这个改造项目是目前亚洲最大的燃煤改燃生物质项目，从2015年运行至今。长生项目因环保和规划矛盾，3年没有解决，我们硬是3个月拿下手续，6个月完成供气项目建设。磐石热电联产建设滞后导致建设期内工业用户供热亏损，我们愣是咬牙坚持了4年，承担着每年千万元的亏损，但坚持保障供热。还有很多这样的案例，正是这种不计回报地为客户付出，才赢得客户认可，逐渐打开了市场。我们从不因我们是新

能源而要求客户待我们有任何特殊，因为我们深知，市场经济条件下只有客户认可才能生存，而不能仅仅是对环境的正外部性。做企业就要首先找“市场”而不是去找“市长”。尽管是国家支持的新兴产业，可以获得政策支持，但前提是符合市场规律，能为客户创造价值。

从宏日诞生的那天起，就抱着学习心态，盯着国际最新技术和做法。得到了瑞典、德国、芬兰、奥地利、英国等众多业内同行朋友的指点和指导，并建立了不同层面的合作关系。我遇到同行多极为友善，因为大家的目标都是为了地球的健康，彼此交流顺畅。瑞典最大的生物质能公司总经理 Lars 先生、熊老师已经是我志同道合的好朋友，我带去瑞典不下 10 次行业考察团都是他们不厌其烦地讲解和招待。2017 年第十一届东北亚博览会隆重开幕。我代表国际生物质能协会 WBA 组织德国、瑞典、丹麦等 7 个国家的 9 家农林生物质顶级公司、机构参展，吸引了世界各国逾千参观者。汪洋副总理、联合国考察团、巴音书记、刘省长等领导以及长春、吉林领导先后莅临展台考察指导。汪洋副总理勉励我们要加快生物质产业发展。不远万里前来参会的有 WBA 亚尔副主席、巴拉德行政总监、芬兰、瑞典、丹麦、奥地利、立陶宛专家，还有来自北京的丹麦、芬兰、瑞典使馆的朋友们。2019 年 8 月 30 日，吉林省副省长朱天舒会见芬兰供热协会主席艾萨，支持其首创的“芬兰能源模式”联手宏日落地吉林。还有很多支持行业支持宏日发展的领导、专家、学者、国际友人，他们都是出于认同宏日所从事的事业，所以给予支持。

我的记忆中有好多让我一生感恩的“贵人”，从企业成立之初的省林业厅领导，到早期谈项目、主动帮我们对接客户、支持我们发展的能源局的大姐。当年产业园区的领导在明白了我们的事业追求后，给我定性为“科学家”而不是企业家，在政策许可范围内给予了最大和最持久的支持。他们只是觉得我们做的是善事，应该帮忙。我们遇到的政府官员，都像“贵人”一样积极支持我们的事业。邮储银行按程序给了我们 5000 万元的贷款，发改委、工信、能源、生环等主管部门领导经常关心我们的项目，询问困难，给予帮助。我至今心存感激，让我们身处东北，却完全没有“投资不过山海关”的糟糕感受，而相反处处感受到被关心、关爱的温暖。一位原来工信的老领导已经调任北京，仍然关心我们的发展，帮助对接项目，全无所求，只是出于认同我们所从事的事业，想帮我们生物质产业发展。从公司成立之初，时任全国人大韩启德副委员长、全国政协罗富和副主席、国家能源局刘琦副局长、国家林业局李育才副局长还有多位吉林省领导莅临宏日，关心关爱这个新兴行业的幼小企业的成长和发展，让我真正感受到被关怀的幸福。

当然，成长也有成长的烦恼。2017 年，生态环境部发布“高污染燃料目录”征求意见稿，生物质颗粒燃料赫然在列，这无异于判处生物质供热行业的死刑。我立即找到石院士、倪院士、程序先生、周所长等专家，石院士迅速组织起草了给中国科学院、中国工程院的信；倪院士起草给生态环境部回函；周所长领着我直接到生态环境部沟通，韩委员长、罗主席在了解情况后，都纷纷写信或打电话给生态环境部。在石院士指导下，我又以全国工商联新能源商会名义起草文件，征求林产业协会生物质专委会、农村能源行业协会等联名向生态环境部反映诉求，各个机构一共用400多封信反馈意见给生态环境部。最终，生态环境部在最终的目录中，没再列入生物质燃料，在发布的记者招待会上，主管的司长特意申明生态环境部对生物质燃料的支持态度。一场生死存亡的保卫战终于落幕。

在众多需要感谢的“贵人”中，石院士是其中最重要的一位，他不求任何回报，只求生物质产业能够发展，呵护产业发展就如同呵护婴儿的成长，宏日就是在他细心呵护下成长起来。当然，宏日仍处在青年期，走过很多弯路，耽误了很多机会，发展仍显缓慢，与石院士的期望相去甚远。我们仍时时需要石院士指点迷津，使我们在迷途中找到方向。石院士对我和对生物质产业，就好像是航灯，总是时时照亮我们前进的方向，他给予我们的不仅是科学的理性思考，更给予我们探索科学、勇于实践的勇气。真心祝愿石院士健康长寿，护佑生物质产业扬帆远航！

十年磨难，终有所获
——海南神州生物天然气项目 2008—2018 年十年历程回顾

海南神州新能源公司董事长　罗浩夫

一、初识环保（2008—2012 年）

1990 年 3 月一个阳光明媚的早上，德国汉堡美丽的阿尔斯特湖畔（图 1），我自汉堡大学位于城市公园的学生宿舍乘地铁来到这里，等待一位来自瑞典的朋友。此时的我并没有意识到，一份影响我一生的事业选择就要发生。

上午 10 时许，一个熟悉的身影向我走来，我马上认出，他就是我等待多时的 Ingvar Lundholm 先生。简单寒暄之后，开始我一生中最重要的谈话。

这里需要对这次见面的背景作一简单交代。

1989 年 10 月，本以为出国无望的我和同济大学留德预备部的约 60 名同学一起，意外而惊喜地踏上联邦德国的土地，开始我们的访问学者生活。在此之前，我在位于桂林的中国有色金属矿产地质研究院任院长助理，负责国际合作。而 Ingvar Lundholm 作为瑞典地质调查所化探专家与我院开展合作，自此结下友谊。

回归主题。Ingvar 首先告诉我他此行的来意，是想依据我所在的研究院开发的一项稀土应用技术，与我在德国或瑞典组建一家公司，引进这项技术，先在瑞典进行后续开发和应用，成功后向欧洲和全球推广。

这就需要对瑞方看中的这项稀土应用技术有所交代：这项简称为稀土催化剂的稀土应用技术，是中国科学家于 20 世纪 70 年代末 80 年代初对标美欧日等发达国家和地区的汽车尾气排放控制技术自主开发的“中国方案”，即用中国丰富的稀土资源为原料开发纯稀土催化剂，以替代发达国家广为使用的贵金属催化剂，实现汽车尾气达标排放。在此领域较为活跃且成果丰富的是同属中国有色金属工业总公司的两大科研院所：北京有色金属研究总院和中国有色金属矿产地质研究院。瑞典看重中方技术，与两项技术应用差别巨大的成本有关。简单地讲，若稀土应用的单位成本为 1，则贵金属应用的成本至少为 10！正是这种巨大的盈利前景吸引了我的瑞典朋友前来汉堡！

话题自然围绕投资及回报经济领域展开，而我作为在汉堡大学研究宏观经济政策的访问学者，对经济自然不陌生，但汽车尾气排放控制技术归属的环保行业，我是彻头彻尾的门外汉！彼时，中国的环保部门还只是附属于建设部的一个司局级单位，受人尊敬的中国环保第一人曲格平老先生以与他瘦小身躯完全不相称的巨大热情为中国的环保事业“布道”和“启蒙”；私人小汽车在发达国家已得到广泛使用，进而产生尾气排放的环境问题（直观就是排放废气），而中国满大街跑的最多的还是自行车，汽车产业在中国几乎为零。如此冷僻的新概念，产业基础和应用几乎为零的国情，令我对瑞典朋友的建议提不起热情，朋友的失望都写在了脸上。

接下来的几天时间，我陪同朋友游览汉堡市容市貌，在此过程中，在汉堡半年形成的点滴印象逐渐集中和清晰起来：尽管是德国最大的工商城市，但汉堡四处绿草茵茵，碧水蓝天，空气中也没有由工业污染所产生的异味，当然也见不到尘土飞扬的景象……所有这些，人们都归功于环境保护。这就是我头脑中最原始、最朴质的“环保”概念！转念一想，若瑞典朋友介绍的项目成功，中国的资源和技术能帮助世界的环保，最终或许也能帮助中国自己的环保，以我在德国的体验，岂不是美哉快哉的好事一桩？还有一个现实的考虑：作为国家公派留学人员，也将面临回国后职业的再选择。若能将欧美发达国家和地区方兴未艾的环保作为自己回国后的职业选择，利国利民显而易见，而且很可能“利己”。所以，在朋友离开汉堡返回瑞典前的最后一次谈话中，我答应“试试”。这一试，迄今二十七载有余！

图 1　德国汉堡阿尔斯特湖

1. 结缘“沼气”

时间回到2005年11月初。中国工程院副院长杜祥琬（图2）率中国工程院代表团访问瑞典，主要任务是与瑞典皇家工程院签署环境科技合作协议。医石元春院士和清华大学李十中教授推荐，我和山东圣泉集团董事长唐一林荣幸地随团出访。

靠近北极圈的瑞典首都斯德哥尔摩绿色犹在，景色宜人，但早晚寒气逼人。当时出访北欧的国内考察团较少，即使杜祥琬院士、黄其励院士这样的大科学家，也是首次去访瑞典，故摄影发烧友黄其励院士，每天都是最早一个起床，用当时还未普及的数码相机，将斯德哥尔摩的美景一一收入，然后向我们一一炫耀……

图2　随中国工程院出访（右2为杜祥琬院长）

但最令我们大开眼界的却是瑞典同行向我们展示的瑞典在生物质能源领域科技水平和产业实力：在瑞典皇家工学院（KTH）和于默奥大学（Umea University）进行的科技交流中，瑞典科学家已在探讨木质纤维素为原料生产燃料酒精的第二代技术，而国内，主要依赖糖质和淀粉质作物为原料生产燃料酒精的第一代技术刚刚起步；在斯德哥尔摩、林雪平和于默奥等瑞典城市，颜色鲜艳的燃料酒精和沼气公交车（图3）与出租车赚足了中国客人的眼球，而当时国内，能够提供的案例仅是数百万农民实践的户用沼气，每个沼气池日产沼气仅8～10立方米。

在瑞典一大批令人眼花缭乱的生物质能源应用案例，如燃料乙烯（ethanol）、生物颗粒（pellets）和沼气（biogas）中，为何唯有沼气被我相中，以至于成为今天海南神州标志性技术和产品，这既与此次出访后另两次访瑞

图 3　瑞典车用沼气公交车

有关，更与一位叫胡立能的瑞典人有关。

胡立能真名叫 Lennart Huss，超过一米九的个头，大大的鼻子，典型的北欧人长相！只不过此公自 20 世纪 90 年代中期作为瑞典普拉克（Purac）公司技术专家派驻中国，自此与中国结下长达二十多年的不解之缘：他对中国菜爱得一塌糊涂，还偏好川菜和湘菜；娶了一位端庄贤淑的济南姑娘做媳妇，生了一个漂亮混血女儿；中国朋友圈多以"老胡"称之，叫多了，叫熟了，瑞典名字和中国名字反而被人忘掉！

就是这么一位可爱的瑞典老头，在我从瑞典返回后专程来南宁看我，他此行目的有二：一是向我通报他将从普拉克（中国）退休，二是希望与我合作做一个生物质能源项目，"车用沼气"第一次从他口中蹦出！此后两年，他在我的密切配合下，自编自导自演了一个公私兼顾的"车用沼气"项目大剧：于公，我们广西神州与普拉克（中国）于 2009 年共同发起成立了海南神州新能源，两公司均顺利实现转型；于私，当年老胡从普拉克（中国）总经理位置上退休，无缝对接了海南神州新能源总经理位置。

再说说与海南车用沼气有关的两次出访。

2007 年 10 月，受时任海南省省长罗保铭委托，时任海南省工信厅副厅长韩勇率团考察瑞典和德国生物质能源产业及其应用，目的是为海南生物质能源产业落地筛选项目及合作伙伴。我和中石油规划部张军贤处长、中石油规划设计院刘蜀敏等陪同出访。

欧洲生物质能源涉及沼气这一块，德国和瑞典绝对是领军级别，并形成国际公认的所谓"德国模式"和"瑞典模式"，这两种模式主要是在终端应用领域有所区别。所谓"德国模式"就是将各种有机废物生产的沼气直接发电上网，即发电模式；而瑞典则是将沼气提纯压缩，用于交通工具（汽车、轮船和火车）的燃料，即交通燃料模式。

从技术层面看，瑞典的交通燃料热效能更高，故得到更广泛的认可，这也解释了为何我国政策导向以生物天然气为主。而德国之所以走发电模式，是因为上网补贴的政策已实施多年以致形成"习惯"，这符合德意志民族的"求实"性格！

两国考察下来，"发电模式"和"交通燃料"模式的选择摆在海南省高层领导的案头。最终，书记和省长拍板：选瑞典的交通燃料模式。2019 年 4 月博鳌亚洲论坛期间，海南省人民政府正式对外宣布，海南省将于 2030 年在交通领域，在全国率先告别矿物燃料，全部使用新能源。作为国际公认的新能源，生物天然气，也就是当初的车用沼气，当仁不让地入列，实现了两届政府在新能源领域的"首尾呼应"！

2008 年 4 月，科技部副部长吴忠泽率团访瑞，和瑞典能源署官员一道见证中瑞合资建设海南车用沼气示范工程合作备忘录签约仪式（图 4），从中央政府和地方政府层面完成了"搭台"。

现在，该企业唱戏了。

图 4　科技部副部长吴忠泽出席签约仪式（前右 4 为时任中国科技部副部长吴忠泽；前左 3 为瑞典政府代表；前左 1 为海南省工信厅代表、海南省政府高级科技顾问李十中教授；前右 3 为普拉克技术总监 Soren；前右 2 为广西神州环保集团董事长罗浩夫）

2. 创业海南

为什么是海南？很多朋友在海南车用沼气项目首发后频繁但又自然向我问起这个问题，而我的回答永远是两个：政治意愿和自然禀赋。

首先谈政治意愿。

彼时，海南省委书记卫留成，省长罗保铭。着眼于海南省长远发展战略布局，海南提出了建设"国际生态岛"，即今天的"国际旅游岛"早期版本的战略构想，并为此向国内外专家开展咨询（图 5），正在为中国生物质能源振臂疾呼、摇旗呐喊的石元春院士，自然是这两位党政领导最主要的咨询对象。石院士高屋建瓴、胸有成竹提出：海南建设"国际生态岛"，生物质能源产业的建立和新能源的应用，应为不二的选择，而两位领导也是一拍即合，采纳了石院士的建议（有关内容可参考石院士《决战生物质》一书）。

因为我们广西神州与中石油新能源板块在广西燃料酒精项目的合作受到石院士的关注，他很自然地向两位领导推荐了我们。很快，我作为海南省政府邀请的嘉宾，参加了当年的博鳌论坛招商活动。

海南省作为特区，政府职能设计与其他省份有所不同，主管新能源事务的行政管理部门并不是省发展改革委，而是省工信厅。自 2005 年开始项目调研至 2015 年示范项目建成投入运行，经历了赵丽莎、丁尚清、韩勇三任厅长，在这个部门，凡涉及我们车用沼气项目，包括项目立项、公布或调整产业政策、协调项目选址等一律是按程序快速审批；负责对引进技术做技术先进性评估的海南省科技厅，从王路厅长，到史贻云厅长（以海南省政协副主席身份兼任）一路接力：项目技术评审、国家科技项目匹配及引进技术消化等一一展开；农业厅和财政厅都从部门管理的角度，厅长挂帅，上衔接中央对口部委，下指导省辖市、县，无数困难就在这些看似平常的行政管理工作过程得到解决和克服。

再谈自然禀赋。

首先，海南地处热带季风气候区，常年高温且空气湿润，海南高温、高湿这种得天独厚的气候条件正好满足微生物厌氧发酵所需，即便是冬天废弃物厌氧发酵过程也不需要额外加热，减少能耗，特别适合沼气发展。其次，海南光照充足，农业、畜牧业发达，生物质物产丰富且产量大，大部分可作为生物天然气的原料，据不完全统计，海南仅禽畜粪便、作物秸秆、农产品加工剩余物等生物质资源总量就有 2300 万吨，可生产生物天然气 15 亿立方米。最后，生物质厌氧发酵不仅产生沼气还会产生沼渣、沼液，而沼渣、沼液是优质的有机肥，但如果无处消纳那就又成为环境污染物，海南全区域发展生态循环农业，瓜果蔬菜常年种植，对有机肥需求量大，沼渣、沼液在别的省域或许是环境污染物，在海南确是不可多得的优质有机肥。所以，海南发展生物天然气产业可谓是天时地利。

3. 艰难取舍：国内方案还是国外方案？

2010 年，海南将建设国内第一个超大型沼气项目在当时不大的圈子里不胫而走，当时国内最有影响的两家沼气工程公司青岛天人和杭州能源（杭能）很快提供了他们的方案。那一段时间，青岛天人的曹曼博士和杭能的蔡昌达老先生频繁与我联系，技术人员也在进行频繁交流，显然，国内第一的名头谁都想占有。而联合发起项目并且是公司股东的瑞典普拉克（Purac）虽胜算在握，却还是有点忐忑，因为国内的“游戏规则”是价格优先，在这一点上，

图 5　海南代表团出访瑞典德国（前右 3 为时任海南省省长蒋定之；前右 4 为海南省工信厅代表、海南省政府高级科技顾问李十中教授；前右 2 为海南神州新能源董事长罗浩夫）

欧洲公司显然不占优势。

此项目投资规模并不大（相对于其他行业），但鉴于对中国的一个行业的兴起具有重大意义，石元春院士当仁不让地领衔担任了海南省工信厅主持的项目方案评审会技术专家组组长。

瑞典普拉克的方案优势显而易见：作为最早进入中国环保市场的欧洲公司之一，普拉克在中国轻工行业（制糖、造纸及淀粉等）拥有几十个项目业绩，而这些项目大多自然包含有沼气工程，品牌在行业有口皆碑；其欧洲业务最早切入工业沼气领域，瑞典标志性车用沼气和沼气集中供暖项目，特别是海南项目的对标工程——瑞典斯德哥尔摩清洁公交系统的车用沼气工程，普拉克是主要工艺和设备供应商。

普拉克推荐的提纯设备供应商——瑞典曼博格（Malmberg AB），在欧洲生物天然气行业赫赫有名，瑞典和德国为主的生物天然气项目，高压水洗提纯装置超过一半的市场份额由这家公司占有。

更何况，原普拉克（中国）总经理 Lennart Huss，即老胡此时正担任海南项目公司——海南神州新能源建设开发有限公司的总经理兼技术总监，他的倾向性不言而喻。

普拉克的劣势就一个字：贵！

青岛天人和杭州能源最大的软肋是没有建设此等规模的项目经验和案例，

但也不轻易言退，他们不约而同都采取扬长避短、迂回进攻的策略。

青岛天人提出再合资，建设资金由他们垫付，意思是，只要由他们建设，钱不是问题。

杭能则一方面突出他们在以农业废弃物为原料的沼气工程大量的案例和经验，另一方面给出投资人绝对动心的低价：6000 万元包干。而对应的普拉克报价整整是杭能的 1 倍：12000 万元！

尽管有节省投资的诱惑，但既然选择做国内第一，技术领先是首要目标，基于这一点，我们把决定权交给了专家，特别是国内生物质能源的首倡者——石元春院士。

站在国家战略高度看待这个项目并做出技术判断和选择，对石院士而言并不困难，普拉克方案顺利入选。普拉克公司也果然不负众望，做到一次试车成功（图 6）。

图 6　一次试车成功

4. 融资难，难于上青天

2012 年 4 月，借当年博鳌亚洲论坛年会开幕，公司举行了隆重的项目开工仪式。省、市、县领导和中央和地方新闻媒体都来为这个海南第一捧场，气氛甚是热烈。但很快，最不愿看到的情况发生了：资金链断了。本来，项目建设之初，股东已按项目建设要求，按总投 40% 准备了资本金（还略高于这类项目要求的 30% 资本金）；而由省工信厅做媒，国家开发银行海南分行承诺了 60% 的政策性贷款，相关评估和资料提供均已完成，只待通过审贷会就可以发放贷款了。恰恰就在这个节骨眼上，国开行总部空降了一位风控专家任海南分行副行长。此公一到任，即全部冻结拟贷项目，重新评估风险。而彼时，欧盟对我国出口欧盟的太阳能、风能全面实行“双反”调查，同一时间，国际油价、气价双双下跌，新能源市场受此双重打击，一片哀鸿。这位副行长自然不会忽略这么重大的市场变化，我们的项目贷款很快就被礼貌地东之高阁。我屡次拜访他都吃了闭门羹。转而向中国银行海南分行申请，时任行长王一林与省政府有很好的关系，知道省政府在支持这个项目，又有省工信厅的极力推荐，就指令下属海甸岛支行接盘。整整一套流程走完，时间已过半年，发放贷款似乎又是板上钉钉的事情了。但就在此时，承贷行领导班子又发生了变化，不断从银行发出的新要求和标准，不断复杂化的程序让明眼人都看出来：知难而退吧，你们的项目没戏！无奈之下，我们又求助于中国农业银行海南分行。一直关心我们项目的省工信厅厅长韩勇机缘巧合地遇到刚到任海南分行的韩明行长，请她评估我们这个生物质能源项目。而这位在改革开放最前沿的城市温州当过分行行长的女性行长果然敢作敢为，听我一次介绍后就拍板接下这个项目，我们真有种绝处逢生的感觉！

又是半年过去了，经历了枯燥而又必需的流程后，进入最后的阶段，这时，又因为担保物不足以贷到我们申请的金额差一点又功亏一篑。这时，韩明行长及时干预，以滚动贷款方式发放了申请额一半的贷款，总算暂时渡过难关。工程又往前推进，但随着进度推进，等待支付的工程和设备款又开始堆积，很快又发生农民工催款甚至到工地堵门事件，但因为抵押物不足，即使韩明行长也绕不过中国农业银行规定的风险评估这道关。情急之下，又开始接触第四家银行——海南省农村信用社。历经磨难，用这家地方金融机构的贷款过桥，除偿还中国农业银行的贷款外，又增加了部分贷款，但仍然有40% 贷款没有解决。在资金最为紧张的 2014 年，我不得不紧急飞往美国新泽西州找到我的朋友谢明明，以原始股为代价，融资3000万元，解了燃眉之急。直到 2016 年一期工程建成运行，以及两个 PPP 项目合同签订，中国建设银行海南分行以 PPP 合同做质押，彻底解决了贷款问题。虽然中国建设银行按业内说法是捡了一个便宜，但我仍然感谢他们。就在仿佛永远看不到尽头的融资活动中，项目一天天成长起来。

二、曲折前进（2012—2016 年）

1. 谋事在人，成事在“天”（政策）

自 20 世纪 70 年代石油危机爆发，新能源应运而生。而无论哪一种新能源（太阳能、风能或生物质能等）之所以能发生、发展和壮大，都起源于个体，如一项科技发明、一个企业家的投资、一个偶然的事件等，即所谓“谋事在人”；但个体不断积累，涓涓细流变成滚滚洪流，一定有一种催化剂来催化和推动，这就是各种支持性政策，即所谓“成事在天”，国际国内，概莫能外！生物天然气在中国的发生、发展和壮大，再一次证明了这一点。海南车用沼气项目正是如此。

（1）“天”的案例一：科技部科技支持

回到项目的原点：2008年，时任科技部副部长吴忠泽率团访问瑞典，与瑞典教育科技部签署了一揽子科技合作项目，其中就包含了海南车用沼气项目。认识到中瑞（欧）在此领域的差距，起步必须以引进技术树立样板，故项目一期全部引进了瑞典技术和设备。但科技部并没有止步于此，而是在“十二五”期间安排了科技专项（支撑计划和科技惠民），在引进的基础上进行消化吸收，实现关键技术国产化。借助这两个专项，我们联合清华大学（李十中教授团队）、中国科学院青岛生物能源与过程研究所（郭荣波研究员团队）、海南两院机械所等，在瑞典及欧盟其他成员国并没有技术积累的多元原料联合发酵、预处理以及沼液沼渣综合利用开展了应用技术研究，取得一批专利成果，在技术体系的完整性方面做出了中国贡献。

（2）“天”的案例二：海南省地方债支持

2011年，在海南省的政府文件中，第一次出现了“工业沼气”，自此，海南省所有涉及生物质的政府文件都会提到“工业沼气”或“车用沼气”项目，故一直流传一种说法：神州车用沼气项目是海南省的书记、省长项目。依据这个文件，在项目资金最紧张的2013年，预算资金盘子在全国排倒数的海南省，一次性给予了1000万元地债支持，像久旱的大地下了一场及时雨！

（3）“天”的案例三：农业部/财政部畜禽粪污等农业农村废弃物综合利用试点专项

2014年，针对农业畜禽粪便和秸秆等农业农村废弃物所带来的农村面源污染及农村环境卫生的破坏，两部委联合资助全国10个示范项目，以取得经验后在全国推广。海南车用沼气项目以“全国第一”的名头，直接被两部委纳入示范名单。

（4）“天”的案例四：国家发改委/农业部规模化生物天然气试点专项

2015年，“生物天然气”正式出现在国家发改委的文件中。当年，国家投入20亿元，在全国资助建立一批生物天然气示范项目，正好我们二期扩容（由日产1.5万立方米BioCNG扩容至3万立方米）符合条件，顺利入围。

没有这些政策性扶持，很难想象海南项目能走到今天。也因为这些示范项目的经验和教训，为国家建立和完善相关政策提供了坚实的依据。

2. 我的生物天然气“朋友圈”和“抱团取暖”

作为最早涉足生物天然气领域的公司之一，孤军前行的勇气既来源于信念和前瞻判断，更因为我有一个生物天然气“朋友圈”给我不断输入“正能量”。“朋友圈”最坚定支持我的是德高望重的石元春院士（图7）。项目起步之初，石先生高瞻远瞩、一锤定音敲定“最贵的”瑞典方案前面已有交代。在其后困难重重的发展进程中，每每受到重创（精神和物质）之时，我总能得到石先生的鼓励和指点。石先生这些年有规律地到海南过冬：10月来，次年3月返京，故我有机会就近聆听先生教诲。每次谈话，石先生都言简意赅，切中要害；且语调平和、从容大度，长者和智者风范令人赞叹！往往一杯清茶，一顿便餐后，我如沐春风，又精神抖擞重上征程。清华大学李十中教授（图7）则是我“朋友圈”中全程介入、有难必帮、无话不谈的挚友。他充分利用其海南省人民政府科技顾问的特殊身份，将项目存在的各种困难、请求政府关注和支持的事项变成他的个人建议，呈送给省委书记和省长，得到令人艳羡的“领导批示”。

我的“朋友圈”还广泛存在于政界、工商界、科技界和新闻界，而这个“朋友圈”中所有接触过这个项目的人，都由衷地喜欢和接受这个项目所包含的生态环境理念，以及实施后会给我们生活的海南岛带来的美好变化。“抱团取暖”讲的是时至今日，生物天然气作为新能源全新的品种所需要的政策环境仍未形成，经济上实现平衡的项目并不多，能盈利的项目更是凤毛麟角，亏损才是行业的常态。但大家就是不离开，彼此好像走亲戚般频繁往来，互通有无（信息、技术和市场），特别是中国产业发展促进会可再生能源委员会生物天然气专委会（BEIPA）成立仅一年多，就集聚了全国上百家会员单位。这就奇怪了：明明没有钱赚，大家还往一起凑，“抱团取暖”到底为了啥？列位看官仔细听、仔细想：新能源事关国家能源安全、事关全球气候变化；国家公布的七大战略性新兴产业，生物天然气独占其三：新能源、节能环保和生物产业。为此，虽寒冬未过，大家还“抱团取暖”，乐此不疲就不难理解了！

图7　石院士（左2）、黄院士（右2）、美国农业部副部长（中）、十中（右1）和我（左1）合影

3. 计划永远赶不上变化

“国内首创”“中国第一”并不是那么好当的。项目启动之初，我们还自以为我们的计划颇有远见：老胡根据瑞典的案例，提出用20亩地就够了，我们一次就要了50亩地；瑞典提出的有经济性的运输半径为20千米，我们提高一倍到40千米；农业废弃物收运成本，我们按市价一律乘以2或3……

但项目建设一旦展开，计划就被迫一改再改，更要命的是那些根本就不在计划内的追加项目不断出现。

我们引以为傲全国最大的单体发酵罐（1.2万立方米）按农业部特大型沼气罐建设规范留出了安全距离，待罐体安装完毕进行预验收时，却又变成按化工企业天然气罐安全距离标准执行，这么一来，原来在安全距离以外的市电高压电线杆就变成了安全距离以内，安委会拒绝验收！几百万元投资的发酵罐当然不能说推倒就推倒，但数十米高的高压电线杆必须入地，毫无商量的余地。问题是这条高压线直通海口垃圾发电厂，高压线入地工程必须停电才能施工，电厂要求的停工补偿及对应的改造工程为300万元。安全第一，标准难改，只好认账。

原计划各项农业废弃物收运成本，在市场变化中纷纷上扬，改。

勉强维持盈亏平衡点的财务模型敌不过现实，改。

按瑞典经验设计的收料口，与新颁布的环保标准相抵触，改……

不断地改变，意味着不断增加的预算，不断延长的建设工期，而最大的变化，则是当初以农业废弃物为主要原料的工艺路线和商业模式，转变为农业废弃物和市政废物综合联动、综合处理和综合利用的“城乡有机废物综合资源化处理”模式，这种改变，从根本上改变了项目的属性和经济状况。变的过程很痛苦，变化的结果却很幸福，此为后话。

三、终见曙光（2016—2018年）

1.“逼”出来的商业模式

2014年3月，在澄迈老城一片曾经的荒地上，海南首个工业沼气（车用沼气）项目拔地而起：引人瞩目的两大引进瑞典项目，即两个全国最大的单体发酵罐和首座高压水洗提纯装置在海南和煦灿烂的阳光下熠熠生辉，中瑞两国员工列队围绕在第一车待运出厂的车用沼气槽车，用香槟和鞭炮（电子的）尽情欢呼雀跃，那一刻，我踌躇满志，豪情万丈……

很快，现实如同一盆凉水，把我浇了一个透心凉！

首先，项目赖以生存的原材料成为我们迈不过去的一道坎：

原来说好免费送的秸秆类农业废弃物突然间都要付费了，而且价格高得离谱（比如稻草，我们还以为“有预见”地做了200元/吨的收集成本预算，实际达到600元/吨）；畜禽粪便原合同仅需支付运输费用，现在则按原料市场价随行就市，平均下来超过目标成本2倍；还有原来令政府和农户头痛不已的木薯渣、蔗渣、香蕉秆及椰树壳等，突然间都有了高身价，使由田间地头收集起来送到工厂，所产生的成本根本无利可图，更何况其运输所消耗的矿物燃料和其产生新能源不成比例，与新能源的本意不符。

其次，业界一直期盼的终端补贴，不仅迟迟未见出台，连讨论的声音都逐渐消失；更雪上加霜的是，彼时新能源（主要是光伏和风能）市场受欧洲双反调查等影响一片哀鸿，汽柴油价格一路下滑，资本市场观望气氛浓厚，各类信贷机构捂钱惜贷、撤贷事件层出不穷！我们当初视为板上钉钉的国开行项目贷款被礼貌性撤回，要求重新评估（后面没有了下文）；自然，设备和工程承包商蜂拥而至催要欠款。情急之下，我直飞美国新泽西找到我的朋友，以三寸不烂之舌说服他拿出3000万元当财务投资人，才勉强渡过难关！

看着摆放在桌面上难看的报表以及年度董事会纪要中股东的责难，我真的感到一筹莫展！

现实逼迫我们重新审视我们的商业模式——

原有的商业模式基本参照德国和瑞典，即主要依据某种特定行业的有机废物，如农林业秸秆、树木及畜禽粪便，城市生活污水处理厂淤泥、食品水产业产生的有机固体和液体废弃物等作为原料生产沼气，之后或上网发电，或提纯压缩为生物天然气作为交通工具的燃料。按照欧美盛行的专业分工理论和实践，沼气工程原料来源相对集中且单一，基本没有混合原料来源的案例。但因为各种新能源在起步和发展阶段，均有系统配套而且全成本覆盖的补贴政策，且政策变为法律，法律得到顺畅而严格的执行，无论是公共投资还是私人投资，都是有利可图的。

海南项目的“模板”即是参照瑞典首都斯德哥尔摩清洁公交模式，即利用该市最大的市政污水处理厂产生的污泥生产沼气，经提纯后用气体输送管道送至附近的公交车场站，经压缩后作为公交车燃料。在市政污水淤泥处理以及清洁公交这两个环节均有政策性补贴和市场机制交互作用，经济性是显而易见的。

反观海南项目，主要废弃物来源于农业，而整个中国农业相对于工业和市政（城市管理），完全不存在经济补偿的条件和机制，经济性也就无从谈起！

如何建立经济补偿机制，显然是解决问题的关键。从逻辑推理看，只要原料来源能包含市场或政策覆盖的付费（或补贴），经济补偿就能实现。市政类废弃物，如市政污水淤泥、垃圾渗滤液、餐厨垃圾等就属这一类；技术上看，我们业已建立的以农业废物为处理对象的设备系统，经适当改造，完全可以处理市政类有机垃圾。若然，则服务范围扩大，经济性也能解决，岂不是皆大欢喜？

时至今日，越来越多的生物天然气项目开始实行多元原料的技术和商业路线，但当初绝对是一个创新的思路，当然也仅仅是一个思路，因为没有实践的机会。

真可谓苍天不负苦心人，机会就在此时出现：2015 年 7 月 31 日，海口市召开“双创（创建全国文明城市和国家卫生城市）”动员大会，在时任海南省委常委、海口市委书记孙春阳亲自推动和指挥下，一场深刻改变海口市市容市貌以至于民风的群众运动有声有色开展起来，而能否拿到“国家卫生城市”荣誉一个必不可少的硬指标就是餐厨垃圾处理设施是否建成并运行，留给海口市建设的时间不足一年；同年 9 月 25 日，财政部下达第二批 PPP 示范项目，“海口市餐厨垃圾无害化处理工程”和“澄迈县神州生物天然气（压缩提纯沼气）示范项目”均列其中。我们眼疾手快，毫不犹豫抓住了这两个机会！

经过一系列公示、公开招标的过程，我们顺利拿到了财政部这两个 PPP 示范项目，从而决定性地改变了这个项目的经济状况。

这一过程虽然这被我们称为“逼出来的商业模式”，但其核心与特色就是在原有农林类原料基础上纳入了城市有机废弃物，相当一部分原料获得了可观的经济补偿，使得项目扭转亏损局面、获得盈利，不管是机缘巧合，还是有所准备，我想其内在发展还是因为社会发展需要、环保需要、国家需要。

现在，我们可以总结这个全国首个“城乡有机废物综合资源化处理”项目所产生的良好社会经济环境效益了：

第一，投资和土地使用均只有旧有模式（按单一原料来源建厂）的 1/3 左右。按海南项目处理三大类原料，即农业畜禽粪便和秸秆、垃圾发电厂渗滤液和市政粪渣以及餐厨垃圾（厨余垃圾），原有模式需建造三座工厂，估算投资 8 亿元，占地约 200 亩，而我们实际运行的新模式总投资 2.2 亿元，占地 50 亩。

第二，政府管理方便。三个项目合为一个，从选址、环评、审批以至建设运行全过程，政府只需紧紧“盯住”这一个项目，从而节约大量的行政成本，提高行政效率。

第三，规模效应。在分散模式下，各家都面临“吃不饱”难题，而这又导致设备运行负荷不饱满，成本居高不下；成本高企又使企业创新动力不足，技术原地踏步……如此恶性循环。集中模式下，即使目前国家终端补贴还未出台，原料来源多元化，且收运量有 PPP 合同保障；每收运处理一定量有机废物政府支付定额服务费（如餐厨垃圾每吨收运处理补贴 303 元），加上生产的生物天然气及毛油以市场价出售，成本全覆盖并产生一定利润，投资人的收益稳定可期，而一旦终端补贴实施，盈利水平将会大幅度提升，社会资本将大举进入！这一切，都是“规模效益”所赐。

经历了2015—2016年最黑暗的亏损，2017年年底最后3个月，项目首次实现正现金流，2018年，全年实现正现金流。而据当年生物质行业统计，这是当年屈指可数获此业绩的若干项目案例之一。

时至今日，海南神州车用沼气作为国内最早转型为“城乡有机废物综合资源化处理”项目，技术体系成熟，社会效益显著，经济回报可期，为国内生物天然气产业的生存与发展，提供了鲜活和可复制的商业模式。

2.“废弃物＋清洁能源＋有机肥”工艺技术路线

经历两期建设，海南神州项目在引进世界一流的厌氧发酵技术和沼气高压水洗提纯技术的基础上，结合当地废弃物原料特点，通过开展有关技术、工艺路线的升级优化，并进行国产技术嫁接，成功摸索出了一条将城乡各类有机废弃物集中资源化的高效率、低成本技术路线（图8）。

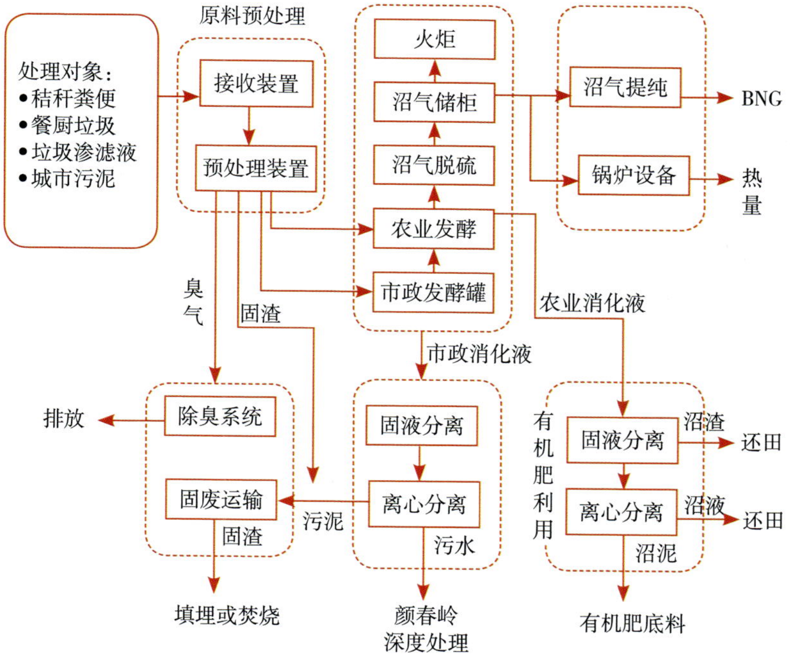

图8　项目工艺路线

3. 稳定的上下游“契约”关系

原料方面，依托于两个PPP项目协议，在政府特许经营许可下，海南神州公司与餐饮单位、环卫一体化公司、养殖场、种植户等废弃物产生单位分别签署废弃物收运处理协议，通过契约关系建立长期稳定的合作机制，这为神州项

图 9　沼气发电车间（上图）与中石油合建的生物天然气加气站（下图）

目稳定运营提供了原料保障。

产品方面，就生物天然气产品，公司与中石油海南公司签订了 15 年的《生物天然气统购统销合同》，约定公司在海南已建设和规划建设的生物天然气工厂的所有气体产品均销售给中石油，中石油负责统购统销，同时神州获得的加气站指标也将与中石油合作建设运营，目前双方在距生物天然气工厂 3 千米处合作 LNG/BioCNG 加气站（图 9）已投入运营。

另外，应对可预见的废弃物收运量上升带来的沼气量增长，神州公司已在厂区内新增建设 2.5 兆瓦沼气发电设施，并与南方电网签署并网协议，所发电量一部分满足厂区自用电需求，余电上网，同时回收利用发电机组排烟中热量。

从原料来源至终端销售，环环相连的契约关系通过合同加以规定和约束，是项目不可分割的组成部分，也是项目成功的保障。

4. **海南神州模式之“三赢”**

一赢在生态环境效益。

海南神州车用沼气项目生态环境效益主要体现在项目特有的双向清洁方面。项目每天可处理各类有机废弃物 1000 多吨，通过收集处理海口及澄迈城乡各领域产生的有机废物，从源头解决区域有机废弃物对环境的污染问题，改善市容卫生、生活环境。废弃物资源化生产的生物天然气作为清洁能源应用在海口公共交通领域，每日生产的 3 万立方米生物天然气除供神州自有废弃物收运车外，还能满足 200 辆公交车或 600 辆出租车使用，生物天然气替代传统化石燃料使用，减少汽车尾气与二氧化碳排放，促进节能减排，实现“绿色出行”和“零排放”，极大地改善城市空气质量和城市生态环境。

另外，废弃物厌氧发酵还会产生沼渣沼液有机肥，沼渣沼液是生产无公害、绿色有机农产品的绝佳肥料，项目每日产生的 50 ～ 70 吨沼渣和 400 多吨沼液，全部应用在周边农业瓜果蔬菜种植基地，可减少或缓解化肥使用量，提高和保持土壤肥力，减少农业面源污染。

二赢在经济效益。

海南神州车用沼气项目作为城市公益性环保基础设施项目，其经济效益主要体现在废弃物处理费收入及资源化产品销售收入两个方面，神州项目目前年均营业收入约为7000万元，经济效益虽够不上巨大，但是却可实现微薄盈利，这对于以环境效益、社会效益为主的环保型项目已是十分难得，若再加上项目废弃物处理、减少温室气体排放量，为节能减排、循环经济做出贡献，其经济效益将十分突出。

三赢在社会效益。

海南神州车用沼气项目所带来的社会效益是数不胜数。

首先，项目的发展不仅为当地政府解决了城乡有机废弃物处置和管理难题，为海口市清洁能源公交系统建设和澄迈县生态有机农业建设提供了基础条件，而且项目的发展还带动了当地相关产业发展，增加就业。

其次，废弃物资源化生产的生物天然气，替代传统化石燃料应用于当地的生活燃气及交通运输等领域，对构建当地清洁能源体系、优化能源结构、降低天然气对外依存度有重要意义。

再次，项目产生沼渣沼液作为生态有机肥反哺绿色农业，大量减少化肥和农药过量施用造成的面源污染，促进绿色和有机农产品生产，实现农业节本增效，提高农业绿色发展水平。

总之，项目以生物天然气（沼气）工程为纽带在环保、能源、交通、市政、农业和畜牧业之间建立起循环经济的发展桥梁，开创废弃物资源化利用的新道路，解决了当地环境治理、新能源供应、城乡一体化协调发展等问题，创造经济、社会、生态同步发展的“神州模式”（图10）。

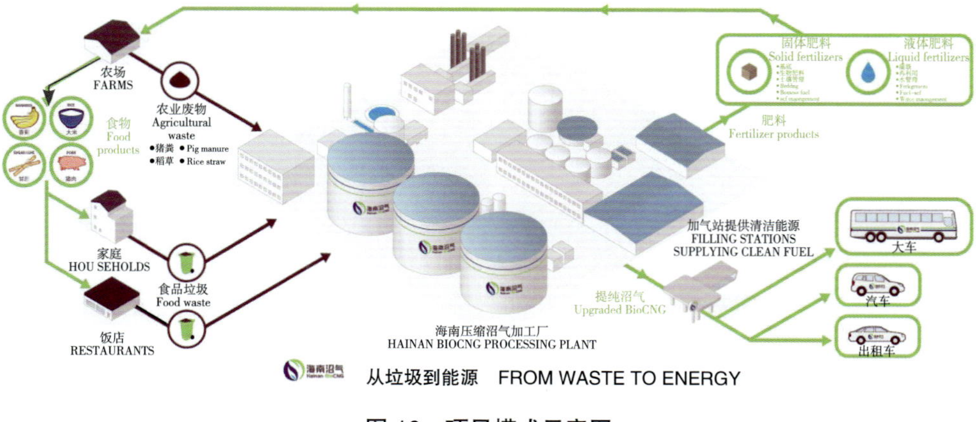

图10 项目模式示意图

5. 海南神州模式之特色

第一，选址进园区，与周边生活垃圾终端处理设施协同，物尽其用。

海南神州生物天然气项目（城乡有机废弃物资源化处理中心）与颜春岭生活垃圾终端处理设施基本形成环境产业园区体系，生活垃圾焚烧、城乡有机垃圾处理、垃圾填埋、渗滤液集中处理协同运行，促进园区内各类基础设施共建共享，实现分类处理、循环利用、废物处置的无缝高效衔接，提高了废弃物的资源化利用率，土地资源节约集约利用，缓解生态环境压力，降低社会风险。

具体体现在：垃圾焚烧厂的每天 800 吨新鲜垃圾渗滤液在神州处理中心厌氧产沼气并提纯为 10000 立方米生物天然气，可解决 10000 户三口之家的每日用气需求；神州处理中心市政类废弃物处理产生的废水送到渗滤液处理厂集中深度处理，达标排放；神州处理中心市政类废弃物处理过程产生的废渣送到焚烧厂发电处理；垃圾填埋场作为生活垃圾去向应急保障基地（图 11）。

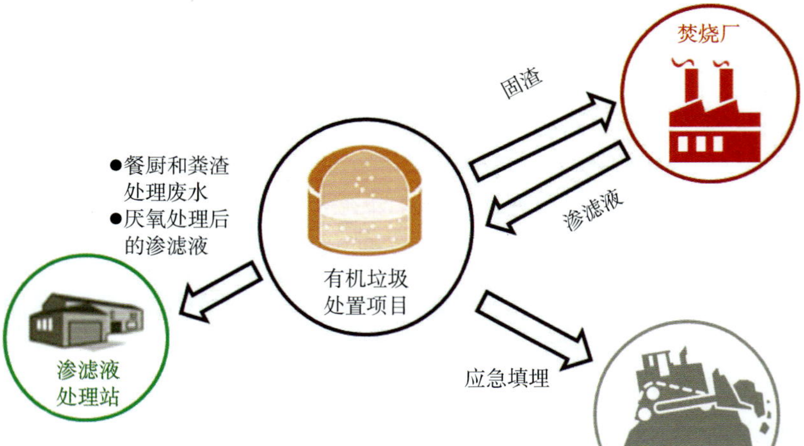

图 11　项目与周边环保设施协同逻辑关系

第二，PPP 模式，统筹政府监管和企业运行问题，权责清晰。

城乡有机废弃物源头分散、数量偏小、不确定、不稳定，其污染治理必须依靠社会各界统筹解决，而 PPP 模式给予废弃物处理正是一剂良药，通过 PPP 合作协议理清各方职责。

政府利用 PPP 模式，通过市场机制引入专业化、社会化环境污染治理第三方企业，把废弃物资源化处置项目作为环保公用基础设施交由专业公司建设运营，授予一定时期特许经营权；将污染治理责任向第三方治理企业转移和集中，政府只做“裁判”，集中精力监管，根据合同条款和服务质量付费，专业分工、责任清晰。对于经费来源，政府依照国家有关法律法规，比如环保税法、环境污染防治法等，按照谁污染谁治理原则，出台地方管理办法并征收费用，转移支付。

第三方废弃物处置单位（即海南神州承担的角色）结合自身专业优势和经验，采用先进废弃物处置技术，提高废弃物资源化利用效率，降低废弃物处置成本，接收政府监督，保证服务质量，解决区域政府和公众关心的环境污染问题；通过废弃物处理费预期收益质押贷款，增加环保企业融资渠道，促进环保产业健康创新发展，形成良性循环，从而更好地推动环境治理改善。

废弃物产生单位是承担环境污染治理主体责任，在政府监督和指导下，废弃物产生单位与第三方废弃物处置单位签订废弃物委托处置合同，减少废弃物产生单位环保设施投入以及非专业性、废弃物分散带来的处理成本；按照污染者付费的原则，废弃物产生单位承担一定废弃物处理费用，此部分费用一般由政府收取，用于支付第三方废弃物处置单位废弃物处理费。

第三，多元综合处理城乡废弃物，区域共建共享。

海南神州项目地处海口市和澄迈县交界，将海口市和澄迈县市政有机废弃物、农业有机废弃物以及工业有机废弃物集中跨行政区域综合处理，将原本需要建设三个甚至是五个废弃物处理项目集中在一个规模化项目上，减少项目建设点，规模化、集中化实现资源有效配置，有效降低项目投资 60%，从而大大降低单位废弃物处理成本。

城乡废弃物处理工艺环节会不尽相同，但厂区的沼气处理、供电、环保、安全、水处理等公用工程均可实现共用，相比几个分散项目，集中规模化能够更节约固定投资和用地；规模化降低废弃物单位处置成本，如动力成本、人工成本、管理成本、产品销售成本和折旧摊销等；废弃物原料组成可因地制宜，根据当地废弃物产生情况进行合理配置，由单一转变为综合。

第四，车用生物天然气，变废为宝看得见。

海南神州将城乡有机废弃物资源化生产的生物天然气通过与中石油战略合作，神州项目所生产的车用生物天然气都进入中石油的天然气销售体系，应用在海口公共交通及环卫垃圾收运领域，不仅提高了沼气的高效高值利用，而且替代传统化石燃料使用，有效减少汽车尾气排放，极大地改善城市空气质量和城市生态环境。城乡有机废弃物变废为宝将让公众看得见、“摸得着”。

四、光明前程（2019 年至今）

自 2018 年以来，在习近平主席关于发展生物天然气产业的批示以及中央财经委据此作出的战略规划和部署方针指导下，生物天然气行业如沐春风，蓄势待发，生机勃勃。在此背景下的海南神州继续努力前行，收获了更多的果实。以下从宏观和微观撷取这个发展进程的某些片段，作为本文的结尾。

1. 从总书记批示到生物天然气专委会成立

自 2005 年 11 月中国工程院代表团访欧引进欧洲工业沼气概念以来，有数千年应用历史的中国沼气开始与国际接轨。最先响应的是中华人民共和国科学技术部。2009—2010 年，科技部农村司和社发司分别依托中国科学院广州能源所和清华大学成立了全国性生物燃气技术创新产业联盟，前者关注农村和农业，后者重点在城市。在科技部指导下，这两个联盟在推动生物燃气产业发展方面，起到了“启蒙和科普”的作用；国内几所知名大学扮演了助推器和催化器角色：中国农业大学生物质能源中心（由学界受人尊敬的程序教授领衔）；清华大学汪诚文、王伟团队；北京化工大学李秀金团队；中国石油大学周红军团队等；产业界出现了第一批“吃螃蟹”的企业家：杭能的蔡昌达老先生、青岛天人的曹曼博士……这些方方面面涓涓细流变成滚滚洪流，在中国迅速崛起并发展的新能源的大背景下，发出巨大的轰鸣，终于被关注：2016 年 12 月，习近平总书记在其亲自倡导的“绿水青山就是金山银山”大政方针下，将生物天然气产业作为国家倡导和支持的新能源组成部分。

说起习近平总书记批示，还得提到一个业界关于“沼气正名”的趣事。

2005 年，我随中国工程院代表团访瑞，面对既熟悉又陌生的一个术语：biogas（英文）和 bio methane（德语），中文对应的就是沼气。问题是一旦进入国际交流语境，一个简单的沼气是不能概括国际上蓬勃发展起来的一个产业的真实状况的。一开始，我们试图用“工业沼气”，或“规模化沼气”以至“车用沼气”的概念与我们国内理解的“沼气”加以区别，但无论是学术交流还是技术交流，总是感觉很别扭，好像各说各话。好在英语中并没有像中文这么复杂和多解，国际交流并不受障碍，只是我们自己觉得口径对得不准，总想找机会校准，直到 2016 年习近平总书记批示出来，才统一定名为生物天然气。

时间回到 2018 年 9 月 13 日，北京皇苑大酒店。一个中国生物天然气产业发展具有里程碑意义的事件正在发生。经过上面列示的多方面政治、科技等事件的积累和升华，中国生物天然气产业发展的主角——企业出场了。把这些企业组织起来并推向生物天然气主战场的牵头人是中国产业发展促进会生物质能产业分会。

国家发展和改革委员会主管的中国产业发展促进会是通过其各行业专业委员会开展工作的。其生物质能产业分会首任理事长由德高望重的石元春院士担任，是石先生“笔杆子和枪杆子”理论的实践平台（作为我国生物质能源的首创者和旗手，石先生把他代表的科技界创导并推进的生物质能源事业的起步阶段称为“笔杆子”，即舆论发动，高层建议，科技先导。在此基础上，企业界登台表演，产业实质性推动，是为“枪杆子”阶段）。因石先生年事已高，正好光大国际行政总裁陈小平先生当年 1 月退休，顺利接棒，实现新老交替。曾任光大环保（中国）董事会主席、在中国生活垃圾发电领域声名卓著的陈小平先生自然没有放过生物天然气产业发展的天赐良机，由他来带领“枪杆子”（企业界）来破生物天然气产业发展这个局是再合适不过了。

还是回到 2018 年 9 月 13 日北京皇苑大酒店。当日，中国产业发展促进会生物质能产业分会生物天然气专委会正式成立。创立会员单位囊括了当时国内从事生物天然气产业的主要公司，其中又以央企为主。神州作为国内最早从事生物天然气生产和应用的公司，被推荐为专委会副主任委员单位。

正是这个专委会的成立，中国生物天然气产业大剧正式拉开了大幕。

在不到两年的时间里，专委会活跃异常：广泛联系会员单位上情下达；协助国家能源局做行业调研，制定相关标准；在全国范围举办大量研讨会、展会和示范项目参观考察；甚至在疫情肆虐期间，还开启了云课堂，如此等等。当然，最重要的是产业活跃度这个硬指标。从 2012 年海南神州首创日产万立方米车用沼气（生物天然气）的形单影只，到 2019 年国家支持的 64 个生物天然气示范项目的星火燎原，相当一批企业来自专委会成员单位。虽按产能计算的生物天然气产业规模距年产 300 亿立方米的国家目标还相距甚远，但道路已经开辟，目标已经确定，没有理由悲观。

时至今日，不得不佩服石先生的远见卓识，利用专委会这个平台四两拨千斤，“枪杆子”定乾坤！

生物天然气产业发展的大剧，势必越走越精彩！

2. 划时代的海南省清洁能源汽车发展规划与神州愿景

2019 年 3 月 5 日，海南省人民政府对外正式发布《海南省清洁能源汽车发展规划》，明确提出 2030 年全省范围禁售燃油汽车，这在我国新能源界仿佛扔下了一颗重磅炸弹！

自 2017 年以来，欧盟英、法、德、瑞典等 8 个国家先后颁布了禁售燃油汽车的时间表，其中最早的是荷兰和挪威（2025 年），最晚的为法国（2040

年）。作为新能源汽车产销量和保有量双双全球第一的我国何时禁售燃油汽车自然全球瞩目，但时至今日，我国官方并未正式提出禁售燃油汽车的时间表。在此敏感时刻，海南省率先提出时间表，相当于代表国家亮出了姿态，一时好评如潮。

但其实在这个规划的早期酝酿和初稿中，并没有提到生物天然气作为新能源在交通工具中的应用，在一般人的理解中，清洁能源汽车等同于电动汽车。但在全球新能源界看来，生物天然气理所当然属于清洁能源，且作为车用燃料（也包括了汽车以外的交通工具）已经是生物天然气的主要应用领域之一，从欧洲主要城市满大街跑的沼气公交车（biogas bus）就可看出这一点。好在政府的民主决策程序发挥了作用。我们在看到这个规划（征求意见稿）的第一时间内，就通过海南省可再生能源协会表达了我们的意见：生物天然气（作为清洁能源汽车的组成部分）应该也必须包括在这个规划中，以求准确和未来国际接轨。同一时间，看到征求意见稿的国内权威机构，包括中国汽车技术研究中心（CATARC）、中国沼气协会、中国可再生能源协会、中国产业发展促进会生物质能分会以及武汉理工大学汽车工程学院等纷纷表达了相同或相似的意见。最终，负责编制此规划的海南省工业和信息化厅采纳了专家的意见，将生物天然气作为清洁能源汽车的组成部分纳入了规划的相关内容。鉴于海南省生物柴油已形成了一定规模的产能，我们“加塞”把生物柴油的应用也放进了我们的建议，政府从善如流，结果皆大欢喜！

作为国内第一家车用沼气（生物天然气）生产和运营商，神州公司如沐春风般地欢迎这个规划的出台并迅速做出了反应：我们首先与海南省占绝对支配地位的天然气运营商——中石油（昆仑燃气）旗下的海南中油深南石油技术开发有限公司签署了全面战略合作协议，紧接着又与这家公司合资建设海南省第一座生物天然气加气站。在此基础上，中石油昆仑燃气在其为海南省编制的清洁燃气（天然气）发展规划中，将生物天然气的应用置于优先地位。于此，我们清晰地看到由政府主导的产业政策与企业的发展愿景之间存在多么密切的关联，身处改革发展的海南省，神州是幸运的！

3. 欧绿保神州：我的德国情结（缘分）

历经10年的艰难探索，海南神州破茧而出，在业内积聚了一定的人气和声望。自2018年以来，澄迈生物天然气工厂慕名而来的参观者批次之多，逼得我们不得不采取限制措施，我们自己都开玩笑，是不是要收取参观费来增加收入啊？但更严肃的考虑是：该是时候规划下一步的发展了。

那一段时间，想找我们合作与投资的央企、上市公司以及风投机构几乎踏破门槛，但作为自己千辛万苦“孵化”出来并养大的项目，我们的心态远不是“待价而沽”，而是寻求“志同道合”的伙伴。除此而外，鉴于我自己长期国际合作的经历和兴趣，我还希望这个合作伙伴具有国际化背景。故在我们进入合作谈判的伙伴名单中，谈得最久也最认真的就是德意志银行（DB）的清洁发展基金（DWE）。

一个机缘巧合的事件决定性改变了海南神州合作伙伴的选择。

2019 年春节过后不久，公司一位高管向我提及德国欧绿保集团有意与我合作，想派代表与我见面。几乎同一时间，海南省商务厅传递信息，实际是推荐一家德国公司与我合作，这家德国公司正是欧绿保集团！

两个信息如此神奇地交汇，我自然有兴趣看看这家德国公司是何方神圣。

德国欧绿保集团，1968 年成立于德国柏林，全球十大资源再生和环境服务公司之一，2018 年全球雇员 9000 人，年营收 32 亿欧元……若不考虑行业的不同，这样的年营收，很难与全球 Top 10 相联系，但经过和该集团中国区总经理赵明曦先生深度交流，我看到远比数字重要的欧绿保价值：公司几代人传承，数十年专注于环保领域固废资源化，做精做熟做透之后，再从同一领域的上下游扩展，典型的德意志民族工匠精神，仅此一条就足以令人尊敬和佩服！

但当时我们正与德意志银行清洁基金谈得火热，对方给出的条件如此令人动心而难以拒绝，我不得不仔细思量。

历史总是这样惊人地相似：我自 20 世纪 90 年代初自联邦德国留学回国，创办中外合资企业——桂林利凯特环保实业股份公司，就一直秉承一种理念，即环保事业因为最早发源于欧美发达国家和地区，应该也必须走国际合作的路线，其结果一定是中国受惠、世界受益。故当初桂林利凯特成长为国内小型发动机排放控制产品的领军企业后，我们同样面临与谁合作的难题。按说，我们当时风头正劲，在广西壮族自治区人民政府的支持下完成了股份制改造以及上市辅导，离打通资本市场（上市）就一步之遥。但权衡再三，我们最后还是选择了与全球最大的催化剂公司——美国财富 500 强安格公司（Engelhard）合作，就是寄希望于借助跨国公司的力量，迅速实现国内和全球布局和扩展。尽管合作后期安格公司又被全球化工第一强德国巴斯夫并购（当年全球最大的并购案之一），但合作还是继续并结出硕果：由桂林利凯特更名而来的巴斯夫（桂林）催化剂有限公司不仅是我国小型发动机催化剂最大的供应商，同时也是巴斯夫在亚洲小型发动机催化剂的核心供应商。

历史提供了借鉴和新思路，在基金与风投公司和专业化、国际化公司的比选中，我又一次选择了后者。

在即将结束海南神州十年创业的案例介绍之时，欧绿保神州（海南）新能源建设开发有限公司已经成立并顺利过渡到德方管理为主。也就是到了我们和欧绿保集团“谈婚论嫁”这个阶段，我们才知道我们和欧绿保集团联姻的“大媒人”不是别人，正是当今海南省人民政府省长沈晓明！

德国巴斯夫，德意志银行，到德国欧绿保，不言自明代表了我的德国情结；还有一种巧合是：德国巴斯夫（桂林）的车用催化剂和欧绿保神州（海南）的生物天然气同为汽车工业的环保产品。这种历史的机缘巧合，既反映了中国环保事业参与了国际化进程的历史，也迎合了我自己自20世纪90年代回国创业、投身环保的初衷，为此，我深感骄傲和自豪。

恰好在我完成此稿的第二天（2020年6月1日），中共中央、国务院印发的《海南自由贸易港建设总体方案》正式向国内外宣布，海南神州赖以生存和发展的这个美丽海岛以更广阔的胸怀拥抱世界的崭新时代开始了！

我衷心祝愿新组建的欧绿保神州（海南）一路走好！也衷心祝愿承担了国家进一步改革开放探索重任的海南前途无量！

罗浩夫

2020年5月

附 录

- 附录一 “决胜生物质”20 年大事记（2003—2023 年）
- 附录二 “决胜生物质”论文、报告目录（2001—2022 年）
- 附录三 “决胜生物质”讲演 PPT 目录（2004—2015 年）
- 附录四 “决胜生物质”建议书信目录（2004—2022 年）

附录一 “决胜生物质”20年大事记（2003—2023年）

2003年（启航）（要点：克林顿总统令）

石参加“国家中长期科技发展规划战略研究”和任农业组组长（8月）

从美籍华裔阮榕生教授处得美克林顿《开发和推进生物基产品和生物能源》总统令（12月）

2004年（启航）（要点：“生物质经济已经浮出水面”）

向温家宝总理汇报战略研究成果中提出“生物质经济已经浮出水面”（6.15）

向《规划》领导小组提出“发展生物质产业”重大专项申请（7月）

在京郊泰山宾馆召开“农林生物质工程”座谈会（10.15）

参加“发展生物质产业”重大专项答辩（11.25）

2005年（启航）（要点：将“生物质产业”信息传送到总理与媒体）

中国工程院在北京人民大会堂举行“中国生物质工程论坛”，石讲演题目是《农林生物质产业》（1.28）

科技日报发表石文《发展生物质产业》，文中提出“种出一个大庆”（3.2）

石等4院士联名就《建设年产5000万吨的绿色油田》上书温家宝总理（3.23）

在河南郑州作《农业的三个战场》讲演，文章发表于次年《求是》杂志（5.22）

石参加中国科学院第256次香山科学会议，讲演《生物质能源利用的潜力与前景》（5.31）

国务院成立国家能源领导小组，石受聘为专家委员会成员（5月）

石主持中国工程院“我国生物质产业发展战略研究”重点咨询项目（8月）

石被聘国家“十一五”规划专家委员会委员（10.21）

国家发改委下文《关于组织实施生物质高技术产业化专项的通知》

（11.26）

石给国家发改委马凯主任上书《建设各年产5000万吨的绿色油田和绿色煤田》（12.5）

国家发改委和财政部联合下发《关于加强生物燃料乙醇项目建设管理，促进产业健康发展的通知》（12.14）

2006年（启航）（要点：产业萌起、科技支撑、“两基之争”）

中国工程院与广西壮族自治区签署《合作开发生物质产业》协议，石作主题讲演（2.22）

中国科学院路甬祥院长致信山东省委书记韩寓群提出与山东合作，在青岛共建“中国科学院青岛生物能源与过程研究所”（3月）

中国农业科学院成立“中国农业科学院生物质能源研究中心”（5月）

“2006年世界生物质能暨第二届生物能制粒大会”在瑞典召开（5.30）

2005年几位专家写信胡锦涛总书记提出“石油替代”问题，国家发改委组织专题研究和召开初稿征求意见“座谈会”，提出“以煤基甲醇和二甲醚作为石油主要替代能源的结论”，石在座谈会上明确反对意见及提出生物基问题，开始了为时三年的“两基之争”（6.23）

中国工程院启动“中国可再生能源发展战略”重大咨询项目，石任生物质能源课题负责人（6月）

国家能源局召开“全国生物质能开发利用工作会议”，石讲演《关于我国生物质能产业的发展战略与目标》（8.19）

央视《大家》栏目播出石的“一位农学家的能源大梦”（9.7）

中国工程院在人大会堂召开“第二届生物质能源论坛”（11.12）

“煤基论”在中南海向曾培炎副总理汇报，石在会上再次反对，会后给曾培炎副总理和马凯主任写信，终于有效阻止了“煤基论”（11.20）

给国家发改委马凯主任上书《建设各年产5000万吨的绿色油田和绿色煤田》（12.5）

石在海南兴隆休假（12.20），给海南省委书记写发展生物质经济的建议信（12.26）

2007年（启航）（要点：海南播“火”）

由兴隆到海口见卫留成书记，汇报对海南发展生物质经济的建议，海南日报标题是《卫留成书记借智“候鸟院士”专题探讨生物质能源的发展利用》（1.11）

由海口到南宁的飞机上，石决定写作《决胜生物质》一书，向全国介绍“生物质”（1.12）

中国工程院与诺维信公司在北京钓鱼台联合举办“中国生物质燃料乙醇产业化发展战略研讨会”，石讲演题《中国生物能源发展现状与前景》，这是暴风雨到来前的“晚餐”（6.9）

联合国粮食与农业组织（FAO）年末发布《世界粮食库存降到近20年的最低水平，全球粮食供应趋紧》新闻，引起了世界性粮食恐慌（12月）

2008年（风暴）（要点：世界粮食危机、全球金融风暴）

2月5日莫桑比克首都抗议粮价上涨发生暴力冲突；喀麦隆、海地等30多个国家和地区多米诺骨牌般地相继发生因粮价上涨引发的暴力冲突，国际舆论将世界粮食危机矛头指向玉米乙醇（3月）

《科技日报》发石文《粮食！石油！生物燃料？》，以大量事实说明此次世界粮食危机非灾害性缺粮而是人为原因导致粮价上涨（6.8），北京“第七届中国科学家论坛”上石再次阐述此观点（6.28）

2008年夏季全球粮食增产，全球粮价下跌五成，粮食出口国出口禁令解除（7月）

中国土壤学会第11届会员代表大会上石作《土壤：一个新的功能》讲演（9.25）

2008年《中国科学院院士建议》刊载5院士《关于发展我国可再生能源体系的思考》，将“两基战火”燃向学界（8.8）。石立即发《关于煤基与生物基之争——与佟振合院士等商榷》文，继续反对“煤基论”（9.24）

美国雷曼兄弟公司破产点燃世界金融海啸导火索（6.16），引发我国中小企业，特别是进城务工亿万农民，《科学时报》报道了《石元春为“三农”疾呼》（11.25）。世界金融风暴导致国际石油价格暴跌，生物质能落入寒冬

在国家林业局召开的国际会议上，石作《生物质能在2008》讲演，总结了这一年生物质能的悲摧遭遇，会议中向国家林业局呈送了《在我国四大沙地建设生态-能源基地的建议》（12.16）

2009年（风暴）（要点：蛰伏中的“两杆子”、上书温总理）

全球金融风暴中，《工程院院士建议》发表石文《为农民提供岗位和增加收入的紧急建议》（1.9）

《科学时报》发表石文《给“三农”一个新的经济增长点》（1.19）

石受邀参加北京德青源蛋鸡厂鸡粪生产沼气并网发电典礼（5.19）

石等四院士就编制国家《新能源产业振兴规划》上书温家宝总理，提生物质能源建议（6.3）

石等考察内蒙古毛乌素生物质热电公司在毛乌素沙漠以4万公顷沙生灌木治沙与发电（6.20）

石等到长春考察辉南宏日新能源公司利用长白山林区枝丫材生产生物质成型燃料与长春市四星级吉隆坡大酒店的成型燃料全自动供热系统（8.31）

《中国工程科学》杂志发表石文《中国能源困境与转型》（10月）

北京钓鱼台中美清洁能源论坛，石作《中国的生物质能源》讲演（10.22）

为力争生物质能源地位，石与匡廷云院士联名上书温家宝总理（11.7），一个月后，总理在哥本哈根会议讲话中将生物质能排在清洁能源之首（12.18）

国家发改委在合肥召开的“全国农作物秸秆综合利用现场经验交流会”，石作《能源草业》讲演并给国家发改委呈上两项建议（11.9）

石在广西大学作《时代的使命与机遇——能源农业》讲演（11.12）

2010年（惊蛰崛起）（要点：“严冬”转暖、策划“惊蛰”崛起）

国家能源局在京召开生物质发电工作会议，某院士否定生物质发电，石在会上反对（3.9），又在《科技日报》发文《当前不宜否定秸秆直燃发电》（6.7）

中国工程院可再生能源重大咨询项目武夷山论坛，石作《关于燃料乙醇的能效与减排问题》讲演（4.20）

参加“中美先进生物燃料高层论坛”，石作《发展中国生物燃料的战略思考》讲演（5.27）

石访台参加学术会议，作《清洁能源在中国》讲演（9.6）

石根据形势提出“惊蛰崛起”想法得到团队支持，提出“书、刊、文、话、会、展、站”七字箴言的策划（10. 8）

在中国农业大学金码大厦召开了“中国生物质（能源）产业展示会第一次筹备会议”（11.14）

央视经济频道《对话》栏目播放“决胜生物质”节目，在全国反响很大（12.5）

石呈《为编制国家“十二五”规划建言献策万言书》和参加国家“十二五”规划委员会专家委员会（12.6）

中国生物质能专业委员会主办的“中国生物质产业网”开通（12.15）

《科学时报》发表了石的《生物质能源主导论》（12.9）新华社发通稿，全国震响（12.25）

新华社电视新闻节目《新闻晚8点》在香港有线66频道、澳门有线21

频道、新华网 CNC 中文台同时播出了对石的专访《生物质能源解困“三农”》（12.25）

程序教授主持编制的《吉林省生物质能源发展战略研究》在京召开论证会，一个生物质资源大省在行动（12.28）

2011 年（惊蛰崛起）（要点：“惊蛰”崛起，战鼓阵阵）

钟总来家告知访美归来，北京德青源与美方签订 10 多亿美元大单，输出大型养殖场畜禽粪便发电技术（1.17）

石参加国家发改委“十一五”规划专家开会，生物质被列入战略新兴产业（2.11）

中国工程院《中国工程科学》13 卷 2 期生物质能源专刊发行，56 位作者撰写了 19 篇文章（2.15）

中华全国工商联正式批准成立“中国新能源商会生物质能源专业委员会”（2.23）

石著《决胜生物质》出版首发式在中国农业大学金码大厦举行（3.7）

程序教授在广西与武鸣安宁淀粉有限责任公司合作，从淀粉 / 酒精废液中提取沼气，进而净化提纯生产车用生物天然气，国内首创（3 月）

由全国工商联新能源商会和中国科学技术馆共同主办的“中国生物质（能源）产业展示会”在中国科技馆开幕（3.9）

展会上石作首场科普讲座“生物质能的十个为什么？”（3.12），第二场是石等四院士就“生物质能”与听众科普对话（3.15）

国家发改委发布国家“十一五”《产业结构调整指导目录（2011 年本）》，新能源 10 条鼓励项目中，生物质能占 5 条（3.27）

石与从事环保产业的央企“中国光大国际”总裁陈小平会见并受聘为该集团顾问，该集团正在大力发展生物质能（5.15）

北京德青源在金码大厦召开“中美沼气论坛”，石出席并讲演（5.28）

国家能源局、财政部、农业部在北京联合召开了“全国农村能源工作会议暨国家绿色能源示范县授牌仪式”，全面启动绿色能源示范县建设（7.9）

国家发改委能源研究所前所长周凤起主持生物质成型燃料论证会（7.19）

石参加在长春举行的《吉林省生物质能源“十二五”发展规划实施方案》论证会（8.2），会前考察了长春第一汽车制造厂旗下的天合富奥公司成型燃料供热系统以及农村成型燃料开发

2012 年（惊蛰崛起）（要点："惊蛰"崛起，战鼓阵阵）

《中国科学报》发表石文《我国能源的忧思》（2.1）

石赴海南参加"海南神州新能源建设开发有限公司"生物天然气项目开工典礼（3.27）

中华全国工商业联合会新能源商会生物质专业委员会第一届会员大会暨成立大会在京举行（4.13）

石参加国家发改委在京召开的，关于河南省建生物质能源示范省的征求意见会（7.4）

石参加山东东营首届中国绿色发展论坛，作《绿色文明，说易行难》讲演（8.31）

石等策划河北曲周县王庄村以大量剩余秸秆生产成型燃料，建立"原料—加工—自用—销售"的"王庄村域模式"（10 月）

在纪念中国农业大学资源与环境学院成立 20 周年大会上石作《现代资源环境观的发展》讲演（11.2）

2013 年（二次浪潮）（要点：迎来环保战机，长春论坛）

2012 年冬到 2013 年春雾霾在我国东部地区大范围高强度和长时间地暴发，石预感兹事体大，在科技日报上迅疾发文《舍鸩酒而饮琼浆 ——也谈中国雾霾及应对》（2.28）

石在金码大厦听武汉凯迪董事长陈义龙报告"非粮生物液体燃料"取得重大突破（5.19），组专家组赴现场考察（8.5），10 月亲临现场确认在气化合成路线上凯迪"一枝独秀"，11 月在北京金码大厦召开汇报推荐会

习近平主席在河北省视察谈到雾霾时指示："河北省一定要完成压煤 4000 万吨，压钢铁 2400 万吨的任务，GDP 掉下几个点不要紧。"（5 月）

石与程序教授联名给李克强总理写信介绍德青源案例，力荐生物天然气（7.29），2014 年国家发改委启动了 10 个生物天然气工程试点项目

李克强总理在夏季达沃斯论坛上说："今年中国北京发生了雾霾。经过认真研究，我们决定要打一场攻坚战。今后一段时间内，要在京津冀鲁地区减少 8000 万吨燃煤的消耗。"（9.11）

国务院发布《大气污染防治行动计划》，一场里程碑意义的"克霾战役"在全国打响（9.13）

石给吉林省王儒林书记写信（8.15）开始了连续三届的"生物质产业发展长春论坛"，首届论坛，石作《当前我国生物质能源产业发展形势》讲演（9.23）

防治雾霾中“煤制油气”风又起，石在中国科学报发文《发展煤制油气无异饮鸩止渴》（10.31）

《决胜生物质》英文版在美发行（11.16）

石参加中国农业大学曲周实验站建站40周年站庆时与地方领导谈到“煤改气”时说“北京天然气都不够，轮得上邯郸吗？明年我请几位农大老师到邯郸做调研”（11.23）

《中国电力报》能源周刊主编颜新华质疑《中国科学报》“饮鸩止渴”石文，石接受颜电话采访（11.14）三周后，该报能源周刊版全版篇幅报道了颜主编对石的电话采访，标题是《发展煤制油气代价巨大，生物质能源大有可为》（12.10）

《大气污染防治行动计划》发布不久，周凤起所长就在广州主持召开了“首届生物质能供热高峰论坛”，石作《迎接大发展——生物质能源的春天》讲演，预示生物质产业发展二次浪潮将要到来（12.20），次年3月《经济日报》登载了石文《迎接生物质能源发展的春天》

2014年（二次浪潮）（要点：战鼓阵阵，迎来二次浪潮）

光大国际与江苏盱眙等三地政府签约建设农林生物质利用基地，创建了生物质利用的“光大县域模式”（2月）

中广核集团谭建生副总造访石，听取发展生物天然气意见（4月初）

国家财经领导小组第六次会议上习近平主席提出“我国能源生产与消费革命”战略，提出“着力发展非煤能源，形成煤、油、气、核、新能源、可再生能源多轮驱动的能源供应体系”等5大战略要点（4.13）

石清明节回武汉扫墓，拜访武汉阳光凯迪总部和陈义龙董事长，了解新进展（4月）

国家发改委、能源局和环保部三部委联合发布《关于印发能源行业加强大气污染防治工作方案》，生物质能脱颖而出（5月）

《生命科学》杂志发表石文《生物能源四十年》（5月）

《决胜生物质》韩文版在韩国首尔发行（7月）

团队的张立强与朱万斌7月到河北邯郸调研“压煤”，写《拆了烟囱怎么办？》文发表在《中国科学报》（8.26）

《中国科学报》发表石文《中国能源革命不能没有“一片“》（9.4）

吉林省发改委主任在“第二届生物质产业发展长春论坛”上作《黑土地上决胜生物质》主题讲演，石作《生物质经济》讲演（9.4）

洪浩以他新能源公司2013年在北京大东流苗圃的实践在《中国能源报》

上发文《治污还应大力发展生物质供热》(9.10)

《中国能源报》发表程序《有必要大力推进生物天然气》文(9.15)

石预感生物质能发展新高潮将要来临，在“2014中国国际生物质大会”上作了《迎接生物质能源发展的第二次浪潮》讲演(9.17)

国家发改委发布“煤改气”后的一年多时间里，一连下发了7个煤改生物质成型燃料的紧急文件与通知；2009—2016年，全国成型燃料的年生产能力增加了17倍

石完成《“十三五”生物质能源发展建议书》，并亲呈国家发改委(11.28)

石开始写作《决胜生物质Ⅱ》(12.8)

2015年(二次浪潮)(要点：战鼓阵阵，出征“一带一路”)

石到深圳光大国际集团总部参加成立“生物质能研究院”揭牌仪式及作《将生物质能产业推上快车道》讲演(1.10)

石等考察吉林天焱生物质能源公司日产10万立方米生物天然气项目和“长春兴隆综合保税区”项目(7.6)，后参加第三届生物质产业发展长春论坛，石作《中国生物质产业出征“一带一路”》讲演(7.8)

中广核集团谭建生副总带着六七位技术骨干再次造访石，听取对发展生物天然气的意见(8.8)

石参观中国农业大学李保国教授组建的吉林梨树实验站和在“黑土地论坛”作《黑土地保护与物质循环》的学术性讲演(9.8)

2016年(二次浪潮)(要点：“试论全生物质农业”)

《求是》杂志第3期发表石文《为什么要发展生物质能？》(2.1)

中广核集团生物天然气项目负责人周新安和闫卫疆第三次造访石(4.15)

《科技导报》发表石文《试论全生物质农业》(7.13)

石患病住院，出院后学术活动大减，时年85岁(7月)

中国工程院科技论坛“生物质能源走向‘一带一路’论坛”在北京金码大厦开幕(9.25)

在中央财经领导小组第十四次会议上习近平主席提出“以沼气和生物天然气为主要处理方向，加快推进畜禽养殖废弃物处理和资源化利用”的指示(12.21)

2017年(二次浪潮)(要点：习近平主席关于发展沼气天然气的指示)

国务院下发《关于加快推进畜禽养殖废弃物资源化利用的意见》(5.31)

和在长沙市召开了全国畜禽养殖废弃物资源化利用会议（6.27）

中国生物质联盟成立，石任名誉会长（5.17）

国家发改委、国家能源局等国家行政部门发布《全国供暖规划》和《指导意见》是国家对生物质供热的整体部署（12月）

2018年（二次浪潮）（要点：煤改生物质、生物天然气工程）

《全国供暖规划》刚发布，中国生物质能源产业联盟就在武汉召开了"'煤改生物质'清洁供热研讨会"，联盟副主席程序教授作主旨讲演（1.20）

突然传来噩耗，凯迪因资金链断裂而陷入危机。经多方了解，气化合成技术没有问题，石与程序联名给陈义龙写信，表明态度，鼓励"东山再起"（10.8）

国际能源机构（IEA）与中国生物质能产业促进会以河北衡水厂为现场，在北京召开了"生物质能清洁利用国际研讨会"和成立"生物天然气专业委员会"（11.28）

央视财经频道深度财经节目在热点时间，播放了长达13分钟的、中广核在河北衡水建成的"亚洲单体最大的衡水生物天然气工程"（12.27）

2019年（二次浪潮）

中广核谭、颜两位老总到石家谈衡水生物天然气（3.27）

石写信河北曲周县委书记李凡谈曲周发展第二农业（4.2）

2020年（二次浪潮）（要点："双碳"）

9月习近平主席在联合国大会讲话中提出我国"二氧化碳排放力争于2030年前达到峰值，努力争取2060年前实现碳中和"

石、程序、陆诗雷、洪浩在北京燕园开会学习"双碳"和讨论如何行动（12.18）

2021年（二次浪潮）（要点：农林碳中和工程、生物质耦合混烧发电）

凯迪危机过去，凤凰涅槃的陈义龙已经是国营凯迪集团党委书记，到北京燕园看望石，讲东山再起故事（6.18）

就碳达峰与碳中和，中国产业发展促进会生物质能产业分会发布《3060零碳生物质能发展潜力蓝皮书》（8月）

石、程二教授到清华园，与清华大学倪维斗院士共议，并联合在《中国电力报》发文《生物质能在我国实现碳达峰与碳中和的巨大潜力》（10.1）

石、程二教授联名给广西壮族自治区党委书记和主席写在广西发展生物天然气建议信（11.10）

作为土壤学家的石认为国际上流行的“碳封存”的局限性大而实用性不大，提出以沼气发酵和增加土壤腐殖质的“生物性碳捕获与留存”。在第三届全球生物质论坛上石、程二教授联名作《碳中和中的温室气体负排放和生物性碳捕获与留存》讲演（12.5）

2022 年（二次浪潮）（要点：广西发展生物天然气路线图、颉二旺重大技术突破）

广西壮族自治区发改委根据区领导指示，提出了“广西壮族自治区年产 100 亿立方米生物天然气产业发展路线图”（3.15）

石写信解振华主任，建议支持广西生物天然气项目（7.8）

《科技导报》发表石文《农林碳中和工程，国之重器》；同期发程序文《生物质独特的负碳排放作用是碳减排的利器》（7 月）

燕园会讨论颉二旺重大技术突破（7.14）

二次燕园会讨论颉二旺重大技术突破（9.21）

2023 年

燕园聚会讨论颉二旺三代生物质技术 3GB 及边际性土地开发的大数据与智能化（2.9）

附录二 “决胜生物质”论文、报告目录（2001—2022 年）

1. 石元春 . 发展生物质产业 . 科技日报，2005-03-02.

2. 石元春 . 解决“三农”问题需关注“三个战场”，科学时报，2005-05-30（A3 版）.

3. 石元春 . 构建现代农业大三元结构体系 . 农资导报，2005-11-22（23）:1.

4. 石元春 . 日渐崛起的生物质能源 . 生命世界，2005-04-15.

5. 石元春 . 怎样种出个“绿色大庆”——谈发展生物质产业 . 科技信息，2005（3）:16-19.

6. 石元春 . 谈发展生物质产业中的几个问题 . 中国基础科学，2005（6）:3-6；（12）:1-6.

7. 石元春 . 资源危机催生生物质产业 . 中国化工报，2005-03-14（2）.

8. 石元春 . 生物产业发展将给能源领域带来深刻变化 . 生物技术产业，2006（1）.

9. 石元春 . 发展生物质产业，中国农业科技导报，2006（1）.

10. 石元春 . 生物质能源的开发势在必行 . 科学导报，2006-12-18（2）.

11. 石元春 . 农业的三个战场 . 求是，2006（10）.

12. 石元春 . 农业要开展一次新的产业结构革命 . 北戴河文，2006.7（内部资料）.

13. 石元春 . 一个年产亿吨的生物质油田设想 . 科学中国人，2007（4）:33-35.

14. 石元春，解困“三农”路在何方 . 科技导报，2007（18）：卷首语 .

15. 石元春 . 我国生物质能源发展战略与目标（未刊，见《石元春全集 · 生物质卷》）.

16. 石元春 . 生物质能源破解中国“世纪难题”. 瞭望，2007（9）:87.

17. 石元春 . 生物质能源前景无限 . 新农业，2007（1）:4-5.

18. 石元春 . 粮食！石油！生物燃料？科技日报，2008-06-08 ：第 7 届科学家论坛，2008.6.29.

19. 石元春 . 为中国生物质燃料呐喊奔走 . 科学时报，2008（6）:16.

20. 石元春 . 在我国四大沙地建设生态——能源基地的建议（内部资料，《石元春全集·杂文卷》）2008.7.18.

21. 石元春，生物质能源是我们绕不过去的坎 . 中国绿色时报，2008-08-07.

22. 石元春 . 关于煤基与生物基之争——与佟振合院士等商榷，中国科学院院士建议，2008（21）.

23. 石元春 . 生物质能源在 2008.（未刊，见《石元春全集·生物质卷》）.

24. 石元春，李十中 . 生物燃料良机莫失 . 中国石油石化，2009（1）; 中国改革报，2009-01-09（7）.

25. 石元春，李十中 . 生物燃料功过是非之辩 . 中国经济导报，2009-02-10（B02）.

26. 石元春，李十中 . 生物燃料五宗罪，中国石油石化，2009（1）:18-21.

27. 石元春，李十中 . 走出观望谋大局 . 中国石油石化，2009（1）:22-23.

28. 石元春 . 为农民提供岗位和增加收入的紧急建议，工程院院士建议，2009（15）.

29. 石元春 . 给“三农”一个新的经济增长点 . 科学时报，2009-01-19（A2）.

30. 石元春，李十中 . 生物燃料功过是非之解，能源，2009，2（10）.

31. 石元春 . 生物质能源在 2008. 国家林业局（未刊，见《石元春全集·生物质卷》）.

32. 石元春 . 以积极心态看待生物质能产业发展 . 科学时报，2009-07-27; 学部通信 .2009（2）.

33. 石元春 . 中国能源困境与转型 . 中国工程科学，2009（10）.

34. 石元春 . 中国发展可再生能源的战略重点是生物质能源 . 2009.9.21.

35. 石元春 . 当前不宜否定秸秆直燃发电 . 科技日报，2010-06-07.

36. 石元春 . 莫辜负了生物质能源这块美玉 . 人物，2010（9）（总第 259 期）（专访）.

37. 石元春 . 清洁能源在中国（摘要）. 台湾学术讲演（未刊，见《石元春全集·生物质卷》）.

38. 石元春 . 生物质能源主导论 . 科学时报，2010-12-09.

39. 石元春 . 恰当定位生物质能源 . 能源评论，2011（1）.

40. 石元春 . 再不明确生物质能源战略中国将成输家 . 环球城市，2011.

41. 石元春 . 中国生物质原料资源 . 中国工程科学，2011（2）.

42. 石元春．中国的生物质能源（摘要）．中美合作论坛，2011.5.

43. 石元春．科学发展可再生能源．紫光阁，2011（6）．

44. 石元春．决胜生物质．瞭望，2011（34）；2011，8（22）．

45. 石元春．绿色文明，说易行难．山东东营生态文明会议，2012.8.31.

46. 石元春，程序．生物能源是中国走向生态文明的助推剂．农民日报，2012–10–16.

47. 石元春．生物质能源仍被边缘化．科学时报，2011–12–26.（专访）

48. 石元春．我国能源的忧思．中国科学报，2012–02–21.

49. 石元春．现代资源环境观的发展．中国农业大学资源环境学院建院 20 周年科学报告会，2012.12.8.

50. 石元春．舍鸩酒而饮琼浆．科技日报，2013–02–28; 学部通信，2013（10）．

51. 石元春．中国雾霾的产生机理及应对策略研究．陕西电力，2013（4）．（转载）

52. 石元春．解决雾霾的主要障碍在决策层．马克思主义文摘，2013（5）．（转载）

53. 石元春．能源困局，也不该发展煤制油气．中国科学报，2013–10.

54. 石元春．迎接生物质能源发展的春天．广州会议讲演文字稿，2013.12.（未刊，见《石元春全集·生物质卷》）

55. 石元春．迎接种植绿色能源新时代．武汉会议讲演文字稿，2014.1.15.（未刊，见《石元春全集·生物质卷》）

56. 石元春．生物质能源发展的第二波海口会议讲演文字稿，2014.1.20.（未刊，见《石元春全集·生物质卷》）

57. 石元春．生物质的真瓶颈．能源，2014.3.5.（专访）

58. 石元春，朱万斌．迎接生物质能源发展的春天．经济日报，2014–03–17.

59. 石元春．当前我国生物质能源产业的发展形势．长春会议报告，（《石元春文集》）2014.

60. 石元春．生物能源四十年．生命科学，2014（5）．

61. 石元春．中国能源革命不能缺少生物质煤油气田．瞭望，2014，9（35）.

62. 石元春．中国能源革命不能没有“一片”．中国科学报，2014–09–05.

63. 石元春．为什么要发展生物质能？求是，2016（3）．

64. 石元春．试论全生物质农业．科技导报，2016（13）:11–14.

65. 石元春．农林碳中和工程．科技导报，2022（7）．

附录三 “决胜生物质”讲演PPT目录（2004—2015年）

1. 农业科技问题研究汇报，国务院，2004.6.15
2. 生物质经济，中国科学家论坛，北京，2004.09.29
3. 建设现代农业，干训班，2004.9.5
4. 农林生物质工程（重大专项建议），2004.11.20
5. 农林生物质工程（重大专项建议答辩），北京，2004.12.25
6. 农林生物质产业，中国生物质工程论坛，2005.1.28
7. 中国生物质加工产业的资源保障，2005.4.10
8. 农业的三个战场，郑州，2005.5.22
9. 谈发展生物质产业中的几个问题，北京香山，2005.5.31
10. “生物质能源利用的潜力与前景”，科学会议讨论要点草拟，香山会议总结发言
11. 生物质资源问题，2005.6
12. 生物质产业，资源环境学院论坛，2005.6.27
13. 关于生物质能源：生物质液体燃料要有一个大的发展，2005.9
14. 新兴的生物质产业，北京密云，2005.9.25
15. 生物技术与农业和生物能源，深圳，2005.10.12
16. 生物经济，中国农业大学研究生讲座，2005.10.19
17. 生物质产业，2005.11
18. 生物经济与现代农业，广州，2005.12.2
19. 21世纪的生物经济与农业的结构革命，上海交通大学学委会年会，2005.12.10
20. 关于推动农林生物质发展情况汇报，中国工程院，北京，2006.2.13
21. 发展生物质产业，南宁，2006.2.22
22. 一个潜在的生物质产业大省，南宁，2006.2.22
23. 生物质能源课题工作计划汇报，“中国可再生能源发展战略”项目组，2006.4.4

24. 生物质能源替代石油的构想，北京钓鱼台，2006.4.29

25. 新兴的生物质产业——农业的结构革命，浙江大学，2006.5.17

26. 农业的三个战场，北京科学论坛，2006.5.24

27. 关于我国生物质能源的发展战略与目标，国家发改委，2006.8.19

28. 生物经济与现代农业，中国农业大学研究生讲座，2006.10.11

29. 我国发展生物质能源的战略与目标，生物质论坛，2006.11.12

30. 新兴的农林生物质产业，国家林业局论坛，2006.11.24

31. 新兴的生物质能产业—— 国际　中国　海南，与卫留成书记介绍，海口，2007.1.11

32. 我国生物质产业发展战略研究（汇报，2007.2.28.），中国工程院 2005 年咨询项目

33. 研究情况汇报——“生物质能源专题组”，中国工程院“中国可再生能源发展战略研究”咨询项目，2007.5.21

34. 中国生物能源发展现状与前景，钓鱼台论坛，2007.6.9

35. 解困“三农”，路在何方？ 2007 年科学家论坛，2007.7.14

36. 生物能源与能源农业，中国农学会，2007.9.20

37. 农业生物产业，中国农业大学研究生讲座，2007.10.10

38. 迎接生物经济时代，大北农，2007.11.10

39. 生物质产业，江西，2007.11.22

40. 生物质工程导论——绪论：宏观视角，北京，2007.11.29

41. 中国生物燃料的原料资源与开发，亚太生物燃料论坛，青岛，2008.6.2

42. 一个绕不过去的坎——生物燃料，第七届中国科学家论坛，北京，2008.6.28

43. 事出有因，查无实据——生物燃料与粮食，中国工程院生物质燃料论坛，2008.7.9

44. 土壤：一个新的功能，中国土壤学会，北京，2008.9.25

45. 迎接生物经济时代，中国农业大学研究生讲座，2008.10.8

46. 生物质能源在 2008，国家林业局论坛，2008.12.16

47. 关于农民增收问题，郑州，2009.5.6

48. 能源草业，合肥，2009.10.15

49. 中国的生物质能源，北京钓鱼台，2009.10.22

50. 秸秆能业，合肥，2009.11.9

51. 可用于生物质能源生产的边际性土地资源（情况介绍），中国工程院，

2009.11.3

52. 时代的使命与机遇——能源农业，南宁，2009.11.12

53. “三农”—减碳—治沙，深圳，2009.12.22

54. 生物质能源发展近况与建议，国家能源局，2010.1.19

55. 生物质发电之我见，国家能源局，2010.3.9

56. 关于燃料乙醇的能效与减排问题（读书心得），武夷山，2010.4.20

57. 能源换代的世纪，镇江，2010.5.13

58. 发展中国生物燃料的战略思考，中美生物质能源论坛，2010.5.27

59. 新能源的挑战与机遇，成都，2010.6.23

60. 中国的生物质能源，北京，2010.8.16

61. 清洁能源在中国，台北，2010.9.6

62. 生物质能源的十个为什么？北京科技馆，2011.3.12

63. 生物质能源—— 一个农业工作者的视角，杭州，2011.4.11

64. 可再生能源“十二五”规划部分指标解读，中国科学院，北京研究生院，2011.12.22

65. 绿色文明　谈何容易，东营，2011.8.31

66. 当前我国生物质能源产业发展形势，第一届生物质产业发展长春论坛，2013.9.24

67. 迎接大发展——生物质能源的春天，广州，2013.12.21

68. 生物质与现代农业，海口，2014.3.26

69. 生物质经济，第二届生物质产业发展长春论坛，2014.9.4

70. 迎接生物质能源发展的第二次浪潮，北京，2014.9.17

71. 生物质能源产业，光大国际，深圳，2015

72. 中国生物质产业出征“一带一路”，第三届生物质产业发展长春论坛，2015.7.8

73. 黑土地保护与物质循环，四平，2015.9.7

附录四 “决胜生物质”建议书信目录（2004—2022年）

1. 农业组向温家宝总理汇报战略研究成果中提出“生物质经济已经浮出水面”（2004.6.15）

2. 农业组向《国家中长期科学和技术发展规划》领导小组提出“发展生物质产业”重大专项申请（2005.7）

3. 石元春、闵恩泽、曹湘洪、沈国舫四院士联名就《建设年产5000万吨的绿色油田》上书温家宝总理（2005.3.23）

4. 石元春给国家发改委马凯主任上书《建设各年产5000万吨的绿色油田和绿色煤田》（2005.12.5）

5. 石元春给海南省委书记卫留成写信建议《海南发展生物质经济》（2007.1.11）

6. 石元春、程序、郭书田上书“中共十七大”（2007.7.25）

7. 石元春向国家林业局呈送《在我国四大沙地建设生态–能源基地的建议》（2008.12.16）

8. 石等四院士就编制国家《新能源产业振兴规划》上书温家宝总理，再提发展生物质能源建议（2009.6.3）

9. 石元春与匡廷云院士联名上书温家宝总理（2009.11.7）力争生物质能源地位，总理在一个月后的哥本哈根会议讲话中将生物质能排在清洁能源之首（2009.12.18）

10. 石元春给国家发改委的建议信《关于建立秸秆成型燃料替代中小锅炉燃煤的产业化示范点建议书》（2009.12）

11. 石元春给吉林省王儒林书记写建议信，开始了连续三届的“生物质产业发展长春论坛”（2013.8.15）

12. 石元春、程序联名给李克强总理写信介绍德青源案例，力荐生物天然气（2013.7.29）

13. 石元春向国家发改委呈送《“十三五”生物质能源发展建议书》（2014.11.28）

14. 石元春写信河北曲周县委书记李凡建议曲周县发展第二农业（2019.4.2）

15. 石元春、程序联名给广西壮族自治区党委刘宁书记和主席蓝天立递广西发展生物天然气建议信（2021.11.10）

16. 石元春给解振华主任关于《发展碳中和的有力武器，生物天然气的建议》的建议信（2022.7.22）

图书在版编目（CIP）数据

决胜生物质20年记/石元春著. --北京：中国农业大学出版社，2023.8
ISBN 978-7-5655-3015-9

Ⅰ.①决…　Ⅱ.①石…　Ⅲ.①纪实文学－中国－当代　Ⅳ.①I25

中国国家版本馆CIP数据核字（2023）第121226号

书　名　决胜生物质20年记
作　者　石元春　著

策划编辑　赵　艳　　**责任编辑**　赵　艳
封面设计　李尘工作室
出版发行　中国农业大学出版社
社　　址　北京市海淀区圆明园西路2号　　**邮政编码**　100193
电　　话　发行部 010-62733489, 1190　　读者服务部 010-62732336
　　　　　编辑部 010-62732617, 2618　　出　版　部 010-62733440
网　　址　http: //www. caupress. cn　　**E-mail**　cbsszs @ cau. edu. cn
经　　销　新华书店
印　　刷　涿州市星河印刷有限公司
版　　次　2023年9月第1版　　2023年9月第1次印刷
规　　格　170 mm × 240 mm　　16开本　　31.5印张　　565千字
定　　价　258.00元